Jojo Moyes

– Die Frauen von Kilcarrion –

Jojo Moyes

– *Die Frauen von Kilcarrion* –

Roman

Deutsch von Ingrid Altrichter
und Theresia Übelhör

Wunderlich

Die Originalausgabe erschien
2002 unter dem Titel «Sheltering Rain»
bei Hodder & Stoughton Ltd., London

Lektorat Heiner Höfener

1. Auflage März 2002

Umschlaggestaltung Susanne Müller
(Foto: © Hugh Palmer, aus:
«Die schönsten Dörfer Irlands»
von Christopher Fitz-Simon,
Gerstenberg Verlag)
Satz Stempel Garamond PostScript, PageMaker,
bei Pinkuin Satz und Datentechnik, Berlin
Druck und Bindung Clausen & Bosse, Leck
Printed in Germany
ISBN 3 8052 0728 x

Die Schreibweise entspricht den Regeln
der neuen Rechtschreibung.

Die Frauen von Kilcarrion

Prolog

Moderne Romanze

Dann küsst der Erzbischof die rechte Hand der Königin. Danach steigt der Herzog von Edinburgh die Stufen zum Thron hinauf, und nachdem er seine Krone abgenommen hat, kniet er vor Ihrer Majestät nieder, legt seine Hände in die der Königin und spricht die Worte der Huldigung:

«Ich, Philip, Herzog von Edinburgh,
werde mit Leib und Seele Euer Untertan.
Ich werde Euch tiefste Hingabe zollen.
Ich werde Euch mit Glauben und Wahrheit begegnen
und mein Leben im Kampf gegen Eure Feinde opfern,
so wahr mir Gott helfe!»

Und während er sich erhebt, berührt er die Krone auf dem Haupt Ihrer Majestät und küsst Ihre Majestät auf die linke Wange.
In gleicher Weise bringen der Herzog von Gloucester und der Herzog von Kent nacheinander ihre Huldigung dar.

(Aus dem Zeremoniell der Krönung, 1953)

Es sei doch recht ungebührlich gewesen, dachte Joy später, dass sie ihren künftigen Ehemann just an dem Tag kennen lernte, der eigentlich Prinzessin Elizabeth' großer Tag hätte sein sollen. Oder Königin Elizabeth' II., wie sie nach der Zeremonie würdevoller genannt wurde. Bedenkt man die weitreichenden Folgen, die das Ereignis für beide nach sich zog, fiel es ihnen (zumindest Joy) doch ziemlich schwer, die ihm angemessene freudige Erregung aufzubringen.

Es war ein Tag, an dem Regen in der Luft lag, keine Berufung von Gottes Gnaden. Über dem Hafen von Hongkong hing ein wässriger, eisengrauer Himmel, und während Joy, eine Mappe voll feuchter Notenblätter unter dem Arm, mit Stella langsam um den Victoria Peak herumlief, ihre Achselhöhlen sich so glitschig anfühlten, als wären sie eingeölt, und ihr die Bluse bereits wie eine Glasur am Rücken klebte, hegte sie beim Gedanken an die Krönungsparty der Brougham-Scotts keine allzu große Begeisterung für die Monarchie.

Da gab es nämlich ihre Mutter, die schon zu Hause vibriert hatte wie eine zwischen Vorfreude und Unzufriedenheit gespannte Saite, was hauptsächlich an der Anwesenheit von Joys Vater lag, der von einer seiner Reisen durch China zurückgekehrt war. Anscheinend fielen die Besuche des Vaters immer mit einem jähen Stimmungstief bei Alice zusammen, deren Sehnsucht nach einem besseren Leben an anderem Ort dann in niedrigere und dunklere Empfindungen abglitt. «Du wirst doch nicht ausgerechnet das anziehen», hatte sie Joy stirnrunzelnd angeherrscht und dabei missbilligend den scharlachroten Mund verzogen.

Joy hatte zur Tür geschielt. Sie wollte sich unbedingt mit Stella treffen, damit sie nicht mit ihren Eltern zur Villa der Brougham-Scotts gehen müsste, weshalb sie flunkerte, die Gastgeber hätten darum gebeten, die Notenblätter etwas früher zu bekommen. Nach Ausflügen mit ihren Eltern, selbst nach solchen, die sie zu Fuß unternahmen, fühlte sie sich immer seekrank.

«Du siehst so unscheinbar aus, Darling. Und du hast Schuhe mit hohen Absätzen angezogen. Du wirst wieder jeden überragen.» Dieses «Darling», das Joy nur zu gut kannte, sollte der Gereiztheit in Alice' Worten die Schärfe nehmen.

«Ich werde mich hinsetzen.»

«Du kannst doch nicht den ganzen Abend nur sitzen.»

«Dann gehe ich eben in die Knie.»

«Du solltest einen breiteren Gürtel tragen. Mit dem würdest du nicht so lang wirken.»

«Aber der schneidet mir in die Rippen.»

«Ich weiß nicht, warum du immer so schwierig sein musst. Schließlich versuche ich doch nur, das Beste aus dir zu machen. Du gibst dir ja selber keine Mühe, nett auszusehen.»

«Ach, Mummy, darum kümmre ich mich nicht, und sonst wird sich auch niemand darum kümmern. Es wird sowieso keiner auf mich achten. Sie werden alle zuhören, wie die Prinzessin ihr Gelübde ablegt oder was auch immer sie zu sagen hat.» Lass mich bloß in Ruhe, flehte Joy insgeheim. Schlimm genug, dass sie Alice' ätzende Laune während der ganzen Party würde ertragen müssen.

«Aber ich kümmere mich darum. Die Leute werden denken, ich hätte dich zu solcher Nachlässigkeit erzogen.»

Was die Leute dachten, war für Alice sehr wichtig. Hongkong ist wie ein Goldfischglas, pflegte sie zu sagen. Es gab immer jemanden, der einen beobachtete, über einen klatschte. In was für einer kleinen und langweiligen Welt müssen die leben, hätte Joy gern geantwortet. Doch sie unterließ es, vor allem deshalb, weil es stimmte.

Und da gab es ihren Vater, der sicher zu viel trinken und alle Frauen auf den Mund statt auf die Wange küssen würde, sodass sie ängstlich um sich blickten und sich verunsichert fragten, ob sie irgendetwas nicht mitbekommen hätten. Er sei doch nur ein wenig aus sich herausgegangen, würde er später Alice anschreien. Welche Ehefrau wollte ihrem Mann denn nach Wochen anstrengender Arbeit in China ein bisschen Spaß verwehren (und wir alle wüssten doch, wie grauenhaft es war, mit diesen Asiaten zu verhandeln)? Seit der Invasion der Japaner war er nicht mehr derselbe. Doch darüber wurde nicht geredet.

Schließlich gab es da noch die Brougham-Scotts. Und die Marchants. Und die Dickinsons. Und die Alleynes. Und all die anderen Paare dieser gehobenen Klasse, die direkt unterhalb des Peak wohnten (aber nicht unterhalb der Robinson Road, denn die Mid-Levels waren in jenen Tagen die Gegend der kleinen Angestellten). Sie trafen sich nicht nur bei jeder Party des Hongkong Cricket Club, sondern auch bei allen Pferderennen auf dem Happy Valley Race Course. Außerdem mieteten sie gemeinsam Dschunken für ihre Sherry-betankten Bootsfahrten rund um die vorgelagerten Inseln, bei denen sie jammerten, wie schwierig es sei, frische Milch zu bekommen, und über die Moskitos stöhnten oder über die hohen Grundstückspreise oder die schockierende Unverschämtheit ihres chinesischen Personals. Und sie redeten über England, das sie so sehr vermissten, über die Besucher aus der Heimat und darüber, wie farblos und langweilig ihnen ihr Leben vorkam und wie *trist* es in England noch zu sein schien, obwohl der Krieg doch schon seit Ewigkeiten vorbei war. Aber am meisten redeten sie übereinander: die Militärs in der ihnen eigenen Sprache voller Kasernenstubenhumor und Witze, die nur sie verstanden, und die Kaufleute hechelten die Leistungen ihrer Konkurrenten durch, während ihre Frauen Grüppchen bildeten, die sie unendlich gelangweilt und giftig immer wieder neu formierten.

Doch am schlimmsten von allem war, dass es da auch William gab, den bei jeder geselligen Zusammenkunft allgegenwärtigen William mit seinem fliehenden Kinn und dem blonden Haar, das ebenso dünn und brüchig war wie seine hohe, erstickte Stimme, und der Joy seine feuchte Hand ins Kreuz drückte, um sie in eine Richtung zu drängen, in die sie gar nicht gehen wollte. Während sie höflich vorgab, ihm zuzuhören, konnte sie auf seinen Kopf hinuntergucken und überlegen, wo wohl die nächste schüttere Stelle entstehen würde.

«Glaubst du, sie ist nervös?», fragte Stella. Ihr Haar, so glänzend wie feuchter Lack, war nach hinten gekämmt und zu einem Knoten zusammengesteckt. Bei ihr kräuselte sich nicht ein einziges Strähnchen in der feuchten Luft. Joys Frisur löste sich dagegen stets binnen Minuten in ein widerspenstiges Chaos auf, worüber Bei-Lin, ihre Amah, immer schimpfte oder sich mokierte, wenn sie ihr das Haar aufsteckte, als sei irgendeine vorsätzliche Unbotmäßigkeit von Joy daran schuld.

«Wer?»

«Na, die Prinzessin. Ich wäre nervös. Stell dir bloß all die Leute vor, die ihr zuschauen!»

Stella, eine strahlende Erscheinung in – ganz dem Anlass entsprechend – rotem Rock, weißer Bluse und blauer Strickjacke, hatte während der vergangenen Wochen ein nach Joys Ansicht ziemlich ungesundes Interesse für Prinzessin Elizabeth an den Tag gelegt, hatte sich Gedanken gemacht über die Auswahl des Schmucks, über ihr Kleid, über das Gewicht der Krone und sogar darüber, ob ihr junger Ehemann wohl neidisch auf ihren Titel sein würde, da er ja nicht zum König ernannt wurde. Allmählich witterte Joy dahinter eine recht unbescheiden-untertänige Anwandlung, sich mit ihr zu identifizieren.

«Es werden sie doch nicht alle sehen. Sicher gibt es viele, die wie wir nur am Radio zuhören.» Die beiden traten einen Schritt beiseite, um ein Auto vorbeizulassen, und spähten kurz hinein, ob es jemand war, den sie kannten.

«Aber sie könnte sich ja auch versprechen. Mir würde das passieren. Ich würde bestimmt stottern.»

Das bezweifelte Joy, denn Stella war der Inbegriff all dessen, was als damenhaft galt. Im Unterschied zu Joy hatte Stella die richtige Größe für eine junge Lady, trug stets elegante Kleider, die ihr Schneider aus dem Tsim-Sha-Tsui-Viertel nach der neuesten Pariser Mode anfertigte, nie stolperte Stella über ihre eigenen Füße oder zeigte sich in Gesellschaft verdrießlich oder brachte keinen Ton mehr heraus, wenn sie mit den unzähligen Offizieren plauderte, die auf der Durchreise zu den «Empfängen» abkommandiert wurden, auf denen sie von ihrem bevorstehenden Einsatz im Koreakrieg abgelenkt werden sollten. Oft dachte Joy, dass Stellas Bild in der Öffentlichkeit ein wenig darunter leiden könnte, wenn ihre Fähigkeit, das ganze Alphabet runterzurülpsen, ebenso augenfällig wäre.

«Glaubst du, wir müssen bis zum Ende dort bleiben?»

«Was? Bis zum Ende der Zeremonie?» Joy seufzte und kickte einen Stein weg. «Das dauert ja sicher stundenlang, dann sind sie alle angesäuselt und ziehen übereinander her. Und meine Mutter beginnt mit Duncan Alleyne zu flirten und fängt wieder damit an, dass William Farqhuarson ein angeheirateter Verwandter der Jardines ist und einem Mädchen wie mir die schönsten Aussichten zu bieten hätte.»

«Ich würde meinen, dafür ist er ein bisschen zu kurz geraten.» Stella war auch schlagfertig.

«Extra seinetwegen hab ich meine hochhackigen Schuhe angezogen.»

«Ach, lass mal, Joy! Es ist doch aufregend. Wir kriegen eine neue Königin.»

Joy zuckte mit den Schultern.

«Warum soll ich das aufregend finden? Wir leben ja nicht einmal im selben Land.»

«Weil sie immerhin unsere Königin wird. Sie ist nicht viel älter als wir. Stell dir das mal vor! Und es wird die größte Party seit Ewigkeiten. Alle werden da sein.»

«Aber immer dieselben Leute. Es macht keinen Spaß, auf Partys zu gehen, wenn nur dieselben Leute kommen.»

«Ach, Joy, du willst dich unbedingt elend fühlen. Es sind bestimmt eine Menge neue Leute da, wenn du bloß mit ihnen reden würdest.»

«Aber ich habe nichts zu sagen. Sie interessieren sich nur fürs Einkaufen und für Kleider und dafür, wer sich wem gegenüber schlecht benommen hat.»

«Oh, Verzeihung», sagte Stella pikiert. «Sonst noch was?»

«Ich meine ja nicht dich. Du weißt schon, was ich meine. Aber am Leben muss doch noch mehr dran sein. Hast du nie Lust, nach Amerika zu fahren? Oder nach England? Oder durch die Welt zu reisen?»

«Hab ich schon gemacht. Ich war an vielen Orten.» Stellas Vater war Fregattenkapitän. «Ehrlich gesagt, ich glaube, die Leute interessieren sich überall für die gleichen Dinge. Unsere Zeit in Singapur rauschte wie eine einzige große Cocktailparty vorüber. Da hat sich sogar Mummy gelangweilt», erzählte Stella. «Aber es sind trotzdem nicht *immer* dieselben Leute. Es sind ja auch

Offiziere da. Heute werden es eine Menge sein. Und ich bin sicher, dass du die noch nicht alle kennst.»

Es waren tatsächlich eine Menge Offiziere da. Die eines Palastes würdige, breite Terrasse der Brougham-Scotts mit Blick auf den Hafen von Hongkong, wenigstens in den seltenen Momenten, in denen sich der Dunst über der Kuppe des Peak verzog, glich einem Meer aus weißen Uniformen. Drinnen huschten unter den summenden, wie riesige Propeller anmutenden Ventilatoren chinesische Diener in ebenfalls weißen Jacken lautlos zwischen den Gästen umher und boten auf silbernen Tabletts eisgekühlte Longdrinks an. Das Stimmengemurmel schwoll an und ab wie die Musik, die ihrerseits von der drückenden, feuchten Hitze gedämpft zu werden schien. Die unter der Decke aufgespannten Union-Jack-Wimpel hingen wie nasse Wäsche herunter, von der künstlichen Brise kaum bewegt.

Vornehm blass und lasziv und offensichtlich ebenso schlapp lag Elvine Brougham-Scott in einer Ecke des Salons auf einer damastbezogenen Chaiselongue, wie gewöhnlich von einem ganzen Korps fürsorglicher Offiziere umringt. Sie trug ein pflaumenfarbenes Seidenkleid mit herzförmigem Ausschnitt und langem, gerafftem Rock, der um ihre schlanken, bleichen Beine wallte. (Sie hat keine Schweißspuren unter den Achseln, stellte Joy fest und presste sofort ihre Arme dicht an den Körper.) Elvine hatte bereits einen ihrer mit falschem Hermelin verbrämten Schuhe abgestreift und auf den Marmorboden fallen lassen, weshalb ihre grellroten Zehennägel zum Vorschein kamen. Joy wusste, was ihre Mutter sagen würde, wenn sie Elvine sah und dabei ihre eigene Verbitterung hinunterschluckte, weil sie nicht genug von Barbara Stanwyck an sich hatte, um selbst so etwas tragen zu können. Ein scharlachroter Lippenstift war das Aufreizendste, was Alice sich gestattete, obgleich das nicht hieß, dass ihr der Sinn nicht nach anderem gestanden hätte.

Joy und Stella legten die Notenblätter auf einen Tisch und nickten grüßend, denn ihnen war klar, dass Mrs. Brougham-

Scott jetzt nicht gestört werden wollte. «Wo werden wir die Übertragung der Zeremonie hören?», fragte Stella besorgt, während sie nach dem Radioapparat Ausschau hielt. «Wie erfahren sie überhaupt, wann es anfängt?»

«Keine Sorge, meine Liebe, das dauert noch Stunden», versicherte Duncan Alleyne, der an ihnen vorbeiging und einen Blick auf seine Uhr warf. «Vergessen Sie nicht, dass die in der Heimat um acht Stunden zurück sind.» Er redete immer wie der Held der Royal Air Force in einem Kriegsfilm. Die Mädchen fanden das zwar lächerlich, doch zu Joys Abscheu glaubte Alice anscheinend, er verwandle sie damit in Celia Johnson.

«Weißt du, dass sie ‹das lebendige Wort Gottes› anerkennen muss?», fragte Stella überschwänglich.

«Was?»

«Prinzessin Elizabeth. Bei der Zeremonie. Sie muss ‹das lebendige Wort Gottes› anerkennen. Keine Ahnung, was das genau ist. Und sie hat vier Ritter eines Ordens um sich, irgendwas mit Hosenband oder Strumpfband. Glaubst du, die kümmern sich wirklich um ihre Strumpfbänder? Sie hat doch eine Kammerfrau. Das hat mir Betty Warner erzählt.»

Joy fiel der verträumte Ausdruck in Stellas Blick auf. Weshalb konnte sie selbst sich für das Ereignis nicht ebenso begeistern? Weshalb jagte ihr der Gedanke an den bevorstehenden Abend bloß Schrecken ein?

«Oh, noch was. Da kommst du nie drauf. Ihr Busen soll mit heiligem Öl gesalbt werden. Ihr richtiger Busen. Ich wollte, wir hätten nicht nur ein Radio, dann könnten wir sehen, ob der Erzbischof ihn wirklich berührt.»

«Hallo, Joy! Mensch, siehst du … Du siehst … Du siehst aber recht erhitzt aus. Hast du hierher laufen müssen?» Das war William, der auf sie zukam, dabei rot wurde und zur Begrüßung zaghaft seine schlaffe Hand ausstreckte. «Entschuldigung. Ich wollte nicht … Ich will sagen … Ich bin auch gelaufen. Und ich bin klatschnass. Viel nasser als du. Schau mal.» Joy griff sich von einem vorbeihuschenden Tablett einen rosa Cocktail und nahm einen kräftigen Schluck. Nicht nur Prinzessin Elizabeth gab heute ihr Leben für ihr Land hin.

Bis die Krönungsstunde herannahte, hatte Joy es auf etliche rosa Cocktails gebracht. In dieser feuchten Luft neigte sie dazu auszutrocknen und befand, dass ihr die rosa Cocktails eigentlich wie von selbst durch die Kehle flossen. Sie schmeckten nicht nach Alkohol, und die Wachsamkeit ihrer Mutter wurde von anderem in Anspruch genommen, war hin und her gerissen zwischen Duncan Alleynes grimassenhaftem, an Bierkrüge mit lachenden Gesichtern erinnerndem Grinsen und ihrem Zorn darüber, dass ihr Mann sich so offenkundig vergnügte. Deshalb traf es Joy recht überraschend, als sich Prinzessin Elizabeth' Konterfei hoch oben an der Esszimmerwand plötzlich verdoppelte und über Joys Bemühungen, geradeaus zu gehen, verschwörerisch zu lächeln schien.

Im Laufe mehrerer Stunden war der Geräuschpegel der Party allmählich angestiegen, und die vom reichlichen Vorrat an Getränken geölten und schriller gewordenen Stimmen der Gäste schallten durch das weitläufige Erdgeschoss. Je länger sich der Abend hinzog, desto mehr zog Joy sich zurück, denn ihr fehlte das Talent geselliger Menschen, über nichts zu reden, das Veranstaltungen dieser Art wohl erforderten. Joy verstand sich anscheinend nur darauf, Leute loszuwerden, anstatt sie zu fesseln. William hatte sie letzten Endes abgeschüttelt, indem sie ihm erklärte, sie sei sicher, dass Mr. Amery mit ihm über Geschäfte reden wollte. Stella war ihr abhanden gekommen, von einem Kreis bewundernder Marineoffiziere verschluckt worden, Rachel und Jeannie, die zwei anderen Mädchen in ihrem Alter, saßen mit ihren unzertrennlichen, brillantineglänzenden Schönlingen in einer Ecke, und so hatte sich Joy, dem Tadel – oder auch nur der Aufmerksamkeit – ihresgleichen entronnen, recht gut mit den rosa Cocktails angefreundet.

Als sie merkte, dass ihr Glas seltsamerweise schon wieder leer war, sah sie sich nach dem nächsten chinesischen Hausboy um. Aber die waren wohl verschwunden, oder vielleicht lag es auch nur daran, dass es ihr schwer fiel, sie von den Gästen zu unterscheiden. Sie sollten alle Union-Jack-Jacketts tragen, dachte Joy und kicherte in sich hinein. Union-Jacketts. Oder kleine Kronen.

Nur vage bekam sie mit, dass ein Gong geschlagen wurde und Mr. Brougham-Scotts lachende Tenorstimme versuchte, alle um den Radioapparat zu scharen. Joy lehnte sich kurz an einen Pfeiler, um abzuwarten, bis sich die Leute vor ihr in Bewegung setzten. Sobald die weg waren, könnte sie auf die Terrasse hinausgehen und in der Brise Atem schöpfen, doch im Augenblick schwankten und verschwammen sie noch und bildeten eine undurchdringliche Mauer.

«O Gott», flüsterte sie. «Ich brauche Luft.»

Sie war zwar der Meinung, sie hätte diese Worte nur gedacht, aber da griff plötzlich eine Hand nach ihrem Arm und sie hörte jemanden murmeln: «Dann gehen wir doch hinaus.»

Zu ihrer Überraschung merkte sie, dass sie hinaufschauen musste. (Joy musste selten zu jemandem hinaufschauen, denn sie war größer als nahezu alle Chinesen und als die meisten Männer auf dieser Party.) Sie konnte nur zwei ovale, ernste Gesichter ausmachen, die über zwei engen, weißen Kragen schwimmend auf sie herabblickten. Ein Marineoffizier. Oder zwei. Ganz sicher war sie sich da nicht. Wie dem auch sei, einer von ihnen hielt sie am Arm und schob sie behutsam durch die Menge auf die Terrasse hinaus.

«Möchten Sie sich hinsetzen? Atmen Sie tief durch. Ich bringe Ihnen ein Glas Wasser.» Er drückte sie in einen Korbsessel und verschwand.

Joy schluckte die frische Luft wie Wasser. Es wurde allmählich dunkel. Der Dunst über dem Peak hatte sich gesenkt und verdeckte den Rest von Hongkong Island. Dass sie in dem Haus hier oben nicht allein auf der Welt waren, ließ sich nur am entfernten, rauen Tuten der Lastkähne erahnen, die unten durch den Hafen pflügten, oder am schwachen Geruch nach Knoblauch und Ingwer, der durch den stillen Abend wehte.

Und dieser Geruch gab Joy den Rest. «O Gott», stöhnte sie. «O nein ...»

Sie sah sich um und stellte erleichtert fest, dass der letzte Partygast gerade in den Raum mit dem Radioapparat entschwand. Dann beugte sie sich über das Geländer und erbrach sich ausgiebig und geräuschvoll.

Als sie sich endlich wieder aufrichtete, keuchte sie und das schweißnasse Haar klebte ihr an den Schläfen. Sie schlug die Augen auf. Da merkte sie zu ihrem Schrecken, dass der Marineoffizier vor ihr stand und ihr ein Glas Wasser mit Eiswürfeln reichte.

Joy brachte kein Wort heraus. Sie starrte ihn nur in stummem Entsetzen an, dann senkte sie den Kopf so tief wie möglich und blickte beschämt auf ihr Glas hinunter. Vielleicht, so betete sie, plötzlich unangenehm nüchtern geworden, ist er ja weg, wenn ich wieder aufschaue.

«Möchten Sie ein Taschentuch?»

Joy hielt den Kopf noch immer gesenkt und stierte auf ihre zu hochhackigen Schuhe. Etwas Undefinierbares steckte ihr im Hals, weigerte sich trotz wiederholter Schluckversuche hinunterzurutschen.

«Da. Nehmen Sie es.»

«Bitte gehen Sie.»

«Was?»

«Ich habe gesagt, bitte gehen Sie.» O Gott, wenn sie sich hier nicht bald aus dem Staub machte, würde ihre Mutter herauskommen, um sie zu suchen, und sie auch finden. Und dann wäre die Hölle los; sie hörte förmlich die Predigten, die ihr bevorstanden: 1. Sie konnte man nirgendwohin mitnehmen. 2. Die Schande ihres Benehmens oder Warum konnte sie nicht ein bisschen mehr so wie Stella sein? 3. Was werden die Leute denken?

«Bitte! Bitte gehen Sie doch!»

Joy war sich dessen bewusst, dass sie rüde klang, aber bei ihrem Grauen davor, dass ihre Mutter sie entdeckte, oder bei der Aussicht, hier festzusitzen und höfliche Konversation machen zu müssen, während Gott weiß was an ihrer Bluse, an ihrem Gesicht klebte, erschien ihr das als das kleinere Übel.

Es folgte eine lange Pause. Die Schreie aus dem Esszimmer wurden lauter, dann verebbten sie wieder oder überlagerten sich.

«Ich denke nicht ... Ich denke, es wäre besser, wenn jemand für eine Weile bei Ihnen bliebe.» Er hatte keine junge Stimme, nicht den nervösen, wiehernden Tonfall der meisten Offiziere; aber auch noch nicht den tiefen Bass eines lang gewohnten Umgangs mit Macht. Er konnte höchstens einen Unteroffiziersrang haben.

Warum haut er denn nicht ab, überlegte Joy.

Doch er blieb einfach stehen. Da bemerkte sie an seiner makellosen Hose in Höhe des linken Schienbeins einen kleinen rosafarbenen Spritzer.

«Hören Sie, ich fühle mich schon viel wohler, danke. Und es wäre mir wirklich lieber, wenn Sie mich jetzt allein ließen. Ich glaube, ich gehe nach Hause.» Ihre Mutter würde sicher wütend sein, aber sie könnte ihr ja erklären, ihr sei schlecht geworden. Das wäre nicht einmal gelogen. Nur dieser Mann würde die Wahrheit wissen.

«Gestatten Sie, dass ich Sie begleite», sagte er.

Im Haus brandete erneut Geschrei auf, in das sich schrilles, leicht hysterisches Gelächter mischte. Jazzmusik setzte ein und riss ebenso unvermittelt wieder ab.

«Bitte», sagte er, «nehmen Sie meine Hand. Ich helfe Ihnen hoch.»

«Würden Sie mich bitte allein lassen.» Diesmal klang ihre Stimme scharf, sogar in ihren eigenen Ohren. Für einen Moment herrschte Schweigen, und dann, nach einer nicht enden wollenden Pause, in der Joy die Luft anhielt, hörte sie seine Schritte über den Terrassenboden hallen, während er sich langsam entfernte.

Sie war zu verzweifelt, um sich lange zu schämen, stand auf, trank in einem Zug das eisgekühlte Wasser, dann lief sie schnell, wenn auch auf etwas unsicheren Beinen, ins Haus. Mit ein bisschen Glück könnte sie jemandem vom Personal Bescheid sagen und entkommen, solange alle noch der Zeremonie lauschten. Aber als sie an der Tür des Salons vorbeiging, kamen bereits vereinzelte Gäste wieder heraus. Unter den ersten befand sich auch Stella, mit Tränen in den Augen und vor Enttäuschung heruntergezogenen Mundwinkeln.

«O Joy, kannst du das fassen?»

«Was?», fragte Joy ahnungslos und überlegte, wie sie möglichst schnell an ihr vorbeihuschen könnte.

«Dieses lausige, lausige Radio! Muss das ausgerechnet an so einem Tag kaputtgehen! Ich kann's nicht glauben, dass die bloß einen Apparat im Haus haben. Jeder hat doch sicher mehr als nur ein Radio.»

«Kein Grund zur Aufregung, liebe Stella», beteuerte Duncan Alleyne, zwirbelte mit einer Hand seinen Schnurrbart und ließ die andere für sein zur Schau getragenes väterliches Interesse just einen Augenblick zu lang auf Stellas Schulter liegen. «Es dauert bestimmt nicht lange, bis einer der Männer einen anderen Apparat aus dem Haus der Marchants geholt hat. Sie werden kaum etwas verpassen.»

«Aber wir verpassen den Anfang. Und den werden wir jetzt nie mehr hören. Wahrscheinlich gibt es in unserem ganzen Leben keine Krönung mehr. Oh, ich kann's nicht fassen!» Stella weinte jetzt richtig, ohne die Gäste um sie herum noch wahrzunehmen, von denen einige diese vermaledeite Krönungszeremonie offensichtlich als eher lästige Unterbrechung einer ansonsten überaus gelungenen Party betrachtet hatten.

«Stella, ich muss gehen», flüsterte Joy. «Es tut mir wirklich Leid. Ich fühle mich nicht wohl.»

«Aber das kannst du nicht – bleib wenigstens noch da, bis sie das andere Radio haben.»

«Ich ruf dich morgen an.» Und als Joy sah, dass ihre Eltern

noch unter jenen waren, die um das verstummte Radio herum saßen und nichts mitbekamen, rannte sie flugs zur Tür. Flüchtig nickte sie dem Boy zu, der sie hinausließ, und schon war sie draußen, allein in der feuchten Nachtluft, nur in Gesellschaft der im Sturzflug herbeischwirrenden Moskitos und mit leisem Unbehagen beim Gedanken an den Mann, den sie so unwirsch verabschiedet hatte.

Die Ausländer in Hongkong waren daran gewöhnt, gut zu leben, trafen einander beinahe allabendlich bei irgendeinem Umtrunk oder bei einem Dinner, sodass man die *gweilos*, die fremden Teufel, wie die Einheimischen sie zu nennen pflegten, am frühen Morgen nur selten zu Gesicht bekam. Aber Joy, die nach ihrer unerquicklichen Panne mit den rosa Cocktails beim Aufwachen einen erstaunlich klaren Kopf hatte, befand sich in der seltenen Lage, eine einsame Ausnahme zu sein.

Man hätte meinen können, der ganze Peak sei verkatert. Während chinesische Männer und Frauen auf leisen Sohlen einherschlichen, manche von ihnen schwere Körbe schleppten oder Wagen voller Müll zogen, war kein Weißer zu sehen. An den getünchten, von der Straße zurückgesetzten Häusern hingen wie Entschuldigung heischend reihenweise bunte Fähnchen, und unter Fenstern wellten sich Bilder der lächelnden Prinzessin, die den Eindruck erweckten, als wären auch sie von den Ausschweifungen der vergangenen Nacht erschöpft.

Joy und Bei-Lin tappten über die Teakholzböden der Wohnung und verständigten sich im Flüsterton, denn keine von beiden wollte Alice und Graham aufwecken, deren hitziger und sinnloser Streit sich bis in die frühen Morgenstunden ausgedehnt hatte. Deshalb beschloss Joy, das einzig Richtige wäre ein Ausflug in die New Territories, wo sie reiten gehen könnte. Heute würde ohnehin jeder nur unleidlich und missmutig sein. Außerdem war die feuchte Hitze erdrückender denn je, machte die Kopfschmerzen des Katzenjammers noch unerträglicher und bot die sichere Gewähr dafür, dass der Tag in schlecht gelaunter

Trägheit auf gepolsterten Liegen unter Ventilatoren verdöst würde. Es war kein Tag, den man in der Stadt verbringen sollte. Doch Joy sah sich mit dem Problem konfrontiert, dass es ausgerechnet an diesem Morgen niemanden gab, der sie aus der Stadt hinausfahren würde.

Gegen zehn Uhr war sie zu Stella gegangen, aber angesichts der noch zugezogenen Vorhänge wollte sie nicht ins Haus hineinplatzen. Ihr Vater, bei dem sie sich normalerweise darauf verlassen konnte, dass er für seine Prinzessin den Chauffeur spielte, würde kaum vor Mittag aufstehen, und da sie nicht viele Freunde hatte, gab es sonst niemanden, den sie ungeniert darum hätte bitten mögen. Während sie in einem Korbsessel am Fenster saß, spielte Joy mit dem Gedanken, die Straßenbahn ins Stadtzentrum zu nehmen und dort in einen Zug zu steigen, doch das hatte sie noch nie allein getan und Bei-Lin hatte sich geweigert, sie zu begleiten, denn sie wusste, ihre Herrin würde noch ungehaltener sein, wenn sie nach dem Aufwachen feststellte, dass ihre Haushaltshilfe einen «Ausflug» unternahm. «O Gott, schütze die verdammte Königin», murrte Joy hinter ihr her.

Nicht zum ersten Mal lehnte sich Joy innerlich gegen die Einschränkungen in ihrem Leben auf, sowohl die geographischen als auch die körperlichen. In der kurzen Zeit, in der sie und ihre Mutter in Australien gelebt hatten, gleich nachdem die Japaner einmarschiert waren und Frauen und Kinder die Kolonie verließen, da waren Joy unerhörte Freiheiten gegönnt gewesen. Sie hatten bei Alice' Schwester Marcelle gewohnt, in deren Haus am Meer die Türen anscheinend immer offen standen, durch die Joy jederzeit hinausdurfte und unzählige Nachbarn, die im Vergleich zu denen in Hongkong alle so entspannt und fröhlich wirkten, zwanglos hereinspazierten.

Auch Alice war dort gelöst gewesen, in der trockenen Hitze aufgeblüht; alle sprachen ihre Sprache, und die hoch gewachsenen, sonnengebräunten Männer flirteten auf Teufel komm raus. Alice' Manieren galten als der Gipfel der Kultiviertheit, ihre Garderobe lag jenseits all dessen, was sie je gesehen hatten, und sie konnte den Eindruck erwecken, den sie immer erwecken wollte: schick, kosmopolitisch und dank ihres Exils exotisch. Hinzu kam, dass Marcelle jünger war als sie und ihr in allen Fragen von Geschmack und Stil erfreulichen Respekt zollte. Das Hochgefühl, von so viel Wohlwollen umgeben zu sein, hatte bei Alice auch bewirkt, dass Joy ihr nicht so «zur Last fiel» wie sonst. Unbekümmert winkte sie ihr zu, wenn sie an den Strand oder einkaufen ging, ohne ihr lange hinterherzublicken, anders als in Hongkong, wo sie ständig über die Mängel in Joys Aussehen nachgrübelte, über ihr Benehmen und über die möglichen Gefahren, die ihr in einem unzivilisierten Land drohten, wenn sie allein aus dem Haus ging.

«Ich hasse mein Leben», sagte Joy laut, ließ ihren Gedanken freien Lauf, bis sie wie dunkle Wolken über ihr hingen.

«Ma'am?»

Bei-Lin stand in der Tür. «Da ist ein Herr, der Sie sprechen möchte.»

«Will er zu meiner Mutter?»

«Nein, Ma'am. Fragt nach Ihnen.» Sie grinste viel sagend.

«Dann solltest du ihn hereinführen.»

Stirnrunzelnd strich Joy sich übers Haar und stand auf. Gesellschaft war das Letzte, was sie jetzt brauchen konnte. Die Tür ging auf und ein Mann trat ein, den sie nie zuvor gesehen hatte, in einem weißen kurzärmeligen Hemd und einer cremefarbenen Hose. Er hatte kurzes, sorgfältig geschnittenes, rötliches Haar, ein ovales, aristokratisches Gesicht und hellblaue Augen. Außerdem war er sehr groß und zog anscheinend aus Gewohnheit unnötigerweise den Kopf ein, als er durch die Tür kam. Von der Marine, dachte Joy flüchtig, die ziehen unter Türen immer den Kopf ein.

«Miss Leonard.» Er hielt einen Strohhut vor sich, den er mit beiden Händen umklammerte.

Joy war verdutzt. Sie konnte sich nicht vorstellen, woher er ihren Namen kannte.

«Ich bitte um Entschuldigung, wenn ich Ihnen ungelegen

komme. Ich wollte nur ... Ich dachte nur, ich sollte mal schauen, wie es Ihnen geht.»

Sie stierte ihn an, und plötzlich wurde sie rot vor Scham, weil sie ihn wieder erkannte. Bisher hatte sie dieses Gesicht nur doppelt gesehen. Unwillkürlich hielt sie sich eine Hand vor den Mund.

«Ich war so frei, Ihre Freundin nach Ihrem Namen und Ihrer Adresse zu fragen. Um mich zu vergewissern, dass Sie wohlbehalten nach Hause gekommen sind. Ich hatte ein ziemlich schlechtes Gewissen, weil ich Sie allein habe gehen lassen.»

«Nicht nötig, mir ging es ausgezeichnet», sagte Joy und blickte unverwandt auf ihre Füße hinunter. «Sehr freundlich von Ihnen», fügte sie nach einer Pause hinzu, weil sie merkte, dass sie schon wieder unhöflich war.

Eine Weile standen sie so da, bis Joy voller Unbehagen begriff, dass er keinerlei Anstalten machte, sich zu verabschieden. Sie fühlte sich so unbehaglich, dass ihre Haut zu prickeln begann. Noch nie war ihr etwas derart peinlich gewesen wie der Vorfall am vergangenen Abend, und nun stieß er ihr wieder auf wie ein zu kräftiger Geschmack. Warum konnte er sie nicht einfach in Ruhe lassen? Sie unbehelligt ihrer Schmach überlassen? Bei-Lin drückte sich immer noch erwartungsvoll in der Nähe der Tür herum, doch Joy übersah sie geflissentlich, sie würde ihm auf gar keinen Fall etwas zu trinken anbieten.

«Eigentlich», begann er nach einer längeren Pause, «wollte ich Sie noch fragen, ob Sie nicht Lust hätten, mit mir spazieren zu gehen. Oder Tennis zu spielen. Unser Kapitän hat eine Sondergenehmigung erhalten, dass wir ein paar Plätze unten an der Causeway Bay benutzen dürfen.»

«Nein danke.»

«Oder dürfte ich Sie vielleicht bitten, mir etwas von der Gegend zu zeigen? Ich bin zum ersten Mal in Hongkong.»

«Es tut mir sehr Leid, aber ich wollte gerade aus dem Haus», entgegnete Joy, die merkte, dass sie nach wie vor nicht imstande war, ihn anzusehen.

Es folgte eine lange Pause. Er starrte sie dagegen unverhohlen an. Sie konnte es fühlen.

«Irgendwohin, wo es schön ist?»

«Was?» Joy spürte ihr Herz schlagen. Warum verschwand er denn nicht?

«Sie sagten, Sie wollten gerade aus dem Haus. Da frage ich mich ... Nun ja, ich wüsste gern wohin?»

«Ich gehe reiten.»

«Reiten?» Als sie die Begeisterung in seiner Stimme hörte, hob sie zum ersten Mal den Blick. «Gibt es hier Pferde?»

«Hier nicht», antwortete sie. «Jedenfalls nicht auf der Insel. Aber in den New Territories. Ein Freund meines Vaters betreibt da oben einen Reitstall.»

«Hätten Sie etwas dagegen, wenn ich mich Ihnen anschließe? Ich reite zu Hause ein bisschen. Vermisse es furchtbar. Genau genommen habe ich seit neun Monaten kein Pferd mehr gesehen.»

Er sagte das so sehnsüchtig, wie die meisten Militärs von ihren Familien sprachen. Ihr fiel auf, dass sich sein ganzes Gesicht dabei aufhellte, die eher strengen Züge weicher und glatter wurden. Er sah, das musste Joy zugeben, ungeheuer gut aus, und recht erwachsen.

Aber er hatte auf der Terrasse ihre Schande mit angesehen.

«Ich habe ein Auto dabei und könnte Sie hinbringen. Oder Ihnen hinterherfahren, falls das – hm – schicklicher wäre.»

Joy wusste, dass ihre Mutter ganz bestimmt entsetzt war, wenn Bei-Lin ihr erzählte, Miss Joy sei mit einem fremden Mann in einem Auto verschwunden, doch wenn sie den ganzen Tag in ihrer Nähe geblieben wäre und als Prellbock für Alice' Katerstimmung ihre verbalen Attacken abgefangen hätte, würde das Nachbeben nicht so viel schlimmer sein. Und es war durchaus reizvoll, mit diesem fremden, hoch gewachsenen und sommersprossigen Mann durch die ruhigen Straßen zu brausen, denn anstatt ihr wie die meisten Offiziere das Gefühl zu geben, sie sei unbeholfen und um Worte verlegen, redete und redete er einfach selbst, von seinen Pferden in Irland (komisch, er hatte keinen irischen Akzent), von der Wildheit der Jagdgründe des Gebiets, in dem er wohnte, und – im Gegensatz dazu – von der Enge und endlosen Langeweile auf dem Schiff, wo er monatelang und oft ohne Unterbrechung mit denselben Leuten in derselben kleinen Welt festsaß.

Noch nie hatte sie einen Mann so reden hören wie ihn, ohne die ewig schneidigen Bemerkungen, die für die meisten Offiziere, mit denen sie sich bisher unterhalten hatte, so typisch waren. Edwards Sprache war freimütig, schlicht und direkt. Er erzählte wie jemand, der lange keine Gelegenheit dazu gehabt hatte, wie ein Ertrinkender, der nach Luft schnappte, stieß atemlos ganze Sätze aus und untermalte sie mit lautem, herzhaftem Lachen. Von Zeit zu Zeit hielt er inne, schaute zu Joy hinüber, als geniere er sich für seinen Mangel an Zurückhaltung, und schwieg dann, bis der nächste Gedanke aus ihm heraussprudelte.

Joy ertappte sich dabei, dass sie mitlachte, zuerst bloß schüchtern, doch allmählich befreite dieser seltsame Mann ihr eigenes Ich, sodass sie bei der Ankunft im Reitstall glühende Wangen hatte und in einer Weise kicherte, die ihr selbst völlig fremd war. Nach nur vierzig Minuten Abwesenheit hätte Alice diese Tochter nicht wieder erkannt. Genau genommen erkannte auch Joy sich kaum wieder, musterte verstohlen den Mann, der neben ihr saß, schlug kokett die Augen nieder, sobald ihre Blicke sich trafen, und benahm sich alles in allem – nun ja – wie Stella.

Mr. Foghill sagte, er würde ihn reiten lassen. Insgeheim hatte Joy darauf gehofft, und als Edward erst einmal mit ihm in dem kleinen Hof stand, voller Ehrfurcht von großartigen Jagdpferden sprach, die er kannte, und sie sich darin einig waren, dass irische Vollblüter englischen eindeutig überlegen seien, da verlor der Witwer all seine anfängliche Steifheit und bot ihm sogar sein eigenes Reitpferd an, einen hohen, jungen Fuchs mit einer kräftigen Hinterhand. Er bat Edward, auf ihm einige Runden in der Halle zu drehen, nur um einen prüfenden Blick darauf werfen zu können, wie er im Sattel saß und die Zügel hielt, aber was er sah, stellte ihn offenbar zufrieden, denn kurz darauf ritten Edward und Joy durchs Tor hinaus, ein Stück die Straße entlang und dann ins Gelände.

Zu diesem Zeitpunkt wusste Joy nicht, was über sie gekommen war. Sie konnte gar nicht mehr aufhören, zu lächeln und zu nicken, und versuchte dabei, nur ja nichts zu überhören von dem, was er sagte, obwohl es ihr in den Ohren so ungewohnt hämmerte. Wie dankbar sie war, dass sie sich an den Zügeln festhalten und legitimerweise auf den langen grauen Hals des Pferdes stieren konnte, der sich im Rhythmus des Hufschlags auf und ab bewegte, denn sie wäre nicht imstande gewesen, sich auf etwas anderes zu konzentrieren. Sie fühlte sich von allem um sie herum weit entfernt und nahm gleichzeitig die kleinste Einzelheit äußerst genau wahr. Zum Beispiel Edwards Hände. Und seine Sommersprossen. Und die zwei Falten, die neben seinen Mundwinkeln entstanden, wenn er lächelte. Sie merkte nicht einmal, wenn die Moskitos über ihrem Nacken summten, sich unter ihrem hinten zusammengebundenen Haar verfingen und sich dort an ihrer hellen, zarten Haut gütlich taten.

Aber das Beste von allem war, dass er reiten konnte. Richtig reiten. Aufrecht und entspannt saß er im Sattel, seine Hände bewegten sich sanft vor und zurück, ohne an den Zügeln zu zerren, sodass sie dem Pferd nicht ins Maul schnitten, und von Zeit zu Zeit griff er nach vorn, um den Hals des Tieres zu streicheln oder eine nichts ahnende Fliege zu verscheuchen. Joy war nur ein einziges Mal mit einem Mann hier gewesen, den sie gut leiden konnte, mit einem scheuen Banker, einem Freund ihres Vaters. Ihre aufkeimende Schwärmerei für ihn hatte sich allerdings wie Rauch im Wind verflüchtigt, als sie sah, wie er im Sattel herumtorkelte und seine Angst nicht verhehlen konnte, sobald das Pferd nur in einen leichten Trab fiel. William würde sie nicht einmal in die Nähe des Reitstalls bringen wollen. Nichts vermochte einen so von einem Menschen abzuschrecken, wie ihn auf einem Pferd zu sehen. Jedenfalls begriff Joy erst jetzt, welch ungeheure Anziehungskraft von einem Mann ausging, der gut reiten konnte.

«Waren Sie schon einmal in Schottland?», fragte Edward.

«Was?»

«Diese Moskitos. Die sind wie die kleinen schottischen Stechmücken», sagte er und schlug sich dabei auf den Nacken. «Die beißen einen überall.»

Joy wurde schon wieder rot und senkte den Blick. Sie ritten weiter.

Der Himmel verfinsterte sich und die Wolken sanken tiefer, sodass Joy sich nicht mehr sicher war, ob die feuchte Luft oder der Schweiß ihre Kleidung durchnässte und daran schuld war, dass vereinzelte Grashalme oder Samenkörner auf ihrer Haut kleben blieben. Dieses Wetter dämpfte alles, schwächte sogar das Geräusch der Pferdehufe so ab, als wären sie mit Stoff umwickelt, und es schien die beiden Reiter in ein warmes, nasses Tuch zu hüllen. Über ihnen hingen selbst die Bussarde vor dem Hintergrund des Lion Mountain gleich schwarzen Tropfen in der Luft, als koste jede Bewegung sie zu viel Anstrengung, während die Zweige, die an die Stiefel streiften, Wasserspuren hinterließen, obwohl es nicht regnete.

Falls Edward begriff, dass Joys Gedanken wild durcheinander gingen, oder falls ihm auffiel, dass sie immer wieder rot wurde und Mühe hatte, etwas zu sagen, oder dass ihr Pferd ihre Geistesabwesenheit ausnutzte, um hin und wieder schnell ein Maul voll Blätter von einem Gebüsch zu reißen, behielt er es für sich. Ihre innere Ruhe fand sie erst, als sie auf einem Reitweg an einem Reisfeld entlanggaloppierten und Edward danach an einer Bretterbude am Straßenrand hielt, um ihr ein Stück Wassermelone zu kaufen. Doch diese Gelassenheit zeigte sich nur darin, dass sie jetzt imstande war, ihn anzublicken, ohne verlegen zu werden. Just um die Zeit stellte sie fest, dass sie ihr Haarband verloren hatte und ihre Mähne ihr in ungekämmten, verschwitzten Strähnen um die Schultern hing. Aber falls ihm das auffiel, ließ er es sich auch nicht anmerken, sondern streckte nur eine

Hand aus, um ihr mit seinem Taschentuch etwas vom Gesicht zu wischen. Noch Minuten später spürte sie diese unerwartete Berührung wie einen Stromschlag auf ihrer Haut.

«Wissen Sie, Joy, das habe ich jetzt richtig genossen», beteuerte er, während sie im Schritt zum Hof zurückkehrten. «Sie ahnen gar nicht, wie viel es mir bedeutet hat, dass ich hier reiten konnte.»

Joy war sich darüber im Klaren, dass sie irgendwann auch etwas sagen musste, doch sie hatte das Gefühl, falls sie den Mund aufmachte, würde etwas Taktloses oder Unpassendes herauskommen, oder noch schlimmer: Sie würde vielleicht diese sonderbare, schmerzliche Sehnsucht preisgeben, die aus dem Nichts in ihr aufgeflammt war. Was mochte er schlimmstenfalls von ihr denken, wenn sie nicht redete?

«Ich kenne auch nicht viele Mädchen, die reiten können. Zu Hause, die Mädchen in meinem Dorf, die sind, sagen wir, ein bisschen grobschlächtig. Dorfmädchen eben. Jedenfalls nicht von der Sorte, mit der ich normalerweise ausreiten würde. Und wo auch immer wir festmachen, treffe ich nur auf solche, die zu Cocktailpartys gehen und geistreich sein wollen, und ehrlich gestanden, in alldem bin ich nicht besonders gut. Ich hatte mal eine Freundin – sie war ein bisschen so wie Sie –, aber sie … Ach was, das ist lang her. Und mir ist seit Ewigkeiten keine mehr begegnet, in deren Gesellschaft ich mich wirklich wohl gefühlt hätte.»

Joy hätte ihn küssen können. Ich weiß, ich weiß, hätte sie gern gerufen. Mir geht es genauso. Ich empfinde dasselbe wie Sie. Aber sie lächelte nur und nickte und schielte verstohlen zu ihm hinüber, während sie gleichzeitig mit sich selbst haderte, weil sie plötzlich so verändert und wie eines jener Mädchen war, die sie stets verachtet hatte. Sie wusste nicht, was sie von einem Mann erwartete (bisher war ihr noch nie in den Sinn gekommen, dass es an ihr sei, etwas zu erwarten), und nun ertappte sie sich dabei, dass sie sich zu ihm hingezogen fühlte, allerdings nicht wegen besonderer Fähigkeiten, die er besaß, sondern wegen einer ganzen Reihe von Dingen, die er nicht an sich hatte: Er gab ihr nicht das Gefühl, unbeholfen zu sein; er sah auf einem Pferd nicht wie ein Sack Reis aus; er guckte sie nicht so an, als wünschte er sich, sie wäre jemand anders. In Joy keimte etwas auf und wuchs. Es war stärker als Übelkeit, aber ebenso lähmend.

«Ich danke Ihnen», fuhr Edward fort. «Wie dem auch sei. Weil ich es überaus genossen habe.» Darauf rubbelte er an seinem Kopf, bis ihm die Haare vorn zu Berge standen, und wandte den Blick ab. «Und ich weiß, dass Sie mich eigentlich nicht mitnehmen wollten.»

Bei diesen Worten starrte Joy ihn entsetzt an, aber jetzt schaute er nur geradeaus. Ihr fiel nicht ein, wie sie ihm zu verstehen geben sollte, dass er sie missverstanden hatte, dass sie nicht seinetwegen, sondern wegen ihrer Spuckerei davongelaufen war, ohne ihn noch einmal daran zu erinnern, weil sie genau das nicht wollte. Oh, wo war Stella bloß, wenn Joy sie brauchte? Sie wusste immer, wie man mit Männern redete. Als Joy endlich auf die Idee kam, dass es am besten wäre, seiner letzten Bemerkung nur knapp zu widersprechen, da war es dazu irgendwie zu spät, denn sie ritten schon beinahe in den Hof ein und ihre Pferde strebten mit weit vorgereckten Köpfen und nur noch müde nickend dem heimischen Stall zu.

Edward bot an, beim Versorgen der Tiere zu helfen, und Mr. Foghill schlug Joy vor, sie könnte unterdessen in den Waschraum gehen, um sich frisch zu machen. Bei ihrem Anblick im Spiegel begriff sie, dass er es sehr gut mit ihr meinte. Sie sah schrecklich aus. Auf ihrem Kopf kräuselte sich ein feuchtes Gewirr, wie ein Haarknäuel in einem Badewannenabfluss. Während sie sich bemühte, mit den Fingern durchzufahren, blieben sie nur wenige Zentimeter von der Kopfhaut entfernt hängen. Das Gesicht war nicht nur verschwitzt, sondern auch staubverschmiert, und auf ihrer weißen Bluse hatte das Pferd grün gefärbte Speichelspuren hinterlassen, als es versuchte, seinen Kopf an ihr zu reiben, nachdem sie abgestiegen war. Vehement bearbeitete sie ihr Gesicht mit einem nassen Handtuch und brach beinahe in Tränen aus, weil sie nicht imstande gewesen war, daran zu denken, etwas so Simples wie einen Kamm oder ein Reservehaarband mitzunehmen. Stella hätte derlei nie vergessen. Aber sobald sie wieder draußen auftauchte, empfing Edward sie mit einem so breiten Lächeln, als ließe ihr Aussehen nichts zu wünschen übrig. Erst jetzt merkte Joy, dass auch seine Hose vor Schmutz starrte, voller Schweißflecken und rotem Schlamm, und nur noch dort sauber war, wo sie in den von Mr. Foghill geborgten Stiefeln gesteckt hatte.

«Ihre Kutsche steht bereit», erklärte er und setzte sich grinsend über sein eigenes Aussehen hinweg. «Sie werden mich allerdings zurücklotsen müssen. Ich habe nämlich keine Ahnung, wo wir sind.»

Auf dem Heimweg war Edward etwas stiller, und Joy wurde sich ihrer eigenen Schweigsamkeit noch deutlicher bewusst. Sie konnte ihm zwar den Weg weisen, aber so wohl sie sich in seiner Gegenwart auch fühlte, fiel ihr trotzdem nichts ein, was interessant genug gewesen wäre, es auszusprechen. Alles würde irgendwie hohl klingen, wenn sie ihm doch eigentlich zu verstehen geben wollte, dass er innerhalb von vier Stunden ihre ganze Welt aus dem Lot gebracht hatte. In seinen Augen entdeckte sie andere Länder, saftig grüne Felder und Jagdhunde, eigenbrötlerische Dorfbewohner und ein Leben ohne Cocktailpartys. In seiner Stimme hörte sie eine Sprache, in der weder List noch Berechnung mitschwangen und die Kontinente von dem affektierten Gerede der in Hongkong lebenden Ausländer entfernt war, das sich dauernd ums Geld drehte. In seinen breiten, sommersprossigen Händen sah sie Pferde, Freundlichkeit und noch etwas anderes, bei dem es ihr vor Verlangen die Kehle zuschnürte.

«Ich wünschte, ich hätte Sie früher kennen gelernt», sagte er, doch der Wind verschluckte seine Worte.

«Was? Was haben Sie gesagt?» Joy hielt eine Hand ans Ohr.

«Ich habe gesagt, ich wünschte, ich hätte Sie früher kennen gelernt.» Er fuhr langsamer, damit sie ihn besser verstehen konnte. Da raste ein Auto voller Marineoffiziere an ihnen vorüber und hupte einen anzüglichen Gruß.

«Ich … ich … Ach, ich weiß nicht. Es ist bloß ziemlich bitter, dass ich übermorgen fortmuss.»

Ein Schaudern erfasste Joys Herz. Sie spürte, wie ihr das Blut in den Adern gerann.

«Was? Wie meinen Sie das?»

«Wir laufen in zwei Tagen aus. Ich habe noch einen Tag Landurlaub, dann müssen wir uns auf den Weg in koreanische Gewässer machen.»

Joy gelang es nicht, das Entsetzen auf ihrem Gesicht zu verbergen. Das war zu grausam. Jemanden gefunden zu haben – ihn gefunden zu haben –, und nun reiste er schon so bald ab …

«Für wie lange?», fragte sie kleinlaut, mit bebender Stimme, die sich nicht wie ihre eigene anhörte. Edward blickte zu ihr hinüber, las etwas aus ihrer Miene heraus, dann wandte er sich wieder dem Lenkrad zu und betätigte den Winker, um zu signalisieren, dass er gleich anhalten würde.

«Ich glaube, wir kommen nicht mehr hierher zurück», sagte er und schaute jetzt wieder Joy an. «Wir tun mit den Amis unsere Pflicht in den koreanischen Gewässern, und dann geht's weiter Richtung New York. Wir werden monatelang auf See sein.» Bei diesen Worten sah er ihr fest in die Augen, als versuche er, ihr begreiflich zu machen, wie unmöglich es sei, Beziehungen zu pflegen, wenn man ständig unterwegs war.

Joy meinte, ihr Kopf würde im nächsten Augenblick zerspringen. Sie merkte, dass ihre Hände zu zittern begonnen hatten. So musste sich jemand fühlen, dem man den Schlüssel zu seiner Gefängniszelle nur gegeben hatte, damit er selbst herausfand, dass der aus Gummi bestand. Bestürzt stellte sie fest, dass sie drauf und dran war, in Tränen auszubrechen.

«Ich kann nicht …», sagte sie leise und nagte an ihrer Lippe.

«Was?» Edward hatte eine Hand ausgestreckt, die nun ganz dicht neben ihrer lag.

«Ich kann Sie nicht einfach fortlassen. Ich kann Sie nicht wegfahren lassen.» Diesmal sagte sie es laut und hielt dabei seinem Blick stand. Aber noch während sie es sagte, konnte sie nicht glauben, dass sie, eine junge Frau mit ihrer Erziehung, so etwas aussprach, konnte die Ungeheuerlichkeit ihrer eigenen Worte nicht fassen. Doch sie ließen sich nicht zurückhalten, kamen fertig geformt wie solide Kieselsteine aus ihrem Mund und fielen gleich Opfergaben vor ihn hin.

Es entstand eine lange, spannungsgeladene Pause, in der Joy zu sterben glaubte. Dann griff Edward nach ihrer Hand. Seine war warm und trocken.

«Ich hätte nicht gedacht, dass Sie mich gern haben», sagte er.

«Ich habe noch nie jemanden gern gehabt. Das heißt, bisher habe ich noch nie wen gern gehabt. Es hat noch nie jemanden gegeben, in dessen Gesellschaft ich mich wohl gefühlt hätte.» Sie redete jetzt drauflos, die Worte sprudelten unkontrolliert aus ihr heraus, doch er wich nicht zurück. «Mir fällt es schwer, mit Leuten zu reden. Und hier sind auch keine Leute, mit denen ich wirklich reden wollte. Außer mit Stella. Die ist nämlich meine Freundin. Und als Sie heute Morgen kamen, da war mir das, was gestern Abend passiert ist, so peinlich, dass es leichter war, Sie wegzuschicken, als nett zu Ihnen zu sein. Aber als Sie blieben und wir dann mit dem Auto fuhren und all das, da war mir so wohl wie noch nie. Weil ich noch nie das Gefühl gehabt hatte, nicht begutachtet zu werden. Mir war es, als brauchte ich einfach nur dazusitzen und dieser Mensch würde mich verstehen.»

«Und ich habe geglaubt, Sie hätten einen Kater», bekannte er lachend. Aber Joy war zu angespannt, zu aufgewühlt, um mitzulachen.

«Alles, was Sie heute gesagt haben, sehe ich ganz genauso. Da war nichts, was ich nicht selber schon so empfunden hätte. Natürlich meine ich nicht das Jagengehen und das Drumrum, weil ich das noch nie gemacht habe. Aber all die anderen Dinge, die Sie gesagt haben über Cocktailpartys und über Menschen und dass Ihnen Pferde manchmal lieber sind und es Ihnen nichts ausmacht, wenn ein paar Leute glauben, Sie seien ein bisschen komisch, genauso geht es mir auch. Das bin ich. Es war, als hätte ich meinen eigenen Gedanken zugehört. Deshalb kann ich Sie nicht weglassen. Ich kann nicht zulassen, dass Sie fortfahren. Und wenn Sie jetzt entsetzt sind über das, was ich gesagt habe, und denken, dass ich die lästigste, dreisteste Kreatur bin, der Sie je begegnet sind, dann ist mir das auch egal, weil ich zum ersten Mal in meinem ganzen Leben das Gefühl habe, mir selbst treu zu sein.»

Zwei dicke, salzige Tränen kullerten langsam Joys gerötete Wangen hinunter und verrieten die Emotion, die sich hinter diesem Redeschwall verbarg, dem sicher längsten, seit sie erwachsen war. Sie schluckte, um der weiteren Tränen Herr zu werden, und war von dem, was sie soeben getan hatte, sowohl erschrocken als auch aufgekratzt. Sie hatte vor diesem Unbekannten ihr Innerstes in einer Weise ausgebreitet, dass ihre Mutter und wahrscheinlich auch Stella sie für geistesgestört halten würden. Und wenn sie ihm erklärt hatte, es sei ihr egal, was er darüber denkt, so stimmte das nicht. Falls er sich nun von ihr abwandte, irgendeine höfliche Platitude von sich gab, was für einen schönen Tag er gehabt habe und dass sie sicher erschöpft sein müsse, dann würde sie sich zusammennehmen, bis sie zu Hause war, und danach Mittel und Wege finden, sich umzubringen. Sie könnte es auf keinen Fall ertragen, weiterhin an der banalen Oberfläche ihres Lebens zu treiben, nachdem sie nun einmal kurz darunter getaucht war und dort kühle, besänftigende Tiefe entdeckt hatte. Sag, dass du mich wenigstens verstehst, flehte sie insgeheim. Auch wenn du nicht mehr sagst, als dass du mich verstehst, reicht mir das schon.

Von neuem folgte eine lange, quälende Pause. Ein anderes Auto dröhnte heran und beschleunigte noch, während es vorbeibrauste.

«Dann sollten wir jetzt wohl besser zurückfahren», erklärte Edward, legte eine Hand wieder auf das Steuerrad und betätigte mit der anderen den Schalthebel.

Joys Miene erstarrte und langsam, fast unmerklich, sank sie auf dem Beifahrersitz zusammen; ihre Wirbelsäule kam ihr dabei so spröde vor, als würde sie gleich zerbrechen. Sie hatte alles falsch gemacht. Natürlich. Wie war sie bloß auf die Idee verfallen, dass sie mit einem derartigen Gefühlsausbruch die Achtung eines Mannes, geschweige denn sein Herz gewinnen könnte?

«Es tut mir Leid», flüsterte sie und ließ den Kopf sinken. «Es tut mir so Leid.»

O Gott, was war sie nur für eine Närrin!

«Was denn?», fragte Edward, griff hinüber und schob ihr das feuchte Haar aus dem Gesicht. «Ich möchte mit Ihrem Vater sprechen.»

Joy sah ihn verdutzt an. Würde er ihm erzählen, dass sie von Sinnen war?

«Hören Sie», sagte er und ließ seine Hand auf ihrer Wange liegen. Sie roch nach Schweiß. Und nach Pferd. «Ich weiß, Sie werden wahrscheinlich denken, das geht ein bisschen zu schnell. Aber, Joy, wenn Sie mich wollen, möchte ich ihn darum bitten, dass wir heiraten können.»

«Sie glauben doch nicht im Ernst, dass wir einwilligen, oder?», fragte ihre Mutter, in deren Zügen sich Abscheu und die Verwunderung darüber spiegelten, dass es ihrer Tochter gelungen war, auch nur bei irgendeinem Mann so starke Gefühle zu wecken. (Ihre ohnehin schon schlechte Laune hatte sich noch verschlimmert, weil Joy und Edward zurückgekommen waren, noch ehe sie es geschafft hatte, sich zurechtzumachen.) «Wir kennen ihn ja nicht einmal.»

Sie sprach jetzt, als ob er gar nicht im Raum wäre.

«Ich erzähle Ihnen alles, was Sie wissen wollen, Mrs. Leonard», sagte Edward. Er hatte seine langen Beine in der schmutzigen Hose weit von sich gestreckt.

Joy betrachtete sie voller Staunen über ihren noch ungewohnten Besitzerstolz. Den Rest der Fahrt hatten sie wie in einem Taumel hinter sich gebracht, hatten laut und fast hysterisch über ihre Verrücktheit gelacht. Sie kannte ihn nicht! Er kannte sie nicht! Und dennoch hatten sie einander in geradezu manischer Komplizenschaft angegrinst, sich verlegen an den Händen gehalten, und Joy hatte den seinen bereitwillig ihr Leben anvertraut. Sie hatte nicht erwartet, *irgendwen* zu finden, war nicht einmal auf den Gedanken gekommen, Ausschau nach jemandem zu halten. Doch er schien zu wissen, was er tat, und wahrscheinlich wusste er auch viel besser als sie, was richtig war. Und er hatte nicht im Geringsten gezögert, diesen Irrsinn ihren Eltern beizubringen.

Edward holte tief Luft, dann begann er die Fakten herunterzurasseln: «Mein Vater ist Richter im Ruhestand, und er und meine Mutter sind nach Irland gezogen, wo sie Pferde züchten. Ich habe noch eine Schwester und einen Bruder, beide verheiratet, beide älter als ich. Ich bin neunundzwanzig und fast acht Jahre in der Marine, seit ich die Universität verlassen habe. Außer meinem Sold beziehe ich noch Einkünfte aus einem Privatvermögen.»

Die bei der Erwähnung von Irland leicht gerümpfte Nase ihrer Mutter glättete sich wieder bei den Worten «Einkünfte aus einem Privatvermögen». Joy behielt allerdings das Gesicht ihres Vaters im Blick, in dem sie verzweifelt nach irgendeinem Anzeichen der Zustimmung forschte.

«Das kommt erschreckend plötzlich. Ich begreife nicht, weshalb Sie nicht warten können. – Glauben Sie, Sie lieben sie?» Ihr Vater lehnte sich mit seinem Gin Tonic in der Hand im Sessel zurück und sah Edward durchdringend an. Joy wurde rot. Dass er das einfach so laut aussprach, kam ihr beinahe obszön vor.

Edward schaute sie lange an, dann griff er nach ihrer Hand, was ihr erneut die Röte ins Gesicht trieb. Noch kein Mann hatte sie jemals in Gegenwart ihrer Eltern auch nur berührt.

«Ich weiß nicht, ob einer von uns es schon Liebe nennen könnte», sagte er, und es hörte sich fast so an, als gelte das ihr. «Aber ich bin nicht mehr jung und dumm, ich habe viele Mädchen kennen gelernt, und ich weiß mit absoluter Sicherheit, dass Joy anders ist als alle, die mir je begegnet sind.»

«Das können Sie laut sagen», murmelte ihre Mutter.

«Und ich kann Ihnen nur versichern, dass ich glaube, ich kann sie glücklich machen. Wenn mir mehr Zeit bliebe, wäre ich imstande, Ihre Bedenken zu zerstreuen. Aber es lässt sich nicht ändern, dass ich nahezu unverzüglich auslaufen muss.»

Joy kam gar nicht auf die Idee, das Tempo seiner Gefühle zu hinterfragen. Sie war bloß äußerst dankbar, dass sie anscheinend mit der Intensität ihrer eigenen übereinstimmten. Noch ganz benommen davon, dass jemand sie in *gutem* Sinn einzigartig genannt hatte, brauchte sie eine Weile, bis sie merkte, dass seine Hand zu schwitzen angefangen hatte.

«Es ist zu früh, Graham. Sag es ihnen. Sie kennen einander ja noch gar nicht.»

Da entdeckte Joy das Funkeln in den Augen ihrer Mutter, ihre Erregung. Sie ist eifersüchtig, dachte sie plötzlich. Sie ist eifersüchtig, weil sie von ihrem eigenen Leben enttäuscht ist und den Gedanken nicht erträgt, dass jemand drauf und dran sein könnte, mich aus meinem herauszuholen.

Ihr Vater sah Edward immer noch an, als versuche er, sich über irgendetwas Klarheit zu verschaffen. Edward wich seinem Blick nicht aus.

«Nun ja, heutzutage sind sie bei allem schneller», sagte Graham und bedeutete Bei-Lin mit einem Wink, sie solle noch etwas zu trinken bringen. «Du weißt doch noch, wie das im Krieg war, Alice.»

Joy musste gegen ihre Aufregung ankämpfen. Sie drückte Edwards Hand und spürte, wie er ihren Druck ganz behutsam erwiderte.

Ihr Vater trank sein Glas leer. Dann erweckte er für einen Moment den Eindruck, als nehme ihn irgendetwas draußen vor dem Fenster völlig in Anspruch.

«Sagen wir einmal, ich würde zustimmen, junger Mann. Was täten Sie denn da in den nächsten sechsunddreißig Stunden?»

«Wir möchten heiraten», warf Joy atemlos ein. Nachdem es jetzt wohl nur noch um die Wahl des richtigen Zeitpunkts ging, fühlte sie sich wieder in der Lage, etwas zu sagen.

Doch ihr Vater schien sie nicht zu hören. Er redete mit Edward.

«Ich werde Ihre Wünsche respektieren, Sir.»

«Dann will ich mal sagen, meinen Segen haben Sie. Für eine Verlobung.»

Joys Herz schlug höher. Und stockte. «Sie können heiraten, wenn Sie den nächsten Landurlaub haben.»

Betretenes Schweigen breitete sich im Raum aus. Joy versuchte, ihre Enttäuschung zu bezwingen, während sie undeutlich wahrnahm, wie Bei-Lin jenseits der Tür eilends davonschlurfte, um der Köchin zu berichten. Fassungslos starrte ihre Mutter sie an und dann wieder ihren Vater. Was werden denn die Leute denken?

«Wenn Sie es miteinander ernst meinen, dann schadet es nicht, noch zu warten. Sie können den Ring kaufen, die Verlobung bekannt geben und dann später heiraten.» Mit Nachdruck stellte Joys Vater sein Glas auf den lackierten Tisch, um damit anzudeuten, dass das Urteil gefällt war.

Joy wandte sich Edward zu, der einen langen, tiefen Seufzer ausstieß. Bitte sei damit nicht einverstanden, bettelte sie im Stillen. Sag ihm, dass du mich jetzt heiraten musst. Nimm mich mit auf dein großes graues Schiff.

Aber Edward sagte nichts.

Während sie ihn nicht aus den Augen ließ, durchzuckte Joy zum ersten Mal Enttäuschung über ihren Partner; die erste mikrokosmische, bittere Erkenntnis, dass der Mann, in den sie die größten Hoffnungen, ihr größtes Vertrauen gesetzt hatte, vielleicht nicht ganz halten würde, was sie sich von ihm versprochen hatte.

«Wann wird das sein?», fragte sie und bemühte sich, das Zittern in ihrer Stimme zu unterdrücken. «Wann glaubst du, dass du von Bord gehen kannst?»

«Unser nächster längerer Aufenthalt ist in New York», antwortete er fast entschuldigend. «Aber das wird frühestens in neun Monaten sein. Vielleicht auch erst in einem Jahr.» Joy saß kerzengerade da und blickte flüchtig zu ihrer Mutter hinüber, die sich allem Anschein nach entspannt hatte. Sie lächelte beinahe; ein gönnerhaftes Lächeln, diese Art von Lächeln, die besagte: Ach, die jungen Leute. Sie mögen ja glauben, dass sie verliebt sind, aber warten wir erst einmal ab, was in sechs Monaten so alles passiert. Alice wollte Recht behalten, stellte Joy schaudernd fest. Sie wollte die Bestätigung, dass wahre Liebe nicht existierte, dass jeder in einer ebenso unglücklichen Ehe landete wie sie. Wie dem auch sei, falls ihre Eltern dachten, das würde sie davon abhalten, irrten sie sich.

«Dann sehe ich dich also in neun Monaten wieder», erklärte sie, während sie ihrem frisch gebackenen Verlobten in die blauen Augen schaute und dabei versuchte, mit ihrem Blick so viel Gewissheit auszudrücken, wie sie empfand. «Aber … aber schreib mir!»

Da ging die Tür auf.

«Gott schütze die Königin», rief Bei-Lin aus, als sie mit einem Tablett voller Getränke hereinkam.

— *Kapitel 1* —

Oktober 1997

Unmittelbar vor Fishguard gaben Kates Scheibenwischer den Geist auf, blieben hängen und rutschten dann resigniert in Richtung Motorhaube hinunter, genau in dem Augenblick, als sich der Regen, der sich bis dahin damit begnügt hatte, einfach nur stark zu sein, entschloss, sintflutartig herabzuprasseln.

«Oh, verdammt», sagte sie und fuhr einen Schlenker, während sie den Schalter am Armaturenbrett hinauf- und herunterklappte. «Ich kann überhaupt nichts sehen. Liebling, könntest du, wenn ich langsam über den nächsten Parkplatz fahre, hinauslangen und die Scheibe abwischen?»

Sabine zog die Knie bis zur Brust und sah ihre Mutter finster an. «Das bringt doch überhaupt nichts. Wir können genauso gut einfach anhalten.»

Kate stoppte, kurbelte das Fenster herunter und versuchte, ihre Hälfte der Windschutzscheibe mit einem Ende ihres Samtschals abzuwischen. «Lange können wir nicht stehen bleiben. Wir sind schon ziemlich spät dran. Und ich kann doch nicht zulassen, dass du die Fähre verpasst.»

Ihre Mutter war gewöhnlich ein sanftes Wesen, aber Sabine kannte diesen stählernen Ton in Kates Stimme und wusste, er bedeutete, dass nichts, mit Ausnahme eines Tsunami, also einer ausgewachsenen Springflut, Sabine davor bewahren würde, auf diese Fähre verfrachtet zu werden. Das war keine große Überraschung; mit diesem Tonfall war sie in den letzten drei Wochen viele Male konfrontiert worden, aber allein bei dem Gedanken, dass sie sich jetzt noch einmal anhören musste, wie machtlos sie ihrer Mutter gegenüber war, schob Sabine unbewusst die Unterlippe vor und wandte sich in stummem Protest ab.

Kate merkte es und sah wieder weg, schließlich war sie mit den wechselhaften Stimmungen ihrer Tochter bestens vertraut. «Weißt du, wenn du dich nicht so dagegen sträuben würdest, könntest du einfach deinen Spaß dran haben, meinst du nicht?»

«Wie soll ich denn meinen Spaß dran haben? Du schickst mich an einen Ort, an dem ich in meinem ganzen Leben erst zweimal war, ich soll in diesem Sumpfloch bleiben, bei einer Großmutter, die du so sehr magst, dass du sie seit x Jahren nicht mehr besucht hast, dort soll ich ja bloß das Dienstmädchen spielen, während mein Großvater abkratzt. Toll. Klasse Ferien. Ich bin ganz wild darauf.»

«Ach, schau dir das an. Sie funktionieren wieder. Mal sehen, ob wir's bis zum Hafen schaffen.» Kate zerrte am Steuer, der ramponierte Volkswagen schoss auf die nasse Straße zurück, und links und rechts spritzte das teefarbene Wasser auf. «Hör mal, wir wissen gar nicht, ob dein Großvater wirklich so krank ist, anscheinend ist er nur schwach. Und ich glaube einfach, dass es für dich gut ist, eine Weile aus London herauszukommen. Bisher bist du kaum bei deiner Granny gewesen, und es wird sicher schön für euch sein, wenn ihr euch ein bisschen kennen lernt, bevor sie zu alt ist oder du auf Reisen gehst oder sonst was.»

Sabine starrte stur aus dem Seitenfenster.

«Granny. Bei dir hört sich das direkt nach Familienidylle an.»

«Und ich weiß, dass sie für jede Hilfe unheimlich dankbar ist.»

Sabine weigerte sich hartnäckig, Kate anzuschauen. Verdammt, sie wusste genau, warum sie nach Irland verschickt wurde, und ihre Mutter wusste es, und wenn sie so eine verdammte Heuchlerin war und es nicht zugeben wollte, dann konnte sie von Sabine nicht erwarten, dass sie offen zu ihr war.

«Linke Spur», sagte sie und drehte sich noch immer nicht um.

«Was?»

«Linke Spur. Du musst dich für den Fährenterminal auf der linken Spur einordnen. Ach, Herrgott nochmal, Mum, warum kannst du denn nicht einfach deine verdammte Brille aufsetzen?»

Kate riss das kleine Auto auf die linke Spur, ignorierte das Protestgehupe hinter sich und steuerte unter Sabines missmutiger Führung das im Wind schaukelnde Schild mit der Aufschrift «Passagiere ohne Fahrzeuge» an. Sie fuhr weiter, bis sie einen Parkplatz sah; eine graue, windgepeitschte Asphaltwüste im Schatten eines unförmigen grauen Gefängnisses. Warum bauen sie Bürogebäude bloß immer so, dass sie derart deprimierend aussehen, schoss es ihr durch den Kopf. Als ginge es den Leuten nicht schon schlecht genug, wenn sie dorthin kamen. Beim nächsten Stopp von Auto und Scheibenwischer sorgte der Regen gnädigerweise dafür, dass das Gebäude kaum mehr zu erkennen war, weil alles impressionistisch verschwamm.

Kate, für die ohne Brille die meisten Dinge ohnehin impressionistisch verschwammen, sah ihre Tochter an und wünschte sich plötzlich, sie könnten sich so liebevoll voneinander verabschieden, wie das, da war sie sich sicher, andere Mütter und Töchter tun würden. Sie wollte ihr sagen, wie Leid es ihr tat, dass Geoff demnächst ausziehen und ihre häuslichen Verhältnisse sich nun zum dritten Mal in ihrem jungen Leben umkrempeln würden. Sie wollte ihr sagen, dass sie sie zu ihrem eigenen Schutz nach Irland schickte; um sie davor zu bewahren, Zeugin der bitteren Szenen zu werden, die sie und Geoff wohl kaum verhindern konnten, wenn sie ihre sechsjährige Beziehung beendeten; und obwohl sie und ihre eigene Mutter keinen Kontakt mehr zueinander hatten, so wünschte sie ihrer Tochter doch uneigennützig, dass sie das Gefühl bekam, wenigstens eine Großmutter zu haben, jemand anderen als nur sie. Auch das hätte sie ihr gern gesagt.

Aber Sabine machte es ihr immer unmöglich, so etwas auszusprechen; sie war scheinbar von einer stets wachsenden Schicht aus Stacheln bedeckt, wie ein wunderbares, schmollendes kleines Stachelschwein. Sagte sie ihr, sie habe sie lieb, wurde ihr vorgeworfen, sie benehme sich wie die Leute in «Unsere kleine Farm». Streckte sie die Arme nach ihr aus, spürte sie deutlich, dass ihr Kind zurückschreckte. Wie war es nur dazu gekommen? Das fragte sie sich immer wieder. Ich hatte mir so fest vorgenommen, dass unser Verhältnis anders sein sollte, dass du all die Freiheiten haben sollst, die mir versagt waren. Dass wir Freundinnen sein würden. Warum verachtest du mich bloß? Kate hatte es zu wahrer Meisterschaft gebracht, ihre offenbar so abscheulichen Gefühle vor ihrer Tochter zu verbergen. Dabei hasste Sabine es noch mehr, wenn sie jammerte und sentimental wurde; das machte sie nur noch kratzbürstiger. Deshalb griff Kate stattdessen in ihre überquellende Korbtasche und reichte Sabine die Tickets wie auch das, was sie für ein großzügiges Taschengeld hielt. Sabine bedankte sich nicht einmal dafür.

«Also, die Überfahrt dauert etwa drei Stunden. Es sieht so aus, als könnte sie ein bisschen rau werden, aber leider habe ich nichts gegen Seekrankheit eingepackt. Du wirst gegen halb fünf in Rosslare ankommen, und deine Granny erwartet dich dann am Informationsschalter. Soll ich dir das aufschreiben?»

«Ich glaube, ‹Informationsschalter› kann ich mir gerade noch merken», entgegnete Sabine trocken.

«Für den Fall, dass etwas schief geht, habe ich die Telefonnummer vom Haus auf die Rückseite des Ticket-Umschlags geschrieben. Und ruf mich an, sobald du dort bist. Nur damit ich weiß, dass du angekommen bist.»

Um sicher zu sein, dass die Luft rein ist, dachte Sabine bitter. Ihre Mutter musste sie wirklich für dumm halten. Sie glaubte wohl im Ernst, sie habe keine Ahnung, was sich da abspielte. In den vergangenen Wochen war sie oft nahe daran gewesen, sie anzuschreien: «Ich weiß Bescheid, hörst du. Ich weiß, warum du und Geoff euch trennt. Ich weiß Bescheid über dich und diesen verdammten Justin Stewartson. Und genau deshalb schickst du mich für ein paar Wochen fort, damit du mit deiner widerlichen kleinen Affäre weitermachen kannst, sobald ich und Geoff aus dem Weg sind.»

Doch irgendwie hatte sie trotz ihrer ganzen Wut nie richtig Lust dazu gehabt. Weil ihr ihre Mutter einfach zu traurig, zu niedergeschlagen vorgekommen war. Dennoch, falls sie glaubte, sie würde gehen, ohne zu protestieren, dann war sie auf dem Holzweg.

Sie blieben ein paar Minuten im Auto sitzen. Hin und wieder ließ der Regen etwas nach, und sie konnten einen Blick auf den hässlichen Terminal erhaschen, aber dann prasselte er wieder herab und verwandelte das Bild in ein triefendes Aquarell.

«Geoff wird also fort sein, wenn ich zurückkomme?» Während sie das sagte, hob Sabine das Kinn, damit es mehr nach einer Herausforderung als nach einer Frage klang.

Kate schaute sie entgeistert an.

«Wahrscheinlich», sagte sie langsam. «Aber du kannst ihn trotzdem treffen, wann immer du willst.»

«So wie ich Jim treffen konnte, wann immer ich wollte.»

«Damals warst du noch viel jünger, Darling. Und es wurde kompliziert, weil Jim sich eine neue Familie zugelegt hat.»

«Nein, es wurde kompliziert, weil ich einen verdammten Ersatzvater nach dem anderen gekriegt habe.»

Kate streckte die Hand nach ihrer Tochter aus. Warum sagte einem niemand, dass die Schmerzen bei der Geburt eines Kindes noch die geringsten waren?

«Ich gehe jetzt besser», murmelte Sabine und machte die Autotür auf. «Ich will doch meine Fähre nicht verpassen.»

«Komm, ich geh noch bis zum Terminal mit», antwortete Kate, und Tränen brannten ihr in den Augen.

«Nicht nötig», sagte Sabine, schlug mit dumpfem Knall die Tür zu, und Kate war allein.

Es war eine raue Überfahrt; rau genug, dass die johlenden Kinder auf stibitzten Tabletts den mit Teppich belegten Laufgang hinauf und hinunter sausten, während ihre Eltern, die auf den

Plastikbänken vergnügt vor und zurück rutschten, Dosenbier tranken und hin und wieder in lautes Gelächter ausbrachen. Andere stellten sich in der Cafeteria wankend nach überteuerten Chips an und ließen die unter der Frischhaltefolie welkenden Salate unbeachtet. Wieder andere hingen an den Spielautomaten, die neben den Treppen aufgereiht waren und Bimmel- und Sirenengeräusche von sich gaben. Nach der Anzahl der Familien und den Leuten zu schließen, die sich unbekümmert einen ordentlichen Kater für den nächsten Tag antranken, war die Sonntagnachmittagfähre vor allem bei Wochenendurlaubern beliebt.

Sabine saß auf einem Fensterplatz, ihr Discman schirmte sie gegen all die lästigen Leute um sie herum ab. Die waren anscheinend vom gleichen Schlag wie jene, die sie in Autobahnraststätten oder Supermärkten antraf. Leute, die nicht sonderlich darauf achteten, was sie anhatten, ob ihr Haarschnitt völlig aus der Mode war, ob die Art und Weise, wie sie dasaßen oder redeten, vielleicht peinlich war. So wird Irland sein, sagte sie sich grimmig über die lauten Bässe ihrer CD hinweg. Rückständig. Ohne Kultur. Alles andere als cool.

Sie verfluchte ihre Mutter zum millionsten Mal, dass sie sie in dieses Exil verbannte, fernab von ihren Freunden, ihrem Haus, ihrem normalen Leben. Es würde bestimmt ein Albtraum werden. Mit diesen Leuten hatte sie nichts gemein, ihre Großeltern waren so gut wie Fremde, und sie überließ Dean Baxter ausgerechnet jetzt, wo sie dachte, dass sie bei ihm landen könnte, der hinterhältigen Amanda Gallagher, und was am schlimmsten war, sie hatte nicht einmal ihr Handy oder ihren Computer dabei, um mit ihm in Kontakt zu bleiben. (Selbst sie hatte zugeben müssen, dass der Computer zu groß zum Mitnehmen war, wogegen ihre Mutter ihr klipp und klar erklärt hatte, wenn sie meinte, sie würde ihr für ihr bereits überzogenes Handy-Konto die Möglichkeit für «Auslandsgespräche» einräumen, dann sei sie «schief gewickelt». Warum sagte man so etwas? Würde sie zu ihrer Mutter sagen, sie sei «schief gewickelt», würde sie gleich wieder damit anfangen, dass sie sie auf ein Internat hätte schicken sollen.)

Sie wurde also nicht nur ins Exil verbannt, sondern das auch noch ohne den Trost von Telefon oder E-Mail. Selbst jetzt, während Sabine dasaß und düster auf die wilde Irische See stierte, gestattete sie sich einen Anflug von Erleichterung, dass sie die endlosen Spannungen nicht miterleben musste, wenn ihre Mutter und Geoff ihr häusliches Dickicht langsam und schmerzhaft entwirrten.

Sie hatte gewusst, dass es dazu kommen würde, sogar noch vor Geoff. Sie hatte es von dem Nachmittag an gewusst, an dem sie von ihrem Zimmer herunterkam und ihre Mutter ins Telefon tuscheln hörte: «Ich weiß. Ich möchte dich auch sehen. Aber du weißt ja, er ist im Moment unmöglich. Und ich will die Sache nicht noch schlimmer machen.»

Sie hatte wie versteinert auf der Treppe gestanden, dann laut gehustet, sodass ihre Mutter unvermittelt und schuldbewusst das Telefon auflegte und dann, als Sabine ins Wohnzimmer kam, in zu heiterem Tonfall sagte: «Ach, du bist es, Liebling! Ich hab dich draußen gar nicht gehört! Gerade habe ich mir überlegt, was wir zum Abendessen kochen sollen.»

Ihre Mutter kochte nie das Abendessen. Sie war eine schlechte Köchin. Das war Geoffs Aufgabe.

Und dann hatte sie ihn kennen gelernt. Justin Stewartson. Fotograf bei einer linksgerichteten englischen Zeitung. Ein derart aufgeblasener Typ, dass er lieber die U-Bahn nahm, als im ramponierten Auto ihrer Mutter mitzufahren. Ein Mann, der sich für unwiderstehlich hielt, weil er eine abgewetzte Lederjacke trug, die vielleicht vor fünf Jahren einmal cool gewesen war, dazu khakifarbene Hosen und Wüstenstiefel. Er hatte zu deutlich versucht, sich mit Sabine zu unterhalten, hatte Kommentare über Underground-Bands fallen lassen, von denen er meinte, sie würde sie kennen, und hatte sich bemüht, sowohl zynisch als auch gut informiert über die Musikbranche zu reden. Sie hatte ihm dagegen einen, wie sie hoffte, möglichst vernichtenden

Blick zugeworfen. Sie wusste, warum er versuchte, nett zu sein, aber das würde bei ihr nicht ziehen. Und Männer über fünfunddreißig konnten sowieso nicht cool sein, nicht einmal wenn sie meinten, sie würden sich mit Musik auskennen.

Armer alter Geoff. Armer, muffiger alter Geoff. Er hatte mit gerunzelter Stirn zu Hause gesessen, weil er sich jeden Abend Sorgen um Patienten machte, bei denen er nicht wusste, welche therapeutischen Maßnahmen indiziert waren, und alle psychiatrischen Abteilungen im Zentrum von London angerufen, um irgendeinen weiteren Verrückten davon abzuhalten, auf der Straße zu landen. Er hatte nicht die leiseste Ahnung gehabt. Und ihre Mutter war einfach unbekümmert gekommen und gegangen und hatte so getan, als würden sie seine Sorgen interessieren, bis zu dem Tag, an dem Sabine die Treppe herunterkam und es offensichtlich war, dass er Bescheid wusste, weil er ihr einen jener langen, fragenden Blicke zuwarf, die sagen wollten: «Hast du's gewusst? *Et tu, Brute?*» Wegen seiner psychiatrischen Ausbildung war es schwierig, Geoff hinters Licht zu führen. Deshalb versuchte sie, als sie seinen Blick erwiderte, so etwas wie Sympathie zu vermitteln, gewissermaßen die erbärmliche Handlungsweise ihrer Mutter zu missbilligen.

Sie ließ sich von keinem der beiden anmerken, wie viel sie geheult hatte. Geoff konnte einem auf die Nerven gehen und war ein bisschen ernst gewesen, und sie hatte nie zugelassen, dass er sich für eine Art Dad hielt. Aber er war nett gewesen, hatte gekocht und dafür gesorgt, dass Mum vernünftig blieb, und er war seit ihrer Kindheit da gewesen. Genau genommen länger als alle anderen. Außerdem wurde ihr allein bei dem Gedanken, dass Mum und Justin Stewartson *es* miteinander taten, übel.

Die Ankündigung, dass sie Rosslare in wenigen Minuten erreichen würden, kam kurz nach halb fünf. Sabine rutschte aus ihrer Bank, bahnte sich den Weg zum Ausgang für die Passagiere ohne Fahrzeuge und versuchte, den leichten Anflug von Nervosität in ihrem Magen zu ignorieren. Sie war erst einmal allein gereist, und das war ein katastrophaler «Ferienflug» nach Spanien zu Jim gewesen, dem früheren Partner ihrer Mutter. Er hatte ihr versichern wollen, dass sie noch immer zur Familie gehörte. Ihre Mutter hatte ihr versichern wollen, dass sie noch immer eine Art Vater hatte, die Stewardess von British Airways hatte ihr versichern wollen, dass sie offenbar schon ein «sehr großes Mädchen» war, wenn sie bereits allein reiste. Aber von dem Augenblick an, als Jim sie am Flughafen abholte, seine hochschwangere, argwöhnisch dreinblickende neue Freundin im Schlepptau, da hatte sie gewusst, dass es ein Desaster werden würde. Danach hatte sie ihn nur noch einmal gesehen, als er versucht hatte, «eine Beziehung» zwischen ihr und dem neuen Baby herzustellen. Die Freundin hatte sie angeschaut, als wolle sie so wenig Beziehung wie nur möglich. Sabine nahm es ihr nicht übel, wirklich nicht. Das Baby war mit ihr schließlich nicht blutsverwandt. Und sie hätte es auch nicht gern, dass ein Kind aus einer früheren Beziehung bei ihr herumhinge wie eine verlorene Seele.

Die Türen gingen auf, und Sabine wurde, zwischen schwatzenden Leuten eingekeilt, über den Laufgang geschoben. Sie überlegte, ob sie sich die Stöpsel ihres Kopfhörers wieder in die Ohren stecken sollte, aber sie fürchtete insgeheim, irgendeine wichtige Ansage zu verpassen. Ihre Mutter anrufen zu müssen, um ihr zu gestehen, dass sie irgendetwas nicht verstanden hatte, wäre das Letzte gewesen, was sie jetzt wollte.

Sie sah sich um und fragte sich, wie ihre Großmutter eigentlich aussah. Das neueste Foto, das sie von ihr gesehen hatte, war vor mehr als zehn Jahren aufgenommen worden, als Sabine das letzte Mal in dem Haus in Irland gewesen war. Sie konnte sich nur noch ganz schwach daran erinnern, aber das Foto zeigte eine hübsche dunkelhaarige Frau mit hohen Wangenknochen, die distanziert auf sie herabblickt, während sie ein kleines graues Pony tätschelt.

Was ist, wenn ich sie nicht erkenne, überlegte sie besorgt. Würde sie dann beleidigt sein? Ihre Geburtstags- und Weihnachtskarten waren immer kurz und förmlich, nicht die Art von

Text, die auf Humor schließen ließe. Nach dem wenigen, was ihre Mutter erzählt hatte, war alles zu einfach, als dass man etwas hätte falsch machen können. Dann entdeckte sie ihn. Er lehnte an einem Schalter, der möglicherweise die Information war, und hielt ein Stück Pappe mit der Aufschrift «Sabine» hoch. Er war mittelgroß, sah drahtig aus und hatte dichtes, dunkles, ganz kurz geschnittenes Haar. Wahrscheinlich im gleichen Alter wie ihre Mutter. Außerdem hatte er, das bemerkte sie, als sie langsam hinüberging, nur einen Arm. Der andere endete in einer Plastikhand, in jener unnatürlichen Haltung, die man gewöhnlich bei Schaufensterpuppen sieht.

Unbewusst fuhr sie sich über die Haare, um festzustellen, ob sie auf der Reise auch nicht zu sehr zusammengefallen waren, dann ging sie auf ihn zu und versuchte, sich so unbekümmert wie möglich zu geben.

«Hat sich meine Granny aber verändert!»

Er hatte sie, während sie näher kam, fragend angesehen, als wolle er sichergehen, das richtige Mädchen zu haben. Jetzt lächelte er und streckte die unversehrte Hand aus. Dafür musste er allerdings zuerst das Schild auf den Schaltertisch legen.

«Sabine, ich bin Thom. Du bist älter, als ich dachte. Deine Großmutter sagte, du wärst ...», er schüttelte den Kopf. «Nun. Sie konnte nicht kommen, weil der Duke den Tierarzt dahat. Deshalb bin ich also dein Chauffeur.»

«Der Duke?», fragte sie.

Er hat diesen singenden irischen Akzent, von dem man immer glaubt, er existiere nur in Fernsehserien, ging es Sabine kurz durch den Kopf. Ihre Großmutter hatte überhaupt keinen irischen Akzent. Sabine bemühte sich, nicht auf die Plastikhand zu schauen, deren Farbe so wächsern wie etwas Totes war.

«Das alte Pferd. Ihr Liebling. Er hat etwas am Bein. Und sie möchte nicht, dass sich ein anderer um ihn kümmert. Aber sie hat gesagt, dass sie dich ja dann im Haus trifft.»

Ihre Großmutter, die sie fast zehn Jahre nicht gesehen hatte, hatte sich also entschlossen, nicht hierher zu kommen und sie abzuholen, sondern sich um irgendeinen dummen, alten Klepper zu kümmern. Sabine spürte, wie ihr plötzlich Tränen in die Augen stiegen. Nun, das sagte ihr immerhin alles darüber, wie ihr Besuch eingeschätzt wurde.

«Sie ist bei ihm ein bisschen eigen», erklärte Thom vorsichtig, als er ihr die Tasche abnahm. «Ich würde da nichts hineininterpretieren. Ich weiß, dass sie sich auf dich freut.»

«Das ist auch eine Möglichkeit, es zu zeigen», murmelte Sabine. Dann blickte sie schnell zu Thom hinauf, um zu sehen, ob er sie für eingeschnappt hielt.

Ihre Laune besserte sich vorübergehend, als sie hinausgingen. Nicht so sehr wegen des Autos – ein uralter, ramponierter, offener Land Rover (obwohl der in jedem Fall cooler war als Mums Auto) –, sondern wegen seiner Ladung, zwei riesigen schokoladebraunen Labradors, so seidig und geschmeidig wie Seehunde, die in ihren leidenschaftlichen Versuchen, den Zurückkehrenden zu begrüßen, umeinander herumsprangen.

«Bella. Und Bertie. Mutter und Sohn. Mach schon, geh rüber, du dämliches Vieh.»

«Bertie?» Sabine konnte sich eine Grimasse nicht verkneifen, selbst als sie die beiden wunderschönen Köpfe kraulte und versuchte, die feuchten Nasen aus ihrem Gesicht zu schieben.

«Sie fangen alle mit B an. Den ganzen Stammbaum hinunter. Wie Jagdhunde. Nur dass Jagdhunde immer mit H anfangen.»

Sabine wollte nicht fragen, wovon er redete. Sie schwang sich auf den Vordersitz und schnallte sich an. Leicht besorgt überlegte sie, wie Thom wohl mit nur einem Arm fahren würde.

Unberechenbar, wie sich herausstellte. Aber als sie durch die grauen Straßen von Rosslare und dann auf die Hauptstraße Richtung Kennedy Park rasten, wurde ihr klar, dass sie nicht ganz sicher sein konnte, ob das an seinem unsicheren Griff am Schaltknüppel lag. Seine Hand umfasste ihn wie ein schlecht sitzender steifer Hut und klapperte leise gegen den Plastiküberzug, während das Auto über die unebenen Straßen holperte. Sabine kam zu dem Schluss, dass das nicht gerade ein viel versprechender «Heimweg» war. In den vom Nieselregen nassen, engen Straßen der Hafenstadt gab es keine Geschäfte, in denen sie auch nur in Gedanken herumstöbern wollte, weil dort, soweit sie erkennen konnte, nur Unterwäsche für alte Frauen oder Autoersatzteile verkauft wurden, während es außerhalb des Städtchens anscheinend nichts als Hecken gab, dazwischen moderne Bungalows, vereinzelt mit Satellitenschüsseln, als würde irgendein seltsamer Pilz aus dem Backstein herauswachsen. Es machte nicht einmal einen richtig ländlichen Eindruck. Zwar gab es einen Park, der nach einem toten Präsidenten benannt war, aber sie konnte sich nicht vorstellen, sich jemals so sehr nach Grün zu sehnen, dass sie dorthin gehen würde.

«Kann man in Wexford überhaupt irgendetwas unternehmen?», fragte sie Thom, und er wandte sich ihr kurz zu und lachte, sein Mund verzog sich nur widerwillig, als würde er das nicht allzu häufig tun. «Unserem Großstadtmädchen ist schon jetzt langweilig, stimmt's?», sagte er, aber in so freundlichem Ton, dass es ihr nichts ausmachte. «Keine Angst. Wenn du wieder von hier fortgehst, wirst du dich fragen, was es denn in der Großstadt zu unternehmen gibt.»

Das bezweifelte sie.

Um sich auf andere Gedanken zu bringen, dachte Sabine über Thoms Arm nach, der jetzt neben ihr auf der Handbremse lag. Sie hatte noch nie jemanden mit einer Prothese kennen gelernt. Ob sie wohl mit einer Art Klebstoff an ihm befestigt war? Oder legte er sie abends ab? Würde er sie in ein Glas Wasser tun, so wie ihre Nachbarin Margaret ihre falschen Zähne? Und dann waren da die praktischen Überlegungen: Wie zog er sich wohl die Hose an? Einmal hatte sie sich den Arm gebrochen und dann festgestellt, dass sie sich den Hosenreißverschluss einhändig nicht zumachen konnte. Sie hatte ihre Mutter darum bitten müssen. Jetzt ertappte sie sich dabei, wie sie verstohlen einen Blick auf seinen Hosenschlitz warf, um zu sehen, ob er mit einer Art Klettverschluss versehen war, schaute dann aber schnell wieder weg. Er könnte denken, sie würde ihn anzüglich anschielen, und obwohl er recht sympathisch war, hatte sie nicht die Absicht, während ihres Aufenthalts hier etwas mit einem einarmigen Typen anzufangen.

Jedenfalls sprach Thom sie nur noch einmal an, um sich zu erkundigen, wie es ihrer Mutter gehe.

Sabine sah überrascht zu ihm auf.

«Kennen Sie sie? Dann haben Sie wohl schon immer hier gelebt.»

«Nicht ganz. Aber ich war als Junge hier. Und dann bin ich bald nach ihr fortgegangen und habe in England gearbeitet. Du kannst ruhig du zu mir sagen.»

«Sie hat Sie ... dich nie erwähnt.» Schnell wurde ihr klar, wie unhöflich das klang. Doch er schien nicht beleidigt zu sein. Während er sprach, hatte sie festgestellt, dass er es mit einer Art ständigen Zeitverzögerung tat, als wäge er die Worte sorgfältig ab, bevor er sie herausließ. «Ich weiß nicht, inwieweit sie sich an mich erinnert. Ich habe in den Stallungen gearbeitet, und sie hat sich nie sonderlich für Pferde interessiert.»

Sabine sah ihn verblüfft an und hätte ihn liebend gern weiter ausgefragt. Es kam ihr irgendwie eigenartig vor, sich ihre Mutter hier vorzustellen, vielleicht mit diesem einarmigen Pferdepfleger befreundet. Sie konnte sich ihre Mutter überhaupt nur in städtischer Umgebung vorstellen; in ihrem Haus in Hackney, mit den kahlen Fußböden, den Grünlilien und den Kunstpostern, die es als liberal und der unteren Mittelschicht zugehörig auswiesen. Oder beim Essen in einem der asiatischen Restaurants in der Kingsland Road, wo sie sich mit ihren wütenden Freundinnen, die meist lange Ohrringe trugen, angeregt unterhielt und versuchte, den scheußlichen Moment hinauszuzögern, an dem sie sich wieder daranmachen musste, ihr Stück weiterzuschreiben. Oder wenn sie ganz entzückt über irgendeinen künstlerisch ambitionierten Film, den sie sich im Kino angesehen hatte, nach Hause kam, während Geoff, der immer der Realist war, sich über die falsche Darstellung des traditionellen Bildes deutscher Schulen beklagte. Oder worüber auch immer.

Beim Gedanken an Geoff zog sich ihr der Magen zusammen und sie bekam ärgerlicherweise wieder Nervenflattern. Sie fragte sich, ob er wohl versuchen würde, ihr zu schreiben. Zu wissen, dass er und Mum nicht mehr zusammen waren, machte alles irgendwie schwierig. Sie hatte keine Ahnung, wie sie sich jetzt ihm gegenüber verhalten sollte. Er würde wahrscheinlich wie Jim in ein paar Monaten eine neue Freundin finden, und dann würde Mum von Justin Stewartson verlassen werden und am Ende ganz verbittert und verwirrt sein und fragen, warum Männer nur «solche Schweine» sind. Na ja, sie würde kein Mitleid mit ihr haben. Das stand jedenfalls fest.

«Da sind wir», sagte Thom.

Sabine wusste überhaupt nicht mehr, wie das Haus von außen aussah, nur noch, dass es groß war. Aus ihrer Kindheit hatte sie noch eine vage Erinnerung, wie es innen war; überall dunkle Holztreppen und Korridore, die wieder zurückführten; sie entsann sich an den Geruch von Holzfeuer und Wachs und an Fuchsköpfe. Vor allem an diese Fuchsköpfe erinnerte sie sich, die ausgestopft und mit ihrem Abschussdatum versehen an den Wänden hingen und ohnmächtig von ihren kleinen Sockeln herunterknurrten. Im Alter von sechs Jahren hatte sie sie Furcht erregend gefunden und sich manchmal minutenlang an der Treppe zusammengekauert und gewartet, bis jemand vorbeikam, der ihr den nötigen Mut gab, an ihnen vorbeizurennen. Draußen konnte sie sich nur an einen traurigen Esel erinnern, der unaufhörlich schrie, sobald sie sich von seinem Gehege entfernte, sodass sie sich stets zum Bleiben genötigt sah. Mum und Jim hatten geglaubt, sie sei in ihn vernarrt, und hatten allen gesagt, wie süß das doch sei. Sie hatte ihnen nicht erklären können, dass sie sich von ihm tyrannisiert fühlte, und war immer erleichtert gewesen, wenn irgendjemand sie wieder ins Haus schickte.

Jetzt bemerkte sie, wie heruntergekommen die Fassade des Hauses aussah; an den hohen neoklassizistischen Fensterrahmen blätterte die Farbe ab, die Simse waren bröckelig und hingen durch. Offensichtlich war es einmal ein prachtvolles Haus gewesen; prachtvoller als jedes andere, das sie kannte. Aber es sah müde aus; im Verfall begriffen wie jemand, der aufgehört hat, sich um sein Äußeres zu kümmern, und einfach auf einen Vorwand wartet, um sich aus dem Staub zu machen. Es sieht aus, wie ich mich fühle, dachte Sabine und empfand eine unerwartete Sympathie für das Haus.

«Hoffentlich hast du deine Wollpullover mitgebracht», sagte Thom mit gedämpfter Stimme, als er ihre Tasche die Stufen zum Eingang hinaufschleppte. «Es ist nämlich schrecklich feucht hier drin.»

Nachdem er geklingelt hatte, warteten sie ein paar Minuten, dann ging die Tür auf, und eine große Frau in Gummistiefeln und Tweedhosen stand vor ihnen und zupfte sich Heu von der Jacke. Sie war alt, ihre Stirn, ihre Nase und das Kinn ragten so weit vor, dass sie ihr Alter nicht mehr würdevoll, sondern schon übertrieben betonten. Aber sie stand aufrecht da und war schlank. Als sie die Hand ausstreckte, war zu sehen, dass ihre Finger überraschend breit und dick waren wie grobe Würste.

«Sabine», sagte sie lächelnd. Und als würde ihr das erst im Nachhinein einfallen, streckte sie auch die andere Hand aus, als erwartete sie eine Umarmung. «Es tut mir Leid, dass ich dich nicht am Schiff abholen konnte. Heute Nachmittag ist hier alles drunter und drüber gegangen.»

Sabine wusste nicht, ob sie ihr näher kommen sollte oder nicht. «Hallo», antwortete sie und brachte es nicht fertig, Granny zu sagen. Sie strich sich verlegen übers Haar, weil sie nicht wusste, was sie sonst mit ihren Händen anstellen sollte. «Schön ... schön, dich zu sehen.»

Ihre Großmutter zog die Hände zurück, stand da, und ihr Lächeln wirkte jetzt ein wenig steifer. «Ja, ja ... Hast du eine gute Überfahrt gehabt? Die Fähre kann entsetzlich sein. Ich finde es immer unerträglich.»

«Es war okay.» Sabine hörte, wie ihre eigene Stimme zu einem Flüstern wurde. Sie spürte Thoms Anwesenheit hinter sich, der wartete und sich diesen lächerlichen Wortwechsel anhörte.

«Ein bisschen rau. Aber nicht schlimm.»

Es entstand eine recht lange Pause. «Geht es deinem Pferd wieder gut?»

«Nein. Nein, leider nicht. Armer alter Kerl. Aber wir haben ihm etwas gegen die Entzündung gegeben, er sollte also eine bessere Nacht vor sich haben. Hallo Bella, altes Mädchen, hallo. Ja, ich weiß. Ja, Bella. Du bist eine ganz Brave. Und du, Bertie, wag es bloß nicht hinaufzugehen!»

Die alte Dame bückte sich, um das glänzende Fell ihrer Hunde zu kraulen, drehte sich um und ging steif in die Eingangshalle. Sabine stand da und sah Thom an. Er gab ihr ein Zeichen, ihr zu folgen, dann grüßte er und sprang, nachdem er ihre Tasche auf die Treppe gestellt hatte, die Stufen schnell wieder hinunter.

Plötzlich von dem kindischen Wunsch erfüllt, ihn zum Bleiben aufzufordern, blieb Sabine kurz stehen. Ihre Großmutter hatte Thom nicht einmal dafür gedankt, dass er sie abgeholt hatte, stellte sie mit leichter Entrüstung fest. Sie hatte ihn nicht einmal richtig zur Kenntnis genommen. Sabine spürte, wie der erste Anflug von Groll, den sie insgeheim schon in sich getragen hatte, seit sie an diesem Morgen von London aufgebrochen war, stärker wurde. Langsam ging sie hinein und schloss die große Tür hinter sich.

Die Gerüche und Geräusche in der Eingangshalle trafen Sabine mit der Wucht einer Abrissbirne. Bohnerwachs. Alte Stoffe. Das Geräusch der Hundepfoten, die über den Fliesenboden tapsten. Sie konnte hinter ihrer Großmutter, die eilig den Korridor entlangging, das schwere Ticken der Standuhr hören, die in dem gleichen gesetzten Tempo die Zeit angab wie bei ihrem letzten Besuch vor zehn Jahren. Nur ihr Blickwinkel war anders; jetzt konnte sie über die Tische schauen, auf die bronzenen Pferde, manche bei der Rast, andere mitten im Sprung über bronzene Hecken. An den Wänden hingen Ölgemälde weiterer Pferde, zumeist mit ihren Namen versehen: Sailor, Witch's Fancy, Big

Dipper, wie die kaum noch wahrgenommenen Porträts von Familienmitgliedern. Irgendwie fand sie diese tröstlich. Ich war damals auch nicht nervös, sagte sie zu sich. Herrgott nochmal, sie ist doch nur meine Großmutter. Wahrscheinlich ist eher sie nervös, weil sie mich dahaben und herausfinden muss, was sie tun kann, damit ich mich wohl fühle.

Aber sie schien es recht gut zu verbergen. «Wir haben dich ins blaue Zimmer einquartiert», sagte sie, oben angekommen, und ging in ein Zimmer ganz am Ende des Flurs. «Die Heizung ist nicht sonderlich gut, aber ich habe Mrs. H. angewiesen, für dich Feuer zu machen. Und du wirst das Badezimmer unten benutzen müssen, weil hier oben kein Heißwasser kommt. Ich konnte dir das gute Zimmer nicht geben, weil es von deinem Großvater belegt ist. Und unten haben wir Schimmel an den Wänden.»

Sabine versuchte, in der kriechenden Kälte des verwahrlosten Zimmers nicht zu frösteln, und sah sich um. Es war eine komische Mischung der fünfziger und siebziger Jahre. Irgendwann hatte man voller Optimismus einen recht modernen türkisfarbenen Florteppich mit der blauen Chinoiserie-Tapete kombiniert. Die Vorhänge, mit Goldbrokatfäden durchzogen, hingen auf den Teppich herunter, als stammten sie von einem weit größeren Fenster. Eine alte Waschschüssel stand auf steifen Gusseisenbeinen in der Ecke, und ein dünnes blassgrünes Handtuch hing neben dem Kamin. Auf dem Kaminsims befand sich eine Aquarellzeichnung eines Pferdes mit Karren, während an der Wand neben dem Bett ein größeres, schlechtes Porträt einer jungen Frau hing, das vielleicht ihre Mutter darstellte. Sabine blickte hinter sich zur Tür und war sich der geräuschlosen Anwesenheit ihres Großvaters nur wenige Türen weiter eigenartig bewusst.

«Es hängen noch ein paar Sachen im Schrank, aber es sollte reichlich Platz für deine sein. Ist das alles, was du mitgebracht hast?» Die Großmutter sah auf ihre Tasche und dann hinter Sabine, als würde sie mehr erwarten.

Sabine zögerte.

«Habt ihr einen Computer?»

«Einen was?»

«Habt ihr einen Computer?» Noch während Sabine sprach, wurde ihr klar, dass sie die Antwort eigentlich wusste. Das hätte sie an diesem Zimmer erkennen müssen.

«Einen Computer? Nein, nein, hier gibt's keine Computer. Wofür brauchst du denn einen Computer?» Ihre Stimme klang schroff, verständnislos.

«Für E-Mails. Nur um mit daheim in Kontakt zu bleiben.»

Scheinbar hörte es ihre Großmutter nicht.

«Nein», wiederholte sie. «Wir haben hier keine Computer. Nun, wenn du deine Sachen ausgepackt hast, trinken wir Tee, und dann kannst du deinen Großvater begrüßen.»

«Gibt es einen Fernseher?»

Die Großmutter warf ihr einen fragenden Blick zu.

«Ja, wir haben einen Fernseher. Dein Großvater hat ihn zurzeit in seinem Zimmer, weil er sich gern die Spätnachrichten ansieht. Bestimmt kannst du ihn dir ab und zu ausleihen.»

Bis Sabine ins Wohnzimmer hinunterging, hatte sich bereits eine schwarze Wolke völliger Niedergeschlagenheit über sie gelegt. Selbst das Erscheinen von «Mrs. H.», die klein und rundlich war und so süß duftete wie ihr selbst gebackenes Brot und die süßen Brötchen, konnte ihre Stimmung nicht aufhellen, trotz ihrer freundlichen Fragen nach der Fahrt über die Irische See, dem Wohlbefinden ihrer Mutter und ihrer eigenen Zufriedenheit mit dem Zimmer. Man musste der Tatsache ins Auge sehen, dass Thom hier anscheinend der jüngste Mensch war, und er hatte etwa das gleiche Alter wie ihre Mutter. Es gab keinen Fernseher, keinen Computer, und sie hatte noch nicht einmal herausbekommen, wo hier das Telefon stand. Und Amanda Gallagher würde ihr Dean Baxter ausspannen, bevor sie es schaffte, wieder zu Hause zu sein. Genau so musste man sich in der Hölle fühlen!

Als sie ins Wohnzimmer kam, machte ihre Großmutter keinen glücklicheren Eindruck. Sie sah sich beim Tee ständig mit leerem Blick im Zimmer um, als bemühe sie sich, irgendein weit entferntes Problem zu lösen. Immer wieder stand sie steif von ihrem Stuhl auf, ging hastig zur Tür und rief entweder Mrs. H. oder irgendeiner anderen Person Anweisungen zu, sodass Sabine nach dem vierten Mal zu dem Schluss kam, dass ihre Großmutter gewöhnlich nicht Tee trank und es gewissermaßen als Zumutung empfand, hier so lange mit ihrer Enkelin herumsitzen zu müssen. Sie erkundigte sich nicht nach ihrer Mutter. Nicht ein einziges Mal.

«Musst du zu deinem Pferd gehen?», fragte sie schließlich und dachte, das würde es ihnen beiden ermöglichen, der Teestunde ein elegantes Ende zu bereiten.

Ihre Großmutter sah sie erleichtert an. «Ja. Ja, du hast Recht. Ich sollte nach dem alten Knaben schauen. Sehr gut.» Sie stand auf, wischte sich ein paar Krümel von der Hose, und die Hunde sprangen sofort herbei und suchten den Teppich danach ab. Auf dem Weg zur Tür wandte sie sich um.

«Willst du mal sehen? Möchtest du mitkommen und dir die Stallungen anschauen?» Sabine zögerte. Sie wollte sich unbedingt zurückziehen, um sich in aller Stille ihrem aufkommenden Kummer hingeben zu können. Aber sie wusste, dass es unhöflich wirken würde. «Also gut», sagte sie widerwillig. Ihre Trauer um Dean Baxter konnte ja noch eine halbe Stunde warten.

Der Esel war schon lange tot («Laminitis. Armer, alter Kerl», sagte ihre Großmutter, als müsste Sabine das verstehen), aber der Rest des Hofs kam ihr eigenartig vertraut vor. Auf jeden Fall ging es hier lebhafter zu als im Haus. Vor den Ställen waren zwei schmächtige Männer mit Reisigbesen und klappernden Eimern gebückt bei der Arbeit und zerteilten einen Heuballen, während hinter ihnen Pferdehufe über den Zementboden scharrten oder protestierend gegen die Holzbretter schlugen. Aus einem schmalen, winzigen Transistorradio, das unsicher auf einem umgedrehten Eimer stand, drangen im Hintergrund quäkend unbestimmbare Melodien. Als Sabine sich die Szene betrachtete, kam ihr plötzlich die vage Erinnerung, an einer der Stalltüren hochgehoben worden zu sein und in freudigem Entsetzen aufgeschrien zu haben, als einer der riesigen, langen Köpfe aus der Dunkelheit hervorkam, um sie anzusehen.

«Ich bin davon ausgegangen, dass du heute zu müde bist zum Reiten. Aber ich habe dir einen sehr ordentlichen kleinen Wallach von New Ross ausgeliehen. Der wird es tun, solange du hier bist.»

Sabines Mund blieb ein wenig offen stehen. Reiten?

«Ich ... ich bin seit Ewigkeiten nicht mehr geritten», stotterte sie. «Seit ich klein war, nicht mehr. Ich meine, Mum hat mir nicht gesagt ...»

«Nun, wir schauen später in der Stiefelkammer nach. Welche Größe hast du, vier, fünf? Die alten von deiner Mutter könnten dir passen.»

«Es ist schon etwa fünf Jahre her. Dass ich aufgehört habe.»

«Ja, es ist wirklich schrecklich, wenn man in London reiten will, nicht wahr? Ich bin einmal zu dem Reitstall im Hyde Park gegangen. Musste eine Hauptstraße überqueren, um überhaupt auf Gras zu kommen.» Die Großmutter ging mit großen Schritten über den Hof und fing an, mit einem der Stallburschen herumzuschimpfen, weil er das Strohbett nicht ordentlich gemacht hatte.

«Aber ich glaube nicht, dass ich es wirklich möchte.»

Anscheinend hörte ihre Großmutter es nicht. Gerade hatte sie einem der Männer den Besen aus der Hand genommen und zeigte ihm jetzt mit kurzen, wütenden Bewegungen, wie er das Stroh zusammenfegen musste.

«Weißt du, ich ... ich mag das Reiten eigentlich gar nicht mehr.» Sabines Stimme übertönte die anderen Geräusche, dünn und hoch, sodass sich alle nach ihr umdrehten. Ihre Großmutter hielt in ihrer Bewegung inne, wandte sich langsam um und sah sie an.

«Was?»

«Ich mag es nicht. Das Reiten. Ich ... ich bin irgendwie zu alt dafür.»

Die beiden Stallburschen sahen einander an, der eine mit einer leicht angehobenen Augenbraue. Was sie da gerade gesagt hatte, war in Wexford offenkundig ein Code für «Ich bin ein Babykiller» oder «Ich dreh meine Unterhosen um, damit ich sie nicht so oft waschen muss». Sabine spürte, wie sie rot wurde, und wünschte sich zum Teufel.

Eine Minute lang starrte die Großmutter sie verständnislos an, dann wandte sie sich wieder den Ställen zu.

«Sei nicht albern», murmelte sie. «Abendessen ist Punkt acht Uhr. Dein Großvater wird dabei sein, also komm nicht zu spät.»

Sabine weinte in ihrem feuchten und abgelegenen Zimmer fast eine Stunde lang unbeachtet vor sich hin. Sie verfluchte ihre verdammte Mutter, weil sie sie an diesen schrecklichen Ort geschickt hatte, verfluchte ihre steife, unfreundliche Großmutter und deren dumme, abscheuliche Pferde und verfluchte Thom, weil er sie kurz in dem Glauben gewiegt hatte, es könnte doch nicht so schlimm werden. Dann verfluchte sie Amanda Gallagher, von der sie ganz *genau wusste*, dass sie gerade in diesem Augenblick, da sie hier lag, Dean Baxter aufreißen würde, dann den irischen Fährendienst, weil er den Betrieb bei schlechtem Wetter nicht einstellte, und den türkisen Florteppich, weil er so hässlich war; denn sollte irgendjemand je herausfinden, dass sie sich in einem solchen Zimmer aufgehalten hatte, müsste sie auswandern. Für immer. Dann setzte sie sich auf und verfluchte sich selbst, weil sie ganz rot und fleckig wurde und eine Rotznase bekam, wenn sie heulte, statt mit klarem Teint und großen Augen melancholisch auszusehen, was die Männer doch so unwiderstehlich fanden. «Mein ganzes Leben ist verpfuscht, verdammt. Verdammt nochmal», jammerte sie und heulte noch ein bisschen weiter, weil es laut so viel trauriger klang.

Sabines Großvater saß bereits am Esstisch, als sie langsam die Treppe herunterkam. Bevor sie ihn sah, erblickte sie seinen Stock, der unter dem Tisch zwischen seinen Beinen hervorragte. Dann, als sie um die Ecke ins Esszimmer trat, sah sie seinen Rücken, wie zu einem Fragezeichen gebogen und unbequem gegen den hohen Esszimmerstuhl gelehnt, gestützt von einer karierten Decke. Der Tisch war für drei gedeckt, die riesige Mahagonifläche glänzte zwischen den Tellern, aber der Großvater saß nur im Kerzenschein da und starrte ins Leere.

«Ach», sagte er langsam, als sie in sein Blickfeld trat. «Du bist zu spät dran. Dinner ist um acht. Um acht.»

Ein knochiger Finger zeigte in Richtung Wanduhr, die Sabine informierte, dass sie etwa sieben Minuten zu spät kam. Sabine starrte ihn an, unsicher, ob sie sich entschuldigen sollte.

«Na ja, setz dich hin», sagte er und ließ die Hand langsam auf seinen Schoß sinken.

Sabine sah sich um und setzte sich dann ihm gegenüber hin. Er war der älteste Mensch, den sie je gesehen hatte. Seine Haut, durch die sein Schädel fast hindurchschien, war mehr als runzlig. Sie hatte sich in Hunderte winziger Spalten geteilt wie ein seit Jahrzehnten trockengelegtes Feuchtgebiet. Eine feine Ader pulsierte über seiner Schläfe, wölbte sich wie ein unter seine Haut gekrochener Wurm. Sabine stellte fest, dass sie ihn kaum ansehen konnte; es war irgendwie zu schmerzhaft.

«Also …» Seine Stimme ermattete, als sei sie von ihrem Anheben schon erschöpft. «Du bist also die Sabine.»

Darauf schien keine Antwort nötig zu sein. Sabine sah ihn nur zustimmend an.

«Und wie alt bist du?» Selbst bei Fragen versickerte seine Stimme.

«Ich bin sechzehn», antwortete sie.

«Was?»

«Ich bin sechzehn. Sechzehn», sagte sie. O Gott, er war offenbar auch noch taub.

«Ach. Sechzehn.» Er legte eine Pause ein. «Soso.»

Plötzlich tauchte ihre Großmutter aus einer Seitentür auf. «Ach, da bist du ja. Gut, dann bringe ich die Suppe herein.» Mit diesem «Da bist du ja» gelang es ihr, Sabine wissen zu lassen, dass man ihre Verspätung sehr wohl bemerkt hatte. Was war mit diesen Leuten nur los, überlegte Sabine unglücklich. Es sah nicht so aus, als stünden sie unter Termindruck.

«Die Hunde haben sich einen deiner Hausschuhe gegrapscht», rief ihre Großmutter aus dem angrenzenden Zimmer, aber ihr Großvater schien es nicht zu hören. Sabine beschloss nach kurzem innerem Ringen, die Botschaft nicht weiterzugeben. Sie wollte für das Ergebnis nicht verantwortlich sein.

Die Suppe bestand aus Gemüse. Frische Sachen, nichts aus der Dose, mit vielen erkennbaren Kartoffel- und Kohlstückchen. Sie aß sie, weil das kalte Haus sie hungrig gemacht hatte, zu Hause hätte sie sie allerdings zurückgewiesen. Die Suppe war, das musste sie zugeben, ziemlich gut.

Da sie, als sie alle drei schweigend dasaßen, das Bedürfnis verspürte, irgendeinen freundlichen Kommentar abzugeben, richtete sie sich ein wenig auf und verkündete: «Die schmeckt aber gut.»

Ihr Großvater hob langsam den Kopf und ließ die Suppe geräuschvoll von seinem Löffel tropfen. Das Weiße in seinen Augen war fast überall trüb, stellte Sabine fest.

«Was?»

«Die Suppe», sagte sie lauter. «Sie ist sehr gut.»

Etwa neun Minuten später verkündete die Standuhr in der Eingangshalle, dass es acht war. Ein Hund, den man nicht sah, gab einen bebenden Seufzer von sich.

Der alte Mann wandte sich seiner Frau zu. «Redet sie von der Suppe?»

Die Großmutter sah nicht einmal auf.

«Sie sagt, dass sie gut schmeckt», bestätigte sie laut.

«Ach. Was ist es?», fragte er. «Ich schmecke es nicht.»

«Gemüse.»

Sabine ertappte sich dabei, wie sie dem Ticken der Uhr in der Halle lauschte. Es kam ihr so vor, als würde es immer lauter.

«Gemüse? Hast du Gemüse gesagt?»

«Richtig.»

Lange Pause.

«Da ist doch kein Mais drin, oder?»

Ihre Großmutter sah auf und schüttelte den Kopf. Mit der Leinenserviette tupfte sie sich den Mund ab.

«Nein, mein Lieber. Kein Mais. Mrs. H. weiß doch, dass du Mais nicht magst.»

Er wandte sich wieder seinem Suppenteller zu, als untersuche er dessen Inhalt.

«Ich mag Mais nicht», erklärte er Sabine langsam. «Schreckliches Zeug.»

Inzwischen kämpfte Sabine gegen einen fast hysterischen Drang, gleichzeitig zu lachen und zu weinen. Sie hatte das Gefühl, in irgendein schrecklich drittklassiges Fernsehprogramm geraten zu sein, wo die Zeit stillstand und niemand je entkommen konnte. Ich muss nach Hause, sagte sie sich im Stillen. So etwas kann ich unmöglich Abend für Abend aushalten. Ich würde verdorren und eingehen. Sie werden mich mumifiziert in einem Zimmer mit einem türkisfarbenen Teppich finden und nicht mehr herausbekommen, ob ich an Kälte oder an Langeweile gestorben bin. Und ich verpasse die ganzen guten Fernsehsendungen!

«Gehst du zur Jagd?»

Sabine sah ihren Großvater, der endlich seine Suppe aufgegessen hatte, entgeistert an. Eine dünne, trübe Spur war in seinem Mundwinkel zu sehen.

«Nein», sagte sie leise.

«Was?»

«Nein. Ich gehe nicht zur Jagd.»

«Sie spricht sehr leise», sagte er laut zu seiner Frau. «Sie sollte ein bisschen lauter reden.»

Nachdem ihre Großmutter die leeren Teller zusammengestellt hatte, verließ sie diplomatisch das Zimmer.

«Du sprichst sehr leise», sagte er. «Du solltest lauter reden. Das ist nämlich sehr unhöflich.»

«Tut mir Leid», entgegnete Sabine laut und ziemlich trotzig. Blöder alter Kerl.

«Und mit wem gehst du auf die Jagd?»

Sabine sah sich um und wünschte sich plötzlich ihre Großmutter zurück.

«Ich gehe nicht zur Jagd», schrie sie fast. «Ich wohne in Hackney. Das ist in London. Da gibt es keine Jagd.»

«Keine Jagd?»

«Nein.»

«Ach», er sah ziemlich schockiert aus, als sei ein Leben ohne Jagd völlig undenkbar. «Und wo gehst du dann reiten?»

O Gott, das war einfach unmöglich.

«Ich reite nicht», sagte sie. «Man kann nirgends reiten.»

«Und wo steht dann dein Pferd?»

«Sie hat kein Pferd, Liebling», antwortete ihre Großmutter, die mit einem großen Silbertablett mit jener Art von silberner Haube wieder erschien, von der Sabine immer geglaubt hatte, sie würden ausschließlich von Butlern in Komödien verwendet. «Sie und Kate leben in London.»

«Ach. Ja. London, soso.»

O Mum, komm und hol mich, flehte Sabine. Es tut mir Leid, dass ich so gemein über dich und Geoff und Justin geredet habe. Komm und hol mich. Ich verspreche dir, nie wieder über irgendetwas zu meckern. Du kannst von mir aus einen unpassenden Freund nach dem anderen haben, ich werde nie mehr auch nur ein Sterbenswörtchen sagen. Ich werde weiter zur Schule gehen und meinen Abschluss machen. Ich werde sogar aufhören, von deinem Parfum zu stibitzen.

«Nun, Sabine. Wie magst du es, blutig oder durch?»

Ihre Großmutter hob die silberne Haube, sodass der brutzelnde braune Fleischberg sein Aroma im Zimmer verströmte. Er war von einem Ring Bratkartoffeln umgeben und schwamm in einem flachen See dicker brauner Soße.

«Du kannst beides haben, meine Liebe. Ich schneide auf. Komm schon, ich will nicht, dass es kalt wird.»

Sabine starrte sie ganz entsetzt an.

«Mum hat es dir nicht gesagt, nicht wahr?», fragte sie leise.

«Was gesagt?»

«Was?», wollte ihr Großvater gereizt wissen. «Was redet ihr? Sprecht lauter.»

Sabine schüttelte langsam den Kopf und wünschte, sie müsste den angespannten, verzweifelten Gesichtsausdruck ihrer Großmutter nicht sehen.

«Ich bin Vegetarierin.»

— *Kapitel 2* —

Es war wirklich ganz einfach. Scheinbar. Wenn man ein Bad nahm, dann entfernte man, sobald man mit seiner Waschung fertig war, innerhalb von fünf Minuten alle Beweisstücke für seinen Besuch. Das heißt alle nassen Handtücher, Shampoonflaschen, Waschlappen, ja sogar Zahnbürste und Zahnpasta. Sonst konnte man damit rechnen, dass sie einem binnen weniger als einer halben Stunde vor die Zimmertür geknallt wurden.

Wollte man frühstücken, sorgte man dafür, dass man sich bis spätestens acht Uhr dreißig unten im Frühstücksraum einfand. Nicht im Esszimmer. Natürlich nicht. Und auch nicht um Viertel nach neun, denn dann war offenbar schon der halbe Tag um und Mrs. H. hatte weitaus Besseres zu tun, als darauf zu warten, dass jeder sein Frühstück einnahm, obwohl sie zu freundlich war, es selbst zu sagen. Man bekam Porridge und danach Toast. Mit Honig oder Orangenmarmelade. Beides stand in kleinen silbernen Töpfchen auf dem Tisch.

Und man klagte nicht über die Kälte. Man zog sich eben richtig an und lief nicht fast unbekleidet herum, um dann zu meckern, dass es überall zugig sei. Das heißt, man trug dicke Pullover. Und lange Hosen. Falls man davon nicht genug besaß, brauchte man es bloß zu sagen, denn in der untersten Schublade der großen Kommode lagen haufenweise welche herum. Und nur ein ungehobelter Mensch würde sich darüber auslassen, wie muffig sie rochen oder dass sie so aussahen, als seien sie irgendwann, bevor man selbst geboren wurde, zum letzten Mal von albanischen Waisenkindern getragen worden.

Das war alles, außer den Regeln, bei denen es nun wirklich

nicht nötig sein sollte, einen daran erinnern zu müssen. Wie etwa, die Hunde nicht ins obere Stockwerk zu lassen. Oder das Verbot, im Wohnzimmer die Stiefel anzubehalten. Oder am Fernseher zu drehen, dass er nicht mehr auf Großvaters Lieblingsnachrichtenkanal eingestellt war. Oder mit dem Essen zu beginnen, bevor allen serviert worden war. Oder das Telefon zu benutzen, ohne zu fragen.

Nach einer Woche fand Sabine, dass es so viele Regeln zu beachten galt, als wäre das Haus ein eigenständiges Wesen, ebenso pingelig und in seinen Gewohnheiten festgefahren wie ihre Großeltern. Daheim war sie nahezu ohne Regeln aufgewachsen; ihre Mutter hatte sich ein diebisches Vergnügen daraus gemacht, sie ihr Leben selbst gestalten zu lassen, sodass Sabine sich angesichts dieser nie endenden und für sie unbegreiflichen Einschränkungen immer verbitterter und deprimierter fühlte.

Das währte so lange, bis Thom ihr die wichtigste Regel beibrachte, die ihrem Leben wenigstens wieder ein geringes Maß an Freiheit bescherte: Versuch nie und nimmer, dich innerhalb des Hauses oder auf dem Gelände langsamer fortzubewegen als im Kilcarrion-Schritt. Das war eine zügige Gangart, bei der man das Kinn anhob und die Augen auf einen Punkt in mittlerer Entfernung richtete, und sofern man dabei das richtige Tempo einhielt, verhalf sie einem dazu, Fragen wie «Wo gehst du hin?» abzuwehren oder die noch häufigere «Was machst du gerade?» mit dem Zusatz «Komm, du kannst mir helfen, diesen Stall auszumisten / die Pferde von der Weide zu holen / den Anhänger abzukoppeln / die Hundehütte mit dem Schlauch auszuspritzen».

«Das geht nicht nur dir so», sagte Thom. «Sie kann es nicht leiden, irgendwen müßig zu sehen. Das macht sie nervös. Deshalb tun wir das alle.»

Jetzt, seit Sabine darauf achtete, merkte sie, dass es stimmte. Außer ihrem Großvater hatte sie im Haus noch nie irgendwen entdeckt, der sich nicht mit soundso viel Knoten bewegt hätte. Und da sie bisher nur den alten Mann hatte einfach dasitzen sehen, konnte sie ihm nicht so recht trauen.

Aber es war nicht nur das Haus mit seinen labyrinthischen Regeln. Von ihren Freunden abgeschnitten, kam Sabine sich isoliert vor. In dieser Umgebung war sie eine Fremde, die mit ihren ältlichen Verwandten ebenso wenig anzufangen wusste wie sie anscheinend mit ihr. Bisher hatte sie Kilcarrion nur ein einziges Mal verlassen, um ihre Großmutter in eine Art Supermarkt in der nächsten Stadt zu begleiten, wo sie, wenn sie dazu geneigt gewesen wäre, alles von Schmelzkäse bis zu weißen Gartenmöbeln aus Kunststoff hätte erstehen können. Darüber hinaus gab es noch ein Postamt und einen Laden für Sättel und Zaumzeug. Kein MacDonald's, kein Kino, keine Einkaufspassage. Keine Zeitschriften. Und allem Anschein nach auch keine Leute unter dreißig. Mit dem *Daily Telegraph* und der *Irish Times* als einzigem Kontakt zur Außenwelt wusste sie nicht einmal, was gerade die Nummer eins in den Charts war.

Falls ihre Großmutter überhaupt bemerkte, dass Sabine in eine immer tiefere Depression rutschte, dann hatte sie offenbar beschlossen, es zu ignorieren oder als Marotte eines Teenagers abzutun. Jeden Morgen «verplante» sie ihre Enkelin, indem sie ihr eine Reihe von Aufgaben erteilte, wie etwa Papiere zu den Hundezwingern zu tragen oder für Mrs. H. Gemüse aus dem Küchengarten zu holen, und behandelte sie dabei mit der gleichen Distanziertheit, mit der sie anscheinend jeden um sie herum behandelte. Abgesehen von den Hunden, versteht sich. Und vom Duke, mit dem sie noch liebevoller umging.

Seinetwegen waren sie bisher am heftigsten aneinander geraten; schlimmer noch als nach der beharrlichen Behauptung ihrer Großmutter, dass sich Vegetarismus ja unmöglich auch auf Hähnchen beziehen könnte. Es war zwei Tage später gewesen, als der schon etwas steife Duke in seinen Stall geführt worden war, worauf Sabine zwar die Tür geschlossen, aber trotz der ausdrücklichen Anweisung vergessen hatte, auch den unteren Riegel vorzuschieben, und später entgeistert zusah, wie das alte Pferd mit seinen Zähnen den oberen Riegel bearbeitete und dann elegant über den Hof auf die oberen Weiden ausbüxte.

Ihre Großmutter und die beiden Stallburschen hatten fast zwei Stunden gebraucht, den Braunen mit Hilfe von sechs Äpfeln und einem Eimer Kleiemischung wieder einzufangen, wobei sie grimmig über die Wiesen stapften, während er aufreizend nahe herankam, um im nächsten Augenblick erneut zu entwischen, und den hoch aufgerichteten Schweif wie ein Banner des Widerstandes schwenkte. Als er bei Einbruch der Dunkelheit endlich mit vor Erschöpfung gesenktem Kopf antrabte und so etwas wie Schuldbewusstsein zur Schau trug, da lahmte er entsetzlich. Ihre Großmutter war wütend gewesen, hatte Sabine erst lautstark ein «dummes, dummes Mädchen» geheißen und dann, den Tränen nahe, ihre ganze Aufmerksamkeit ihrem «Jungen» gewidmet, ihm abwechselnd den Hals getätschelt und in sanften Tönen mit ihm geschimpft, während sie zu den Ställen zurückstaksten. Und was ist mit mir, hätte Sabine, der jetzt ebenfalls zum Heulen war, ihr gern nachgerufen. Ich bin, verdammt nochmal, immerhin deine Enkelin, und für mich hast du noch nie auch nur ein einziges freundliches Wort übrig gehabt.

Da begann sie insgeheim ihre Flucht zu planen. Und ihrer Großmutter aus dem Weg zu gehen, die es schaffte, Sabine ihren ganzen Groll spüren zu lassen, obwohl sie nie mehr auf den Vorfall zu sprechen kam. Genau genommen fiel es ihr ein paar Tage lang offensichtlich schwer, überhaupt mit ihr zu reden, und ihre Stimmung besserte sich erst, als der Tierarzt erklärte, dass die Entzündung im Bein vom Duke am Abklingen sei.

Deshalb verbrachte Sabine den Großteil ihrer Zeit mit Thom und den zwei Stallburschen, Liam und John John, die beide, ebenso wie Mrs. H., wohl entfernte Verwandte waren. Liam, ein lüsterner ehemaliger Jockey, brachte es kaum fertig, etwas zu sagen, ohne dass dabei eine gewisse Doppeldeutigkeit mitschwang, während John John, sein achtzehnjähriger Schützling, fast nichts redete und seine verzweifelten Versuche, in den nahe gelegenen Rennstall aufgenommen zu werden, sich bereits auf seinem vorzeitig wettergegerbten Gesicht ablesen ließen. Thom, gleichfalls wortkarg, schien Sabines Frust und Verbitterung jedoch zu verstehen und hielt zuweilen mit sanftem Spott dagegen. Inzwischen nahm sie nicht mehr wahr, dass ihm ein Arm fehlte, zumal die Prothese von Jacken- und Pulloverärmeln verdeckt wurde. Mit ihm konnte sie sich wenigstens unterhalten.

«So ein Mist, da hab ich bis halb elf drauf gewartet, dass der Alte endlich im Bad fertig wird, und dann war kein heißes Wasser mehr da. Nichts. Als ich rauskam, war mir inzwischen so kalt, dass ich blaue Füße hatte. Wirklich. Und mir haben die Zähne geklappert.»

Sie hing über der Stalltür und stieß mit dem Fuß einen Eimer an, dass sein Inhalt in einer kleinen Welle über den zerbeulten Rand schwappte. Thom, der gerade mit einem Rechen das an einer Wand aufgehäufte Stroh auf dem Boden verteilte, hielt inne und hob eine Augenbraue. Deshalb kletterte Sabine wieder herunter und schielte dabei unwillkürlich zum Duke hinüber.

«Hier gibt es nicht einmal einen Föhn, meine Haare sind ganz zusammengefallen. Und meine Laken sind feucht. Richtig feucht. Wenn ich ins Bett gehe, muss ich das obere und das untere erst auseinander ziehen. Und sie riechen schimmlig.»

«Wie kommst du da drauf?»

«Auf was?»

«Dass sie schimmlig riechen. Gestern hast du mir erklärt, das ganze Haus riecht schimmlig. Vielleicht riechen die Laken selber eigentlich recht gut.»

«Man kann es sehen. Sie sind voll grüner Flecken.»

Thom lachte schallend und harkte weiter sein Stroh auseinander.

«Das ist wahrscheinlich das Muster der Laken.»

Sabine starrte ihn an und ließ die Tür los.

So war Thom eben. Bisher hatte sie über ihn erfahren (manches von ihm selbst, manches von Mrs. H., die es mit jedem Nachrichtensender aufnehmen konnte, wenn ihre Großmutter nicht dabei war), dass er fünfunddreißig war, einige Jahre in England in einem Rennstall gearbeitet hatte, mit leicht angeschlagenem Ruf zurückgekehrt war und seinen Arm beim Reiten verloren hatte. Das mit dem Arm wusste sie nicht von ihm – so unkompliziert er auch war, hatte sie es doch noch nicht gewagt, ihn nach seiner Amputation zu fragen –, aber Mrs. H. behauptete, sie habe schon immer gedacht, «dass die Pferde noch einmal sein Tod sein würden. Er hat keine Angst, weißt du. Überhaupt keine Angst. Sein Vater war genauso.» Die ganze Geschichte kannte sie auch nicht, weil sie ihre Schwester – seine arme Mutter – nicht behelligen wollte, aber es hatte etwas damit zu tun, dass er damals über Oxer gesprungen ist.

«Oxer?», fragte Sabine und sah in Gedanken Weidezäune mit langen Stangen. Hatte er sich selbst aufgespießt?

«Über Hürden. Er war Jockey bei Hindernisrennen. Die sind um etliches gefährlicher als Flachrennen, das kannst du mir glauben.»

Hier drehte sich alles um Pferde, dachte Sabine grimmig. Die waren alle so verdammt besessen, dass sie nichts dabei fanden, wenn sie sich verstümmelten. Bisher war sie noch darum herumgekommen, auf dem Schimmel aus der hinteren Koppel zu reiten, indem sie ihrer Großmutter erzählte, sie hätte Rückenschmerzen. Aber an deren ungeduldiger Miene und daran, dass sie bereits ein Paar alte Reitstiefel und eine Kappe herausgesucht und auffordernd neben ihrer Zimmertür deponiert hatte, merkte Sabine, dass ihre Tage gezählt waren.

Sie ritt nicht gern. Allein bei dem Gedanken wurde ihr übel. Schon vor Jahren konnte sie ihrer Mutter einreden, dass sie das wohl besser bleiben ließ, nachdem ihr auf der wöchentlichen Fahrt zum Reitstall vor Nervosität immer öfter schlecht geworden war, weil sie im Voraus nahezu krankhaft – und meistens zu Recht – davon überzeugt war, das wäre die Woche, in der sie auf einem der «bösartigen» Schulpferde würde reiten müssen, auf einem von denen, die scheuten und ausschlugen und mit angelegten Ohren und gebleckten Zähnen die anderen jagten. Und auch, dass das Pferd in dieser Woche mit ihr durchgehen würde, bis sie die Kontrolle verlor, ihre Beine haltlos neben dem Sattel baumelten und sie vergebens an den Zügeln zerrte. Sie sah das nicht als

Herausforderung an wie die anderen Mädchen. Es war nicht einmal lustig. Und Kate hatte sich auch gar nicht den Anschein gegeben, dagegen zu protestieren, als Sabine ihr sagte, sie wolle überhaupt nicht mehr, wie wenn sie ihre Tochter nur aus irgendeinem Gefühl für Familientradition dazu angehalten hätte.

«Ich mag nicht reiten», vertraute sie Thom an, als er eines der Pferde in seine Box zurückführte.

«Es wird dir Spaß machen. Der kleine Kerl ist ein richtiger Kavalier.»

Sabine blickte flüchtig zu dem weit entfernten Schimmel hinüber.

«Mir ist es egal, was er ist. Ich will nicht reiten. Glaubst du, sie verlangt es von mir?»

«Er ist großartig. Setz dich ein paar Mal drauf, und es wird dir bestimmt Spaß machen.»

«Du nimmst mich verdammt nochmal nicht ernst», schrie sie ihn beinahe an, sodass John John im Stall nebenan den Kopf zur Tür herausstreckte. «Ich will nicht auf dem Ross reiten. Ich will auf überhaupt keinem Ross reiten. Ich *mag* es nicht.»

Gelassen nahm Thom dem Pferd den Führstrick ab und gab ihm einen anerkennenden Klaps aufs Hinterteil. Nachdem er die Tür geschlossen und verriegelt hatte, kam er auf Sabine zu.

«Du hast Angst, was?»

«Ich mag es einfach nicht.»

«Es ist ja nichts dabei, wenn du dich nicht traust. Das ist den meisten von uns irgendwann so gegangen.»

«Hörst du mir denn nicht zu? Gott, was seid ihr nur für Leute! Ich mag einfach nicht reiten.»

Thom legte ihr seine künstliche Hand auf die Schulter. Da lag sie, steif und hart, in seltsamem Widerspruch zu dem, was sie zu vermitteln suchte.

«Du weißt doch, dass sie keine Ruhe geben wird, bevor du es nicht wenigstens einmal probiert hast. Es wird alles um vieles leichter machen. Komm doch morgen früh mit mir mit. Ich pass schon auf, dass dir nichts passiert.»

Sabine war zum Heulen zumute.

«Ich will wirklich nicht. O Gott, ich kann es nicht fassen, dass ich hier festsitze! Mein Leben ist ein einziges, verdammtes Chaos.»

«Morgen früh. Nur du und ich.»

Aber am nächsten Morgen gelang es ihr, Thom noch einmal zu vertrösten. Dieses Mal hatte sie jedoch eine stichhaltige Entschuldigung.

«Hör zu, ich muss heute für fast den ganzen Tag außer Haus und Mrs. H. hat sehr viel zu tun, deshalb möchte ich, dass du dich um deinen Großvater kümmerst.»

Die Großmutter hatte sich «stadtfein» angezogen. Wenigstens vermutete Sabine, dass das ihre Aufmachung für die Stadt war, denn sie sah sie zum ersten Mal in etwas anderem als in alten Tweedhosen und Gummistiefeln. Sie trug einen dunkelblauen Wollrock zweifelhafter Herkunft, aber gewiss schon recht fortgeschrittenen Alters, eine dunkelgrüne Strickweste über einem Pulli mit rundem Ausschnitt und dazu ihre allgegenwärtige grüne Steppjacke. Außerdem hatte sie sich eine Perlenkette umgelegt und das Haar so nach hinten gebürstet, dass es wie anscheinend bei den meisten alten Frauen in Wellen lag, statt wie üblich wirr vom Kopf abzustehen.

Sabine verkniff sich, sie zu fragen, ob sie einen draufmachen wolle. Irgendwie war ihr klar, dass ihre Großmutter das nicht lustig finden würde.

«Wo gehst du hin?», erkundigte sie sich stattdessen, ohne dass es sie wirklich interessiert hätte.

«Nach Enniscorthy. Ich treffe mich mit einem Trainer, um ihm einen unserer Jährlinge zu verkaufen.»

Unübersehbar gelangweilt seufzte Sabine über diese Information, die sie sich ja wohl nicht zu merken brauchte.

«Hör zu, dein Großvater will sein Mittagessen pünktlich um eins. Er schläft oben in seinem Sessel, sorg also dafür, dass du ihn eine gute Stunde vorher weckst, weil er sich wahrscheinlich noch umziehen möchte. Mrs. H. bereitet das Essen vor, aber du wirst den Tisch decken müssen, denn sie ist heute Morgen vollauf damit beschäftigt, den Nachbarn ringsum das Fallobst zu bringen. Und fall Thom in den Ställen nicht lästig – sie haben eine Menge zu tun. Und lass die Hunde nicht nach oben. Ich komme erst nach dem Mittagessen zurück. Hast du alles verstanden?»

«Mittagessen um eins. Sei pünktlich. Fall Mrs. H. nicht lästig. Fall Thom nicht lästig. Lass die Hunde nicht nach oben.»

Die Großmutter starrte sie einen Augenblick seltsam ausdruckslos an, sodass Sabine nicht hätte sagen können, ob sie ihren aufsässigen Ton bemerkt hatte oder ob es ihr – wie ihr der ganze Pferdekram – nur zu einem Ohr hinein- und zum anderen wieder hinausgegangen war. Dann setzte sie ihr Kopftuch auf, band es unterm Kinn fest und stapfte nach einem kurzen, zärtlichen Abschiedswort für Bella, die erwartungsvoll neben ihr gestanden hatte, zur Tür hinaus.

Sabine blieb noch einen Moment im Flur stehen, bis das Geräusch der zugeknallten Haustür verhallt war, dann blickte sie sich um und überlegte, was sie jetzt tun sollte. Wie es aussah, verbrachte sie hier viel Zeit damit, zu überlegen, was sie tun sollte. Alles, womit sie daheim mühelos ihre Tage gefüllt hatte – MTV, Internet, stundenlang mit ihren Freundinnen telefonieren, durch den Keir-Harding-Estate bummeln und schauen, wer gerade da war oder was sich gerade tat –, das schied aus und ließ in ihr diese ungeheure Leere zurück.

Sie wollte jetzt auch nicht in den Hof hinaus, weil Thom doch nur wieder davon anfangen würde, dass sie auf diesem dämlichen Pferd reiten sollte. Auch fernsehen konnte sie nicht, weil im irischen Fernsehen tagsüber nichts kam. Während sie mit Bella im Schlepptau langsam die Treppe hinaufstieg, löste die Abwesenheit der Großmutter in ihr so etwas wie ein Gefühl der Befreiung aus. Erst an dieser bisher noch nicht empfundenen inneren Ruhe merkte sie, wie sehr die Gegenwart der alten Frau sie einschüchterte. Ein halber Tag Freiheit. Ein halber Tag Langeweile. Sie wusste nicht, was davon schlimmer war.

Fast eine Stunde lag Sabine mit dröhnenden Kopfhörern auf ihrem Bett und las einen Schmöker aus den siebziger Jahren, den Mrs. H. ihr gebracht hatte. Mrs. H. war offensichtlich der Auffassung, sie wüsste, was junge Mädchen brauchten – Romantik und mehr Kuchen – und wie es Sabine zumute war, womit sie in etwa Recht hatte.

Es war nicht gerade Literatur. Wie dem auch sei, es wurde eine Menge gestöhnt. Es gab zwei Sorten von Frauen: die Schlampen, die mit kaum verhohlener Lust über rastlose Helden stöhnten, die nur davon träumten, die Welt zu retten, und Jungfrauen, die vor unterdrücktem Verlangen stöhnten, wenn ebendiese Helden sie gekonnt verführten. Wirklich aktiv waren nur die Männer. Die Frauen kamen entweder zu Tode (die Schlampen) oder wurden verheiratet (die Jungfrauen). Aber trotz all des Gestöhns kam in dem Buch verhältnismäßig wenig echter Sex vor (Sabine hatte es zuerst flüchtig durchgeblättert). Vielleicht war das in einem katholischen Land ja schon alles, was es darüber zu lesen gab. Eine Menge Gestöhn und nichts dahinter. «Wie bei dir, Bella», sagte sie, während sie den Hund auf ihrem Bett streichelte.

Bella trottete hinter ihr her, als sie die Schränke öffnete und in deren dunkle Tiefen stierte, aus denen ihr der muffige Geruch seit langem unberührter Dinge in die Nase stieg. Ihre Großeltern hatten nicht einmal die richtige Art von Plunder. Die Schlafzimmerschränke anderer Leute waren voll gestopft mit Cocktailkleidern und alten Brettspielen oder Kartons voller Briefe oder Elektronikkram, der nicht mehr funktionierte. Hier wurden nur Stapel schimmelnder, weißer, bestickter Bettwäsche, Tischdecken und solches Zeug gehortet und ein paar Bücher mit Titeln wie *Handbuch der Reitkunst für Mädchen* und ein *Bunty Annual*, ein Sammelband mit Comicstrips für kleine Mädchen, aus dem Jahr 1967.

Von der Stille im Haus ermutigt, machte Sabine sich auf den Weg, um einige der anderen Räume zu erkunden. Die Tür ihres Großvaters war geschlossen, aber zwischen seinem und dem

Badezimmer lag noch ein Raum, den sie noch nie betreten hatte. Damit sie kein Geräusch verursachte, drückte sie die Klinke langsam hinunter, dann öffnete sie die Tür und huschte hinein.

Es war anscheinend das Arbeitszimmer eines Mannes, aber anders als in dem zum Hof hin gelegenen Büro im Erdgeschoss deutete nichts darauf hin, dass es in jüngster Zeit benutzt worden wäre. Hier standen Tische, auf denen haufenweise Briefe und Kontobücher und Farbkataloge voller Zuchthengste lagen. Der ganze Raum wirkte staubig und verwahrlost. Die halb aufgezogenen Vorhänge erweckten den Eindruck, als seien sie seit Jahren nicht mehr bewegt worden. Es roch nach moderndem Papier, nicht geklopften Teppichen, und mit jedem Schritt wirbelte Sabine winzige, in der Luft glitzernde Staubpartikel auf. Sachte schloss sie die Tür hinter sich und drang bis in die Mitte des Raums vor, sodass Bella erst hoffnungsvoll stehen blieb, sich dann aber seufzend auf einem Läufer niederließ.

Abgesehen von der gerahmten Karikatur eines schießenden Jägers hoch zu Ross hingen hier keine Pferdebilder an den Wänden, nur eine vergilbte, gleichfalls gerahmte Landkarte des Fernen Ostens und ein paar Schwarzweißfotos von Leuten in der Aufmachung der fünfziger Jahre. In einem Einbauregal neben dem Fenster standen verschieden große Schachteln, auf einigen lagen zusammengerollte Manuskripte, und mitten auf dem Schreibtisch thronte ein großes, vermutlich maßstabsgetreues Modell eines Schlachtschiffes. In einem Bücherregal aus dunklem Holz auf der rechten Seite reihten sich unzählige Hardcoverausgaben aneinander, hauptsächlich über den Krieg und über Südostasien, dazwischen ein paar Bände mit Karikaturen und ein Taschenbuch mit Gesprächen nach Tisch.

Da blieb Sabines Blick an der gegenüberliegenden Seite des Raumes hängen, denn dort lagen auf einem großen Karton zwei ledergebundene Fotoalben. Nach der dicken Staubschicht darauf zu urteilen, hatte sie seit Jahren niemand mehr in der Hand gehabt.

Sabine ging in die Hocke und nahm behutsam ein Album heraus. Es trug ein Schildchen mit der Aufschrift «1955». Sie setzte sich im Schneidersitz hin, schlug es auf und betastete das dünne Seidenpapier zwischen den steifen Blättern.

Auf jeder Seite klebte nur ein Foto, und das erste zeigte ihre Großmutter. Wenigstens glaubte Sabine, dass das ihre Großmutter sein müsste. Es war die gestellte Studioaufnahme einer jungen Frau, die auf der Polsterbank vor einem Fenster saß. Sie trug eine dunkle, ein wenig strenge Jacke mit sehr kleinem Kragen, ein dazu passendes Kleid und eine Perlenkette. Ihr damals noch braunes Haar war in Wellen gelegt, und sie war der Zeit entsprechend geschminkt: dicke Augenbrauen, üppig getuschte Wimpern und sorgfältig ausgemalte Lippen. Trotz allen Posierens erweckte sie den Eindruck, leicht verlegen zu sein, als wäre sie bei etwas Verdächtigem ertappt worden. Auf dem nächsten Foto war sie mit einem jungen Mann zu sehen, neben einem Blumenständer mit einer Topfpflanze. Er strahlte vor Stolz. Ihr Arm war leicht, wie zaghaft unter seinen geschoben. Hier sah sie weniger verlegen aus, selbstbewusster, auf sonderbare Weise würdevoller. Das mochte an ihrer Haltung liegen oder an ihrer hoch gewachsenen, schlanken Gestalt. Jedenfalls schob sie nicht mit beinahe Entschuldigung heischendem Blick die Schultern vor, um ihren Busen zu verbergen, wie Sabines Mutter das zu tun pflegte.

Fasziniert blätterte Sabine jetzt das ganze Album durch. Gegen Ende tauchten neben Bildern ihrer Großmutter, die auf einem Schnappschuss mit einer anderen jungen, unglaublich strahlenden Frau überaus entspannt wirkte, noch Bilder eines Babys auf, das in einem so aufwendig gearbeiteten Taufkleid steckte, wie man es heutzutage nicht mehr zu Gesicht bekam, kunstvoll gehäkelt und mit winzigen, stoffbezogenen Knöpfen. Die Fotos waren nicht beschriftet, deshalb betrachtete Sabine sie angestrengt und versuchte zu erkennen, ob dieses lächelnde Wickelkind ihre Mutter oder ihr Onkel Christopher gewesen sein mochte. Sie hätte nicht sagen können, ob es ein Junge oder ein

Mädchen war, und in dem Alter wurden Babys anscheinend alle gleich angezogen.

Aber wirklich interessant wurden erst die Fotos in der Schachtel. Ein kartoniertes Bild ihrer Großmutter (es war eindeutig sie, befand Sabine), Arm in Arm wieder mit dem strahlenden, etwas kleineren Mädchen; beide hielten einen Union-Jack-Wimpel in der Hand und lachten über das ganze Gesicht. Wie komisch, sich vorzustellen, dass ihre Großmutter einmal so lachen konnte. Im Hintergrund fand eine Party oder eine Feier statt, denn die meisten Männer trugen schmucke weiße Uniformen wie Richard Gere in *Ein Offizier und Gentleman*. Außerdem war ein Tablett mit hohen Gläsern zu sehen, weshalb Sabine überlegte, ob ihre Großmutter vielleicht betrunken war. Eine goldene Schrift am unteren Bildrand verriet, dass das Ereignis 1953 anlässlich der Krönung Ihrer Majestät Königin Elizabeth II. stattgefunden hatte. Das war Geschichte! Sabine musste einen Moment innehalten und das erst einmal verdauen. Ihre Großmutter hatte Geschichte mitgeschrieben!

Und dann entdeckte sie das andere, das kleinere Foto. Zwischen Pferdebildern und unbekannten lächelnden Gesichtern auf einem langen, schmalen Boot kam das Foto eines etwa sechsjährigen Mädchens zum Vorschein, das ohne jeden Zweifel ihre Mutter war. Sie hatte Kates rötliche Locken und stand bereits in dem Alter auf die für sie typische Weise x-beinig da, Hand in Hand mit einem kleinen Jungen, der ein Chinese gewesen sein mochte oder auch nicht und mit breitem Grinsen unter seinem Strohhut hervorlugte. Allem Anschein nach war er schüchterner als sie, denn er wagte nicht, direkt in die Kamera zu blicken, lehnte sich aber wie Halt suchend an das Mädchen an.

So war also ihre Mutter aufgewachsen, dachte Sabine, während sie den braunstichigen Abzug befingerte. Umgeben von kleinen chinesischen Jungen und Mädchen. Sie hatte zwar immer gewusst, dass Kate den ersten Teil ihrer Kindheit im Ausland zugebracht hatte, aber bis zu diesem Augenblick, in dem sie ihr helles Baumwollkleid und ihren Hut betrachtete, noch nie etwas Exotisches in ihr gesehen. Neugierig geworden, stöberte sie auf der Suche nach weiteren Fotos von ihrer Mutter auch die restlichen Bilder durch.

Sie wurde jäh aus ihren Träumen gerissen, als unten eine Tür zuschlug und sie einen gedämpften Schrei hörte. Oder rief da jemand ihren Namen? Erschrocken sprang sie auf und rannte, mit Bella auf den Fersen, zur Tür hinaus und zog sie hastig hinter sich zu. Dann schaute sie auf die Uhr. Es war halb eins.

Sie hielt einen Moment inne und flüsterte dem Hund zu, sie nicht zu verpetzen. («O Gott», stöhnte sie, als ihr bewusst wurde, mit wem sie da redete. «So weit haben die mich schon gebracht.») Während sie nun langsamer hinunterging, wischte sie sich den Staub von den Händen.

Mrs. H. war in der Küche und hatte bereits ihre Schürze umgebunden. «Ach, da bist du ja. Ich bin spät dran, Sabine», sagte sie lächelnd. «Bin bei Annie aufgehalten worden. Hat dein Großvater verlauten lassen, was er zum Lunch haben möchte?»

«Hm. Eigentlich hat er noch nicht viel gesagt.»

«Na, schön. Dann mache ich ihm pochierte Eier auf Toast. Er hat gut gefrühstückt, da wird er nichts allzu Üppiges haben wollen. Und was willst du, das Gleiche?»

«Aber ja. Das wäre prima.» Schlagartig fiel Sabine ein, dass sie ihren Großvater nicht eine Stunde vor seinem Mittagessen geweckt hatte. Also kehrte sie um, verscheuchte Bella, die wieder mitzukommen versuchte, und fragte sich, ob sie ihm beim Anziehen würde helfen müssen, falls es für ihn sonst wirklich zu spät war. Lieber Gott, steh mir bei, dass ich ihn nicht anfassen muss, betete sie insgeheim vor der Tür. Bitte verhindere, dass er im Bett gewaschen werden möchte oder einen Nachttopf verlangt oder was auch immer alte Leute so brauchen, bevor sie sich anziehen können. Und bitte, lieber Gott, mach, dass er seine Zähne drinnen hat, damit ich nicht hysterisch werde.

«Ähm – hallo?», rief sie durch die geschlossene Tür.

Es kam keine Antwort.

«Hallo?» Diesmal schrie sie lauter, weil ihr einfiel, dass er ja schwerhörig war. «Groß... Großvater?»

Himmel, er schlief noch. Sie würde ihn wachrütteln müssen. Sabine stand vor der Tür und holte tief Luft. Dann klopfte sie laut, wartete einen Moment und ging hinein.

Das Bett, das ganz hinten im Raum stand, war schön, ein gotisches Himmelbett, an dem zwischen geschnitzten Pfosten aus schimmerndem, nachgedunkeltem Holz ehemals blutrote, mit glitzernden chinesischen Goldfäden durchwirkte Vorhänge herabhingen. Auf der Liegefläche stapelten sich mehrere Schichten aus alten, seidenen Tagesdecken, unter denen blütenweiße Leinenlaken hervorguckten, die sich wie Zähne in einem leuchtend roten Mund ausnahmen. Es war ein Bett, wie man es in amerikanischen Filmen sah, in denen sie versuchten, den Stil englischer Herrensitze nachzuahmen. Es verband die exotische Pracht des Fernen Ostens mit der von Kaisern und Opiumhöhlen. Der Unterschied zu ihrer eigenen, knarrenden eisernen Bettstatt hätte nicht größer sein können.

Nur, der Großvater lag nicht drinnen.

Sabine brauchte keine zehn Sekunden, um zu begreifen, dass er weder in diesem Bett lag noch sich sonst wo im Raum aufhalten konnte, sofern er nicht in den Kleiderschrank gestiegen war, was sie doch sehr bezweifelte.

Er musste im Badezimmer sein. Sie stapfte wieder hinaus und den Flur entlang. Die Tür stand einen Spaltbreit offen, also rief sie zuerst nach ihm, aber als sie keine Antwort bekam, schob sie die Tür auf und stellte fest, dass der alte Herr auch im Badezimmer durch Abwesenheit glänzte.

Sabines Gedanken überschlugen sich. Ihre Großmutter hatte ihr nicht gesagt, dass er aus dem Haus gehen würde. Sie hatte gesagt, er schlafe. Deshalb sah sie in dem gleichfalls leeren Zimmer ihrer Großmutter nach, im Badezimmer im Erdgeschoss und dann, mit wachsender Panik, in jedem anderen Raum des Hauses. Er war nirgends zu finden.

Inzwischen war es fast Viertel vor eins.

Sie musste jemandem Bescheid sagen. Also rannte sie in die Küche hinunter und gestand Mrs. H., dass ihr ihr Großvater irgendwie abhanden gekommen war.

«Ist er nicht in seinem Zimmer?»

«Nein. Nein. Da hab ich ja zuerst geschaut.»

«O Gott! Wo ist denn Bertie?»

Sabine blickte sie entgeistert an und danach Bella, die hinter ihr stand. «Den hab ich nicht gesehen», sagte sie.

«Dann ist er mit dem Hund rausgegangen. Aber er soll nicht allein rausgehen, und schon gar nicht mit Bertie, der ist noch so jung und schubst ihm immer den Stock weg.» Sie band sich die Schürze ab. «Wir machen uns jetzt wohl besser auf die Suche nach ihm, bevor Mrs. Ballantyne zurückkommt.»

«Nein. Bleiben Sie hier und hüten Sie das Haus. Ich hole Thom zu Hilfe.»

Sabine saß jetzt die Angst im Nacken, als sie in den Hof hinausstürmte, über Stalltüren spähte und seinen Namen rief.

Mit einem Sandwich vor dem Mund streckte Thom seinen Kopf aus der Sattelkammer.

«Wo brennt's denn?»

«Es ist ... es ist der Alte. Ich kann ihn nicht finden.»

«Was heißt, du kannst ihn nicht finden?»

«Er sollte eigentlich in seinem Zimmer sein und schlafen. Mrs. H. glaubt, dass er mit dem Hund rausgegangen ist, und sie sagt, Bertie schmeißt ihn um. Hilfst du mir ihn suchen?»

Thom fluchte vor sich hin, während sein Blick bereits die Gegend abtastete.

«Lasst ja meinen Lunch in Ruhe, ihr Dreckskerle», murrte er, dann griff er sich seine Jacke und eilte in den Hof hinaus.

«Es tut mir wirklich sehr, sehr Leid. Aber ich weiß einfach nicht, was ich machen soll. Er hätte im Haus sein müssen.»

«Okay», sagte Thom, während er angestrengt nachdachte. «Lauf los und schau dich auf der Straße um, und wenn er dort nicht ist, dann klappere die oberen Wiesen ab. Ich nehme mir die unteren und den Obstgarten vor, und auch noch die Scheunen. Bist du sicher, dass du im Haus überall gesucht hast?»

Von Thoms Miene eingeschüchtert, spürte Sabine, wie ihr die Tränen in die Augen stiegen. «Ja, überall. Und Bertie ist auch weg. Er muss mit ihm rausgegangen sein.»

«Jesus, wozu musste der alte Trottel denn rausrennen? Hör mal, nimm Bella mit. Und ruf dauernd nach Bertie. Falls er irgendwo gestürzt ist, bringt uns der Hund hoffentlich zu ihm. In zwanzig Minuten treffen wir uns wieder hier. Schnapp dir noch ein Jagdhorn, und falls du ihn findest, dann blas kräftig rein.» Er drückte ihr eins in die Hand, dann drehte er sich um und rannte zu den tiefer liegenden Weiden hinunter, die beide von hohen Hecken umgeben waren.

Mit Bella, die voller Freude hinter ihr herjagte, spurtete sie zum vorderen Tor hinaus, die Straße hinauf, und mit jedem zweiten Atemzug rief sie nach Bertie. Weil sie nicht recht wusste, wo sie umkehren sollte, rannte sie, bis sie Seitenstechen bekam, an dem großen Bauernhof vorbei, an der kleinen Kirche und an einer Reihe niedriger Cottages. Es hatte zu nieseln begonnen, und die Wolken ballten sich wie Vorboten eines großen Unheils schiefergrau über ihr zusammen. Durch ihren Kopf schwirrten höchst unwillkommene Bilder des alten Mannes, den sie schon zusammengesackt am Straßenrand liegen sah. Deshalb sauste sie noch schneller in die andere Richtung, bis sie beschloss, die oberen Wiesen abzusuchen. «Wo bist du denn, du Scheißkerl?», flüsterte sie vor sich hin. «Wo bist du?»

Dann zuckte sie zusammen und ihr Herzschlag setzte kurz aus, als sich eine riesige, grüne, halb in einer Hecke steckende Abdeckplane auf sie zubewegte.

Warnend schlug Bella einmal an. Sabines Herz hämmerte wie wild, und mit weit aufgerissenen Augen blieb sie mitten auf der Straße stehen. Dann holte sie tief Luft, schlich näher und hob eine Ecke an.

Wäre sie nicht so verängstigt gewesen, hätte sie laut gelacht, denn unter der enormen Plastikfolie stand ein grauer Esel, der vor einen kleinen Karren gespannt war. Für einen Moment blinzelte er sie an, als nehme er ihre Anwesenheit zur Kenntnis, dann zog er sich resigniert wieder in den zweifelhaften Schutz der Hecke zurück.

Behutsam ließ Sabine die Abdeckplane sinken und lief weiter, wobei ihre Blicke mal nach links, mal nach rechts schweiften. Es war nichts zu sehen. Keine Spur von ihrem Großvater. Außer ihrem Herzschlag, dem Klappern ihrer Absätze und dem leisen Geriesel des Regens hörte sie nichts, kein Willkommensgebell, kein ungeduldiges Krächzen im typischen Tonfall der Oberschicht, kein Jagdhorn. Vor Angst jetzt völlig durcheinander, begann Sabine zu weinen.

Sicher war er schon tot. Und während sie halb taumelnd einen grasbewachsenen Abhang hinunterhetzte, wurde ihr klar, dass jeder es ihr anlasten würde. Wahrscheinlich fanden sie ihn irgendwo durchnässt und erfroren und mit gebrochenen Knochen, weil Bertie ihn umgerissen hatte und er auf harten Beton gestürzt war. Falls er dann doch noch lebte, würde er eine Lungenentzündung kriegen und an Herzversagen sterben, und sie wäre an allem schuld. Ihre Großmutter würde noch wütender werden als an dem Tag, an dem sie den Duke hatte entwischen lassen. Thom würde nie wieder mit ihr reden. Ihre Mutter würde sich weigern, sie zurückzuholen, weil sie schließlich ihren Vater umgebracht hatte.

Ausgerechnet da kehrte Bella um und lief triefend und unglücklich zum Haus zurück.

«Lass du mich nicht auch noch im Stich», rief Sabine ihr nach, doch Bella kümmerte sich nicht darum, sondern wollte ganz offensichtlich unbedingt wieder unter ein Dach und in die Behaglichkeit eines warmen Ofens. Sabine hatte keine Ahnung, wo sie noch suchen sollte. Sie musste wohl Thom fragen. Deshalb trottete sie schließlich hinter dem Hund her, den Abhang wieder hinauf, ohne so recht zu wissen, was sie Mrs. H. sagen könnte, aber davon überzeugt, dass man sie irgendwie für alles verantwortlich machen würde.

Als sie das Haus erreichte, war Bella bereits verschwunden. Sabine strich sich die nassen Haare aus den Augen, versuchte ihr Geschniefe unter Kontrolle zu bekommen, hob den Riegel der Hintertür an und stieß sie auf. Dabei hörte sie hinter sich auf dem Kies schnelle Schritte.

Es war Thom, mit völlig angeklatschten Haaren. Sie setzte eben zu einer Entschuldigung an, als sie merkte, dass er schnurstracks an ihr vorbeiblickte.

«Du bist spät dran», polterte eine Stimme durch den Flur.

Während Sabines Augen sich erst an das Dämmerlicht gewöhnen mussten, starrte sie fassungslos in den mit Steinplatten belegten Gang hinein, in dem sie gerade mal einen gebeugten Rücken, einen Krückstock als drittes Bein und zwei schokoladebraune Hunde erkennen konnte, die zur Begrüßung freudig japsend umeinander herumsprangen. «Mittagessen war *um eins. Um eins.* Es wird schon kalt. Ich verstehe wirklich nicht, warum ich dir das immer wieder sagen muss.»

Sabine stand, von widerstreitenden Gefühlen beherrscht, mit offenem Mund an der Tür.

«Er ist vor ungefähr fünf Minuten zurückgekommen», murmelte Thom hinter ihr. «Wir müssen ihn irgendwo verpasst haben.»

«Jetzt mach schon, beeil dich! So wie du aussiehst, kannst du dich unmöglich an den Tisch setzen», schimpfte ihr Großvater. «Du musst andere Schuhe anziehen.»

«Dieser alte Widerling», flüsterte Sabine unter Tränen und spürte, wie ihr Thom als Antwort die unversehrte Hand auf die Schulter legte.

Mrs. H. lehnte sich aus der Küchentür, brabbelte eine Entschuldigung und zuckte hilflos mit den Schultern. «Soll ich Ihnen einen trockenen Pullover holen, Mr. Ballantyne?», fragte sie, wurde aber gereizt mit einem Wink abgewimmelt. Sie tauchte wieder in die Küche ab.

Steif humpelte der Großvater zur Treppe, wobei er mit der freien Hand die Tropfen von seinem Hut schüttelte. Die Hunde drängten sich an ihm vorbei, sodass er kurz das Gleichgewicht verlor und einen spindeldürren Arm ausstreckte, um sich am Geländer festzuhalten.

«Ich sage es nicht noch einmal», murrte er und wackelte dabei missbilligend mit dem Kopf, der über den stark gekrümmten Schultern kaum noch zu sehen war. «Mrs. H., wären Sie so freundlich, mir mein Mittagessen zu bringen, meine Enkelin speist anscheinend lieber auf einem Flur.»

Kapitel 3

Amadeus, der Kater, saß wie ein steinerner Wächter auf dem Torpfosten, und sein leicht gesträubtes Fell wirkte, als könne man daran die frostigen Außentemperaturen abmessen. Auf der Straßenseite gegenüber arbeitete Mr. Ogonye, eine Wollmütze auf dem Kopf, wie so oft an seinem Auto, beugte sich entschlossen unter die Motorhaube wie ein Zirkusdompteur, der seinen Kopf ins Maul eines Löwen steckt, zog ihn dann traurig wieder hervor, wischte sich mit einem Lappen sorgfältig die Hände ab, als schöpfe er neuen Mut, es noch einmal zu tun. Zwischen den Mülleimern, die nach der Leerung am Morgen noch immer am Straßenrand standen, jagten sich schmutzig braune Blätter wild im Kreis.

Haben Sie sich je gefragt, ob Sie und Ihr Kind die gleiche Sprache sprechen? Denn laut einer neuen Studie aus der Schweiz könnte es durchaus sein, dass dies nicht der Fall ist.

In einem Bericht, nach dem wahrscheinlich in ganz Europa Familien «Ich hab's ja gewusst» murmeln werden, haben Sozialpsychologen der Universität Genf festgestellt, dass das, was Eltern sagen und was die Kinder hören, oft zwei völlig verschiedene Dinge sind.

Agnes, die einen dünnen blauen Mantel trug und sich mit ihrem neuen Laufgestell aus Aluminium langsam vorwärts bewegte, blieb, als sie bei Mr. Ogonye vorbeikam, stehen, um sich mit ihm zu unterhalten, und er schüttelte traurig den Kopf und deutete auf seinen Motor. Während sie redeten, bildete die kalte Luft vor ihnen kleine, pilzförmige Wolken – wie Sprechblasen, die darauf warteten, dass man sie füllte.

«Eltern versetzen sich nur sehr selten in die Lage ihrer Kinder», sagte Professor Friedrich Ansbulger, der die Untersuchung in zweitausend Familien leitete. «Täten sie es, dann würden sie verstehen, warum ihre Kinder ihre Anweisungen häufig vollkommen ignorieren. Das geschieht nicht unbedingt aus Ungehorsam – es liegt einfach daran, dass diese Anweisungen nicht mit ihrer völlig anders gearteten Logik zusammenpassen.»

Kate seufzte und zwang sich, wieder auf ihren Bildschirm zu schauen. Für die drei Absätze hatte sie fast eine Stunde gebraucht, und bei diesem Tempo kam sie auf einen Stundenlohn, der selbst einem Süßwarenverkäufer in Bangladesch Tränen in die Augen treiben würde.

Da sie eine phantasiebegabte Frau war, fiel es ihr nicht schwer, Gründe anzuführen, warum sie in den letzten Tagen einfach nicht richtig arbeiten konnte. Zum einen war es im Haus zu still. Auch wenn Sabine in der Regel selten zu Hause war, hatte Kate jetzt den Eindruck, das Haus sei eigenartig tot, allein weil sie wusste, dass die Haustür nicht zuknallen und sie nicht hören würde, wie dieser vertraute Schritt die Treppe hinaufstapft, wie die Zimmertür zugemacht wird und gleich darauf die gedämpften Bässe irgendeiner Band folgen, von der Kate sonst nichts hören konnte. Ganz gelegentlich gab es ja auch ein gemurmeltes Hallo.

Außerdem war die Zentralheizung ausgefallen, weshalb sie sich in mehrere Kleiderschichten gehüllt hatte wie eine Stadtstreicherin. Und der Installateur hatte bedauernd und resignierend den Kopf geschüttelt, ganz ähnlich wie Mr. Ogonye, und versprochen, mit dem richtigen Ersatzteil wiederzukommen. Das war vor drei Tagen gewesen.

Dann war da dieser dumme Artikel, der sich hartnäckig weigerte, sich von allein zu schreiben. An einem guten Tag konnte Kate vor dem Mittagessen zwei Beiträge mit je 800 Wörtern heruntertippen. Heute hatte sie keinen solchen Tag; niemand rief sie zurück, und die Wörter rutschten unbeholfen auf der Seite herum; Kates Motivation sank derart, dass sie nicht einmal mehr mit sich selbst Mitleid hatte.

Denn das war die erste Woche, die sie als Erwachsene ganz allein verbracht hatte. Immer war Sabine da gewesen; und falls sie eine Klassenfahrt gemacht hatte oder mit Freundinnen verreist war, dann war Geoff da gewesen und vor ihm Jim. Sie hatte immer gewusst, dass abends jemand hier sein würde, mit dem man eine Schüssel Pasta essen, eine Flasche Wein trinken und sich über die Ereignisse des Tages unterhalten konnte. Jetzt war Geoff ausgezogen, Justin auf einer Dienstreise von unbestimmter Dauer, und Sabine war in Irland und offenkundig entschlossen, so selten wie möglich mit ihr zu telefonieren. Und das war alles ihre Schuld.

Sie versuchte zum x-ten Mal, nicht daran zu denken, dass Geoff die Zentralheizung innerhalb weniger Stunden repariert bekommen hätte. Er war von ihnen beiden der praktisch Veranlagte gewesen. Er hatte Telefonnummern, mit denen er verlässliche Handwerker herbeirief, die er seit Jahren kannte und die aus Gefälligkeit umgehend zu ihnen kamen, was großzügig mit einem «Trank», wie Geoff es immer altmodisch nannte, belohnt wurde. Als er Kate beim ersten Mal gedrängt hatte, ihrem Elektriker «einen Trank» anzubieten, hatte sie ihm eine Tasse Kräutertee gemacht, und die beiden Männer hatten sich viel sagend angegrinst und dann in jovialer «Männer-wie-wir-halten-doch-zusammen»-Manier gelacht. Damals war sie wütend gewesen, hatte sich in ihrer Naivität wie ertappt gefühlt. In ihrem eisigen Haus und im Nachhinein betrachtet, fand sie es ganz lustig. Aber sie konnte Geoff unmöglich um Hilfe bitten. Und Justin «kümmerte sich nicht um Haushaltsangelegenheiten», wie er ihr mit Bedauern mitgeteilt hatte.

Tatsächlich gab es in ihrer seit drei Monaten bestehenden Beziehung immer zahlreichere Angelegenheiten, um die Justin «sich nicht kümmerte». Er rief, wenn er fort war, nicht jeden Abend an. («Hör mal, Liebling, oft ist es einfach nicht möglich. Mein Handy gibt immer wieder den Geist auf, und wenn wir bis spätnachts arbeiten oder in einer wirklich riskanten Gegend sind, wäre es für mich das Letzte, hinauszugehen und nach einer

Telefonzelle zu suchen.») Er wollte nicht mit ihr zusammenleben. («Ich finde es toll, so wie es ist. Und ich will das nicht verderben. Ich werde es auch nicht verderben.») Außerdem schmiedete er keine Pläne für die Zukunft. («Du bist die wunderbarste Frau, der ich je begegnet bin. Ich wünsche mir mehr, mit dir zusammen zu sein, als bei jeder anderen. Und das muss für den Moment einfach ausreichen.») Kate, die auf ihren Bildschirm starrte und doch nichts sah, zwang sich zur Konzentration auf die Dinge, die sie tat, und warf sich vor, Probleme herbeizureden. Er liebte sie, oder etwa nicht? Jedenfalls sagte er ihr das ständig.

Als sie aufblickte, sah sie Agnes, die ihr Gehgestell noch immer langsam vor sich her zur Straßenecke schob und deren weißer, flaumiger Kopf auf dem schwachen Hals wippte wie ein Löwenzahn im Wind. Sicher war sie auf dem Weg zu Luis' Café an der High Street, wo sie mit unglaublicher Pünktlichkeit jeden Tag um Viertel vor eins ankam, ein Ei, Pommes frites und Tee zu sich nahm und einsam über den Klatschzeitungen in sich hineinkicherte. Danach würde sie sich, je nach Wochentag, entweder zur Bingo-Halle, zum Drop In Centre oder zur Bücherei aufmachen und erst nach Hause gehen, wenn diese Einrichtungen ihre Pforten schlossen. Kate hatte schon mehrere Jahre unmittelbar neben Agnes gewohnt, ehe sie dahinter kam, dass der bewundernswert aushäusige Lebensstil ihrer Nachbarin einzig und allein die Tatsache verbarg, dass sie ihr Häuschen nicht richtig heizen konnte. Mach schon, sagte sie zu sich selbst, weil sie aus plötzlichem Mitgefühl heraus fröstelte, bring diesen Artikel zu Ende, sonst musst du aus dem Haus.

Vielleicht sollte diese Einsamkeit ja zu etwas gut sein. Weil Geoff nämlich heute Abend kommen und den Rest seiner Sachen holen wollte, und da es ihr erstes Treffen nach der Katastrophe war, würde es ihr einfach zu viel sein, ihn und Justin gemeinsam hier zu haben. Es war schwer genug, Geoff allein zu sehen.

Kate saß da, starrte auf die Wörter vor sich und wog zwischen den beiden gleichermaßen unattraktiven Möglichkeiten ab, die sie für den Nachmittag vorgesehen hatte. Dann tauschte sie ihre Brille gegen die Kontaktlinsen aus, zog eine weitere Kleidungsschicht über und machte sich mit einem deutlich unguten Gefühl zum Gemeindezentrum auf.

«Kannst du diese Tische hier herüberschieben, die bei der Tür? Ich glaube, es sind nicht genug.»

Maggie Cheung stand in ihrem wattierten Mantel mitten in dem zugigen Gemeindesaal und dirigierte die Möbel herum wie ein betrunkener Polizist den Verkehr. Vor lauter Konzentration zog sie die Stirn kraus und gestikulierte ausladend, dann änderte sie plötzlich ihre Meinung und schickte Kate oder eine der Studentinnen mit den quietschenden Resopaltischen oder den durchgesessenen Stühlen durch den Raum wieder zurück, während sie überlegte, wie alle Leute am besten unterzubringen seien.

Hinter ihr unterhielt sich eine Gruppe älterer Chinesinnen, die im Kreis um einen Tisch saßen und in eine Art Dominospiel vertieft waren, laut und unbeirrt auf Kantonesisch. Auf der anderen Seite des Raums, bei den alten Männern, die Jasmintee aus Plastikbechern schlürften, saßen zwei junge Frauen, beide schweigsam und traurig wie ihre Kinder, und ignorierten einander und den einsamen jüngeren Mann zwischen ihnen.

«Es sind nicht genügend Stühle da, egal, wie Sie sie anordnen», sagte Ian, der Leiter des Gemeindezentrums nach kurzem Kopfrechnen.

«Die Helfer können im Stehen essen», entgegnete Maggie.

«Trotzdem wird es eng. Es wäre vielleicht besser, in zwei Durchgängen zu essen.» Ians niedergeschlagener Ausdruck und die graue Blässe seines Gesichts zeigten deutlich, wie schwierig das Leben mit dem öffentlich finanzierten Kompromiss ist.

«Besser alle reinquetschen als zwei Durchgänge machen», stellte Maggie fest. «So haben wir es wenigstens wärmer.»

«Das mit der Heizung tut mir Leid», sagte Ian nun zum fünften Mal. «Es liegt an den Budgetkürzungen. Wir müssen das, was wir haben, für die Senioren und die jungen Mütter am Dienstag und Freitag aufsparen.»

Kate, der es inzwischen durch die Anstrengung warm geworden war, schleppte ihre beiden Tische durch den Raum und stellte sie nach Maggies Anweisung bei der Küche so zusammen, dass man sich im Kreis drum herum setzen konnte. Trotz Maggies Zuversicht konnte sich Kate nicht vorstellen, wie alle zur gleichen Zeit zu Mittag essen konnten. Aber Maggie war hartnäckig – diese Gruppe sollte Verbindungen zwischen Jung und Alt knüpfen, zwischen den neu Zugezogenen und denjenigen, die schon heimisch geworden waren –, und es hatte überhaupt keinen Zweck, eine Kontaktgruppe zu haben, wenn man sie dann doch gleich wieder aufteilte.

«Außerdem», sagte sie fröhlich, «ist das unsere Kultur. Alle essen zusammen.»

Kate wies Maggie bewusst nicht darauf hin, dass ihre so viel zitierte Kultur ziemlich dehnbar war, wenn man die Ausflüge mit ihren Söhnen zu McDonald's sowie die Tatsache berücksichtigte, dass sie so gut wie nie zusammen mit ihrem Mann aß, der Arzt war und unregelmäßig Dienst im Krankenhaus hatte, und darüber hinaus ihre andächtige Liebe zur Sendung *Coronation Street* bedachte. Mit Maggie herumzustreiten war aber sinnlos; wie ein ausgebuffter Politiker «überhörte» sie einfach alles, was nicht zu ihrer aktuellen Weltsicht passte, und blieb unbekümmert bei ihren Meinungen, als seien sie nie in Frage gestellt worden.

«Da! Alles fertig!», rief sie ein paar Minuten später aus. «Und wir können die Tische nachher so stehen lassen. Hab ich dir schon gesagt, dass ich einen Lehrer von der Brownleigh School überredet habe, herzukommen und Lese- und Schreibunterricht zu geben? Ich glaube, ich sterbe, wenn ich noch ein einziges Wohngeldformular sehe.»

«Ich glaube, wenn wir mit dem Antrag von Mr. Yip keinen Erfolg haben, wird er dafür sorgen, dass ich derjenige bin, der stirbt», sagte Ian. Das war so etwa das Humorvollste, zu dem er fähig war, und Maggie und Kate lächelten pflichtbewusst.

«Sie wollen damit doch wohl nicht sagen, dass es wieder zurückgeschickt wurde?»

«Zum vierten Mal! Es würde mir ja nichts ausmachen, aber ich fülle es ja immer aus. Wenn ich es schon nicht kann, wo ich seit elf Jahren beim Sozialamt arbeite, von wem, zum Teufel, kann man es dann erwarten?»

Kate war fast ein Jahr vor Geoffs Auszug ehrenamtliche Helferin bei der Asien-Kontaktgruppe von Dalston und Hackney geworden. Eines Abends hatte er blinzelnd von seiner amerikanischen Zeitschrift für angewandte Psychiatrie aufgeblickt und beklagt, dass es unter Einwanderern so schockierend viele Fälle von Geisteskrankheit gebe, die auf Isolation, Entfremdung und Rassismus in ihren innerstädtischen Unterkünften zurückzuführen seien, und hatte von Maggies Arbeit im Kampf gegen diese Probleme erzählt. Kate war von Maggies großem Engagement überrascht gewesen, denn Maggie und Kate, die schon seit vielen Jahren miteinander befreundet waren, beschränkten ihre Unterhaltungen meist auf ihre Partner und Kinder. Aber dann hatte er das Thema wieder angeschnitten, als Maggie und Hamish zum Essen gekommen waren, und Kate hatte festgestellt, Maggies Zurückhaltung rührte einzig und allein daher, dass sie glaubte, Kate habe kein Interesse. Maggie hatte Kate wiederum schnell ein vages Versprechen entlockt, mal vorbeizuschauen und mitzuhelfen.

«Ich weiß gar nicht, was ich da tun könnte», hatte sie gesagt, weil sie unsicher war, ob sie es wirklich wollte. Aber als Maggie herausfand, dass Kate ihre ersten Lebensjahre in Hongkong verbracht hatte, gab es kein Entrinnen mehr. «Mensch, gute Frau! Du kennst die chinesische Kultur!», hatte sie ausgerufen. «Du bist praktisch Chinesin!» Und sie hatte Kates Einwände ignoriert, dass ihre «Kultur» ab ihrem achten Lebensjahr aus einem Internat in Shropshire und aus dem Dorfleben in Südirland bestanden hatte. «Was soll's?», hatte sie erwidert. «Ich habe auch nie weiter östlich als Theydon Bois gelebt.»

Selbst nach all den vielen Monaten stellte Kate noch keine große praktische Hilfe dar. Anders als die anderen ehrenamtlichen Helfer beherrschte sie die Sprache nicht, sie konnte nicht kochen und war den kafkaesken Anforderungen der Sozialamtsformulare nicht gewachsen. Sie konnte nichts anderes anbieten als Unterstützung bei den Lesekursen und ihre körperliche Anwesenheit. Aber Maggie schien ihr das nicht krumm zu nehmen. Und Kate genoss es sogar manchmal, zuzuschauen, wie der Chef des nahe gelegenen Schnellimbisses in der kleinen Küche des Zentrums gratis echte chinesische Speisen zubereitete, und zu beobachten, wie viel herzlicher und lebhafter die älteren Menschen aus Asien anscheinend waren als ihre europäischen Altersgenossen – all das hatte ihr das kurze Eintauchen in eine andere Welt versüßt. Ihr gefiel die Art und Weise, wie Maggie vom Anglisierten zum Chinesischen umschaltete, als drehe sie nur ein Negativ um, die Art, wie sie diese ganz verschiedenen Leute um sich versammelte, sie allein durch die Ausstrahlung ihrer Persönlichkeit zusammenführte. Und abwegigerweise hatte die Arbeit mit der Gruppe dazu beigetragen, ihre Schuldgefühle darüber, dass sie Geoff verließ, zu lindern; sie hatte ihr die Gelegenheit geboten, sich einmal pro Woche eine Art Buße für ihre Sünden aufzuerlegen. Meistens funktionierte das.

«Ich habe nicht geglaubt, dass du heute kommst», sagte Maggie, deren Kopf plötzlich neben Kates Schulter auftauchte. Kate war so groß, dass selten jemand sie aus einem anderen Blickwinkel ansah – und das trotz Maggies Vorliebe für Pfennigabsätze.

«Wäre ich auch beinahe nicht», gab Kate zu. «War wirklich nicht in der Stimmung.»

«Es ist immer besser, aus dem Haus zu gehen, wenn man sich schlecht fühlt. Weg von den Gasherden. Ach nein, du hast ja einen elektrischen, oder? Wir reden beim Mittagessen.»

«Ich weiß nicht, ob ich wirklich bis zum Essen bleibe.»

Maggie schien es nicht zu hören.

«Schau sie dir an! Sie sollten sich miteinander unterhalten!», rief sie aus, zog Kate auf die eine Seite und deutete auf eine der schweigenden jungen Mütter. «Zwei junge Frauen, zwei Babys. Es ist absolut lächerlich, dass die beiden schweigend dasitzen. Wir müssen sie zum Reden bringen. Denk dran, diese eine da, die müssen wir dazu bringen, dass sie ihr Baby impfen lässt. Sie ist seit fast sechs Monaten hier, aber das dumme Ding will einfach nicht zum Gesundheitszentrum gehen.»

Vier Wochen nachdem er sie nach England gebracht habe, erzählte Maggie, sei der Mann der jungen Frau abgehauen, habe ihr gesagt, er würde fortgehen, um Geld zu verdienen. Das sei das letzte Mal gewesen, dass sie etwas von ihm gehört hatte, allerdings sei er angeblich in Nottingham gesehen worden. Sie habe eine Aufenthaltserlaubnis, aber keinen Job, sie lebe in einer Gemeinschaftsunterkunft und habe nicht genug Geld, um nach Hause zurückzufahren.

«Sie muss einfach mit jemandem reden. Sich ein bisschen öffnen. Geh und rede du mit ihr, ich sehe nach, wie weit das Essen ist», wies Maggie Kate an und eilte geschäftig davon.

Die Arbeit im Gemeindezentrum half Kate normalerweise, ihre eigenen Probleme aus einem anderen Blickwinkel zu betrachten. Aber sie hatte es sich inzwischen anders überlegt und wollte nicht den ganzen Vormittag bleiben; ihre durch die unnatürliche Stille in ihrem Haus hervorgerufene Niedergeschlagenheit hatte in ihr eigenartigerweise wenig Lust auf Gesellschaft geweckt. Sabine hatte ihr einmal gesagt, sie würden die Mädchen in ihrer Klasse in «Abflussrohre und Heizkörper» einteilen; Heizkörper seien jene beliebten Mädchen, die Interesse und Begeisterung verbreiteten und die Leute näher an sich zögen, während Abflussrohre ... na ja, das waren eben Abflussrohre. Diejenigen, die die ganze Stimmung und alles Positive aufsogen wie ein Vakuum. Heute war sie eindeutig ein Abflussrohr, dachte Kate.

Ein Abflussrohr, das ein Heizkörper sein müsste. Kate ging langsam und wie ein Schulmädchen schlurfend zu der jungen Frau hinüber, die in ihrem billigen Anorak und mit Plastikschuhen zusammengesunken dasaß und einen durchdringenden

Elendsgestank verströmte. Sie war nicht sicher, wie sie angesichts solch großer Verzweiflung helfen konnte. Und Maggie wusste ganz genau, dass die junge Frau kein Englisch sprach. Aber mit dem herrischen, missionarischen Auftreten einer Lehrerin der Sonntagsschule erwartete sie anscheinend einfach, dass die Leute zurechtkamen. Denn wo ein Wille ist, ist auch ein Weg.

Kate holte tief Luft, blieb ein Stückchen von der jungen Frau entfernt stehen, um sie darauf vorzubereiten, dass sie näher kam, dann lächelte sie und deutete auf das Baby.

«Hallo», sagte sie. «Ich bin Kate.»

Die junge Frau, die ihre Haare fest zu einem Pferdeschwanz zusammengebunden hatte und deren bläuliche Schatten um die Augen mehr als den üblichen Schlafmangel einer jungen Mutter verrieten, sah sie verständnislos an und blickte dann im Raum um sich, als suche sie nach Maggie oder einem der chinesischen Helfer.

«Kate», sagte sie und deutete auf sich. Dabei war sie sich bewusst, dass sie zu laut redete wie ein schwachsinniger Kolonialherr, der erwartete, allein die Lautstärke würde dazu beitragen, dass die Eingeborenen ihn verstünden.

Die junge Frau sah sie mit weit aufgerissenen Augen erwartungsvoll an. Mit einer Bewegung, die so verhuscht war wie ihr Äußeres, schüttelte sie den Kopf.

Kate atmete tief durch. Was, zum Teufel, sollte sie bloß machen? Sie besaß nicht die Gabe, augenblicklich dafür sorgen zu können, dass sich jemand wohl fühlte. Dafür fühlte sie sich meistens selbst zu unwohl.

«Ich bin Kate. Ich helfe hier aus», sagte sie ratlos.

Dann: «Wie heißt du?»

Das darauf folgende Schweigen wurde durch eine Lachsalve von der anderen Seite des Raumes und das wilde Klappern umfallender Dominosteine durchbrochen. Die betagten Leute hatten ihr Spiel beendet. Maggie ging von einem zum andern und gratulierte ihnen auf Chinesisch, und ihr glattes schwarzes Haar hing ihr ins Gesicht, als sie sich vorbeugte und sich die Tafel besah.

Kate wandte sich wieder der jungen Frau zu und versuchte, weiterhin zu lächeln.

«Junge oder Mädchen?», fragte sie und zeigte auf das schlafende Kind, dessen Gesicht unter den aus der Kleidersammlung stammenden Schichten kaum zu sehen war.

«Junge?» Sie deutete auf den Mann, der ganz in der Nähe saß und sie daraufhin plötzlich misstrauisch ansah.

«Oder Mädchen?» Sie deutete auf sich.

O Gott, sie klang ja wie eine Idiotin. Ihr tat das Lächeln inzwischen weh, als sie sich zu dem Kind hinunterbeugte.

«Dein Baby ist hübsch.» Das war es wirklich. Aber das waren schließlich alle, wenn sie schliefen.

Die junge Frau blickte auf ihr Baby, dann wieder zu Kate und drückte es dabei ein wenig fester an sich.

Ich gebe auf, dachte Kate. Ich führe sie nur noch an den Esstisch und überlasse sie dann Maggie. Ich kann so etwas einfach nicht. Für einen Moment sehnte sie sich nach ihrem leeren Haus. Doch dann kamen ihr plötzlich zwei Wörter in den Sinn, ein geistiges Echo; zwei Wörter aus ihrer Kindheit, die ihre Amah immer liebevoll geflüstert hatte.

«Hou leng», sagte sie und deutete auf das Kind. Dann lauter: *«Hou leng.»*

Die junge Frau schaute auf das Baby und dann wieder hoch. Als könne sie nicht glauben, was sie da hörte, runzelte sie leicht die Stirn.

«Dein Baby. *Hou leng.*»

Zwei süße, sanfte Worte: sehr schön. Die internationale Sprache der Schmeichelei.

Kate spürte Wärme in sich aufsteigen. Sie konnte es also doch. Und sie zermarterte sich das Hirn und versuchte, sich zu erinnern, ob sie auch den richtigen Ton getroffen hatte.

«Hou leng. Sehr schön», wiederholte sie und lächelte erfreut.

Da tauchte Maggie hinter ihr auf.

«Was machst du denn mit dem armen Mädchen?», fragte sie. «Sie spricht kein Kantonesisch. Sie kommt aus dem Landesinneren, du Dussel. Sie spricht Mandarin. Sie hat bestimmt keine Ahnung, wovon du redest.»

Der große, schlanke Privatschulenzögling Hamish passte als Partner so gar nicht zu Maggie. Das hatten die Leute in den achtzehn Jahren, die sie inzwischen verheiratet waren, jedenfalls immer wieder gesagt. Es lag nicht nur an Maggies Körpergröße, an ihrer dunklen, derben Sinnlichkeit im Gegensatz zu seiner durchscheinenden Blässe oder an der lautstarken chinesischen Direktheit ihrer Emotionen und der ihrer Kinder im Vergleich zu Hamishs nordeuropäischer Zurückhaltung. Man hatte schlicht den Eindruck, sie sei zu viel für ihn. Übrigens zu viel für jeden, der ihr in den Sinn kam, dachte Kate. Maggie war zu laut, zu offen. Zu selbstsicher. Kate war ziemlich überzeugt, dass Maggie sich seit ihrer Teenagerzeit kein Jota verändert hatte. Genau deshalb liebte Hamish sie so sehr.

Kate dagegen hatte sich praktisch mit jedem Mann, mit dem sie zusammen war, verwandelt. Je mehr sie sie liebte, umso mehr veränderte sie sich. Bei Jim war sie die junge Mutter, die Rock-Tussi, gewesen, hatte die ungezwungene, liebevolle Art genossen, mit der er sie und ihre Tochter behandelte, die Tatsache, dass sie sich zum ersten Mal seit Sabines Geburt nicht ausschließlich durch ihren Status als «Mummy» definiert sah. Er hatte ihr etwas von ihrer Jugend zurückgegeben, jedenfalls glaubte sie das damals, hatte sie aufgeheitert, ihr ermöglicht, sich nicht ständig Sorgen zu machen. Hatte ihr viel über Sex beigebracht. Aber dann, als die Sache anfing schief zu gehen und sie allmählich misstrauisch wurde, hatte sie die Person gehasst, die er aus ihr gemacht hatte. Sie hasste es, diese paranoide, unglückliche arme Schluckerin zu sein, die um die Wahrheit bettelte, verzweifelt ständig ihr Aussehen in der Hoffnung veränderte, seine Aufmerksamkeit von der unsichtbaren Bedrohung wieder auf sich zu lenken. Und als er schließlich gegangen war, hatte in der Traurigkeit auch eine Spur Erleichterung gelegen, jetzt nicht mehr diese Person sein zu müssen.

Als Geoff eingezogen war, war sie eine ältere, weisere Geliebte gewesen. Sie hatte ihm nicht so viel gegeben, dieses Mal wohl wissend, dass sie etwas zurückhalten musste. Aber er hatte ihr alles gegeben. Das heißt alles, was er hatte. Mit Geoff war sie erwachsen geworden. Er hatte ihren Horizont erweitert, mit ihr über Politik und die Gesellschaft geredet und sie dazu gebracht, den Ungerechtigkeiten der Welt um sie herum mehr Beachtung zu schenken. Dass die Bequemlichkeit schließlich die Leidenschaft überwog, war durchaus in Ordnung, hatte sie sich zumindest eingeredet. Wahrscheinlich war sie mit jemandem, der ihr Halt gab, besser dran. Bei Geoff hatte sie gelernt, ihr Hirn zu gebrauchen, und sie hatte den Eindruck gehabt, sie würde erwachsen. Und er war so nett zu Sabine gewesen, hatte nie versucht, sich ihr aufzudrängen oder den «Daddy» zu spielen, sondern hatte ihr einfach diesen soliden liebevollen und weisen Rückhalt gegeben.

Aber dann, sechs Jahre später, war Justin aufgetaucht. Justin, der ihr klar gemacht hatte, dass es da noch eine ganz andere Seite an ihr gab, die jahrelang brach gelegen hatte und sich nun unbedingt in den Vordergrund drängen wollte. Sie war ein sexuelles Wesen, und er hatte ihre Sexualität geweckt, und sobald sie einmal aufgekommen, wie ein Geysir hervorgesprudelt war, konnte man sie nicht mehr unterdrücken. Keiner hatte sie je so zum Strahlen gebracht wie er. Keiner hatte es geschafft, dass sie rot wurde und morgens um neun benommen dahertaumelte wie eine Betrunkene. Keiner hatte sie mit einer solchen Aura der Sexualität, einem prickelnden Nebel von Pheromonen umgeben, bis sie schließlich bemerkte, dass man sich nach ihr umdrehte, ihr bewundernd nachpfiff, selbst wenn sie ganz schlicht angezogen war. Und sie verdiente es, oder etwa nicht? Das hatte sie sich immer wieder gesagt und verzweifelt versucht, den Schmerz, den sie gerade anderen zufügte, zu rechtfertigen. Wurde ihr eine neue Chance gegeben? Warum sollte sie mit fünfunddreißig jede Hoffnung auf eine romantische Liebe aufgeben?

«Ist das eine Verschwörung der Dünnen? Während du dasitzt und träumst, habe ich das ganze Cheung Fun aufgegessen.» Maggie, die sich gegen die Spüle lehnte, fuchtelte mit ihren Essstäbchen wild vor Kates Nase herum. «Dass du den Unterschied zwischen Kantonesisch und Mandarin nicht kennst, heißt nicht, dass du nichts essen darfst.»

«Tut mir Leid», sagte Kate und stocherte in ihrem Essen herum, das in der Schale erkaltete. Sie hatte geglaubt, sie habe Hunger, aber ihr war der Appetit, der in letzter Zeit meist so ungeheuer groß gewesen war, wieder vergangen.

«O Gott. Doch nicht etwa immer noch Liebeskummer. Nicht die ‹Ich-kann-überhaupt-nichts-essen›-Phase. Wie lang ist das jetzt her? Drei Monate?»

«Ich weiß nicht, in welcher Phase ich bin», sagte Kate unglücklich. «Doch. In der Schuldgefühlsphase.»

Maggie zog die sorgfältig gezupften Augenbrauen hoch. Als Kate ihr, die Geoff länger kannte als sie, eröffnet hatte, dass sie Geoff wegen Justin verlassen würde, war sie davon ausgegangen, Maggie würde automatisch für ihn Partei ergreifen. Aber das hatte sie nicht getan; Maggie besaß also allem Anschein nach die Gabe, zwei Menschen gegenüber loyal zu sein, und das passte ja vielleicht zu jemandem, der offenbar in der Lage war, zwei widersprüchliche Ansichten zu vertreten.

«Die Schuldgefühlsphase? Ach, tu doch nicht so. Um Himmels willen. Du bist glücklich, nicht? Justin ist glücklich? Und seien wir ehrlich, Geoff ist wohl kaum selbstmordgefährdet. Nicht der Typ dafür mit seiner ganzen psychiatrischen Ausbildung. Wahrscheinlich führt er gerade in diesem Moment ein gutes therapeutisches Gespräch mit sich selbst.» Sie quietschte vor Lachen und spuckte dabei ein Stück Nudel auf den Tisch.

«Es geht nicht um Geoff. Es geht um Sabine.» Kate legte eine Pause ein. «Ich versaue ihr das Leben.»

Maggie nahm eine letzte in Papier eingewickelte Garnele,

seufzte tief und schob dann ihre Schüssel in die bereits überquellende Spüle.

«Verstehe. Es ist also die Teenager-Hölle, nicht? Die junge Dame macht dir zu schaffen?»

«Nein, nicht so. Um ehrlich zu sein, sie redet ja kaum mit mir. Aber ich hab es immer deutlich an ihrem Gesicht ablesen können. Sie glaubt, ich habe ihr das ganze Leben versaut. Und sie hasst mich, weil ich sie zu meiner Mutter geschickt habe.»

«Nun, da kannst du ihr keine Vorwürfe machen, wenn das, was du mir erzählt hast, alles stimmt. Aber dass du ihr das ganze Leben versaust – sei doch nicht so melodramatisch.» Sie grinste Kate an. «Ich hab leicht reden, ich weiß. Aber komm schon, sie ist wohl kaum ein missbrauchtes Waisenkind, oder?»

Kate schaute sie entgeistert an, wünschte sich sehnlichst, dass Maggie sie weiter beruhigte.

Maggie streckte eine Hand hoch und begann, an ihren dicken Fingern abzuzählen.

«Erstens: Kriegt sie Klamotten und was zu essen? Ja. Viel zu viel, wenn du mich fragst, dieses ganze lächerliche Markenzeug. Zweitens: Hast du sie jemals mit einem gewalttätigen Mann konfrontiert? Nein. Alle deine Männer – na ja, beide Männer, mit denen du zusammengelebt hast, haben sie vergöttert, aber nicht etwa, dass die gnädige Madame ihnen je viel zurückgegeben hätte. Drittens: War Geoff ihr richtiger Daddy? Nein, wie sie ihm bei jeder Gelegenheit nur allzu gerne unter die Nase gerieben hat. Viertens: Wird sie ihr Zuhause in den nächsten zwei Jahren verlassen, und das, ohne sich auch nur ein einziges Mal umzublicken? Natürlich nicht.»

«Ach, da fühle ich mich doch gleich tausendmal besser!»

«Bin bloß ehrlich, Darling. Ich sage doch nur, dass du dir zu große Sorgen machst. Sabine ist so etwa der ausgeglichenste Teenager, den man in dieser Umgebung überhaupt großziehen kann. Und ich meine das im positiven Sinne. Sie ist aufgeweckt, sie ist pampig, und sie lässt sich von niemandem etwas gefallen. Du musst dir also keine Sorgen machen.»

«Aber sie redet nicht mehr mit mir. Sie hat einfach aufgehört, mir etwas zu sagen.»

«Himmelherrgott nochmal, sie ist sechzehn. Ich hab jahrelang nicht mit meinen Alten geredet, und ich hatte zwei von der Sorte.»

«Aber was ist, wenn es an mir liegt? Was ist, wenn sie mich weiter verachtet?»

«Wart nur ab, bis sie ein Auto haben will. Oder die Kaution für ihre erste Wohnung. Dann wird die Liebe zurückkommen, glaub mir. Die Liebe wird zurückkommen.»

Kate blickte aus dem Fenster auf die grauen Fassaden an der Kingsland Road; die Geschäfte für Autoradios und Computer, die Cafés, die schmuddeligen Plakatwände und Wohltätigkeitsbüros, die bewiesen, dass sich diese Gegend strikt weigerte, voranzukommen, mochten die Immobilienmakler auch noch so oft behaupten, sie würde «aufgewertet und sei im Kommen». Wie war sie nur auf den Gedanken verfallen, ihre Tochter sei in den abgeschiedenen grünen Fluren von Kilcarrion besser aufgehoben? Was hatten sie ihr selbst gebracht?

Sie spielte mit einer dicken rosafarbenen Garnele herum, schob sie am Rand ihres Tellers entlang.

«Hast du Hamish nie über?»

Sie war sich nicht sicher, wieso sie diese Frage stellte, aber sobald sie erst einmal heraus war, wurde ihr klar, dass sie die Antwort unbedingt wissen musste. Maggie, die gerade die Tasse zum Mund führte, senkte sie langsam und überlegte sich ebenso gemächlich ihre Antwort.

«Über. Über. Ich weiß nicht, ob ich ihn wirklich *über*habe. Manchmal könnte ich ihm an die Gurgel gehen. Reicht das aus?»

«Aber wieso bleibt ihr zusammen? Ihr könnt doch nicht immer glücklich sein. Oder?» Das letzte Wort kam ein bisschen wehleidig heraus, deshalb versuchte Kate, wenigstens ein lustiges Gesicht zu machen.

«Natürlich sind wir nicht immer glücklich. Kein Paar ist immer glücklich, und wenn jemand das behauptet, dann ist er ein verdammter Lügner. Aber das weißt du ja.» Maggie runzelte die Stirn. «Was ist los, Kate? Manchmal klingst du, wenn du über Beziehungen redest, wie eine Fünfzehnjährige, ehrlich.»

«Das liegt daran, dass ich mich in Sachen Partnerschaften so reif fühle wie eine Fünfzehnjährige. Wieso bleibt ihr also zusammen? Warum bleibst du da, obwohl du eigentlich abhauen möchtest?» An dem Punkt, an dem ich in der Regel abhaue, dachte sie.

«Was uns zusammenhält? Abgesehen von den Kosten eines guten Scheidungsanwalts und der Tatsache, dass der Wert unseres Hauses in den letzten fünf Jahren kaum gestiegen ist? Ja, und den schrecklichen Zombies, die sich als unsere Kinder ausgeben? Die Wahrheit, Kate? Ich weiß es wirklich nicht. Doch. Es liegt daran, dass ich mir einfach nicht vorstellen kann, mit einem anderen zusammen zu sein als mit Hamish, obwohl er manchmal ein richtiges Arschloch ist, nicht mit Geld umgehen kann, häufig betrunken und außer an Geburtstagen und zu besonderen Anlässen ehrlich gesagt nicht die große Nummer ist. Hilft dir das weiter?»

«Ich hatte nie eine Beziehung, bei der ich mir nicht vorgestellt habe, mit einem anderen zusammen zu sein», gestand Kate traurig ein.

«Ach, ich zähle die Phantasievorstellungen mit Robert Mitchum nicht dazu.»

«Ich auch nicht. O Gott. Robert *Mitchum*?»

«Ich weiß», Maggie grinste. «Er ist mein kleines Geheimnis. Er sieht einfach so aus, als wäre er dermaßen *gefährlich*, weißt du?»

«Aber ich rede nicht von sexuellen Phantasien. Ich habe immer daran gedacht, mit einem anderen zusammen zu sein. Ich verknalle mich in andere und so.»

«Du *bist* fünfzehn. Ich hab's doch gleich gewusst.»

«Gott, was ist bloß los mit mir? Warum bin ich bei Beziehungen nur ein so verdammt hoffnungsloser Fall?» Sie hatte das eigentlich gar nicht laut sagen wollen.

Maggie fing an, die leeren Schüsseln einzusammeln und sie in der Küche auf Tabletts zu stapeln.

«Ich sag es ungern, Darling, angesichts deiner gegenwärtigen Situation und so. Aber vielleicht bist du dem Richtigen einfach noch nicht begegnet.»

Justin rief um Viertel vor sieben an, kurz bevor Geoff eintreffen sollte. Kate freute sich über seinen Anruf. Sie freute sich, dass seine durch das Telefonkabel blechern klingende Stimme sie noch immer mit Wärme und Verlangen durchströmen konnte und ihr die Gewissheit gab, die richtige Entscheidung getroffen zu haben. Ihre Unterhaltung mit Maggie war ziemlich entnervend gewesen, allerdings hatte sie sich das Ganze ja mit ihrer übermäßig selbstkritischen Stimmung selbst eingebrockt. Der unerwartete Anruf von Justin rückte alles wieder zurecht.

«Ich habe gerade an dich gedacht», sagte er. «Und ich wollte einfach deine Stimme hören.»

«Oh, ich freu mich so, dass du anrufst», antwortete sie ein wenig atemlos. «Ich vermisse dich so sehr.»

Seine Stimme klang, als sei er Millionen Meilen entfernt. «Herrgott, ich wünschte, du wärst hier. Ich muss ständig an dich denken.»

Sie hielt inne, unsicher, ob er oder die Zeitverzögerung schuld daran war, dass die Antwort ausblieb.

«Wie geht es so …»

«Wo bist du …» Sie hatten gleichzeitig zu reden angefangen und dann plötzlich aufgehört, weil keiner den anderen unterbrechen wollte. «Du zuerst», sagte Kate und verfluchte das Telefonsystem, weil es zu diesen peinlichen Verzögerungen führte.

«Hör zu, ich kann nicht lange reden. Ich wollte dir nur sagen, dass ich wahrscheinlich am Wochenende zurückkomme. Wir müssen nur noch zu einer Person gehen, dann kann ich mich hoffentlich von den anderen absetzen und kriege auch bald eine Maschine.»

«Soll ich dich am Flughafen abholen? Ruf mich einfach an, wenn du weißt, wann du landest.»

«Nein, mach dir keine Umstände. Ich bin kein großer Freund solcher Begrüßungsszenen.» Kate bemühte sich, ihre Enttäuschung hinunterzuschlucken. Sie hatte plötzlich das Bild vor Augen gehabt, wie sie sich in Heathrow inmitten all der Leute um den Hals fallen, er in staubigem Khaki, wie aber dann bei ihrem Anblick die Zeichen der Erschöpfung aus seinem Gesicht schwinden würden. Himmelherrgott nochmal, schimpfte sie mit sich. Maggie hat Recht. Du bist tatsächlich fünfzehn.

«Dann koche ich eben etwas Gutes. Wenn du zurückkommst.»

«Das brauchst du nicht.»

«Will ich aber. Ich vermisse dich.»

«Ich meine bloß, dass ich wahrscheinlich total geschafft und verdreckt sein werde und wohl zuerst nach Hause fahren und zwölf Stunden schlafen möchte. Ich sehe dich dann, wenn ich sauber und ausgeruht bin. Dann gehen wir aus, irgendwohin, wo etwas los ist.»

Kate sagte ihm, dass sie sich darauf freue, und versuchte, ihre Enttäuschung darüber zu verbergen, dass er so gar keine Eile hatte. Sie wollte ihn möglichst unmittelbar nachdem er gelandet war, sehen; verschwitzt, erschöpft oder wie auch immer, sie wollte ihn mit Küssen überschütten, ihm ein heißes Bad einlaufen lassen, ihm immer wieder Wein einschenken, während sie seinen Geschichten über seine wagemutigen Taten lauschte. Ihn dann mit Hausmannskost voll stopfen und zusehen, wie er zufrieden auf ihrem Sofa einnickte. Aber Justin gehörte nicht zu den Typen, die so einfach einnickten. In Wahrheit hatte sie den starken Verdacht, dass Justin geradezu hyperaktiv war. Er hatte Schwierigkeiten, irgendwo still zu sitzen; er zappelte herum, trommelte mit den Fingern auf seine Knie, rieb sich über das aschblonde Haar und tigerte im Zimmer auf und ab. Sie ging davon aus, dass er deshalb in seinem Job so erfolgreich war. Sogar noch im Schlaf zuckte er zusammen und murmelte vor sich hin, als verfolge er selbst nachts eine Fährte.

Beunruhigt ging Kate langsam in ihr Zimmer hinauf, blieb vor dem hohen Spiegel an der Tür des edwardianischen Kleiderschranks stehen und betrachtete sich eingehend. Was sieht er in mir, dachte sie und fühlte sich auf einmal verletzlich, mit sich selbst nicht im Reinen. Er könnte jede haben, aber er hat mich gewählt; eine fünfunddreißig Jahre alte Frau mit Schwangerschaftsstreifen und den unübersehbaren ersten Anzeichen von Krähenfüßen und Haaren, die zwar dicht und rot, aber nach Meinung ihrer Tochter zu lang für ihr Alter waren. Eine Frau, die irgendwie nie ein Gespür für Mode entwickelt hatte, weil sie in ihrer Jugend auf diesem Gebiet zu kurz gekommen war und nie wusste, wohin sie eigentlich richtig gehörte. Sabine hatte ihr gesagt, dass die Secondhand-Kleider, die sie in dem Geschäft in Stoke Newington kaufte, «ein Witz» seien, aber sie mochte sie nun einmal; mochte die guten Stoffe und die Qualität, die sie sich bei neuen Kleidungsstücken nicht leisten konnte. Außerdem hatte sie die Tatsache geschätzt, dass diese Garderobe sie von all den anderen fünfunddreißigjährigen Mummys unterschied, die sie bei Sainsburys traf. Aber jetzt, unter einer Wolke plötzlicher Selbstzweifel, fragte sie sich, ob sie nicht einfach komisch aussah, unpassend. Wird er das Interesse an mir verlieren, überlegte sie, während sie ihr Spiegelbild betrachtete. Er war gleich alt wie sie, aber sein ganzer Lebensstil war so unstet, so frei von jeder Verantwortung, dass er zu einer Frau passte, die gut und gerne zehn Jahre jünger hätte sein können. Würde er sich am Ende eine Frau wünschen, die ebenso frei war?

Kate machte die Schranktür zu und versuchte, die in ihrem Kopf herumschwirrenden Gedanken beiseite zu schieben. Sie konnte einfach nicht gut allein sein; das ließ ihr zu viel Zeit zum Nachdenken; zu viel Zeit, sich alles durch den Kopf gehen zu lassen. Ihre Zufriedenheit wurde zu sehr von ihrem Liebesleben diktiert, das hatte Maggie ihr gesagt. Damit machte sie sich zu verletzlich. Sie hatte es abgestritten, war aber natürlich nicht in der Lage gewesen, Gründe anzuführen, warum Maggie sich irrte. Und Maggie hatte ihr auf den Kopf zugesagt, was sie eigentlich gar nicht wissen konnte. Nämlich, dass Kate ein Vermögen für neue Bettwäsche ausgegeben hatte, nur weil Justin einmal erwähnt hatte, dass er auf weißer ägyptischer Baumwolle am besten schlafe. Dass sie mindestens zwei lukrative Aufträge abgelehnt hatte, weil sie nicht sicher war, wann er zurückkommen würde, und nicht wollte, dass sie nach seiner Rückkehr arbeiten musste. Dass sie es einfach zu anstrengend fand, sich hübsch zu machen, wenn Justin nicht da war, und deshalb während seiner Abwesenheit die meiste Zeit ihre schwarze Lesebrille aus Plastik aufhatte und in einer Schlafanzughose herumlief.

Gott, sie konnte einfach nicht gut allein sein. Sie würde sich einen Untermieter suchen. Oder einen Hund zulegen. Oder sonst etwas. Irgendwas, um sich von diesen depressiven Gedanken abzuhalten. Hör schon auf, schimpfte sie mit sich. Geoff wird bald da sein. Lass dich nicht so hängen.

Kate war froh, dass sie einen Grund hatte, mit dem Denken aufzuhören, sie bürstete sich die Haare und staunte, wie verheddert sie schon wieder waren, nachdem sie sie zwei Tage vernachlässigt hatte, legte Lippenstift auf und besprühte sich schließlich ganz gedankenlos mit ihrem Parfum: Mitsouko von Guerlain. Plötzlich sah sie entsetzt die Flasche an: Geoff hatte ihr dieses Parfum gekauft. An jedem Valentinstag. Das war sein Lieblingsduft. Er könnte denken, sie habe es sich anders überlegt; sie wolle ihn zurückgewinnen. Kate besah sich im Spiegel, nahm nach kurzem Zögern ein Papiertuch und wischte sich den Lippenstift ab. Sie knöpfte den obersten Knopf ihrer cremefarbenen Seidenbluse aus den fünfziger Jahren zu, nahm die Kontaktlinsen heraus und setzte sich die unvorteilhafte Arbeitsbrille auf. Dann fuhr sie sich mit einem Taschentuch über den Hals und versuchte, den Duft loszuwerden. Sie hatte ihm schon genug wehgetan; seine Leidenschaft unabsichtlich neu zu entflammen war das Letzte, was sie wollte. Deshalb war eine müde, gealterte, mitgenommene Kate, also genau die Kate, an der sie die letzten zwei Stunden herumgenörgelt hatte, das beste Geschenk, das sie ihm machen konnte.

Er kam zu spät, das überraschte sie. Geoff war immer pünktlich. Das war einer seiner «Vorzüge». Als es endlich klingelte, war sie geradezu dankbar; sie hatte sich dabei ertappt, wie sie still im Wohnzimmer saß und – als sehe sie es zum ersten Mal – auf die Lücken in den Bücherregalen und die kahlen Stellen an den Wänden stierte, wo seine Sachen gewesen waren. Wie würde sich Sabine fühlen, wenn so viele vertraute Dinge plötzlich fehlten? Hing sie womöglich an irgendeinem dieser Stücke? Hatte sie irgendetwas davon überhaupt bemerkt? Wie konnte man wissen, was sich im Kopf einer Sphinx abspielte?

Als er an ihr vorbei durch den Flur ging, bemerkte sie, dass er ein wenig besser aussah als das letzte Mal. Weniger gealtert durch die ganze Sache. Aber vielleicht war das nicht verwunderlich; das war schließlich am Tag seines Auszugs gewesen, und die vergangenen Wochen waren ihnen beiden ja wie eine Ewigkeit vorgekommen.

Er stand im Wohnzimmer, ein großer, leicht gebeugter Mann von fünfzig, und war offenbar unsicher, ob er sich hinsetzen sollte. Sonderbarerweise war Kate plötzlich froh, ihn zu sehen, sie lächelte ihn nervös an und deutete auf das Sofa.

«Willst du was trinken? Deine Sachen sind oben, aber ich weiß ja, du hast eine lange Fahrt hinter dir, und ich möchte nicht, dass du den Eindruck hast, du müsstest dich gleich wieder verziehen.»

Geoff fuhr sich über das grau melierte Haar am Hinterkopf, eine Geste, die sie bei ihm bis dahin nie gesehen hatte, und setzte sich zögerlich.

«Genau genommen komme ich nur von Islington. Und ich fahre auch dorthin zurück.»

Kate meinte sich zu erinnern, dass er gesagt hatte, er würde sich eine Wohnung in Bromley mieten, näher beim psychiatrischen Krankenhaus, aber sie sagte nichts. Selbst unschuldige Fragen konnten auf einmal verfänglich sein. Es ging sie schließlich nichts mehr an.

«Tee? Kaffee? Rotwein? Ich habe noch eine angebrochene Flasche.»

«Rotwein wäre hervorragend. Danke.»

Während sie die Flasche und Gläser aus der Küche holte, überlegte sie, wie schnell aus einem Partner doch ein Gast werden konnte. Als sie ihm sein Glas reichte, spürte sie, wie er ihr Gesicht musterte, und merkte, dass völlig unliebsame Gefühle sie rot anlaufen ließen.

«Und, wie geht es dir?», fragte er. Das brachte sie etwas aus dem Konzept, weil sie ihn gerade dasselbe fragen wollte.

«Mir ... mir geht es gut», sagte sie. «Ganz okay.»

«Ist Sabine noch bei deiner Mutter?»

«Ja. Am Anfang wollte sie gar nicht hin, aber sie hat diese Woche nicht angerufen. Bei ihr ist das ein gutes Zeichen, nehme ich an.»

«Keine Nachrichten sind gute Nachrichten.»

«So in etwa.»

«Richte ihr Grüße aus. Wenn du das nächste Mal mit ihr telefonierst.»

Sie nickte. «Natürlich.»

Es entstand eine längere Pause. Kate bemerkte, dass der oberste Knopf ihrer Bluse wieder aufgegangen war, und überlegte, ob es so aussehen würde, als täte sie es ostentativ, wenn sie ihn nun wieder zumachte. Deshalb zog sie lediglich ihre dicke Jacke fester um sich und hoffte, damit das Problem zu lösen.

«Hast du die Heizung nicht an?», fragte er und sah sich im Zimmer um, als bemerke er die Kälte plötzlich.

«Ich habe ein paar Probleme mit dem Heizkessel. Der Mann kommt morgen», log sie.

«Ist er gut? Du wirst hoffentlich keine Pfuscher hier herumwerkeln lassen, sie können alles kaputtmachen, die Elektrik, die Pumpe, das alles.»

«Oh, er ist sehr gut. Eingetragener Betrieb und so.»

«Gut. Ansonsten müsstest du es mir nur sagen, weißt du, ich ...», er hielt verlegen inne. «Na ja. Jedenfalls bin ich froh, dass du alles im Griff hast.»

Kate blickte auf ihr Weinglas und fühlte sich miserabel. Es

war schlimmer, weil er nett war. Sie fand es einfacher, wenn er sie anbrüllte. Als sie ihm von ihrer Affäre erzählt hatte, hatte er sie tatsächlich angeschrien, sie sei eine «Hure», ein Wort, das sie in diesem Moment eigenartigerweise nicht einmal verletzen konnte; mitunter, weil sie sich insgeheim selbst als solche fühlte, aber auch, weil es das einzig wirklich Abscheuliche war, das er je zu ihr gesagt hatte, und ihr einen Vorwand lieferte, wütend auf ihn zu sein.

«Eigentlich müsste ich mit dir reden», sagte er.

Das Herz schlug Kate bis zum Hals. Mit feuchten, sanften Augen und freundlichem Gesicht sah Geoff sie eindringlich an. Bitte sei nicht mehr in mich verliebt, bettelte sie im Stillen. Ich kann die Verantwortung nicht tragen.

«Soll ich dir zuerst deine Sachen herunterholen?», fragte sie unvermittelt. «Danach können wir reden.»

«Nein.»

Sie sah ihn entgeistert an.

«Versteh doch, ich möchte jetzt mit dir reden.»

Wir verbringen unser ganzes Leben damit, die Männer zum Reden zu bringen, dachte sie. Und wenn sie es dann tun, wünschen wir uns Millionen Meilen weg.

In diesem Moment schlich Amadeus lautlos ins Zimmer, sein schwarzes Fell war struppig und ganz durchnässt. Er ignorierte sie, ging zu Geoff und sprang, nachdem er mit einstudiertem Desinteresse an seinem Hosenbein geschnüffelt hatte, leichtfüßig neben ihn auf das Sofa. Du nicht auch noch, dachte Kate verzweifelt.

«Das ist mir alles sehr peinlich …», fing er an.

«Nein, nein, ich bin diejenige, der es peinlich sein sollte. Geoff, es tut mir so Leid, dass das passiert ist. Wirklich. Du bist ein so wunderbarer Mann, und ich würde alles dafür geben, wenn es nicht dazu gekommen wäre. Es tut mir wirklich Leid. Aber ich habe mich weiterentwickelt. Weiterentwickelt, verstehst du?» Dabei lächelte sie ihn in einer Art und Weise an, die, so hoffte sie, all die Liebe und Dankbarkeit vermittelte, die sie über ihre jahrelange Beziehung empfand, aber zugleich ihre Entschlossenheit, diese nicht wieder aufleben zu lassen.

«Das ist sehr lieb», sagte er und blickte auf seine Schuhe. Sie waren neu, wie sie plötzlich bemerkte. Mit dicken Sohlen. Sahen teuer aus. Das passte gar nicht zu Geoff. «Ich bin froh, dass du das sagst. Weil es mir ein wenig peinlich war, heute hierher zu kommen.»

«Es muss dir nie peinlich sein herzukommen», sagte Kate ernst und glaubte fast, dass sie es auch so meinte. «Sabine wird dich sicher immer sehen wollen. Und ich werde dich immer …», sie suchte nach dem richtigen Wort, «… immer mögen. Ich fände es schrecklich, wenn wir einander nicht wieder sehen würden.»

«Meinst du das im Ernst?» Er beugte sich zu ihr vor, beide Hände locker auf die Knie gelegt.

«Ja», sagte sie. «Geoff, du bist ein wichtiger Teil meines Lebens gewesen.»

«Aber du hast dich weiterentwickelt.»

Kate spürte, wie ihr Tränen in die Augen stiegen.

«Genau.»

«Da bin ich aber froh», sagte er, und sein Gesichtsausdruck wirkte zum ersten Mal entspannt. «Weil das, was ich dir sagen muss … Na ja, ich hab mir ein bisschen Sorgen gemacht, weil ich nicht wusste, wie es dir geht.»

Kate sah ihn verständnislos an.

«Nun, es macht die Sache für mich eben ein bisschen leichter. Weil ich mich nämlich auch weiterentwickelt habe. Ich habe … Na ja, ich habe jemanden kennen gelernt.»

In Kates Gehirn herrschte plötzlich vollkommene Leere.

Geoff schüttelte leicht den Kopf, als könne er das, was er sagen wollte, selbst kaum glauben. «Ich habe jemanden kennen gelernt. Es ist ziemlich ernst. Und das hat mir klar gemacht, dass du Recht hattest. Du hattest Recht, den Schritt zu tun, den du getan hast. Ach, ich weiß, ich war in dem Moment unheimlich verletzt. Du kannst dir gar nicht vorstellen, wie verletzt. Und deshalb ist es umso erstaunlicher, dass es so schnell gegangen ist, wirklich. Denn als du es mir gesagt hast … Wie lange ist das her? Sechs Wochen?»

Kate nickte stumm.

«Aber diese Frau hat mir klar gemacht, dass deine Entscheidung unglaublich mutig war. Weil wir uns doch nur noch haben treiben lassen. Wir haben uns nicht mehr wirklich gegenseitig herausgefordert oder einander glücklich gemacht. Und das habe ich jetzt. Auch ich habe es, na ja … Mein Gott, ich kann selbst kaum glauben, dass ich das jetzt sage, aber ich habe das Gefühl, dass sich alles irgendwie zum Besten gefügt hat. Das heißt, solange Sabine okay ist.»

In Kates Ohren fing es an, leise zu klingeln. Sie schüttelte den Kopf und versuchte das Geräusch loszuwerden.

«Ist alles in Ordnung?», fragte Geoff und streckte die Hand aus.

«Mir geht es gut», sagte sie sanft. «Bin nur ein bisschen … überrascht.» Die Schuhe, dachte sie plötzlich. Diese Frau hatte ihn dazu gebracht, sich solche Schuhe zu kaufen. Er war jetzt drei Wochen fort, und diese Frau hatte es schon geschafft, dass er sich ordentliche Schuhe gekauft hat.

«Wer ist es?», fragte sie und hob den Kopf. «Kenne ich sie?»

Geoff blickte ein wenig betreten drein.

«Genau darüber wollte ich mit dir reden.»

Er zögerte.

«Es ist Soraya.»

Kate sah ihn völlig verdutzt an. Dann sagte sie: «Soraya? Doch nicht etwa die Soraya, mit der du zusammenarbeitest?»

«Genau. Diese Soraya.»

«Die Soraya, die zum Abendessen hier war? So an die fünf- oder sechsmal?»

«Ja.»

Soraya, die asiatische Königin der Psychiatrie. Soraya, etwas über vierzig, die rehäugige Göttin der hochwertigen Designerlabel und teuren Schuhe. Soraya, die Erbin eines riesigen, phantastisch eingerichteten neoklassizistischen Hauses in Islington, mit eigenem Einkommen und kinderlos. Soraya, die Hexe. Männerdiebin. Miststück, verdammtes Miststück.

«Sie hat keine Zeit vergeudet, nicht wahr?» Sie konnte den Anflug von Bitterkeit in ihrer Stimme nicht unterdrücken. Geoff zuckte die Achseln und lächelte betreten.

«Sie hat mich vorsichtig gefragt, ob es auch wirklich endgültig ist. Du musst wissen, bei diesen Dingen nimmt sie es nämlich sehr genau. Als ich ihr gesagt habe, dass es so ist, hat sie gemeint, wenn sie mich jetzt nicht wegschnappt, dann tut es eine andere. Sie ist der Ansicht, dass anständige erwachsene Männer Mangelware sind.» Er besaß den Anstand, rot zu werden, als er ihre Komplimente wiederholte, dennoch konnte er seinen Stolz darauf nicht ganz verbergen.

Kate konnte es einfach nicht fassen. Geoff war von der begehrtesten allein stehenden Frau weggeschnappt worden, die sie beide kannten. Geoff, der urplötzlich zum verlockenden Glanzstück für die Frauen der Mittelschicht geworden war. Wie war es nur dazu gekommen? War sie so kurzsichtig, dass sie die ganze Zeit irgendeinen Vorzug an ihm übersehen hatte?

«Ich habe dir das nur erzählt, weil du gesagt hast, dass du mit Justin glücklich bist. Ich würde nie etwas tun, was dich verletzt, das weißt du.»

«Oh, mach dir um uns keine Sorgen. Uns geht es bestens. Phantastisch.» Sie wusste, dass sie kindisch klang, aber sie konnte einfach nicht anders.

Ein paar Minuten saßen sie sich schweigend gegenüber, und Kate trank ihren Wein zu schnell aus. Schließlich redete sie weiter.

«Ist es ernst?»

«Ja, ist es.»

«Nach drei Wochen?»

«In meinem Alter hat es keinen Zweck, es auf die lange Bank zu schieben.» Er bemühte sich, es möglichst witzig klingen zu lassen.

«Was, das Zusammenziehen?» Sie konnte es einfach nicht fassen. Wie konnte er schon jetzt ein neues Leben beginnen? Wo sie sich doch noch nicht einmal mit dem Verlust des alten abgefunden hatte?

«Na ja, ich habe die Wohnung in Bromley für drei Monate gemietet. Aber ich verbringe ohnehin die meiste Zeit in Islington.»

«Wie schön für dich.»

«Du weißt, dass mir solche Sachen nie wichtig waren.»

Kate stierte auf seine Schuhe. Bis jetzt, dachte sie. Soraya wird dich ausstaffieren und dich im Handumdrehen in einen dieser total durchgestylten Intellektuellen verwandeln, die ausschließlich in Nicole-Fahri-Jacketts und Leinenhemden herumlaufen.

Geoff streichelte den Kater. Die beiden machten einen allzu entspannten Eindruck.

«Ist ... ist schon früher etwas zwischen euch gewesen?» Der Verdacht, der sich in ihren Kopf geschlichen hatte, füllte ihn plötzlich wie eine vielköpfige, giftige Medusa aus.

«Was?»

«Na ja, das hört sich alles so an, als sei es schrecklich gelegen gekommen, nicht wahr? Drei Wochen nachdem du hier ausgezogen bist, bist du praktisch schon bei einer unserer besten Freundinnen eingezogen. Du musst zugeben, dass du ein ziemliches Tempo vorlegst.»

Geoff hatte plötzlich einen todernsten Gesichtsausdruck.

«Kate, ich schwöre dir, dass zwischen uns nichts gewesen ist, bis du mir von deiner ... von Justin erzählt hast. Ich habe Soraya für eine attraktive Frau gehalten, aber nicht mehr als unsere anderen Freundinnen. Na ja, vielleicht für attraktiver, aber ich habe nie mehr an sie gedacht als an irgendeine andere, wenn du verstehst, was ich meine.»

Er sagte die Wahrheit. Geoff hatte noch nie lügen können. Weshalb fühlte sie sich also derart verbittert?

«Sie sagt, dass sie mich immer gemocht hat, aber nie etwas mit mir angefangen hätte, solange ich mit einer anderen zusammen war. Und wenn sie nicht den ersten Schritt getan hätte, na ja, dann hätte ich mich wahrscheinlich in meine ziemlich scheußliche neue Wohnung verkrochen und jahrelang meine Wunden geleckt. Du weißt, wie es mir gegangen ist. Du kennst mich. Ich bin einfach nicht der Typ. Für Untreue.»

Aber ich, dachte sie. Auch wenn du zu höflich bist, es auszusprechen. Kate, die sich unerklärlicherweise auf einmal verlassen fühlte, spürte, dass sie plötzlich losheulen wollte. Hemmungslos brüllen und schreien wollte sie wie jemand, der betrogen wurde, und weinen, bis ihr die Brust bebte und die Bauchmuskeln wehtaten. Und es war alles ihre Schuld.

Auf einmal kam ihr der verrückte Gedanke, dass sie ihn vielleicht verführen könnte. Sich auf ihn stürzen, ihm die Kleider vom Leib reißen und ihn mit so animalischer Leidenschaft lieben könnte, dass er am Ende zittern würde, nicht mehr selbstgefällig und sich seiner neuen Liebe nicht mehr sicher wäre. Plötzlich wollte sie, dass er Zweifel bekam, sich Sorgen machte. Sie wollte Soraya und ihr geheimnisvolles, orientalisches Lächeln auslöschen. Sie konnte es, sie wusste, dass es ihr gelingen würde. Schließlich kannte sie ihn besser als irgendjemand sonst.

Dann bemerkte sie, dass Geoff sie freundlich und besorgt ansah. Mit Entsetzen wurde ihr klar, dass es jener Blick war, mit dem er normalerweise seine Patienten betrachtete. Und das war schlimmer als seine Untreue. Plötzlich erinnerte sie sich voll Unbehagen, wie blass und ungeschminkt sie war, und rückte sich die Brille zurecht.

«Bist du okay?»

«Okay? Gott, mir geht es phantastisch. Bin bloß sprachlos über deine wunderbare Neuigkeit. Ich freue mich so für dich.» Sie stand auf, ließ ihre Seidenbluse am Kragen aufspringen und schüttelte den Kopf. «Ist das Leben nicht großartig, was?»

Geoff, dem klar wurde, dass ihr Treffen ein abruptes Ende nahm, stand ebenfalls auf und stellte sein halb geleertes Weinglas auf den Couchtisch.

«Bist du sicher, dass es dir nichts ausmacht? Ob du's glaubst oder nicht, es ist mir wichtig, dass du damit einverstanden bist.»

Kates Augen funkelten.

«Etwas ausmachen? Wieso sollte es mir etwas ausmachen?»

Sie strich sich übers Haar und blickte geistesabwesend im Zimmer herum.

«Justin wird sehr erstaunt sein, wenn ich ihm erzähle, wie sich alles gefügt hat. Wahnsinnig erstaunt. Und erfreut. Ja, wir freuen uns beide sehr. So, sollen wir jetzt nicht besser deine Sachen holen?», fragte sie fröhlich und ging mit einem breiten, starren Lächeln zur Tür.

— *Kapitel 4* —

«Genau so. Fersen runter, Rücken gerade. So, siehst du? Gut machst du das.»

«Ich komm mir vor wie ein Sack Kartoffeln.»

«Du machst das sehr gut! Halt nur die Hände ein bisschen höher. Knapp über seinem Nacken.»

«Aber ich kann mich doch nur mit ihnen hier oben halten.»

Als Thom sie angrinste, machte Sabine ein finsteres Gesicht und vergrub es in ihrem Schal, sodass ihr der Atem weich und sanft entgegenschlug. Sie wollte es sich keinesfalls anmerken lassen, aber sie musste zugeben, dass es ihr beinahe Spaß machte. Der kleine Schimmel trottete brav dahin, seine Ohren schnellten, sobald Thom sprach, vor und zurück, und sein Nacken war gebogen wie der eines Schaukelpferds. Er hatte nicht versucht, sie abzuwerfen, sie zu beißen, zu treten, in eine Hecke zu schleudern oder durchzugehen, wie sie es insgeheim befürchtet hatte. Er hatte sie nicht einmal mit diesem bösartigen Blick angesehen, mit dem die Pferde von Reitschulen einen in der Regel fixieren, sondern war allem Anschein nach ganz einfach zufrieden, diesen kalten Wintermorgen im Freien genießen zu dürfen, und nahm seine Reiterin als notwendiges Übel in Kauf.

«Ich hab dir gesagt, dass deine Granny eine Kennerin ist und Pferde sehr gut einschätzen kann», sagte Thom neben ihr von dem großen Braunen herab. Er hielt beide Zügel in der rechten Hand, ganz nach Westernart, während sein linker Arm steif an seiner Seite hing.

«Sie hätte dich nie auf ein zu lebhaftes Pferd gesetzt. Bevor sie den hat herkommen lassen, hat sie sich genau erkundigt, ob er auch wirklich bombensicher ist. Ich hab sie selber am Telefon gehört.»

Sabine spürte, dass diese Erklärung sie zu einer gewissen Dankbarkeit oder Bewunderung veranlassen sollte. Aber sie brachte es nicht über sich. In den letzten Tagen hatte ihre Großmutter sie anscheinend kaum zur Kenntnis genommen, und falls doch, dann nur, um sie auf irgendein Fehlverhalten hinzuweisen. Zum Beispiel, dass sie den Schmutz nicht von ihren Stiefeln gewaschen hatte, bevor sie diese in die Stiefelkammer stellte. Und dass sie Bertie am Nachmittag auf ihrem Bett hatte schlafen lassen. Großmutter hatte sogar Mrs. H. angeschrien, weil sie für Großvaters Rühreier die falsche Buttersorte verwendet hatte, sie hatte das Tablett eigenhändig wieder heruntergebracht und immer weiter auf ihr herumgehackt, als habe die arme alte Mrs. H. versucht, ihn zu vergiften. Sabine hätte gerne zurückgebrüllt, aber nachdem ihre Großmutter mit dem neu beladenen Tablett wieder zu Großvater hinaufgegangen war, hatte Mrs. H. ihr die Hand auf die Schulter gelegt und gesagt, es mache ihr nichts aus. «Sie steht unter großem Druck. Wir müssen ihr gegenüber ein bisschen nachsichtig sein», hatte sie gesagt und dabei den Kopf geschüttelt.

«Warum lassen alle ihnen das durchgehen?», fragte sie Thom, als er abstieg, um ein Holzgatter aufzumachen.

«Wem? Und was durchgehen lassen?»

«Ihnen. Meinen Großeltern. Warum arbeiten alle weiter für sie, wenn sie zu allen so schrecklich sind? Ich glaube kaum, dass sie euch ein Spitzengehalt bezahlen, denn sie redet ständig vom *Sparen.*» Sie sprach das Wort aus, als sei es irgendwie Ekel erregend.

Thom stieß das Gatter auf, gab seinem Pferd einen leichten Klaps auf die Flanke, sodass es unbeholfen um ihn herumtänzelte, während Sabine hindurchritt und die Hufe ihres Pferdes in dem Schlamm unschöne Schmatzgeräusche machten.

«Sie ist schon in Ordnung.»

«Nein, ist sie nicht. Sie bedankt sich nie bei dir für das, was du alles für sie tust. Und gestern war sie auch zu Mrs. H. grob. Und trotzdem bietet ihr hier keiner Paroli.»

«Sinnlos. Sie meint es nicht persönlich.»

«Das ist keine Entschuldigung.»

«Das behaupte ich ja gar nicht. Aber die Leute haben eben ihre Eigenheiten, und das ist ihre. Mein Gott, ist es kalt heute Morgen.»

Mit einem leichten Grunzen steckte Thom den Fuß in den Steigbügel, zog sich hoch und schwang das andere Bein über den Pferderücken. Seine Stiefel waren schlammverschmiert.

«Aber es ist erniedrigend. Sie behandelt euch wie Dienstboten. Als würdet ihr alle im neunzehnten Jahrhundert leben.»

Thom tätschelte den muskulösen Nacken des Braunen.

«Na ja, ich nehme an, man könnte sagen, dass wir ihre Dienstboten sind.»

«Das ist lächerlich. Ihr seid Angestellte.»

Jetzt grinste Thom wieder. Sein Lächeln schwebte über dem fest um seinen Hals gewickelten Schal.

«Und wo soll der Unterschied sein?»

«Es gibt jedenfalls einen.»

«Der wäre?»

Sabine schaute auf die Ohren ihres Pferdes. Das rechte schnellte ständig vor und zurück. Manchmal konnte Thom unglaublich nervend sein.

«Es geht doch darum, wie sie sich verhält, und nicht nur sie, sondern alle beide. Der Unterschied liegt darin, wie die beiden euch behandeln ... Als gleichwertig oder als, als ... Na ja, ohne jeden Respekt.»

Sie sah verstohlen zu Thom hinüber und fragte sich, ob sie zu weit gegangen war. Noch während sie redete, wurde ihr klar, dass er sich von dem, was sie sagte, mit Recht beleidigt fühlen könnte. Aber er zuckte nur mit den Achseln und riss ein nasses Blatt von einem überhängenden Zweig.

«Ich sehe das anders. Sie sind gute Leute, deine Großeltern, allerdings mit altmodischen Ansichten. Du musst bedenken, dass sie tatsächlich noch mit Dienstboten aufgewachsen sind. Sie haben in den Kolonien gelebt. Und wollen eben, dass die Sachen in einer bestimmten Art und Weise erledigt werden, und sie sind einfach nur alt und leicht frustriert, wenn das nicht passiert. Also», Thom hielt sein Pferd an, wandte sich um und schaute Sabine an, «wenn sie nur einen von uns schlecht behandeln oder anbrüllen würden oder sonst was, dann würden wir alle gehen, denke ich. Wir sind hier nämlich keine Trottel, Sabine, egal, wofür du uns hältst. Aber wir verstehen sie. Und ihre Art und Weise. Und auch wenn du das vielleicht nicht erkennen kannst, sie respektieren uns ebenfalls.»

Sabine war noch immer anderer Meinung, aber irgendetwas in Thoms Verhalten hielt sie davon ab, dieses Gespräch fortzuführen.

«Und ganz egal, was du im Moment von deiner Großmutter denkst, Mrs. H. hat Recht. Sie steht unter großem Druck. Du solltest dich ihr ein bisschen öffnen, Sabine. Mit ihr reden. Du könntest am Ende sogar überrascht sein.»

Sabine zuckte die Achseln, als sei es ihr zu viel, sich darum zu kümmern. Aber der Druck, unter dem ihre Großmutter stand, das wusste sie, hing mit dem immer schlechter werdenden Gesundheitszustand ihres Großvaters zusammen. Er war jetzt schon seit fünf Tagen nicht mehr aus seinem Zimmer heruntergekommen, und der Arzt, ein junger Vertreter mit ernstem Gehabe, war häufig im Haus.

Sabine hatte nicht fragen wollen, was los war. Einmal, als Mrs. H. sie gebeten hatte, ihm sein Mittagessen hinaufzubringen, hatte er geschlafen, und sie war wie versteinert in der Tür stehen geblieben, hatte entsetzt und fasziniert beobachtet, wie sein Kopf, der bereits einem Totenschädel ähnelte, aus dem leuchtenden Rot der orientalischen Tagesdecke herauslugte und er im unruhigen Schlaf qualvoll pfeifend und zischend nach Atem rang. Sie hätte nicht einmal sagen können, ob er krank aussah. Er war zu alt, um anders auszusehen als … na ja … eben alt.

«Wird er sterben?», fragte sie Thom.

Er drehte sich in seinem Sattel um und sah sie kurz an, dann blickte er zur Seite, als denke er über etwas nach.

«Wir werden alle sterben, Sabine.»

«Das ist keine Antwort.»

«Nun, das liegt daran, dass ich dir keine Antwort geben kann. Komm schon, es zieht ein Unwetter auf. Wir sollten die Pferde lieber in den Stall bringen.»

Mrs. H. hatte die Tasse Tee schon vor gut einer halben Stunde zubereitet. Aber bis Joy Ballantyne daran dachte, den Becher vom Rand des Herds zu holen, hatte sich bereits eine Haut darauf gebildet, sodass eine hellbraune Sonne inmitten der Flüssigkeit schwamm.

Unbewusst hob sie wie ein Jagdhund den Kopf und versuchte, jedes Geräusch aus der oberen Etage aufzuschnappen. Aber Mrs. H. war zum Einkaufen gegangen, und es war still im Haus, die einzigen Geräusche waren das ferne Scheppern des Heißwasserboilers und das gelegentliche Schnarchen und Furzen eines der beiden Hunde, die ihr zu Füßen lagen.

Joy seufzte. Sie hatte lange und intensiv nachgedacht, was sie mit diesem Mädchen anstellen sollte, wie sie ein wenig Begeisterung, ein bisschen Leben auf dieses angespannte und wachsame kleine Gesicht zaubern könnte. Aber wie es schien, wollte Sabine überhaupt nichts *tun*, sie zog sich hartnäckig in ihr Zimmer zurück oder versuchte, in irgendeinem Teil des Hauses zu verschwinden, und ihr ganzes Wesen strahlte ihre Unzufriedenheit aus – gleich einem unangenehmen Geruch –, weil sie in Kilcarrion sein musste. Allem Anschein nach fühlte sie sich überall unwohl; in ihrem Zimmer, beim Abendessen, als habe irgendjemand sie unerwartet berührt, ja selbst in ihrer eigenen Haut schien sie sich nicht wohl zu fühlen.

War Kate genauso gewesen? Vielleicht schon. Joy, die in der leeren Küche an ihrem lauwarmen Tee nippte, kramte in ihrem Gedächtnis wie jemand, der eine Seite in einem Buch sucht: wie Kate als Teenager ständig eingeschnappt war, ihre Wut über die

Unfähigkeit ihrer Eltern, Verständnis für ihre Interessen aufzubringen, ihre spätere Entschlossenheit, nicht zu reiten, sodass der Braune, den sie erst nach monatelanger Suche für sie angeschafft hatten, auf der unteren Koppel stand, ohne je geritten worden zu sein – eine ständige Erinnerung an die Kluft, die sich zwischen ihnen auftat. Sie war so anders als ihr großer Bruder Christopher, der jedes Wochenende außerhalb von Dublin mit seinen Pferden an Jagdrennen teilnahm. Es war schwer zu glauben, dass sie von den gleichen Eltern abstammten. Aber hier kehrte nun alles in Gestalt von Kates Tochter wieder.

Sie hatte gedacht, es könnte viel Spaß machen, gestand sich Joy traurig ein, während sie ihren Tee austrank. Sie hatte Sabine gern haben wollen. Einen richtig schönen Winter hatte sie ihr bieten wollen mit viel frischer Luft und Bewegung und gutem Essen und hatte vorgehabt, sie mit blühender Farbe auf diesen blassen Wangen wieder nach Hause zu schicken. Deshalb hatte sie viele Stunden darauf verwendet, ein wirklich nettes kleines Pferd für Sabine aufzutreiben, das ihr Begleiter sein könnte. Vor allem aber hatte sie sich auf die Gelegenheit gefreut, sich so zu verhalten, als habe sie tatsächlich eine Enkelin, statt unentwegt den Gedanken an sie zu verdrängen, wie sie es seit dem Tag getan hatte, an dem sie und Kate sich endgültig zerstritten hatten. Als Kate sie aus heiterem Himmel angerufen und gefragt hatte, ob sie Sabine für eine Weile zu ihr schicken könnte, da hatte sie Joys Schweigen als Vorbehalt missverstanden und ihre Bitte sofort beleidigt zurückgezogen. Aber Joys Schweigen war einfach Ausdruck sprachloser Freude gewesen: In den vergangenen zehn Jahren hatte sie sich nie vorstellen können, je die Chance geboten zu bekommen, ihre Enkelin um sich zu haben.

Vielleicht sind wir einfach zu alt für sie, dachte Joy, während sie das Knacken in ihren Knien bemerkte, als sie sich bückte und Bellas weichen Kopf streichelte. Wir sind zu alt und zu langweilig, und sie ist an das Stadtleben gewöhnt, die Art des Lebens, die wir nie verstehen werden. Einen Computer, das war es, was sie wollte, oder etwa nicht? Computer und Fernsehen. Es war albern, zu denken, dass sie so ohne weiteres zu uns passen würde. Albern, sich über sie zu ärgern, bloß weil sie sich für den Duke nicht interessierte. Sie hatte bisher noch nie wirklich Verantwortung zu tragen gehabt. Und sie sollte mir Leid tun, dachte Joy, ich sollte mich nicht über sie ärgern. Was für ein schrecklich unstetes kurzes Leben hatte sie bis jetzt doch gehabt. Sie kann nichts dafür, dass sie so ist. Das ging wirklich auf Kates Konto.

«Kommt schon, ihr Strolche», sagte sie und richtete sich auf. «Machen wir uns auf die Suche nach Sabine.»

Joys strenges Aussehen stand im Widerspruch zu einer gewissen geistigen Offenheit. Zwar hatte sie ihre festen Ansichten, aber sie war geistig nicht so unbeweglich, dass sie sich, wenn sie im Unrecht war, nicht ein wenig anpassen konnte. Sie war sicher, dass sie ein paar Dinge unternehmen konnte, damit sich das Mädchen wohler fühlte. Sie könnte ihr ein paar Pfund geben und Annie, die Tochter von Mrs. H., fragen, ob sie mit ihr ins Kino gehen würde. Es würde Annie ohnehin gut tun, mal herauszukommen. Und sie könnte Thom fragen, ob er Sabine nicht beibringen würde, mit dem Land Rover um die unteren Weiden zu fahren. Das würde ihr sicher gefallen. Bemüh dich und such irgendwelche gemeinsamen Interessen, ermahnte sie sich.

Joy befahl den Hunden, unten zu bleiben, und ging die Treppe hinauf. Als sie kurz zuvor heraufgekommen war, um Edward frisches Wasser zu bringen, hatte sie ein Schluchzen aus dem blauen Zimmer gehört, aber da sie enttäuscht war und unsicher, ob Sabine nicht jede Annäherung zurückweisen würde, war sie leise wieder hinuntergegangen. Daran erinnerte sie sich jetzt mit einem Anflug von Scham. Herrgott nochmal, Frau, schimpfte sie mit sich selbst. Sie ist doch noch ein Kind. Du bist diejenige, die erwachsen genug sein sollte, auf sie zuzugehen.

Sie stand vor der Tür und lauschte, ob Geräusche zu vernehmen seien, dann klopfte sie zweimal, vorsichtig. Es kam keine Antwort.

Joy klopfte noch einmal und machte dann die Tür langsam auf. Das Bett war leer, allerdings war zu erkennen, dass jemand darauf gelegen hatte. Sie sah sich um und zog sich dann zurück, weil sie irgendwie das Gefühl hatte, in Sabines Privatsphäre einzudringen. Wahrscheinlich war Sabine bei Annie. Joy verdrängte die plötzliche Traurigkeit bei dem Gedanken, dass ihre eigene Enkelin lieber in einem Haus voller Fremder saß als bei ihren engsten Verwandten.

Es ist nicht ihre Schuld, sagte sie sich. Wir haben uns einfach nicht genügend bemüht, sie zu verstehen.

Leise schloss sie die Tür hinter sich, als sei Sabine irgendwie anwesend, und war bereits ein paar Schritte den Flur entlanggegangen, da erregte die Tür zum Arbeitszimmer, die einen Spalt offen stand, ihre Aufmerksamkeit. Gerade wollte Joy sie verwundert zuziehen, als irgendein Instinkt ihr riet nachzuschauen. Sie schob die Tür auf und ging hinein.

Es war ein Zimmer, das sie selten betrat. Edward nutzte es nun schon seit einigen Jahren nicht mehr, und Mrs. H. war von ihm angewiesen worden, die Finger davon zu lassen, deshalb war leicht zu erkennen, dass in den Sachen herumgekramt worden war. Es wäre ihr auch dann sofort aufgefallen, wenn die zwei Schachteln nicht auf dem Fußboden gestanden hätten und das Fotoalbum nicht aufgeklappt gegen einen der zusammengerollten Teppiche gelehnt hätte.

Joy starrte auf die verstreut am Boden herumliegenden Fotos. Da war eines von ihr und Stella, wie sie gerade über irgendetwas lachten. Am Krönungstag. Da war die Dschunke, die sie sich an den Sonntagen gemietet hatten, um zum Strand von Shek O zu gelangen. Da war Edward in seiner weißen Paradeuniform. Und da war Kate als kleines Mädchen. Mit ihrem kleinen Freund. Ihrem kleinen chinesischen Freund.

Joy spürte, wie beim Anblick ihrer persönlichen Andenken, die achtlos auf dem Teppich verstreut lagen, als seien sie völlig unbedeutend, plötzlich eine unheimliche Wut in ihr aufstieg. Wie konnte sie es nur wagen! Wie konnte sie es wagen, ohne zu fragen in diesen persönlichen Dingen herumzukramen! Plötzlich hatte Joy das Gefühl, ihre Enkelin sei ein Eindringling, jemand, der heimlich in ihrer Vergangenheit herumschnüffelte. Diese Fotos waren etwas *Persönliches*. Das war ihr Leben, es waren ihre Erinnerungen, ihre privaten Andenken an die vergangenen Jahre. Und sie dann auch noch so achtlos auf dem Boden verstreut liegen zu lassen, als seien sie völlig bedeutungslos!

Joy unterdrückte ein empörtes Schluchzen, bückte sich und begann, die Fotos in die Schachtel zu werfen, und machte den Deckel unnötig fest zu. Dann ging sie mit großen Schritten zur Tür und so hastig die Treppe hinunter, dass die Hunde erschreckt auseinander liefen, als sie näher kam, statt sie freudig zu erwarten.

Genau genommen sah Sabine *Frühstück bei Tiffany* schon zum dritten Mal. Sie kannte diese Szene, in der auf einer Party der Hut der Frau Feuer fängt und es niemand merkt. Sie kannte auch die andere Szene, in der Audrey Hepburn in George Peppards Bett einschläft (er unternimmt keinerlei Versuch, sie anzumachen, wie er sich im wirklichen Leben bestimmt nicht verhalten würde), und die Szene, in der sie ihn dazu bringt, in der Bibliothek sein Buch herauszusuchen, nun ja, die hätte Sabine praktisch auswendig herunterbeten können. Aber das störte sie nicht, weil sie sich ohnehin viel mehr für Annie interessierte.

Annie, die einzige Tochter von Mrs. H., war siebenundzwanzig und lebte weiter oben im Dorf, in dem großen Bauernhof, den sie zusammen mit ihrem Mann, Patrick, als eine Art Frühstückspension betrieb. Patrick, viel älter als sie, schrieb außerdem Bücher. («Ich hab noch nie eins gelesen, das ist nicht mein Bier», hatte Mrs. H. erzählt. «Aber ich hab gehört, sie sollen sehr gut sein. Etwas für intellektuelle Leute, weißt du.») Annies Talente als Gastgeberin überzeugten da schon weniger. Ihr *Bed & Breakfast* war nach Thoms Worten dafür berühmt, dass die Gäste nie eine zweite Nacht blieben. Anscheinend vergaß sie immer irgendwas. Wie zum Beispiel das Frühstück. Oder dass sie überhaupt Gäste im Haus hatte.

Für eine Frau, die den Eindruck erweckte, nicht viel mehr zu tun, als sich den ganzen Tag Filme anzusehen – Annie war auf alle Kabelkanäle abonniert und Stammkundin in sämtlichen Videotheken im Umkreis von fünfundzwanzig Meilen –, sah sie sich nur selten einen von ihnen wirklich an. Seit Sabine da war, immerhin fast die ganze erste Stunde von *Frühstück bei Tiffany*, hatte sie zwei Zeitschriften durchgeblättert, in einem dicken Katalog ein paar Kleidungsstücke angekreuzt, mindestens zweimal eine Weile aus dem Fenster geschaut und sich des Öfteren völlig in sich selbst zurückgezogen, wobei sie über den Bildschirm hinweg ins Leere stierte. Das war so weit gegangen, dass es für Sabine inzwischen spannender war, Annie zu beobachten, anstatt den Film zu verfolgen.

Aber schließlich schien Annie nie dazu imstande zu sein, sich auf irgendetwas zu konzentrieren. Wenn sie bei Gesprächen verschwörerisch die Köpfe über einer Tasse Tee zusammensteckten, verlor sie plötzlich den Faden, sodass Sabine sie daran erinnern musste, worüber sie gerade geredet hatten. Oder ihr Gesicht wurde auf einmal völlig ausdruckslos, und zuweilen verzog sie sich für fünf oder zehn Minuten ins obere Stockwerk. Manchmal schlief sie sogar ein, selbst in Anwesenheit von Gästen, als wäre es für sie einfach zu anstrengend, in der Gegenwart zu verweilen. Anfangs war das Sabine ein wenig auf die Nerven gefallen und sie hatte sich gefragt, ob sie etwas falsch machte. Aber dann merkte sie, dass Annie mit allen so umging, mit Patrick, mit ihrer Mutter, sogar mit Thom. Deshalb befand sie, dass das eben Annies Art war. Wie Thom zu sagen pflegte, hatten ja alle ihre Marotten, und solange sie dabei nicht persönlich wurden, sollte man sie einfach akzeptieren.

«Womit warst du denn heute Morgen zugange, Sabine?» Annie saß, vom Bildschirm abgewandt, mit untergeschlagenen Beinen auf dem breiten blauen Sofa. Sie hatte einen übergroßen Fischerpullover an, der sie zu verschlucken schien. Vermutlich gehörte er Patrick. «Bist du reiten gewesen?»

Sabine nickte. Ihr fiel auf, dass sie auf dem Sofa gegenüber unbewusst Annies Haltung nachgeahmt hatte, und jetzt war ihr das untere Bein eingeschlafen.

«Hat Thom dich mitgenommen?»

«Ja.»

Annie streckte einen Fuß vor und betrachtete ihre Socke, dann schwang sie die Beine vom Sofa und stand auf.

«Ich setz mal Wasser auf. Hast du Lust auf eine Tasse Tee?»

Aber natürlich brauchte Annie eine gute Viertelstunde, um Patrick zu fragen, ob er auch Tee wollte. Als sie ins Wohnzimmer zurückkam, hatten Audrey Hepburn und George Peppard sich inzwischen gekriegt und sie hatte ihre vermisste Katze wieder gefunden.

«Stirbt mein Großvater bald?», fragte Sabine.

Annie blieb an der Küchentür stehen, dann strich sie mit beiden Händen ein wenig betreten über den Saum ihres Pullovers.

«Es geht ihm nicht gut», räumte sie ein.

«Warum gibt mir denn niemand eine klare Antwort? Ich weiß, dass er krank ist, und ich kann ja wohl meine Großmutter nicht danach fragen. Ich möchte doch nur wissen, ob er bald stirbt.»

Annie fing an, den Tee in gestreifte Tassen zu gießen. Eine Weile schwieg sie, dann drehte sie sich zu Sabine um.

«Was wird dadurch anders?», fragte sie.

«Nichts. Ich möchte nur, dass die Leute ehrlich zu mir sind.»

«Ehrlichkeit, puh! Du kannst auch zu viel Ehrlichkeit bekommen, glaub mir.» Voller Unbehagen registrierte Sabine, dass in Annies Stimme ein leicht aggressiver Unterton mitschwang.

«Wenn sich dadurch nichts ändert, dann spielt es auch keine Rolle. Du solltest ihn einfach gern haben, solange er noch da ist. Ihn sogar lieben.»

Sabine riss die Augen auf. Der Gedanke, für diesen mürrischen alten Mann womöglich Liebe zu empfinden, kam ihr etwas lächerlich vor.

«Er ... er ist wirklich kein sehr liebenswerter Mensch», wagte sie langsam einzuwenden.

«Warum? Weil er alt ist? Und schwierig? Oder weil dir in seiner Gegenwart nicht wohl ist?» Annies Tonfall löste bei Sabine wachsende Beklemmung aus. Sie zählte zu den wenigen Menschen, von denen sie sich verstanden fühlte, und jetzt benahm sie sich, als ob Sabine etwas gesagt hätte, was sie nicht hätte sagen dürfen.

«Ich wollte dir nicht zu nahe treten», erklärte sie schmollend.

Annie stellte ihr eine Tasse Tee hin. Als Sabine hochschaute, merkte sie, dass Annie sie voller Freundlichkeit anblickte.

«Du bist mir nicht zu nahe getreten, Sabine. Ich glaube nur, es ist wichtig, Menschen zu lieben, solange man sie hat. Egal, wie lange man sie hat.» Dabei füllten sich ihre Augen mit Tränen und sie wandte sich ab.

Da hatte sie wieder einmal etwas angerichtet. Sabine schauderte, weil ihr bewusst wurde, dass sie Annie aus irgendeinem Grund zum Weinen gebracht hatte. Warum schaffte sie es nicht, einen von diesen Leuten richtig einzuschätzen? Warum kam es ihr immer so vor, als deute sie irgendein entscheidendes Signal falsch, wie ihr das schon zu Hause passiert war, wenn sie mit einer Clique herumzog, die sie nicht kannte und deren Sprüche und Insiderwitze sie nicht verstand?

«Ich *versuche* ja, zu jedem freundlich zu sein», murmelte sie tapfer, weil ihr so viel daran lag, dass Annie nicht schlecht von ihr dachte.

Annie schniefte und wischte sich die Nase an ihrem Ärmel ab. «Da bin ich mir sicher, dass du das tust, Sabine. Du kennst sie eben kaum, das ist alles.»

«Es ist bloß nicht leicht, bei ihnen Gefühle zu zeigen. Sie sind nicht, sagen wir mal, nicht sehr gefühlig, falls du verstehst, was ich meine.»

Jetzt lachte Annie und legte ihre Hand auf die von Sabine. Sie war kühl, weich und trocken, während Sabines Hand vor Aufregung glühte.

«Da hast du nicht Unrecht. Wenn du die zwei dazu bewegen willst, ihre Gefühle zu zeigen … Na, da hättest du wahrscheinlich noch beim Duke mehr Glück.»

Nun lachten sie beide, wie gute Freundinnen, dann wurde es still. Sabine spürte, dass sie sich entspannte. Anscheinend hatten sie den unsichtbaren Sturm überstanden, den sie, womit auch immer, dummerweise entfacht hatte.

«Aber im Ernst, Sabine. Wirklich. Nur weil sie sich so schwer damit tun, sie zu zeigen, heißt das doch nicht, dass sie keine Gefühle haben.»

Sie wurden von lautem Klopfen unterbrochen. Mit einem raschen, fragenden Blick auf Sabine erhob sich Annie aus ihrem Sessel und ging an die Tür, wobei sie sich noch schnell das Haar hinter die Ohren strich.

Sabine sah Joy draußen stehen, hoch gewachsen und steif in ihrer Steppjacke. Sie hatte ihr Kopftuch auf und machte ein verkniffenes Gesicht, während sie die dick gepolsterten Arme ungelenk an den Körper presste.

«Es tut mir Leid, wenn ich störe, Annie, aber könnte ich Sabine sprechen?»

«Natürlich, Mrs. Ballantyne.» Annie trat einen Schritt zurück und zog die Tür weiter auf. «Kommen Sie doch herein.»

«Nein, nein, vielen Dank. Sabine, ich möchte, dass du nach Hause kommst.»

Sabine starrte Joy an und bemerkte die kaum unterdrückte Wut, die ihre Großmutter ausstrahlte. In Gedanken ging sie schnell eine ganze Liste möglicher Verfehlungen durch. Nein, ihre Stiefel waren sauber, die Shampoonflaschen in ihrem Zimmer und die Tür geschlossen, damit Bertie nicht hineinkonnte. Dennoch lag etwas in Joys Miene, was sie entschieden davon abhielt, die tröstliche Sicherheit zu verlassen, die sie in Annies Haus empfand. Während sie ihr wachsendes Unbehagen zu bändigen suchte, hielt sie Joys Blick stand.

«Ich wollte gerade eine Tasse Tee trinken», antwortete sie. «Danach komme ich mit.»

Joy zuckte leicht zusammen. In ihre Augen trat ein harter, stählerner Glanz.

«Sabine», sagte sie, «ich möchte, dass du *jetzt* nach Hause kommst.»

Sabines Herz hatte heftig zu pochen begonnen.

«Nein», entgegnete sie. «Ich trinke erst meinen Tee.»

Annies Blick wanderte unruhig zwischen den zwei Besucherinnen hin und her. «Sabine ...», begann sie, und ihre Stimme klang warnend.

«So dringend kann es sicher nicht sein», erklärte Sabine aufsässig. Sie wusste, dass sie sich jetzt auf noch unerforschtem Terrain befand, aber irgendetwas in ihr sträubte sich dagegen, in dieses widerliche Haus zurückgeschleppt und wegen einer nichtigen häuslichen Verfehlung ausgeschimpft zu werden. Davon hatte sie genug.

«Ich komme, wenn ich ausgetrunken habe», sagte sie.

In Joy schien etwas zu explodieren. Sie stapfte an Annie vorbei in den Raum und brachte die kalte Luft von draußen mit, die sie wie eine radioaktive Wolke umgab.

«Wie *wagst* du es», keuchte sie. «Wie wagst du es, in meinen privaten Sachen herumzustöbern? Wie wagst du es, meine Privatfotos zu durchwühlen, ohne auch nur auf den Gedanken zu kommen, mich zu fragen? Das waren private Bilder, verstehst du? Die waren nicht dafür gedacht, dass du sie anschaust.»

Mit Schrecken erinnerte Sabine sich an die Fotos und wurde rot, weil sie sich ertappt fühlte. Sie hatte nicht einmal daran gedacht, sie wieder wegzuräumen. Das hatte sie für unnötig gehalten, zumal den Raum ja nie jemand betrat. Aber jedwedes Schuldgefühl ging in der heftigen Reaktion ihrer Großmutter unter. Bisher hatte Sabine noch nicht erlebt, dass sie die Beherrschung verlor. Ihre Stimme ächzte wie trockene Holzscheite im Feuer. Doch in der aufgeladenen Atmosphäre wirkte die anhaltende Schimpfkanonade wie ein Adrenalinstoß, und Sabine schrie plötzlich zurück.

«Das sind doch bloß Fotos», brüllte sie, und ihre Stimme

übertönte die ihrer Großmutter. «Ich hab eine Schachtel voll dämlicher Fotos angeschaut, weiter nichts. Ich hab ja nicht in der Schublade mit deiner Unterwäsche gekramt, oder?»

«Du hast dort nichts zu suchen gehabt. Dazu hattest du kein Recht.» Beim letzten Wort hob Joy die Stimme derart, dass sie wie die einer Halbwüchsigen klang, was sich komisch anhörte.

«Recht? Recht?» Sabine sprang auf und stieß ihren Stuhl so hastig zurück, dass er polternd umfiel. «Seit ich da bin, hab ich noch kein einziges verdammtes Recht gehabt. Es gibt verdammt nochmal überhaupt nichts, was ich ohne deine Erlaubnis tun könnte, oder etwa nicht? Ich darf nicht im Haus rumlaufen, ich darf nicht mit dem Personal reden, ich darf nicht einmal ein verdammtes Bad nehmen, ohne dass ich befürchten muss, dass irgendwer reinkommt und mit einem Lineal nachmisst, ob ich zu viel Wasser verbrauche.»

«Das waren *persönliche Sachen*!», schrie Joy. «Würde es dir vielleicht gefallen, wenn ich in deinen persönlichen Sachen herumstöberte?»

«Weißt du was? Geh doch hin und schau nach! Ich hab nämlich keine persönlichen Sachen! Ich darf meine verdammte persönliche Zahnbürste nicht im Badezimmer lassen. Ich darf nicht die Fernsehprogramme sehen, die ich sehen möchte. Ich darf nicht einmal das Telefon für einen persönlichen Anruf benutzen!» Sabine versagte die Stimme und sie rieb an ihren Augen, denn sie war fest entschlossen, vor der alten Frau nicht zu weinen.

«Sabine, du hättest alles tun können, was du willst. Aber nicht, wenn du nur herumlungerst und dich vor allem verschließt. Du musst mitmachen. Du bist Gast in meinem Haus», sagte Joy, und es klang, als kämpfe sie darum, ihren Atem unter Kontrolle zu bringen. «Und solange du mein Gast bist, erwarte ich zumindest, dass du nicht in Sachen herumschnüffelst, die dich nichts angehen.»

«Verdammt nochmal, es sind doch nur Bilder! Ein paar beschissene Bilder! Abgesehen von denen, auf denen meine Mum drauf ist, sind sie nicht einmal besonders hübsch!» Jetzt begann

Sabine doch zu weinen. «O Gott, ich kann's nicht fassen, dass du so ein Riesentrara drum machst. Ich hab mich gelangweilt, na und? Ich hab mich gelangweilt und die Nase voll gehabt, und ich wollte wissen, wie meine Mum ausgesehen hat, als sie so alt war wie ich. Wenn ich geahnt hätte, dass du deshalb so ausrasten würdest, hätt ich einen großen Bogen um deine dämlichen Bilder gemacht. Ich hasse dich. Ich hasse dich und ich wollte, ich wäre zu Hause.» Das Weinen ging in heftiges, stoßweises Schluchzen über. Sabine sank auf den Tisch und vergrub das Gesicht in ihren Armen.

Annie, die hilflos dagestanden hatte, schloss die Eingangstür, dann ging sie zum Tisch hinüber und legte Sabine eine Hand auf die Schulter.

«Hören Sie, Mrs. Ballantyne», sagte sie, «ich bin sicher, dass Sabine es nicht böse gemeint hat.»

Joy schüttelte fast unmerklich den Kopf und sah plötzlich so aus, als schäme sie sich für ihren Gefühlsausbruch.

«Es tut mir Leid, Annie. Das ist gar nicht meine Art, die Beherrschung so zu verlieren. Wirklich. Es tut mir sehr Leid.»

Für einen Moment trat Stille ein, die nur von Sabines Schluchzen und Schniefen unterbrochen wurde. Jetzt schüttelte Joy den Kopf so heftig, als versuche sie, sich aus einem Albtraum wachzurütteln. Sie legte beide Hände an ihre Wangen, wie um deren Temperatur zu fühlen, dann bewegte sie sich steif auf die Tür zu.

«Annie, es tut mir sehr Leid. Entschuldige bitte. Ich glaube, ich gehe jetzt wohl besser wieder nach Hause. Sabine, wir sehen uns später.»

Sabine brachte es nicht über sich, den Kopf vom Tisch zu heben.

«Es tut mir Leid», sagte Joy noch einmal, während sie die Tür öffnete.

«Schon gut, Mrs. Ballantyne», erwiderte Annie. «Machen Sie sich darüber keine Gedanken. Ich lasse Sabine noch ihren Tee austrinken, dann kommt sie zu Ihnen zurück.»

Joy saß bei ihrem Mann auf der Bettkante. Von einem Berg weißer Kissen abgestützt, lag er da und stierte ins Kaminfeuer, das Mrs. H. noch einmal geschürt hatte, ehe sie ging. Draußen war es bereits dunkel, und das spärliche Licht im Raum kam nur von einer Nachttischlampe und den Flammen, die sich flackernd in den Bettpfosten aus Mahagoni und in den Messinggriffen der Kommode unter dem Fenster spiegelten.

«Ach, Edward, ich habe etwas Schreckliches getan», gestand sie.

Edward bewegte die wässrigen Augen, bis sein Blick an Joys Gesicht hängen blieb.

«Ich habe mit Sabine völlig die Beherrschung verloren. Und das vor Annie. Ich weiß gar nicht, was über mich gekommen ist.»

Mit einer Hand wischte sie sich über die Augen, während sie in der anderen ein Taschentuch zerknüllte, das sie bei ihrer Rückkehr aus einer Schublade genommen hatte. Zu weinen war für Joy ganz und gar untypisch. Sie war sich nicht einmal mehr sicher, wann sie es zum letzten Mal getan hatte. Aber der Anblick dieses noch so jungen Mädchens, das vor ihr in kindliche Tränen ausgebrochen war, verfolgte sie, und noch mehr ihre eigenen ungestümen Gefühle für sie.

«Stell dir vor, sie ist in deinem Arbeitszimmer gewesen.»

Joy atmete tief ein, dann griff sie nach Edwards Hand. Sie war knochig und trocken. Bei der Berührung erinnerte sie sich daran, wie diese Hand noch breit und kräftig gewesen war, sonnengebräunt von der Arbeit im Freien.

«Sie hat in den alten Bildern aus Hongkong gestöbert. Und als ich die wieder gesehen habe, da war mir … Ich … Ach, Edward, ich habe einfach völlig die Beherrschung verloren.»

Edward blickte ihr unverwandt ins Gesicht, und sie meinte zu spüren, dass er den Druck ihrer Hand ganz schwach erwiderte.

«Sie ist doch noch ein Kind, nicht wahr? Sie begreift nichts. Weshalb soll sie sich eigentlich die Fotos nicht anschauen? Sie weiß, weiß Gott, wenig genug über ihre Familie. O Gott, Edward, ich komme mir wie eine alte Närrin vor. Ich wollte, ich könnte alles ungeschehen machen.»

Joy wischte sich mit dem Taschentuch über das Gesicht. Ihr war klar, was sie tun musste, aber sie war noch unschlüssig, wie sie es tun sollte. Es entsprach nicht ihrem Wesen, Edward um Rat zu fragen. Aber es schien ihm an diesem Tag besser zu gehen. Und es gab sonst niemanden, der sie verstanden hätte. «Du konntest immer besser mit Menschen umgehen. Viel besser als ich. Wie soll ich das denn wieder gutmachen?»

Erwartungsvoll sah Joy ihren Mann an und verlagerte ihr Gewicht, damit sie sich tiefer hinunterbeugen konnte, um zu hören, was er dazu sagen würde. Edwards Blick schweifte ab und er drehte den Kopf zur Seite, als wäre er tief in Gedanken. Nach einer langen Pause wandte er ihr wieder das Gesicht zu. Joy beugte sich noch tiefer hinunter. Sie wusste, dass ihm das Sprechen zurzeit schwer fiel. Als seine Stimme erklang, war sie so rau und brüchig wie Reispapier.

«Gibt es heute Abend Würstchen?», fragte er.

Der einzige Vorteil, in einem Haus mit mathematisch exakten Regeln und Vorschriften zu leben, bestand darin, dass sie es einem entschieden erleichterten, sich hineinzuschleichen. Sabine hatte ihre Rückkehr nach Kilcarrion für Viertel nach acht geplant, weil sie wusste, dass Joy um diese Zeit im Esszimmer sein würde. Selbst wenn ihr Großvater das Abendessen oben in seinem Zimmer einnahm, würde Joy unten sitzen, an einem sorgfältig gedeckten Tisch, um einsam an einer hehren Tradition festzuhalten. Sabine hatte sich einen Rückweg ausgedacht, auf dem sie am Esszimmer nicht einmal vorbeigehen musste; sie konnte über die Hintertreppe nach oben gelangen, ohne dass ihre Großmutter es überhaupt mitbekam.

Keine zehn Pferde würden sie dazu kriegen, noch einmal mit ihr zu reden. Sie würde sie erst wieder sehen, wenn sie sich von ihr verabschiedete. Sabine wollte warten, bis ihre Großmutter zu Bett gegangen war, dann auf Zehenspitzen ins Wohnzimmer schleichen und ihre Mutter anrufen, um ihr zu sagen, dass sie nach Hause kam. Ihre Großmutter hatte kein Telefon in ihrem Schlafzimmer, deshalb würde sie nichts hören. Und ihr Großvater hörte ohnehin nie etwas. Solange die Hunde nicht unruhig wurden und zu bellen begannen, konnte sie alles planen und vorbereiten, noch ehe ihre Großmutter etwas dagegen zu unternehmen vermochte.

Beinahe empfand sie Dankbarkeit. Ihre Wut und das Gefühl, ungerecht behandelt worden zu sein, bestärkten sie in ihrer Entschlossenheit abzuhauen. Ja, sie würde Thom vermissen, auch Annie und Mrs. H., und schade war es höchstens deshalb, weil sie sich eingestehen musste, dass sie eben angefangen hatte, ihren Aufenthalt ein wenig zu genießen. Aber sie würde auf keinen Fall auch nur einen Tag länger bei dieser Frau bleiben. Ausgeschlossen! Nachdem ihre Großmutter weggegangen war, als sie gerade Rotz und Wasser heulte, hatte sie Annie gefragt, ob sie vielleicht in dem nicht genutzten Raum übernachten könnte, der neben Annies und Patricks Schlafzimmer lag und in dem sie nie Gäste beherbergte. Aber da war Annie wieder ganz komisch geworden und hatte nein gesagt, weil in diesen Raum niemand hineindürfe, und Sabine wollte sie nicht bedrängen. Im Augenblick brauchte sie alle Freunde, die sie nur haben konnte.

Sabine zog ihre Reisetasche unter dem Bett hervor und begann ihre Sachen hineinzuwerfen. Es war besser so, sagte sie sich selbst. Sie und ihre Großmutter kamen einfach nicht miteinander aus. Jetzt konnte sie verstehen, warum ihre Mutter nie nach Irland zurückgekehrt war. Was für eine Vorstellung, unter solchen Umständen aufzuwachsen! In Sabine erwachte plötzlich schmerzliche Sehnsucht nach ihrer Mutter, und sie tröstete sich mit dem Gedanken, dass sie am nächsten Abend wieder in ihrem Haus in Hackney sein würde.

Sie ging zur Kommode, zog die Schubladen auf und stopfte ihre Sachen kreuz und quer in die Tasche, ohne sich darum zu kümmern, ob sie dabei zerknitterten oder nicht. Sie hatte es satt,

Dinge auf die so genannte richtige Weise zu tun. Von nun an würde sie alles nur noch auf ihre Weise tun.

Aber während sie packte, stellte sie fest, dass sie nicht zu intensiv über die guten Seiten von Kilcarrion nachdenken durfte, wie zum Beispiel über den Ritt mit Thom an diesem Morgen und darüber, wie er ihr seine Hand auf die Schulter legte und ihr versicherte, dass er schon noch eine gute Reiterin aus ihr machen würde. Oder wie er sich zu ihr herüberbeugte, wenn sie im Hof die Pferde absattelten, und Liam einen warnenden Blick zuwarf, sobald der versuchte, in ihrer Gegenwart unanständige Witze zu erzählen. Oder Mrs. H. und ihr Essen. Oder Bertie, der ihr inzwischen auf Schritt und Tritt folgte und sie anscheinend anhimmelte, wie Amadeus das nie tat, obwohl sie den von klein auf selbst aufgezogen hatte. Oder sogar Annie, so sonderbar sie auch sein mochte. Denn wenn sie darüber zu intensiv nachdachte, merkte sie, dass sie eigentlich am liebsten weinen würde. Hemmungslos heulen.

Sabine zuckte zusammen, als es sanft an ihre Tür klopfte, dann erstarrte sie. Auf frischer Tat ertappt, dachte sie im Stillen. Doch da fiel ihr ein, dass ihre Großmutter mit allem, was sie in diesen Tagen tat, in ihr ein derartiges Gefühl auslöste.

Sie rührte sich nicht und gab keine Antwort, aber schließlich ging die Tür trotzdem auf, langsam und sachte, und strich dabei hörbar über den Flor des türkisfarbenen Teppichs.

Ihre Großmutter tauchte auf und trug ein kleines hölzernes Tablett mit einer Schale Tomatensuppe und einem Stück Brot, das Mrs. H. selbst gebacken hatte. Angespannt und reglos starrte Sabine sie an und wartete auf das nächste Donnerwetter.

Doch Joy schaute nur auf das Tablett hinunter.

«Ich dachte mir, du bist vielleicht hungrig», begann sie, hielt einen Moment inne, als sei sie nun ihrerseits auf Protest gefasst, und ging dann langsam zum Frisiertisch. Falls sie die halb gepackte Reisetasche bemerkte, sagte sie dennoch nichts dazu.

Behutsam stellte sie das Tablett auf der leer geräumten Fläche ab, dann wandte sie sich um, sodass sie ihre Enkelin im Blick hatte.

«Leider ist es nur Dosensuppe. Ich hoffe, das macht dir nichts aus.»

Sabine, die reglos neben dem Bett stand, schüttelte misstrauisch den Kopf.

Danach war es lange still. Sie wartete darauf, dass Joy wieder ging, aber das hatte sie anscheinend nicht vor. Stattdessen presste sie ein wenig verkrampft die Hände aneinander, hob sie ein Stück, als strecke sie sie Sabine entgegen, und rang sich ein beinahe strahlendes Lächeln ab. Dann steckte sie die Hände tief in die Taschen ihrer gefütterten Weste.

«Thom hat mir erzählt, du bist heute sehr gut geritten. Sehr ordentlich, sagt er.»

Sabine starrte sie immer noch an.

«Ja. Er sagt, du und der kleine Schimmel, ihr versteht euch richtig gut. Das ist eine erfreuliche Neuigkeit. Eine sehr erfreuliche. Er sagt, du hast sanfte Hände. Und eine sehr schöne Haltung.»

Sabine, die ihre Großmutter nicht aus den Augen ließ, wurde kurz von dem Gedanken abgelenkt, dass Thom sie von hinten beobachtet hatte. Ging es dabei bloß um ihre Reitkünste? Oder hatte er sie aus anderen Gründen betrachtet?

«Nun ja, und er glaubt wohl, dass ihr beide bald auch schon springen werdet. Er ist ein wunderbares Springpferd, dieser Schimmel. Ich habe ihn im Gelände gesehen. Tapfer wie ein Löwe ist er. Eine wirklich großherzige Seele.»

Inzwischen sah sie so aus, als fühle sie sich gar nicht wohl in ihrer Haut, dachte Sabine plötzlich. Jetzt verschränkte sie die Finger um ein altes weißes Taschentuch, und es schien ihr schwer zu fallen, Sabines Blick zu begegnen.

«Der schafft auch eine Wexford Bank, weißt du. Ohne Probleme.»

Sabine überlegte und empfand auf einmal Mitleid mit dem Unbehagen dieser alten Frau. Das machte es für sie zwar auch nicht leichter, dennoch hob sie den Kopf und fragte:

«Was ist das?»

«Eine Wexford Bank? Oh, das ist das Schwerste. Bestimmt kein leichter Sprung.» Joy sprach jetzt zu schnell, als sei sie von Sabines Reaktion erleichtert. «Es ist ein hoher Erdwall, wahrscheinlich eineinhalb Meter oder sogar noch höher, mit einem breiten Graben auf jeder Seite. Die Pferde galoppieren darauf zu, dann springen sie hinauf, und die klugen balancieren dort einen Moment, als tänzelten sie auf den Hufspitzen.» Dabei schlug sie die Hände zusammen, blickte auf sie hinab und bewegte sie dann nebeneinander auf und ab, um anzudeuten, wie jemand das Gleichgewicht hält. «Danach springen sie über den zweiten Graben wieder hinunter. Aber das machen nicht alle, verstehst du. Es erfordert eine Menge Mut. Und auch ein bisschen Weisheit. Aber manche versuchen immer den bequemen Weg zu gehen.»

«Sie kneifen.»

«Ja», sagte ihre Großmutter und sah sie sehr ernst an. «Manche kneifen immer.»

Eine Weile standen beide schweigend da. Dann ging die Großmutter langsam vom Frisiertisch weg und wieder zur Tür. Dort wandte sie sich noch einmal um. Sie sah jetzt sehr alt und ziemlich traurig aus.

«Weißt du, ich habe mir gedacht, es wäre wahrscheinlich eine gute Idee, wenn ich in diesem Arbeitszimmer einmal aufräumte. Würdest du mir dabei zur Hand gehen? Vielleicht könnte ich dir sogar ein bisschen was darüber erzählen, wo deine Mutter aufgewachsen ist.» Sie hielt inne. «Das heißt, nur wenn es dich nicht langweilt.»

Wieder entstand eine lange Pause, in der Sabine auf ihre eigenen Hände stierte. Sie war sich nicht so recht sicher, was sie mit ihnen anfangen sollte.

«Weißt du, ich wäre dir wirklich sehr dankbar.»

Sabine schaute ihre Großmutter an und dann das Tablett. Schließlich streifte ihr Blick die Reisetasche, die auf dem Fußboden stand und über deren Rand noch Socken hingen wie herausgestreckte blaue Zungen.

«Einverstanden», sagte sie.

Kapitel 5

Auf der «S. S. Destiny», im Indischen Ozean, 1954.

Mrs. Lipscombe lugte unter ihrem breiten blauen Hut hervor und erzählte ihnen wieder einmal, wie sie niedergekommen war. Die Hebamme hatte ihr Brandy gegeben, den sie ausspuckte, weil sie an Alkohol nicht gewöhnt war («jedenfalls damals nicht», fügte sie mit trockenem Lachen hinzu), worauf die dumme Frau sich bückte, um ihn von ihren Schuhen abzuwischen. Das geschah leider genau in dem Augenblick, in dem Georgina Lipscombe sich aufbäumte, mit einem Aufschrei nach dem Erstbesten griff, was sie zu fassen bekam, und ihr Kind gebar. Von einer übermächtigen, letzten Wehe hinausgetrieben, schoss die blutverschmierte Rosalind durch den halben Raum und wurde wie ein Rugbyball von dem wachsamen Hausmädchen aufgefangen, das abwartend daneben stand.

«Hab der Frau doch glatt eine ganze Hand voll Haare ausgerissen», sagte Mrs. Lipscombe mit einigem Stolz. «Die guckten dann zwischen meinen Fingern raus, und ich hab sie angeblich fast eine Stunde lang nicht losgelassen. Die war vielleicht *wütend*!»

In den Liegestühlen neben ihr sahen Joy und Stella einander an und schnitten dezent Grimassen. Georgina Lipscombes Geschichten waren ja durchaus unterhaltsam, aber sobald sie ein paar Gin Tonic intus hatte, wurden sie schnell recht peinlich.

«Hat sie das denn gut überstanden?», fragte Joy höflich.

«Rosalind? Oh, der ging's prächtig. Nicht wahr, Darling?»

Rosalind Lipscombe saß am Rand des Swimmingpools und

ließ ihre pummeligen Kinderbeine ins kühle blaue Wasser hängen. Als ihre Mutter sie ansprach, hob sie den Kopf und blickte kurz zu den drei Frauen hinüber, worauf sie sich wieder in die Betrachtung ihrer bleichen Füße vertiefte. Wiewohl es schwierig war, aus ihrem Gesichtsausdruck etwas herauszulesen, dachte Joy doch, dass auch sie diese Geschichte wahrscheinlich schon viele Male gehört hatte.

«Keine Ahnung, warum sie nicht schwimmt. Es ist so heiß. Rosie, Darling! Warum gehst du denn nicht schwimmen? Du kriegst einen schrecklichen Sonnenbrand, wenn du hier rumsitzt.»

Noch einmal schaute Rosalind ihre sich auf dem Sonnendeck rekelnde Mutter an, dann zog sie wortlos die Füße aus dem Wasser und trottete zu den Umkleidekabinen.

Georgina Lipscombe hob eine Augenbraue.

«Ihr Mädels werdet noch früh genug dahinter kommen. Dieser Schmerz! Igitt! Ich hab Johnnie gesagt, das reicht mir. Das reicht mir absolut. Nie wieder mach ich das durch.» Sie legte eine Pause ein und blies eine kleine Rauchwolke in die Luft. «Aber natürlich hab ich dann innerhalb eines Jahres noch Arthur gekriegt.»

Im Gegensatz zu seiner Schwester saß Arthur am seichten Ende im Wasser drinnen und schob ein Holzboot vor und zurück über die Wellen. Trotz der Hitze war er der Einzige im Pool, was an dem bunten Abend lag, der in der vergangenen Nacht an Bord stattgefunden hatte und der, zumindest an der Zahl der verkaterten Passagiere gemessen, ein echter Erfolg gewesen war.

Das ehemalige Truppentransportschiff «Destiny» befand sich seit beinahe vier Wochen auf See, und seine müßige Fracht aus Ehefrauen auf dem Weg zu ihren Marineoffizieren und Offizieren auf dem Weg zu neuen Standorten lechzte nach Unterhaltung, um sich von der unendlich langen Reise und der mittlerweile gnadenlosen Hitze ablenken zu lassen. Die Tage wogten dahin, so eintönig wie das Meer, bloß von den Mahlzeiten und ein bisschen Klatsch unterbrochen, und seit die «Destiny» in Bombay mit Kurs auf Ägypten ausgelaufen war, änderte sich langsam, aber stetig nur das Klima. Joy überlegte oft, wie die Truppen früher diese ganze Fahrt unter Deck ertragen hatten, noch dazu ohne Fenster in ihren Kabinen. Sie hätte gern einige der Muslime im Maschinenraum gefragt, wie man sich da unten im lauten, nach Öl riechenden, dröhnenden Bauch des Schiffes fühlte. Aber irgendwie war ihr klar gemacht worden, dass ihr Interesse an derlei Dingen nicht angebracht sei. Und weil sie auf der verzweifelten Suche nach etwas Abwechslung von den ewigen Rundgängen an Deck («Komm schon, los!», rief Stella jeden Morgen, wenn sie Joy aus dem Schlaf rüttelte. «Zehnmal rund ums Deck für straffe Hüften!»), von den Kartenspielen oder, bei etwas rauerem Wetter, von Brandy und Gingerale gegen Seekrankheit waren, hatten Joy und Stella sich gemeinsam mit der kleinen Gruppe von Leuten, denen sie sich an Bord angeschlossen hatten, auf die Gelegenheit gestürzt, einmal etwas anderes zu tun.

Es war eine Menge getrunken worden. Noch mehr als üblich. Da hatte einer der Passagiere am Tisch des Kapitäns mit einer deftigen Version von *My Blue Heaven* den Stein ins Rollen gebracht, und dann, nach einigen schwachen Protesten, war es Joy so vorgekommen, als balgten sich ihre Mitreisenden förmlich darum, etwas zu singen, Witze zu erzählen oder mit zweifelhaften Enthüllungen aufzuwarten. Von drei Gin Tonic beflügelt, war Stella aufgestanden und hatte *Singing in the Rain* zum Besten gegeben, wobei sie den unmelodischen Vortrag dadurch wettmachte, dass sie jeden mit ihrem gewinnenden Ausdruck bezauberte. Nach ihr hatte Pieter, der stramme, sonnengebräunte Südafrikaner, der «etwas mit Diamanten» zu tun hatte, lauthals ein Lied auf Afrikaans gesungen und dann mit ausgiebigem körperlichem Einsatz, wenn auch erfolglos versucht, Stella zu überreden, ihn in einem Duett am Klavier zu begleiten. Dabei umklammerte er ihre schmalen Hände, als wollte er sie selbst über die Tasten führen. Die vornehme Bescheidenheit, mit der

Stella ablehnte, erregte an Joys Tisch große Bewunderung, weshalb Joy nicht ausplauderte, dass das Einzige, was Stella spielen konnte, «Alle meine Entchen» war.

Der Abend begann umzukippen, nachdem der Steward eine Flasche ziemlich starken Cognac gebracht hatte. Er kippte noch ein bisschen mehr, als Pieter sich auf eine Wette einließ und das restliche Drittel mit einem einzigen gewaltigen Schluck austrank. Und er kippte vollends um, sobald Mr. Fairweather und seine Frau, die mit ihrer durch Mark und Bein gehenden Darbietung von *I Get a Kick Out of You* die Zuhörer schon einmal zum Schweigen gebracht hatten, erneut aufstanden und Händchen haltend das Duett von den Perlenfischern anstimmten, auf dessen schmerzlichem Höhepunkt Georgina Lipscombe ihren Drink über das Oberteil ihres lila Satinkleides prustete und Louis Baxter, einer der mitreisenden Offiziere, anfing, mit Brötchen zu werfen, sodass der Kapitän eingreifen musste und gutmütig um Ruhe bat. Sie kehrte schließlich ein, aber Mrs. Fairweather, die zutiefst gekränkt rot angelaufen war, sprach für den Rest des Abends mit keinem von ihnen mehr und behielt ihre versteinerte Miene sogar bei, als zwei Stewards sie unterhakten und zu einer chaotischen Polonaise mitschleppten, die sich über das ganze Oberdeck schlängelte. Um diese Zeit hatte Joy bemerkt, dass Stella wieder einmal verschwunden war.

«Also bei mir hat es fast den ganzen Tag gedauert, bis ich überhaupt imstande war, wieder geradeaus zu schauen», sagte Georgina, wobei sie ihre Sonnenbrille auf der Nase hochschob. «Ich weiß nicht, wie ihr Mädels das schafft, so gesund und munter auszusehen. Vermutlich deshalb, weil ihr nicht im Morgengrauen von Kindern geweckt werdet.»

«Puh! Ich sehe aus wie ein Wrack», erwiderte Stella liebenswürdig und glättete ihr ohnehin nicht zerzaustes Haar.

Das müsstest du eigentlich, dachte Joy im Stillen, denn sie erinnerte sich daran, wie Stella erst eine gute Stunde nach Tagesanbruch in die Kabine zurückgeschlichen kam.

Jetzt, während sie in ihren neuen zweiteiligen Badeanzügen

auf Deck lagen, bemühte sie sich, nicht allzu heftig über Stellas immer häufigere Abwesenheit nachzudenken. Sie war sich ziemlich sicher, dass Stella Dick liebte, den forschen Piloten, den sie kurz nach Joys Hochzeit geheiratet hatte. («Ich würde ihm doch sonst nicht um die halbe Welt nachreisen, oder?», war Stella ihr schnippisch über den Mund gefahren, als Joy einmal behutsam danach gefragt hatte.) Dennoch lag etwas in ihrem zunehmend koketten Umgang mit den Offizieren an Bord und besonders in ihrer Freundschaft mit Pieter, was Joy ins Wanken brachte, und das konnte sie nicht ausschließlich der Tatsache zuschreiben, dass sie nicht seefest war.

Unklugerweise hatte sie Georgina Lipscombe, mit der sie eine Kabine teilten, eines Abends, als deren Kinder schon eingeschlafen waren, ihre Besorgnis anvertraut, und Georgina hatte wieder einmal eine Augenbraue hochgezogen und angedeutet, dass allenfalls Joy naiv sei.

«Das passiert auf jedem Schiff, Darling», hatte sie gesagt und sich eine ihrer unausweichlichen Zigaretten angezündet. «Fällt manchen Mädchen schwer, die Treue zu halten, wenn ringsum jede Menge reizende Offiziere sind. Ich meine, es liegt hauptsächlich an der Langeweile. Was kann man denn sonst schon an Bord tun?»

Georginas blasiertes Gerede und die Beiläufigkeit, mit der sie den letzten Satz gesagt hatte, brachten Joy ins Grübeln, ob sie wirklich naiv war. Sie hatte nicht bemerkt, dass Georgina, die mit einem Schiffsingenieur verheiratet war, mit irgendjemandem besonders eng befreundet gewesen wäre, aber andererseits bat sie Joy und Stella immer mal, die Kabine zu verlassen, damit sie ihren Kindern eine Geschichte vorlesen könnte, und tauchte dann erst gut zwei Stunden später zum Dinner wieder auf. Dabei wusste Joy ganz genau, dass es der freundliche goanesische Steward war, der die beiden Kinder badete und ihnen etwas vorlas, weil er es ihr selbst erzählt hatte. Vielleicht ließ sich auch Georgina gelegentlich von den «reizenden Offizieren» zerstreuen. Vielleicht war Joy ja die einzige Frau auf dem Schiff, die das nicht tat. Da fiel ihr Louis Baxter ein, der am vergangenen Abend überaus aufmerksam gewesen war und dem anscheinend viel daran gelegen hatte, neben ihr zu sitzen. Doch Louis' Gegenwart, so angenehm sie auch sein mochte, trieb Joy nicht in derlei Unbeständigkeit. Außerdem war überhaupt niemand an Bord, der sich mit Edward hätte vergleichen können.

Wie so oft dachte Joy an die Zeit vor beinahe sechs Monaten zurück, als sie ihren Mann zum letzten Mal gesehen hatte. Ihren Ehemann für ganze zwei Tage. Sie hatten in Hongkong geheiratet, in seinem Kurzurlaub von achtundvierzig Stunden – zur großen Enttäuschung ihrer Mutter nur in Anwesenheit der nächsten Verwandten und weniger Freunde –, mit einem Empfang, bei dem es Geflügelsalat à la Krönung und einen Chablis gab, den ein Geschäftsfreund ihres Vaters eigens dafür per Schiff geschickt hatte.

Joy trug ein schlichtes, eng anliegendes weißes Satinkleid, schräg geschnitten («damit siehst du nicht so dünn aus», behauptete ihre Mutter), und Edward trug ein Lächeln, das beinahe die ganzen achtundvierzig Stunden nicht schwand. Stella übertrumpfte sie in einem mitternachtsblauen Kleid mit tiefem Dekolleté und einem federngeschmückten Hut, der all den versammelten Ladys Anlass gab, sich zu mokieren und miteinander zu tuscheln, wobei sie ihre geschminkten Lippen kaum bewegten. Tante Marcelle, die aus Australien angereist war, trat auf ihre Schleppe und brach darauf mit einem Stöhnen über die hohe Luftfeuchtigkeit vollendet zusammen. Joys Vater trank zu viel, weinte und gab dem französischen Koch des Peninsula Hotels so viel Trinkgeld, dass es ihrer Mutter für die letzte Stunde des Empfangs die Sprache verschlagen hatte. Aber Joy störte all das nicht. Sie nahm das ganze Drumherum kaum wahr, denn sie klammerte sich nur an Edwards breite, sommersprossige Hand wie an ein Rettungsfloß und konnte nicht glauben, dass er nach fast einem Jahr insgeheimen Zweifels (weitgehend von den laut geäußerten Bedenken ihrer Mutter ausgelöst) tatsächlich zurückgekehrt war, um sie zu heiraten.

Ihrer Meinung nach hätte Alice ihr durchaus gegönnt, glücklich zu sein. Immerhin war sie keine gehässige Frau. Sie war bloß wie ein Anthropologe, der irgendeinen unbekannten Stamm erforscht, davon überzeugt, dass jeder Kontakt mit einem Mann, der eine Armeslänge unterschritt, zwangsläufig zu Unannehmlichkeiten führte. «In deiner Hochzeitsnacht», hatte sie eines Abends, an dem sie Joys Aussteuer sorgsam verpackten, ernst gesagt, «da solltest du ... Nun ja, gib dir Mühe, so zu tun, als würde es dir nichts ausmachen. Als hättest du Spaß daran.» Dabei stierte sie, wie gegen die eigenen Erinnerungen ankämpfend, auf die muschelfarbene, spitzenverbrämte Seide hinunter. «Sie mögen es nicht, wenn man den Eindruck erweckt, als hätte man keinen Spaß daran», hatte sie schließlich noch hinzugefügt. Und das war das Ende von Alice' Einführung ins Eheleben.

Joy hatte verlegen neben ihr gesessen und begriffen, dass ihre Mutter versuchte, ihr einen wichtigen mütterlichen Rat zu erteilen. Aber da sie von ihr so wenig ohne indirekte Kritik zu hören bekam, hatte sie es nur für recht und billig gehalten, ihn mit einem gewissen Vorbehalt zu behandeln. Sosehr sie sich auch bemühen mochte, konnte sie doch zwischen der Erfahrung ihrer Mutter und ihrer eigenen mit Edward keine Ähnlichkeit sehen. Ihre Mutter zuckte stets sichtbar zusammen, sobald ihr Vater, zumeist wenn er betrunken und rührselig war, sie zu umarmen versuchte. Sie schlug auf seine tastenden Hände ein wie jemand, der sich aus Versehen auf einen Ameisenhaufen gesetzt hatte, während Joy sich in nahezu all ihren wachen Stunden nur danach verzehrte, dass Edward sie anfasste.

Als die besagte Nacht hereinbrach, kam sie deshalb gar nicht auf den Gedanken, Angst zu haben, denn inzwischen wünschte sie sich sehnlichst, die scheinbar unsichtbare Kluft zwischen jenen Frauen, die schon Bescheid wussten, und jenen, die wie sie selbst es noch nicht wussten, zu überwinden. Und nach seiner langen Abwesenheit, in der sie nicht viel mehr zu tun hatte, als die Wissenslücken mit ihren verschwommenen Träumen aufzufüllen, hatte sie ihn beinahe ebenso gierig in die Arme geschlossen wie er sie.

Es war nicht vollkommen gewesen, natürlich nicht. Ihr war ja auch keineswegs klar, was sie sich unter «vollkommen» hätte vorstellen sollen. Joy genoss einfach Edwards Nähe. Sie gab sich der schlichten Freude hin, seine Haut an ihrer zu spüren, seinen starken, sehnigen, männlichen Körper, dessen Geruch und wie er sich anfühlte, eine willkommene Abkehr von der herausgeputzten und gepuderten Weiblichkeit darstellte, die bisher ihr Leben bestimmt hatte. Sie mochte seine Fremdartigkeit, die Intensität ihrer Vereinigung, und es freute sie, dass sie sich bei ihm nicht zu groß vorkam und dass sein Verlangen nach ihr sie in dem Gefühl bestärkte, nichts Unrechtes zu tun. Und so hatte sie, fröhlich und in ihrem neu erworbenen Status unbefangen, tags darauf den fragenden Blick ihrer Mutter mit einem breiten, zuversichtlichen Lächeln beantwortet. Doch anstatt erleichtert zu wirken, was Joy bezwecken wollte, war Alice sichtbar ein wenig zurückgewichen und dann unter dem Vorwand, sie müsse in der Küche nach dem Rechten sehen, geschäftig von dannen geeilt.

Joy hatte sich nahezu jede Einzelheit dieser Nacht ins Gedächtnis eingeprägt, um sie in den endlosen, feuchten Nächten, die sie danach, ins Bett ihrer Mädchenjahre zurückgekehrt, allein verbrachte, in Gedanken wieder durchzuspielen. Wie gut, dass sie das konnte, denn es sollte fünf Monate und vierzehn Tage dauern, bis sie Edward nach ihrer sechswöchigen Reise auf der «S. S. Destiny» bei ihrer Ankunft in Tilbury wieder sah.

Auch Stella sollte Dick treffen. Beide Elternpaare waren bei der Aussicht, dass ihre Töchter gemeinsam reisten, beruhigt gewesen, was sie gleichwohl nicht davon abhielt, sie in den Wochen vor der Abfahrt mit ungebetenen Ratschlägen zu überschütten. Nach Alice' Auffassung waren die Transportschiffe der Marine «Brutstätten der Unmoral». Bei-Lins Cousin hatte während des Krieges als Koch auf einem Truppentransporter gearbeitet, und sie beschrieb genüsslich den endlosen Zug gelangweilter Ehefrauen, die treppauf und treppab über die schmalen Stufen tappten, die zu den Mannschaftsquartieren führten. Joy war nicht sicher, ob ihre Mutter sich mehr über den Gedanken an außereheliche Aktivität oder über die Tatsache entrüstete, dass es sich um Männer unterhalb des Offiziersrangs handelte. Stellas Mutter, deren stets blank liegende Nerven anscheinend so in Schwingung geraten waren wie ein Windspiel im Orkan, sorgte sich vor allem deshalb, weil erst vor kurzem die «Empire Windrush» in einem Sturm vor Malta gesunken war. Aber Stella und Joy, die zum ersten Mal den wachsamen Augen ihrer Eltern entkamen, hatten beschlossen, das Beste aus ihrem Abenteuer zu machen.

Allerdings stellte sich nun nach einigen Wochen heraus, dass Stella darunter etwas anderes verstanden hatte als Joy.

«Also, ich dreh mal eine kleine Runde», erklärte sie eben, schwang ihre glatten, sonnengebräunten Gliedmaßen aus dem Liegestuhl und nickte Georgina Lipscombe zu.

Georgina hob den Kopf. Joy hätte nicht zu sagen vermocht, was sie, hinter ihrer Sonnenbrille verschanzt, wohl dachte.

«In reizvolle Gefilde?», fragte sie.

Stella deutete vage auf den Bug des Schiffes.

«Ach, ich muss mir bloß ein bisschen die Beine vertreten», antwortete sie beiläufig. «Mal schauen, was die anderen so treiben. Wie's aussieht, sind ja die meisten Jungs heute in ihren Kabinen geblieben.»

Joy starrte Stella an, denn sie merkte wohl, dass die Freundin ihrem Blick auswich.

«Viel Spaß», sagte Georgina lächelnd und bleckte dabei ihre gleichmäßigen weißen Zähne.

Stella stand auf, wickelte sich in ihr Badetuch und ging eiligen Schrittes in Richtung Bar. Joy fühlte sich plötzlich bedrückt und kämpfte gegen die Versuchung an, ihr zu folgen.

Für einen Moment trat Stille ein, in der Georgina sich von dem goanesischen Steward, der neben ihr aufgetaucht war, den nächsten Drink geben ließ.

«Deine Freundin möchte selbst auf sich aufpassen, Darling», sagte sie schließlich und lächelte immer noch unergründlich. «Jeder Krug geht so lange zum Brunnen, bis er bricht.»

Joy lag in ihrer Koje, streckte die bestrumpften Füße von sich und behielt eine Position bei, in der sie etwas von dem Durchzug zwischen dem Fenster und der offenen Tür abbekam. In den letzten Tagen der Reise verbrachte sie viele Nachmittage lieber auf diese Art als gemeinsam mit den anderen Ehefrauen und ihren quengeligen, gelangweilten Kindern oder in Gesellschaft der Offiziere, die in den Bars herumhockten, in Erinnerungen an vergangene Schlachten schwelgten und sich lautstark über die Marotten gemeinsamer Bekannter unterhielten. Als sie ausgelaufen waren, hatte die Aufregung Joy beinahe den Atem geraubt und sie war begierig darauf gewesen, zum ersten richtigen Abenteuer in ihrem Leben aufzubrechen. Aber seit sie in Bombay für die lange Fahrt nach Suez in See gestochen waren, schien mit der steigenden Temperatur die Zeit immer langsamer zu verstreichen oder gar stehen zu bleiben, zumal der Alltag sich auf die vertrauten Stützpunkte Bar, Deck und Speisesaal beschränkte, sodass die Passagiere allmählich den Eindruck gewannen, zum Bordinventar zu zählen, es kaum noch der Mühe wert fanden, in den verschiedenen Anlegehäfen an Land zu gehen, und sich zunehmend vom Rest der Welt abgeschnitten fühlten. Die Vorstellung vom anderswo existierenden richtigen Leben fiel ihnen immer schwerer, weshalb manche es gar nicht mehr versuchten, sondern sich vom geruhsamen Rhythmus an Bord treiben und von der brütenden Hitze einlullen ließen. Ihr früherer Zeitvertreib – Deck-Tennis, Nachmittagsspaziergänge, Schwimmen – wurde ihnen nach und nach zu anstrengend, und sogar die Gespräche versiegten. Immer häufiger schliefen sie jetzt am Nachmittag oder sahen sich abends Filme an, und nur wenige sangen noch lustlos ein paar Melodien mit. Ehe die Nacht hereinbrach, stierten sie mit leerem Blick auf den Sonnenuntergang, dessen ineinander fließende, unirdisch irisierende Rot- und Goldtöne durch den Staub der Wüste schimmerten, aber da sie ihn schon so oft gesehen hatten, waren sie selbst für seine unglaubliche Schönheit nicht mehr empfänglich. Nur diejenigen, die wie Georgina Lipscombe durch die beharrlichen Forderungen ihrer Kinder dazu gezwungen wurden, gaben sich noch irgendwelchen Beschäftigungen hin.

Stella langweilte sich zunehmend und wurde zugleich rastlos, sodass es Joy manchmal wirklich lieber war, wenn sie verschwand. Aber Joy kam das alles sehr entgegen, denn sie sah in den engen Grenzen des Lebens auf dem Schiff zu viele Ähnlichkeiten mit dem, das sie in Hongkong geführt hatte, und fand, dass sie hier ihrer ungeselligen Natur frönen konnte, ohne dafür gerügt zu werden. Sie zog sich gern allein in die Kabine zurück, wenn sie wusste, dass die anderen nicht da sein würden, und betrachtete all die Dinge, die sie insgeheim ihre Schätze nannte: Edwards Briefe, die schnell schmuddelig und brüchig wurden, weil sie sie zu oft in die Hand nahm, ihr gerahmtes Hochzeitsfoto und die kleine chinesische Zeichnung, ein blaues Pferd auf Reispapier, die Edward ihr am ersten Tag ihrer Ehe bei einem Bummel durch Hongkong gekauft hatte.

Er hatte sie früh geweckt, und sie hatte große Augen gemacht, weil sie noch schlaftrunken war und nicht gleich begriff, wie sie mit diesem Mann ins selbe Bett geraten sein mochte. Als es ihr einfiel, streckte sie die Arme aus, schlang sie träge um seinen sommersprossigen Hals und blinzelte ins Licht. Er zog sie enger an sich und raunte ihr etwas ins Ohr. Dann hörte sie nur noch das leise Rascheln der Laken.

Danach, während der Schweiß auf ihrer nackten Haut abkühlte, stützte er sich auf einen Ellbogen und küsste sie sacht auf die Nasenspitze. «Stehen wir auf», flüsterte er. «Ich möchte, dass wir den ersten Morgen für uns haben. Lass uns verschwinden, bevor die anderen aufstehen.» Joy kämpfte gegen einen Anflug von Enttäuschung an, weil er nicht vorhatte, in ihrem Hochzeitsbett zu bleiben. Aber da sie ihm die Freude machen wollte, erhob sie sich und schlüpfte in das Rohseidenkleid mit der kurzen Jacke, das ihre Mutter ihr als Ausgehstaat hatte anfertigen lassen. Beim Zimmerservice bestellten sie Tee und tranken ihn hastig, während sie einander über den Frühstückstisch hinweg scheu anblickten, dann huschten sie in das lärmende Gewirr der Großstadtstraßen hinaus, wo die Fülle der Ansichten, Geräusche und nicht gerade Wohlgerüche des frühmorgendlichen Kowloon auf ihre Sinne einstürmte. Joy sog all das mit der erstaunten Verständnislosigkeit eines Neugeborenen auf und wunderte sich darüber, wie verändert die Welt innerhalb von vierundzwanzig Stunden aussehen konnte.

«Wir nehmen die ‹Star Ferry›», sagte Edward, hielt ihre Hand fest und zog sie zum Terminal der Fähre. «Ich will mit dir in die Cat Street.»

Sie war noch nie auf dem Markt in der Cat Street gewesen. Hätte sie einmal gewagt, das vorzuschlagen, wäre ihre Mutter blass geworden, hätte darauf hingewiesen, dass er ein traditionelles Paradies für Kriminelle und Prostituierte sei (nur dass ihre Mutter sie «leichte Mädchen» genannt hätte), und dann versichert, dass niemand, der etwas auf sich hielt, je dorthin gehe. Außerdem lag der Markt am Westende der Insel, also in einem Gebiet, das Alice etwas abwegig als «zu chinesisch» bezeichnen würde. Aber als Joy und Edward, in ihr neues Eheglück eingesponnen und von den schwatzenden Leuten um sie herum nicht beachtet, auf den Holzbänken der Fähre saßen, erzählte er ihr, die Gegend würde seit der Revolution, die 1949 in China stattgefunden hatte, mit Familienerbstücken überschwemmt, von denen viele wertvolle Antiquitäten seien. «Ich will dir etwas kaufen», sagte er, während er mit seinen Fingern die Linien ihrer Handfläche nachzog. «Damit du etwas hast, was dich an mich erinnert, bis wir uns wieder sehen. Etwas für dich und mich Besonderes.» Er nannte sie damals Mrs. Ballantyne, und Joy lief vor Vergnügen rot an. Jedes Mal, wenn er sie an ihren neuen Status einer verheirateten Frau erinnerte, fielen ihr unwillkürlich die ehelichen Intimitäten der vergangenen Nacht ein.

Es war erst kurz nach sieben Uhr morgens, als sie ankamen,

aber auf dem Markt in der Cat Street wimmelte es bereits vor Menschen. Händler saßen im Schneidersitz hinter ausgebreiteten Tüchern, auf denen alte Armbanduhren oder auf rote Schnüre aufgefädelte, kunstvoll geschnitzte Schmuckstücke aus Jade lagen, alte Männer hockten auf Bänken neben Käfigen voll kleiner, mit den Flügeln schlagender Vögel. Prunkvoll vergoldete Schrankkoffer. Möbel mit Emailleeinlagen. Und über allem lag der süßliche und fettige Geruch von Steckrübenmus, das laut pfeifende und schreiende Straßenhändler zubereiteten, die so schnell sprachen, dass selbst Joy, die für den Geschmack ihrer Eltern viel zu gut Kantonesisch konnte, jede Hoffnung aufgab, sie zu verstehen.

Sie fühlte sich wie im Wilden Westen. Aber angesichts der Begeisterung von Edward unterdrückte sie das Bedürfnis, sich an ihn zu klammern. Er mochte es nicht, wenn Frauen sich festklammerten, hatte er ihr sinngemäß am vergangenen Abend gestanden. Ihm gefiel ihre Stärke, ihre Unabhängigkeit und dass sie nicht aufgeregt «flatterte und schnatterte» wie die Frauen der anderen Offiziere, die er kannte. Er hatte nur eine Frau gekannt, die wie sie war, hatte er ihr erzählt, während sie eng umschlungen im Dunkeln lagen. Auch sie hatte er geliebt. Aber sie war während des Krieges gestorben, bei einem Bombenangriff auf Plymouth, wo sie bei ihrer Schwester zu Besuch gewesen war. Joy hatte gespürt, wie sich ihr Herz verkrampfte, als er das Wort Liebe erwähnte, obwohl sie wusste, dass ihr von dieser Frau im herkömmlichen Sinn keine Gefahr mehr drohte. Und mit dieser plötzlichen Gefühlsaufwallung war die erschreckende Erkenntnis einhergegangen, dass ihrem Glück von nun an Fesseln auferlegt waren, dass es eine Geisel seiner unbedachten Worte war, nahezu ausschließlich vom Wohlwollen eines anderen Menschen abhängig.

«Schau mal», sagte er und deutete dabei auf einen überladenen Verkaufsstand. «Das ist es. Was hältst du davon?»

Joy drehte sich um, folgte seinem ausgestreckten Finger und entdeckte ein kleines, bambusgerahmtes Bild, das an einem verzierten eisernen Topf lehnte. In lockeren Pinselstrichen, Tusche auf weißem Papier, stellte es ein blaues Pferd dar, das sich wand, als sei es im Begriff auszubrechen, aber dennoch von dunklen Linien umgeben war, die ihm gewissermaßen Grenzen setzten.

«Gefällt es dir?», fragte er. Und seine Augen leuchteten dabei wie die eines Kindes.

Joy betrachtete das Bild. Es gefiel ihr nicht wirklich. Zumindest hätte sie es nicht bemerkt, wenn sie allein gewesen wäre. Aber seine Miene bewog sie dazu, es mit seinen Augen zu sehen.

«Es ist sehr schön», sagte sie. Ihr Mann wollte es kaufen. Für sie, seine Frau.

«Es ist wirklich sehr schön.»

«Was kostet das?», erkundigte sich Edward beim Händler, der sie bereits beäugt und die gute Kleidung, die weiße Paradeuniform taxiert hatte. Achselzuckend zwirbelte er seinen langen, strähnigen Schnurrbart, als ob er es nicht verstanden hätte.

Joy wartete einen Moment und schaute Edward an.

«Geido tsin ah?», fragte sie schließlich.

Der Händler warf ihr einen Blick zu, dann zuckte er erneut mit den Schultern. Joy starrte ihn an, denn sie wusste, dass er sie verstanden hatte.

«Mgoi, lei, Sinsaahn», sagte sie etwas freundlicher. *«Geido tsin ah?»*

Der Mann nahm die Tonpfeife aus dem Mund, als denke er über etwas nach. Dann nannte er eine Zahl. Eine unverschämt hohe Zahl.

Ungläubig sah Joy ihn an.

«Pengh di la!», rief sie aus, womit sie ihn bat, es sich noch einmal zu überlegen. Aber der Mann schüttelte den Kopf.

Sie wandte sich Edward zu und versuchte, ihren Zorn nicht anklingen zu lassen.

«Er macht Witze», erklärte sie ruhig. «Er verlangt zehnmal mehr, als es wert ist, nur weil du deine Uniform trägst. Gehen wir weiter.» Edwards Blick wanderte von Joy zum Händler.

«Nein», erwiderte er. «Sag mir doch, wie viel er haben will.

Heute ist es mir egal, was es kostet. Du bist meine Frau. Ich möchte dir ein Geschenk kaufen. Dieses Geschenk.»

Joy drückte seine Hand.

«Es ist hübsch», beteuerte sie. «Aber ich kann es nicht annehmen. Nicht zu diesem Preis.»

«Warum?»

Sie schaute ihn an und überlegte, wie sie ausdrücken sollte, was sie meinte. Ich hätte keine Freude daran, gestand sie sich insgeheim, denn wenn ich es betrachtete, würde ich darin nicht deine Liebe zu mir sehen, ich würde mich nur daran erinnern, dass du dich von einem skrupellosen Mann hast übers Ohr hauen lassen. Und genau das möchte ich nicht von dir denken.

«Hör zu», murmelte sie ihm ins Ohr. Sein Geruch verwirrte sie, weshalb sie sich plötzlich wünschte, sie wären nicht auf diesem Markt, sondern wieder in ihrem Hotelzimmer. «Tun wir doch so, als würden wir weiterziehen. Da befürchtet er, dass ihm das Geschäft entgeht. Dann macht er wahrscheinlich einen vernünftigen Vorschlag.»

Doch der Mann stand einfach da und sah ihnen nach, sodass Edward immer unruhiger wurde. Es gab sonst nichts, was ihm gefiel, sagte er, als sie einen Stand nach dem anderen durchstöberten. Das Bild war genau das Richtige. Er wollte unbedingt dieses Bild kaufen.

«Gehen wir in den Tempel», schlug Joy vor, um ihn abzulenken, und zeigte auf den leuchtend roten, goldverzierten Man-Mo-Tempel an der Ecke der Hollywood Road, aus dem der Geruch von Weihrauch herausströmte, als steige er nur widerstrebend im Auftrag der Bittsteller zu den Göttern auf. Aber Edward sagte zerstreut, sie solle allein hineingehen. Er würde noch ein Stückchen laufen. Dabei trat er leicht von einem Fuß auf den anderen, womit er vorgab, dass ihm seine Blase zu schaffen mache.

Joy wandte sich von ihm ab und ihr war elend zumute, weil sie meinte, sie habe ihn irgendwie enttäuscht. Der Morgen verlief nicht so, wie sie sich das gedacht hatte.

In dem dunklen Tempelraum wünschte sie sich beinahe, sie wäre doch nicht hierher gekommen. Eine Gruppe von Chinesen, die im hinteren Teil gerade ihre Räucheropfer anzündeten, drehte sich schweigend nach ihr um, nach der *gweilo*, die in ihr Heiligtum eindrang. Da Joy ihre Gefühle nicht verletzen wollte, murmelte sie einen Gruß auf Kantonesisch, was sie ein wenig zu besänftigen schien, sodass sie sich schließlich von ihr abkehrten. Sie schaute zur Decke hinauf, von der riesige, langsam vor sich hin glimmende Räucherspiralen herabhingen, und überlegte, wie bald sie mit Anstand wieder hinausgehen konnte. Und wie bald sie Edward würde einreden können, wieder an Bord der Fähre zu klettern, um das Beste aus den wenigen gemeinsamen Stunden zu machen, die ihnen noch blieben.

Da tauchte Edward strahlend neben ihr auf.

«Ich habe es bekommen», sagte er.

«Was?», fragte Joy. Aber sie wusste es bereits.

«Ich habe es bekommen. Zu einem guten Preis.» Mit ausgestreckten Armen hielt er das kleine Bild vor sich hin, als bringe er selbst ein Opfer dar. «Nachdem du weg warst, ist der Mann mit dem Preis runtergegangen. Der wollte wohl vor einer Lady das Gesicht nicht verlieren, oder? Ich weiß ja, dass das mit dem ‹Gesicht› hier sehr wichtig ist.»

Joy blickte in seins, das stolze und lächelnde Gesicht ihres frisch gebackenen Ehemannes, und danach auf das kleine Pferd auf Reispapier, das er in Händen hielt. Es entstand eine kurze Pause.

Dann: «Wie schlau du doch bist», sagte sie und gab ihm einen Kuss. «Es gefällt mir wahnsinnig.»

Als sie hinausgingen, war er überaus zufrieden, weshalb es wirklich unpassend gewesen wäre, zu erwähnen, dass sie ihm den Preis ja nie genannt hatte.

Joy tippte mit den Zehen an die Tür und betrachtete das blaue Pferd. Dann schaute sie ihr Hochzeitsfoto an. Und danach rang sie mit sich, ob sie es sich leisten konnte, einen von Edwards

Briefen zu lesen. Inzwischen musste sie mit deren Lektüre geizen, weil sie allmählich zerfielen, aber manchmal war es so schwer, ihn ohne sie herbeizuzaubern. Es gelang ihr nur bruchstückhaft: der Klang seiner Stimme, wenn er lachte, seine breiten Hände oder seine Beine in der Uniform; doch es bereitete ihr immer größere Mühe, ihn im Ganzen zu sehen. In den letzten Wochen bevor sie sich eingeschifft hatten, war sie richtig in Panik geraten, weil sie kaum imstande gewesen war, es überhaupt zu schaffen. Noch eine Woche und vier Tage, sagte sie sich, denn mittlerweile hatte sie es in derlei arithmetischem Denken zu solcher Meisterschaft gebracht, dass ihr das jeweilige Rechenergebnis so geläufig war wie ihr eigenes Geburtsdatum. Dann sehe ich ihn wieder.

«Bist du aufgeregt?», hatte Stella sie in der vergangenen Woche gefragt, als sie darüber redeten, was sie an dem Tag anziehen würden, an dem sie ihre Männer tatsächlich trafen. «Ich werde bestimmt aufgeregt sein. Manchmal frage ich mich, ob ich ihn überhaupt noch erkenne.» Dabei hatten Stella und Dick sich erst seit weniger als drei Monaten nicht mehr gesehen, eine um eine ganze Ewigkeit kürzere Zeit als Joy und Edward.

Doch Joy war nicht aufgeregt. Sie wollte nur bei ihm sein, wollte seine feste Umarmung spüren und sein Gesicht wie die Sonne auf sie herunterleuchten sehen. Als sie das den anderen Ehefrauen einmal beim Friseur erzählt hatte, da tat Stella so, als würge sie etwas, was Joy kränkend fand, auch wenn sie begriff, weshalb Stella das machte. Die anderen Frauen wechselten wissende Blicke, die wie die Blicke ihrer Mutter vor all den Monaten andeuten sollten, dass sie ein argloses Dummerchen sei, das noch eine Menge über Männer und Eheleben lernen müsse. Nur Mrs. Fairweather lächelte und nickte, als könne sie Joy verstehen, aber ihr Mann war schließlich nie beim Militär gewesen und schien an ihrer gut gepolsterten Hüfte festgewachsen zu sein. Danach hatte Joy nicht mehr von Edward gesprochen; sie behielt ihn für sich, als hüte sie ein kostbares Geheimnis.

Einen Brief gestand sie sich zu und faltete den letzten auseinander wie jemand, der eine besonders köstliche Schokolade auswickelt. Einen Brief pro Tag, bis ich ihn wieder sehe. Und dann packe ich sie weg und hebe sie gut auf, damit ich sie von neuem lesen kann, wenn ich eine alte, alte Frau bin und mich daran erinnere, wie es war, von dem Mann getrennt zu sein, den ich liebe.

Die Atmosphäre an Bord veränderte sich unmerklich, je näher sie dem Suezkanal kamen. Der leichte Nervenkitzel eines möglichen Konflikts schreckte die Passagiere aus ihrem traumähnlichen Zustand auf. Die Worte Suez und Regierung begannen beim Abendessen die Runde zu machen, die Männer steckten die Köpfe zusammen und setzten furchtbar besorgte Mienen auf, sodass Joy, die keine Ahnung hatte, was das bedeuten mochte, sich dabei ertappte, dass sie beinahe ängstlich wurde und recht froh darüber war, dass sich Angehörige der Streitkräfte an Bord befanden. Nach den Worten des Ersten Offiziers hielten die Briten noch immer die afrikanische Seite des Kanals besetzt. «Aber solange wir drinnen sind, würde ich nicht zu nah an die Reling gehen», hatte er in ernstem Ton empfohlen. «Diesen Arabern ist nicht zu trauen. Man hat uns berichtet, dass sie am Ufer hin und her galoppieren und dabei Waffen tragen. Und wie man hört, benutzen sie schon mal ein fremdes Schiff für ein paar Zielübungen.» Allen Frauen hatte dabei der Atem gestockt und manche griffen sich theatralisch an den Hals, während die Männer weise nickten, etwas von Assuan-Staudamm murmelten und sich eben so benahmen, wie Männer das in Gegenwart aufgeregter Frauen zu tun pflegen. Joy hatte der Atem nicht gestockt, sie fühlte sich wie elektrisiert. Und trotz der ausdrücklichen Warnung brachte sie es nicht fertig, die ganze Zeit, in der die «S. S. Destiny» durch den Kanal fuhr, drinnen zu bleiben. Stattdessen saß sie oft alleine draußen, zog ihren Sonnenhut tief ins Gesicht, erwiderte die Ermahnungen der vorbeigehenden Offiziere mit einem nichts sagenden Lächeln und hoffte insgeheim, irgendeinen Mörder mit Turban auf einem Kamel zu erspähen. Sie wusste, dass die

Offiziere sie für ein bisschen verrückt hielten und dass die indische Deck-Crew über sie redete, doch das störte sie nicht. Wie oft würde sie denn schon die Gelegenheit haben, ein richtiges Abenteuer zu erleben?

Der Kanal selbst entpuppte sich nicht als die vom Krieg beschädigte, betonierte Rinne, die sie sich vorgestellt hatte, sondern als eine wie Quecksilber glitzernde, von Sanddünen gesäumte Wasserstraße, auf der nahezu lautlos und würdevoll Schiffe dahinglitten, als wären sie miteinander vertäut. Kaum zu glauben, dass in dieser stillen, geordneten Prozession irgendetwas zu befürchten sein könnte. Echtes Schaudern überkam Joy an jenem Abend nur, als der Kapitän anordnete, das Licht auszuschalten, und sie alle für eine Weile schweigend im dunklen Speisesaal saßen, aber selbst da empfand sie eine perverse Dankbarkeit dafür, dass sich einmal etwas anderes ereignete als nur Bridge oder Deck-Tennis.

Noch als das Schiff auf dem Weg nach Ägypten war, hatte der Erste Offizier den Passagieren bereits ein Kostümfest angekündigt. Es sollte am Abend vor ihrer Ankunft in Tilbury stattfinden und den krönenden Abschluss der Reise bilden. Der Kapitän wollte ihnen angeblich genügend Zeit lassen, ihre Verkleidungen vorzubereiten. Joy meinte zwar, dass er sie damit wahrscheinlich von der Fahrt durch Ägypten ablenken wollte, sagte jedoch nichts, weil alle plötzlich in Begeisterung ausbrachen und anfingen, über ihr Outfit nachzudenken.

«Ich will als Carmen Miranda gehen. Aber ich glaube nicht, dass die hier imstande sind, mir das Obst zu besorgen», erklärte Stella auf dem Rückweg vom Speisesaal. Pieter war an diesem Abend nicht zum Essen erschienen, und das hatte ihr die Laune verdorben, weshalb Joy für sich behielt, was sie dachte: dass die oft mit Früchten garnierte Aufmachung der stets sehr leicht geschürzt auftretenden brasilianischen Sängerin vielleicht doch ein bisschen zu offenherzig wäre für eine verheiratete Frau.

«Oder ich könnte als Marilyn Monroe in *Wie angelt man sich einen Millionär* gehen. Wenn ich mir was beschaffen kann, um mein rosa Kleid ein bisschen aufzuputzen.» Sie blieb stehen und betrachtete ihr Spiegelbild in einem Fenster. «Was meinst du, wäre es das wert, mir die Haare ein paar Nuancen heller färben zu lassen? Das hab ich sowieso schon seit Ewigkeiten vor.»

«Was würde Dick denn davon halten?», wandte Joy ein und war sich in dem Moment, in dem sie es aussprach, darüber im Klaren, dass das die falsche Frage war.

«Ach, Dick, der nimmt mich so, wie er mich kriegt», antwortete Stella verächtlich. «Der ist glücklich, wenn er mich überhaupt wiederhat.»

Das hat ihr Pieter eingeflüstert, dachte Joy mit einigem Unbehagen. So hätte Stella früher nicht gesprochen. Doch inzwischen war es schwierig, zu ahnen, was diese neue Stella so von sich geben würde oder was man noch gefahrlos zu ihr sagen konnte. Nach all den Jahren, in denen Joy das Gefühl gehabt hatte, ihr auch die heikelsten Dinge anvertrauen zu können, kam ihr jetzt ein Gespräch mit Stella beinahe wie eine Wanderung über Treibsand vor. Man musste vorsichtig auftreten, und selbst dann wusste man nie, ob man nicht im nächsten Augenblick über etwas stolperte und auf die Nase fiel.

«Na ja, wenn du meinst, dass es Dick gefällt … Ich bin sicher, dass es dir sehr gut stehen würde. Aber willst du nicht genauso aussehen wie bei eurem Abschied? Damit er sich nicht … sagen wir mal, unbehaglich fühlt?»

«Ach, Dick! Dick! Dick!», fauchte Stella. «Ehrlich, Joy, du hast immer die gleiche Platte drauf. Ich hab dir doch gesagt, Dick würde sich auch freuen, mich wieder zu sehen, wenn ich wie eine Orientalin daherkäme. Also hör doch endlich mit der alten Leier auf! Schließlich geht es ja nur um ein Kostümfest.»

Joy war eingeschnappt und sagte auf dem restlichen Weg bis zur Kabine nichts mehr. Wie erwartet, erklärte Stella vor der Tür, dass sie diese schnarchenden Kinder nicht ertragen würde, und machte sich auf den Weg zu einem Spaziergang über Deck. Allein.

Am nächsten Morgen war sie besser gelaunt, und in den darauf folgenden Tagen verwandelte sie sich wieder ein bisschen mehr in die alte Stella, denn sie ging völlig darin auf, die richtigen Zutaten für ihre Verkleidung aufzutreiben. Als sie Port Said erreichten, wurde einigen Händlern gestattet, mit riesigen Körben voller Krimskrams an Bord zu kommen, sodass selbst Frauen wie Mrs. Fairweather, die normalerweise die Ägypter keines Blickes gewürdigt hätten, einander plötzlich Federn und Holzperlen und sonstige Verzierungen in einer Weise streitig machten, die Georgina Lipscombe schlicht als würdelos bezeichnete.

Auch Joy versuchte, sich über ihre Kostümierung Gedanken zu machen, doch als sie endlich in die sanften Wasser des Mittelmeers gelangten, hatte sie nichts anderes mehr im Kopf, als dass es jetzt nur noch Tage und nicht mehr Wochen dauerte, bis sie Edward wieder sah. Manchmal bildete sie sich sogar ein, sie könnte seine Nähe nach und nach schon körperlich spüren. Obwohl Stella zweifellos auch darüber die Nase gerümpft hätte.

In der Nacht der Party sollten sie die letzte lange Etappe zurücklegen und schließlich in den Ärmelkanal einfahren. Die Bucht von Biskaya, warnten die alten Seebären, sei für ihre kabbelige See bekannt, weshalb die Mädchen «ihre Gläser festhalten sollten». «Und wenn sie ihre Gläser nicht festhalten können, dann können sie mich festhalten», sagte Pieter etwas zu laut, sodass die Frauen, die neben ihm saßen, unmerklich zurückwichen und ihnen das Lächeln gefror. Aber die Vorfreude auf das Fest oder darauf, bald zu Hause zu sein, hatte allmählich alle angesteckt, und so ließ sich am letzten Abend, selbst als die Decks kalt und von der Gischt des Atlantiks nass geworden waren, ungebührliches Geschrei vernehmen, während etliche exotisch kostümierte Passagiere von einer Kabine zur anderen rannten.

Mr. und Mrs. Fairweather hatten sich als indischer Radscha und seine Gemahlin verkleidet, wobei sie echte Kostüme trugen, die sie bei einem kurzen und nach Mrs. Fairweathers Worten eher unerfreulichen Aufenthalt in Delhi erworben hatten und anscheinend für solche Ereignisse auf Seereisen mitnahmen. Mrs. Fairweather hatte sich Gesicht und Arme mit kaltem Tee eingerieben, um den für eine Inderin richtigen Teint zu erlangen, wie sie zuverlässig jedem versicherte, der an ihrem exotischen Gewand zupfte, um die bleiche Haut an ihrer Taille aufblitzen zu lassen. Stella war davon abgekommen, als Marilyn aufzutreten, nachdem man ihr erzählt hatte, was mit ihrem Haar passieren würde, wenn sie es auf dem Schiff bleichen ließ, und hatte sich in Rita Hayworth als Salome verwandelt, wenngleich ihrer Aufmachung wenigstens zwei der sieben Schleier fehlten. Sie war leicht verärgert, weil sie merkte, dass Georgina Lipscombe sie zwar nicht gerade ausgestochen hatte, ihr aber zumindest ebenbürtig war, denn sie hatte einen der Marineoffiziere dazu überredet, ihr seine weiße Uniform zu leihen, und sah darin mit ihrem unter der Schirmmütze aufgesteckten schwarzen Haar erstaunlich betörend aus. Joy hatte alles viel zu lange aufgeschoben und war dann recht einfallslos gewesen, sodass Stella ihr aus einer Folie eine Krone bastelte und vorschlug, als die Königin von England zu gehen. «Wir können mein purpurrotes Kleid mit Watte aufputzen, das sieht dann wie Hermelin aus. Und sie trägt nicht viel Make-up, also wirst du dich ganz wohl fühlen», sagte sie. Trotz ihrer großen Begeisterung im vergangenen Jahr interessierte sich Stella jetzt nicht mehr für Elizabeth. Eine Weile hatte sie noch für Prinzessin Margaret geschwärmt («*viel* mehr Sinn für Mode»), sich aber inzwischen Hollywood zugewandt.

Joy kam sich als Königin Elizabeth ziemlich albern vor und war nicht sicher, ob ihr Unbehagen mehr an der Vermessenheit dieser Entscheidung oder an ihrem kindischen Aufzug lag. Doch als sie schließlich den Speisesaal betraten und sie einige der anderen Kostüme erspähte, hob sich ihre Laune ein wenig.

Pieter hatte sich als ägyptischer Händler verkleidet und den nackten Oberkörper mit etwas geschwärzt, was Stiefelwichse gewesen sein mochte, denn wenn er seine Muskeln spielen ließ, schimmerte die Haut in dem gedämpften Licht. Das blonde Haar hatte er mit einer wollenen schwarzen Perücke bedeckt, die ihm die ältliche Mrs. Tennant gehäkelt hatte, und er trug einen Korb voller Glasperlen und geschnitzter Holzfiguren. Er war schon ziemlich aufgedreht und stürzte sich andauernd auf eine der Frauen, die dann theatralisch kreischte, ihn lachend abwimmelte und doch ein bisschen ungehalten wirkte. Auf Joy stürzte er sich nie.

«Bin ich fleckig geworden?», fragte Mrs. Fairweather, als sie auf Joy zuging und sich an den Tisch setzte. «Ich habe bestimmt ein paar Spritzer von der Gischt abbekommen.»

«Ich finde, es sieht gut aus», antwortete Joy. «Aber wenn Sie wollen, bessere ich es etwas nach. Einer der Stewards bringt uns sicher ein bisschen kalten Tee.»

Mrs. Fairweather zog ihre Puderdose aus der Handtasche, betrachtete eingehend ihr Spiegelbild und rückte die Juwelen in ihrem Kopfputz zurecht. «Ach, ich will sie nicht belästigen. Sie haben heute Abend schrecklich viel zu tun. Wie ich gehört habe, gibt es ein Galadiner.»

«Hallo, Joy. Oder sollte ich sagen, Ihre Majestät?» Es war Louis, der sich tief vor ihr verbeugte, dann ihre Hand ergriff und sie küsste, worauf Joy rot wurde. «Ich muss schon sagen, Sie sehen aus wie für diese Rolle geschaffen. Nicht wahr, Mrs. Fairweather?» Er trug einen Kittel aus schäbigem Tweed, ein Kopftuch und hatte sich die Lippen erschreckend grell geschminkt.

«Oh, zweifellos», antwortete Mrs. Fairweather. «Absolut königlich sieht sie aus.»

«Schluss damit, bitte», sagte Joy lachend, als Louis sich neben sie setzte. «Sonst wachse ich noch in einem Höhenflug über meinen Stand hinaus. Aber darf ich fragen, als was um alles in der Welt Sie gekommen sind?»

«Erkennen Sie das denn nicht?» Louis machte ein betretenes Gesicht. «Ich kann nicht glauben, dass Sie es nicht erkennen.»

Joy blickte Mrs. Fairweather an und dann wieder Louis.

«Tut mir Leid», sagte sie.

«Ich bin eine Landhelferin», erklärte er und hielt eine Heugabel hoch. «Schauen Sie mal! Ich wette, Sie können es nicht fassen, dass ich dieses Ding aufgetrieben habe.»

«Eine Landhelferin?»

Mrs. Fairweather begann zu lachen. «Jetzt sehe ich es auch», sagte sie. «Kannst du es erkennen, Philip? Mr. Baxter hat sich als Landhelferin verkleidet. Schau mal, er hat sogar einen Sack Kartoffeln dabei.»

«Was ist eine Landhelferin?», fragte Joy zögernd.

«Wo haben Sie denn gesteckt? In Timbuktu?»

Hilfe suchend blickte Joy sich um, ob es vielleicht noch jemanden gab, der ihre Wissenslücke teilte. Aber Stella quietschte gerade vor Vergnügen über Pieter, Georgina Lipscombe unterhielt sich mit dem Ersten Offizier, und der einzige Mensch, der noch in der Nähe stand, eine Balletttänzerin mit verdächtig behaarten Beinen, hatte anscheinend nicht zugehört.

«Wann waren Sie zum letzten Mal in England?», fragte Louis.

«Oh, verflixt. Ich glaube, da war ich noch ein Kind», sagte Joy. «Als die Japaner in Hongkong einmarschierten, wurden wir alle nach Australien verschickt.»

«Stell dir vor, Philip, Joy weiß nicht, was eine Landhelferin war.» Mrs. Fairweather stieß ihren Mann an, der unter seinem Turban liebevoll auf seinen Gin Tonic hinunterblickte.

«Seltsam», sagte er sanft.

«Haben Sie wirklich nie eine gesehen?»

Joy wurde die Sache langsam recht peinlich. Bei Veranstaltungen wie dieser passierte immer irgendetwas, wobei sie sich ungebildet oder dumm vorkam. Deshalb liebte sie Edward. Er gab ihr nie dieses Gefühl.

«Woher sollte Joy eigentlich wissen, was eine Landhelferin war?», fragte Louis. «Ich bin sicher, dass es in Hongkong eine Menge Dinge gibt, die ich nie verstehen dürfte. Kann ich Ihnen etwas zu trinken bringen, Joy? Mrs. Fairweather?»

Dankbar für seine Fürsorge, lächelte sie ihn an. Und der unangenehme Augenblick ging vorüber.

Als sie mit dem Hauptgang fertig waren, schwoll die Dünung allmählich so an, dass die Stewards sich gelegentlich am Mobiliar abstützen mussten, um die Teller nicht fallen zu lassen, und der Wein in Joys Glas schwappte beängstigend hoch.

«Hier ist es immer so», sagte Louis, der neben Joy saß. Sein Lippenstift hatte sich beim Essen abgerieben, sodass sie ihn jetzt ansehen konnte, ohne zu kichern. «Bei meiner ersten Überfahrt bin ich im Schlaf glatt aus der Koje gerutscht.»

Joy störte es nicht. Jede große Welle brachte sie Tilbury näher. Einige der Damen begannen allerdings gereizt herumzuschreien, als ob es jemanden gäbe, der für diese meteorologische Unbill verantwortlich wäre. Dabei wurden ihre Stimmen so schrill wie die der Möwen und übertönten die Musik, die der Kapitän fortzusetzen befahl, obwohl die Musiker Mühe hatten, das Gleichgewicht zu halten, und ihr Spiel deshalb immer abgehackter klang. Gerade um die Zeit machte Stella sich wankend auf den Weg zur Toilette und drohte zu stürzen. Da sprang Pieter auf, stieß polternd seinen Stuhl um und eilte ihr zu Hilfe. Als Joy ihre Miene sah, mit der sie sich bei ihm bedankte, empfand sie plötzlich tiefes Missbehagen.

Louis, der Joy nicht aus den Augen ließ, füllte ihr Weinglas nach und empfahl ihr zu trinken. «Wenn Sie genug trinken, dann glauben Sie, dass nur Sie schwanken und nicht das Schiff», sagte er, wobei seine Hand wie zufällig ihre streifte. Weil sie immer noch Stella beobachtete, die Pieters stützenden Arm just ein bisschen zu lange festhielt, merkte sie es kaum.

Also trank sie. Bis zu diesem Abend war sie verhältnismäßig abstinent gewesen, aber jetzt hatte sie sich wie die anderen von dem Gefühl anstecken lassen, dass etwas zu Ende ging, eine auf ihrer Isolation beruhende Sorglosigkeit, und auch von dem Gedanken an das nüchternere, erwachsenere Leben, das vor ihr lag. Die Trinksprüche wurden lauter und immer lächerlicher. Man trank auf den verstorbenen König, auf die Heimat, auf Elizabeth, wobei Joy aufstand und huldvoll nickte, auf bekannte Filmhelden, auf den Nachtisch, eine raffinierte Kreation aus

Sahne, Zucker, Biskuit und Alkohol, und auf die «S. S. Destiny» selbst, die durch die Wellen schlingerte und stampfte.

Joy kicherte, es störte sie nicht allzu sehr, dass Louis seinen Arm um sie legte, und sie hatte so gut wie aufgehört, zu registrieren, wer wann den Tisch verließ. Und als der Kapitän das Podium bestieg und ankündigte, dass er nun den Preis für das beste Kostüm verleihen werde, da brachte sie ihn ebenso gnadenlos wie der Rest der Runde durch ziemlich rüde Zwischenrufe aus dem Konzept.

«Pst! Pst! Meine Damen und Herren!», rief der Erste Offizier beharrlich und klopfte mit dem Messer an sein Brandyglas. «Ruhe, bitte!»

«Wissen Sie, Joy, ich finde Sie absolut wundervoll.»

Sie wandte den Blick vom Podium ab und starrte Louis an, dessen braune Augen vor Verlangen plötzlich so feucht schimmerten wie die eines jungen Hundes.

«Das will ich Ihnen schon seit Bombay sagen.» Er legte seine Hand auf ihre, die sie aus Angst, dass es jemand merken könnte, schnell zurückzog.

«Also, meine Damen und Herren, ich bitte Sie! Etwas mehr Ruhe!» Der Kapitän bewegte die ausgestreckten Hände beschwichtigend auf und ab, dann riss er eine jäh hoch, als das Schiff heftig schlingerte, sich mit einem Ruck steuerbords neigte und die Passagiere johlten und pfiffen.

«Es ist schrecklich, so lange von dem getrennt zu sein, den man liebt, Joy. Ich weiß das. Ich habe zu Hause auch ein Mädchen. Aber das hindert einen doch nicht daran, auch einmal jemand anders zu begehren, nicht wahr?»

Joy blickte ihn entgeistert an. Sie war plötzlich traurig, dass er alles so kompliziert machen musste. Sie mochte ihn gern. Unter anderen Umständen, nun ja, vielleicht. Aber nicht das … Sie schüttelte den Kopf und versuchte, mit der Bewegung wenigstens einen Anflug von Bedauern auszudrücken, nur um seine Gefühle zu schonen.

«Nicht diese Töne, Louis.»

Er sah sie eine Spur zu lange an, dann schaute er auf den Tisch hinunter.

«Entschuldigung», sagte er. «Hab wahrscheinlich ein bisschen zu viel getrunken.»

«Pst!», zischte Mrs. Fairweather. «Könnt ihr zwei nicht endlich still sein. Er will eine Rede halten.»

«Also, ich weiß, das ist der Moment, auf den Sie alle gewartet haben», begann der Kapitän. «Und ich würde gern sagen, Sie haben sich alle unendlich viel Mühe gegeben … Aber das wäre nicht wahr.» Er hielt inne, bis das Gelächter verebbte. «Nein, nein. Ich mache nur Spaß. Nun, ich habe lange und gründlich über Ihre Kostüme nachgedacht. Und über manche habe ich so lange wie möglich nachgedacht.» Dabei blickte er bedeutsam auf Stellas durchscheinende Schleier. Joy, die von anderen Dingen so in Anspruch genommen war, stellte nun erleichtert fest, dass Stella noch am Tisch saß. Pieter war seit einer Weile verschwunden. «Aber mit überwältigender Mehrheit haben ich und meine Kollegen beschlossen, unseren Preis», dabei hielt er eine Flasche Champagner in die Höhe, «einem Mann zu verleihen, der bewiesen hat, dass er vor nackten Tatsachen nicht zurückschreckt. Im buchstäblichen Sinn.»

Für kurze Zeit herrschte gespanntes Schweigen.

«Meine Damen und Herren, der Preis geht an Pieter Brandt. Oder ich sollte vielleicht sagen, an unseren ägyptischen Händler!»

Im Speisesaal brach tosender Beifall aus. Servietten und halb gegessene Brötchen wurden hoch in die Luft geschleudert. Joy hielt mit den übrigen Leuten am Tisch nach ihm Ausschau. Doch als Pieters schwarze Perücke unter den kunstvoll verkleideten Köpfen nicht ausfindig zu machen war, verstummte das Händeklatschen allmählich und es erhob sich ein leises Raunen.

Nach einem Blick auf den Kapitän, der wegen Pieters Ausbleiben in seiner Rede kurz innehielt, schaute Joy zu Stella hinüber, die ebenfalls überrascht wirkte.

«Vielleicht ist er ja gerade unterwegs, um Handel zu treiben», scherzte der Kapitän nun. «Ich sollte besser den Koch bitten, unsere Vorräte zu überprüfen.» Er stand da, sah sich um und überlegte offensichtlich, was er jetzt tun sollte.

Da setzte am anderen Ende des Speisesaals ein Flüstern ein. Wie ein leichter Wind sprang es von Tisch zu Tisch über, sodass Joy, die seinen Weg zurückverfolgte, schließlich den Grund für das Getuschel erblickte. Aller Augen richteten sich auf Georgina Lipscombe, die mit unsicheren Schritten zur Tür hereinkam. Ihr inzwischen von der Schirmmütze befreites Haar hing in Locken um ihre Schultern. Sie wankte ein wenig und griff nach der Lehne eines nicht besetzten Stuhls, um das Gleichgewicht nicht zu verlieren.

Joy starrte sie an und versuchte, die Bedeutung dessen, was sie sah, zu erfassen, dann wandte sie sich zu Stella um, die aschfahl geworden war.

Denn Georginas ehedem blütenweiße Uniform war nun keineswegs mehr makellos. Von den Epauletten bis etwa zur halben Höhe der Oberschenkel hinunter zeichnete sich ein verschmierter Abdruck ab, offensichtlich Schuhwichse.

Georgina, die sich dessen anscheinend nicht bewusst war, spürte die ihr zugewandten Blicke, beschloss dann aber wohl, sie nicht zur Kenntnis zu nehmen, und schritt hoch erhobenen Hauptes zu ihrem Tisch. Dort plumpste sie auf ihren Stuhl und zündete sich eine Zigarette an. Einen Moment lang herrschte betretenes Schweigen.

Dann stürzte sich Stella mit dem Aufschrei «Du Flittchen, du!» auf Georgina, packte sie an den Haaren und schlug blindlings auf sie ein, bevor Louis und der Erste Offizier aufspringen und versuchen konnten, sie wegzerren. Fassungslos und wie versteinert saß Joy da. In dieser Furie mit den weit aufgerissenen Augen erkannte sie ihre Freundin nicht wieder, deren Schleier in dem Gerangel in Fetzen gingen. «Du verdammtes, verdammtes Flittchen!», zeterte Stella und war inzwischen in Tränen ausgebrochen, sodass ihr kunstvolles Tänzerinnen-Make-up um die Augen herum bereits verlief. Louis hatte einen ihrer Arme zu fassen bekommen und zwang sie, Georginas Haar loszulassen, doch es dauerte eine Weile, ehe es den beiden Männern ratsam schien, sie loszulassen.

«Aber, aber, meine Liebe», sagte Mrs. Fairweather und strich Stella über den Kopf, nachdem die Männer sie wieder auf ihren Stuhl gedrückt hatten. «Jetzt beruhigen Sie sich doch. Für einen Abend haben wir schon genug Aufregung gehabt.»

Im gesamten Speisesaal war es mucksmäuschenstill. Der Kapitän bedeutete der Band, sie sollten weiterspielen, aber sie fanden erst nach einer langen, unheilvollen Pause wieder die richtige Stelle in ihren Notenblättern. Um sie herum machten die anderen Passagiere noch immer große Augen, lachten betreten oder schüttelten missbilligend den Kopf, bevor sie ihre Aufmerksamkeit zögernd wieder dem eigenen Tisch zuwandten.

Georgina, deren Haar sich auf der Seite, auf der Stella daran gezerrt hatte, zerzaust bauschte, tastete mit einer Hand über ihr Gesicht, um festzustellen, ob sie irgendwo blutete. Als sie an ihren Fingern keine Anzeichen dafür erkennen konnte, hielt sie auf dem Tisch Ausschau nach ihrer brennenden Zigarette, die Stella ihr aus der Hand geschlagen hatte. Die schwamm ziemlich verloren in Mrs. Fairweathers Drink. Gelassen nahm Georgina eine neue aus ihrem silbernen Etui und zündete sie an. Dann hob sie den Kopf und blickte zu Stella hinüber.

Nach kurzem Schweigen sagte sie: «Du dummes Mädel.» Dabei stieß sie eine lange Rauchfahne aus. «Du hast doch wohl nicht geglaubt, dass du die Einzige bist, oder?»

Joy saß draußen auf dem Steuerborddeck, hatte die Arme um die heulende Stella geschlungen und überlegte, wie lange es noch dauern würde, bis sie sanft darauf hinweisen konnte, dass sie beide inzwischen nicht nur vor Nässe trieften, sondern dass ihre Zähne auch allmählich zu klappern begannen.

Stella weinte jetzt schon seit über zwanzig Minuten und merkte offenbar gar nicht, wie kalt die Gischt war und wie sehr das Deck schwankte, sondern spürte anscheinend nur ihr eigenes Elend, während sie sich in Joys feuchte Arme schmiegte.

«Ich kann es nicht glauben, dass er mich belogen hat», japste sie, als sie einmal für einen Moment zu schluchzen aufhörte. «Was er alles gesagt hat ...»

Joy grübelte lieber nicht darüber nach, was das gewesen sein und wozu es geführt haben mochte.

«Dabei ist sie so grässlich. Und wie alt die ist, du meine Güte!» Stella sah Joy aus tränenverquollenen Augen an. Ihre Stimme klang ungläubig. «Sie hat ein ganz hartes Gesicht, sie trägt zu viel Make-up, und sie hat sogar Schwangerschaftsstreifen.»

Es ging nicht so sehr darum, dass Pieter sie betrogen hat, begann Joy zu vermuten. Es war mehr seine in Stellas Augen unkritische Wahl der Partnerin.

«Ach, Joy ... Was soll ich jetzt tun?»

Joy erinnerte sich daran, wie Pieter Brandt in den Speisesaal zurückgekehrt war. Er hatte gelacht und zuerst ein paar schlüpfrige Witze gerissen, weil er in seiner Trunkenheit gar nicht merkte, dass die Tischrunde ihn mit eisigem Schweigen empfing. Dann klang sein Lachen etwas gezwungen, und er erzählte eine weitere lustige Anekdote, als versuche er, die gute Stimmung wiederherzustellen. Aber als der Kapitän kam, mit dumpfem Knall die Flasche Champagner vor ihn hinstellte und nur barsch verkündete: «Sie sind der Gewinner!», ehe er wieder davonstapfte, da dämmerte es Pieter anscheinend endlich, dass alles nicht mehr so war wie vor einer guten halben Stunde, bevor er verschwunden war.

«Du solltest vielleicht deine Stiefelwichse auffrischen, alter Junge», hatte Louis gesagt, wobei er nachdrücklich auf Pieters helle Brust blickte und dann ebenso nachdrücklich auf Georginas fleckige Vorderseite.

Aus nahe liegenden Gründen war es unmöglich gewesen, zu erkennen, ob Pieter tatsächlich blass geworden war, aber er musterte auf jeden Fall erschrocken seine Tischgenossen und entschuldigte sich dann kurz mit der Erklärung, er müsse sich «die Beine vertreten». Georgina hatte gelangweilt dreingeschaut, an ihrer allgegenwärtigen Zigarette gezogen und es geschafft, in die Ferne zu stieren, ohne jemandes Blick zu begegnen. Über den Mangel an männlicher Aufmerksamkeit offenbar verärgert, hatte sie kurz nach ihm den Tisch verlassen.

Aber da war Stella bereits gegangen. Mrs. Fairweather hatte sie in den Waschraum begleitet, ihr mit einem dafür ungeeigneten Spitzentaschentuch vergebens das Gesicht abgewischt und sie angefleht, sie solle endlich aufhören zu weinen. «Sie haben so hübsch ausgesehen mit Ihrem Make-up», zwitscherte sie. «Sie wollen doch dieser Frau nicht zeigen, wie furchtbar Sie sich über sie aufgeregt haben.» Als Joy hereinkam, hatte sie sehr erleichtert gewirkt und ihr Stella mit einer Spur zu viel Begeisterung und Dankbarkeit übergeben. «Sie beide sind doch Freundinnen», hatte sie gesagt. «Sie wissen sicher, womit man sie aufheitern kann. Tun Sie's.» Und dann war sie in einer Wolke von Arpège hinausgerauscht, dass die Holzperlen auf ihrem durchscheinenden Gewand nur so klapperten.

«Was soll ich denn tun?», fragte Stella eine halbe Stunde später und starrte auf die dunkle, schäumende See hinaus. «Jetzt ist alles aus. Vielleicht sollte ich ...»

Joy folgte ihrem Blick und umklammerte den Arm der Freundin noch fester.

«Untersteh dich, so etwas zu sagen», schimpfte sie, plötzlich in Panik geraten. «Wag es nicht einmal, so etwas zu denken, Stella Hanniford!»

Stella wandte sich ihr zu, und ihr Gesichtsausdruck ließ mit einem Mal keinerlei Arglist oder Tücke mehr erkennen.

«Aber was soll ich denn tun, Joy? Ich habe doch alles kaputtgemacht, oder?»

Jetzt griff Joy nach Stellas kalten Händen.

«Du hast gar nichts kaputtgemacht. Du bist bloß einem dummen, dummen Mann ein bisschen zu nahe gekommen, den du ab morgen nie wieder zu sehen brauchst.»

«Aber das ist ja das Furchtbare, Joy. Ein Teil von mir *will* ihn wieder sehen.»

In ihrer Not riss sie die großen blauen Augen weit auf. Dann ließ sie eine von Joys Händen los und strich sich das Haar aus dem Gesicht.

«Er war absolut wunderbar. Viel besser als Dick. Und das ist das Schlimmste ... Wie kann ich denn zu Dick zurückkehren und so tun, als wäre alles in Ordnung, wenn ich so viel mehr empfunden habe?»

Joy wurde es übel. Am liebsten hätte sie sich die Ohren zugehalten und Stella erklärt: «Hör auf! Ich will es nicht wissen!» Aber sie war sich darüber im Klaren, dass sie Stellas einzige denkbare Vertraute war. Die einzige Vertraute einer Frau, die ohnehin stets ein wenig zum Dramatisieren neigte und in offen gestanden beängstigender Weise auf diese Wellen hinausgestarrt hatte.

«Du musst ihn vergessen», sagte sie schließlich. Vergebens. «Du musst zusehen, dass es mit Dick klappt.»

«Aber was ist, wenn ich Dick erst gar nicht hätte heiraten sollen? Klar, ich war verliebt in ihn, das kannst du mir glauben. Aber was habe ich denn schon gewusst? Ich habe zwei Männer bloß geküsst, bevor ich ihn kennen gelernt habe. Wie hätte ich da wissen sollen, dass mir ein anderer einmal besser gefällt?»

«Aber Dick ist ein anständiger Kerl», wandte Joy ein und dachte an den gut aussehenden, freundlichen Piloten. «Ihr wart so glücklich miteinander. Ihr könnt es wieder werden.»

Stella begann von neuem zu weinen. «Danach ist mir aber nicht. Ich habe keine Lust, ihn anlächeln zu müssen, ihn zu küssen und seinen widerlichen Körper an meinem zu spüren. Ich wollte Pieter ... Und jetzt sitze ich bis ans Ende meines Lebens bei einem fest, den ich nicht mehr liebe.»

Joy schloss ihre Freundin wieder in die Arme und blickte zum dunklen Himmel hinauf. In dieser Nacht schienen kaum Sterne, tief hängende dicke Wolken verdeckten sie.

«Es wird alles wieder gut», murmelte sie in Stellas eiskaltes Ohr. «Ich verspreche es dir. Morgen früh sieht alles ganz anders aus.»

«Woher weißt du das?», fragte Stella und hob wieder den Kopf.

«Weil das immer so ist. Ich fühle mich bei Tageslicht immer wohler.»

«Nein, das wird nicht besser. Woher weiß man eigentlich, ob man die richtige Wahl getroffen hat?»

Joy überlegte ein Weile, denn sie wollte nichts Falsches sagen. Sie dachte flüchtig an Louis.

«Ich nehme an, das weiß man nie», antwortete sie schließlich. «Man muss einfach hoffen.»

«Aber du, du weißt es.»

Einen Moment lang schwieg Joy.

«Ja», sagte sie dann.

«Und woher?»

«Weil ich mich bei anderen Leuten nie wirklich wohl fühle. Aber wenn ich mit ihm zusammen bin … Das ist wie mit dir … Nur, dass da noch das mit der Liebe dazukommt.»

Sie schaute Stella an, die ihr aufmerksam zuhörte.

«Ich habe irgendwie das Gefühl, dass er die männliche Ausgabe von mir ist. Die bessere Hälfte. Wenn ich bei ihm bin, möchte ich bloß seiner Ausgabe von mir gerecht werden. Ich möchte ihn nicht enttäuschen.»

Jetzt konnte Joy sich Edward genau vorstellen, wie er sie anlächelte, mit kleinen Falten in den Augenwinkeln, und wie dabei unter seiner Oberlippe die Zähne ein wenig zum Vorschein kamen.

«Es hat mich nie wirklich interessiert, was irgendwer von mir denkt, bis er aufgetaucht ist», erzählte sie. «Und jetzt kann ich es kaum fassen, dass er sich für mich entschieden hat. Jeden Morgen danke ich beim Aufwachen Gott, dass er es getan hat. Und jeden Abend gehe ich ins Bett und bete, dass die Zeit schneller vergeht, damit ich wieder bei ihm sein kann. Dauernd überlege ich, was er wohl gerade macht, mit wem er redet. Nicht eifersüchtig oder so was. Ich will ihm nur näher sein, und wenn ich mir vorstellen kann, was er gerade macht, dann hilft mir das.»

Sicher schläft er jetzt, dachte sie. Oder er liest. Wahrscheinlich eines seiner Bücher über Vollblutpferde mit Zuchtregistern, die Generationen zurückreichen und seinem Ideal eines equestrischen Stammbaums entsprechen.

«Er ist mehr, als ich mir je gewünscht habe. Mehr, als ich mir je erhofft habe», sagte sie verträumt. «Ich kann mir einfach nicht vorstellen, jemals mit einem anderen zusammen zu sein.»

Es entstand eine kurze Pause. Joy merkte, dass sie Stellas Anwesenheit beinahe vergessen hatte.

Aber da stand Stella von ihrer Bank neben den Rettungsbooten auf. Sie weinte nicht mehr und zog ihr Tuch enger um die Schultern.

Auch Joy rappelte sich hoch und strich sich das nasse Haar aus dem Gesicht.

«Ja, da hast du Glück gehabt», sagte Stella, während sie Joys Blick auswich. «Für dich ist es ja auch leicht gewesen.»

Joy stand neben ihr und runzelte wegen des Tonfalls ihrer Freundin die Stirn.

Darauf ging Stella zur Tür und wandte sich um, sodass der Schuss, den sie noch abfeuerte, Joy entgegenpfiff, die wie angewurzelt in der nächtlichen Gischt stehen blieb. «Doch, viel leichter. Schließlich hat dich ja sonst keiner haben wollen.»

Kapitel 6

Sabine saß mitten auf dem abgewetzten Perserteppich und betrachtete eingehend das Bild von Stella in ihrem mitternachtsblauen Kleid. Die gedämpften Schatten des Raumes traten vorübergehend in den Hintergrund, wurden verdrängt von schwankenden, regennassen Decks und dem matten Schimmer paillettenbesetzter, triefender Schleier.

«Ist sie am Ende zu Dick zurückgegangen?», fragte sie ihre Großmutter. Während sie die funkelnden Augen und das wissende Lächeln betrachtete, versuchte sie erfolglos, sich dieses Mädchen verzweifelt und sitzen gelassen auf so einem Schiff vorzustellen. Dafür wirkte sie irgendwie zu selbstbewusst.

Joy, die gerade einen Karton voll alter Urkunden durchsah, blickte Sabine über die Schulter.

«Stella? Ja, aber nicht für lange.»

Sabine drehte sich zu ihr um und wartete auf eine Erklärung. Da stellte Joy den Karton auf ihre Knie und dachte einen Moment nach. «Er hat sie angebetet, aber ich glaube, ihre Gefühle für Pieter Brandt hatten sie ziemlich aufgewühlt, und nach einer Weile, als auch keine Kinder kamen, hat sie wohl beschlossen, lieber woanders nach ein bisschen Aufregung Ausschau zu halten.»

«Und was ist dann passiert?»

Joy rieb sich den Staub von den Händen. Sie war froh, dass sie und Sabine wieder miteinander redeten, aber Sabines Art, alles genau wissen zu wollen, war ein wenig ermüdend. Joy holte tief Luft, als rüste sie sich, wie Stella das in all jenen Jahren getan hatte, um unerfreuliche Neuigkeiten auszusprechen.

«Letzten Endes hat sie es mit etlichen Männern probiert. Ist aber bei keinem richtig zur Ruhe gekommen.»

«Recht rassig», stellte Sabine vergnügt fest. Eigentlich gefiel ihr diese Stella ganz gut.

«So kann man es wohl nennen. Sie hat sicher eine schöne Zeit gehabt, als sie noch jünger war. Erst mit zunehmendem Alter wurde sie ein bisschen traurig. Da hat sie auch etwas zu viel getrunken.» Joy strich sich über die trüb gewordenen Augen. «Ihr letzter Ehemann ist an Leberversagen gestorben, und nachdem sie ihn verloren hatte, ist ihr wohl klar geworden, dass sie eigentlich niemanden mehr hatte. Da war sie zweiundsechzig. Ein recht schwieriges Alter, um ganz allein zu sein.»

Jetzt versuchte Sabine, sich die strahlende, bezaubernde Person auf dem Foto nicht nur verlassen, sondern als einsame, alte Trinkerin vorzustellen.

«Ist sie schon gestorben?»

«Ja. Erst vor ein paar Jahren. Ich glaube, es war 92. Wir sind zwar in Verbindung geblieben, aber sie ist in eine kleine Wohnung an der spanischen Küste gezogen, und von da an haben wir uns nicht mehr gesehen. Dass sie gestorben ist, habe ich nur erfahren, weil mir ihre Nichte einen sehr netten Brief geschrieben hat.» Joy hielt einen Moment geistesabwesend inne. «Also wirklich! Ich glaube, ich sollte diese alten Rosetten besser wegwerfen. Sie schauen ein bisschen verschimmelt aus. Wie schade!»

Sabine legte die Fotos wieder in die Schachtel und malte sich ihre Mutter an Stella Hannifords Stelle aus. Sie war nicht so glamourös wie Stella, aber wenn sie so weitermachte, könnte es leicht sein, dass auch sie eine ganze Menge Männer verschliss und am Ende allein in einer Wohnung in Spanien landete. Plötzlich sah sie sich selbst, wie sie ihre Mutter dort besuchte, die sich mit einer Flasche Rioja in der Hand und lippenstiftverschmiertem Mund auf einem vergammelten Sofa zurücklehnte und betrunken in Erinnerungen an all diejenigen schwelgte, die sie verlassen hatte. «Ach, Geoff», sagte sie, während ihr das rote Haar zottelig um die Schultern hing. «Das war ein schönes Jahr. Mit

Geoff. Oder war es George? Die zwei bringe ich dauernd durcheinander.»

Hastig verscheuchte Sabine die Vision, weil sie sich nicht sicher war, ob sie darüber lachen oder weinen sollte. Dann schielte sie verstohlen zu ihrer Großmutter hinüber, die eben die alten Rosetten aus dem Karton in einen schwarzen Plastiksack kippte, und bemühte sich, diese steife Gestalt in grünem Kordsamt mit dem Idealbild einer jungen Liebe in Einklang zu bringen, das sich neuerdings in ihrer Vorstellung eingenistet hatte. Während der letzten Tage sah Sabine ihre Großeltern unwillkürlich in neuem Licht. Dieses ewig nörgelnde, verschrobene alte Ehepaar hatte einmal eine Lovestory hingelegt, die es mit jedem Fernsehfilm aufnehmen konnte. Ihr Großvater hatte gut ausgesehen. Und ihre Großmutter… Nun ja, die sah damals auch nicht übel aus. Aber was Sabine wirklich verblüffte, das war dieses lange Warten, die ganze Zeit, in der sie von ihm getrennt war, ohne jemals zu zweifeln. All diese anderen Offiziere, und sie hat ihm trotzdem die Treue gehalten.

«Heute würde sich niemand schon nach einem Tag verloben», sagte sie, wobei sie gar nicht merkte, dass sie laut gedacht hatte. «Jedenfalls nicht, wenn sie danach ein ganzes Jahr aufeinander warten müssten.»

Joy, die gerade den Müllsack mit einer Heuschnur zuband, stutzte kurz, dann blickte sie ihre Enkelin an.

«Nein. Das würden wohl nicht viele machen.»

«Würdest du es wieder tun? Ich meine, wenn du es jetzt tun müsstest?» Joy stellte den Sack auf den Boden und stand nachdenklich mitten im Zimmer.

«Mit deinem Großvater?»

«Ich weiß nicht. Na gut, sagen wir, mit Großvater.»

Joy schaute aus dem Fenster und betrachtete den Regen, der herunterprasselte wie Metallsplitter. Oberhalb des Fensters zeichnete sich ein halbkreisförmiger brauner Fleck ab, weil die Dachrinne verrutscht war und damit dem Wasser einen weiteren Weg gebahnt hatte, auf dem es munter ins Haus einsickerte.

«Ja», antwortete Joy. «Natürlich.» Aber es klang nicht überzeugend.

«Bist du jemals nervös geworden? Ich meine, bevor du ihn getroffen hast? Nach der ganzen Zeit auf dem Schiff?»

«Das habe ich dir doch schon gesagt, Schatz. Ich habe mich nur darauf gefreut, bei ihm zu sein.»

Sabine gab sich damit nicht zufrieden.

«Aber du musst doch etwas empfunden haben. In den letzten Augenblicken, bevor du ihn gesehen hast. Wie du darauf gewartet hast, dass das Schiff festmacht, wie du über die Reling geguckt und nach ihm Ausschau gehalten hast. Da muss es dir doch ein bisschen mulmig geworden sein. Ich weiß, mir würde es bestimmt mulmig.»

«Das ist schon sehr lange her, Sabine. Es hat so viele Wiedersehen gegeben. Ich kann mich wirklich nicht mehr daran erinnern. Aber jetzt muss ich dieses Zeug runterschaffen, damit wir die Müllmänner nicht verpassen, wenn sie vorbeikommen.» Plötzlich wieder unwirsch geworden, klopfte Joy sich den Staub von der Kleidung und ging auf die Tür zu. «Komm, pack diese Bilder weg! Wir gehen jetzt besser hinunter und kümmern uns ums Mittagessen. Dein Großvater wird hungrig sein.»

Nachdem Sabine sich hochgerappelt hatte und wieder auf den Beinen stand, fiel ihr auf, wie schroff ihre Großmutter sich auf einmal gab, aber es störte sie nicht wirklich. In diesen letzten Wochen, in denen sie fast täglich ein paar Stunden miteinander verbracht und die alten Fotos und Andenken durchgesehen hatten, war Joys reserviertes Gebaren sichtbar sanfter geworden, vor allem wenn sie zu einer langen Geschichte über ihre und Edwards frühe gemeinsame Zeit ansetzte. Die Erinnerungen lockerten nach und nach ihre barschen Sätze auf, dehnten sie zu langen, frei dahinplätschernden Geschichten, verliehen ihnen Farbe, sodass Sabine unversehens fasziniert war und begeistert zuhörte, zumal ihr das kurze Einblicke in eine neue Welt voller Privilegien, Konformismus und schlechtem Benehmen gewährte.

Und voller Sex. Komisch, ihre Großmutter von Sex reden zu hören. Freilich sprach sie das Wort «Sex» nie direkt aus, aber sie ließ Sabine nicht im Zweifel darüber, was Stella Hanniford und Georgina Lipscombe in solche Schwierigkeiten gebracht hatte. Dabei konnte Sabine nicht glauben, dass sie es alle in den fünfziger Jahren schon so oft getan hatten. Es war schwer genug, sich vorzustellen, dass ihre Mutter es jetzt tat. Sie dachte an ihre Mutter und fragte sich nicht zum ersten Mal, warum ihr keine so große, romantische Liebe beschieden war wie ihren Großeltern. Eine wahre Liebe, dachte sie wehmütig, eine Liebe, die den Fallstricken und Pfeilen des Schicksals trotzte, die über allem Kleinkarierten und Alltäglichen schwebte, gewissermaßen eine moderne Romeo-und-Julia-Geschichte. Die Art Liebe, von der man in Büchern las, die Lieder inspirierte, die einen emporhob wie einen Vogel und doch so unerschütterlich war wie ein Monolith; raumgreifend, allumfassend, dauerhaft.

Joy stand an der Tür und wandte sich um.

«Komm schon, Sabine. Beeil dich. Mrs. H. macht heute Schellfisch, und wenn wir ihn zu spät hinaufbringen, kann ich deinen Großvater nicht dazu überreden, ihn zu essen.»

«Ist Annie Alkoholikerin?», fragte Sabine.

Mrs. H. fuhr herum und starrte sie an. Sie wirkte ehrlich erschrocken.

«Annie? Alkoholikerin? Natürlich nicht. Wie kommst du denn darauf?»

Sabine wurde rot.

«Ich behaupte ja nicht, dass sie wie eine Alkoholikerin aussieht … Aber mir kommt es so vor, als ob Sie alle unruhig würden, sobald sie unter Leuten ist, und niemand sagt was, wenn sie sich ein bisschen komisch benimmt. Ich … Da habe ich überlegt, ob sie vielleicht zu viel trinkt.»

Mrs. H. hob einen Arm und strich ihr Haar glatt, eine Geste der Nervosität, die Sabine noch nie an ihr bemerkt hatte.

«Nein, Sabine. Sie ist keine Alkoholikerin.»

In dem langen Schweigen, das darauf folgte, wurde es Sabine immer peinlicher, dass sie danach gefragt hatte, und zugleich ärgerte sie sich, weil anscheinend niemand bereit war, ihr einen Grund für Annies sonderbares Verhalten zu nennen. Im Übrigen war es in der letzten Zeit noch sonderbarer geworden. Allem Anschein nach hatte sie inzwischen auch vergessen, wie man aufräumt, denn jedes Mal wenn Sabine sie besuchte, kam ihr das Wohnzimmer, das schon immer einen leicht unordentlichen Eindruck gemacht hatte, noch chaotischer vor. Außerdem schlief sie immer öfter ein und schien nicht einmal nach dem Aufwachen zu hören, was man zu ihr sagte. Vielleicht nimmt sie Drogen, dachte Sabine plötzlich. Sie lebten hier zwar nicht gerade in einer Großstadt, aber Sabine war sich sicher, dass sie in den Nachrichten im Fernsehen einmal etwas über Drogenmissbrauch in ländlichen Gebieten gesehen hatte. Vielleicht war Annie ja drogensüchtig.

Mrs. H. hatte eingehend ihre Hände betrachtet. Dann stand sie auf und blickte sich in der Küche um.

«Ich glaube, wir sollten uns mal ein bisschen miteinander unterhalten.»

Sie ging an einen der Einbauschränke, zog langsam eine Schublade auf, holte etwas heraus, dann kehrte sie zu Sabine zurück, setzte sich behäbig neben sie und reichte ihr das silbergerahmte Bild eines kleinen Mädchens, das auf einem blauen Dreirad sitzt und in die Sonne blinzelt.

«Das ist Niamh», erklärte sie.

Als Sabine stirnrunzelnd auf das strahlende, lachende Gesicht des blonden Kindes stierte, fügte Mrs. H. hinzu: «Das ist Annies Tochter. War Annies Tochter.»

Es dauerte einen Moment, ehe sie weitersprach.

«Sie ist vor zweieinhalb Jahren gestorben. Ein Auto hat sie überfahren, als sie aus dem Gartentor rannte. Und seither ist Annie nicht mehr wie früher.»

Während Sabine immer noch das kleine Mädchen anstarrte, spürte sie, wie ihr Herz vor Entsetzen schneller schlug und ihr die Tränen in die Augen stiegen.

«Sie war erst drei Jahre alt. Es ist kurz nach ihrem Geburtstag passiert. Das war schwer für Annie und Patrick, vor allem weil sie kein zweites Kind bekommen können. Sie haben es versucht, aber es hat nicht geklappt. Und das ist eine zusätzliche Last, die Annie tragen muss.»

Nach einer Weile sagte Mrs. H.: «Wir hoffen, dass sie eines Tages darüber hinwegkommt. Aber diese letzten Jahre waren furchtbar. Manche brauchen für so was eben länger als andere.»

«Es tut mir wirklich Leid», flüsterte Sabine. Eine Alkoholikerin! Für wie unverschämt musste Mrs. H. sie halten.

«Du konntest es ja nicht wissen», sagte sie und tätschelte ihr die Hand. «Wir sprechen nicht über Niamh, weil das anscheinend alles nur schlimmer macht.»

Sabine nickte und schaute immer noch wie gebannt auf das kleine Mädchen.

«War das ihr Zimmer? Das in Annies Haus?»

«Das neben Annies und Patricks Schlafzimmer? Ja, das war ihrs. Annie will nicht, dass es jemand betritt.»

Sabine dachte einen Moment nach.

«War sie ... war sie bei einem Arzt?»

«Oh, man hat ihr auch vorgeschlagen, in eine Therapie zu gehen. Und der Priester hat ihr zu helfen versucht. Aber ich glaube, sie und Patrick haben gedacht, sie würden allein damit fertig. Ich glaube, dass Patrick diese Entscheidung jetzt manchmal bedauert, aber nun ist es zu spät. Jetzt würde sie zu niemandem mehr gehen. Nicht einmal zu einem Arzt. Du hast wahrscheinlich schon gemerkt, dass sie das Haus nur ungern verlässt.»

Eine Weile saßen sie schweigend da.

«Vermissen Sie sie?», fragte Sabine schließlich.

Mrs. H. schüttelte den Kopf, dann stand sie auf und legte das Foto wieder behutsam in die Schublade zurück. Als sie sie wieder zugeschoben hatte, blieb sie vor dem Schrank stehen, sodass Sabine ihr Gesicht nicht sehen konnte.

«Ich vermisse beide, Sabine. Ja, ich vermisse sie beide.»

Nachdem Sabine ihrer Großmutter geholfen hatte, den Tisch abzuräumen (dieser Geist der Zusammenarbeit wirkte schließlich in beide Richtungen), wollte sie sich gerade in ihr Zimmer verziehen, als die Großmutter sie zurückrief.

«Ich muss mich um die Pferde kümmern», erklärte sie, während sie ihre Steppjacke anzog und sich einen alten Wollschal umband. «Außerdem will ich dem Bein vom Duke einen Breiumschlag auflegen, das kann also eine Weile dauern. Würde es dir was ausmachen, deinem Großvater Gesellschaft zu leisten?»

Sabine erschrak und versuchte, sich nicht anmerken zu lassen, wie viel es ihr ausmachte. Ihrem Großvater Gesellschaft leisten zu sollen schien ein Widerspruch in sich zu sein. Beim Abendessen hatte er so gut wie nichts geredet, außer dass er einmal «die armen Schafe» murmelte, was sich offenbar auf etwas bezog, was er ein paar Stunden davor über den Zustand der Weiden des Bauernhofs nebenan gesagt hatte. Und anscheinend hatte er kaum wahrgenommen, dass Sabine überhaupt da war. Sicher hatte er gar nicht wahrgenommen, dass Bertie da war, denn er schaffte es zweimal, sowohl beim Hinsetzen als auch beim Aufstehen, auf ihn draufzutreten, worauf der Hund markerschütternd jaulte. Dabei wäre Sabine schon bei dem Gedanken, die ganze Stunde bis zum Beginn der 10-Uhr-Nachrichten mit ihm höfliche Konversation machen zu müssen, am liebsten davongelaufen.

«Ist recht», sagte sie stattdessen und ging langsam zu ihm ins Wohnzimmer.

Er hatte die Augen geschlossen, also griff sie nach einer der Ausgaben von *Country Life*, die auf dem Couchtisch lagen, und setzte sich schweigend in den voll gekramten Sessel ihm gegenüber. Sie hätte sich gern aufs Sofa gelegt, aber der Raum war so kalt und feucht, dass man es nur auf einem Platz neben dem Kamin aushalten konnte, wenn man untätig herumsaß.

Ein paar Minuten lang blätterte sie die Zeitschrift durch und überlegte, welches der exotischen Häuser auf den Malediven wohl irgendwelchen Popstars gehören mochte, dann rümpfte sie verächtlich die Nase über die blonden Debütantinnen mit dem leeren Blick. Aber es stand nichts besonders Spannendes drinnen, sofern man sich nicht für alte Kirchen in East Anglia oder für Biometzger interessierte, weshalb es nicht lange dauerte, bis sie, anstatt zu lesen, ihren Großvater betrachtete.

Er hatte mehr Falten im Gesicht, als sie das jemals bei jemandem gesehen hatte. Es waren keine langen, tiefen Furchen wie bei Geoff, wenn er sich Sorgen um seine Patienten gemacht hatte, oder so zarte, kaum wahrnehmbare Vorboten der Zukunft wie bei ihrer Mutter. Nein, die Falten ihres Großvaters verliefen in einem beinahe gleichmäßigen Muster kreuz und quer, fast wie die Linien auf einer alten Landkarte, und sie wirkten vertrocknet. An manchen Stellen war die Haut so dünn, dass sich darunter blaue Venen abzeichneten, die sich wie Landstraßen verzweigten, aber zum Teil von großen braunen Leberflecken verdeckt wurden. Und über der Stirn standen vereinzelte graue Haare wie einsame Wanderer in der Wüste vom Kopf ab.

Sabine konnte sich kaum vorstellen, jemals so alt zu werden. Sie schaute auf ihre eigenen, vom guten Leben und dank ihrer Jugend pummeligen Hände hinunter, an denen nur ganz schwach bläuliche Linien durch die Haut schimmerten. Die Hände ihres Großvaters waren so knochig, dass sie beinahe wie Klauen aussahen, und die Fingernägel waren sehr dick und so gelb wie Horn.

Als er plötzlich wie ein Reptil die Lider hob, zuckte sie leicht zusammen. Sie wusste ja, dass es unhöflich war, Leute anzustarren, und sicher würde er sie gleich deshalb ermahnen. Doch sein stechender Blick schweifte von ihr ab, erst nach links, dann nach rechts, bis er sich vergewissert hatte, dass sie sich allein in dem stillen Raum befanden, in dem die Holzscheite im Kamin zischten und knackten und kleine Funken versprühten.

Da öffnete er den Mund ein wenig, noch zögernd, und dann begann er zu sprechen.

«Leider kann ich nicht mehr viel *tun*», sagte er langsam, wobei er jedes Wort sorgfältig formulierte.

Sabine sah ihn unverwandt an. Sein Gesicht belebte sich

plötzlich, wie auf die Botschaft konzentriert, die es auszudrücken versuchte.

«Ich sitze nur da … Und *bin*.»

Langsam schloss er den Mund wieder, als habe ihn die Anstrengung des Sprechens erschöpft, aber er ließ sie nicht aus den Augen.

Sie hielt seinem Blick stand und spürte das erste Aufflackern von Verständigung. Und einen Anflug von Sympathie, weil ihr bewusst wurde, dass sie soeben eine Art Entschuldigung gehört hatte. Also nickte sie, eine fast unmerkliche Bewegung, ihr eigenes Eingeständnis, dann wandte sie sich dem Feuer zu.

«Gut», sagte er schließlich. Und schloss die Augen.

Kapitel 7

Am Morgen der Jagd erinnerte sich Kilcarrion daran, zu welchem Zweck es ursprünglich gebaut worden war. Es war, als sei das Haus aus seinem tiefen Schlaf erwacht und fange nun knarrend an, sich wieder in Bewegung zu setzen, wie die Zahnräder einer selten benutzten Maschine. Sabine wachte auf und fand ihre Kleider am Bettende bereitgelegt, bekam von Mrs. H. eine Tasse heißen Tee in die Hand gedrückt und stellte fest, dass unten und draußen bereits eine Geschäftigkeit herrschte, gegen die der Kilcarrion-Schritt wie gemütliches Spazierengehen aussah. Die von der Hektik angesteckten Hunde waren unruhig und bellten in der Eingangshalle herum; immer wieder klingelte das Telefon wie eine Alarmglocke, die jede noch so kleine Änderung der Abmachungen ankündigte. Selbst der Heißwasserboiler, dessen fernes Rumpeln Sabine oft mitten in der Nacht aus dem Schlaf riss, schien heute noch entschlossener zu scheppern und zu beben.

Mrs. H. eilte geschäftig hin und her, zündete bei Sabine das Feuer an, richtete ihre Sachen und erzählte ihr, wer heute alles «mit von der Partie» sei, während die Großmutter immer wieder den Kopf zur Tür hereinstreckte und Sabine drängte, «sich *endlich* zu beeilen», allerdings sagte sie es eher aufgeregt als verärgert. Dann konnte Sabine sie unten im Hof hören, wie sie den Burschen in schroffem Ton Anweisungen gab, während Sabine sich langsam und mit zitternden Händen anzog.

Zwar war die Fuchsjagd selbstverständlich abstoßend, unmoralisch und der Gipfel der Grausamkeit, aber man musste dennoch zugeben, dass sie ein ziemlich vornehmer Sport war. Das konnte Sabine schon an den Kleidungsstücken erkennen, die Joy ihr geliehen hatte; alle waren mit Seide gefüttert und maßgeschneidert, und mit der marineblauen Jacke und den cremefarbenen Jodhpurs sah sie aus wie eine Gestalt aus einem Kostümfilm. Sie konnte es auch daran erkennen, wie man ihrem und Thoms Pferd die Mähne und den Schweif gekämmt und geflochten hatte; außerdem war ihr Fell so gestriegelt worden, dass es wunderbar glänzte; und sie konnte es daran erkennen, dass ihre Großmutter in absolut ungroßmütterlicher Weise in heller Aufregung war, als sie Sabine die Halsbinde knotete und sich fragte, wie sie ihre goldene Nadel sicher anstecken sollte und ob ihre Stiefel auch richtig poliert waren ... Und deshalb war es Sabine, als sie und die Pferde etwa zwei Stunden später am Sammelpunkt abgeladen wurden, absolut klar, dass sie irgendwie am falschen Ort gelandet sein mussten.

Sie befanden sich nicht etwa auf dem Grundstück irgendeines stattlichen Anwesens und tranken, umgeben von Rotröcken, als Satteltrunk Champagner oder was auch immer, sondern sie standen bei strömendem Regen an einer Straßenkreuzung, die allem Anschein nach in einer gottverlassenen Gegend lag. Während die Pferdehufe über die hölzerne Rampe auf den Asphalt herunterpolterten, konnte Sabine nichts weiter erkennen als eine kunterbunte Reihe schmutziger Ponys, auf denen Kinder in Plastikregenmänteln und Sweatshirts saßen. Dazwischen tummelten sich ein paar große, plumpe Pferde mit Bauern in ihren Tweeds und eine Ansammlung ziemlich ungepflegter Pferde und Leute, die der Jagd zu Fuß folgten. Daneben standen Leute in Regenmänteln und mit Schirmen, die Haare nass und zerzaust, andere hatten sich Wollmützen tief ins Gesicht gezogen. Es waren sogar ein paar junge Männer da, die Tarnjacken anhatten und auf vierrädrigen Motorbikes saßen. Und überall war Schlamm; am Straßenrand, wo die stampfenden Hufe der ungeduldigen Pferde das Gras zu einer braunen Soße aufgewühlt hatten; an den Stiefeln der Reiter und an den Läufen der Jagdhunde, die herumwuselten und gelegentlich ein Bellen oder Jaulen ausstießen. Nur etwa drei Leute trugen tatsächlich Rotröcke, und einer von ihnen war, wie Thom Sabine erklärte, der Master, also der Jagdleiter, was sie schade fand, weil er ein mit roten Adern durchzogenes Gesicht und eine knollige, pockennarbige Nase hatte.

Sabine war ein wenig enttäuscht; zwar hatte sie noch immer zwiespältige Gefühle, bei einer Jagd mitzumachen, aber sie hatte sich selbst eingeredet, dass es nötig sei, sich etwas zuerst aus der Nähe anzusehen, bevor man es verurteilte, und – wichtiger noch – sie hatte sich insgeheim darauf gefreut, dass Thom sie hier endlich einmal nicht als das Baby der Familie betrachten würde, das mit mehreren Pullovern übereinander und in Gummistiefeln herumlief, sondern als eine ganz andere, ein frischer Anblick in Marineblau und glänzendem Leder, die schneidige Reiterin in ihrer großartigen Umgebung. Allerdings als eine schneidige Reiterin, die so aufgeregt war, dass sie sehr häufig aufs Klo gehen musste.

«Hier, nimm deine Mars mit», sagte Thom und gab ihr ein paar der Schokoriegel. «Du wirst sie später brauchen.» Er rammte sich den Hut auf den Kopf und versuchte, den tänzelnden Birdie, ein junges, bei seiner zweiten Jagd hypernervöses Vollblut, unter Kontrolle zu halten.

«Der verdammte Liam hat die Pferde nervös gemacht», sagte er, als Joy ihre Besorgnis zum Ausdruck brachte. «Der hat es wohl für witzig gehalten, ins Jagdhorn zu stoßen, noch bevor wir sie überhaupt eingeladen hatten. Dieser Kerl hat doch von Tuten und Blasen keine Ahnung!»

Die Wirkung eines Jagdhorns auf die Pferde von Kilcarrion hatte Sabine überrascht. Thom hatte vor ein paar Wochen einmal in eines hineingestoßen, als er versucht hatte, Sabine davon zu überzeugen, dass Pferde die Jagd wirklich mögen. Der Duke war daraufhin an seine Stalltür gestürzt und hatte seinen großen Kopf herausgestreckt, nach links und rechts geschaut und sich dann vor Aufregung prompt erleichtert.

«Woher willst du wissen, dass sie das nicht einfach aus Angst machen?», hatte Sabine dagegengehalten. «Ich würde wahrscheinlich auch kommen und nachsehen und mir in die Hose machen, wenn ich mich vor einem Geräusch fürchte.»

«Man weiß genau, wann diese Kerle Angst haben», entgegnete Thom. «Dann legen sie die Ohren flach an den Kopf und schlagen aus. Und man sieht das Weiße in ihren Augen. Du glaubst mir wohl immer noch nicht? Okay. Wenn ich diese Tür jetzt aufmachen würde, käme der liebe Dukey heraus und würde sich neben den Pferdetransporter stellen, bereit zur Abfahrt.»

Nur um zu beweisen, dass er Recht hatte, tat er es, und der Duke machte es tatsächlich.

Sabine hätte beim Anblick des alten Pferdes, das entschlossen hinüberging und dann geduldig bei der Rampe wartete, beinahe laut losgelacht. Und nachdem Thom ihm ein Polo Mint gegeben und ihn gemächlich wieder in seinen Stall zurückgeführt hatte, musste Sabine zugeben, dass sie zumindest auf diesem Hof voller Vierbeiner eine einsame Ausnahme darstellte, jedenfalls was die Liebe zur Jagd anbelangte.

Jetzt, als Thom ihr auf den Schimmel hinaufhalf, spürte Sabine, dass ihr vor Aufregung ganz schlecht war. Ihre Anspannung sprang auf das normalerweise brave Pferd über, das nun mit den Hufen stampfte, ungeduldig auf seiner Gebissstange herumkaute und seine Ohren wie Schalthebel vor und zurück schnellen ließ.

«Egal, was passiert, reite auf keinen Fall vor dem Master.» Joy, die ein Kopftuch trug und gerade Sabines Steigbügel festzurrte, wiederholte die Anweisungen, die sie ihr auf der Fahrt hierher bereits zweimal gegeben hatte. «Halte dein Pferd von den Hunden fern und drängele dich bei den Hindernissen nicht vor. Falls schon jemand ansteht, dann halte dein Pferd zurück und warte, bis die anderen drüber sind. Galoppiere nicht mitten durch die Wiesen. Und mach den guten Alten hier nicht fertig», sagte sie und streichelte mit ihrer feuchten Hand über die Nüstern des Pferdes. «Lass ihn laufen, bis er müde ist, dann kommen wir und holen dich mit dem Transporter ab. Ich möchte nicht, dass du ihn bis zum Abend antreibst, bloß weil du nicht genug kriegst und dich von der Begeisterung davontragen lässt.»

Sabine, der sich der Magen jetzt vor Angst umdrehte, dachte, dass sie hier weit und breit wahrscheinlich die Allerletzte sei, die sich davontragen lassen würde. Es sei denn, Joy meinte, in einem Sarg. Alle anderen erweckten nämlich einen fröhlichen Eindruck, begrüßten einander und bewunderten die Pferde. War sie denn die Einzige, die überzeugt war, heute sterben zu müssen?

«Machen Sie sich keine Sorgen, Mrs. Ballantyne», sagte Thom und schwang das Bein über den Sattel. «Ich pass gut auf sie auf.»

«Lass sie nicht zu weit vorne reiten, Thom», sagte Joy besorgt. «Das Gelände ist sehr nass, und hinter dem Master wird sich wohl eine Horde mit ziemlich üblen Manieren drängeln.»

Sabine folgte ihrem Blick auf eine Gruppe junger Männer, die lachten und mit ihren Reitgerten gegenseitig ihre Pferde kitzelten und sie damit scheu und bockig machten.

«Idioten», sagte Thom, aber er lächelte dabei. «Keine Bange, Mrs. Ballantyne. Wir werden hinten bleiben.»

Und dann plötzlich, nach ein paar Stößen ins Jagdhorn, galoppierten sie alle los, und die hundert beschlagenen Hufe klapperten über die nasse Straße.

«Mach ein fröhliches Gesicht!», forderte Thom Sabine auf und grinste zu ihr hinunter. «Es gefällt dir bestimmt.»

Sabine meinte, ihm nicht sagen zu können, was sie dachte; nämlich, dass sie sich wahrscheinlich unter den Hufen eines dieser verrückten Pferde das Genick brechen werde, dass sie sich nicht in der Lage fühlte, über einen Straßengraben zu springen, geschweige denn über ein Gatter mit fünf Latten, und ihr so schlecht war, dass sie sich wahrscheinlich gleich von ihrem Pferd herunter übergeben müsse.

«Ich möchte nicht zusehen, wenn die irgendwas töten», sagte sie und hielt den Kopf gegen den Wind gesenkt. «Ich will da gar nicht erst in die Nähe kommen. Und wenn sie es trotzdem versuchen und dieses blutige Geschäft vor meinen Augen erledigen, dann bringe ich sie wahrscheinlich alle um. Und wenn's der Master höchstpersönlich ist.»

«Ich kann dich nicht verstehen», sagte Thom und deutete mit

seiner Reitgerte nach vorn. «Komm schon, bleib neben mir. Wir reiten jetzt über diese Wiese dort.»

Von da an verging der Tag wie im Flug. Sobald die Pferde das elastische, nasse Gras unter ihren Hufen spürten, sausten sie los, jagten den zerfurchten, morastigen Hügel hinauf, und Sabine, die sich in der Mitte der Gruppe befand, merkte, wie ihre anfängliche Übelkeit, die auf ihre Angst zurückzuführen war, zunehmender Aufgeregtheit Platz machte, während verschiedene schmutzbekleckste Gesichter lächelnd in leichtem Galopp an ihr vorbeiritten. Oben angekommen, hatte Sabine festgestellt, dass auch sie lächelte und ganz vergessen hatte, wieder ein ernstes Gesicht zu machen, als Thom neben sie ritt.

«Bist du okay?»

«Alles bestens», antwortete sie atemlos.

«Heute werden wir ein wenig Farbe auf diese Wangen zaubern», sagte er, und dann ritten sie schon wieder weiter.

Der erste Teil der Jagd verging in fast halsbrecherischem Tempo; Sabine, die in dieser bunt gemischten Gruppe von Pferden und Reitern eingekeilt war, stellte fest, dass sie ihr ganzes Vertrauen in das kleine weiße Pferd setzte, häufig einfach die Augen schloss und sich an seiner Mähne festkrallte, sobald sie sich den Gattern und Hecken näherten, die sie einer nach dem anderen übersprangen, als schwappte etwas Flüssiges darüber.

Sabine hatte keine Ahnung, wohin sie ritt. Oder was sie eigentlich tun sollte. Die Augen brannten ihr, im Mund hatte sie den Geschmack von Schlamm, den die vor ihr Reitenden nach hinten geschleudert hatten, aber sie merkte, wie ihr Herz vor Aufregung hämmerte. Immer wieder trieb sie ihr Pferd an und versuchte, im Reiterfeld weiter nach vorn zu gelangen. Thom bemühte sich, möglichst in ihrer Nähe zu bleiben, aber sie wurden oft voneinander getrennt, und dann standen sie eine Weile herum, und es wurde in die Jagdhörner geblasen, bis alle wieder beisammen waren.

Überhaupt stand man bei einer Jagd schrecklich viel herum, wie Sabine feststellte. Meist dann, wenn man sich gerade an den leichten Galopp gewöhnt hatte. Und allem Anschein nach einfach deshalb, damit die Leute miteinander plaudern, sich zu den Leistungen des anderen oder seines Pferdes äußern oder darüber tratschen konnten, wer mit wem verschwunden war. Und dabei vergaßen sie anscheinend völlig, dass der Regen herniederprasselte, über ihre gewachsten Jacken Rinnsale liefen und die Schweife der Pferde traurig an ihren Flanken klebten. Obwohl Sabine außer Thom niemanden kannte, brauchte sie sich keineswegs ausgeschlossen zu fühlen; eine mollige Frau mittleren Alters hatte ihr gesagt, sie «mache es großartig», und darauf hingewiesen, dass sie ihre Mutter kenne; ein hagerer Mann mit Hakennase hatte ihr gesagt, er kenne ihr Pferd, und eines der schmuddeligen Kinder hatte sie gefragt, ob es einmal von ihrem Mars abbeißen dürfe. Sie hatte ihm den ganzen Riegel geschenkt. Aber dann war ihre Aufmerksamkeit anderweitig in Anspruch genommen worden; denn während sie so herumstanden, kam immer wieder ein junges Mädchen mit langen, lockigen, in einem Netz zusammengehaltenen blonden Haaren zu Thom, plauderte und lachte mit ihm und wischte sich hin und wieder elegant den Schmutz von der Nase oder bat ihn lächelnd, es für sie zu tun. Sie himmelte ihn an; das war *dermaßen* offensichtlich. Richtig verknallt war sie in ihn. Aber als Sabine Thom gegenüber eine Bemerkung dazu fallen ließ, während sie warteten, bis einer der älteren Männer wieder aufgesessen war, sah er sie verständnislos an und schüttelte den Kopf, als habe er davon nichts mitbekommen.

Außerdem war er heute offenbar fest entschlossen, sie wie ein kleines Kind zu behandeln. Zweimal sprang er ab und sagte, er wolle ihren Sattelgurt überprüfen, und schob ihr Bein und die Satteldecke beiseite, als er die Schnalle ein Loch weiter oben festmachte. Aber das war nicht etwa ein Flirten, kein einziges Mal berührte er ihren Oberschenkel unnötigerweise, und als Sabine, ohne sich etwas dabei zu denken, versucht hatte, den Schmutz von seinem weißen Jagdjackett zu wischen, da hatte er gelacht und sein Pferd zur Seite gelenkt, um es selbst zu tun.

«Du kümmerst dich jetzt um dich selber», sagte er und tippte sich unerklärlicherweise an den Kopf. «Es kann dir hier draußen nämlich weit Schlimmeres passieren, als deine Kleidung ein bisschen schmutzig zu machen.»

Sie waren beinahe drei Stunden unterwegs, als Sabine klar wurde, dass sie noch keinen einzigen Fuchs zu Gesicht bekommen hatte. Sie schämte sich, als ihr das einfiel. Sie hatte ja völlig vergessen, dass das Jagen und Töten eines Fuchses das eigentliche Ziel des Tages war, aber sie befand sich längst nicht mehr in der Nähe der Jagdhunde, und ihr Pferd hatte zusammen mit drei oder vier weiteren Reitern irgendwie eine andere Abzweigung genommen als der Rest der Jagdgesellschaft, und sie trotteten jetzt alle gemächlich dahin, «gönnten den Pferden eine Verschnaufpause», wie es der Bauer mit dem geröteten Gesicht ganz vorn ausgedrückt hatte.

Sabine hatte Thom in einem Wald aus den Augen verloren, als er abgesessen war, um einem Pferd zu helfen, das sich mit einem Bein in Stacheldraht verfangen hatte. Vier Leute standen um das Tier herum, einer hatte eine Drahtschere aus seiner Jacke gezogen, und während alle gemeinsam versuchten, das arme Tier zu befreien, hielt Thom den Kopf des Pferdes. «Reit ruhig weiter», hatte er Sabine zugerufen. «Vielleicht brauchen wir hier noch eine Weile. Ich hol dich schon wieder ein.» Offenbar hatte er aufgehört, sich Sorgen um sie zu machen, was leichtsinnig war, wie sich schon etwa zehn Minuten später herausstellte, als ihr Schimmel auf einem Holzstück ausrutschte und sie über seinen Kopf hinwegflog.

«Alles in Ordnung?», fragte sie einer der jungen Männer, der sofort von seinem Pferd gesprungen war, um ihr zu helfen, während ein anderer ihr Pferd einfing.

«Mir geht's gut», sagte sie und erhob sich aus dem Matsch. «Bin nur ein bisschen dreckig.»

Das war eine Untertreibung, wie sie leicht betrübt feststellte. Ihre cremeweißen Jodhpurs waren jetzt an einem Bein ganz braun – sie sah aus wie ein drittklassiger Clown –, während Joys schöne marineblaue Jacke von oben bis unten voller Schlamm war.

Der Mann zog ein ziemlich schmuddeliges Taschentuch aus seiner Tasche und gab es ihr. «Für dein Gesicht», sagte er. «Da ist ziemlich viel ums Auge herum.»

Als sie es an das falsche Auge führte, zeigte er ihr zunächst die richtige Stelle, dann nahm er es ihr aus der Hand und wischte ihr selbst das Gesicht ab. Genau in diesem Moment bemerkte sie ihn erst richtig; braune Augen, hellhäutig, ein breites Lächeln. Jung.

«Du bist wohl nicht von hier», sagte er und ging mit ihr zu ihrem Schimmel hinüber, der untersucht und für unverletzt befunden worden war. «Nicht mit diesem Akzent. Kommst du aus London?»

«Klar.» Es klang zu kurz angebunden. «Ich bin zurzeit bei meinen Großeltern.»

«Wo?»

«Kilcarrion. Das ist in einem Dorf namens Ballymalnaugh.»

«Das kenn ich. Wer sind deine Leute?»

«Sie heißen Ballantyne.»

Er hielt die Hände hin, um ihr in den Sattel zu helfen.

«Die kenne ich. Das alte Ehepaar. Die Engländer. Wusste gar nicht, dass die überhaupt Verwandte haben.»

Sie sah zu ihm hinunter und grinste.

«Ach. Und du weißt über jeden hier genau Bescheid, was?»

Er grinste zurück. Eigentlich sah er wirklich sehr gut aus.

«Hör zu, junge Dame aus London. Hier in der Gegend weiß jeder über jeden Bescheid.»

Daraufhin war er an ihrer Seite geblieben und hatte unentwegt geredet, und jetzt, als sie mit ihrer kleinen Gruppe die nassen Wege entlangritten, quasselte er immer noch. Er lebte in einem Dorf, das etwa vier Meilen von dem ihren entfernt lag, hoffte, wie sein Bruder an der Universität Durham in England zugelassen zu werden, und «trieb» sich bis dahin auf dem Hof seiner Eltern herum. Er hieß Robert, aber alle nannten ihn Bobby, und

Sabine glaubte, noch nie jemanden getroffen zu haben, der so viel redete.

«Und, gehst du oft aus, Sabine?»

«Wo, in London?»

«Nein, hier. Ich bin mir sicher, dass ein hübsches Mädchen wie du in London jede Menge Angebote hat.»

Sabine sah ihn argwöhnisch an. Bobby hatte eine Art an sich, einem zu schmeicheln, die zugleich nahe legte, dass er einen auf den Arm nahm. Und Sabine war sehr empfindlich, wenn es darum ging, dass die Leute sie auf den Arm nehmen könnten.

«Ich gehe ab und zu aus», sagte sie.

«Ins Pub und so?», fragte er und hielt sein Pferd ein wenig zurück, sodass sie wieder nebeneinander ritten.

«Ja, so was», log sie. Seit ihrer Ankunft hier in Irland war sie noch in keinem einzigen Pub gewesen. Ihre Großeltern waren nicht gerade Kneipengänger, und Thom hatte nie die geringsten Anstalten gemacht, sie einzuladen.

«Möchtest du mal ausgehen?»

Sabine errötete. Er wollte mit ihr ausgehen! Sie blickte auf ihre Hände und ärgerte sich, dass sie so leicht rot wurde. Gott, konnte sie manchmal uncool sein!

«Wenn du willst», murmelte sie.

«Na ja, du musst nicht», erklärte er. «Ich verrenke dir nicht den Arm oder so.» Noch immer grinste er.

Sabine lächelte ihn an. Zu Hause konnte sie sich Gedanken darüber machen, was sie von ihm hielt. Und wie in aller Welt sollte sie ihren Großeltern beibringen, dass sie sich möglicherweise verabreden würde?

«Also gut.»

«Prima. Aber jetzt halt dich fest, ich glaube, wir nehmen die Abkürzung, um die anderen wieder einzuholen.»

Noch bevor sie die Gelegenheit hatte, über Bobby McAndrew nachzudenken, galoppierte Sabine quer über eine Wiese, seinem braunen Pferd dicht auf den Fersen. Gerade fing es an, dunkel zu werden, und als sie auf das andere Ende zurasten, stellte Sabine fest, dass ihr allmählich alles weh tat und sie ihre Zehen nicht mehr spürte. Die Augen fest auf das schlammbedeckte Pferdehinterteil vor ihr geheftet, sehnte sie sich plötzlich nach einem ausgiebigen, heißen Bad und hoffte, dass sie nicht zu weit von zu Hause entfernt waren. Sie hatte keine Ahnung, wo sie Thom wieder treffen konnte, und wusste nicht, wie sie eigentlich wieder zu ihrer Großmutter gelangen sollte, falls sie ihn nicht finden würde. Heute Morgen hatte sie überhaupt nicht richtig zugehört.

So beschäftigt war sie, sich Gedanken darüber zu machen, wie sie den Rückweg finden sollte, dass es ein paar Sekunden dauerte, bis sie merkte, dass Bobby ihr etwas zurief. Sie bemühte sich, durch den pfeifenden Wind hindurch zu hören, was er sagte, und schüttelte den Kopf, sodass er sein Pferd schließlich ein wenig zurückhielt und ihr zubrüllte:

«Vor uns ist eine Wexford Bank. Es ist eine ziemlich schwierige. Also stemm deine Fersen fest nach unten und halt dich an seiner Mähne fest.»

Sabine schaute mit weit aufgerissenen Augen auf die Stelle, auf die er deutete. Vor ihnen konnte sie zwei Pferde erkennen, die allem Anschein nach fast senkrecht auf das Hindernis hinaufsprangen, dann mit den Hufen Schlamm aufwühlten und weiterflogen. Sabine blieb das Herz stehen.

«Das kann ich nicht!», schrie sie.

«Du musst», brüllte Bobby. «Der einzige andere Weg aus dieser Wiese heraus ist der, den wir gekommen sind.» Schon sah sie, wie er die Zügel zusammennahm und sich auf den Sprung vorbereitete.

Sabine kam zu dem Schluss, dass der lange Weg allein zurück trotz allem einem gebrochenen Genick vorzuziehen sei, und wollte umdrehen. Aber ihr Schimmel wollte davon überhaupt nichts wissen. Entschlossen, bei seinen Kameraden zu bleiben, streckte er den Hals steif wie ein Ladestock nach vorn und flog ungeachtet ihres Ziehens und Bettelns auf den Wall zu. Sabine blieb kaum Zeit zum Nachdenken; entweder sie sprang jetzt ab und ließ sich ins nasse Gras fallen oder sie vertraute diesem Tier und bemühte sich einfach, oben zu bleiben. Der Wall, der vor ihr aufragte, sah unglaublich hoch aus, der schattige Graben davor war dunkel wie ein Grab. Sie sah, wie sich Bobbys Pferd sammelte, dann nach vorn stürzte, einen Satz machte, oben ein wenig rutschte und dann, begleitet von Bobbys Schrei, aus ihrem Blickfeld verschwand.

Und dann ließ sie die Zügel fahren, stemmte die Füße in die Steigbügel und schloss die Augen. Ich sterbe, dachte sie. Mum, ich hab dich lieb. Und schon sauste das Pferd mit ihr nach vorn und in die Höhe, sodass sie nach hinten geschleudert wurde, sich nur noch mit Mühe im Sattel halten konnte. Als sie kurz die Augen aufschlug, waren sie oben. Sie sah den gebeugten Nacken ihres Schimmels, der gerade seine Hufe in die richtige Position brachte, schloss die Augen wieder und schrie auf, während sie mit einem unglaublich weiten Satz nach unten sprangen. Als das Pferd landete, prallte sie gegen seinen Nacken, ihre Füße rutschten aus den Steigbügeln, und sie umklammerte mit den Armen verzweifelt seinen Hals.

«Hier! Hier!», rief Bobby, schob ihr die Zügel in die Hand und lachte. «Du hast es geschafft. Klasse gemacht.»

Sabine setzte sich wieder aufrecht hin und merkte, wie sie aus vollem Halse lachte und das kleine Pferd tätschelte. Sie konnte es nicht fassen, sie hatten es tatsächlich geschafft. «Mein Guter, mein Guter», wiederholte sie überglücklich. «Du kluger, kluger Kerl.» Ihr Blut war so mit Adrenalin angereichert, dass sie brüllen und schreien wollte und gleich noch einmal über das verdammte Ding hätte springen können.

«Ich hab kaum geglaubt, dass ich das selber schaffe. War eine klasse Leistung von dir, dich oben zu halten.»

Sie wandte sich mit einem strahlenden, breiten Lächeln Bobby zu. Und sprach die Worte aus, deren volle Bedeutung ein Bauernsohn, der gerade mal vier Meilen entfernt wohnte, unmöglich verstehen konnte.

«Ich hab nicht gekniffen!»

«Dein Abendessen, Sabine, extra für dich.»

Ihre Großmutter stellte den dampfenden Topf mitten auf den glänzenden Tisch und hob mit einer für Joy ganz untypisch schwungvollen Gebärde den Deckel an.

«Mrs. H. hat es extra für dich gemacht. Eintopf mit gebratenem Gemüse, Kräutern und Käseknödeln. Das wärmt einen nach einem Jagdtag ordentlich auf.»

Sabine sog den herrlichen Duft ein, und ihr Magen zog sich vor Hunger zusammen. Schon am Nachmittag hatte es ihr Leid getan, dass sie ihren Schokoriegel dem kleinen Jungen gegeben hatte, und nur weil ihr so entsetzlich kalt gewesen war, hatte sie nicht ständig an ihren knurrenden Magen denken müssen.

«Ich dachte mir, ich esse mit, um dir Gesellschaft zu leisten.»

«Es sieht toll aus», stellte Sabine fest und überlegte, ob es wohl sehr unhöflich wäre, jetzt gleich zuzulangen und sich etwas auf den Teller zu schöpfen.

«Ich war schon immer der Meinung, dass man nach einem Tag draußen im Gelände einen guten Eintopf oder ein Schmorgericht zum Aufwärmen braucht», sagte Joy, während sie im Büffet nach den Servietten suchte. «Ich habe immer einen solchen Hunger gekriegt ... Und auch wenn ich mir Sandwiches eingepackt hatte, sind sie mir am Ende doch aus den Taschen gefallen und von einem Pferd zertreten worden.»

Bitte mach schon, flehte Sabine. Den hier geltenden Regeln zufolge konnte sie nicht mit dem Essen anfangen, bevor sich Joy wieder hingesetzt hatte. Sabines Magen, der auf den Duft des Essens reagierte, knurrte so laut, dass Bertie fragend den Kopf hob und zu ihr aufsah.

«Wo habe ich denn nur die Serviettenringe hingetan? Ich bin mir sicher, dass sie in dieser Schublade waren. Vielleicht hat Mrs. H. sie mit in die Küche genommen.»

«Kann ich ... kann ...» Das köstliche, würzige Aroma der Sauce machte sie ganz benommen.

«Ich denke, ich gehe schnell und schaue nach. Es macht dir doch nichts aus, noch eine Minute zu warten?»

«Eigentlich …»

Sie wurden von einem dumpfen Geräusch und einem Schlag draußen vor dem Esszimmer unterbrochen. Beide Hunde sprangen von ihren Plätzen unter dem Tisch auf, rannten zur Tür und jaulten und scharrten, weil sie hinausgelassen werden wollten. Joy wandte sich um, lief eilends zur Tür und öffnete sie.

«Edward! Was machst du denn hier?»

Sie trat ein paar Schritte zurück, und Sabine sah, wie der alte Mann mit seinem unsicheren Gang schlurfend und keuchend, tief auf zwei Stöcke gestützt wie ein prähistorischer Vierfüßler, ins Zimmer kam.

«Was glaubst du wohl, was ich mache?», grummelte er und sah nicht vom Boden auf, während er sich weiterschleppte. «Ich komme zum Abendessen.»

Joy warf einen sorgenvollen Blick in Sabines Richtung, und Sabine sah aus Taktgefühl zur Seite. Denn es war nicht Edwards unerwartetes Erscheinen im Esszimmer, das ihre Großmutter alarmiert hatte, sondern seine außergewöhnliche Aufmachung. Unten herum hatte er eine dicke, baumwollene Schlafanzughose mit einem auffallenden roten Paisley-Muster an, dazu Hausschuhe, aus denen Sabine gerade noch seine tiefroten, dick geschwollenen Knöchel herausschauen sah. Über seiner Schlafanzugjacke trug er ein makellos weißes Jackett mit Stehkragen und schicken Epauletten, das einen schwachen, aber unverkennbaren Duft von Mottenkugeln verströmte. Irgendeine Art von Marineuniform, nahm Sabine an. Um seinen Hals hatte er wie ein lächerlicher Dandy Joys Kaschmirschal geschlungen – malvenfarben mit blauen Blumen.

Während Sabine auf ihren Teller starrte, bewältigte er die Strecke bis zum Tisch und setzte sich vorsichtig auf seinen Stuhl. Sobald er sich niedergelassen hatte, legte er seine Stöcke beiseite, beugte sich vor und schielte aus unmittelbarer Nähe auf den polierten Tisch vor sich.

«Ich habe ja nicht einmal einen Teller», stellte er fest.

Joy stand mit gerunzelter Stirn an der Tür.

«Ich dachte, du würdest heute Abend nicht herunterkommen. Du hast mir gesagt, du hättest keinen Hunger.»

«Na ja ... Jetzt habe ich Hunger.»

Es gab eine kurze Verzögerung, als sprächen sie über eine internationale Telefonleitung miteinander. Joy strich sich überflüssigerweise die Hose glatt und wartete, bis sie sicher sein konnte, dass er bei seinem Entschluss blieb. Dann machte sie sich in die Küche auf und scheuchte die Hunde übel gelaunt vor sich her.

«Ich bring dir ein Gedeck.»

Zufrieden lehnte sich der Großvater auf seinem Stuhl zurück und sah sich um, als suche er etwas. Als sein Blick an Sabine hängen blieb, hielt er inne und ließ eine Hand schwer auf den Tisch fallen.

«Ach. Da bist du ja.»

Sabine lächelte unsicher.

«Also.» Er legte eine Pause ein und holte keuchend Luft. «Soviel ich weiß, warst du heute auf der Jagd.»

Das sagte er mit einer gewissen Zufriedenheit.

Bevor Sabine etwas antworten konnte, tauchte Joy wieder auf, stellte einen Teller vor ihren Mann auf den Tisch und knallte das Besteck energisch daneben.

«Ja. Sie hat einen schönen Tag im Freien verbracht.»

Edward blickte langsam zu seiner Frau auf, sein Gesicht war ausdruckslos, aber seine Stimme klang höchst verärgert.

«Ich will mit meiner Enkelin reden. Ich wäre dir dankbar, wenn du dich nicht einmischen würdest.»

Joy zog die Augenbrauen hoch, ging aber nicht darauf ein. Sie kehrte an ihren Platz zurück und fing an, den Gemüseeintopf auszuteilen.

«Nun ...», sagte er vorsichtig und betrachtete Sabine, das hätte sie fast schwören können, geradezu schalkhaft. «War es ein schöner Tag?»

Abgesehen davon, dass sie es genoss, ihre Großmutter in die Schranken gewiesen zu sehen, wollte Sabine, die sich gerade die ersten Bissen zu Gemüte führte, nur ungern durch ein Gespräch vom Essen abgehalten werden.

«Ja», sagte sie und nickte heftig, damit er sie nicht bitten würde, es zu wiederholen.

«Gut, schön ...» Er lehnte sich lächelnd wieder zurück. «Welches Pferd hast du noch einmal geritten? War es der Duke?»

«Nein, Edward. Der Duke lahmt. Du weißt doch, dass der Duke lahmt.»

«Was?»

«Der Duke. Er lahmt.» Joy schenkte Sabine ein kleines Glas Rotwein ein und schob es ihr hin.

«Was, er lahmt?» Der Großvater legte wieder eine Pause ein und besah sich sein Essen. «O mein Gott ... Was ist denn das?»

«Das ist ein Gemüseeintopf», antwortete Joy laut. «Das ist Sabines Lieblingsessen.»

«Was für Fleisch ist da drin?» Zitternd stocherte er mit der Gabel darin herum. «Bei mir ist kein Fleisch drin.»

«Darin ist überhaupt kein Fleisch. Alles nur Gemüse.»

Argwöhnisch blickte er auf.

«Aber wo ist das Fleisch?»

Einen Moment machte Joy einen genervten Eindruck.

«Ich hab dir keins gegeben», sagte sie schließlich. «Es war keins mehr übrig.» Sie warf Sabine einen flüchtigen Blick zu, mit dem sie ihre Lüge eingestand, aber ihrer Enkelin dringend riet, nichts Gegenteiliges zu sagen.

Edward stierte auf seinen Teller.

«Oh ... Ist da Mais drin?»

«Ja», antwortete Joy und kratzte in ihrem eigenen Teller herum. «Ja. Du wirst ihn herauspicken müssen.»

«Ich mag keinen Mais.»

«Sabine ist heute über eine Wexford Bank gesprungen», entgegnete Joy mit Nachdruck und erhobener Stimme. «Thom hat es mir erzählt.»

«Du bist über eine Bank gesprungen? Sehr gut gemacht.» Die Mundwinkel ihres Großvaters verzogen sich zu einem Lächeln.

Sabine ertappte sich dabei, wie sie es erwiderte. Sie merkte, dass sie noch immer vor Stolz schier platzte, wenn sie daran dachte.

«Ganz schön schwierig, diese Wälle.»

«Eigentlich hat das Pferd alles gemacht», räumte Sabine bescheiden ein. «Ich hab mich nur festgeklammert.»

«Manchmal ist es am besten, wenn man es dem Pferd überlässt», sagte Joy und wischte sich den Mund ab. «Deines ist jedenfalls ein kluges Kerlchen.»

Als sie so mit ihren Großeltern beim Essen saß, hatte Sabine plötzlich das Gefühl, zu einer größeren Familie zu gehören, und dachte, wie schön es doch sein könnte, sich in ihrer Anerkennung zu sonnen. Sie glaubte nicht, jemals so stolz gewesen zu sein; sie hatte im Sommer ihre mittlere Reife bestanden, aber das war von dem ganzen Schlamassel mit Geoff und Justin überschattet worden; und obwohl sie sich selbst darüber gefreut hatte, wäre es ihr vorgekommen, als mache sie mit ihrer Mutter gemeinsame Sache, wenn sie sich Kates Freude über ihre Leistung angeschlossen hätte, und dafür war Sabine in dieser Zeit viel zu sauer auf sie gewesen. Irgendwie war es mit ihren Großeltern weniger kompliziert. Mir macht es wirklich gar nichts aus, hier zu sein, dachte sie plötzlich. Es könnte mir sogar gefallen.

«Und … Wie viele habt ihr aufgestöbert?»

Sabine sah ihren Großvater an, dann zum Stuhl ihrer Großmutter hinüber, der plötzlich leer war. Sie hatte absolut keine Ahnung, wovon er redete.

«Wie bitte?», fragte sie zögernd und lauschte, ob die Großmutter nicht gleich aus der Küche zurückkommen würde.

Ihr Großvater sah plötzlich ungeduldig aus, offenbar wegen der Anstrengung, Dinge wiederholen zu müssen, die doch sonnenklar waren.

«Ich habe dich gefragt, wie viele ihr aufgestöbert habt.»

Sabine hätte nicht genau sagen können, warum, aber sie wollte nicht zugeben, dass sie nicht wusste, was er meinte. Sie hatte die ungewohnte und stumme Anerkennung ihrer Großeltern so genossen; es wäre einem Bruch des Zaubers gleichgekommen.

Von ihr enttäuscht, hielte ihr Großvater sie für so etwas wie eine Hochstaplerin. Und ihre Großmutter würde wieder diese ausdruckslose, aber trotzdem leicht genervte Miene aufsetzen, die bis vor kurzem jeden ihrer Wortwechsel begleitet hatte. Sie wäre wieder Sabine, die Außenseiterin aus der Stadt.

«Sechs.»

«Was?»

«Sechs.» Das klang doch nach einer guten, recht maßvollen Zahl.

«Sechsmal?» Der Großvater riss die Augen auf.

Mit einem beladenen Brotschneidebrett kam die Großmutter ins Zimmer zurück.

«Hast du das gehört, Joy? Von Sabines Jagd heute? Sie haben *sechs* aufgestöbert.»

Joy warf Sabine einen warnenden Blick zu. Sabine, der bereits klar war, dass sie etwas Falsches gesagt hatte, bemühte sich sehr, mit ihrem Blick eine Art von Erklärung zu liefern.

«Das ist erstaunlich», sagte er und schüttelte den Kopf über seinem Teller. «Das letzte Mal, dass ich von einer Jagd gehört habe, bei der sechs aufgestöbert worden sind, das muss … War das 1967, Joy? In dem Winter, als wir die Pettigrews dahatten. Da waren es fünf oder sechs, nicht wahr?»

«Weiß ich nicht mehr», entgegnete Joy knapp.

«Vielleicht habe ich es auch falsch verstanden», sagte Sabine verzweifelt.

«Sechs», wiederholte der Großvater und schüttelte erneut den Kopf. «Na ja … War eine gute Saison, 1967. Und wir hatten gute Pferde. Erinnerst du dich an das Hengstfohlen, das wir in Tipperary gekauft haben, Joy? Wie hieß das nochmal?»

«Master Ridley.»

«Master Ridley. Genau. Sind extra bis nach Tipperary gefahren und haben für das Pferd so viel ausgegeben, dass wir kein Geld mehr hatten für ein Hotel. Mussten in einem Wohnwagen übernachten. War es nicht so, Darling?»

«Genau.»

«Ja. Haben in einem Wohnwagen geschlafen. Kalt war es. Überall hat es hereingezogen.»

«Stimmt.»

«War ein Mordsspaß. Ja.» Er lächelte still in sich hinein, sein zerknittertes, altes Gesicht war von der Anstrengung angespannt, und Sabine bemerkte, als sie zu Joy hinübersah, dass auch sie sich jetzt den Luxus eines etwas milderen Gesichtsausdrucks leistete. «Ja», sagte sie. «Ein Mordsspaß.»

«Klingt ja witzig», murmelte Sabine und nutzte die Gelegenheit, sich noch einen Knödel zu nehmen.

«Sechsmal ... Weißt du, es gibt nichts Schöneres als das Geläute der Hetzhunde», sagte er und hob den Kopf, als lausche er einer fernen Melodie nach. «Einmalig.»

Er hielt inne und sah Sabine dann direkt an, als sähe er sie zum ersten Mal wirklich.

«Du bist überhaupt nicht wie deine Mutter, oder?», fragte er.

Und dann fiel er mit dem Gesicht nach vorn in seinen Eintopf.

Eine kurze, grauenhafte Sekunde lang starrte Sabine ihn an und fragte sich, ob das so etwas wie ein Scherz sein sollte. Dann sprang Joy mit einem Entsetzensschrei von ihrem Stuhl auf, rannte zu ihrem Mann, hob seinen Kopf aus dem Teller und hielt ihn an ihre Schulter. «Ruf den Arzt!», schrie sie Sabine zu.

Aus ihrer Versteinerung gerissen, schob Sabine ihren Stuhl zurück und sauste aus dem Zimmer. Während sie auf dem Telefontisch die richtige Nummer suchte und sie dann mit zitternder Hand wählte, schwamm ihr der schreckliche Anblick ihres Großvaters vor Augen. Schon jetzt wusste sie, dass das ein Bild war, das sie lange Zeit verfolgen würde, selbst wenn es dem Großvater längst wieder gut gehen sollte. Seine Augen waren halb geschlossen gewesen, sein Mund halb geöffnet. Streifen einer leuchtenden, tomatenfarbenen Flüssigkeit waren in Rinnsalen über sein zerfurchtes Gesicht gelaufen. Sie waren von dem geblümten Schal auf seine makellos weißen Schultern getropft wie helles, verdünntes Blut.

Kate setzte sich neben Justin auf das Sofa und überlegte, ob sie sich an ihn lehnen und ihre Finger vielleicht sanft durch sein Haar gleiten lassen sollte. Oder ob sie behutsam über seine Hand streichen sollte. Oder ihre Finger sogar in entspannter und dennoch besitzergreifender Weise auf seinen Oberschenkel legen. Sie zögerte und sah verstohlen auf sein Gesicht, um herauszufinden, was wohl angebracht wäre. Noch vor zwei Monaten hätte sie nicht so viele Gedanken auf solche Dinge verschwendet, aber vor zwei Monaten hatte sie sich ihm gegenüber noch ungezwungen gefühlt, war zuversichtlich gewesen, dass jede ihrer Annäherungen auch erwidert würde. Der jetzige Justin hatte nämlich nicht mehr wie der Justin von vor zwei Monaten das ständige Verlangen, sie zu berühren, zu umarmen und zu streicheln. An den meisten Abenden kümmerte es ihn anscheinend nicht einmal, ob sie überhaupt neben ihm saß. Und Kate fühlte sich bei ihrem verzweifelten Versuch, diese offenkundige Kluft zwischen ihnen zu überbrücken, äußerst unwohl, weil sie sich bemühte, eine Wärme zu verbreiten, die ohne ihre Anstrengung nicht mehr vorhanden war.

Sie setzte sich also direkt neben ihn, und ihr Bein berührte wie zufällig das seine.

«Willst du noch etwas Wein?»

Er wandte den Blick nicht vom Fernseher ab.

«Ja, Süße.»

«Ich mag diesen Fleurie. Den gönne ich mir hin und wieder.»

Er schnaubte über irgendetwas, was er auf dem Bildschirm sah. Dann blickte er zur Seite, als sie gerade sein Glas nachfüllte.

«Nett von dir.»

«Ich glaub, ich kenne nicht einmal deinen Lieblingswein.» Sie wollte, dass sie wieder miteinander redeten, sich richtig aufeinander konzentrierten, einander Geheimnisse anvertrauten, von denen sie gar nicht wussten, dass sie sie hatten, und das einfach aus dem Wunsch heraus, ihre Seelen voreinander auszubreiten; hier, nimm mich, so wie ich bin. Als sie Justin kennen gelernt hatte, war sie von dem Gedanken fasziniert gewesen, sich selbst wieder als einen Menschen zu betrachten, dem noch viele Türen offen standen; er hatte allem Anschein nach grenzenlose Möglichkeiten für sie gesehen, hatte sie glauben lassen, sie könne größer sein, als sie war, gemeinsam könnten sie größer sein. Doch wenn er jetzt vorbeikam, setzte er sich mit der Fernbedienung in der Hand vor die Mattscheibe. Und fragte dann, was es denn zum Abendessen gebe.

«So was nennt man Eingewöhnung», hatte er gesagt, als sie das Thema eines Abends vorsichtig angeschnitten hatte. «Es zeigt, dass ich mich bei dir wohl fühle. Du kannst nicht erwarten, dass die wilde Leidenschaft ewig anhält.»

Aber wozu habe ich Geoff dann verlassen, wollte sie ihn anschreien. Bei ihm musste ich wenigstens nicht kochen und den ganzen Abwasch machen. Geoff wollte abends zumindest mit mir reden. Geoff wollte wenigstens ab und zu mit mir ins Bett.

«Welcher ist denn nun dein Lieblingswein?»

«Wie bitte?»

«Dein Lieblingswein. Welchen magst du?» Sie konnte in ihrer Stimme einen neuen stählernen Unterton hören.

«Wein? Hm ... Hab nie ernsthaft darüber nachgedacht.» Er zögerte, als versuche er, eine seiner Gehirnhälften mit dieser Aufgabe zu befassen, weil ihm klar war, dass er irgendeine Antwort geben musste. «Ein paar der chilenischen sind ganz gut.»

Es war, als sei es für ihn nicht mehr aufregend genug, sein Verlangen nach ihr anzuheizen, nun, nachdem das Schreckgespenst Geoff fort und die Gefahr gebannt war, ihre Affäre könnte aufgedeckt werden. Und Kate hatte sich dabei ertappt, wie sie gegen Groll und den Verdacht ankämpfte, dass sie langsam und unbemerkt eine andere Rolle übernommen hatte, so etwas wie Mutterersatz für ihn geworden war, ihm die Mahlzeiten zubereitete, Bequemlichkeit und einen sicheren Hafen bot, einem Mann, dessen wahre Leidenschaft fernen Gegenden galt, die er durch ein Objektiv sah.

«Für ihn ist das ein recht angenehmes Arrangement», hatte

Maggie in der vorangegangenen Woche festgestellt, als sie Justins Taschen mit der Kameraausrüstung im Flur beäugte.

«Wie meinst du das?»

«Ein hübsches Haus, eine Unterkunft mit Essen und Sex, alles gratis. Ein praktischer Ort, um die Kameras zu lagern. Und keine Verantwortung. Keine Verpflichtungen. Keine Rechnungen.» Sie hatte die Augenbrauen hochgezogen und war eilig in die Küche gegangen, wo Kate gerade den Tee zubereitete.

«Warum sollte er Rechnungen bezahlen, wenn er nicht hier wohnt?» Kate hatte sich über Maggies Tonfall geärgert. Aber sie war sich durchaus bewusst, dass Justin immer mehr Taschen mit seiner Ausrüstung bei ihr abstellte; sie hatte das dumpfe Gefühl, Sabine würde deren Anwesenheit nicht so ohne weiteres hinnehmen wie sie.

«Nein, natürlich nicht. Ich habe nur gedacht, dass er nach so langer Zeit gern für immer hier einziehen würde.»

«Hör mal, Maggie. Nicht jeder möchte so sein wie du und Hamish. Justin ist ein freier Geist. Und was noch wichtiger ist, ich habe gerade eine ziemlich scheußliche Trennung hinter mir. Du weißt, wie scheußlich. Und das Letzte, was ich mir jetzt wünsche, ist ein Mann, der hier aufkreuzt und mein Leben durcheinander bringt, bevor ich die Chance hatte, es für mich allein zu genießen.»

Beinahe hätte sie sich selbst davon überzeugt.

«Ach! Mir war gar nicht klar, dass du dich von Geoff getrennt hast, um *für dich allein* zu sein. Tut mir Leid, Darling. Ich dachte, du hättest gesagt, dass du mit *Justin* zusammen sein wolltest. Bin ja so vergesslich! Müssen die ersten Anzeichen von Alzheimer sein.» Und mit einem verstohlenen Blick zur Seite hatte Maggie die Unterhaltung beendet.

Natürlich hatte sie Recht. Aber Kate wollte auf gar keinen Fall zugeben, dass sie einen Fehler begangen hatte. Weil das bedeutet hätte, dass all diese Schmerzen, dieses ganze Durcheinander, die weitere Verschlechterung ihrer ohnehin schwierigen Beziehung zu ihrer Tochter für die Katz gewesen waren. Außerdem würde es bedeuten, dass Kate wieder einmal – ja schon wieder – an den falschen Mann geraten war, obwohl sie jetzt fünfunddreißig, nach Gott weiß wie vielen Beziehungen wahrlich erfahren und außerdem eine Frau war, die glaubte, sie wüsste genau, was sie tat.

Voll Unbehagen dachte sie an Sabine, mit der sie vor mehr als einer Woche zum letzten Mal gesprochen hatte. Ihre Tochter war relativ freundlich gewesen, hatte ausnahmsweise darauf verzichtet, sich darüber zu beklagen, dass ihr irgendetwas fehlte, hatte sogar darauf verzichtet, anzubeißen, als Kate aus Versehen Justin erwähnte. Aber als Kate versucht hatte, ihr vorsichtig nahe zu legen, dass es vielleicht an der Zeit sei, allmählich ans Heimkommen zu denken, hatte Sabine höflich, aber bestimmt das Thema gewechselt. Noch beunruhigender als diese offenkundige Weigerung war das Wie gewesen. Sabine hatte nie Rücksicht auf die Gefühle ihrer Mutter genommen, sich meistens sogar extra angestrengt, fies zu ihr zu sein. Diese neue, erwachsene Sabine machte ihr nicht nur höflich klar, dass sie das Leben ihrer Mutter missbilligte, sondern schuf sich – so weit möglich – ihr eigenes.

Kate kämpfte gegen den plötzlich vorhandenen Kloß in ihrem Hals an. Ich muss mich nur mehr anstrengen, dachte sie und starrte auf Justins Beine in den dicken Baumwollhosen, die er vor ihr ausgestreckt hatte. Ich werde Sabine ein bisschen mehr Zeit lassen. Und sie dann an all die Sachen erinnern, die ihr in London immer so gefallen haben. Ich werde nicht klammern und jammern; ich werde einfach abwarten, bis sie bereit ist, zu mir nach Hause zurückzukommen. Und ich werde nicht zu viel in Justins Verhalten hineinlesen. Er ist ein guter Kerl und er liebt mich; wir sind lediglich ein bisschen zu schnell zur langweiligen Häuslichkeit übergegangen. Ich muss die Sache nur ein bisschen aufmischen.

Kate holte tief Luft, fuhr sich durchs Haar und zerzauste es ein wenig.

«Nun», sagte sie und legte die Hand auf sein Bein. «Hat dir das Essen geschmeckt?»

Sie hatte Thunfischsteaks, sein Lieblingsgericht, zubereitet. Allmählich wurde sie eine recht gute Köchin.

«Es war super. Das hab ich dir doch schon gesagt.»

«Und ...» Sie fuhr mit der Hand langsam seinen Oberschenkel hinauf und flüsterte ihm ins Ohr. «Ich frage mich, ob du vielleicht Lust auf ein Dessert hast ...»

O Gott, das klang ja wie in einem unglaublich schlechten Pornofilm. Aber sie musste weitermachen. Hemmungen würden alles nur vermasseln.

«Klasse», sagte er, wandte sich vom Fernseher ab und sah sie an. «Was gibt's denn?»

Sie zögerte und versuchte, ihr verführerisches Lächeln beizubehalten.

«Na ja, eigentlich schwebt mir kein normales Dessert vor.»

Er sah sie verständnislos an.

«Aber es könnte süß sein ... Nehme ich an ...»

Sie wollte losschreien: Bist du wirklich so begriffsstutzig? Aber entschlossen, den einmal eingeschlagenen Weg weiterzugehen, machte sie ihm – im wahrsten Sinne des Wortes – handgreiflich klar, was ihr vorschwebte.

Es entstand eine ziemlich lange Pause.

Justin sah sie an, blickte dann auf ihre Hand hinunter und schließlich wieder zu ihrem Gesicht hinauf. Er lächelte und runzelte die Stirn.

«Das ... das ist eine wirklich gute Idee. Aber um ehrlich zu sein, Kate, du hast mich ziemlich scharf auf einen kleinen Nachtisch gemacht. Hast du nicht was Süßes im Haus?» Er zögerte. «Ein bisschen Schokolade vielleicht. Oder Eis?»

Kate zog ihre Hand zurück. Entgeistert sah sie ihn an.

«Na ja, du hast mich doch erst auf den Gedanken gebracht», sagte er ein wenig entschuldigend. «Mir war nicht nach Süßem, bis du angefangen hast, von Desserts zu reden. Jetzt habe ich wirklich Lust darauf.»

Einen kurzen, verrückten Augenblick lang kämpfte Kate gegen das Bedürfnis an, aufzustehen und im Gefrierfach nachzusehen. Dann kam ihr der Gedanke, sie könnte ihm eine runterhauen. Schließlich dachte sie, sie sollte am besten aus dem Zimmer gehen, bis ihr klar wäre, welcher dieser überschäumenden Regungen sie nachgeben wollte. Aber sie wurde vom schrillen Läuten des Telefons davon abgehalten, und das war vielleicht ein Glück für Justin.

Er tat so, als wolle er rangehen, sank dann aber, als er ihren Gesichtsausdruck bemerkte, wieder in die Sofakissen zurück.

«Hallo?», sagte sie und war sich bewusst, dass er sie anstarrte, als sei er amüsiert, wie sie sich meldete.

«Kate?»

«Ja?»

«Ich bin's, deine Mutter.»

Es ist etwas mit Sabine, schoss es Kate durch den Kopf. Sie hatte einen Unfall.

«Was ist passiert?» Es gab keinen Grund, wieso ihre Mutter sie sonst anrufen sollte. Das hatte sie schließlich seit Jahren nicht mehr getan.

«Ich dachte, ich sollte dich informieren. Deinem Vater ... Es geht ihm ziemlich schlecht. Er hatte heute Abend einen Kollaps. Er ... er ist im Krankenhaus.» Ihre angespannte Stimme stockte, als wartete sie auf eine Antwort. Als keine kam, zögerte sie und atmete dann hörbar aus. «Wie gesagt, ich dachte nur, dass du es wissen solltest.» Damit beendete sie das Gespräch.

Kate setzte sich auf den Stuhl, legte den Hörer vorsichtig auf und ihr war klar, dass sie zwar unter Schock stand, sich aber dennoch überaus erleichtert fühlte, weil Sabine nichts passiert war. So erleichtert, dass sie gar nicht in der Lage gewesen war, wirklich zu begreifen, was Joy gesagt hatte.

«Es geht um meinen Dad», beantwortete sie schließlich Justins fragenden Blick. «Ich glaube, er liegt im Sterben. Sonst hätte sie mich nicht angerufen.» Ihre Stimme war erstaunlich fest.

«Du solltest besser hinfahren», sagte er und legte ihr eine Hand auf die Schulter. «Du Ärmste. Soll ich dir einen Flug buchen?»

Etwa eine Stunde nachdem er gegangen war, rief sie, weil ihr Auto inzwischen den Geist endgültig aufgegeben hatte, mehrere Fluggesellschaften an und stellte mit ebenso viel Frustration wie Erleichterung fest, dass es wohl zwei Tage dauern würde, bis sie einen Flug zum Waterford Airport bekam, weil gleichzeitig ein Festival und ein Ärztekongress stattfanden. Justin hatte trotz seines mitleidvollen Getues nicht ein einziges Mal angeboten, sie zu begleiten.

Kapitel 8

Christopher Ballantyne und seine Frau Julia sahen einander so ähnlich, dass nach den Worten von Mrs. H. im Dorf «ernsthafte Gerüchte» kursiert wären, wenn sie vor dreißig Jahren geheiratet hätten. Er hatte genauso dunkles, welliges Haar wie seine Frau, und es stand so störrisch von seinem breiten Kopf ab wie die verrutschte oberste Schicht eines Biskuitkuchens. Beide hatten die gleichen leichten Hakennasen, den gleichen schlanken Körperbau, ähnlich festgefahrene Ansichten zu den meisten Themen, vor allem über Hygiene und Politik, und beide sprachen im gleichen explosiven, lauten Tonfall, als würde jeder Satz durch einen Blasebalg aus ihnen herausgepumpt werden.

Und wie Sabine etwas verärgert feststellte, behandelten beide sie mit der gleichen herablassenden Distanziertheit, die sie jedem fremden Gast des Hauses gegenüber an den Tag gelegt hätten. Allerdings hatte sie den Eindruck, als bemühten sie sich in ihrem Fall absichtlich, sie spüren zu lassen, dass sie trotz der Blutsbande nicht *wirklich* zur Familie gehörte. Nicht so wie sie. Und das sei natürlich Kates Schuld.

Christopher war noch an dem Abend, an dem ihr Großvater mit dem Gesicht in den Eintopf gefallen war, ins Haus hereinmarschiert, als gehöre es ihm, und hatte Joy mitgeteilt, dass «sie sich jetzt keine Sorgen mehr zu machen brauche», eine Aussage, die Sabines Meinung nach irgendwie unsinnig war. Er und Julia waren gerade auf einem Jagdball in Kilkenny gewesen, welch ein «glücklicher Zufall», wie er sich ziemlich taktlos ausdrückte, und sie waren unverzüglich hergefahren und hatten ihr Gepäck sogleich in das gute Gästezimmer gebracht, das neben Joys

Schlafzimmer lag. Bis dahin war Sabine nie auf den Gedanken gekommen zu fragen, warum man ihr dieses Zimmer nicht gegeben hatte, das mit einem viel schöneren Teppich und einer großen, glänzenden Nussbaumkommode ausgestattet war. Aber als sie das Mrs. H. gegenüber erwähnte, erklärte Mrs. H., Christopher habe immer «gern sein eigenes Zimmer», wenn er nach Hause komme. Und er und Julia kämen «sehr häufig auf Besuch». Mit anderen Worten, anders als ich und meine Mum, dachte Sabine. Doch sie sagte nichts.

Joy äußerte sich jedenfalls nicht dazu, falls sie Sabines Verärgerung überhaupt bemerkte. Aber schließlich war sie allem Anschein nach schrecklich verwirrt, weil Edward nicht mehr zu Hause war und versorgt werden musste. Im Wexford General Hospital hatte man sich entschlossen, ihn zur Beobachtung dazubehalten, und auch wenn Sabine nicht hatte fragen wollen, was genau mit ihm los sei (jedenfalls war von ihm nicht mehr viel übrig, was beobachtet werden konnte), so war doch offensichtlich, dass es ernst war. Nicht nur, weil ihre Großmutter blass und angespannt aussah und unnatürlich ruhig wirkte, sondern auch weil Sabine festgestellt hatte, dass Christopher, sobald Joy das Zimmer verließ, auf der Rückseite der Möbel und unter den Teppichen nach kleinen, handgeschriebenen Aufklebern suchte, um nachzuprüfen, ob es auch keine Veränderungen bei der Zuteilung der Erbstücke gegeben hatte. Denn bereits vor ein paar Monaten hatte Joy begonnen, die Sachen für die Zeit nach Edwards Tod zwischen ihren beiden Kindern aufzuteilen.

«Eine sehr vernünftige Idee, Mutter», hatte Christopher zu ihr gesagt. «Das erspart einem später ein mögliches Durcheinander.» Doch Sabine hatte gehört, wie er Julia zugeraunt hatte, er sehe überhaupt nicht ein, wieso die große Standuhr in der Eingangshalle oder das Ölgemälde mit dem goldenen Rahmen im Frühstückszimmer Aufkleber mit dem Namen «Katherine» trügen.

«Wann hat sie denn je Interesse an diesem Haus gezeigt?»,

hatte er gefragt, und Sabine hatte sich still zurückgezogen und beschlossen, jeden einzelnen Aufkleber im Haus zu überwachen, um sicherzustellen, dass Christopher nicht herging und sie gar noch vertauschte.

Unterdessen hatte Julia darauf bestanden, bei der Hausarbeit zu «helfen». So entschlossen hatte sie geholfen, dass der normalerweise offene Gesichtsausdruck von Mrs. H. immer mehr erstarrte, als sei ihr Kopf in Aspik eingelegt worden. Julia hatte bereits die Küche «organisiert», damit sie bei der Zubereitung der vielen Mahlzeiten helfen konnte, hatte den Kühlschrank inspiziert und gefragt, ob es denn wirklich nötig sei, diese alten Reste aufzuheben, und ob es nicht einfacher wäre, sie kauften irgendein «gutes» Brot im Laden, anstatt Mrs. H. jeden Tag dieses schrecklich schwere Backpulverbrot backen zu lassen. Mehr als einmal hatte Sabine, sobald Julia draußen war, zu Mrs. H. gesagt, dass sie Julia für eine dumme Kuh halte, die sich in alles einmische, aber Mrs. H. hatte jedes Mal geantwortet: «Sie meint es doch nur gut», und wie jemand, der ein Mantra vor sich hin betet, erklärt, dass sie ja schon bald wieder nach Dublin zurückkehren würden.

Angesichts der Tatsache, dass Julia und Christopher ihre einzige Tante und ihr einziger Onkel waren, hätte sich Sabine vielleicht mehr darüber wundern sollen, weshalb sie die beiden bis dahin nur ein paar Mal gesehen hatte. Das eine Mal war bei ihrer Hochzeit gewesen, als Sabine noch ganz klein war. Sie konnte sich nur noch daran erinnern, dass man sie aufgefordert hatte, eines der Blumenmädchen zu sein, aber ihre Mutter hatte ihr irgendwie ein Kleid genäht, das ein bisschen anders aussah als das der anderen Mädchen – vielleicht hatte sie sich beim Kopieren des Schnittmusters vertan –, und Sabine hatte sich den ganzen Tag entsetzlich für ihre Puffärmel geschämt, während die kleinen blonden Blumengöttinnen um sie herum sie links liegen ließen, weil sie spürten, dass sie irgendwie nicht ganz dazupasste. Das letzte Zusammentreffen hatte vor einigen Jahren stattgefunden, bevor Christopher und Julia von London nach Dublin zogen und deshalb eine «kleine Fete» veranstalteten, zu der sie als versöhnliche Geste auch Sabine und ihre Mutter samt Geoff einluden. Es waren lauter Geschäftsleute und Rechtsanwälte da, weshalb sich Sabine bald davonschlich, um im Schlafzimmer zusammen mit Julias Katzen fernzusehen. Dabei bemühte sie sich, den pubertierenden Jungen zu ignorieren, der fast während der gesamten Dauer von *The Railway Children* mit seiner dreizehnjährigen Freundin in einer Ecke herumknutschte, und sie fragte sich, wann sie wohl endlich nach Hause gehen könnten. Als sei sie von irgendeiner Gottheit erhört worden, hatten Geoff und ihre Mutter sie schon gut eine Stunde nachdem sie angekommen waren, erlöst. Auf der ganzen Heimfahrt hatte Geoff dann auf die Kapitalisten geschimpft, während Kate still dagesessen und immer mal wieder eingeworfen hatte: «Ja, na gut, aber sie gehören halt zu meiner Familie», was jedoch nicht so geklungen hatte, als würde sie ihre Verwandtschaft wirklich verteidigen wollen.

Auch weil Sabine das Zusammensein mit Christopher und Julia schlicht als unerträglich empfand, übernahm sie still und leise einige Pflichten bei der Betreuung ihres Großvaters, als er zwei Tage später gebrechlich, in Decken gehüllt und in einem Rollstuhl zusammengesunken, nach Hause kam. Aus Respekt vor Joys Gefühlen überließen ihr Sohn und ihre Schwiegertochter ihr allein die Pflege (das war jedenfalls ihre Ausrede, wie Sabine Mrs. H. mitteilte, aber sie wusste genau, der eigentliche Grund war, dass sie lieber ausritten). Doch Joy war es allem Anschein nach sehr recht, wenn Sabine hinaufging, sich zu ihrem Großvater setzte und ihm die Leserbriefe aus der *Horse and Hound* vorlas. Die meiste Zeit schien er sie nicht einmal wahrzunehmen, aber Sabine war insgeheim überzeugt, dass er jedes Mal ein sehr verärgertes Gesicht machte, sobald die forsche, junge Krankenschwester, die Christopher für die Tagespflege angestellt hatte, fröhlich hereinkam, ihn aus dem Bett holte und ihm verkündete, es sei nun Zeit, «für kleine Jungs» zu gehen. Und Sabine war sich sogar sicher, hin und wieder ein Flackern in seinen Augen zu erkennen und einen Hauch von Interesse wie eine ferne Wolke über sein Gesicht huschen zu sehen, wenn sie ihm davon erzählte, was sie mit ihrem Schimmel unternommen hatte, oder irgendetwas weitergab, was Thom im Hof gesagt hatte.

Unterdessen war Joy nach der Rückkehr ihres Mannes geschäftiger denn je. Offenbar gab es im Hof auf einmal noch mehr zu tun, das Gebäude war in einem schrecklichen Zustand, und falls Liam und John John nicht endlich einen Teil des Zaum- und Sattelzeugs putzten, dann ginge es natürlich bald ganz kaputt. Nie erwähnte Joy, was die Ärzte gesagt hatten, noch sprach sie davon, warum der Großvater anscheinend überhaupt nichts mehr aß oder warum jetzt eine beängstigende Ansammlung piepsender Apparate um sein Bett herum stand, als sei sie in höchster Alarmbereitschaft für irgendeine bevorstehende Katastrophe aufgestellt worden. Sie sagte Sabine lediglich recht vage, dass sie «es ganz prima» mache, streckte hin und wieder den Kopf zur Tür herein, als wolle sie sichergehen, dass er noch am Leben war, und verbrachte dann – so weit möglich – noch mehr Stunden im Stall bei ihrem müden, alten Pferd.

«Alles okay», sagte Sabine, nachdem die Krankenschwester verschwunden war und sie sich wieder einmal dankbar, dem Sog der Geschäftigkeit unten zu entrinnen, auf den Stuhl neben dem Bett ihres Großvaters setzte. «Du kannst beruhigt sein. Jetzt sind wir sie alle erst einmal los.»

Sabine zog die Decke über seiner eingefallenen Brust höher und stellte fest, dass seine Gebrechlichkeit sie inzwischen nicht mehr erschreckte. Sie war einfach froh, dass er so friedlich aussah und lebendig und nicht voller tomatenroter Sauce war.

«Du brauchst dir keine Sorgen zu machen, dass ich mich langweile oder so», flüsterte sie ihm ins Ohr, als sie sich darauf vorbereitete, ihm aus seinem alten Rudyard-Kipling-Buch vorzulesen, das sie in der Bibliothek entdeckt hatte und das vom Polospiel zu Pferde in Indien handelte. Sie wusste, dass er sie hören konnte, obwohl die Krankenschwester immer die Augenbrauen hochzog, als täte sie etwas ausgesprochen Dummes. «Ich wollte es dir schon neulich sagen», erklärte sie sanft, bevor sie mit dem Lesen anfing. «Manchmal sitze auch ich gern einfach nur da und bin.»

Kate Ballantyne hatte zu ihrem achtzehnten Geburtstag drei Geschenke von Bedeutung erhalten. Eines – es kam von ihren Eltern – war ein absolut erstklassiger dunkelbrauner Universalsattel aus Schweinsleder, über den sie sich, als sie ihn auspackte, gar nicht freute, weil sie sich doch ausdrücklich einen BH und eine neue Hose gewünscht hatte. Das zweite Geschenk, ebenfalls von ihren Eltern, war ein Gutschein, anlässlich ihrer Volljährigkeit bei einem hiesigen Porträtmaler Modell zu sitzen. Auch dieses stieß nicht auf große Dankbarkeit; sie hatten ausgerechnet jenen Künstler ausgesucht, der gerade ein großes Ölgemälde von Mutters neuem Wallach, Lancelot, fertig gestellt hatte. Das dritte Geschenk ... Na ja, das dritte Geschenk war gewissermaßen die indirekte Folge des zweiten. Und das hatte sie erst viel später bekommen.

Sechzehneinhalb Jahre später musste Kate an diese Geschenke denken, als sie im Fond des Taxis saß und auf der Fahrt vom Flughafen Waterford nach Kilcarrion den stechenden Geruch des Duftbäumchens einatmete. Sie war genau dreimal in ihr Elternhaus zurückgekehrt, nachdem sie es kurz nach ihrem achtzehnten Geburtstag verlassen hatte; einmal, um ihren Eltern die neugeborene Sabine zu zeigen, das zweite Mal zusammen mit Jim, als sie geglaubt hatte, die Tatsache, dass sie nun eine Art «Familie» besaß, würde die Einstellung ihrer Eltern ihr gegenüber ein wenig verbessern, und jetzt, wiederum fast zehn Jahre später. Warum regnet es hier bloß immer, ging es ihr durch den Kopf, während sie über die beschlagene Scheibe wischte. Ich kann mich kaum daran erinnern, dass es irgendwann einmal nicht geregnet hätte.

Es hatte beinahe zwei Tage gedauert, bis sie einen Flug nach Waterford bekommen hatte; wegen einer internationalen Ärztekonferenz waren die meisten Plätze schon ausgebucht gewesen, und dass ihr Auto vor kurzem nun endgültig kaputtgegangen war, vergrößerte auch nicht gerade ihre Chance, die Fähre zu nehmen (das redete sie sich zumindest ein und sah stillschweigend darüber hinweg, dass ihre Bemühungen nicht ganz so entschlossen gewesen waren, wie sie hätten sein können). Außerdem wusste Kate schon jetzt, dass man ihre späte Heimkehr gegen sie einsetzen würde wie eine Reitgerte, obwohl ihre Mutter sie sogar eigens angerufen und darüber informiert hatte, als sich der Zustand ihres Vaters «stabilisierte». Es lag ihr nicht genug an ihm, sonst wäre sie unverzüglich gekommen – genau das würde man sich wieder und wieder zuraunen. Sie war nicht gleich angereist, obwohl ihr eigener Vater im Sterben lag. Wahrscheinlich war sie zu sehr damit beschäftigt, sich mit ihrem neuesten Liebhaber herumzutreiben. Was für eine Ironie! Kate seufzte in sich hinein, als sie an ihre letzte Unterredung mit Justin dachte. Sie hatte den Eindruck gehabt, er war weniger entsetzt und beunruhigt über die Tatsache gewesen, dass sie ihre Beziehung so abrupt beendet hatte, sondern vielmehr darüber, dass sie darauf bestanden hatte, er solle seine Taschen noch vor ihrer Abreise nach Irland aus ihrem Haus schaffen.

Sie war sich nicht einmal richtig im Klaren, warum sie überhaupt hierher kam; abgesehen von ihrem Bedürfnis, ihre Tochter wieder zu sehen, hatte sie keine echten Gefühlsbindungen zu diesem Ort. Ihr Vater hatte sich seit ihrem achtzehnten Geburtstag nicht mehr höflich oder gar liebevoll mit ihr unterhalten, ihr Bruder und seine Frau würden sie sowieso von oben herab behandeln und Kommentare abgeben, die zum Ausdruck brachten, dass sie beide einen größeren Anspruch auf den Familienbesitz hatten, und ihre Mutter unterhielt sich ja ohnehin schon lange lieber mit ihren Hunden. Ich bin gekommen, weil mein Vater im Sterben liegt, sagte sie sich und probierte die Worte aus, um festzustellen, ob sie jetzt, nach so langer Zeit, bei ihr ein dem Anlass, dem möglicherweise bevorstehenden Verlust entsprechendes Gefühl auslösen konnten. Doch genau genommen empfand sie bei der Vorstellung, wieder in diesem Haus zu sein, nichts als Grauen, das nur durch die Freude auf das Wiedersehen mit ihrer Tochter abgeschwächt wurde.

Ich bleibe ein paar Tage, sagte sie sich, als das Taxi den Ortsrand von Ballymalnaugh erreichte. Ich bin erwachsen. Ich kann abreisen, wann immer ich will. Ein paar Tage bringt man schon hinter sich. Und dann kann ich Sabine vielleicht überreden, mit mir zusammen nach Hause zu fahren.

«Kommen Sie von weit her?» Der Taxifahrer hatte jetzt, da er seinem Ziel näher kam, offenbar das Bedürfnis, sich sein Trinkgeld zu sichern.

«London.»

Seine Augen, die unter den buschigen Brauen wie zwei Käfer aussahen, trafen ihren Blick im Rückspiegel.

«London. Ich habe Verwandte in Willesden.» Er hielt inne. «Ist schon gut, meine Liebe, ich frage Sie schon nicht, ob Sie sie kennen.»

Kate setzte ein schwaches Lächeln auf und blickte dann wieder aus dem Fenster auf die vertraute Landschaft; da war das Haus von Mrs. H., die Church of Blessed Peter, die vierzig Morgen große Weide, die ihre Eltern damals, als das Geld das erste Mal knapp geworden war, an einen Bauern verkauft hatten.

«Waren Sie schon mal hier? In diese Gegend kommen nämlich normalerweise nicht viele Touristen. Ich bringe sie meistens in den Norden. Oder in den Westen. Sie würden es kaum glauben, wie viele inzwischen in den Westen reisen.»

Kate zögerte und blickte auf die Steinmauer, die Kilcarrion umgab.

«Nein, noch nie», sagte sie.

«Dann besuchen Sie also bloß Freunde?»

«So etwas Ähnliches.»

Betrachte es einfach so, dass du Sabine abholst, redete sie sich ein. Dann wird die ganze Sache erträglich.

Aber es war nicht Sabine, die ihr die Tür öffnete. Es war Julia, die Jodhpurs, eine dicke, leuchtend rote Thermoweste sowie dazupassende Socken trug und ihr, nachdem sie sie mit Küsschen und Willkommensworten überschüttet hatte, ziemlich spitz erklärte, sie habe «absolut keine Ahnung», wo Sabine sei. «Sie scheint die meiste Zeit entweder damit zu verbringen, sich irgendwo in den Ställen herumzutreiben oder bei Edward einzuschließen», sagte sie. Julia sprach immer so, dass in ihren Worten Verwunderung über das Tun anderer Leute mitschwang.

Kate versuchte, ihre Verärgerung über die allzu vertrauliche Art, in der Julia von ihrem Vater sprach, zu verbergen, und kam zu dem Schluss, dass Julia sich irren müsse. Sabine würde sicher nicht bei den Pferden herumhängen wollen. Und noch viel weniger würde sie sich mit ihrem Vater «einschließen».

«Aber was mache ich da!», rief Julia aus und nahm Kate eine ihrer Taschen ab. «Komm doch herein! Wo bleiben nur meine Manieren!»

Die sind von deiner Habgier niedergewalzt worden, dachte Kate bitter. Und dann sagte sie sich, sie habe dazu kein Recht, denn schließlich war es ihr in den letzten sechzehn Jahren völlig einerlei gewesen, ob das Haus ihr gehörte oder ob es abgerissen würde, um für einen Drive-in von McDonald's Platz zu machen. Sie rückte sich die Brille auf ihrem Nasenrücken zurecht (natürlich hatte sie ihre Kontaktlinsen vergessen), um das Haus in Augenschein zu nehmen, das nicht mehr das ihre war.

«Wir haben dich in das italienische Zimmer einquartiert», flötete Julia, als sie Kate «hinaufgeleitete». «Ich glaube, im Moment ist es nicht allzu feucht.»

Es war, als sei das Haus in den zehn Jahren seit ihrem letzten Besuch in Hundejahren gealtert, dachte Kate, als sie sich umsah. Schon immer war es kalt und feucht gewesen, aber sie konnte sich nicht an diese braunen Wasserflecken erinnern, die sich an den Wänden ausbreiteten wie sepiafarbene Landkarten ferner Kontinente. Noch konnte sie sich entsinnen, dass alles so schäbig und heruntergekommen ausgesehen hätte, wie zum Beispiel die Perserteppiche, von denen nur noch ein fleckiges Netz grauer Baumwollfäden übrig war, die zerschrammte und angeschlagene Einrichtung, die man offensichtlich schon längst hätte neu streichen müssen. Sie erinnerte sich nicht an den Geruch; den allgegenwärtigen leichten Geruch von Hunden und Pferden, der sich inzwischen mit jenem von Schimmel und Vernachlässigung mischte. Und sie hatte keine Ahnung mehr gehabt, wie kalt es hier war; keine trockene Kälte wie in ihrem Haus, als der Heizkessel kaputtgegangen war, sondern eine feuchte, durchdringende, dauerhafte Kälte, die ihr schon wenige Minuten nach ihrer Ankunft in die Knochen kroch. Kate betrachtete die Weste aus dickem Fleecestoff auf Julias Rücken jetzt mit ganz anderen Augen. Die sah jedenfalls wärmer aus als alles, was sie mitgebracht hatte.

«Wir haben es immerhin geschafft, dieses hier ein bisschen aufzuwärmen», sagte Julia, als sie die Tür zu Kates Zimmer aufstieß. «Du hast ja keine Vorstellung, wie kalt sie es haben werden lassen! Kein Wunder, dass Edward krank geworden ist, habe ich zu Christopher gesagt.»

«Ich dachte, er hatte einen Schlaganfall», stellte Kate kühl fest.

«Ja, es war ein Schlaganfall, aber er ist alt und sehr gebrechlich. Und alte Leute brauchen es doch gemütlich und warm, nicht? Ich habe Christopher gesagt, wir sollten ihn besser mit nach Dublin nehmen, in die Wärme einer ordentlichen Zentralheizung. Wir haben schon ein Zimmer vorbereitet. Aber deine Mutter will davon nichts wissen. Sie will ihn unbedingt hier behalten.»

Der Tonfall ihrer letzten Worte ließen bei Kate keinerlei Zweifel aufkommen, was Julia von dieser Einstellung hielt. Es bedeutete, dass Joy ihren Mann vorzeitig unter die Erde bringen würde, weil sie ihn partout auf Kilcarrion behalten wollte. Aber da war Kate ausnahmsweise mit ihrer Mutter einer Meinung. Ihr Vater würde in jedem Fall lieber hier bleiben, sei es noch so kalt und feucht, als von Julias pastellfarbener, zentralbeheizter Fürsorge erstickt zu werden.

«Unter uns gesagt, Katie, ich kann's kaum mehr erwarten, bis wir wieder zu Hause sind», sagte Julia und zog eine der Schubladen auf, um nachzusehen, ob sie auch leer war. Sie neigte zu solchen falschen «Vertraulichkeiten», zu Worten, die eigentlich nichts bedeuteten, aber eine gewisse Intimität nahe legen sollten. «Ich finde dieses Haus deprimierend, auch wenn Christopher es so liebt. Inzwischen kümmert sich unsere Nachbarin um die Katzen, und ich weiß genau, dass es ihnen schon jämmerlich geht, den Ärmsten. Sie mögen es gar nicht, wenn wir fortfahren.»

«Ach, deine Katzen», sagte Kate höflich, als sie sich plötzlich an Julias Leidenschaft für ihre beiden Katzen mit dem herausfordernden Blick erinnerte. «Sind es immer noch dieselben?»

Julia legte eine Hand auf Kates Arm. «Wie lieb von dir, Katie, dass du danach fragst. Armand ist noch bei uns, aber Mam'selle ist leider Gottes letztes Frühjahr gestorben.» Mit einigem Entsetzen stellte Kate fest, dass Julia plötzlich Tränen in den Augen standen.

«Aber immerhin, sie hat ein schönes Leben gehabt ...», sagte sie gedankenverloren. «Weißt du, wir haben für Armand eine herzallerliebste Gefährtin besorgt. Wir nennen sie Poubelle», lachte sie fröhlich, und ihre gute Stimmung war mit einem Schlag wiederhergestellt. «Weil sie einfach nicht aus unserem Mülleimer in der Küche herauszukriegen ist, die kleine Madame.»

Kate versuchte zu lächeln und fragte sich, wie schnell sie wohl der nach Freesien duftenden Julia entkommen und sich auf die Suche nach ihrer Tochter machen konnte.

«Sicher möchtest du jetzt gerne auspacken. Deshalb lasse ich dich allein», sagte Julia. «Aber vergiss nicht, Tee gibt's Punkt halb fünf. Wir haben Joy inzwischen überredet, ihn im Frühstückszimmer einzunehmen, weil sich das ein bisschen leichter heizen lässt. Ich sehe dich dann unten.»

Zum Abschied wackelte sie albern mit den Fingern, dann war sie verschwunden.

Kate ließ sich auf ihr Bett plumpsen und schaute sich in dem Zimmer um, das sie seit zehn Jahren nicht mehr gesehen hatte.

Das war nicht ihr eigenes Zimmer; Julia hatte ihr gesagt, dass dort Sabine untergebracht sei, während Julia und Christopher das Zimmer belegten, das immer schon seines gewesen war. Im anderen «trockenen» Gästezimmer schlief jetzt offenbar ihre Mutter. Das überraschte Kate nicht; denn schon als sie noch hier gelebt hatte, vermutete sie, dass ihre Eltern oft getrennt schliefen – weil ihr Vater schnarchte, wie Mutter nicht gerade überzeugend erklärt hatte. Aber es fiel ihr schwer, irgendetwas in diesem Zimmer mit ihrer Kindheit oder ihren Teenagerjahren in Verbindung zu bringen; es war, als sei das Haus schneller gealtert als alles andere und habe dadurch sämtliche Zeichen und Spuren der Vertrautheit beseitigt, und es machte wirklich den Eindruck, als habe es absolut nichts mit ihr zu tun.

Warum sollte mich das kümmern, überlegte Kate. Seit Sabines Geburt hat sich mein Leben nicht mehr hier abgespielt. Ich habe mein Leben zu Hause, in London.

Und dennoch ertappte sie sich dabei, wie sie die Bilder an den Wänden betrachtete und in die Schränke spähte, als wartete sie darauf, irgendetwas wieder zu erkennen oder gar einen Anflug melancholischer Sehnsucht nach dem früheren, weniger komplizierten Leben zu spüren.

Kate ging gerade die Treppe hinunter, als sie Sabine erblickte. Sie hatte ihr den Rücken zugewandt und hockte neben den Hunden auf dem Boden, zog sich die Reitstiefel aus und sagte liebevoll zu Bella und Bertie, die ihr die Nasen ins Gesicht drückten, dass sie beide «doofe, doofe Viecher» seien. Bertie, der nun richtig in Fahrt kam, sprang an Sabine hoch, sodass sie nach hinten auf den Teppich der Halle kippte, und sie lachte, schob ihn fort und versuchte, sich das Gesicht abzuwischen, das er ihr ganz voll gesabbert hatte.

Das passte alles so gar nicht zu ihrer Tochter. Kate stand da, schaute sich das an und freute sich einerseits über diesen ungehemmten Ausdruck der Zuneigung, andererseits empfand sie einen vagen Schmerz, dass es diesem Ort, dieser eisigen Gefühlswüste, irgendwie gelungen war, das hervorzuzaubern, worum sie sich immer vergeblich bemüht hatte.

Sabine spürte ihre Anwesenheit, wandte sich um und zuckte leicht zusammen, als sie ihre Mutter auf der Treppe sah.

«Sabine», sagte Kate und streckte ganz spontan die Arme aus. Sie hatte nicht damit gerechnet, dass die Anwesenheit ihrer Tochter emotional eine solche Wirkung auf sie haben könnte. Inzwischen waren Wochen vergangen.

Sabine stand auf, und eine gewisse Unentschlossenheit huschte über ihr Gesicht.

«Oh ... Hm. Hi, Mum», sagte sie, kam einen kleinen Schritt auf sie zu und ließ sich umarmen. Dann wich sie ganz vorsichtig zurück, als sie das Gefühl hatte, es dauere zu lange.

«Mein Gott, wie du aussiehst!», rief Kate aus und schüttelte den Kopf. «Du siehst ... du siehst ... Na ja, du siehst großartig aus.» Sie wollte sagen: Du siehst aus, als gehörtest du hierher. Aber in diesem Satz schwang so viel Gefährliches mit, dass sie ihn nicht über die Lippen brachte.

«Ich sehe scheiße aus», sagte Sabine und sah auf ihre schmutzigen Jeans und den Schlabberpullover hinunter, der von oben bis unten mit Strohhalmen übersät war. Sie senkte den Kopf und fuhr sich mit ihrer schmalen Hand durchs Haar, und sogleich war sie wieder die alte Sabine, verlegen, übermäßig kritisch und extrem argwöhnisch gegenüber jeder Art von Kompliment.

«Du hast ja deine Brille auf», bemerkte sie. Und sagte es bewusst vorwurfsvoll.

«Ich weiß. In der ganzen Aufregung hab ich dummerweise meine Kontaktlinsen vergessen.»

Sabine starrte ihr ins Gesicht.

«Du solltest dir unbedingt eine neue Fassung zulegen», sagte sie und wandte sich wieder den Hunden zu.

Es entstand eine kurze Pause, als sich Sabine bückte, um ihre Stiefel aufzuheben.

«Also ...», sagte Kate und war sich darüber im Klaren, dass ihre Stimme zu hoch, zu eifrig klang. «Bist du ausgeritten?»

Sabine nickte und stellte die Stiefel hinter die Tür.

«Ich hätte nie gedacht, dass dich deine Granny zum Reiten bringt. Tust du's gern? Hat sie dir ein Pferd besorgt?»

«Ja. Sie hat eins für mich ausgeliehen.»

«Großartig ... Prima! Es ist schön, alte Hobbys wieder zu entdecken, nicht wahr? Und was hast du sonst noch so gemacht?»

«Nicht viel.»

«Was, du bist nur geritten?» Die Tür zum Frühstückszimmer stand offen. Kate stellte erleichtert fest, dass niemand drinnen war.

«Nein. Ich hab auch ausgeholfen. Hier halt alles Mögliche gemacht.» Sabine hielt inne, um die Hunde in das Frühstückszimmer zu scheuchen, und streckte dann mit einer Bewegung, die scheinbar auf lange Gewohnheit zurückging, einen ihrer bestrumpften Füße gegen den Ölofen.

«Und ... gefällt es dir hier? Ist alles in Ordnung? Ich ... ich hab in letzter Zeit kaum von dir gehört. Ich hab mich gefragt, ob es dir gut geht.»

«Mir geht's bestens.»

Eine Weile schwiegen sie, und Sabine blickte stur aus dem Fenster auf den sich verdunkelnden Himmel hinaus.

«Wir trinken normalerweise nicht hier unseren Tee», sagte sie schließlich. «Normalerweise trinken wir ihn im Wohnzimmer. Aber Julia ...», sie sprach den Namen gedehnt, recht verächtlich aus, «Julia meint, das Kaminfeuer macht das Zimmer nicht warm genug. Deshalb trinken wir ihn jetzt hier.»

Kate setzte sich vorsichtig auf einen der Stühle und bemühte sich sehr, nicht zu zeigen, wie verletzt sie durch Sabines offenkundige Gleichgültigkeit war. Normalerweise trinken wir ..., hatte sie gesagt. Normalerweise ..., als lebe sie schon von Geburt an hier. Als betrachte sie dieses Haus als ihren Besitz.

«Nun», sagte sie möglichst fröhlich. «Möchtest du hören, wie es Amadeus geht?»

Sabine hielt den anderen Fuß an den Ofen und sah sie an.

«Es geht ihm doch gut, oder etwa nicht?»

«Ja, ihm geht's ausgezeichnet. Ich dachte nur, es würde dich vielleicht interessieren, was er so alles angestellt hat.»

«Er ist ein *Kater*», sagte Sabine abschätzig. «Was gibt's da schon zu erzählen?»

Mein Gott, dachte Kate. Wie der Unterricht auch immer heißen mag, in dem sie Teenagern beibringen, andere auf die richtige Größe zurechtzustutzen, Sabine hat meine Lektion offenbar mitgelernt.

«Warum fragst du mich nicht irgendetwas über zu Hause? Wie es bei meiner Arbeit geht? Was mit dem Haus ist?»

Mit gerunzelter Stirn sah Sabine ihre Mutter an und versuchte herauszufinden, was genau sie eigentlich von ihr wollte. Allem Anschein nach versuchte sie verzweifelt, irgendeine Reaktion aus ihr herauszukitzeln, als habe sie erwartet, sie würde sich auf sie stürzen, sie mit Fragen nach zu Hause bombardieren und wie bei einer Wiedersehensshow im Fernsehen vor Freude in die Luft springen. Und vielleicht hätte sie das ja vor ein paar Wochen auch noch getan. Aber inzwischen gefiel es ihr hier viel besser, und ihre Mutter so überraschend zu sehen hatte sie ... na ja, hatte sie genervt. Das Gefühl, sie dringend zu brauchen, hatte sich mit ihrer Ankunft schlagartig in Luft aufgelöst. Es war wie mit den Jungs, wenn man eine ganze Woche an einen gedacht, sich danach gesehnt hatte, ihn zu treffen, aber dann, sobald man ihn wirklich traf, gleich merkte, dass alles so kompliziert war, und man gar nicht mehr wusste, ob man ihn überhaupt noch sehen wollte. Als wären sie in der Phantasie irgendwie besser als im wirklichen Leben.

Sabine blickte verstohlen zu ihrer Mutter hinüber, die sich im Zimmer umsah und ein wenig verloren und Mitleid erregend wirkte. In den letzten Monaten hatte sie meistens nur an die guten Seiten ihrer Mutter gedacht – dass Kate sie unterstützte und lieb zu ihr war und sie ihr alles sagen konnte. Aber sobald sie sie jetzt ansah, empfand sie vor allem ... Ja, was eigentlich? Verärgerung? Das vage Gefühl, dass sie sich wieder einmal einmischte? Sobald Sabine ihre Mutter ansah, wurde sie an die ganze Sache mit Justin und Geoff erinnert. Und hörte sie ihr zu, dann wurde ihr wieder klar, dass ihre Mutter nie locker sein und sie einfach in Ruhe lassen konnte; immer wollte sie mehr, als Sabine von sich aus zu geben bereit war. Sie hätte sie gern gefragt: Warum hast du nicht einfach cool sein können? Warum hast du nicht einfach «Hi» sagen und warten können, bis ich auf dich zukomme? Warum drängst du mich immer so sehr, dass ich dich am Ende fortstoße? Aber sie stand bloß da, wärmte ihre kalten Füße am Ölofen und schluckte ihre Gefühle hinunter.

«Ach, Katherine», sagte Christopher und ging zielstrebig durchs Zimmer. «Julia hat mir gesagt, dass du da bist.» Er legte ihr eine Hand auf die Schulter und drückte ihr ein wenig geistesabwesend einen Kuss auf die Wange. «Hattest du eine gute Reise hier rüber? Du bist doch nicht etwa mit der Fähre gekommen?»

«Nein. Ich bin geflogen. Konnte aber keinen früheren Flug kriegen», antwortete Kate und war sich bewusst, dass das bereits nach Selbstverteidigung klang.

«Oh. Ja. Ja. Ich hab davon gehört. Mach dir nichts draus, es sieht ja so aus, als ginge es dem alten Herrn ein bisschen besser.»

Nein, geht es nicht, dachte Sabine. Ich war fast den ganzen Tag bei ihm, und es geht ihm kein bisschen besser. Aber sie sagte nichts.

«Und, wie lange bleibst du?»

Er nahm auf dem Stuhl ihres Vaters Platz und blickte sich um, als warte er darauf, dass Julia oder Mrs. H. das Tablett mit den Teesachen hereinbrachte. Kate wusste nicht, was sie ihm antworten sollte. Bis er stirbt, wollte sie sagen. Ich dachte, deshalb sind wir doch alle hier.

«Bin mir noch nicht sicher.»

«Wir werden wahrscheinlich morgen zurückfahren müssen», verkündete Christopher. «Es wartet eine Menge Arbeit auf mich, und um ehrlich zu sein, jetzt, wo es um ihn besser steht, ist ja allem Anschein nach nicht mehr die gleiche Dringlichkeit gegeben wie noch vor ein paar Tagen.»

In denen ich nicht da war, dachte Kate.

«Allerdings komme ich wahrscheinlich an den Wochenenden kurz herunter», fuhr er fort. «Bloß um sicherzugehen, dass hier alles richtig läuft. Ich will ein Auge auf sie haben. Will dafür sorgen, dass sie ihn auch warm genug halten und so.»

«Bei ihm ist die ganze Zeit das Feuer an», warf Sabine ein. Sie konnte es sich einfach nicht verkneifen.

Christopher nahm sie anscheinend kaum wahr. «Ja, ja, aber dieses alte Haus ist schrecklich feucht. Das kann für ihn nicht gut sein. Nanu, wo bleibt Julia denn? Und wo ist Mutter? Ich dachte, Tee gibt es um Punkt halb fünf.»

Als habe sie ihn gehört, erschien Joy plötzlich in der Tür. Ihre Haare, die ohnehin kaum zu bändigen waren, hatten sich unter den Klemmen hervorgestohlen, mit denen Joy ihre Frisur zusammenzuhalten versuchte, und standen ihr wie ein Mopp vom Kopf ab. Ihr marineblauer Pullover hatte Flicken an den Ellbogen, und die Strümpfe, die unter der abgewetzten Kordhose hervorlugten, passten so wenig zusammen, als stammten sie von zwei völlig verschiedenen Paaren.

«Katherine. Ja, wie geht es dir?» Joy ging auf Kate zu und gab ihrer Tochter zögernd einen Kuss auf die Wange. Kate, ganz benommen von den vertrauten Düften – ein bisschen Lavendel, vermischt mit Pferdegeruch –, stellte mit leichtem Entsetzen fest, wie sehr ihre Mutter gealtert war, seit sie sie das letzte Mal gesehen hatte. Ihre von jeher wettergegerbte Haut sah aus, als sei sie inzwischen von den Elementen, der Sonne und der kalten Luft, böse zugerichtet und ausgedörrt worden, sodass sie blass, ledern und von Äderchen und tiefen Falten durchzogen war. Ihre einst dunklen Haare waren jetzt fahl silbrig. Aber am deutlichsten verrieten ihre Augen die Kümmernisse des Alters. Ihr früher so stählerner und durchdringender Blick kam Kate jetzt ein wenig verwirrt vor. Außerdem wirkte Joy kleiner, irgendwie weniger robust. Weniger Furcht erregend.

«Hast du eine gute Reise gehabt? Tut mir Leid, ich wusste gar nicht, dass du hier bist. Ich war draußen bei den Ställen.»

«Ist schon gut», sagte Kate. «Julia hat mir mein Zimmer gezeigt.»

«Und du hast Sabine schon gesehen. Gut. Gut ... Sabine, möchte dein Großvater Tee haben?»

«Nein, er schläft.» Sabine saß auf dem Boden, einen Hund an jeder Seite. «Ich gehe in einer halben Stunde nochmal rauf und frage ihn.»

«Ja. Sehr schön. Also, wo bleibt Mrs. H. denn mit dem Tee?» Joy drehte sich um und ging aus dem Zimmer. Kate starrte auf die Stelle, an der sie gestanden hatte. War das alles, überlegte sie. Wir haben einander zehn Jahre nicht gesehen, mein Vater liegt im Sterben, und das war alles?

«Sie ist ein wenig ... Na ja, nicht ganz da, seit Dad krank ist», sagte Christopher, nachdem Joy hinausgegangen war.

«Jedenfalls nicht mehr wie früher», fügte Julia hinzu, die direkt nach ihr hereingekommen war. «Fast, als hätte das alles auch sie krank gemacht.»

«Sie ist ganz in Ordnung», wandte Sabine zu Joys Verteidigung ein. «Sie ist nur ein bisschen zerstreut.»

«Sie ist ein bisschen vergesslich.» Julia schüttelte den Kopf. «Ich hab ihr zweimal sagen müssen, dass wir am Samstag wieder herkommen werden.»

«Ich denke, wir sollten jemanden haben, der nach ihnen sieht. Nach beiden.» Christopher stand auf und spähte in den Flur hinaus, als schaue er nach, ob jemand an der Tür lauschte. «Ich glaube nicht, dass sie allein zurechtkommen.»

«Und es ist schrecklich schwierig, irgendetwas für sie zu tun», fügte Julia hinzu. «Sie sind so entsetzlich stur in ihren Ansichten.»

«Mrs. H. kümmert sich doch um sie. Und du hast diese Krankenschwester eingestellt. Übrigens wollen sie die gar nicht hier haben. Sie wollen bestimmt sonst niemanden.»

Kate sah ihre Tochter entgeistert an, erstaunt über diese Verteidigung der Lebensweise ihrer Großeltern. Christopher blickte von Sabine zu Kate, als mache er sie für diese unerhörte Frechheit verantwortlich. Aber Kate, die zwischen den beiden stand, fühlte sich nicht einmal in der Lage, überhaupt etwas dazu zu sagen.

Da erklärte Sabine mit lauter Stimme: «Sie mögen es nicht, wenn sich Leute von außen einmischen. Mrs. H. kümmert sich doch um alles, und sie hat gesagt, wenn's nötig ist, macht sie auch Überstunden. Ich verstehe nicht, warum ihr sie nicht einfach in Ruhe lasst.»

«Gut und schön, Sabine, das ist eine hervorragende Idee, aber du kennst deine Großeltern ja so gut wie gar nicht. Julia und ich, wir haben hier unten ständig ausgeholfen. Ich denke, wir wissen, was meine Eltern brauchen und was nicht.»

«Nein, wisst ihr nicht», sagte Sabine wütend. «Ihr habt sie nie gefragt. Ihr seid einfach hergekommen und habt die Sache in die Hand genommen. Ihr habt Großmutter nie gefragt, ob sie eine Krankenschwester haben will – ihr habt sie einfach angeschleppt. Und Großvater kann sie nicht ausstehen. Jedes Mal, wenn sie ins Zimmer kommt, stöhnt er auf.»

«Dein Großvater ist sehr krank, Sabine», sagte Julia freundlich. «Er braucht professionelle Pflege.»

«Er braucht niemanden, der ihn herumkommandiert und schimpft, weil er nicht richtig aufs Klo geht. Er braucht niemanden, der ihm sagt, er soll sein Gemüse aufessen, als wäre er ein Baby, und der dann über ihn redet, als wäre er gar nicht da.»

Allmählich riss Christopher der Geduldsfaden.

«Sabine, du hast absolut keine Ahnung, was meine Eltern brauchen oder nicht. Du und Kate, ihr habt jahrelang überhaupt nichts mit dieser Familie zu tun gehabt, und ihr täuscht euch gewaltig, wenn ihr glaubt, ihr könntet hier einfach hereinspazieren und bestimmen, was in diesem Haus gemacht wird.» Sein Gesicht war ganz rot angelaufen. «Das ist jetzt für uns alle eine sehr schwierige Zeit, und es wäre mir sehr recht, wenn ihr euch aus Dingen heraushalten würdet, die euch nichts angehen.»

«Ich gehe, wenn meine Großeltern wollen, dass ich gehe»,

sagte Sabine laut. «Nicht, wenn ihr es wollt. Und wir wissen doch alle, dass ihr sowieso nur an ihren wertvollen alten Sachen interessiert seid. Ich hab gesehen, wie ihr hinter den Möbeln nachgeschaut habt – glaubt bloß nicht, ich hätte das nicht gemerkt.» Sie rappelte sich vom Boden auf, rannte mit hochrotem Gesicht und Tränen in den Augen aus dem Zimmer und rief noch, bevor sie die Tür zuknallte: «Verdammt, sie sind nämlich noch nicht tot, wisst ihr.»

Joy, die gerade mit dem Teetablett erschien, wunderte sich über den abrupten Abgang ihrer Enkelin. «Wo ist Sabine denn hin?»

«Ach, der Teenager ist mal wieder eingeschnappt», sagte Christopher verächtlich. Er hatte, wie Kate bemerkte, ein noch geröteteres Gesicht als ihre Tochter. Was Sabine auch immer über die Möbel gesagt hatte, es war offenkundig etwas Wahres dran.

«Ach.» Joy blickte kurz zur Tür, als überlege sie, ob sie Sabine nicht nachgehen solle, aber dann sah sie sich im Raum um und kam bedauernd zu dem Schluss, dass ihr Platz wohl eher hier im Frühstückszimmer sei. «Vielleicht kommt sie ja gleich wieder», erklärte sie hoffnungsvoll. Sie beugte sich vor, stellte die Tassen auf die Untertassen und machte sich mit der Teekanne zu schaffen. «Ich habe sie nämlich gern um mich.» Während sie das sagte, blickte sie fast schüchtern zu Kate hinüber, die spürte, wie ihr plötzlich und unerklärlicherweise kalt wurde, als sie diese unerhörte Gefühlsäußerung vernahm – in Kilcarrion etwa das Gleiche, als würde man sich andernorts sämtliche Kleider vom Leib reißen und durch ein Megaphon ewige Liebe schwören.

Die Teestunde war alles andere als angenehm; die Tatsache, dass Sabine fehlte, riss unweigerlich eine Lücke im Ablauf, als habe man bei einem Familienbild überhastet einen Kopf weggeschnitten. Joy machte sich weiterhin Gedanken, was sie wohl treibe, und fragte immer wieder, ob man ihr vielleicht etwas vom Obstkuchen übrig lassen solle, während Christopher schmollte und Julia im Bemühen, wenigstens den Anschein einer gemütlichen Atmosphäre aufrechtzuerhalten, allzu laut über Belanglosigkeiten daherplapperte. Kate, die bereits zu der Überzeugung gelangte, dass dieser Besuch ein Albtraum war, schlimmer, als sie ihn hätte träumen können, sagte beinahe gar nichts, antwortete nur auf höfliche Fragen nach ihrer Arbeit und stellte fest, dass alle bewusst darauf verzichteten, sich nach ihrem derzeitigen Partner zu erkundigen, während sie verzweifelt gegen den Wunsch ankämpfte, aufzustehen und nachzusehen, ob ihre Tochter wirklich okay war. Sie wollte gehen, sie wäre auch gegangen, aber irgendetwas sagte ihr, dass Sabine sie nur einfach zurückstoßen oder ihr erklären würde, sie verstehe es ohnehin nicht, und sie wusste nicht, ob sie an einem einzigen Tag so viel Zurückweisung ertragen konnte.

Aber das war noch nicht alles. Als Joy schließlich hinausgestapft war, nachdem sie über ihrer noch halb vollen Teetasse verkündet hatte, dass sie nach Edward schauen wolle, hatte Christopher, den Sabines Bemerkungen offenbar noch immer wurmten, Kate in scharfem Ton gefragt, wann sie ihrer Tochter denn endlich Manieren beibringen werde.

«Chris, bitte nicht», sagte Kate genervt. «Ich bin müde und nicht in der Stimmung.»

«Na ja, irgendjemand muss sie ihr ja beibringen, oder etwa nicht? Und offenkundig lernt sie es nicht von dir.»

«Will heißen?»

«Genau, was ich sage. Dass du dir nicht gerade ein Bein ausreißt, um dafür zu sorgen, dass sie weiß, wie man sich in Gesellschaft benimmt.»

Kate sah ihn entgeistert an, das Blut pochte ihr bereits in den Ohren. Es ging los. Sie war gerade einmal zwei Stunden hier, und schon ging es wieder los, als seien die letzten sechzehn Jahre nicht gewesen. Sie saßen wie früher als Bruder und Schwester in ihrem Elternhaus, und er hackte auf ihr herum, weil sie sich wieder einmal «nicht richtig benehmen» konnte.

«Oh, um Himmels willen, Chris. Ich bin gerade erst angekommen. Lass es gut sein.»

«Bitte nicht, Darling.» Julia, die angeblich beim geringsten Familienstreit einen Hautausschlag bekam, war aufgestanden, als sei sie im Begriff, aus dem Zimmer zu gehen.

«Warum sollte ich es gut sein lassen? Jetzt, wo der alte Herr im Sterben liegt, taucht sie hier wieder auf. Und hat dafür gesorgt, dass sich ihre Tochter zuerst bei Mutter einschmeichelt. Ich denke, es ist nur fair, wenn sie im Gegenzug ein paar Wahrheiten zu hören kriegt.»

«Was hast du gesagt?» Kate, die zwar an die Nörgelei ihres Bruders gewöhnt war, wollte ihren Ohren nicht trauen.

«Du hast richtig gehört. Es ist doch sonnenklar, was du gemacht hast, Katherine. Und ich sage dir, ich halte das für widerlich.»

«Du glaubst, ich wollte hierher zurückkommen? Du glaubst, Sabine möchte hier sein? Mein Gott, ich wusste ja schon immer, dass du eine schlechte Meinung von mir hast, aber das schlägt dem Fass den Boden aus!»

Ihr Bruder bohrte die Hände tiefer in seine Hosentaschen und wandte sich dickköpfig von ihr ab, dem Feuer zu.

«Na ja, das kommt dir recht gelegen, nicht wahr? Warst jahrelang nicht im Entferntesten an den beiden interessiert, und jetzt, wo er im Sterben liegt, da taucht ihr, du und deine Tochter, hier auf wie die Aasgeier.»

Kate sprang auf. «Wie kannst du es wagen», sagte sie wütend. «Wie kannst du es wagen, mir zu unterstellen, dass mir auch nur die Bohne am Geld von Mummy und Daddy liegt. Wenn du dir die Mühe machen und deinen verdammten Verfolgungswahn mal beiseite lassen würdest, könntest du dich erinnern, dass ich bis jetzt sehr wohl ohne ihr Geld zurechtgekommen bin. Im Gegensatz zu anderen, könnte ich hinzufügen.»

«Das war ein *Darlehen*.»

«Ja. Ein Darlehen, das du sicher noch nicht zurückgezahlt hast … Nach wie vielen Jahren? Sind es nicht elf? Und das, obwohl deine eigenen Eltern ohne Zentralheizung in einem Haus, das aussieht, als falle es demnächst auseinander, vor Kälte zittern. Das ist wirklich verdammt großzügig, echt.»

«Oh, bitte hört auf», sagte Julia. «Bitte ...» Sie wandte sich vom einen zum anderen, und weil sie offenbar zu dem Schluss kam, dass keiner von ihr Notiz nahm, ging sie aus dem Zimmer.

«Und wer, glaubst du wohl, bezahlt für das, was sie haben?» Auch Christopher war jetzt aufgestanden, und da er größer war als Kate, ragte er bedrohlich neben ihr auf, als er brüllte: «Wer, glaubst du, bezahlt der verdammten Krankenschwester vierhundert Pfund die Woche? Wer, glaubst du, bezahlt für den Unterhalt ihrer alten Gäule, nur damit sie so tun kann, als ginge ihr Leben so weiter wie immer? Wer, glaubst du, überweist ihnen jeden Monat Geld auf ihr Konto und erklärt ihnen, das seien die Zinsen ihrer Einlagen, weil klar ist, dass sie es sonst nicht annehmen würden? Schau dich um, Katherine. Mach die Augen auf. Hättest du dir die Mühe gemacht, mehr als einmal alle zehn Jahre hierher zu kommen, dann hättest du gemerkt, dass unsere Eltern total pleite sind.»

Kate starrte ihn entgeistert an.

«Aber du hast dich ja noch nie sonderlich für Dinge interessiert, die nicht unmittelbar etwas mit dir zu tun haben, nicht? Oder sollte ich sagen, mit deinem Unterleib? Ich nehme an, du wirst bei Alexander Fowler vorbeischauen, da du schon einmal hier bist, jetzt, wo du doch gerade deinen letzten Kerl losgeworden bist, nicht wahr? Ich bin sicher, er ist noch immer für einen Quickie zu haben – das einzige Reiten, das du je wirklich gemocht hast, wenn ich mich recht erinnere.»

Kate holte aus und versetzte ihm eine saftige Ohrfeige.

Mit einem Mal schien sich die Atmosphäre um sie herum verändert zu haben. Sie stand da, atmete schwer und blickte, erschrocken über ihre eigene Tat, auf ihre Hand, die ihr wehtat, so heftig war der Schlag gewesen. Christopher starrte sie an, eine Hand halb in Richtung seiner Wange erhoben.

«Na denn ...», sagte er schließlich. Seine Stimme klang leise und giftig. «Weiß sie es eigentlich schon? Weiß deine Tochter über ihre hohe Herkunft Bescheid?» Er zögerte, wartete, dass sich eine Reaktion auf ihrem Gesicht abzeichnete. «Hat sie ihren Vater schon kennen gelernt? Oder vielleicht könntest du es ja einrichten, dass auch sie für ihn Modell sitzt. Was das für ein schönes Familienporträt gäbe!»

«Ach, zum Teufel mit dir!», sagte Kate und schob sich an ihm vorbei aus der Tür.

Das Sommerhaus war nie eines jener Sommerhäuser gewesen, an die man gewöhnlich bei diesem wohlklingenden Wort denkt. Es hatte nie sommerlich ausgesehen; seine Fenster waren immer schon schmutzig und mit Moos überzogen gewesen, statt im Sonnenschein zu strahlen und zu glänzen; drinnen standen keine bunt bemalten gusseisernen Möbel, sondern alte Umzugskisten, Töpfe mit eingetrockneter Farbe und Lackdosen, deren Deckel schon seit langem wie festgeschweißt waren, außerdem gab es Tierchen, die hinter unidentifizierbaren Holzzuschnitten herumhuschten. Hier hatte nie eine Sommerparty stattgefunden, war nie ein Büffet aufgebaut gewesen, und das Haus hatte nie den dekorativen Mittelpunkt dessen gebildet, was von Kilcarrions wuchernden architektonischen Gärten übrig war. Aber das war auch nie der Zweck des Sommerhauses gewesen, jedenfalls nicht für Kate. In ihrer Kindheit hatte es ihr als Spielhaus gedient, in das sie sich flüchten und von ihrer rechtmäßigen Familie träumen konnte, die natürlich bald kommen würde, sie zu holen. In ihrer Teenagerzeit war es ein sicherer Ort gewesen für die ersten Versuche zu rauchen, um Musik aus ihrem Radio zu hören und von Jungs zu träumen, die nie etwas von ihr wissen wollten, weil sie in dem großen Haus lebte und nie das Richtige anzuziehen verstand. Etwas später, als sie einen Freund hatte, da war es ein Platz gewesen, an dem sie sich heimlich treffen konnten, fernab der entsetzten Blicke ihrer Familie.

Jetzt war es ein Ort, an dem sie ihren wahren Gefühlen über ihren Besuch freien Lauf lassen konnte.

«Scheißkerl. Arschloch. Scheiße. Scheiß drauf!», schluchzte sie und schlug in blinder Wut gegen die Wand, sodass die alte Glühbirne schaukelte und flackerte. «Scheiß auf sie! Scheiß auf sie alle! Scheiß auf den verdammten Christopher! Scheiß auf Justin! Scheiße nochmal!»

Sie war wieder sechzehn; konnte in den Augen ihrer Familie nichts recht machen, fühlte sich hilflos gegenüber deren festen Weltanschauungen. Ihr beruflicher Erfolg, ihr Status als Mutter, ihr Selbstwertgefühl, das alles war mit einem Schlag dahin. Nach dem Wutausbruch ihres großen Bruders war sie wieder so machtlos wie vor drei Jahrzehnten, als er sich oft auf sie setzte, ihr die Arme mit seinen Knien hinunterdrückte und ihr kleine Insekten aufs Gesicht fallen ließ.

«Verdammt, ich bin fünfunddreißig», sagte sie laut zu den Spinnen und den alten Kartons mit Unkrautvernichtern. «Wie schaffen die es nur, dass ich mich so erbärmlich fühle? Verdammt, wie machen die das? Wie schaffen sie es, dass ich mir wie ein kleines Kind vorkomme?» Sie hielt inne, weil sie sich im Klaren war, wie bescheuert sie klang, und das machte sie nur noch wütender. «Wie kommt es … wie kommt es, dass ich gerade einmal gut zwei Stunden hier bin und schon wie eine Blöde eine verdammte Wand anfluche?»

«Also froh, wieder zurück zu sein?»

Kate fuhr herum und wurde kreidebleich, als sie den unerwarteten Besucher sah. Dann stand sie ganz still mit leicht geöffnetem Mund da wie ein Schwachkopf.

«Thom?», fragte sie zögernd.

«Wie geht es dir?»

Er trat einen Schritt weiter ins Sommerhaus hinein, sodass sein Gesicht unter der kahlen Glühbirne zu erkennen war. Zwei Tüten Dünger hatte er unter einen Arm geklemmt, und in der anderen Hand hielt er eine alte Kiste. «Ich wollte dich nicht erschrecken», sagte er und wandte die Augen nicht von ihr. «Ich war im Lagerschuppen und habe Licht gesehen. Dachte, ich hätte es vielleicht angelassen.»

Sein Gesicht war voller geworden. Als sie noch hier gelebt hatte, war es immer schmal, fast hager gewesen. Aber damals war er ja dabei, für seine Jockeylizenz zu trainieren, und darum besorgt, sein Gewicht möglichst gering zu halten. Jetzt hatte er breite Schultern, und sein Körper sah unter seinem dicken Pullover stämmig, ja kräftig aus. Es war der Körper eines Mannes. Aber schließlich war er damals, als sie sich zum letzten Mal gesehen hatten, genau genommen noch ein Junge gewesen.

«Du ... du siehst gut aus», sagte sie.

«Und du siehst selber großartig aus.» Er lächelte, ein zögerliches, amüsiertes Lächeln. «Aber du *klingst* nicht mehr ganz so süß wie damals.»

Kate wurde rot und führte unbewusst die Hand an ihre unvorteilhafte Brille. «O Gott. Tut mir Leid. Es ist ... Na ja, du kennst ja meine Familie. Die bringt nicht gerade meine besten Seiten zum Vorschein.»

Er nickte. Und starrte sie noch immer an. Kate spürte, wie sich das Rosa ihrer Wangen langsam auf ihren Hals ausdehnte.

«Gott», sagte sie. «Ich ... ich habe wirklich nicht erwartet, dich hier zu sehen.»

Er stand einfach nur da.

«Ich hätte nicht geglaubt, dass du noch immer hier arbeitest.»

«Hab ich auch nicht. Aber ich bin vor ein paar Jahren zurückgekommen.»

«Wo warst du?» Sie zögerte. «Ich meine, ich weiß, dass du bald nach mir nach England gegangen bist. Ich bin mir bloß nicht ganz sicher, was du getan hast.»

«War in Lambourn. Hab da eine Weile für einen Rennstall gearbeitet. Dann für einen anderen in Newmarket. Dort hab ich Mist gebaut und beschlossen, nach Hause zurückzukehren.»

«Bist du Jockey geworden? Tut mir Leid, ich lese die Rennzeitungen nie, deshalb weiß ich es nicht.»

«Ja, für ein Weilchen. Aber ehrlich gesagt, kein guter. Hatte einen Unfall und hab deshalb schließlich doch wieder im Stall gearbeitet.»

Erst in diesem Moment, als er seinen Arm ein wenig anhob, sah sie seine Hand. Sie zuckte zusammen, denn sie begriff plötzlich, dass sie nicht etwa deshalb so reglos war, weil Thom still dastand. Er beobachtete, wie sie die Hand ansah, senkte den Blick und trat in einem Anflug von Unbehagen von einem Fuß auf den anderen. Kate wurde klar, dass sie ihn in Verlegenheit gebracht hatte, und schämte sich.

Es entstand eine lange Pause.

«Wie ist das passiert?»

Er schaute sie an, ihre Direktheit war ihm bedeutend lieber.

«Bin in der Startmaschine mit einem Pferd aneinander geraten. Bis sie mich herausgeholt hatten, war er nicht mehr zu retten.» Er betrachtete den Arm, als wolle er ihn untersuchen. «Ist schon okay. Macht mir nichts mehr aus. Ich komm schon zurecht.»

Kate wusste nicht, was sie darauf antworten sollte. Sie war plötzlich unheimlich traurig, dass Thom, ausgerechnet Thom mit seiner Energie und seiner Geschmeidigkeit, seinen erfreulichen körperlichen Kräften, verkrüppelt sein sollte.

«Das tut mir Leid», sagte sie.

«Muss es nicht.» Seine Stimme klang hart. Er wollte ihr Mitleid offensichtlich nicht.

Eine Weile standen sie schweigend da, Kate schaute auf ihre Füße hinunter, Thom starrte sie noch immer an. Als sie den Blick wieder hob, sah er verlegen aus, als sei er bei etwas ertappt worden, was er nicht tun sollte.

«Ich geh jetzt besser», sagte er schließlich. «Muss mit den Pferden fertig werden.»

«Ja.» Sie bemerkte, dass sie ihre Brille abgenommen hatte und jetzt in einer Hand damit herumspielte.

«Ich treffe dich ja sicher nochmal hier irgendwo.»

«Ja. Ich ... ich bleibe wohl mindestens ein paar Tage.»

«Falls die Familie dich nicht in den Wahnsinn treibt, was?»

Sie lachte, es war ein kurzes, unfrohes Lachen.

Er drehte sich um und duckte sich ein wenig, als er unter dem

Türrahmen hindurchging. «Deine Tochter, Sabine», sagte er und drehte sich plötzlich noch einmal zu ihr um, «die ist großartig. Wirklich. Hast du super gemacht.»

Kate spürte, wie sich ihr Gesicht zu einem breiten Lächeln verzog, wahrscheinlich das erste Mal, seit sie hier angekommen war.

«Danke», sagte sie. «Vielen Dank.»

Und dann ging er davon, eine bleiche Gestalt, die in der Dunkelheit verschwand.

— *Kapitel 9* —

Es ist nie leicht, an den Ort zurückzukehren, an dem man aufgewachsen ist. Vor allem dann nicht, wenn der eigenen Mutter die bloße Tatsache, dass man kein Kind mehr ist, offensichtlich Unbehagen verursacht. Aber schließlich hatte Joy – auf derlei Kummer im Leben gefasst – auch nie damit gerechnet, dass eine Wiederbegegnung mit Alice herzlich oder einfach sein würde.

Schon allein deshalb, weil Joy vor sechs Jahren zum letzten Mal in Hongkong gewesen war; sechs Jahre, in denen sie Edward rund um die Welt an seine verschiedenen Standorte gefolgt war und sich, wenn schon nicht in einen anderen Menschen, so doch in eine selbstbewusste Frau verwandelt hatte, deren Erwartungen die der früheren Joy weitgehend in den Hintergrund drängten; sechs Jahre, in denen ihr Vater gestorben und ihre Mutter immer verschlossener geworden war und mit zunehmender Verbitterung ihrem noch verbleibenden Leben entgegensah.

Joy hatte vom Herzinfarkt ihres Vaters aus einem Telegramm erfahren, während sie und Edward sich im Marinestützpunkt von Portsmouth aufhielten. Sie hatte still getrauert, unter einer Last von Schuldgefühlen, weil sie nicht bei ihm gewesen war, als er starb, und mit dem Verdacht, dass es ihr, wenn sie sich das zugestanden hätte, vielleicht lieber gewesen wäre, zuerst ihre Mutter zu verlieren. «Na also, da hat sie ja ihr Ziel erreicht», hatte sie in so scharfem Ton zu Edward gesagt, dass er verwundert die Augenbrauen hob. «Jetzt kann sie losziehen und einen anderen heiraten. Einen, der ihren Anforderungen gerecht wird.»

Doch weit davon entfernt, sich durch seinen Tod erlöst zu

fühlen, hatte Alice den verblichenen Graham Leonard zum erneuten Mittelpunkt ihres Lebens gemacht und ärgerte sich, wenn das überhaupt möglich war, noch mehr über ihn als zu seinen Lebzeiten. «Nun ist es zu spät für mich», schrieb sie in ihren immer krakeligeren Briefen, in denen sie keineswegs Entschuldigung heischend künftige Ereignisse andeutete, sondern eher zwischen den Zeilen anklingen ließ, dass sie nicht in ihrem gegenwärtigen Dilemma stecken würde, wenn er den Anstand besessen hätte, früher abzutreten, bevor ihre Taille dicker, ihre Haut schlaff und Grau die vorherrschende Farbe in ihrem Haar geworden war. Und bevor Duncan Alleyne, abgeschreckt von der Tatsache, dass sie plötzlich frei war, seine Aufmerksamkeit der jüngeren Penelope Standish zugewandt hatte, deren Mann zwar häufig verreiste, aber noch einen sehr lebendigen Eindruck machte. In jenen Briefen hatte sie es auch geschafft, mit einem Anflug von Märtyrertum sowohl darauf hinzuweisen, wie sehr sie Joys Abwesenheit beklagte, als sich auch gegen das Ansinnen zu sträuben, dass ihre Tochter zu ihr zurückkehren sollte. «Du führst jetzt dein eigenes Leben», lautete der am häufigsten wiederholte Satz, wenn Joy ihr widerstrebend das Gästezimmer ihrer jeweiligen Wohnung anbot. Alice' sarkastischer Tonfall war förmlich zu hören. «Du wirst dir doch nicht eine alte Frau aufhalsen wollen.» (Hätte Joy vor fünf Jahren die Worte «alte Frau» benutzt, wäre ihr Alice mit so scharfer Zunge über den Mund gefahren, dass sie ihr dabei die Lippe hätte spalten können.) «Liebe Mutter», antwortete Joy regelmäßig aus purer Höflichkeit, «wie ich dir schon gesagt habe, würden Edward und ich uns jederzeit freuen, wenn du zu uns kämst.» Sie wusste, dass sie das recht gefahrlos tun konnte. Mochte für Alice der Tod ihres Mannes auch zur falschen Zeit eingetreten sein, so war er doch immerhin sehr gut versichert gewesen, und sie würde nie ihr Haus in der Robinson Road mit seinen Parkettböden und der schönen Aussicht gegen die in ihren Augen beengten und «unmoralischen» Verhältnisse eintauschen, unter denen die Angehörigen der Marine mit ihren Familien viel zu dicht beieinander wohnten. Und Joy achtete auch darauf, dass sie in jedem Brief mindestens einmal solche Plagen wie das schlechte Benehmen der Dienstboten oder die schreienden Kinder von nebenan erwähnte, nur zur Sicherheit.

Joy verspürte auch keine Lust, nach Hongkong zurückzukehren. In ihren sechs Jahren als Ehefrau eines Marineoffiziers kam es ihr so vor, als habe sie die alte Joy mit ihrem Mangel an Freiheit, ihrem ständigen Unbehagen und Elend hinter sich gelassen, und statt unter dem Druck zu stehen, wie jemand anders sein zu sollen, genoss sie zunehmend die Freiheit, sie selbst zu sein. Ihr dringendes Bedürfnis, eine Welt außerhalb der ihren zu entdecken, war durch die häufigen Umzüge rund um den Erdball gestillt worden: von Hongkong nach Tilbury, weiter nach Singapur, für kurze Zeit auf die Bermudas und schließlich nach Portsmouth. Edward hatte einmal bemerkt, dass von allen Ehefrauen, die er kannte, seine die einzige sei, die erneut auftauchende Packkisten eher mit begierigem Lächeln als mit resigniertem Seufzen begrüßte. Denn Joy hatte sich, noch unbehelligt von Kindern (sie und Edward hatten beschlossen, damit lieber etwas zu warten) und dem Wunsch, sich irgendwo endgültig niederzulassen, auf jeden neuen Ort gefreut, ob das nun der graue, salzige Himmel über Südengland war oder der glühend heiße Sand der Tropen. Überall war es anders, alles erweiterte ihren Horizont wie die Linse einer Kamera, die plötzlich einen Panoramablick bot, und es verringerte ihre Ängste, eingeengt zu werden oder sich in ein förmlicheres, steifes Leben fügen zu müssen.

Aber am wichtigsten war, dass sie bei Edward sein konnte, der zwar im täglichen Zusammensein etwas von seinem gottgleichen Nimbus verlor, aber mit seiner Liebe und Aufmerksamkeit alles übertraf, was Joy sich je erhofft hatte, sodass es über drei Jahre dauerte, bis sie ihr tägliches stummes Dankgebet einstellte. Sie war glücklich. Viele Male sagte sie sich das selbst vor, als könnte sie mit diesen Worten abergläubisch eine Barriere errichten, durch die ihr Glück nie entschwinden würde. Ihr gefiel es, das Gefühl zu haben, dass sie und Edward ein Team bildeten; zwei

Menschen, die als Gespann arbeiteten; anders als ihre Eltern oder viele Ehepaare, die sie als Heranwachsende beobachtet hatte und die sich unter der Bürde ihrer Enttäuschungen, Pflichten und zerronnenen Träume beugten und krümmten. Joy hatte keinen Träumen entsagen müssen, sie hatte eben erst begonnen, sich welche zu gestatten.

Dennoch hatte sie manches erst lernen müssen, wie etwa einen Haushalt zu führen. (Und dabei entwickelte sie angesichts der Probleme mit «schwierigem» Personal, maroden Boilern und der unablässig wiederkehrenden Frage, was sie zu den Mahlzeiten auf den Tisch bringen sollte, sogar ein gewisses, unerwartetes Mitgefühl mit ihrer Mutter.) Da sie stets eher eine Einzelgängerin gewesen war, jemand, der sich vielleicht in der eigenen Gesellschaft am wohlsten fühlte und deshalb mit der langen Trennung von Edward so gut fertig wurde, musste sie sich auch erst an die Tatsache gewöhnen, dass er ein Mann war, der viel Aufmerksamkeit brauchte, und zwar so viel, dass sie in den frühen Jahren ihrer Ehe bisweilen gegen Anflüge von Platzangst ankämpfen musste, wenn er nach Hause kam und ihr dann häufig von einem Raum in den anderen folgte wie ein Hund, der um Leckerbissen bettelte. Außerdem musste sie lernen, geselliger zu werden. Seine Position erforderte es, häufig Gäste einzuladen: neue Kollegen, Geschäftspartner, gleichrangige Offiziere von Schiffen, die dem Stützpunkt einen Besuch abstatteten. Und dann war es Joys Aufgabe, die Dinnerpartys zu organisieren, das Menü zu planen, den Hilfskräften ihre Arbeit zuzuweisen und dafür zu sorgen, dass er stets genügend Uniformen zur Verfügung hatte (weiße für den Tag, «Bumfreezer»-Halbfräcke und Messjacken für den Abend), damit er immer so aussah, wie er sollte.

Es machte ihr nichts aus. Als Edwards Frau empfand sie Partys anders als früher, denn sie war nun davon, unentwegt möglichen Heiratskandidaten vorgestellt zu werden, ebenso erlöst wie vom latenten Unmut der Kuppler, wenn sie deren Wünschen nicht entsprach. In jenen Tagen brachte sie Edward nur selten in

Verlegenheit, selbst wenn ihr der Gesprächsstoff ausging; er versicherte ihr immer, dass er sich ohnehin lieber in ihrer als in deren Gesellschaft befinde. Manchmal beschwerten sich die anderen Männer mit aufgesetztem Lächeln bei ihm, weil er sich zu fürsorglich um seine eigene Frau kümmerte. Es gehörte sich anscheinend wirklich nicht, so großes Interesse an den Tag zu legen.

Deshalb hatten Joy und Edward einen Code entwickelt. Sie rieben sich an der Nase, wenn jemand besonders langweilig war, wiederholtes Glätten der Haare prangerte Selbstgefälligkeit an, und sich am linken Ohr zu zupfen bedeutete, dass man verzweifelt auf Rettung hoffte. Und Edward rettete sie immer, indem er mit einem Drink oder einem Scherz auf den Lippen neben ihr auftauchte und den lästigen Gesprächspartner weglotste. Darüber hinaus gab es noch einen Code, der eine gewisse Ungeduld verriet, dass er mit ihr allein sein wollte, und bei dem Joy immer rot wurde. Edward war über alle Maßen gern mit ihr allein.

Aber in Hongkong würde alles anders sein. Dessen war sie sich sicher. Dort würde sie wieder die komische Joy werden, von ihrer Mutter gegängelt und dafür bekannt, dass sie in Gesellschaft ein bisschen «schwierig» und nicht gerade eine Schönheit war. Die Tochter des guten alten Graham. (Wie schade um ihn! Wo er doch noch so jung war.) Ein Glück, dass sie überhaupt unter die Haube gekommen ist. Aber schon so schrecklich lange verheiratet und noch immer keine Kinder. (Was werden die Leute dazu sagen?)

Der Statistik zufolge waren sie in einer der regenreichsten Wochen wieder in der Kolonie eingetroffen, als ein permanenter grauer Dunstschleier die Marinequartiere in den neuen Wolkenkratzern auf dem Peak einhüllte. Wegen der hohen Luftfeuchtigkeit war Joys Haar so kraus geworden, dass es sich nicht mehr bändigen ließ, und sie musste sich mindestens dreimal am Tag umziehen, damit sie präsentabel blieb. Während sie darüber wachte, wie die chinesischen Helfer die Möbel in das geräumige

Apartment im dritten Stock brachten, freute sie sich ungemein darüber, dass es nicht nur ein riesiges, helles Wohnzimmer mit Blick auf den Aberdeen-Hafen, ein separates Esszimmer und sogar drei Schlafzimmer hatte, sondern auch einen hypermodernen Luftentfeuchter, der zwar laut war, aber dabei half, die in der Regenzeit allgegenwärtige Schimmelgefahr zu bannen.

Denn der Kampf gegen den Schimmel war für die Frauen eine nie endende Herausforderung, der sie sich mit der gleichen freudlosen Entschlossenheit stellten, mit der ihre Männer den Japanern getrotzt hatten. Das taten sie gewiss nicht freiwillig, doch wer in seinen Kleiderschränken keine elektrischen Heizöfen installierte oder unablässig seine Lederschuhe putzte, der konnte sicher sein, dass sich in der feuchtwarmen Wohnung auf seinen besten Krokodilledernen schon binnen zwei Wochen ein grüner, pelziger Belag bildete und seine besten Kleider neuerdings ein filigranes Muster in Grün zierte. Besondere Aufmerksamkeit musste man seinen Zigarettenschachteln widmen (auch wenn man selbst nicht rauchte, war es doch wichtig, so hatte Joy herausgefunden, dass man stets ein Päckchen anbieten konnte), weil nichts peinlicher war, als einem Gast zusehen zu müssen, der versuchte, eine feuchte Zigarette anzuzünden. Und die ganze Zeit lag dieser muffige, unangenehme Geruch in der Luft, der einen überall vor unsichtbaren Sporen warnte. Noch bevor ihre gesamte Habe in der Wohnung war, hatte Joy bereits den Entfeuchter in Gang gesetzt, dann standen sie und die drei chinesischen Boys da und nickten beifällig, als die Maschine mit leisem Brummen sichtbar anfing, der Luft die Nässe zu entziehen.

Sie könnten sich glücklich schätzen, dass sie dieses Apartment bekommen hatten, versicherte ihr eine der anderen Frauen, als sie Joy die beste Methode zeigte, wie man an einem Seil einen Korb hinunterließ, sobald der Briefträger pfiff, um seine Post in Empfang zu nehmen, weil es so mühsam war, den ganzen Weg hinunterzulaufen. Seit die Kommunisten in China an der Macht waren, gab es einen gewaltigen Zustrom von Chinesen, die nach Hongkong flohen und eine schreckliche Wohnungsnot auslösten. Und mit den Elendsquartieren, die auf den Hügeln aus dem Boden schossen, und den auf Booten lebenden Menschen, die mit ihren Sampans den Hafen überfüllten, sah alles chaotischer und voller aus als früher. Außerdem hatte sich die Kolonie zu einem noch wichtigeren Handelszentrum entwickelt, in das alle möglichen Leute zuzogen, die einem dann die besten Häuser wegschnappten und die Mieten in die Höhe trieben.

Manches hatte sich auch zu seinem Vorteil verändert. Während es immer noch am einfachsten war, seine Amah zum Einkaufen von Obst und Gemüse zu schicken, machte es einem die Kette der Dairy-Farm-Läden jetzt möglich, seinen Gästen Köstlichkeiten wie Austern vorzusetzen, die von Sydney eingeflogen wurden. Es gab mehr Geschäfte, die eine größere Vielfalt an Waren anboten, und es war leichter geworden, Zeitschriften und Bücher zu besorgen. Der Zustrom junger Kindermädchen und Lehrerinnen brachte es außerdem mit sich, dass es nun viel weniger Mühe bereitete, für die Dinnerpartys auch genügend weibliche Gäste einzuladen. Die meisten Kindermädchen waren recht hübsch, stellte Joy fest, nicht zimperlich, und sie hatten Spaß an ihren Erfahrungen mit den Soldaten. Bei den jungen Offizieren waren sie sehr beliebt (mehr als die Lehrerinnen, die sich wichtiger nahmen, aber zumeist weniger lebhaft und deutlich älter waren). Oft waren sie auch unternehmungslustig genug, die Männer in das florierende, neongleißende Nachtleben von Wan Chai zu begleiten, wo sich Clubs wie Smokey Joe's und das Pink Pussycat etabliert hatten, die daraus Kapital schlugen, dass sowohl die Angehörigen der Streitkräfte als auch einsame Handelsreisende auf ihren Stippvisiten in Hongkong ein dringendes Bedürfnis nach abendlicher Unterhaltung verspürten. Joy war recht neugierig auf diese Clubs und hätte liebend gern herausgefunden, was an einigen von ihnen angeblich so skandalös war, aber Edward schien daran kein Interesse zu haben, doch derlei Orte suchte eine achtbare Frau nicht allein auf, vor allem nicht nach Einbruch der Dunkelheit.

Joys Mutter beklagte sich inzwischen bitter über den nicht

enden wollenden Baulärm und über die Tatsache, dass einem die riesigen Klötze, die auf der Hafenseite weiter unten am Hang hochgezogen wurden, überall den schönen Blick verstellten. Von ihren nach Westen gelegenen Fenstern aus, so beschwerte sie sich, konnte sie wegen der Bürohochhäuser, die rund um die Central Road und die Des Voeux Road entstanden, das Meer nicht mehr sehen. Darüber hinaus war der Versuch, eine Straßenbahn zu besteigen, ein höchst unerquickliches Unterfangen geworden. Deshalb war sie sehr angetan von Joys Auto, einem weißen Morris 10, den Joy jeden Tag vorsichtig zum Hafen hinunterlenkte, um ihren Mann von der Arbeit abzuholen.

«Ich fahre dich zum Stanley Market, wenn du willst», bot ihr Joy an und schielte kurz auf das erstaunte Gesicht ihrer Mutter, während sie das Auto im Rückwärtsgang aus der Garage steuerte. Alice wunderte sich über die Unabhängigkeit ihrer Tochter. «Ungewöhnlich», sagte sie zu Joy. «Ein bisschen zu männlich für meinen Geschmack», gestand sie Stellas Mutter. Sie konnte es sich leisten, das Mrs. Hanniford gegenüber zuzugeben, da schließlich jeder wusste, dass Stella den ihr angetrauten Piloten verlassen hatte, weshalb es der Familie nicht mehr zustand, über anderen den Stab zu brechen.

«Ich möchte dir keine Umstände bereiten», erklärte Alice und drückte mit beiden Händen ihre Tasche fest an den Bauch, als presse sie ihre Eingeweide hinein.

«Hör mal, Mummy, das bereitet mir wirklich keine Umstände. Ich muss sowieso neue Tischwäsche kaufen, da kannst du mir aussuchen helfen. Komm, wir machen uns einen schönen Tag.»

Alice zögerte. «Ich denke darüber nach.»

Während sich Joys Prophezeiungen ihrer Probleme auf gesellschaftlichem Gebiet und ihres Rückfalls in ein Teenagerstadium bei ihrer Wiederkehr nach Hongkong nicht erfüllten, erwiesen sich diejenigen, die sich auf die Schwierigkeiten mit ihrer Mutter bezogen, als ebenso zutreffend wie ermüdend. Sie litt zwar nur wenig unter mütterlicher Einmischung (wenn überhaupt, dann musste sie Alice dazu drängen, sie irgendwohin zu begleiten), aber da war immer noch diese mit geschürzten Lippen zur Schau getragene Missbilligung, diese vernichtende Miene der Enttäuschung, zu der sich jetzt noch unübersehbar ein neues Märtyrertum und ein Anflug von blankem Neid gesellten. Falls Edward, wenn er von der Werft nach Hause kam, sich zu größerer Zärtlichkeit als einem äußerst flüchtigen Küsschen auf Joys Wange hinreißen ließ, dann drehte Alice den Kopf wie auf Gleitrollen zur Seite, um angelegentlich wegzuschauen. Bat er sie, zum Abendessen zu bleiben (er war unglaublich geduldig, dachte Joy dankbar, doch das lag, wie beide wussten, nur daran, dass Alice wenig Einfluss auf sein Leben nehmen konnte), dann willigte sie widerstrebend ein, und auch das nur, nachdem sie mehrmals beteuert hatte, «sie wolle nicht stören». Schlug er vor, dass er und Joy in den New Territories reiten gehen sollten, nur sie beide, dann schossen Alice' Augenbrauen in die Höhe, als hätte er vorgeschlagen, sie sollten vor dem Horsd'œuvre öffentlich sexuellen Ausschweifungen frönen.

Joy versuchte es zu begreifen, aber wie sie Edward im Vertrauen gestand, empfand sie es als ziemlich kränkend, dass sie ihr privates Glück herunterspielen musste, um ihre Mutter bei Laune zu halten.

«Ich weiß», sagte Joy kurz nachdem sie ohne Begleitung auf dem Stanley Market gewesen war und ihre Mutter mit kaum verhohlenem Missfallen die neu erstandene Tischwäsche befingerte. «Aber vielleicht könntest du mir helfen, eine Amah zu finden.»

«Was für eine Amah?»

«Keine Ahnung», bekannte Joy, die rechtschaffen erschöpft war. «Einfach irgendeine, die hier ein wenig aushilft. Ein bisschen Wäsche wäscht. Mir war nicht klar, wie viele Hemden Edward in diesem feuchten Klima brauchen würde.»

«Wer kocht denn bei dir?»

«Ich», antwortete Joy beinahe entschuldigend. «Das heißt, wenn wir keine Gäste haben. Ich koche eigentlich recht gern für ihn.»

«Du brauchst eine Amah für die Wäsche und eine Erste Amah fürs Kochen», erklärte Alice nachdrücklich, während ihr Selbstvertrauen angesichts Joys offenkundiger Mängel in häuslichen Belangen Auftrieb bekam. «Und dann kann die Erste Amah auch die Kinder versorgen, wenn sich welche einstellen.»

Sie schien den scharfen Blick, den Joy ihr zuwarf, nicht wahrzunehmen.

«Also», sagte sie, während sie ihr kleines, ledergebundenes Adressbuch durchblätterte, «in Causeway Bay gibt es eine Wasch-Amah, die Mary heißt und gerade nach einer Stelle sucht. Ich war letzte Woche so frei, mir ihre Nummer geben zu lassen, weil sich Bei-Lin absolut unmöglich benommen hat und ich mir dachte, sie soll ruhig wissen, dass sie nicht unersetzlich ist, egal, wie lange sie schon bei mir arbeitet. Weißt du, seit dem Tod deines Vaters ist sie nicht mehr wie früher. Entschieden mürrischer ist sie geworden. Und ich bin mir sicher, Judy Beresford hat neulich erzählt, sie wisse von einer guten Koch-Amah, deren Familie nach Übersee zieht. Ich rufe sie an und erkundige mich, ob sie noch verfügbar ist. Die wäre ausgezeichnet für dich.» Sie hielt inne, sah Joy an und zog für einen Moment misstrauisch die Augenbrauen zusammen. «Das heißt, nur wenn du es nicht als Einmischung betrachtest.»

«Das mit den Hemden ist eine gute Nachricht», sagte Edward, als sie beim Abendessen saßen. «Du hast ja viele Stärken, mein Liebling, aber das Wäschewaschen gehört nicht dazu. Ich habe schon angefangen zu überlegen, ob ich es selber tun müsste. Nur, wozu um alles in der Welt brauchen wir noch eine Haushaltshilfe? Wir haben doch keine Kinder.»

Joy schaute von ihrem Teller auf.

Edward begegnete ihrem Blick. Dann stierte er lange auf den Tisch hinunter.

«Warum trinkst du eigentlich nichts?», fragte er.

Kate stand direkt hinter der Tür und beobachtete vom Flur aus, wie ihre Mutter und ihre Tochter dasaßen, die Köpfe zusammensteckten und sich über eines der vergilbten Fotos in Joys schwieligen Händen unterhielten. In diesem Augenblick beugte sich Sabine vor und meinte, wie «unglaublich cool» das altmodische weiße Auto doch aussehe, während Joy darüber lachte, wie viel Angst sie damals gehabt hatte, damit durch die bereits verkehrsreichen Straßen von Hongkong zu kutschieren. «Ich hatte das Autofahren gerade erst gelernt», erklärte sie. «Dein Großvater hat es mir beigebracht, weil Fahrlehrer so teuer waren, aber er hat die Zähne oft fest zusammenbeißen müssen. Und wir mussten danach immer eine Pause einlegen und einen Brandy trinken.»

Kate war heraufgekommen, um Sabine zu suchen, die allem Anschein nach ständig mit irgendetwas beschäftigt war, ihrem Großvater vorlas, mit ihrem Pferd ausritt oder ihre Großmutter mit Fragen bombardierte, über das Leben «in den alten Zeiten», wie sie es nannte – und das, obwohl die Bedrohung durch Christopher und Julia nicht mehr bestand, da die beiden inzwischen nach Dublin zurückgekehrt waren. Das bedeutete, dass Kate in den letzten Tagen nicht so recht wusste, was sie mit sich anfangen sollte, und sich dabei ertappte, wie sie traurig im Haus und auf dem Gelände herumschlich und ein wenig Mitleid erregend herumfragte, ob irgendjemand ihre Tochter gesehen habe, und jedes Mal dankbar war, wenn sich Sabine herabließ, ihr Gesellschaft zu leisten.

Aber Sabine war anscheinend entschlossen, so wenig Zeit wie möglich mit ihr zusammen zu verbringen. Kate redete sich ein, sie fühle sich dadurch nicht zurückgewiesen (schließlich hatte Sabine, seit sie dreizehn war, nicht mehr viel Zeit mit ihr verbringen wollen), sondern wundere sich nur über diese offenkundige Liebe zu allem Irischen. Sabine erweckte den Eindruck, als habe sie eine ganz unbefangene Zuneigung zu ihren Großeltern gefasst und eine erstaunliche Liebe zu dem kleinen Schimmel entdeckt. Was Kate aber am meisten überraschte, war die Tatsache, dass sie ihr Stadtkind-Bedürfnis, unter allen Umständen «cool» zu sein, aufgegeben hatte. Es machte ihr nicht einmal mehr etwas aus, wenn ihre Sportschuhe total verdreckt waren. Allerdings schaffte sie es nie, ihren offenkundigen Unmut zu verbergen, wann immer Kate irgendwo zu helfen versuchte, sei es, dass sie anbot, das Essenstablett zu ihrem Vater hinaufzubringen, oder Sabine eine Pause gönnen und ihm selbst vorlesen wollte. «Sie ist, was ihn angeht, zurzeit ziemlich besitzergreifend», erklärte Mrs. H. voll Sympathie. «Das hätte man nie vermutet, wenn man bedenkt, wie sie war, als sie ankam.»

Mrs. H. war die einzig Vernünftige in diesem Haus, hatte Kate am herzlichsten willkommen geheißen (bei den anderen war es, wie Kate bitter überlegte, nur im weitesten Sinn des Wortes ein Willkommenheißen gewesen) und hatte sie beruhigt, dass Sabine erst seit relativ kurzer Zeit auf Kilcarrion so glücklich sei. Aber dann hatte Kate beobachtet, wie sich Sabine mit Mrs. H. unterhielt, und da hatte sie sich gleich wieder ausgeschlossen und minderwertig gefühlt.

Ihre Beziehung war vorübergehend ein wenig aufgetaut, als Kate eines Abends in Sabines Zimmer gekommen und freiwillig mit der Nachricht herausgerückt war, dass sie und Justin nicht mehr zusammen seien. Sie hielt es für ihre Pflicht, Sabine das mitzuteilen, und sie hatte es ihr vorsichtig beigebracht, voller Angst, es könne möglicherweise als weitere Umwälzung im Leben ihrer Tochter interpretiert werden (außerdem befürchtete sie, in Tränen auszubrechen, falls sie es ihr nicht äußerst knapp und sachlich schilderte). Aber Sabine war nur sehr still geworden, als höre sie etwas, was sie schon lange erwartet habe, und hatte dann zufrieden festgestellt, dass das «keine Überraschung» sei.

«Es macht dir also nichts aus?»

«Warum sollte mir das was ausmachen? Das war vielleicht ein Trottel!»

Kate versuchte, bei Sabines unverblümter Einschätzung nicht

zusammenzuzucken. Sie hatte ganz vergessen, wie vornehm ihre Tochter doch manchmal ihre Worte wählte.

«Du glaubst also, ich habe das Richtige gemacht?»

«Was geht es mich an, was du tust? Es ist dein Leben.» Danach hatte Sabine sich abgewandt, als wolle sie unbedingt ihr Buch weiterlesen, und Kate damit klargemacht, dass die Unterhaltung zu Ende war. «Das hab ich sowieso fast erwartet», murmelte sie noch nach kurzem Zögern und schaute auf die Buchseite vor sich, ohne sie wirklich wahrzunehmen.

Kate saß da, den Blick auf das Gesicht ihrer Tochter geheftet.

«Na ja, du bist doch nie bei irgendetwas geblieben, oder? Keine deiner Beziehungen ist von Dauer. Nicht wie bei Großmutter und Großvater.»

Sabine sprach die Worte leise aus, trotzdem hatten sie die Wirkung einer Feuerwaffe, und Kate war gekränkt aus dem Zimmer geschlichen. Seitdem war Sabine ein wenig netter zu ihr, als sei sie sich im Klaren, dass sie wohl etwas zu schroff gewesen war, dennoch fühlte sie sich allem Anschein nach in Gesellschaft aller anderen im Haus wohler.

Und jetzt, an diesem Morgen, hatte Kate sie nirgends finden können, und das Arbeitszimmer hatte ihr nun die Antwort geliefert.

Als sie die beiden ganz entspannt dasitzen sah, in der Gesellschaft der jeweils anderen viel ungezwungener als jemals in ihrer, spürte Kate, wie ihr ein dicker Kloß im Hals saß und sie sich kindisch ausgeschlossen fühlte. Sie drehte sich um, zog die Tür leise hinter sich zu und ging die Treppe wieder hinunter.

Hätte Sabine gewusst, wie viele Tränen ihre Mutter vergoss, wenn sie allein war, dann hätte sie sich vielleicht ein wenig schuldig gefühlt oder den Wunsch verspürt, sie zu trösten, denn sie war schließlich kein böses Mädchen. Aber sie war sechzehn und hatte natürlich an wichtigere Dinge zu denken, wie zum Beispiel daran, ob sie mit Bobby McAndrew ausgehen sollte oder nicht. Zwei Tage nach der Jagd hatte er angerufen (interessiert, doch nicht aufdringlich, wie sie anerkennend feststellte) und vorgeschlagen, in ein Pub, ins Kino oder sonst wohin zu gehen, was immer sie wollte. Zunächst war Joy am Telefon, aber anscheinend zu zerstreut gewesen, um überhaupt etwas mitzubekommen, deshalb hatte sie den Hörer einfach der kreidebleich gewordenen Sabine mit der Bemerkung in die Hand gedrückt, einer ihrer kleinen Freunde sei dran. Bobby, der das mitgehört hatte, lachte und meldete sich: «Hier ist dein kleiner Freund Bobby«, und das hatte das Eis gleich gebrochen, sodass Sabine den Gedanken, sich mit einem irischen Jungen zu verabreden, nicht mehr ganz so komisch fand.

Aber jetzt, da es nur noch zwei Tage bis zum Samstag waren, ertappte sie sich dabei, wie sie in ihrem Entschluss schwankte. Es würde einfach sein, aus dem Haus zu schleichen (im Moment schien ohnehin keiner allzu große Notiz davon zu nehmen, was sie machte), aber sie war sich nicht mehr ganz sicher, ob sie tatsächlich einen Abend mit Bobby verbringen wollte. Sie konnte sich nicht mehr erinnern, ob er ihr überhaupt gefiel; sein Gesicht war irgendwie verschwommen und unklar geworden, und wirklich sicher war sie sich nur noch, dass er keine dunkelbraunen Haare und keine dunkle Haut hatte, was eigentlich «ihr Typ» gewesen wäre, wie sie mit Hilfe der Frauenmagazine von Mrs. H. herausgefunden hatte. Und wahrscheinlich würde er ihr am Ende an die Wäsche gehen wollen, vor allem im Kino, und selbst für den Fall, dass sie ihn mochte, war sie sich noch immer nicht ganz im Klaren, ob das nicht fast ein bisschen einem Fremdgehen gleichkäme. Auch wenn Thom bis jetzt noch keinerlei richtiges Interesse gezeigt hatte, ihr an die Wäsche zu gehen, so wollte sie sich doch diese spezielle Möglichkeit noch nicht verbauen. Vielleicht war er ja nur schüchtern.

Annie war in diesem Fall auch keine Hilfe gewesen. Klar, sie hatte sich Sabines Klage über die Zwickmühle, in der sie sich befand, angehört, aber in der für Annie so typischen Art, zu der es scheinbar gehörte, aus dem Fenster zu schauen, sich ausgiebig die Hände zu reiben, den Fernseher ein- oder zweimal kurz einzuschalten und dann ziellos im Zimmer herumzulaufen, als suche sie nach etwas, was sie verloren hatte (falls ihr wieder einfiele, was das war).

«Du solltest gehen», sagte sie vage. «Es tut dir gut, ein paar Freunde zu finden.»

«Ich brauche keine weiteren Freunde.»

«Na ja, dann ist es eben gut für dich, mal aus diesem Haus zu kommen. Du hast so schrecklich viel Zeit mit deinem Großvater verbracht.»

«Aber was, wenn er mehr will als nur Freundschaft?»

«Na ja, dann hast du eben deinen ersten richtigen Freund.»

«Was aber, wenn ich gar nicht weiß, ob ich einen richtigen Freund haben will?»

An dieser Stelle hatte Annie recht genervt dreingeschaut, Sabine erklärt, dazu könne sie nun wirklich nichts sagen und sie sei jetzt furchtbar müde, und sie dann noch gefragt, ob sie etwas dagegen hätte, später wiederzukommen, weil sie denke, sie sollte jetzt ein kleines Nickerchen machen. Und das war frustrierenderweise in etwa das, worauf in den letzten Tagen jede Unterhaltung mit Annie hinauslief. Sabine hätte gern ihre Mutter gefragt und sie vielleicht sogar gebeten, ihr etwas Neues zum Anziehen zu kaufen. Aber ihre Mutter hätte entweder ein peinliches Theater um Sabines «Rendezvous», wie sie es nennen würde, veranstaltet oder darauf bestanden, sie dorthin zu fahren, damit sie kurz «Hallo» sagen könnte. Oder aber sie würde völlig verstummen, gekränkt, weil Sabine sich in Irland ihr eigenes Leben aufbaute. Sabine wusste, wie sehr es ihre Mutter wurmte, dass es ihr hier gefiel. Aber das ist nicht meine Schuld, hätte sie ihr am liebsten jedes Mal entgegengeschrien, sobald sie Kate durchs Haus schleichen sah mit einem Gesicht «wie drei Tage Regenwetter», wie Mrs. H. es ausgedrückt hätte. *Du* bist doch diejenige, die unser ganzes Leben auf den Kopf gestellt hat. *Du* hast mich doch gezwungen, hierher zu kommen.

Obwohl sie es sich nicht hatte anmerken lassen, war sie über die Sache mit Justin ganz erfreut gewesen. Aber es war doch absolut klar, dass er mit ihrer Mutter Schluss gemacht hatte und nicht umgekehrt, weshalb es Sabine noch schwerer fiel, Respekt vor ihr zu haben.

Schließlich vertraute sie sich ihrem Großvater an. Inzwischen war es ganz einfach, mit ihm zu reden, jetzt, wo er sie nicht mehr die ganze Zeit anblaffte, sie solle lauter sprechen, oder sich über ihre Verspätung beim Essen beschwerte. Er war einfach froh, dass sie bei ihm saß und redete; das wusste sie, weil sich sein Gesicht dann gewissermaßen entspannte, quasi schmolz wie Butter, und weil er hin und wieder, wenn sie seine Hand hielt (sie war in Wirklichkeit papieren und weich, nicht eklig, wie sie vermutet hatte), die ihre zum Zeichen, dass er verstanden hatte, ein ganz klein wenig drückte, sobald sie mit dem Reden aufhörte.

«Du würdest ihn wahrscheinlich mögen», erzählte sie ihm, ihre bestrumpften Füße neben ihm auf das Bett gestützt. «Weil er oft auf die Jagd geht, und außerdem ist er ein ziemlich guter Reiter. Er hält sich, wenn er über Hindernisse springt, nicht an der Mähne fest und so. Vielleicht kennst du sogar seine Familie. Sie heißen McAndrew.»

(An dieser Stelle war sie sicher, dass sein Händedruck ein klein wenig stärker wurde.)

«Aber es ist keine ernste Geschichte oder so. Ich meine, ich werde ihn nicht heiraten und Kinder mit ihm kriegen. Es ist nur gut für mich, ein paar Freunde zu finden.»

Ein dünnes, klares Rinnsal Speichel war ihm irgendwie aus dem Mundwinkel gelaufen, wie ein schmales Bächlein, das sich seinen Weg einen Berg hinunter bahnt. Sabine nahm das Taschentuch von seinem Nachttisch und wischte es vorsichtig ab.

«Das ist mir einmal in der U-Bahn passiert», erzählte sie und grinste. «Ich war am Abend davor lang aus gewesen, sehr lang, aber das weiß Mum nicht, weil ich bei meiner Freundin übernachtet habe, und dann bin ich einfach eingeschlafen und hab mich dabei an den Mann gelehnt, der neben mir saß. Und wie ich aufgewacht bin, war auf seiner Schulter, da wo ich hingesabbert hab, ein kleiner feuchter Fleck. Ich wär am liebsten *gestorben.*»

Sie stockte und sah ihn an.

«Na ja, jedenfalls war es mir furchtbar peinlich. Aber vielleicht ist das gar kein so schlechter Trick. Falls ich finde, dass ich diesen Bobby McAndrew nicht mag, dann besabbere ich ihn im Kino einfach. Das wird ihm wohl Beine machen.»

Sabine schwang ihre Füße vom Bett herunter, denn sie wusste, dass die Krankenschwester gleich von ihrer Mittagspause zurückkommen würde.

«Ich halte dich jedenfalls auf dem Laufenden», sagte sie fröhlich und drückte ihm einen Kuss auf die Stirn. «Bleib ganz cool.»

Als Sabine gegangen war, machte ihr Großvater, unter den vielen Decken begraben und umgeben von seinen piepsenden Wächtern, den Mund zu.

Kate hatte vier Möglichkeiten jeweils auf ein Stück Papier geschrieben: Fahr nach London zurück – Fahr in einer Woche nach London zurück – Bleib da, zieh in ein Hotel und pfeif auf die Kosten – Lass dich von den Schweinehunden nicht unterkriegen. Nach Maggies Worten musste man die Papiere nur zusammenfalten, sie in die Luft werfen und eines auffangen, dann würde das Schicksal entscheiden, welcher Anweisung man folgen sollte (vielleicht war es auch Freud, Kate konnte sich nicht mehr daran erinnern). Jedenfalls lieferte diese Methode immer die falsche Antwort. Während jede ihrer Körperzellen Kate zur Fähre nach Fishguard drängte, legte ihr die Zettelmethode die Nummer drei nahe, jene, die sie sich nun wahrlich nicht leisten konnte und von der sie wusste, dass sie ohnehin weniger als alle anderen geeignet war, irgendeine Lösung herbeizuführen.

Sie stapfte gerade wütend über die aufgeweichten Wiesen, die sich am Bach entlangzogen, und überlegte, wozu dieser einwöchige Aufenthalt in ihrem Elternhaus sie bereits getrieben hatte, nämlich dazu, dass sie sich mit Schulmädchentricks und Aberglauben abgab. Dass sie ihren Eltern beleidigt grollte. Dass sie unfähig war, den Mund aufzumachen, ohne das Falsche zu sagen, und dass sie emotional nicht älter als fünfzehn war.

So hatte sie sich ihre Rückkehr wirklich nicht vorgestellt; sie hatte vorgehabt, irgendwann heiter und huldvoll hier hereinzurauschen; eine erfolgreiche Schriftstellerin, die vielleicht schon ein paar Bücher veröffentlicht hatte; mit einem gut aussehenden, intelligenten Partner und einer glücklichen, liebevollen Tochter; als Frau mit natürlichem Selbstvertrauen, das ihr Recht gegeben und alle zu der Einsicht genötigt hätte, dass es noch andere Möglichkeiten gab, sein Leben zu führen, als die ihren. Deshalb sind sie so nett zu dir, hätte sie ihrer Tochter entgegenschreien wollen. Weil du alles so machst, wie sie es wollen. Tust du, was sie wollen, dann ist es für sie leicht, nett zu dir zu sein. Doch tust du, was *du* willst, dann wird alles kompliziert.

Aber natürlich machte ihr das Leben einen Strich durch die Rechnung. Sie war zwar nicht gerade als das schwarze Schaf der Familie zurückgekehrt, aber doch eindeutig als niedergeschlagene, offenkundig dumme Frau, die nicht mehr viel zu erwarten hat. Sie war einfach wieder die Außenseiterin; diejenige, die nicht reiten wollte, die exzentrisch aussah, die es zu keiner geregelten Anstellung gebracht hatte, keine ordentliche Beziehung aufrechterhalten konnte; das war so eindeutig erkennbar, dass selbst ihre eigene Tochter sie inzwischen durch diese alles andere als rosarote Brille betrachtete. Und weil sie keinen gut bezahlten Job und keinen anständigen Mann hatte, konnte sie nicht einmal irgendwohin fahren oder in ein Pub verschwinden oder sich vielleicht einen Film ansehen, wie es jeder andere normale Erwachsene konnte. Um dem Grauen ihres Elternhauses zu entkommen, blieb ihr nichts anderes übrig, als hilflos durch nasse Wiesen zu stapfen.

Ballymalnaugh hatte nicht einmal eine besonders schöne Landschaft zu bieten. Nur Wiesen, nichts als konturlose, hügelige Wiesen, deren angebliches Smaragdgrün sich unter dem endlos grauen Himmel in Braun wandelte, umgeben von struppigen Hecken und hie und da einer öden, windgepeitschten Straßenkreuzung. Die Landschaft besaß nicht den Charme der welligen Sussex Downs oder die wilde, ungezähmte Schönheit der Peaks. Das Einzige, was sie besaß, dachte Kate missmutig, waren nasse Schafe. Und skelettartige, triefende Bäume. Und Schlamm.

Es konnte ja gar nicht ausbleiben, dass es wieder zu regnen anfing. Weil ihr ganzes Leben Teil irgendeines großen kosmischen Streichs war. Und als dumme Städterin, die sie nun einmal war, hatte sie natürlich nicht daran gedacht, eine Regenjacke oder einen Schirm mitzunehmen. Als ihr das Wasser allmählich hinten in den Kragen floss, blickte Kate zu dem bedrohlichen Himmel hinauf, der nun langsam dunkler wurde, weil die Abenddämmerung einsetzte, und dachte voller Sehnsucht an Möglichkeit Nummer eins. Fahr einfach, dachte sie. Fahr nach London zurück. Daddys Zustand ist allem Anschein nach stabil; er kann gut und gerne noch ein paar Monate weiterleben. Und man konnte von ihr nicht im Ernst erwarten, ihr ganzes Leben anzuhalten, bis irgendetwas passierte, oder? Aber dann war da die Sache mit Sabine; Kate hatte den unangenehmen Verdacht, dass sie jede Chance, Sabine mit nach Hause zu nehmen, zunichte machte, wenn sie jetzt nach London zurückreiste.

Als wollte der Regen ihre Stimmung wiedergeben, prasselte er plötzlich heftiger herab, und aus dem sanften, anhaltenden Nieseln wurde eine einzige, beinahe undurchdringliche Regenwand. Kate, die auf ein kleines Wäldchen zusteuerte, stellte fest, dass sie kaum noch etwas sehen konnte und die graue winterliche Landschaft um sie herum ganz verschwommen und undeutlich war. Warum gibt es für Brillen eigentlich keine Scheibenwischer, dachte sie ärgerlich und fröstelte in ihrer schon recht durchnässten Wolljacke, als sie unter den Bäumen ein wenig Schutz suchte.

Und genau in diesem Moment hörte sie das Geräusch; ein gedämpftes, unregelmäßiges Klopfen, begleitet von einem fernen Klirren. Blinzelnd spähte Kate durch die Bäume in die Richtung, aus der das Geräusch kam. Sie konnte durch ihre verregneten

Brillengläser fast nichts erkennen, aber schließlich gelang es ihr doch, den Umriss eines Pferdes auszumachen, das auf sie zutrottete. Es war groß und grau, vom aufsteigenden Dampf seines eigenen Körpers umgeben, schnaubte Furcht erregend und sah aus wie das Pferd eines Ritters, der von irgendeiner schrecklichen Schlacht heimkehrt. Kate wich weiter zwischen die Bäume zurück.

Aber das Tier hatte sie offenbar schon erspäht. Es verlangsamte seinen Schritt und kam näher, senkte den Kopf, um sich zu vergewissern, ob es auch richtig gesehen hatte. Und da erkannte sie ihn. Halb versteckt unter einem riesigen braunen Regenumhang und einem Hut mit breiter Krempe, saß Thom auf dem Pferd. Er blickte zweimal zu ihr herüber, als wolle er sichergehen, dass es tatsächlich sie war, und ritt dann näher heran.

«Alles in Ordnung?»

Kate musste gegen das lähmende Gefühl ankämpfen, das sein plötzliches Erscheinen bei ihr hervorgerufen hatte. Als sie schließlich etwas herausbrachte, klang ihre Stimme heuchlerisch und arrogant, jedenfalls ganz anders, als sie ihren wahren Empfindungen entsprechend hätte klingen müssen.

«Ein Schirm, trockene Kleider und ein neues Leben könnten vielleicht tatsächlich alles wieder in Ordnung bringen.» Sie schob sich die Haare aus dem Gesicht. «Ich warte nur, bis der Guss nachlässt, damit ich zurückgehen kann.»

«Du siehst völlig durchnässt aus.» Er zögerte. «Willst du mit aufsteigen? Dieser Junge ist ein Goldstück. Er würde dich jedenfalls viel schneller zurückbringen.»

Kate musterte das gewaltige Pferd, seine riesigen, tellergroßen Hufe, die viel zu nahe bei ihren Füßen rastlos tänzelten, und seinen massigen Kopf, den es heftig auf und ab bewegte, weil es ungeduldig war und aus dem Regen ins Trockene wollte. Es rollte mit den Augen, ließ das Weiß aufblitzen, während es – einem Drachen gleich – seinen Atem wie heißen Dampf ausstieß.

«Danke. Ich warte lieber.»

Thom saß ganz still da. Sie spürte seinen Blick auf ihr ruhen und fühlte sich plötzlich im Nachteil, weil sie so viel weiter unten war als er. Sie rieb sich über die Brillengläser.

«Mir geht es gut, ehrlich.»

«Hier kannst du nicht bleiben. Der Regen hört nicht auf, im Gegenteil, es regnet sich ein. Da könntest du die ganze Nacht warten.»

«Thom, bitte ...»

Aber er beugte sich vor, schwang das Bein über den Sattel und stieg ab. Er hielt die Zügel in der einen Hand und ging zu ihr hinüber, seine Stiefel patschten auf der nassen Erde, und dann nahm er sich den braunen Hut vom Kopf.

«Hier», sagte er. «Nimm den.» Er fuhr sich mit der Hand durch sein kurzes, dunkles Haar. Wo er mit den nassen Fingern darüber gestrichen hatte, stand es in kurzen, geschmeidigen Stacheln ab.

«Und den.» Er hatte sich seinen Regenumhang abgenommen und warf ihn ihr zu. Sie fing ihn wortlos auf und sah Thom in seinem dicken Pullover an, auf dem sich schon die ersten Tropfen gesammelt hatten, um sich unaufhaltsam den Weg durch die dünne oberste Schicht zu bahnen. Das mit seinem Arm konnte man unmöglich erkennen, überlegte sie, bis man sich die Hand ansah.

«Mach schon, zieh ihn an», forderte er sie auf. «Ich geh mit dir zurück.»

«Aber du wirst ja klatschnass.»

«Nicht lange. Wenn du aber hier in diesem Ding bleibst», er deutete verächtlich auf ihre Jacke, die gerade einmal warm genug war, um sie gegen die Londoner Kälte zu schützen, «holst du dir eine Lungenentzündung.»

«Es ist so ...» Sie zögerte.

«So kalt und so nass. Mach schon. Je mehr du dich beeilst, umso schneller sind wir zu Hause.»

Sie hängte sich das Regencape über. Weil es so weit geschnitten war, dass es sowohl den Sattel als auch den Reiter schützte, reichte es ihr fast bis zu den Knöcheln und strich ihr um die Schienbeine. Thom grinste, als sie sich den Hut aufsetzte.

«Warum reitest du nicht zurück?», fragte sie flehentlich. «Dann wirst du nicht so nass. Ich bin mit alldem ja gut versorgt.»

«Ich begleite dich zurück», sagte er entschieden, und sie beschloss, nicht länger mit ihm herumzustreiten.

Sie folgten dem Bach, und ihr Schweigen wurde nur von dem Schlop-schlop der Pferdehufe und hin und wieder dem metallischen Klirren der Gebissstange unterbrochen. Auf der anderen Seite der Hecke war der Nebel so tief gesunken, dass von der Stelle, an der man gewöhnlich in der Ferne die Kamine von Kilcarrion ausmachen konnte, nur ein graues Nichts zu sehen war. Kate stellte fest, dass sie trotz allem angefangen hatte, vor Kälte zu zittern.

«Gibt es einen Grund, warum du ganz allein hier unterwegs bist?» Sie mussten unnatürlich laut reden, fast schreien, um sich über das Trommeln des Regens hinweg zu verständigen.

«Im Gegensatz zu dir, der du mit einem Pferd unterwegs bist?»

Er lachte. «Du weißt, was ich meine.» Kate stierte auf ihre Stiefel hinunter. Ihre Schritte klangen, als würden sie in ungleichem Takt durch Schlamm waten.

«Es ist nicht gerade leicht», sagte sie schließlich. «Zurückzukommen, meine ich.»

«Wem sagst du das?»

«Und, weshalb hast du's getan?» Sie blieb stehen und sah ihn an. «Warum bist du zurückgekommen?»

Thom, der ebenfalls auf seine Füße geblickt hatte, schaute sie an und dann zur Seite.

«Ach, das ist eine lange Geschichte.»

«Wir haben mindestens eine halbe Stunde. Es sei denn, ein Taxi kommt vorbei.»

«Stimmt. Aber du zuerst.»

«Na ja, ich bin zurückgekommen, weil mein Vater im Sterben liegt. Ich glaube zumindest, dass er bald stirbt. Aber du weißt darüber wahrscheinlich mehr als ich.» Sie hielt inne und sah ihn an, aber er zuckte nur leicht die Achsel, als wolle er ihr damit widersprechen. Sein Pullover hing, wie sie schuldbewusst bemerkte, inzwischen durch das zusätzliche Gewicht des Wassers tiefer an ihm herunter.

«Und ich wollte Sabine sehen. Aber allem Anschein nach ist mit ihr hier irgendetwas passiert, und sie ...» Kate hob den Kopf, weil sie ihre Stimme nicht erstickt klingen lassen wollte. «Sie will anscheinend nicht zurückkommen.»

Jetzt war es also eingestanden! Sie sah ihn an und wartete auf eine Reaktion, irgendeine Meinungsäußerung, aber er ging einfach weiter und starrte noch immer auf seine Füße.

Kate seufzte.

«Ich will nicht sagen, dass ich ihr einen Vorwurf mache. Bei mir zu Hause ... Na ja, bei mir zu Hause gab es in letzter Zeit eine Menge Veränderungen. Ich habe meinen langjährigen Freund wegen eines anderen verlassen, und dann hat sich herausgestellt ... Na ja, er hat sich als ganz anders entpuppt, als ich erwartet hatte. Und so bin ich jetzt ganz allein.» Sie geriet ins Stocken, sah zu ihm auf und versuchte zu lächeln. «Das wird dich wahrscheinlich gar nicht wundern.»

Aber Thom ging einfach weiter. Sie blieb erneut stehen und kämpfte gegen ihre aufsteigenden Tränen an.

«Ich hatte geglaubt, sie würde sich trotz allem freuen. Ich hab gemeint, sie würde gern nach Hause zurückfahren, jetzt, wo wir zwei allein sind. Weil sie nämlich keinen der Männer, mit denen ich zusammen war, wirklich gemocht hat. Und ich dachte, es würde ihr hier nicht gefallen mit den ganzen Regeln und den dummen, strikten Essenszeiten und dieser ewigen Jagerei. Ich wollte immer, dass sie unbelastet von alldem aufwächst, weißt du. Ohne diese strengen Regeln. Ohne diese Förmlichkeit. Ohne dauernd das Gefühl zu haben, die Dinge seien entweder richtig oder falsch. Ich wollte, dass sie einfach glücklich und meine Freundin ist. Aber ...» Sie schob die Brille hoch und rieb sich über die Augen und war dankbar, dass es unter der breiten Hutkrempe wahrscheinlich nur so aussehen würde, als kämpfe sie mit dem Regen. «Aber anscheinend gefällt es ihr. Genau genommen sieht es so aus, als lebe sie lieber hier als bei mir. Und der Grund, warum ich hier draußen im Regen rumlaufe? Weil ich mir offen gesagt ein wenig als fünftes Rad am Wagen vorkomme. Ich weiß nicht, was ich mit mir anfangen soll. Und ich weiß nicht, was ich mit mir anfangen werde. Außerdem glaube ich, weiß hier keiner so recht, was er mit mir anfangen soll.»

Schaudernd atmete sie tief aus und blickte zu Thom hinüber. «Ziemlich hoffnungslos, wirklich», sagte sie entschuldigend.

Thom, der jetzt einen Arm um den Hals des Pferdes gelegt hatte, blickte sie nicht an. Als sei er in Gedanken versunken, bemerkte er die Rinnsale gar nicht, die ihm aus dem Haar über die Wangenknochen liefen und in den Kragen tropften.

Schweigend gingen sie weiter, bis sie an ein hohes Gatter kamen, das er öffnete und dabei sein Pferd fürsorglich zurück- und von ihr fern hielt, bis sie hindurchgegangen war.

«Doof, wirklich», sagte sie, weil sie das dringende Bedürfnis verspürte, das Schweigen auszufüllen. Sie hätte nie geglaubt, dass es hier auf dem Land so still sein konnte. «Da bin ich also, inzwischen fünfunddreißig und noch immer nicht in der Lage, mein Leben in den Griff zu kriegen. Man könnte meinen, ich hätte das inzwischen hinbekommen sollen. Mein Bruder hat es geschafft. Die meisten meiner Freunde ebenfalls. Manchmal denke ich, ich bin der einzige Mensch, der die Regeln nicht kapiert hat … Weißt du, diejenigen, die einem vorgeben, wie man erwachsen wird.»

Ihr fiel auf, dass ihre Stimme lauter geworden war. Sie hatte angefangen, einfach draufloszuplappern.

«Willst du denn gar nichts sagen?», fragte sie, als er das Gatter hinter sich geschlossen hatte.

Er sah sie an. Seine Augen, umrandet von nassen schwarzen Wimpern, waren überraschend blau. Oder vielleicht lag es nur daran, dass ihr alles andere um sie herum so grau vorkam.

«Was soll ich denn sagen?», fragte er. Und eigenartigerweise klang es wie eine richtige Frage.

Einen halben Kilometer entfernt sahen sich Sabine und Joy in einem Zimmer, in dem es kaum weniger feucht war, Fotoalben an. Joy hatte den Vorschlag gemacht und Sabine damit überrascht, aber schließlich hatte sie sich in den letzten Tagen über viele Dinge in Joys Verhalten gewundert: die Tatsache, dass sie Sabines Vorhaben, mit einem Jungen auszugehen, ohne Murren hingenommen hatte, die Tatsache, dass sie plötzlich angefangen hatte, die Hunde zu deren offensichtlich großer Freude nachts auf ihrem Bett schlafen zu lassen, und die Tatsache, dass ihr allem Anschein nach jede Beschäftigung lieber war, als mit ihrem Ehemann im gleichen Zimmer zu sein.

Den sie doch anbetete.

Sabine betrachtete eine Studioaufnahme des Paares an seinem sechsten Hochzeitstag. Joy saß auf einem Hocker, in einem dunklen, durchgeknöpften Kleid mit großem, gestreiftem Kragen und weitem Rock, und ihr Lächeln verriet, dass sie ihre Heiterkeit unterdrückte. Edward stand, wieder in seiner weißen Uniform, hinter ihr, eine Hand auf ihre Schulter gelegt, die andere hielt die ihre in einer zwanglosen Geste der Zuneigung fest. Er blickte auf ihren Kopf hinunter und mühte sich allem Anschein nach ebenfalls, nicht zu lachen.

«Das war ein ganz schrecklicher Fotograf», erklärte Joy liebevoll und strich den nicht vorhandenen Staub von der Seite. «Ein netter Chinese, aber mit den allerschlimmsten englischen Ausdrücken, die ihm die Soldaten offenbar beigebracht und ihm gesagt hatten, sie würden etwas ganz anderes bedeuten. Er dachte, er würde einem sagen, man solle enger zusammenrücken, aber er gebrauchte einen ganz schrecklich unflätigen Ausdruck, wie ...» Joy zögerte und sah Sabine an. «Egal, dein Großvater und ich hatten jedenfalls gewaltige Schwierigkeiten, ein ernstes Gesicht zu machen. Wenn ich mich recht erinnere, haben wir hinterher buchstäblich gebrüllt vor Lachen.»

Sabine starrte auf das Bild und erweckte es in ihrer Phantasie zum Leben – ein lachendes Liebespaar, das sich in seiner Heiterkeit verschwor und gemeinsam losprustete, als es blinzelnd in den Sonnenschein hinaustrat. Es war, als säßen sie unter einer unsichtbaren Glocke, als ließe ihr Glück keinen anderen an sie herankommen. Ich möchte mal einen Mann, der mich auch so anschaut, dachte Sabine. Ich möchte mich auch so geliebt fühlen.

«Hast du dich mit Großvater nie gestritten?»

Joy zögerte und legte das Seidenpapier wieder über die Seite.

«Natürlich haben wir uns gestritten. Na ja, es waren keine richtigen Streitereien, eigentlich nur Meinungsverschiedenheiten.»

Sie blickte auf, zum Fenster hinaus.

«Ich glaube, es war für unsere Generation ein bisschen einfacher, Sabine. Wir kannten unsere Rolle. Es gab nicht ständig diesen Zank und Streit darüber, wer was zu tun hat, wie es heutzutage anscheinend der Fall ist.»

«Außerdem hattet ihr Personal. Kein Gejammer, wer den Abwasch erledigen muss.»

«Ja. Das war schon eine Hilfe.»

«Aber er muss dich doch manchmal wütend gemacht haben. Ihr müsst euch doch auch manchmal bis aufs Blut gehasst haben. Niemand ist vollkommen.»

«Ich habe ihn nie bis aufs Blut gehasst, wie du es so charmant ausdrückst.»

«Aber ihr müsst euch doch mal gestritten haben. Alle streiten sich doch mal.» Bitte, es soll nicht nur bei meiner Mutter so sein, fügte sie im Stillen hinzu.

Joy presste den Mund zusammen, als überlege sie sich ihre Worte sorgfältig. «Einmal, ein einziges Mal, hat mich dein Großvater tief verletzt.»

Sabine wartete auf eine Erläuterung dieser schrecklichen Tat, aber es sollte anscheinend keine kommen.

Joy holte Luft und fuhr fort: «Danach war ich sehr, sehr unglücklich, und ich dachte: ‹Warum, zum Teufel, soll ich bei ihm bleiben? Warum soll ich das durchhalten? Es geht über meine Kräfte.› Und dann fiel mir dieser lächerliche Satz ein … der von der Krönungszeremonie. Weißt du, damals, als wir noch jung waren, da waren wir ganz besessen von der Krönung. Und so, wie ich es damals verstanden habe, ging es darum, an einer Sache festzuhalten, damit man seinen Lohn bekommt. Es ging um Pflichterfüllung. Und um Ehre. Und ich dachte daran, wie begeistert alle gewesen waren, dass diese junge Frau ihr bisheriges Leben aufgab, sogar ihr Privatleben mit ihrem schneidigen, jungen Ehemann, um ihre Pflicht zu erfüllen – die Herrschaft über ihr ‹irdisches Königreich›, wie sie es nannten. Und mir wurde klar, dass es nicht nur um einen selbst geht, um sein eigenes Glück. Es ging auch darum, andere nicht zu enttäuschen, und darum, anderen Leuten ihre Träume zu lassen.»

Sie hielt inne, blickte aus dem Fenster in die Ferne, vorübergehend von ihren eigenen Erinnerungen in den Bann gezogen.

«Deshalb habe ich durchgehalten. Und all die Leute, die enttäuscht gewesen wären, wenn ich es nicht getan hätte … Na ja, ich denke, es hat sie glücklicher gemacht.»

Aber was war mit *dir*, wollte Sabine fragen. Doch urplötzlich wurde ihre Großmutter ziemlich schroff. «Du meine Güte, schau dir diesen Regen an», sagte sie. «Das habe ich gar nicht bemerkt. Komm, wir müssen die Pferde von der unteren Koppel holen. Du kannst mir dabei helfen, bevor du ausgehst.»

— *Kapitel 10* —

Thomas Keneally hatte Irland im Alter von neunzehn Jahren ohne Geld und ohne feste Zusage für eine Anstellung mit Ziel Lambourn in England verlassen, wo er, so hatten ihm seine Kollegen jedenfalls versichert, gewiss Arbeit als Sprungjockey finden würde, ein Mann wie er, mit so geschickten Händen und, was noch wichtiger war, einem Hintern aus Stahl. In Irland ließ er einen guten Job und mindestens zwei Angebote von renommierten irischen Trainern sowie seine verzweifelten Eltern zurück, die zwar hinnahmen, dass ihre Söhne dem Teenageralter entwuchsen und fortzogen, die aber immer davon ausgegangen waren, Thoms älterer Bruder, Kieron, würde als Erster gehen. Sie hüteten sich, ihren jüngeren Sohn zu fragen, warum er denn fortwollte, denn sie waren von seiner Tante Ellen, die in Kilcarrion House arbeitete, diskret informiert worden, dass es «etwas mit der Tochter zu tun haben könnte». Aus diesem Grund hatte Thoms Mutter noch neun Jahre lang, bis zu ihrem Tod, einen stillen, aber heftigen Groll gegen Kate Ballantyne gehegt, und das, obwohl Thom sie nie erwähnt hatte und sie dem Mädchen überhaupt nur zweimal begegnet war. Außerdem hatte Kate bereits einige Monate zuvor Ballymalnaugh unter geheimnisvollen Umständen verlassen. Das hing natürlich mit dem Baby zusammen, aber Thom hatte seiner ansonsten geliebten Mutter beinahe den Kopf abgerissen, als sie ihn fragte, ob das vielleicht etwas mit ihm zu tun habe. Schon damals gehörte er nicht zu jenen jungen Männern, die sich Antworten entlocken ließen.

Wie vorausgesagt, hatte er ziemlich schnell Arbeit gefunden, und zwar in dem vierzig Mann starken Rennstall einer bekannten Trainerin. Sie mochte Thom; er war ehrlich, konnte gut mit den Pferden umgehen und, was am wichtigsten war, er hatte keine Angst vor ihr. Unter den übrigen Burschen kursierten üble Gerüchte, sie würde ihn aus noch ganz anderen Gründen mögen, aber Thom war so unglaublich ehrgeizig und arbeitete so schwer, dass niemand, der einige Zeit mit dem Jockey oder der Trainerin verbrachte, dieses Gemunkel ernst nehmen konnte.

Er war, wie die Jungs aus dem Rennstall sich ausdrückten, keiner von ihnen. Weder verschwand er freitagabends mit seinen Kollegen im örtlichen Pub, um seinen mageren Lohn in Bier umzusetzen, noch brachte er nach Feierabend Mädchen in die dicht nebeneinander aufgestellten und schlecht beheizten Wohnwagen mit, die ihnen als Unterkunft dienten. Und er saß nach dem Morgentraining auch nicht mit einem Becher künstlich gesüßtem schwarzem Kaffee da und beklagte sich wie die anderen über die schlechte Bezahlung und die Knochenarbeit, die nun einmal das Los der Jockeys sind. Er arbeitete, lernte aus seinen Büchern, ritt bei jeder Gelegenheit aus und schickte das bisschen Geld, das er hatte, seinen Eltern nach Hause. Es war, wie selbst er später zugeben musste, ein ziemlich widerwärtiges Verhalten.

Und deshalb waren, als vier Jahre später ein nervöser Vierjähriger namens Never On Sunday in der Startmaschine in Panik geriet, stürzte und dabei Thoms Arm so zerquetschte, dass er nur noch an zwei Sehnen hing, die einzigen Menschen, die das wirklich bedrückte, die Trainerin und die Buchmacher, die längst Thoms frappierende und erfreulich vorhersehbare Fähigkeit erkannt hatten, ein Pferd als Zweiter ins Ziel zu bringen. Die anderen Burschen hatten zwar Mitleid mit ihm (schließlich hätte es jeden von ihnen erwischen können), empfanden aber dennoch klammheimlich Schadenfreude.

Einen Großteil des folgenden Jahres verbrachte Thom im Krankenhaus. Zunächst hatte er gegen eine Infektion anzukämpfen, die auf die Amputation folgte, dann wurde ihm seine erste Prothese angepasst. Zugegeben, anfangs kam er mit seiner Behinderung gar nicht gut zurecht – trotz der Bemühungen der Trainerin, die ungewöhnlicherweise von ihrer sonstigen Nüchternheit absah und ihm versicherte, er könne für den Rest seines Lebens in ihrem Rennstall arbeiten.

Nachdem Thom zu trinken angefangen hatte, lag ihr dieses Angebot allerdings nicht mehr so sehr am Herzen. Schließlich wurde es ganz zurückgenommen, als Thom nach dem Genuss von zwölf Pints australischem Lager und einem kurzen, schmutzigen Techtelmechtel mit einer Bardame den Range Rover der Trainerin in aller Herrgottsfrühe in einen Graben und dabei zu Schrott fuhr. Ungeachtet der Wunde an seinem Kopf und der Tatsache, dass die Alarmanlage des Autos halb Berkshire aus dem Schlaf riss, war er einfach nach Hause gegangen und schlief noch immer in seinem blutdurchtränkten Bett, als die Trainerin in seinen Wohnwagen gestürmt kam und ihn aufforderte, seine Sachen zu packen.

Danach arbeitete er für verschiedene Rennställe – weniger angesehene, in denen sich die Arbeitgeber an seinem wachsenden Ruf, ein Trinker und Frauenheld zu sein, nicht störten. In der Regel gelang es ihm, sie innerhalb von sechs Monaten zu enttäuschen.

Die Abwärtsspirale erreichte mit seiner letzten Anstellung ihren Tiefpunkt, als er für einen ebenfalls aus Irland stammenden Trainer arbeitete, dessen Methoden und Umgang in jenen Pferderenn-Kreisen, zu denen Thom einst selbst gehört hatte, nur auf Kopfschütteln stießen. Inzwischen mehr durch seinen Ruf als durch seinen Arm gehandicapt, aber fest entschlossen, die Bitten seiner Eltern, er möge doch nach Hause zurückkommen, zu ignorieren, hatte Thom das Stellenangebot von J. C. Kermode so bereitwillig akzeptiert, dass man es damals als geradezu eilfertig bezeichnet hätte.

Die größte Gabe von J. C. war nicht etwa das Trainieren der Pferde, sondern die Fähigkeit, leichtgläubige neue Pferdebesitzer zu überreden, ihre Reittiere nicht nur bei ihm einzustellen, sondern weitere anzuschaffen und dann die ständig steigenden Stallmieten in Kauf zu nehmen, die er als Teil des «besonderen täglichen Trainings» in die Höhe zu schrauben verstand. Das beste Beispiel dafür waren Dean und Dolores, beide geschieden und nun ein gesellschaftlich aufsteigendes Paar aus Solihull, das J. C. davon hatte überzeugen können, dass er genau das richtige Stutenfohlen für sie habe. Noch selten hatte Dean erlebt, dass sich jemand so sehr anstrengte, ihm einzureden, wie wünschenswert seine Gesellschaft doch sei. Seine neue Frau, Dolores, war vom Geflirte des Rennstallbesitzers und der lautstark vorgetragenen Bewunderung für Deans Geschäftssinn zutiefst angetan. Das Paar träumte bereits davon, sich bald unter den Gewinnern von Ascot zu tummeln, während J. C. dabei war, ihnen eine besonders problematische dreijährige Stute namens Charlie's Darling anzudrehen, die einen Hirschhals hatte, bösartig war und dazu neigte, ihre Reiter durch Bocken abzuwerfen.

Zwar waren Dean und Dolores seine «Milchkühe», wie J. C. die beiden Thom gegenüber häufig bezeichnete, aber sie waren zugleich sein Untergang. Obwohl das Paar anfänglich von der Atmosphäre der Pferderennen hingerissen war, bereiteten Dean die gewaltigen Rechnungen, die ihm von seinen mittlerweile vier Pferden aufgehalst wurden, nach ihren «lustigen Tagen draußen» auf der Rennbahn mehr als nur Bauchgrimmen. Er war sicher, so vertraute er der ungläubigen Dolores an, dass J. C. «krumme Sachen mache».

Dann tauchte Kenny Hanlon auf, ein alter Bekannter von J. C. aus Irland. Er hatte vom finanziellen Glück seines ehemaligen Kumpels mit diesen leichtgläubigen britischen Pferdebesitzern Wind bekommen und beschlossen, sich ein Stück von diesem Kuchen zu holen. So fing er an, bei den Treffen vor den Rennen aufzukreuzen. Nach einem jovialen Gruß in Richtung J. C. überschüttete er die immer unsicherer werdende Dolores mit Komplimenten und ignorierte die stille Wut von J. C. auf der anderen Seite des Tisches. Es dauerte nur wenige Wochen, bis er ihr wie Shakespeares Jago vage Andeutungen in die mehrfach gepiercten Ohren flüsterte: Ob sie denn absolut sicher sei, dass J. C. nicht das eine oder andere zu Unrecht auf ihre Rechnung setzte? Sie sollte nämlich wissen, dass er dafür berüchtigt sei; ob sie denn sicher sei, dass er ihr auch die besten Pferde besorgte, nicht nur alte Klepper? Schließlich hatten sie in letzter Zeit wenig Gewinne zu verzeichnen gehabt. Ob sie wohl Interesse daran hätte, ihre Pferde anderswo einzustellen? Er wisse genau den richtigen Stall, und er könne ihr garantieren, dass Deans Futter- und Tierarztrechnungen um mindestens ein Drittel geringer ausfallen würden. Und ob sie überhaupt wisse, wie phantastisch sie in diesem Mauveton aussah?

Eines Morgens wachten Thom und J. C. auf und bemerkten, dass der Fahrer eines Pferdetransporters gerade dabei war, die vier Milchkühe in Pferdegestalt aus ihren Boxen zu holen, um sie zu einem anderen Stall in Newmarket zu bringen. Der sei ganz neu aufgemacht worden, erklärte der unerbittliche Fahrer dem vor Wut dunkelrot angelaufenen J. C. Von einem Kerl namens Kenny Hanlon. Und genau an diesem Punkt war die Sache ein wenig außer Kontrolle geraten. J. C. hatte die Reifen des Pferdetransporters mit einer Heugabel durchstochen, worauf der Fahrer die Polizei rief. Es folgte eine Reihe nächtlicher Einbrüche in beide Rennställe, bei denen Sättel, Teppiche, ja sogar ein Mikrowellenherd angeblich «an Stelle von Zahlungen» entwendet wurden. Da kam Thom zu dem Schluss, dass er von der Rennszene die Nase voll habe. Er hörte auf zu trinken und kehrte nach Hause zurück.

Thom hatte Kate diese Geschichte – bis auf den Punkt, welche Gefühle seine verstorbene Mutter ihr gegenüber gehegt hatte – auf dem langen, nassen Rückweg nach Kilcarrion erzählt; einem Spaziergang, der sogar noch länger dauerte, weil Thom, kurz bevor sie das Einfahrtstor zum Haus erreichten, vorschlug, sie könnten in dem verwaisten Wartehäuschen an der Bushaltestelle ein paar Minuten Rast machen. Während sie dort auf der Bank saßen und das große Pferd vor sich hin döste und ab und zu ein Polo Mint aus Thoms Hand fraß, hatte er in etwas weniger emotionalen Worten als Kate über diese knapp sechzehn Jahre seines Lebens berichtet.

Nachdem Kate festgestellt hatte, wie eigenartig es doch sei, dass sie am Ende beide wieder hier gelandet waren, hatte er ihr irritierend lange in die Augen gesehen, sodass sie rot wurde und vorübergehend das Gefühl hatte, die Fassung zu verlieren. Aber in den letzten Tagen hatten viele ihrer Reaktionen auf Thom sie aus der Fassung gebracht. Zum Beispiel die Tatsache, dass sie sich, wenn sie ihm in der Nähe des Hauses oder auf dem Gelände zufällig in die Arme lief, häufig dabei ertappte, wie sie immer wortkarger statt gesprächiger wurde und – schlimmer noch – mindestens zweimal rot angelaufen war. Die Tatsache, dass sie sich wegen seiner Angewohnheit, sie sehr direkt anzustarren, wenn er mit ihr redete, nicht auf das konzentrieren konnte, was er sagte. Die Tatsache, dass sie in den letzten Nächten in dem fälschlicherweise so bezeichneten italienischen Zimmer (es sei denn, sie meinten Venedig, dachte sie, während sie die neueste, sich ausbreitende feuchte Stelle betrachtete) eher Thoms als Justins Gesicht vor Augen gehabt hatte.

War er immer schon so attraktiv gewesen? Oder hatten die Spuren von Schmerz und Leiden faszinierende neue Schatten auf dieses Gesicht geworfen? (Maggie hatte ihr oft vorgehalten, sie sei auf eine ungesunde Art und Weise immer von denen angezogen, die sie die «Leichtverletzten» nannte.) Hatte er schon immer so gut zuhören können? Sie so aufmerksam angesehen? Sie wusste es nicht; der Thom, den sie als Neunzehnjährigen gekannt hatte, war in seinem Verhalten so ganz anders, weniger selbstsicher gewesen. Und die Kate von damals war so viel selbstsicherer, so unglaublich impulsiv gewesen. So überzeugt davon, dass größere und bessere Dinge auf sie warteten.

Du Dummkopf, hatte sie sich eines Nachmittags gesagt, als sie wie ein Teenager auf ihrem Bett gelegen und darüber nachgegrübelt hatte. Verdammt, du bist einfach nicht in der Lage, irgendwo zu sein, ohne dir gleich einen Flirt auszumalen. Und genau das hat dich das letzte Mal in derart große Schwierigkeiten gebracht. Das ist genau das, was Maggie an dir kritisiert.

Deshalb hatte sie beschlossen, Thom aus dem Weg zu gehen, hatte sich in ihrem Zimmer beschäftigt, an längerfristigen Schreibprojekten gearbeitet, die sie mitgebracht hatte; hatte sich das Auto ihrer Mutter ausgeliehen und sich aufgemacht, ein paar der nahe gelegenen Sehenswürdigkeiten zu besichtigen, und sich vor allem vom Sommerhaus, den unteren Weiden und den Stallungen fern gehalten – genau genommen von allen Orten, wo ihrer Meinung nach auch nur die geringste Gefahr bestand, ihm in die Arme zu laufen.

Zuerst schien ihm das nicht aufzufallen, aber dann, als er sie eines Morgens dabei erwischte, wie sie über die Einfahrt zum Auto hastete, war er so plötzlich neben ihr aufgetaucht, dass sie richtig zusammenzuckte, und hatte sie gefragt: «Sag mal, gehst du mir etwa aus dem Weg?»

Sie hatte es geleugnet, hatte herumgestottert, das sei natürlich nicht der Fall, sie habe zu tun, müsse dringend in die Stadt und habe schrecklich viel Arbeit am Hals. Aber er hatte nur leicht genickt und die Augenbrauen hochgezogen, und da war ihr klar geworden, dass er Bescheid wusste. Worauf sie sich noch entschiedener vorgenommen hatte, in Zukunft einen Bogen um ihn zu machen. Um ihn und alle Schwierigkeiten zu meiden.

Und hatte doch gleich ja gesagt, als er sie fragte, ob sie mit ihm essen gehen wolle.

Annies Tür war wie immer unverschlossen, aber Joy, irgendwie misstrauisch, klopfte zweimal an. Sie war sich angesichts der jüngsten Ereignisse nicht ganz sicher, was sie zu erwarten hatte. Als keine Antwort kam, schob sie die Tür vorsichtig auf und trat ein, blieb aber im Windfang stehen, um ihren Augen Zeit zu lassen, sich an das Dämmerlicht zu gewöhnen. Das Wohnzimmer sah vernachlässigt und so aus, als sei erst vor kurzem ein Wirbelsturm hindurchgefegt, der auf jeder freien Fläche Bücher und Zeitungen verstreut hatte. Die noch immer zugezogenen Vorhänge verdüsterten das Zimmer, und die wenigen dünnen Lichtstrahlen, die hindurchfielen, beleuchteten die Staubpartikel, die Joy aufwirbelte. Es sah aus wie am Schauplatz eines Gewaltverbrechens, der sich auf seinen turbulenten Geheimnissen ausruht.

«Annie?», rief sie und drückte sich die Dose mit dem Buttergebäck an die Brust.

In letzter Zeit kam sie nur selten ins Dorf, weil es doch zu Hause so viel zu tun gab, insbesondere jetzt, da Sabine ihr half, die vielen alten Papiere zu sortieren. Wichtiger noch, sie hatte insgeheim das Gefühl, sie würde das Schicksal herausfordern, wenn sie sich zu weit entfernte. Sie hatte Sabine bei Edward zurückgelassen, und die beiden gingen ein paar der alten Souvenirs durch, die er ihr jeweils von seinen Reisen mitgebracht hatte. Anscheinend war Edward gern mit Sabine zusammen. Sabine konnte bei ihm Wache halten und Joy sich draußen um alles kümmern; das vereinfachte die Sache ganz ungemein.

«Bist du da?»

Als Antwort drang ein Rascheln aus der Küche.

«Annie?»

«Hallo?», meldete sich eine männliche Stimme. Das war nicht Annie. Ein Kopf tauchte in der Tür auf, der eines Mannes, wohl in den Vierzigern mit scharfen Gesichtszügen und kurzem, gepflegtem Haarschnitt. «Ich konnte niemanden finden», sagte er entschuldigend. «Deshalb dachte ich, am besten mache ich mir das Frühstück selbst. Ich hoffe, das ist in Ordnung.»

«Ach», sagte Joy und sah sich um. «Das geht sicher in Ordnung. Sie sind ein Gast, nicht wahr?»

«Anthony Fleming», antwortete er und streckte die Hand aus. Er trug eine Windjacke und die allerengsten Shorts, die Joy je gesehen hatte. Sie waren bunt, aus einer Art glänzendem Nylon, und saßen derart knapp, dass sich die besonderen Stellen der männlichen Anatomie deutlich abzeichneten. Hätte Joy zu den Frauen gehört, die leicht erröten, wäre sie wie eine Haferpflaume angelaufen. Aber stattdessen blinzelte sie nur ein paar Mal und schaute weg.

«Joy Ballantyne», sagte sie und streckte ihre Rechte ein wenig zögerlich aus. «Ich wohne auf der anderen Seite. Ist Annie nicht da?»

«Ich habe sie seit gestern Abend nicht mehr gesehen», antwortete der Mann, der sich wieder seiner Müslischale zugewandt hatte. «Sie hat mich hereingelassen und mir einen Platz für mein Fahrrad gezeigt – ich radle nämlich durch Irland –, aber heute Morgen war sie nirgends zu finden. Ehrlich gesagt, mir stinkt es allmählich, weil ich eine Ewigkeit hier gewartet habe. Und unter Bed and Breakfast verstehe ich eigentlich etwas anderes als Cornflakes und Milch, die schon einen leichten Stich hat.»

«Ach», sagte Joy und wusste nicht, was sie diesem Mann als Wiedergutmachung anbieten konnte. «Tut mir Leid, aber da kann ich Ihnen auch nicht helfen.»

Es entstand eine kurze Pause.

«Annie …», sagte sie langsam. «Annie hat in letzter Zeit ziemlich viel Pech gehabt. Normalerweise hat sie es ein bisschen besser im Griff.» Sie war sich im Klaren, wie schwach diese Begründung klang, wenn man sich das Chaos und den Schmutz rundherum betrachtete.

«Mag ja sein», entgegnete Anthony Fleming, der nun seine Schüssel unter dem Wasserhahn abspülte und dann seine Fahrradschuhe zuschnallte. «Aber ich kann nicht gerade behaupten, dass es mich hierher zurückzieht. Unter irischer Gastfreundschaft stelle ich mir etwas anderes vor. Zum Beispiel die letzte

Pension, in der ich war – in Enniscorthy. Das Weiße Pferd. Oder Haus. Ich erinnere mich nicht mehr genau. Kennen Sie es?»

Joy kannte es nicht, und der Mann, der offenbar einfach dadurch ein wenig beschwichtigt war, dass er seinem Ärger hatte Luft machen können, holte sein Fahrrad aus einem der Schuppen und fuhr davon, nachdem er Joy großzügig die ganze Summe für seine Übernachtung gegeben hatte.

Joy schaute ihm nach, wie er die Straße hinunterfuhr, dann wandte sie sich wieder der Küche zu und betrachtete sie nun eingehend. Es war kein schöner Anblick, der sich ihr bot; in der bis zur Hälfte mit stinkendem, fettigem Wasser gefüllten Spüle stapelten sich Teller. Auf einem Plastikschneidebrett lag ein alter, halber Brotlaib mit der Wölbung nach unten. Ein Haufen Kartonpackungen von Mitnahmegerichten bildeten auf den wenigen Flächen, die nicht mit Schokoladepapier, alten Brotresten oder Tüten abgelaufener Milch übersät waren, wackelige, mehrstöckige Türme – die typischen Hinweise auf ein Leben, das aus den Fugen geraten war.

Das überraschte Joy nicht sonderlich; allerdings wunderte sie sich, dass Mrs. H. das nicht aufgefallen war. Sie hatte ihr traurig anvertraut, dass Annies Mann, Patrick, schließlich die Nase voll gehabt habe von einer Frau, die allem Anschein nach nicht einmal bemerkte, dass er überhaupt da war; einer Frau, die nichts mehr mit ihm zu tun haben, nicht mit ihm reden, ja nicht einmal mehr mit ihm streiten wollte, und deshalb sei er gegangen. «Er ist ein guter Mann», hatte sie gesagt, während Joy wegen der ungebetenen Vertraulichkeiten von Mrs. H. ein wenig verlegen dagestanden hatte. «Aber ich kann ihm keinen Vorwurf machen. In letzter Zeit, da hätte sie sogar die Geduld eines Heiligen überstrapaziert, ist herumgeschwebt wie in einer anderen Welt. Sie war nicht bereit, über Niamh zu reden, hat nicht zugeben wollen, dass es damit zusammenhängt. War ihm gegenüber vollkommen zugeknöpft. Nicht einmal mit mir hat sie noch reden wollen.»

Es war die untypische und offen gezeigte Besorgnis von Mrs. H. gewesen, die Joy zu diesem Besuch veranlasst hatte. In der letzten Woche war es mit Annie so schlimm geworden, dass sie nicht einmal mehr ihre eigene Mutter ins Haus lassen wollte, hatte Mrs. H. gesagt und Joys Vorschlag, sie könne doch mal mit einer Dose Kekse vorbeischauen, dankbar angenommen. «Mit Ihnen rechnet sie nicht», sagte sie. «Dann lässt sie Sie wahrscheinlich rein.»

Aber wie in aller Welt soll ich Mrs. H. das hier beibringen, überlegte Joy, während sie sich umsah. Sie wollte sich nicht einmischen; das war gar nicht ihre Art. In der Regel sollte man die Leute in Ruhe und ihr Leben selbst in Ordnung bringen lassen, wenn sie das wollten.

Aber so etwas …

«Annie?», rief sie und ging durch die Hintertür in den Küchengarten. Das Beet, über das Annie einst stolz gesagt hatte, dass sie aus ihm schön reifes grünes Gemüse zaubern würde, sah jetzt kahl und unfruchtbar aus. Der Rasen wucherte wild in die Rabatten hinein, wo die abgeknickten, bräunlichen Überreste der Sommerblumen traurig auf dem Boden lagen.

Joy ging wieder ins Haus zurück und machte die Tür hinter sich zu. Die Waschküche, in der früher die Vorräte an Toiletten- und Küchenpapier ordentlich aufgestapelt waren und Kartoffelsäcke gelagert wurden, war kalt und so gut wie leer. Im Esszimmer lag über allem eine dünne Staubschicht.

«Annie?», rief sie die Treppe hinauf. «Bist du da?»

Niamhs Zimmer war das letzte, in das Joy eintrat. Jeder, der Annie kannte, ging da nur ungern hinein, nicht aus irgendeinem Aberglauben wegen des kleinen Mädchens, das einmal hier gelebt hatte, sondern im Bewusstsein, wie empfindsam Annie in ihrer tiefen Trauer war. Jemand, der ein Kind verloren hat, so hieß es im Dorf, sollte trauern dürfen, wie er möchte; diese Erfahrung war so unvorstellbar schrecklich, dass sich da – anders als bei sonstigen Ereignissen im Leben wie Hochzeiten, Taufen oder davongelaufenen besseren Hälften – niemand in der Lage fühlte, Ratschläge zu erteilen, wie man damit am besten fertig wurde.

«Annie?», fragte sie.

Annie saß mit dem Rücken zur Tür auf dem ordentlich gemachten Kinderbett und hielt eine Plastikpuppe in der rechten Hand. Sie drehte sich nicht gleich um, als Joy ihren Namen rief, sondern starrte weiter aus dem Fenster auf die braunen Wiesen hinaus, als habe sie nichts gehört.

Joy stand in der Tür, betrachtete die Spielsachen, die hellen, bunten Vorhänge, die sich wellenden Poster an den Wänden und war nicht sicher, ob sie sich weiter hineinwagen sollte. Sie kam sich schon jetzt wie ein Eindringling vor.

«Ist alles in Ordnung mit dir?», fragte sie zögernd.

Annies Kopf bewegte sich ein wenig nach rechts, als untersuche sie die Puppe. Sie hob sie langsam hoch und fuhr ihr mit dem Finger übers Gesicht.

«Ich glaube, ich sollte ein bisschen abstauben», sagte sie. «Ist ziemlich chaotisch hier.»

Sie drehte den Kopf, sodass sie Joy ansehen konnte, und zeigte ein eigenartiges, trostloses Lächeln. «Hausarbeit, he? Damit wird man nie fertig.»

Annie sah blass und müde aus, die Haare hingen ihr strähnig über das Gesicht, und ihre Bewegungen waren langsam und präzise, als würde allein die Anstrengung, sich überhaupt zu rühren, sie erschöpfen. Sie saß wie verrenkt da, hatte wie gewöhnlich mehrere Sachen übereinander an, als versuche sie, sich durch diese Hüllen noch mehr von der Außenwelt abzukapseln. Joy, die sie – abgesehen von ihrem Streit mit Sabine – in letzter Zeit kaum gesehen hatte, fragte sich schweren Herzens, wie die Trauer jemanden bloß von der strahlenden, sprühenden jungen Mutter, die sie vor drei Jahren gewesen war, in diesen scheinbar unter Drogen stehenden Automaten verwandeln konnte. Dabei musste sie auch an Edward denken und schob den Gedanken schnell beiseite.

«Ich ... ich habe dir ein paar Kekse mitgebracht.»

Irgendwie klang das lächerlich. Aber Annie war anscheinend nicht im Geringsten überrascht.

«Butterplätzchen. Wie nett.»

«Ich war mir nicht sicher, wie es dir geht. Wir haben dich in letzter Zeit kaum gesehen.»

Es entstand eine lange Pause, in der Annie das Gesicht der Puppe scheinbar sehr sorgfältig auf mögliche Schäden untersuchte.

«Ich habe mich gefragt, ob du bei irgendwas Hilfe brauchst. Vielleicht beim Einkaufen. Oder ...», sie wollte nicht so unhöflich sein und «beim Putzen» sagen, «... oder ein bisschen Gesellschaft. Sabine kommt immer gern zu dir. Vielleicht kann ich sie später herüberschicken.»

Sie stockte, weil ihr das Geld einfiel, das sie noch immer in der Hand hielt.

«Ach. Und Mr. Fleming, dein Gast, hat das für dich dagelassen.» Sie streckte die Hand aus, aber als Annie nicht reagierte, trat sie ein paar Schritte vor und legte das Geld einfach auf die Kommode.

«Wie geht's Mr. Ballantyne?», fragte Annie plötzlich.

Joy holte tief Luft.

«Es geht ihm gut, danke. Ein wenig besser.»

«Das ist schön.» Vorsichtig legte Annie die Puppe auf das Bett und wandte sich wieder dem Fenster zu. Joy stand da und wusste nicht, ob sie damit zum Gehen aufgefordert wurde. Schließlich stellte sie die Keksdose auf das Bett, drehte sich um und ging zur Tür. Die Gedanken des armen Mädchens waren offenbar ganz woanders. Joy konnte wenig unternehmen. Sie würde Mrs. H. erzählen, dass Annie eindeutig Hilfe brauchte, vielleicht sogar für eine Weile in ihr Elternhaus gebracht werden müsste. Womöglich sollte sie – wie nannten sie das heutzutage alle? – psychologische Betreuung bekommen.

Leise verließ Joy das Zimmer, ihre Schritte wurden von dem dicken Teppich geschluckt.

«Patrick hat mich verlassen, wissen Sie», meldete sich die Stimme hinter ihr.

Joy drehte sich um, Annie blickte noch immer zum Fenster. Es war unmöglich, ihren Gesichtsausdruck zu sehen.

«Ich dachte nur, Sie sollten es wissen», sagte sie.

Am Samstagabend machten sich in Kilcarrion House zwei Frauen für ihre Rendezvous fertig, obwohl beide sich entschieden dagegen verwahrt hätten, sie als solche zu bezeichnen. Sabine hatte beschlossen, mit Bobby McAndrew auszugehen; hatte sein Angebot, ins Kino zu fahren, angenommen, mit ihm zusammen aus dem Lokalblatt den Film ausgewählt und sich dann die folgenden Tage Sorgen darüber gemacht, ob er wohl versuchen würde, sich mit ihr in die letzte Reihe zu setzen und ihr in den Ausschnitt zu fassen. Sie war sich nicht ganz sicher, aber sie dachte, vielleicht könnte sie ihn schon jetzt nicht mehr leiden.

«Ich ziehe meinen schwarzen Pulli an, den mit dem Rollkragen, damit er gar nicht erst auf solche Ideen kommt», hatte sie ihrem Großvater mitgeteilt. «Und meine Jeans, dann sieht es nicht so aus, als hätte ich es darauf angelegt oder so.»

Ihr Großvater hatte die Augen auf sie gerichtet. Hinter ihm piepsten die vielen Apparate in ihren Plastikgehäusen regelmäßig. «Schau mich nicht so an», hatte sie geschimpft. «Das ist heutzutage schick genug. Bloß weil ihr es damals gewohnt wart, zum Ausgehen Anzüge und solche Sachen zu tragen.»

Da hatte ihr Großvater wieder weggeschaut. Und Sabine hatte ihn angegrinst und seine Hand auf die Bettdecke zurückgelegt.

«Abgesehen davon, wenn er ein richtiger Lackaffe ist, will ich ohnehin so schrecklich aussehen, wie ich nur kann.»

Aber Bobby McAndrew hatte gar nicht so entsetzlich affig gewirkt. Er hatte eine dunkelgrüne Hose an, dunkelbraune Stiefel mit dicken Sohlen und ebenfalls einen schwarzen Wollpullover mit Rollkragen, bei dessen Anblick Sabine beinahe losgekichert hätte. Vielleicht hatte ja auch er Angst davor, sie könnte sich auf ihn stürzen. Außerdem war er mit seinem eigenen Auto gekommen, was sie sehr beeindruckte; es war nur ein kleiner

Vauxhall, aber in einer hübschen Farbe. Und Sabine, die bis dahin noch nie mit jemandem verabredet gewesen war, der schon den Führerschein hatte (so viele Verabredungen hatte sie schließlich auch noch nicht gehabt), genoss das Gefühl, erwachsen zu sein, das ein motorisierter Freund einem nun einmal vermittelt. Zudem gefiel ihr die ritterliche Art, in der Bobby sie daran erinnerte, den Sicherheitsgurt anzulegen (ganz anders, als wenn ihre Mutter sie dazu ermahnte, die empfand sie dann einfach nur als Nervensäge). Sie hatte sich nach vorn gebeugt und die Stereoanlage angeschaltet, worauf die Stimme einer berühmten Sängerin das Auto mit ihrem Trällern über verflossene Liebe und schlaflose Nächte erfüllte. Während sie ihr lauschte, wurde Sabine mit Schrecken klar, dass sie seit mehr als zwei Monaten keinerlei Popmusik mehr gehört hatte. Die Stimme der Frau, die noch vor kurzem zu ihren Lieblingssängerinnen gezählt hatte, klang beinahe fremdartig – ein bisschen selbstverliebt und dumm. Wieder beugte sie sich vor und schaltete die Anlage ab.

«Magst du keine Musik?», fragte Bobby und sah zu ihr herüber. Er roch nach Aftershave. Es war gar nicht so scheußlich.

«Bin dafür nicht in der richtigen Stimmung», hatte sie geantwortet, cool aus dem Fenster geschaut und sich insgeheim gefreut, wie das geklungen hatte.

Die Vorführung hatte früh begonnen, der Film war so lustig gewesen, dass Sabine – ohne nachzudenken – laut gelacht hatte. Und Bobby hatte davon abgesehen, in der Dunkelheit an ihr herumzugrapschen und sich oder sie damit in Verlegenheit zu bringen (einen Großteil der ersten Hälfte hatte Sabine jedoch abwehrbereit auf der Kante ihres Sitzes gesessen), deshalb sagte sie, als er sie nach dem Filme fragte, ob sie gern eine Pizza essen wolle, gleich ja. Niemand hatte ihr vorgeschrieben, wann sie wieder zu Hause sein sollte, und in Kilcarrion musste man solche Gelegenheiten nutzen. Außerdem, das räumte sie gern ein, machte es ihr gar nichts aus, noch ein Weilchen mit Bobby zusammen zu sein; schließlich war es nach so langer Zeit gut, sich mal wieder mit einem Gleichaltrigen zu unterhalten. Allerdings hatte sie ganz vergessen, wie nervtötend Jungen im Teenageralter sein konnten.

«Bist du Vegetarierin?», fragte Bobby über seine Speisekarte hinweg, als er hörte, welche Pizza sie sich ausgesucht hatte.

«Ja, und?»

«Und du gehst auf die Jagd?»

Sie seufzte und blickte sich in dem vollen Restaurant um. Die Bedienung hatte sie angeschaut, als sei sie noch zu jung, um hier zu sein.

«Ich habe ein einziges Mal mitgemacht. Um zu sehen, wie es ist. Und wir haben ja gar nichts erlegt, oder?»

«Und, hast du Lederschuhe an?» Er beugte sich hinunter, als wolle er unter den Tisch linsen.

«Ja, hab ich. Bis ordentliche Schuhe aus Gummi hergestellt werden, bleibt mir wohl keine andere Wahl.»

«Und, isst du Gummibärchen? Weißt du, die werden nämlich auch aus Rinderprodukten gemacht. Da ist Gelatine drin.»

Sabine zog eine Grimasse und wünschte sich, Bobby würde das Thema wechseln. Seit sie aus dem Kino gekommen waren, hatte er sie im Gespräch unentwegt provoziert, hatte gescherzt und versucht, sie als die Dumme hinzustellen. Zuerst hatte es sie zum Lachen gebracht, aber mittlerweile wurde es anstrengend.

«Reicht es dir noch immer nicht?», fragte sie mit einem Lächeln, um ihren Worten die Schärfe zu nehmen.

«Was?»

«Ich esse nun mal kein Fleisch. Und ich habe keine Lust, deshalb herumzustreiten.»

«Kapiert.»

Er hatte zu ihr hinübergeschaut, und ein Anflug von Verlegenheit war über sein Gesicht gehuscht. Die Bedienung, die Plateauschuhe und zu viel Make-up trug, stand hinter ihm und stellte energisch ein Glas Cola auf den Tisch.

«Und, wie geht's dem alten Herrn? Ich hab gehört, er liegt in den letzten Zügen.»

«Es geht ihm ganz gut.» Sabine hatte das eigenartige Gefühl, ihren Großvater verteidigen zu müssen. «Wie kommt es, dass alle so an meiner Familie interessiert sind?»

«Ich hab's dir doch schon gesagt, Großstadtmädchen. Hier will jeder über jeden Bescheid wissen.»

«Wie neugierig!»

«Nein, wir sind nur effizient im Sammeln von Informationen. Du weißt ja, Wissen ist Macht.»

«Da wäre mir Geld lieber.»

Er hielt inne und fuhr sich mit der Hand durchs Haar.

«Genau genommen habe ich gefragt, weil ich wissen will, wann du wohl nach England zurückgehst.»

Sabine starrte ihn an, die Gabel halb zum Mund geführt.

«Na ja, der gesunde Menschenverstand sagt einem, dass du, wenn er ... Nun, wenn du hier bist, um bei seiner Pflege zu helfen, und er ... Na ja, ich habe gehört, dass du wahrscheinlich bald wieder abreisen wirst.»

Was geht dich das an, wollte Sabine ihn fragen. Aber das kam ihr dann doch zu frech vor.

«Er liegt nicht im Sterben, wenn es das ist, worauf du hinauswillst.»

«Dann bleibst du also noch eine Weile da? Ich meine, deine Mum schleppt dich nicht mit sich nach Hause?»

«Meine Mum hat mir gar nichts vorzuschreiben», antwortete Sabine schnippisch und spießte sich ein Pilzstück auf die Gabel. «Ich könnte für immer hier bleiben, wenn ich wollte.»

«Dann vermisst du London also nicht allzu sehr?»

Sabine dachte einen Moment nach.

«Abgesehen von ein paar meiner Freundinnen vermisse ich es genau genommen überhaupt nicht.»

Danach wurde es ein bisschen einfacher. Bobby gab seine verrückten Gesprächsduelle auf und schien sich zu entspannen, sodass die Unterhaltung mit ihm eher so verlief, als rede sie mit einem ihrer Freunde. Er stellte sie noch immer als dumm hin, äffte blöde Stimmen nach und war ein wenig das, was Mrs. H. als «erregbar» bezeichnet hätte, aber er sah sie richtig nett an, und während sie nach Hause fuhren, kam sie zu dem Schluss, dass sie ihm, falls er versuchen sollte, ihr die Zunge in den Mund zu stecken, keine runterhauen würde oder so. Jedenfalls nicht allzu fest.

«Und, wo ist dein Dad?», fragte er. Sie hatten gerade zu einer seiner Musikkassetten mitgesungen und jetzt aufgehört, während sie sich zurückspulte.

«Mein richtiger Dad? Zu dem habe ich keinen Kontakt.»

«Was? Gar keinen?»

«Nee.»

«Haben er und deine Mum sich getrennt oder was?»

«Nein, eigentlich nicht.» Sabine fuhr mit dem Finger über die beschlagene Seitenscheibe und schrieb ihre Initialen in welligen Buchstaben darauf. «Ich glaube, sie waren nicht sonderlich lang zusammen, bevor ich kam. Und ich glaube, er wollte eigentlich nicht den Dad spielen, und ihr wäre das auch gar nicht recht gewesen. Außerdem wollte sie in England leben.» Das war die offizielle Version, jene, die ihre Mum ihr erzählt hatte, als sie ins Teenageralter gekommen war und kurzzeitig Interesse an ihrer Herkunft gezeigt hatte.

«Macht dir das nichts aus?» Bobby sah drein, als könne er es nicht glauben.

«Warum sollte es mir was ausmachen? Ich habe ihn nie kennen gelernt. Wenn jemand nicht mein Dad sein will, dann werde ich ihm wohl kaum hinterherrennen, oder?»

«Weißt du, wer es ist?»

«Ich kenne seinen Namen nicht. Ich glaub, meine Mum hat ihn mir mal gesagt, aber ich hab ihn vergessen. Ich glaub, er war Künstler.»

Sabine drückte sich nicht absichtlich so vage aus; ihre Abstammung war für sie einfach kein großes Thema. In London gab es jede Menge Leute in ihrem Alter, die keinerlei Kontakt zu ihren richtigen Vätern hatten. Nur früher hatte es ihr Kopfzerbrechen bereitet, als sie noch viel kleiner war und sich gefragt hatte, warum sie keine Familie hatte wie die in den Büchern. Sie hatte ein paar Mal an ihn gedacht, seit sie nach Irland gekommen war; das war unvermeidlich, wenn man wusste, dass er irgendwo ganz in der Nähe lebte. Aber es war so, wie sie es gesagt hatte; Sabine war viel zu stolz, um jemandem nachzulaufen, der nie großes Interesse an ihr gezeigt hatte. Abgesehen davon wusste sie, dass solche Begegnungen häufig schief gingen: Sie hatte schließlich genügend Talkshows gesehen.

Was sie Bobby aber nicht erzählte, war der andere Teil, den ihre Mum ihr einmal eröffnet hatte, als sie ein wenig beschwipst gewesen war. Nämlich, dass sie zusammengekommen waren, als sie für diesen Künstler Modell gesessen hatte. Der einzige Junge, dem Sabine das einmal anvertraut hatte, war ganz aus dem Häuschen geraten und hatte angefangen, immer wieder über Obenohne-Fotos zu reden und zu fragen, ob ihre Mutter vielleicht eine «ziemlich heiße Braut» sei. Sabine glaubte nicht, dass Bobby so etwas tun würde, aber sie kannte ihn nicht gut genug, um ganz sicher zu sein.

Bobby schwieg eine Weile, sah in die Rückspiegel, während er blinkte und Richtung Ballymalnaugh abbog. Die Uhr in seinem Armaturenbrett zeigte, dass es beinahe Viertel vor elf war. Sabine hoffte, niemand würde ein Theater veranstalten, wenn sie nach Hause kam.

«Väter sind sowieso eine echte Plage», sagte er und blickte geradeaus. «Ohne bist du wahrscheinlich besser dran. Meiner geht mir immer wegen irgendetwas auf die Nerven. Nichts als Ärger, weißt du?»

Sabine nickte, als wisse sie darüber Bescheid. Ihr war klar, dass er nur nett war, weil er Mitleid mit ihr hatte. Aber das war in Ordnung.

Die andere Verabredung ging nicht ganz so glatt. Genau genommen wäre die Behauptung, sie sei überhaupt nicht zustande gekommen, nicht ganz unzutreffend. Kate hatte, nachdem sie in ihrem Zimmer etwa eine Dreiviertelstunde vor ihrem Spiegel gesessen hatte, den Entschluss gefasst, dass sie mit Thom doch nicht zum Essen ausgehen konnte. Erstens war da Christopher; er sollte an diesem Abend nach Kilcarrion zurückkehren, und gewiss würde er von dem Moment an, in dem er von ihren Plänen für den Abend erfuhr, spitze Kommentare abgeben und Julia taktlos erklären, dass von Kate ja gar nichts anderes zu erwarten sei. Zweitens war da ihre Mutter, und ihre ohnehin schon kühle Beziehung konnte nur noch frostiger werden, wenn sie dahinter kam, dass sich Kate «mit den Bediensteten» einließ, wie sie es zweifellos ausdrücken würde. Sie war nicht damit einverstanden gewesen, als Kate im Teenageralter mit Thom ausgegangen war; es war kaum anzunehmen, dass es ihr jetzt mehr behagte. Wahrscheinlich war es überhaupt nicht passend, mit einem Mann auszugehen, während der eigene Vater allem Anschein nach im Sterben lag. Eigentlich sollte sie mit gequältem Gesicht an seinem Bett sitzen. Aber damit würde sie Sabine verdrängen, die bereits einen Großteil ihrer Zeit dort oben verbrachte und ärgerlich wurde, wann immer Kate ihre Hilfe anbot. Und Kate musste zugeben, insgeheim erleichtert zu sein, dass scheinbar niemand von ihr erwartete, sich überhaupt bei ihm aufzuhalten; seit sie das Elternhaus verlassen hatte, hatten sie kaum miteinander geredet, und er hatte ihr klar gemacht, dass sich das auch nicht ändern sollte.

Aber es lag nicht nur daran, dass diese Verabredung in so vieler Hinsicht unangebracht war. Wichtiger noch erschien ihr, dass sie die schlechte Meinung, die sie zunehmend von sich selbst hatte, schlicht bestätigen würde; nämlich dass sie nicht ohne Mann auskommen konnte, dass sie sich stets den Falschen aussuchte, dass sie zuließ, Treibgut auf dem großen, turbulenten Meer der Romantik zu sein. Es ist Zeit, dass ich Verantwortung übernehme, sagte sich Kate, während sie ihre Haut begutachtete, die von der Kälte schon auszutrocknen begann. Es ist Zeit, dass ich lerne, allein zu leben. Meine Tochter an die erste Stelle zu setzen. Eine verantwortungsbewusste Erwachsene zu sein, was immer das bedeutet.

Was würde Maggie tun, fragte sie sich (eine Frage, die sie sich in letzter Zeit immer häufiger stellte und die das vorzeitige Ende ihrer Beziehung mit Justin herbeigeführt hatte – worüber er ja anscheinend nicht gerade am Boden zerstört gewesen war). Kate kam zu dem Schluss, Maggie hätte die Verabredung sicher abgesagt, und sie weigerte sich, die leichte Enttäuschung einzugestehen, die dieses Verdikt der virtuellen Maggie mit sich brachte. Bestimmt hätte Maggie sie abgesagt. Genau genommen gab es gar keine andere Möglichkeit, die Sache zu betrachten, keinen einzigen Ansatz, der nicht zwangsläufig Maggies Absage zur Folge hatte. Sie wusste Bescheid; sie hatte es versucht. Kate holte tief Luft, zog sich noch einen weiteren Pullover über und ging hinaus in den Hof, um Thom zu suchen.

«Ich kann nicht mitkommen.» Es fiel ein wenig barscher aus, als sie beabsichtigt hatte.

Thom war in einer der Pferdeboxen unter dem wässrigen Licht einer flackernden Glühbirne gerade dabei, ein Heunetz aufzuknüpfen. Hinter ihm fuhr das große Pferd, das sie an jenem Regentag im Wäldchen gesehen hatte, auf der Suche nach Resten mit seinem gummiartigen Maul im Futtertrog herum.

Thom sah sich nicht einmal um. «Warum?»

«Weil … Es ist ein bisschen schwierig. Ich muss mich um Sabine kümmern.»

«Sabine ist fort, hat eine Verabredung.»

Er zog einen letzten Knoten an dem Heunetz fest, drehte es ein paar Mal, ging dann, nachdem er dem Pferd einen Klaps auf die Flanke gegeben hatte, aus der Box und schob hinter sich die beiden Riegel vor. Seine Schritte hallten durch die inzwischen dunkle und fast leere Stallgasse.

Kate stand mit offenem Mund da.

«Hast du das nicht gewusst? Sie ist mit einem der McAndrew-Brüder ausgegangen. Er ist ein anständiger Kerl. Du musst dir keine Sorgen machen.»

Kränkung, Wut und Demütigung trafen Kate wie ein Donnerschlag, und auf einmal waren ihr Selbstvertrauen und ihre Beherrschung dahin. Sabine hatte diesen Jungen ihr gegenüber überhaupt nicht erwähnt, dennoch wusste offenbar jeder in diesem Haus, dass sie mit ihm ausging. Wie sah das nur aus, dass sie, ihre Mutter, es als Allerletzte erfuhr? Was hatte sie Sabine nur getan, dass sie sie derart verletzen wollte?

Gesichtsverlust nannte Maggie das. Von großer Bedeutung in asiatischen Kreisen. Sabine hatte dafür gesorgt, dass Kate buchstäblich kein Gesicht mehr hatte.

Schlimmer noch, sie hatte sie als Lügnerin unmöglich gemacht.

Thom ging in die nächste Box, deshalb war sie trotz der Tatsache, dass sie sich so bloßgestellt vorkam, gezwungen, ihm zu folgen. Er öffnete die Tür, spähte hinein und holte dann einen halb leeren Wassereimer heraus. «Und, warum kannst du außerdem nicht mitkommen?», fragte er und schüttete mit seinem unversehrten Arm das restliche Wasser in die Abflussrinne.

Kate sah ihn an und versuchte herauszufinden, ob in seiner Stimme Ärger mitschwang. Es kam ihr nicht so vor.

«Es ist einfach zu kompliziert», sagte sie energisch.

Thom stellte den Eimer wieder in die Box zurück und schloss die Tür hinter sich. Er hielt einen Moment inne und lehnte sich gegen den Metallrahmen.

«Weil …?»

Seine Augen wirkten sanft, sogar ein wenig belustigt. Sein kurzes, dunkles Haar war mit Heusamen übersät wie das Fell eines Tieres. Insgeheim juckte es ihre in den Taschen gefangenen Hände, darüber zu streichen. Bitte zwing mich nicht dazu, flehte Kate im Stillen. Zwing mich nicht, die Gründe von neuem durchzugehen.

«Thom …»

«Versteh doch. Es ist keine große Sache. Ich wollte mit dir nur etwas essen gehen, weil ich mir dachte, du siehst danach aus, als hättest du die Nase voll, und ich weiß ja, dass deine Familie nicht gerade einfach ist. Ich wollte dir nur ein wenig Abwechslung bieten. Zerbrich dir deshalb nicht den Kopf.»

Er drehte sich um, ging zur nächsten Box und ließ sie in der Stallgasse stehen.

«Dann also ein andermal!», rief er unbekümmert über die Schulter hinweg.

Kate stand da und kam sich ganz entsetzlich dumm vor. Sie hatte es missverstanden; er hatte ihr nur freundlich ein paar Stunden fern ihrer Familie bieten wollen. Es war genau so, wie ihr Bruder gesagt hatte: Warum ging sie bloß andauernd davon aus, dass sich die Welt ausschließlich um sie drehte? Weil sie bemerkte, dass ihre Zehen immer gefühlloser wurden, verlagerte sie das Gewicht auf den anderen Fuß, dennoch wollte sie noch nicht ins Haus zurück.

Mach schon, drängte eine innere Stimme sie.

Untersteh dich, warnte die virtuelle Maggie.

«Thom?»

«Ja?» Jetzt war er in der Sattelkammer und streckte den Kopf heraus, als sie näher kam. Sein Gesicht war ausdruckslos, freundlich.

«Aber ich könnte sterben für einen Drink!»

Er stutzte, und wieder spürte sie die gleiche Verwirrung, als er ihr eindringlich ins Gesicht sah.

«Gut.»

«Du kommst also mit? Wir können nur etwas trinken?»

«Ich treffe dich im Black Hen. Erinnerst du dich, wo das ist?»

Er lachte sie an. Schließlich war es das einzige Pub im Dorf.

«Um etwa …», er schaute auf seine Uhr, «halb acht, also. Wir treffen uns dann dort.»

Kate ging die unbeleuchtete Straße zum Pub entlang und spielte mit der Brille in ihrer Jackentasche, setzte sie sich wieder auf die Nase, nahm sie dann ebenso schnell wieder ab und steckte sie in die Tasche zurück. Genau das Gleiche hatte sie schon vor einer Stunde wiederholt getan, als sie an ihrem Frisiertisch gesessen und versucht hatte, ihre Haare zu bändigen, abwechselnd Make-up aufgelegt, es dann wieder abgewischt und sich dabei gefragt hatte, ob sie nicht einfach auf unglaublich subtile Weise ausmanövriert worden sei. Es war Thom allem Anschein nach völlig egal gewesen, ob sie ausgingen oder nicht, was bedeutete, dass dies eindeutig kein *romantisches* Rendezvous war. Dennoch hätte es keinen guten Eindruck gemacht, wenn in der Zeitung gestanden hätte: *Ledige Mutter, die sich erst kürzlich von ihrem langjährigen Freund getrennt hat, kommt nach Hause, ihr Vater liegt im Sterben, trotzdem geht sie schon zehn Tage nach ihrer Ankunft mit einem gut aussehenden Mann aus.* Alle Welt würde annehmen, dass es sich um ein Rendezvous handelte.

Doch obwohl sie wusste, dass es keine richtige Verabredung war, gefiel ihr der Gedanke absolut nicht, mit ihrer unvorteilhaften Brille auf der Nase ausgehen zu müssen.

Runter, hatte sie beschlossen. Auch wenn es kein Rendezvous war, gab es keinen Grund, warum sie nicht attraktiv aussehen sollte. Nach dem Debakel mit Justin brauchte ihr Selbstwertgefühl jede Streicheleinheit, die es bekommen konnte. Rauf, dachte sie, als sie merkte, wie sie sachte gegen eine Hecke lief. Runter, beschloss sie vor der Tür des Black Hen. Und drückte prompt eine Weile auf der falschen Seite, bis Leute, die aus dem Pub kamen, die Tür von innen öffneten.

Kate konnte zwar schlecht sehen, doch ihr Gehör war umso besser in der Lage, das kurze, aber deutliche Verstummen der Gespräche zu registrieren, als sie das warme, stickige Pub betrat. Der andere Vorteil einer solchen Sehschwäche war, dass sie einen bemerkenswert unempfänglich machte für das, was die anderen Leute von einem dachten. Kate, die zwar die interessierten Mienen der Gäste um sie herum nicht ausmachen konnte, aber mehrfach ein seltsames Getuschel wahrnahm, wenn jemand sie wieder erkannte, bewegte sich selbstsicherer durch die raucherfüllte Kneipe als die meisten anderen Frauen, die ein solches Gasthaus allein betreten (und im Black Hen kam dies ohnehin höchst selten vor).

Doch die Sehschwäche hatte auch Nachteile; man drohte nämlich über Stufen zu stolpern und stieß mit jenen Gästen zusammen, die gerade ihre Getränke vorsichtig von der Theke zu ihren Tischen balancierten. Darüber hinaus war es nahezu unmöglich, in dem schwachen Licht die Person ausfindig zu machen, die man suchte. Am Ende wurde man vor die unangenehme Alternative gestellt, entweder seine Niederlage einzuräumen und die Brille herauszuziehen (und dabei öffentlich seine Eitelkeit einzugestehen) oder halb blind weiterzugehen und zu versuchen, blinzelnd die verschwommenen Umrisse von Tischen und Köpfen zu erkennen.

«Tut mir Leid», sagte sie und fasste einen Mann am Ellenbogen, nachdem sie ihm einen Großteil seines Biers über die Schuhe gekippt hatte. »Darf ich Ihnen ein neues holen?»

«Nein, lass mich das machen», sagte eine Stimme, und durch den Zigarettenqualm hindurch erkannte Kate dankbar Thoms Gesicht.

«Hier sitze ich», sagte er und steuerte sie zwischen den Tischen hindurch zu seinem. «Setz dich, ich hol dir was zu trinken.»

Kate nahm Platz und versuchte, sich zu entscheiden, ob sie ihre Brille nun aus der Tasche ziehen sollte oder nicht. In der schummrigen Beleuchtung dieses Pubs wurden ihre sonst üblichen Bemühungen, zu erkennen, was um sie herum geschah, noch zusätzlich erschwert. Aber diese Brille war *derart* unvorteilhaft! Noch immer hatte sie Sabines spöttischen Gesichtsausdruck vor Augen, als sie sie damit gesehen hatte.

Thom stellte ein Glas Weißwein vor ihr auf den Tisch.

«Für seine Qualität kann ich nicht bürgen», sagte er und hob seinen Orangensaft an den Mund. «Die haben hier nur eine Flasche, und die hat einen Schraubverschluss. Wenn er wie Essig schmeckt, hol ich dir was anderes.»

«Was trinkst du?»

«Ach, das. Orangensaft.»

Sie sah ihn fragend an.

«Hab seit meinen Tagen in den Rennställen wirklich nichts mehr getrunken. Ich hab herausgefunden, dass ich zu den Leuten gehöre ... Wie nennt man die nochmal ...? Die Leute, die nicht bei einem Glas bleiben können.»

«Suchtgefährdet.»
«So in etwa.»
«Mir scheinst du gar nicht der Typ dafür zu sein», sagte sie. «Zu vorsichtig.»
Ganz undeutlich konnte sie erkennen, dass er lächelte.
«Ach, Kate Ballantyne. Das liegt daran, dass du mich mein halbes Leben lang nicht mehr gesehen hast.»
Der Wein schmeckte tatsächlich wie Essig. Er war so sauer, dass sie ihre Wangen einzog, als sauge sie an einer Stange Rhabarber. Er lachte und brachte ihr ein Pint Guinness. «Angeblich schmeckt es hier anders», sagte sie, weil sie das irrationale Bedürfnis verspürte, das Gespräch möglichst neutral zu halten. «Aber da ich zu Hause keine Guinness-Trinkerin bin, kann ich es sowieso nicht beurteilen.»
Seine Hand lag vor ihr auf dem Tisch. Sie spielte nicht nervös herum, wie es Justins Hände immer getan hatten, die rastlos an den Autoschlüsseln, dann an der Zigarettenpackung herumgefingert oder ungleichmäßige Rhythmen auf die Tischplatte getrommelt hatten. Sie lag einfach nur da, breit und mit dicken Fingern, und ihre dunkle Farbe war sicher auf die ständige Arbeit im Freien zurückzuführen. Kate überlegte, ob sie sich deshalb wohl rau anfühlte, und kämpfte gegen das Verlangen an, sie zu berühren.
«Und, hast du die Sache mit Sabine schon geklärt?»
«Nicht richtig», gestand sie. «Ich meine, sie wird nicht mehr so wütend auf mich wie noch in London, aber sie scheint einfach so zu tun, als sei ich vor allem ein Ärgernis. Sogar ein bisschen belanglos.»
«Sie macht jetzt einen glücklicheren Eindruck», sagte er.
Kates Kopf schoss in die Höhe.
«Als wann?»
«Als sie ankam.»
Kate richtete sich steif auf.
Er zögerte, zog die Augenbrauen hoch. «Damit wollte ich nichts Bestimmtes sagen.»

«Tut mir Leid. Ich glaube, ich bin da ein bisschen überempfindlich.»

Sie nahm einen Schluck von dem Guinness. Es schmeckte dunkel, eisenhaltig.

«Ich hab dir schon gesagt, dass ich sie mag. Ich finde sie großartig.»

«Und sie mag dich. Ich glaube, sie erzählt dir mehr als mir.»

«Hör ich da Selbstmitleid raus?»

Sie lächelte und spürte, wie sich ihr Gesicht zum ersten Mal entspannte. Sie bemerkte, dass sie ihre Schultern vor Anspannung bis zu den Ohren hochgezogen hatte. «Ich nehme an, ich bin bloß eifersüchtig. Auf dich. Auf meine Mutter. Auf jeden, der es schafft, dass Sabine gelöst und glücklich ist. Wozu ich allem Anschein nach nicht fähig bin.»

«Sie ist ein Teenager. Das legt sich.»

Schweigend saßen sie da und hingen über den gedämpften Geräuschen der Leute um sie herum ihren Gedanken nach.

«Sie sieht aus wie du», sagte er nach einer Weile.

Kate blickte auf und wünschte sich plötzlich, sie könnte seinen Gesichtsausdruck erkennen.

«Bist du das, Kate? Kate Ballantyne?»

Sie drehte sich um und sah das Gesicht einer jungen Frau, die sich leicht zu ihr herabbeugte, um sie zu begrüßen.

«Ich bin's, Geraldine. Geraldine Leach. Wir sind früher immer zusammen ausgeritten.»

Kate hatte das vage Bild eines pummeligen Mädchens vor Augen, dessen Zöpfe immer so fest geflochten waren, dass ihr die Haut über den Ohren spannte. Sonst nichts. Dummerweise konnte sie das Gesicht der Frau jetzt nicht richtig ausmachen.

«Hi ...», sagte sie und streckte die Hand aus. «Schön, dich zu sehen.»

«Und du? Bist du für immer zurückgekommen oder nur auf Besuch?»

«Oh, nur auf Besuch.»

«Du lebst in London, nicht wahr? Ach, was gäbe ich dafür,

wenn ich in London leben könnte. Ich wohne drüben in Roscarney. Das ist etwa vier Meilen von hier. Komm doch mal vorbei, wenn du Zeit hast.»

Kate nickte und versuchte, zugleich dankbar und unverbindlich dreinzuschauen.

«Es ist ein bisschen chaotisch bei uns. Ich hab inzwischen drei Kinder. Und Ryan, mein Mann, der da drüben, der ist das größte Kind von allen. Aber du bist uns mehr als willkommen. Wär schön, mal zu hören, was du in der Zwischenzeit so gemacht hast. Ich habe dich seit ... Wie lange ist das her? Müssen an die zwanzig Jahre sein. Mein Gott ... Kommt man sich da nicht gleich schrecklich alt vor?»

Kate nickte und lächelte, wollte sich aber nicht gar so alt fühlen.

«Du siehst noch genauso aus wie früher. Mit deinen wunderbaren roten Haaren. Weißt du, für solche Haare hätte ich glatt zur Mörderin werden können. Ehrlich gesagt, das ist noch heute so. Schau dir an, wie bei mir das Grau durchscheint! Und, hast du Kinder?»

«Nur eins», antwortete Kate und war sich bewusst, dass Thom ihr gegenüber die ganze Zeit schwieg.

«Ach, toll. Was ist es, Junge oder Mädchen?»

«Mädchen.»

Geraldine machte keinerlei Anstalten weiterzugehen.

«Ich hätte so gern ein Mädchen. Wie heißt es doch? Einen Jungen hat man bis zu seiner Hochzeit, aber ein Mädchen das ganze Leben lang. Ich könnte vor Neid platzen, dass du ein Mädchen hast. Allerdings werden meine Jungs bei mir bleiben, bis sie dreißig sind, wegen der Bequemlichkeit, die sie zu Hause haben. Meine eigene Schuld, ich hab ihren Vater nie richtig erzogen.»

Jetzt beugte sie sich so tief hinunter, dass Kate einen Hauch Parfüm abbekam.

«Er ist ein schrecklicher Fiesling, wenn nicht alles so gemacht wird, wie er's haben will. Ich sage immer, er lebt drei Meilen hinter dem Mond, verstehst du, was ich meine? Kein Zufall, dass er beim Finanzamt gelandet ist ...»

Kates Lächeln erstarrte allmählich.

«Na ja, ich will dich nicht weiter stören», sagte Geraldine und sah zu Thom hinüber. «Sicher habt ihr euch eine Menge zu erzählen. Schau aber mal vorbei, ja? Wir wohnen am Black Common Drive 15. Du findest mich im Telefonbuch. Wir haben bestimmt viel Spaß.»

«Danke», sagte Kate, als Geraldine endlich ging. «Sehr nett von dir.»

Sie nahm einen großen Schluck aus ihrem Glas und versuchte, sich nicht umzudrehen und nachzusehen, ob Geraldine Leach auch tatsächlich zu ihrem Platz an der Theke zurückgekehrt war.

«Ich könnte jetzt ja gehen», sagte Thom und grinste.

Kate suchte seine Augen.

«Untersteh dich.»

Sie lachten beide.

«Wo waren wir?»

Kate sah auf ihr Glas hinunter.

«Ich glaub, wir haben über Sabine gesprochen.»

«Dann lass uns jetzt über dich reden.»

Kate blickte auf. An der Art, wie er sie ansah, war etwas, was ihr das Gefühl gab, durchsichtig zu sein. «Ich glaube nicht, dass ich das will. Über mich gibt es zurzeit nichts Interessantes zu berichten.»

Thom sagte nichts dazu.

«Immer, wenn ich Leuten etwas über mein Leben erzähle, habe ich den Eindruck, ich wiederhole nur ständig die gleiche alte Leier, eine Katastrophe nach der anderen. Es ödet mich schon selber an, wenn ich darüber rede.»

«Bist du glücklich?»

«Glücklich?» Diese Frage kam ihr eigenartig vor. Sie dachte einen Augenblick nach. «Manchmal schon, nehme ich an. Wenn Sabine glücklich ist. Wenn ich das Gefühl habe … Ach, ich weiß nicht. Wann ist man schon glücklich? Bist du glücklich?»

Thom zögerte.

«Glücklicher als früher. Ich glaube, ich bin zufrieden.»

«Auch darüber, wieder hier zu sein?»

«Besonders darüber.» Er lächelte sie an; das erkannte sie am Weiß seiner Zähne. «Ob du's glaubst oder nicht, Kate, für mich war Kilcarrion die Rettung.»

«Meine Mutter, der Schutzengel.» Kate lachte bitter.

«Deine Mutter ist schon in Ordnung. Ihr zwei seht die Welt nur mit ganz verschiedenen Augen, das ist alles.»

«Du hast leicht reden», entgegnete sie.

«Sabine hat es geschafft. Und dabei haben sie und deine Mum sich am Anfang ständig in den Haaren gelegen.»

Es gab so vieles, was sie über das Leben ihrer eigenen Tochter nicht wusste, dass es sie manchmal geradezu niederschmetterte. Kate trauerte ihrem kleinen Mädchen nach, das von der Schule nach Hause in ihre Arme gerannt kam und sich bei ihrem Versuch, ihr überschwänglich zu erzählen, was sie alles getan, wen sie gesehen hatte, völlig verhaspelte. Sie konnte noch immer Sabines Gewicht spüren, in ihren Arm gekuschelt, während sie auf dem Sofa saßen, sich das Kinderprogramm ansahen und Sabine von den Ereignissen des Tages erzählte.

«Können wir nicht über was andres reden als meine Familie? Ich dachte, du wolltest mit mir ausgehen, um mich aufzuheitern.» Lass nicht zu, dass sie es verderben, dachte sie. Lass nicht zu, dass sie in jeden Winkel meines Lebens eindringen. Sie wollte ihn, wie sie bemerkte, ganz für sich allein haben.

Er hob sein Glas, als überlege er, ob ihm sein Orangensaft reichen würde, bis sie ihr Guinness ausgetrunken hatte. «Okay. Du bist tabu, deine Familie ist tabu ... Wie wär's mit Religion? Das ist doch immer ein Thema, bei dem das Blut in Wallung gerät. Oder was sich in Ballymalnaugh alles verändert hat, seit du weggegangen bist. Das wär doch ein gutes Thema ... Na ja, jedenfalls für ein paar Minuten.»

Sie lachte und war dankbar, dass er ihre sich verfinsternde Stimmung aufhellte. Thom hatte die Gabe, die Dinge immer gleich um einiges besser aussehen zu lassen.

«Kate?»

Sie drehte sich auf ihrem Stuhl zu einem Mann mittleren Alters um, der sich mit einem Pint in der Hand sehr weit zu ihr hinunterbeugte.

«Stephen Spillane. Ich weiß nicht, ob du dich an mich erinnerst. Ich hab früher auf Kilcarrion gearbeitet. Geht's dir gut, Thom?»

«Bestens, Stevie.»

Kate blinzelte und versuchte, die Züge in diesem großen rötlichen Gesicht auszumachen.

«Ich hab dich von da drüben gesehen, von der anderen Seite der Theke, und hab mir gesagt: ‹Die sieht doch aus wie die Kleine von Joy Ballantyne.› Na ja, ich wusste nicht, ob ich Recht habe oder nicht, bis ich näher kam ... Wie lange ist das jetzt her, wie viele Jahre? Zehn?»

«Fast siebzehn», warf Thom ein.

«Fast siebzehn Jahre! Und da bist du wieder. Bleibst du für länger?»

«Nein, ich ...»

«Ist das die junge Kate Ballantyne?» Ein weiterer Mann, den Kate nicht erkannte, war neben ihrer Schulter aufgetaucht. «Dacht ich's mir doch, dass ich das Gesicht kenne. Na, wenn das keine Überraschung ist! Wir haben dich ja seit Ewigkeiten nicht mehr hier gesehen.»

«Nun, Kate. Du erinnerst dich doch an den Pfarrer, Father Andrew?»

Kate lächelte und nickte, als wäre das der Fall.

«Nicht, dass du eine große Kirchgängerin gewesen wärst, nicht wahr?»

«Die jungen Leute haben heutzutage andere Dinge im Kopf, Father.»

«Und nicht nur die jungen Leute, Stevie, was?»

«Bist du nach London gezogen?» Stephen Spillane hatte inzwischen einen Stuhl neben den ihren gerückt. Er roch nach Zigarettentabak und komischerweise nach Bleichmittel. «Wohnst du irgendwo in der Nähe vom Finsbury Park? Erinnerst du dich an meinen Sohn Dylan? Er wohnt nämlich beim Finsbury Park. Ich sollte dir seine Nummer geben.»

«Ich wette, es hat sich hier eine Menge verändert, seit du das letzte Mal zu Hause warst, Kate, oder etwa nicht?»

«Ich bin sicher, Dylan würde dich gern einmal ausführen. Er hat nämlich viel für hübsche Mädchen übrig. Bist du inzwischen verheiratet?»

«Ach, schau mal, da ist Jackie. Jackie, kannst du dich an Kate Ballantyne erinnern? Edward Ballantynes Tochter? Ist von England rübergekommen. Jackie, sei so gut und besorg uns noch was zu trinken, ja?»

Ob es nun daran lag, dass sie so häufig unterbrochen wurde, oder daran, dass sie die Gesichter der Leute, mit denen sie redete, nicht richtig erkennen konnte (oder vielleicht an der Tatsache, dass sie eigentlich mit Thom allein sein wollte), Kate fand es jedenfalls anstrengend, diese höfliche Konversation zu führen. Nein, sagte sie, sie bleibe nicht lange hier. Ja, es sei wunderbar, wieder zurückzukommen. Ja, sie würde ihrem Vater seine Wünsche für eine schnelle Genesung gern ausrichten. Ja, sie sei sicher, dass die Jagd nicht mehr die Gleiche sei, seit er nicht mehr der Master ist. Und am allerschlimmsten: Ja, es wäre wunderbar, einigen jener Leute hallo zu sagen, die sie seit sechzehn Jahren nicht mehr gesehen hatte und die sie noch aus ihren Teenagerjahren kannten. Ach, da seien sie ja, da drüben, auf der anderen Seite der Theke. Natürlich wäre es toll, wenn sie alle an ihren Tisch kämen. Was hätte sie denn sonst sagen sollen?

«Allerdings, Kate, wir müssen zurück», meldete Thom sich plötzlich zu Wort. «Denk dran, deine Mum wollte, dass du früh wieder zu Hause bist, damit du ihr helfen kannst.»

Kate runzelte die Stirn.

«Du hast ihr versprochen, dass wir um halb neun zurück sind.»

Erst mit einiger Verzögerung fiel bei ihr der Groschen.

«Ach, ja. Das hab ich ganz vergessen.» Sie sah sich um und die wohlmeinenden, verschwommenen Gesichter an. «Tut mir Leid. Vielleicht können wir es das nächste Mal, wenn ich herkomme, nachholen. Das wäre wunderbar», sagte sie mit einem breiten Lächeln. Jetzt, den Fluchtweg vor Augen, konnte sie es sich leisten, liebenswürdig zu sein.

«Ach, wie schade. Und dabei haben wir doch gerade erst angefangen.»

«Sieht sie nicht großartig aus? Das Leben in der Großstadt tut dir offensichtlich gut, Mädchen.»

«Aber Thom hat wohl was andres im Sinn, he? Wir wollen ihm schließlich nicht in die Quere kommen.» So blind war Kate nun auch wieder nicht, dass sie Stephen Spillanes übertriebenes Zwinkern nicht gesehen hätte.

«Und, was machen wir jetzt?», fragte sie, nachdem sie sich von den vielen Leuten verabschiedet hatte und Thom sie nun in Richtung Ausgang schob.

«Du wartest draußen», sagte er. «Brauche nur zwei Sekunden.»

Wenige Augenblicke später tauchte er wieder auf, ein paar Dosen Guinness und zwei Büchsen Orangensaft unter seine Prothese geklemmt. (Selbst Kate konnte seine Arme jetzt auseinander halten; es war ein milder Abend, und da er seinen Pulloverärmel hochgeschoben hatte, leuchtete der Unterarm aus Kunststoff im Schein der Pub-Fenster.)

«Zufällig kenne ich gar nicht weit von hier einen idealen Platz zum Trinken», sagte er. «Und dort wirst du nicht von den Einheimischen belästigt.»

Das elektrische Licht im Sommerhaus konnte von keinem Zimmer des großen Hauses aus gesehen werden. Ungewöhnlicherweise waren die beiden recht großen Fenster des Gartenhäuschens von ihm abgekehrt und beschienen auf der einen Seite ein dichtes Gestrüpp und auf der anderen die überwucherten Reste eines Innenhofgartens. In ihrer Kindheit hatte sich Kate häufig gefragt, wer das Sommerhaus wohl gebaut und ob man es absichtlich so entworfen hatte, um es vor neugierigen, störenden Blicken aus dem Haus zu verbergen. Jetzt fragte sie sich, ob die kahle Glühbirne harte Schatten auf ihr Gesicht warf und ob die Vorteile, wenn sie sich aus dem Licht zurückzog, von der Tatsache aufgehoben wurden, dass sie dann so gut wie gar nichts mehr sehen konnte.

«Nicht gerade das Ritz, tut mir Leid», bedauerte Thom, der eine Dose aufmachte und sie ihr reichte.

«Aber ich habe schon immer den Eindruck gehabt, dem Ritz fehlt es irgendwie an alten Lackbüchsen», sagte sie und setzte sich auf die Pferdedecke, die er über die alten Kisten gelegt hatte. «Und Unkrautvernichter.»

«Das ganze Ungeziefer nicht zu vergessen.» Er streckte den Arm hoch, packte ein Spinnennetz, das über ihrem Kopf hing, und entfernte es. Dann wischte er sich die Hand an der Hose ab, setzte sich auf eine andere Kiste, ein Stück von ihr entfernt, und öffnete seine Dose Orangensaft.

Sie ertappte sich dabei, dass der Abstand zwischen ihnen sie irgendwie störte. Als sie vom Pub quasi davongerannt waren, hatten sie sich untergehakt, und sie hatte bei dem herrlichen Gefühl, auf der Flucht zu sein, gekichert wie ein albernes Schulmädchen. Komisch, sie konnte noch immer seinen festen Arm an ihrem spüren.

«Wir hätten natürlich im Pub bleiben können», sagte er entschuldigend. «Aber du kennst sie ja … Die hätten dich den ganzen Abend nicht mehr in Ruhe gelassen.»

«Ich hatte ganz schön zu kämpfen.»

«Ich hab mir gedacht, es wär leichter, woanders miteinander zu reden.»

«Wir hätten einfach zu dir gehen können», sagte sie unbesonnen.

«Und wenn ich das vorgeschlagen hätte, wärst du sofort nach Hause gegangen.»

Kate sah sein Lächeln und merkte, wie ihr eigenes langsam aus ihrem Gesicht schwand. Er hatte Recht. Sie hätte es für zu intim, zu riskant gehalten. Doch was konnte intimer sein als das hier? Sie beide in ihrem alten Versteck, das so voller Erinnerungen war und in dessen Holzbalken noch der bittersüße Duft vergangener Jahre hing.

Kate sah sich in dem verwahrlosten alten Sommerhaus um und wurde plötzlich verlegen, als sei sie an einem Ort erwischt worden, an dem sie sich nicht aufhalten sollte. Plötzlich musste sie an Justin denken. Und dann an Geoff. Was mache ich denn da, dass ich mit diesem Mann hier herumsitze, fragte sie sich. Das ist lächerlich. Die virtuelle Maggie pflanzte sich vor ihr auf, spitzte in spöttischer Missbilligung den Mund und drohte ihr mit einem virtuellen Finger.

«Weißt du was? Ich sollte gehen», sagte sie nicht gerade überzeugend. Auf einmal war sie froh, dass sie sein Gesicht nicht richtig sehen konnte.

Thom stellte seine Dose ab, bevor er aufstand. Das machte es ihr irgendwie noch schwerer zu gehen.

«Ich sollte wirklich nach Hause.»

«Wovor hast du Angst?»

Kurze Zeit war es still. Sie schaute auf und versuchte dann doch, sein Gesicht zu erkennen. Aber er war aus dem Lichtkegel getreten, und die Lampe beschien nur noch eine umgedrehte Farbdose. Sie blinzelte vergebens, als sie ihn hörte, weil die Bodenbretter unter seinem Gewicht knarrten. Sie nahm ihn nur als einen beinahe farblosen Schatten wahr, der auf sie zukam. Dann stieg ihr sein schwacher Duft in die Nase: Seife, vermischt mit dem leicht erdigen Geruch von Pferd, überlagert von Rauch und Bier.

Sie war wie gelähmt und holte tief Luft, als sie spürte, wie seine Hand vorsichtig in ihre Jackentasche griff. Langsam holte er die Brille heraus, klappte sie behutsam auf und setzte sie ihr fürsorglich auf die Nase. Der Kunststoff seiner falschen Hand lag kurze Zeit kalt an ihrer Wange.

Er ging in die Hocke, sodass ihre Gesichter auf gleicher Höhe waren. «Wovor hast du Angst?», fragte er noch einmal sanft.

Sie zögerte. Jetzt konnte sie jede einzelne seiner Wimpern erkennen.

«Vor dir.»

«Nein.»

Sie schaute ihn an und sah zum ersten Mal deutlich, wie die Haut um seine Augenwinkel Fältchen bildete, wie er die Lippen schloss, wenn er ausatmete. Die kleine, blasse Narbe unter seiner Augenbraue. Ich will dich gar nicht so klar sehen, dachte sie. Verschwommen warst du unkomplizierter.

«Nein.» Er sah ernst aus. «Du hast keinen Grund, Angst vor mir zu haben. Ich habe dir nie etwas getan.»

Sie hielt seinem Blick stand.

«Dann habe ich eben Angst vor mir.»

Er streckte den Arm aus und ergriff ihre Hand. Seine war trocken, vom Wetter gegerbt. Aber weich. Sie fragte sich vage, wie sich wohl die andere anfühlte.

«Ich mache alles kaputt, Thom. Ich mache alles falsch. Das wird auch mit dir so sein.»

«Nein», sagte er wieder.

Er schaute ihr noch immer in die Augen. Sie spürte, wie sie dahinschmolz und beinahe zu atmen vergaß. Unerklärlicherweise standen ihr plötzlich Tränen in den Augen.

«Ich muss mich in Acht nehmen. Du kennst mich nicht mehr, Thom. Du weißt nicht, wie ich wirklich bin. Ich kann meinen Gefühlen nicht trauen, verstehst du? Auf mich kann man sich einfach nicht verlassen. Ich glaube, ich bin in jemanden verliebt, und dann, ein paar Monate später, stelle ich fest, dass es gar nicht gestimmt hat. Und dann sind alle verletzt. Ich bin verletzt. Sabine ist verletzt.»

Sie war sich seines Händedrucks sehr bewusst. Sie wollte ihre Hand aus seinem Griff befreien, sie bewegen und sehnte sich zugleich danach, von seiner gestreichelt zu werden, ihren Mund hineinzupressen und sie auf ihrer Wange zu spüren.

Thoms Blick brannte wie Feuer auf ihrem Gesicht. Sie schaute weg, aus dem Fenster, und redete in die Luft hinein.

«Merkst du das denn nicht? Wir sitzen doch nur hier, weil ich da bin und allein und mich jämmerlich fühle, weil ich gerade mit jemandem Schluss gemacht habe. Ich weiß genau, was los ist. Ich bin einfach nicht selbständig, weißt du. Ich bin nicht wie du und Sabine, ihr könnt problemlos allein sein. Ich brauche Nähe und Aufmerksamkeit. Und weil ich sie von den anderen nicht kriege, hole ich sie mir von dir.»

Jetzt redete sie zu schnell, mit immer höherer Stimme.

«Versteh doch, wenn ich ein Pferd wäre, würdest du mich schlachten lassen, weil ich nichts tauge. Genau, das ist es. Ich tauge nichts. Um Himmels willen, Thom. Erinnerst du dich denn nicht? Erinnerst du dich nicht mehr daran, was ich dir vor sechzehn Jahren angetan habe? Macht es dir nichts aus, dass ich dich so sehr verletzt habe?»

Er blickte nach unten, musterte ihre Hand. Und dann sah er ihr wieder in die Augen.

«Wenn du ein Pferd wärst», entgegnete er. «Dann würde ich sagen, dass du in den falschen Händen warst.»

Kate starrte ihn an. Jetzt war er ihr so nahe, dass sie die Wärme seines Atems auf ihrer Haut spürte.

«Es gäbe eine Katastrophe», sagte sie und fing zu weinen an. Große, salzige Tränen liefen ihr über die Wangen. «Es gäbe eine verdammte Katastrophe.» Und dann, als Thom ihr nasses Gesicht in seine ungleichen Hände nahm, beugte sie sich vor und drückte ihren Mund auf seinen.

— *Kapitel 11* —

Der Duke stand mit gesenktem Kopf in einer Ecke seines Stalls und klemmte den Schweif zwischen die Hinterbeine, als erwarte er einen Schlag. Seine Hüftknochen ragten wie Höcker nach oben, und sein Fell, das früher in strotzender Gesundheit geglänzt hatte, war jetzt so stumpf, so rau geworden wie ein alter, billiger Teppich. Über seinen Augen lagen tiefe Gruben und die halb geschlossenen Lider erinnerten an Vorhänge, die gleich fallen würden.

Der Tierarzt, ein hoch gewachsener, hagerer Mann mit akademischem Gehabe, strich ihm über den Hals, tätschelte ihn noch, dann stapfte er durch die dicke Strohschicht zu Joy, die abwartend an der Tür stand.

«Ich fürchte, es geht ihm gar nicht gut, Mrs. Ballantyne.»

Joy blinzelte ein paar Mal und blickte zu Boden, als müsste sie etwas verarbeiten, worauf sie dennoch seit langem gefasst war.

«Was ist?»

«Es kommt hauptsächlich von der Osteoarthritis. Davon und von den Schmerzmitteln, die wir ihm gegeben haben.»

Er hielt inne. «Das Phenylbutazon wirkt anscheinend nicht mehr. Eigentlich glaube ich, dass es ihm inzwischen mehr schadet als nützt. Ich glaube nämlich, dass er ein Magengeschwür gekriegt hat, was bei Pferden oft auftritt, wenn sie dieses Medikament eine Weile bekommen haben. Aber er hat auch eine Diarrhöe und außerdem an Gewicht verloren, was bei einem Pferd in seinem Alter kein gutes Zeichen ist. Ich nehme diese Blutproben mit, aber ich würde fast wetten, dass er an Hyperproteinämie leidet, das ist ein verminderter Eiweißgehalt im

Blut.» Er legte wieder eine Pause ein. «Außerdem ist er sehr müde, sein Herz stolpert ein bisschen, und ich glaube, er baut einfach ab. Armer alter Kerl.»

In Joys sehr ernstem Gesicht regte sich nichts. Nur die aufmerksamsten Beobachter hätten das leise Zittern in ihrer Stimme wahrgenommen, das einzige Indiz für die Gefühle, die sie unter Kontrolle zu halten versuchte.

«Bin ich an dem Magengeschwür schuld?», fragte sie. «Habe ich ihm zu viel von dem Mittel gegeben?»

«Nein. Es ist nicht im Entferntesten Ihre Schuld. Das ist eine normale toxische Reaktion bei Pferden, denen man das Medikament eine Zeit lang verabreichen musste. Deshalb wird es mancherorts zum Teil nicht mehr gern gesehen, wenn wir es überhaupt noch verwenden. Aber bei einem Pferd in diesem Alter gab es nur sehr wenig, was wir sonst hätten tun können. Und er hat sich ja damit ziemlich lange recht gut gehalten. Wie alt ist er jetzt, siebenundzwanzig? Achtundzwanzig?»

«Können wir ihm etwas anderes geben? Das Medikament wechseln?» Wie flehend hob Joy die Hände ein wenig.

Der Tierarzt ging in die Hocke, räumte die Instrumente wieder in seine Tasche und ließ sie entschlossen zuschnappen. Der makellos strahlende Himmel draußen passte so gar nicht zu der Unheil verkündenden Atmosphäre drinnen.

«Tut mir Leid, Mrs. Ballantyne. Er hat ein stolzes Alter erreicht. Aber ich glaube nicht, dass wir die Dinge noch lange hinauszögern können. Jedenfalls nicht, wenn wir fair sein wollen.»

Den letzten Satz sprach er mit einem Seitenblick auf Joy aus. Er wusste, wie viel das Pferd der alten Dame bedeutete, aber sie hatten das Unvermeidliche bereits seit Monaten hinausgeschoben.

Joy ging zum Duke und zupfte sanft an seinen Ohren, eine unwillkürliche, liebevolle Geste. Sie sah ihn an und strich seine Mähne zurück, als studiere sie sein Gesicht, dann streichelte sie ihm die Nase. Er wandte ihr den riesigen Kopf zu, und mit halb geschlossenen Augen legte er das Kinn auf ihre Schulter, sodass sie unter dem Gewicht leicht in den Knien einknickte. Der Tierarzt stand an der Tür und wartete. Er kannte Joy gut genug, um sie nicht zu drängen.

«Ich möchte, dass Sie morgen wieder herkommen», sagte sie schließlich mit leiser, aber fester Stimme. «Morgen früh, wenn es Ihnen recht ist.»

Der Tierarzt nickte.

«Inzwischen möchte ich Sie um einen Gefallen bitten.»

Er blickte sie fragend an.

«Ich möchte, dass Sie ihm etwas geben. Etwas gegen die Schmerzen. Was ihm nicht auf den Magen schlägt.» Sie schwieg einen Moment, dann hob sie ein wenig herrisch den Kopf. «Sie müssen doch etwas haben.»

Der Tierarzt zog die Augenbrauen hoch und trat von einem Fuß auf den anderen.

«Um ehrlich zu sein, Mrs. Ballantyne, da gibt es nicht viel...»

«Irgendetwas», fiel sie ihm ins Wort. «Es muss etwas geben.»

Er holte tief Luft und stieß sie mit aufgeblähten Wangen langsam wieder aus. Dann schaute er nachdenklich auf den mit Stroh bedeckten Boden hinunter.

«Ja, es gibt schon etwas», sagte er endlich.

Joy nickte erwartungsvoll.

«Ein Medikament, das noch im Versuchsstadium ist. Nichts, was ich normalerweise einem Pferd wie Ihrem verschreiben würde. Eigentlich darf ich das gar nicht. Aber es würde ihm die Schmerzen nehmen. In den Beinen und im Magen.»

«Ich möchte, dass Sie es ihm geben.»

«Das sollte ich wirklich nicht tun. Es könnte mich sogar meine Zulassung kosten.»

«Es ist ja nur für einen Tag», erwiderte Joy. «Ich bezahle es. Was auch immer Sie dafür wollen.»

«Darum geht es nicht.»

Er kratzte sich am Kopf. Dann blickte er zum Himmel hinaus und stieß einen weiteren langen Seufzer aus. «Falls ich es tue, wäre ich Ihnen sehr verbunden, wenn Sie nicht darüber redeten. Mit niemandem.»

Joy wandte sich wieder dem Duke zu und redete leise auf ihn ein. Ihre Züge hatten sich entspannt, als fühlte sie sich schon im Voraus selbst erleichtert.

«Bringen Sie es noch heute her», bat sie und vermied es, den Tierarzt dabei anzusehen. Sie rubbelte wieder an Dukes Nase, streichelte ihn, dann fuhren ihre breiten, alten Hände über seine Flanken, lauter altvertraute Bewegungen.

Unmerklich schüttelte der Tierarzt den Kopf. Er war zu gutmütig. Sein Partner würde wütend, wenn er es wüsste.

«Ich habe heute Vormittag noch einen anderen Fall. Danach bringe ich es her», sagte er, während er hinausstapfte. Dann drehte er sich noch einmal um. «Wie geht es übrigens Mr. Ballantyne?»

Joy schaute nicht einmal hoch. «Danke, gut», sagte sie.

Einige Meilen entfernt saß Kate mit Thom im Land Rover und blickte auf den Hook-Head-Leuchtturm, den schwarzweißen Giganten, der sich gegen das schimmernde Blau des Waterford Harbour abhob. Es war der erste klare Tag seit Wochen. Der riesige Leuchtturm und die kleinen Häuser um ihn herum trotzten in der wässerigen Wintersonne den Wellen, die unentwegt an den alten Kalkstein brandeten.

Da Kates Lungen noch an die verrußte Großstadt gewöhnt waren, sog sie die salzige, von einem scharfen Wind landeinwärts getragene Seeluft mit der Miene einer Weinkennerin ein, die einen edlen Tropfen verkostet, und lauschte dabei dem Kreischen der Möwen und Lummen, das sich wie Babygeschrei anhörte. Sie hatte ihre Brille auf, und selbst bei dieser Entfernung übersprühte die Gischt immer wieder die Gläser, auf denen sie winzige Flecken hinterließ, die in dem harten Licht wie Diamantsplitter glitzerten.

«Du fragst nicht viel, was?», sagte sie, ohne Thom anzusehen, der neben ihr saß. «Zum Beispiel, wie es mir ergangen ist. Mit Justin, meinem letzten Freund. Oder mit Geoff.»

Thom wandte sich ihr zu.

«Warum soll ich denn fragen?»

Unsichtbare Winde trieben ein paar Wolken über den fernen Horizont.

«Ich dachte nur, du möchtest es vielleicht wissen. Wie die meisten Männer. Sie wollen doch immer deine Geschichte kennen.»

«Ich weiß alles, was ich wissen muss.» Darauf blickte er wieder aufs Meer hinaus und trank aus einem Plastikbecher einen Schluck Kaffee. «Manchmal kann man zu viele Fragen stellen.»

«Aber du stellst gar keine. Du willst nicht einmal wissen, was ich von alldem halte. Ob ich es gut finde.»

«Wie gesagt, man kann manchmal zu viele Fragen stellen. Vor allem bei jemandem wie dir.»

Sie waren nun schon seit beinahe einer halben Stunde hier, genossen einträchtig, dass sie für kurze Zeit Kilcarrion und seinen Problemen entrinnen konnten. Fast die Hälfte der Zeit hatten sie einander in den Armen gelegen, sich hin und wieder geküsst und trunken vor unausgesprochener Vorfreude nur angeschaut. Es würde nicht heute geschehen, so viel war klar. Aber das spielte keine Rolle. Es reichte, gemeinsam hier zu sitzen, sich umschlungen zu halten, allein zu sein.

Es waren kaum zwei Tage verstrichen, seit sie zusammen im Sommerhaus gewesen waren, und Kates Anwandlungen von Panik und Schuldgefühlen waren still und leise dem dringenden Bedürfnis gewichen, in Thoms Nähe zu sein, ihn lächeln zu sehen, ihn für sich zu haben. Am Morgen danach war sie mit blankem Entsetzen aufgewacht. Ihr Schrecken darüber, sich wieder auf etwas «eingelassen» zu haben, hatte die am Abend empfundene tiefe Zuneigung verdrängt, weshalb sie im Hof nach Thom Ausschau gehalten, ihn schließlich gefunden und entschlossen (wenn auch in leicht hysterischem Tonfall) beteuert hatte, dass alles ein schrecklicher Irrtum gewesen sei und es ihr Leid täte, wenn sie ihm falsche Hoffnungen gemacht hätte, aber sie müsste jetzt wirklich eine Weile allein bleiben. Thom hatte nur genickt und gesagt, er begreife es. Er war ebenso gelassen geblieben, als sie ihm noch dreimal an diesem Tag aufgelauert und mit gedämpfter, aber eindringlicher Stimme erneut erklärt hatte, weshalb es unmöglich sei; sie habe darüber nachgedacht und eingesehen, dass sie absolut nicht zueinander passten; außerdem habe sie ihn viel zu gern, um sein Leben zu ruinieren.

Danach war Kate in ihr Zimmer hinaufgegangen, hatte vor Wut auf sich selbst geheult und sich plötzlich völlig verlassen gefühlt. Als Thom dann an diesem Morgen entgegen seinen Gepflogenheiten in den Frühstücksraum gekommen war und Joy mitteilte, dass er in die Stadt fahren würde, um beim Sattler etwas abzuholen, da hatte Kate scheinbar beiläufig gefragt, ob er sie mitnehmen könnte, weil sie ein paar Dinge aus der Stadt brauchte. Christopher, der bei ihr mit dem Instinkt eines Bluthundes jede Torheit witterte, war am Sonntagabend abgereist, Sabine befand sich nicht im Haus, und Joy hatte nichts Ungewöhnliches bemerkt. Allerdings bemerkte sie in diesen Tagen ohnehin nichts außer dem gesundheitlichen Verfall ihres alten Pferdes und den anscheinend endlosen Pflichten, die ihr Haus und Hof unaufschiebbar abverlangten. Also hatten sich Thom und Kate fortgeschlichen und waren insgeheim so vergnügt wie schuleschwänzende Kinder im Land Rover davongebraust. Kate, die mittlerweile ihr wahnsinniges Verlangen, Thom zu berühren, nicht mehr unterdrücken konnte, griff nach seiner Hand und wäre beinahe zurückgewichen, als sie statt etwas weichem Lebendigem nur harten Kunststoff spürte.

«Daran gewöhnt man sich», sagte er sichtbar amüsiert. «Ich bin früher selber immer zusammengezuckt, wenn ich mir im Schlaf an die Nase gefasst habe. Oder Schlimmeres.»

Während er sprach, sah er sie von der Seite an, und ein verschmitztes Lächeln spielte um seine Lippen.

Was Kates Wangen plötzlich zum Glühen brachte, mochte Verlegenheit gewesen sein, aber zweifellos schloss es auch etwas Lustvolleres ein. Danach hatten beide eine Weile nichts gesagt, denn jeder hing schweigend der Vision nach, die Thoms Worte heraufbeschworen hatten.

«Und was ist mit dir?», fragte Kate schließlich.

Thom trank seinen Kaffee aus und stellte den Plastikbecher zu den im Auto herumliegenden alten Wollhandschuhen, Heuschnüren und einer vergilbenden Ausgabe der *Racing Post*.

«Was, mit mir?»

«Na ja, es muss doch jemanden gegeben haben. In über sechzehn Jahren.»

Er senkte den Blick und zuckte mit den Schultern.

«Ich war kein Heiliger. Aber es hat keine gegeben, die mir besonders viel bedeutet hätte.»

Kate machte ein ungläubiges Gesicht.

«In sechzehn Jahren?» In ihrer Stimme schwang ein Anflug von Furcht mit, die sie bei dem weniger verlockenden Gedanken an eine ungesunde Obsession packte. «Es muss doch wen gegeben haben. Wolltest du nie heiraten? Nie mit jemandem zusammenleben?»

«Es hat ein paar Mädchen gegeben, in die ich verliebt war.» Jetzt sah er sie wieder an und griff nach ihrer Hand. «Aber wir zwei sind verschieden. Mir fällt es nicht sehr leicht, mich auf jemanden einzulassen. Ich bleibe lieber allein als bei einer, die nicht ...» Seine Stimme verebbte.

Schweigend dachte Kate den Satz zu Ende: ... zu mir passt? ... vollkommen ist? ... die Richtige ist? Bei der letzten Variante brach ihr der Schweiß aus. Es war zu früh, dass er so daherredete; sie war sich nicht ganz sicher, ob sie die richtige Entscheidung getroffen hatte, sich so weit auf ihn einzulassen, wie sie es bereits getan hatte. Doch ihr machte noch etwas anderes zu schaffen, die indirekte Kritik, die in seinen Worten anklang. Wir zwei sind verschieden. Ich bleibe lieber allein, als ... als so wie sie zu sein? Wollte er damit andeuten, dass sie leichtfertig war?

Sie nahm einen Schluck von ihrem Kaffee, formulierte in Gedanken mehrere Antworten und verwarf sie wieder, fragte ihn aber nicht, was er damit gemeint hatte. Wie er ja schon gesagt hatte, man konnte manchmal zu viele Fragen stellen.

Unten am Wasser beschäftigten sich zwei Männer, Gestalten so winzig wie Insekten, mit einem kleinen Boot. Einer von ihnen fuchtelte wild mit den Armen. Ein dritter trottete am Strand hin und her und las irgendetwas vom Boden auf.

«Warst du mir böse?», fragte sie schließlich.

«Zuerst schon.»

In seinen blauen Augen spiegelte sich der ungewöhnlich klare Himmel. Sie stierten unverwandt auf einen in der Ferne, vielleicht in der Vergangenheit gelegenen Punkt. «Es ist schwer, jemandem lange böse zu sein. Jedenfalls jemandem, den man gern hat.»

Kate nagte an ihrer Unterlippe.

«Es tut mir Leid.»

«Nicht nötig. Wir waren jung. Wir hätten es so oder so vermasselt.»

«Aber ich habe es doch vermasselt.»

«Du hast es nur früher geschafft als ich.»

«Du klingst in diesen Tagen schrecklich nach Zen.»

Er lächelte. «Zen? Nennt man das so? Nee...» Jetzt grinste er, ein breites Grinsen, das sich langsam über sein Gesicht ausbreitete. «Ich habe bloß gelernt, mich nicht über Dinge aufzuregen, die ich nicht ändern kann.»

Kate zögerte, war aber nicht imstande, sich die Frage zu verkneifen.

«Wie zum Beispiel über deinen Arm?»

«Ja.» Er blickte auf seine linke Hand hinunter, die auf seinem Oberschenkel lag. «Das war vermutlich ein ganz guter Anfang. Mit einem fehlenden Körperteil kann man nicht mehr hadern ... Man kann schließlich nie mit etwas hadern, was nicht mehr da ist.»

Sie schwiegen eine Weile und schauten den Möwen zu, die über der Bucht kreisten. Das kleine Boot war ins Wasser geschoben worden, eine winzige Gestalt winkte den beiden nach, die hineingeklettert waren. Es übersprang die ersten Wellen wie ein Lachs, der sich flussaufwärts kämpft.

Kate dachte darüber nach, was das wohl sein mochte, was «nicht mehr da» war. Es gab Dinge, die sie von ihm hören wollte, obwohl sie wusste, dass sie sich davor scheute, die ausgesprochen werden mussten und doch unerträglich sein würden. Immer noch widersprüchlich, höhnte eine virtuelle Maggie. Du bist immer noch von Romantik besessen. Stehst noch immer nicht auf deinen eigenen Beinen. Hau doch ab, schnauzte Kate sie in Gedanken an.

«Eins hat mir wirklich zugesetzt», sagte Thom, während er es nach wie vor vermied, sie anzusehen.

Kate hatte mit ihren Fingern die Linien seiner Handfläche nachgezogen. Jetzt hob sie den Kopf.

«Das klingt ein bisschen komisch. Aber es hat mir lange keine Ruhe gelassen ... Ich wollte dich fragen ... warum er?»

Damit hatte sie nicht gerechnet. Sie blinzelte heftig.

«Du hast ihn doch kaum gekannt. Ich weiß, wir waren nicht so lange zusammen oder was auch immer, aber ich hab nicht begriffen, warum du mit ihm so weit gegangen bist. Ich hab nicht begriffen, warum ... Nun ja, warum nicht mit mir?»

Zum ersten Mal sah er verstört aus, unsicher. Mehrmals öffnete er den Mund und schloss ihn wieder, als ringe er mit ungewohnten Emotionen. «Ich schaue dauernd Sabine an», sagte er schließlich. «Und dabei ist mir völlig klar – dass sie leicht von mir sein könnte.»

Kate dachte an Alexander Fowler, an das Geburtstagsporträt, an die wilde und perverse Entschlossenheit, mit der sie ungebeten den Reißverschluss ihres altmodischen Samtkleids aufgezogen hatte, und an die zwiespältigen Gefühle, eine Mischung aus Erstaunen und Sinn für die Gelegenheit, die im Gesicht des Mannes aufblitzten, als er plötzlich ihrem nackten, jugendlichen Körper gegenüberstand. Es war heiß gewesen im Atelier, erinnerte sie sich noch, es hatte nach Terpentin und Ölfarbe gerochen, und überall standen halb fertige Bilder von Leuten herum, die sie nicht kannte. Und sie erinnerte sich auch noch daran, wie sie sich danach wieder angezogen hatte, während er auf der Suche nach Zigaretten in sein Haus entschwunden war.

«Wenn du es gewesen wärst, dann hätte es mir etwas bedeutet», erklärte sie Thom langsam. «Und ich wollte wohl nicht, dass es viel bedeutete.» Ein geschenkter Gaul, so hatte er es damals genannt, und sie war dabei zusammengezuckt.

Thom sah sie mit ausdrucksloser Miene an, er verstand es noch immer nicht. Hinter ihm flatterte eine einzelne kreischende Möwe.

«Wenn du es gewesen wärst, Thom», sagte sie, während sie seine Hand fester drückte, «dann hättest du dafür gesorgt, dass ich hier bleibe.»

Sabine saß im oberen Stockwerk am Fenster und beobachtete, wie der Land Rover in die Auffahrt einbog, auf dem Kies vor dem Haus hielt und wie ihre Mutter ausstieg. Sie hielt eine Zeitung in der Hand und eine braune Papiertüte, deren Inhalt nicht zu erkennen war; sicher nichts, was sie nicht ebenso gut später mit der Großmutter im Dorf hätte besorgen können, überlegte Sabine. Außerdem fuhr sie sich mehrmals mit den Fingern durchs Haar – ein todsicheres Anzeichen dafür, dass man in jemanden verknallt ist. Das hatte Sabine in einer Zeitschrift gelesen. Bestimmt waren auch die Pupillen ihrer Mutter geweitet.

Sie ließ den schweren Vorhang sinken und ging zum Bett, in dem ihr Großvater wieder eingeschlafen war. Zu sehr damit beschäftigt, hinter Männern her zu sein, um Zeit für ihren eigenen Vater zu haben, dachte Sabine bitter. Die Male, die Kate ihn hier oben besucht hatte, konnte man an einer Hand abzählen. Der Großvater hatte wohl noch nicht einmal gemerkt, dass seine Tochter im Haus war, so wenig kümmerte sie sich um ihn. Aber andererseits sah es in diesen Tagen ohnehin so aus, als würde sich außer der Krankenschwester nur Sabine um ihn kümmern. Die Großmutter hatte immer zu viel zu tun. Oder sie machte ein Riesentheater um den Duke, der auf dem besten Weg in die prächtige Katzenfutterfabrik im Himmel war, wie John John ihr genüsslich erzählt hatte.

Sabine setzte sich auf die äußerste Bettkante, um ihren Großvater nicht zu stören. Anscheinend fühlte er sich zurzeit im

Schlaf am wohlsten. Wenn er wach war, wurde er oft unruhig und sein Atem kam in heiseren, mühsamen Stößen, bei denen Sabine spürte, wie ihr die Angst in die Seele kroch. Dann hielt sie seine Hand und versuchte, nicht in Panik zu geraten, wenn sich der Druck seiner Finger zuweilen verstärkte, als übten sie schon für die Leichenstarre.

«Ist er wieder eingenickt?», fragte Lynda, die Krankenschwester, während sie eiligen Schritts mit einem Krug frischem Wasser ins Zimmer kam. «Gut so. Ist das Beste für ihn.»

Lynda (für das «y» hat sie sich selbst entschieden, wie sie Sabine erzählt hatte) würde ihren Beruf als Ganztagskrankenschwester aufgeben und künftig in der Aromatherapie arbeiten, sobald dieser Einsatz vorüber war. Sie sprach nie aus, ab wann sie ihn als «vorüber» betrachtete, aber beide wussten, was damit gemeint war.

«Ja, gerade erst», antwortete Sabine.

«Dann geh doch jetzt. Geh und mach dir's gemütlich. Das würde ich an deiner Stelle jedenfalls tun. Du verbringst zu viel Zeit hier oben.» Sabine wartete darauf, dass sie noch «das ist nicht gesund» hinzufügte, ein weiterer Lieblingsspruch von Lynda, aber er blieb diesmal aus.

«Geh nur. Ich setz mich hier hin und schau mir für eine halbe Stunde meine Seifenoper an, da kannst du dich ruhig verziehen. Ach, übrigens, das brauchst du niemandem zu erzählen, ich stelle den Ton leiser.»

Sabine ging und verschwand im ehemaligen Arbeitszimmer, um sich noch einmal das Blatt Papier vorzunehmen, das inzwischen seinen Stammplatz in ihrer Hosentasche gefunden hatte. Vor zwei Tagen war Geoffs Brief eingetroffen, in dem er ihr mitteilte, dass er demnächst diese Inderin heiraten würde, und sie wusste noch immer nicht, was sie tun sollte. Zunächst hatte sie angenommen, er habe es ihrer Mutter ebenfalls geschrieben, aber in deren Verhalten schien nichts diese Vermutung zu rechtfertigen. Sie war, wenn überhaupt, höchstens fröhlicher geworden.

Was Sabine so zu denken gab, war nicht nur die Nachricht,

dass Geoff – wie Jim – eine neue Familie gefunden hatte, sondern das, was es über ihre eigene aussagte. Warum hatte Geoff ihrer Mutter nie einen Heiratsantrag gemacht? Sie waren sechs Jahre zusammen gewesen, und er hatte den Eindruck erweckt, als liege ihm wirklich etwas an der Beziehung. In aller Vorsicht hatte er sich manchmal sogar als «Ersatzvater» bezeichnet. Kate, das musste Sabine daraus schließen, gehörte offensichtlich nicht zu den Frauen, die von Männern geheiratet wurden. Im Gegensatz zur Großmutter, die es geschafft hatte, schon nach einem Tag einen Heiratsantrag zu bekommen. Ihre Mutter zählte zu den Frauen, die es zuließen, benutzt und danach fallen gelassen zu werden, wieder und wieder und immer wieder. Ihr Mangel an Selbstachtung war hoffungslos. Diese gierige Miene, die sie in Gegenwart von Männern ständig zur Schau trug, als wäre sie für jedes Krümelchen Gefühl dankbar, das sie ihr zuwarfen. Sabine starrte auf die mittlerweile vertrauten Sätze des Briefs, aus dem das durchaus ernst gemeinte Bedürfnis sprach, «sie auf dem Laufenden zu halten», und in dem er ihr versicherte, «immer für sie da zu sein». Sie hatte sich ja gar nicht gewünscht, dass ihre Mutter Geoff heiraten sollte, nur die Tatsache, dass er sie nie darum gebeten hatte, brachte sie mehr gegen ihre Mutter auf als alles andere. Das kam ihr wie ein weiteres Versagen vor.

Sie blickte auf die Fotos hinunter, die sie und ihre Großmutter noch nicht hatten aussortieren können; die Babybilder von Christopher und Kate (er hat schon damals selbstgefällig ausgesehen, fand Sabine) in Burgunderrot mit goldgeprägtem Rand und die Fotos von Kate mit dem kleinen chinesischen Jungen. Sabine hätte wirklich gern mehr über diesen chinesischen Jungen erfahren, aber Joy hatte zu viel zu tun gehabt, um weiterzuerzählen. Als sie das letzte Mal hier saßen, hatte sie in ihrem wieder schroffen und nüchternen Ton erklärt, dass es zu viele andere Dinge gebe, um die sie sich jetzt kümmern musste. Sabine sollte mit den Bildern machen, was sie wollte.

Der kleine Chinese war wohl der Einzige, der jemals bei dir geblieben ist, dachte Sabine, während sie das Foto mit den zwei unter ihren Hüten hervorgrinsenden Kindern zur Hand nahm. Was auch immer du einmal Anziehendes an dir gehabt hast, Mum, du hast es definitiv irgendwann verloren.

«Sabine?»

Sabine fuhr zusammen und ließ das Bild wieder in den Karton fallen. Kate stand an der Tür.

«Hast du nicht Lust auf einen kleinen Lunch? Deine Granny sagt, sie hat keinen Hunger, und dein Großvater schläft, da hab ich mir überlegt, ob du vielleicht mit mir einen Happen essen möchtest.»

«Hoffentlich hast du ihn nicht geweckt», sagte Sabine und stopfte Geoffs Brief wieder in ihre Hosentasche.

«Nein, Darling, er schläft noch. Die Krankenschwester hat es mir gesagt.»

«Und ich nehme an, du bist gar nicht auf die Idee gekommen, selber nachzuschauen.»

Kate zwang sich, ihr Lächeln beizubehalten. Nichts würde ihr diesen Tag vergällen, weder die harsche Abfuhr, die sie sich von ihrer Mutter eingehandelt hatte, als sie ihr anbot zu kochen (Mrs. H. war zu einem Arzt in Wexford Town gefahren, um ihn wegen Annie um Rat zu fragen), noch die offensichtliche Verärgerung ihrer Tochter, wenn sie irgendwo zu helfen versuchte. Kate trat von einem Fuß auf den anderen und drang dabei etwas weiter in den Raum vor.

«Ich habe mir gedacht, ich mache uns bloß ein bisschen Suppe. Dazu gibt's Brot und Butter. Mrs. H. war so freundlich, uns einen ganzen Laib dazulassen.»

«Schön. Mir ist alles recht.»

Sabine wandte sich wieder den Fotos zu.

Aber Kate ging nicht.

«Was machst du denn da?»

Na, was wohl, dachte Sabine. «Ich sortiere ein paar alte Fotos», antwortete sie unverbindlich. «Großmutter hat es mir erlaubt.»

Kate schaute auf den Karton hinunter.

«Bin ich das?» Sie kam näher, bückte sich und griff nach dem Bild, das sie und den chinesischen Jungen zeigte. «Mein Gott!», rief sie aus und rückte ihre Brille zurecht. «Die habe ich seit Jahren nicht mehr gesehen.»

Sabine schwieg.

«Das ist Tung-Li», sagte Kate. «Der Sohn meiner Amah. Wir haben immer miteinander gespielt, bis ...» Sie sprach den Satz nicht zu Ende. «Der war ein richtiger Schatz. Furchtbar schüchtern. Wahrscheinlich mein erster Freund in der Kindheit. Wir waren fast gleich alt, nur wenige Monate auseinander.»

Unwillkürlich schielte Sabine wieder auf das Bild.

«Hinter dem Haus, in dem wir gewohnt haben, gab es einen Swimmingpool. In Hongkong. Und wenn von den anderen Familien gerade niemand in der Nähe war, dann haben wir im Wasser Drachen gespielt. Oder wir sind auf meinem roten Fahrrad um den Pool herumgefahren. Ich erinnere mich noch, dass wir ein paar Mal hineingefallen sind. Meine Amah war vielleicht wütend!» Kate lachte. «In dem feuchten Klima hatte sie es verdammt schwer, irgendwas trocken zu kriegen. Mit den besten Schuhen in den Pool zu fallen war wirklich ein Unding.»

«Wie alt warst du da?»

Kate runzelte die Stirn. «Ich glaube, in das Haus mit dem Pool sind wir gezogen, wie ich ungefähr vier war. Da auf dem Bild, da war ich wahrscheinlich fünf. Oder sechs?»

«Was ist aus ihm geworden?»

Kates Miene veränderte sich schlagartig. Plötzlich wirkte sie nicht mehr so vergnügt.

«Weiß ich nicht, irgendwann durfte ich nicht mehr mit ihm spielen.»

«Warum?»

«So war das damals eben. Deine Granny hatte sehr fest gefügte Vorstellungen von dem, was sich schickte. Und mit Tung-Li zu spielen schickte sich anscheinend nicht. Jedenfalls nicht für ein Mädchen wie mich.»

«Was, obwohl ihr die ganze Zeit Freunde wart?»

«Ja.» Kate dachte daran zurück, wie ungerecht sie das damals gefunden hatte, und dabei verschloss sich ihr Gesicht.

Sabine betrachtete noch immer den kleinen Jungen.

«Das sieht Großmutter gar nicht ähnlich», sagte sie.

Kates Kopf schnellte hoch. Es war wie ein Reflex.

«Das traust du ihr wohl nicht zu, oder?»

«Zu mir war sie immer ganz fair.»

«Na schön, Darling, eines Tages wirst du schon merken, dass Granny nicht immer die süße alte Lady ist, für die du sie jetzt hältst. Sie kann nämlich auch knallhart sein.»

Sabine blickte ihre Mutter an. Sie war entsetzt über den ungewöhnlich scharfen Ton und empfand zugleich das dringende Bedürfnis, ihr zu widersprechen

«Oder hältst du es für fair, dass man zwei Kinder nur wegen ihrer Hautfarbe trennt?»

«Nein», gab Sabine zu und fühlte sich in die Enge getrieben. «Aber die Verhältnisse waren damals anders, nicht wahr? Die Leute haben die Dinge nicht so gesehen wie heutzutage. Dazu sind sie eben erzogen worden.»

«Dann hättest du es also gut gefunden, wenn ich dich zu Hause gezwungen hätte, Fleisch zu essen, weil ich dazu erzogen worden bin? Das bin ich nämlich, weißt du. Hätte ich mich hier geweigert, Fleisch zu essen, dann wäre mir erklärt worden, ich müsste ausschließlich von Kartoffeln leben.»

«Nein, natürlich nicht.»

«Sabine, wieso ist eigentlich alles, was Granny tut, irgendwie okay, irgendwie verzeihlich? Und wieso wird mir alles, was ich je getan habe, egal, wie gut ich es gemeint habe, immer wieder aufgetischt?»

Kate wusste nicht, was in sie gefahren war. Doch der Anblick dieses Fotos hatte das alte Gefühl, ungerecht behandelt zu werden, wieder an die Oberfläche gespült und brachte sie von neuem in Rage. Sie war es leid, für alles Übel auf der Welt den Kopf hinzuhalten, Sabines harte Schläge mit Gleichmut wegzustecken, sich die Schuld aufbürden zu lassen, dass sie das Leben anderer zerstört habe, und weiterhin zu allem lächelnd ja und amen zu sagen.

«Manchmal, Sabine, ob du's glaubst oder nicht, wird deine Mum verkannt. Ab und zu, nur ab und zu, hat sie nämlich auch mal Recht.»

Sie hatte jedoch nicht mit der angeborenen Sturheit ihrer Tochter gerechnet. Und auch nicht mit der Fähigkeit der Sechzehnjährigen, derart selbstgerecht an ihren Überzeugungen zu hängen.

«Ich kann mir nicht vorstellen, dass du glaubst, immer im Recht zu sein», sagte Sabine wütend. «So, wie du dich benommen hast.»

«Was?»

«Sei mal fair! Großmutter hat dir doch andere Freunde verschafft, als ihr in den Tropen gelebt habt. Wahrscheinlich hat sie nur versucht, das zu tun, was für dich gut war. Wie die Dinge damals lagen, wärst du wahrscheinlich ins Gerede gekommen.»

Kate schüttelte langsam den Kopf, sie konnte es nicht fassen.

«Sie hat mir viel darüber erzählt, weißt du. Über die ganzen Regeln und all das, was es da gab. Wie die Leute ins Gerede gekommen sind, wenn sie was nicht so gemacht haben, wie es sich gehörte. Und selbst wenn du damals Recht gehabt hast, heißt das ja nicht, dass das noch immer so ist, oder? Du denkst nie zuerst an andere. Schau mal, du kannst dich ja nicht einmal dazu überwinden, deinem eigenen Vater ein bisschen Zeit zu widmen, obwohl du hergekommen bist, weil du geglaubt hast, dass er im Sterben liegt. Du bist viel zu sehr damit beschäftigt, mit jedem zu flirten, der dir über den Weg läuft. Damit du die nächste widerliche gescheiterte Beziehung auf deine Liste setzen kannst.»

«Sabine!»

«Na ja, ist doch wahr.» Sabine merkte, dass sie übers Ziel hinausschoss, aber sie war zu wütend, um sich darum zu kümmern. Wie kam ihre Mutter dazu, über andere zu urteilen? «Du wechselst die Männer wie Großvater die Taschentücher. Anscheinend ist es dir egal, was das für einen Eindruck macht. Du hättest mehr wie Großmutter und Großvater sein können und warten, bis du den Richtigen gefunden hast. Und dich binden. An etwas dranbleiben. An einer echten, wahren Liebe, weißt du. Aber du schwirrst von Mann zu Mann, ohne dir was dabei zu denken. Zum Beispiel Justin! Wie lang hat das denn gedauert? Und Geoff? Gott, dich schert es ja nicht einmal, dass er heiratet.»

Kate, die im Begriff war, ebenso hitzig zu antworten, erstarrte.

Für einen Augenblick herrschte Schweigen.

«Was hast du gesagt?»

«Geoff. Der heiratet demnächst.»

Sabine holte tief Luft, denn ihr dämmerte auf einmal, dass ihre Mutter vielleicht doch keinen Brief von ihm bekommen hatte. «Ich hab geglaubt, du hättest es gewusst.»

Kate blickte auf ihre Füße hinunter, dann streckte sie eine Hand aus und hielt sich an einem Regal fest.

«Nein», sagte sie unsicher. «Ich habe es nicht gewusst. Wann hat er es dir erzählt?»

Wortlos holte Sabine den zerknitterten Brief aus ihrer Hosentasche und reichte ihn ihrer Mutter. Kate lehnte sich jetzt an den Schreibtisch und las ihn schweigend.

«Na, dafür hat er ja nicht lange gebraucht, was?»

O Gott, dachte Sabine plötzlich, ihre Augen sind ganz wässrig geworden.

«Ich hab geglaubt, du hättest es gewusst», sagte sie noch einmal.

«Nein, hab ich nicht. Schon möglich, dass er mir auch einen Brief geschrieben hat, nach Hause, aber den konnte ich ja nicht kriegen, weil ich hier bin.»

Nun herrschte ziemlich lange Schweigen. Draußen ließ jemand einen Wassereimer fallen, dass es nur so durch den Hof hallte, und eine Männerstimme brüllte ein Pferd an, es solle stehen bleiben. Kate zuckte nicht einmal zusammen; sie richtete sich auf und ging wie eine Schlafwandlerin langsam zur Tür.

«Also, ich mache jetzt eine Suppe», erklärte sie, während sie sich das Haar aus dem Gesicht strich. «Und stell ein bisschen Brot auf den Tisch.»

Sabine saß auf dem Fußboden. Ihr war zum Weinen zumute.

«Es tut mir Leid, Mum», sagte sie.

Kate lächelte sie an. Es war ein verhaltenes, trauriges Lächeln.

«Du kannst ja nichts dafür, Darling. Du kannst wirklich nichts dafür.»

Beim Mittagessen hatten sie kaum miteinander geredet. Ganz gegen ihre Gewohnheit hatte Sabine von Zeit zu Zeit ein Gespräch angefangen, aus schlechtem Gewissen, weil sie ahnungslos die Bombe hatte platzen lassen. Doch Kate hatte nur genickt und gelächelt, dankbar dafür, dass ihre Tochter ausnahmsweise versuchte, ihre Gefühle zu schonen. Aber beide waren erleichtert gewesen, als es endlich vorbei war und sie irgendwohin gehen konnten, wo ihre jüngste Auseinandersetzung nicht wie eine mit weiteren Schauern drohende Regenwolke über ihnen hing. In Sabines Fall hieß das, dass sie mit ihrem Schimmel zur Manor Farm hinüberritt, wo man ihr gestattet hatte, sich auf deren Geländeparcours im Springen zu üben, während sich Kate zum ersten Mal seit ihrer Ankunft auf Kilcarrion für längere Zeit zu ihrem Vater setzte.

Fast eine Stunde hatte sie auf einem Stuhl neben seinem Bett zugebracht, während Lynda hin und wieder auftauchte, die Werte auf den Kontrollschirmen ablas, nach der Bettpfanne sah und Tee einschenkte. Man hatte zwar alles versucht, sein Zimmer freundlicher zu gestalten, aber als Kate nahezu schweigend dasaß und das früher so lebhafte Gesicht ihres Vaters betrachtete, der sie einst in seinen Armen gewiegt oder gekitzelt hatte, bis ihr die Luft wegblieb, fühlte sie sich von der düsteren Atmosphäre bedrückt. Sie war traurig, weil sie nicht fähig gewesen war, seine Hoffnungen, die er in sie gesetzt hatte, zu erfüllen, und weil er nun sterben würde, ohne dass es ihnen gelang, die Kluft zwischen ihnen zu überbrücken. «Ich versuche ja, es richtig zu machen», sagte sie ihm. «Ich versuche, die Dinge ins Lot zu bringen, andere wichtiger zu nehmen als mich selbst, aber du und Mum, ihr seid schon ein Gespann, das es einem wirklich schwer macht. Ich wollte, du würdest das verstehen. Ich wollte, du würdest es Sabine erklären.»

Er antwortete nicht. Das hatte sie auch nicht erwartet. Sie saß nur da, wünschte sich sehnlichst, ihre Gedanken auf ihn übertragen zu können, und blätterte mit leerem Blick die Bücher durch, die Sabine ihm auf den Nachttisch gelegt hatte.

Es war später Nachmittag, als sie nach Thom Ausschau hielt und ihn bat, sie im Sommerhaus zu treffen. Er musterte aufmerksam ihre Miene, merkte dabei, dass sie nicht imstande war, ihm in die Augen zu sehen, sagte aber nichts.

Pfeifend kam er durch den verwucherten Garten geschlendert, küsste sie jedoch nicht zur Begrüßung, sondern lehnte sich betont lässig an den Türrahmen und lächelte sie an.

Kate saß, die Arme wie ein Kind schützend um die Knie geschlungen, auf den Kisten, über die Thom die Decke gebreitet hatte, und ihr Haar verdeckte beinahe ihr Gesicht.

«Es muss Schluss sein. Auf der Stelle.»

Er bückte sich ein wenig, um ihren Blick aufzufangen. Seine Stimme klang unbekümmert, humorvoll.

«Bis du es dir wieder anders überlegt hast? Soll ich dir eine halbe Stunde Zeit lassen?»

Sie hob den Kopf. Ihre Augen waren rot gerändert und verquollen.

«Nein. Ich überlege es mir nicht mehr anders. Ich fahre nach Hause.»

«Das verstehe ich nicht.»

«Das erwarte ich auch nicht von dir.»

«Was soll das heißen?»

«Genau das, was ich gesagt habe. Ich fahre nach Hause. Nach London.»

«Was?»

Zum ersten Mal hörte er sich verärgert an. Kate schaute zu

ihm auf und sah den verletzten, verständnislosen Ausdruck auf seinem Gesicht.

«Hör zu, Kate, ich kenne dich. Ich weiß, dass du deine Meinung änderst wie der Wind die Richtung. Aber was, zum Teufel, soll das alles?»

Kate wandte den Blick ab.

«Ich tue das für uns alle», sagte sie ruhig.

«Wozu?»

«Wie gesagt, es ist das Beste für jeden.»

«So ein Quatsch.»

«Du … du verstehst das nicht.»

«Dann erklär es mir.»

Sie schloss die Augen und wünschte sich, sie könnte irgendwo sein, bloß nicht hier. «Ich habe heute etwas erfahren. Sabine hat mir etwas erzählt. Und da habe ich begriffen, wie viel auch immer ich von dir halte, was auch immer wir jetzt fühlen mögen, ich bin doch wieder auf dem besten Weg, die gleichen Fehler zu machen, die ich stets gemacht habe.»

Sie hielt inne und wischte sich die Nase an ihrem Ärmel ab.

«Ich habe nicht genug darüber nachgedacht, Thom. Ich habe mir nicht überlegt, ob es eine Chance hat, ob es zu etwas führt. Ich habe nicht an die Menschen gedacht, die verletzt sein würden, wenn alles wieder in die Brüche geht. Und es wird in die Brüche gehen, verstehst du? Du und ich, wir haben absolut nichts gemein. Wir leben in verschiedenen Ländern. Wir wissen nichts voneinander außer der Tatsache, dass einer den anderen immer noch körperlich anziehend findet. Es ist also ziemlich sicher, dass ich es wieder schaffen werde, es irgendwie zu vermasseln. Und jedes Mal, wenn ich etwas vermassle, sinke ich ein bisschen tiefer in der Achtung meiner Tochter. Und noch schlimmer, auch in meiner eigenen.»

Sie saß da, versuchte, nicht zu schniefen, und vergrub jetzt das Gesicht in ihren verschränkten Armen, sodass ihre Stimme gedämpft klang.

«Wie dem auch sei, ich habe heute über all das nachgedacht

und gefunden, dass es für jeden am besten ist, wenn ich einfach wieder nach Hause fahre. Ich nehme morgen die Fähre. Daddy wird mich nicht vermissen, er hat ja noch nicht einmal mitgekriegt, dass ich überhaupt da bin. Und meine Mutter hat sich die größte Mühe gegeben, mich seit meiner Ankunft zu ignorieren. Sabine ...» Schaudernd stieß sie einen tiefen Seufzer aus. «Sabine soll hier bleiben, habe ich beschlossen. Sie ist hier viel glücklicher, als sie es in London jemals war. Das hast sogar du gemerkt, und du kennst sie erst seit ein paar Monaten. Sie kann heimkommen, wenn und wann ihr danach ist. Oder irgendwo studieren. Ich werde sie zu nichts zwingen. Aber ich habe mir nur gedacht, ich sollte es dich wissen lassen.»

Sie linste zwischen den Armen auf ihre Füße hinunter. An ihren Schuhen klebte Stroh, von vorhin, als sie im Hof herumgelaufen war, um ihre Mutter zu suchen.

«Das war's dann also, nicht wahr?»

Sie schaute hoch. Thom atmete schwer und kratzte sich am Hinterkopf.

«Tschüs, Thom, wieder einmal, tut mir Leid, wenn ich dir was vorgemacht habe, aber ich habe entschieden, was das Beste für jeden ist, und das musst du eben schlucken.»

Kate starrte ihn an.

«Also, das ist Quatsch, Kate! Absoluter Quatsch! Das lasse ich dir nicht noch einmal durchgehen. Du kannst nicht allein diktieren, was in einer Beziehung passiert, und es steht dir nicht zu, für mich zu handeln.»

Er begann in dem engen Raum auf und ab zu gehen und nahm anscheinend nicht einmal die auf dem Boden herumliegenden Dosen wahr, gegen die er dabei stieß. Von seinem Zorn aufgeladen, knisterte die Atmosphäre.

«Ich habe mir jetzt tagelang angehört, was du für richtig oder falsch hältst, wenn wir zwei uns noch einmal aufeinander einlassen. Und ich kenne dich, also hab ich mir gesagt, es ist am besten, einfach stillzuhalten, bis du dir alles von der Seele geredet hast. Aber nur weil du befindest, dass etwas falsch ist, heißt das noch nicht, dass das wirklich so ist, okay? Nur weil du auf einmal meinst, dass du deinen Zeh zu weit ins Wasser gehalten hast, kannst du nicht einfach den verdammten Stöpsel rausziehen.»

Er schüttelte den Kopf und versuchte, seinen Atem unter Kontrolle zu bringen, dann ließ er sich auf einen umgedrehten Eimer plumpsen.

«Hör mal, Kate, ich habe dich lange geliebt. Furchtbar lang. Und ich habe mich seither mit allen möglichen Mädchen abgegeben; hübschen Mädchen mit großen Augen und noch größeren Herzen. Ob du's glaubst oder nicht, mit Mädchen, die sogar noch hübscher waren als du. Und je mehr es wurden, desto mehr hab ich begriffen, dass es keinen Zweck hat, wenn tief drinnen etwas fehlt, wenn du dieses – dieses – dieses verdammte Etwas nicht spürst, gegen das kein Kraut gewachsen ist. Kapiert? Und dann kommst du zurück, womit ich nie gerechnet habe, und mir fällt's wie Schuppen von den Augen. Ich hab's vom ersten Moment an gewusst, wie ich dich hier gesehen habe, als du die Wände angeflucht und geheult hast wie ein durchgedrehter Teenager, da hat mir hier drinnen», er klopfte sich dabei auf die Brust, «etwas gesagt: ‹Na bitte, da hast du's.› Und mir war alles klar.»

Fassungslos starrte Kate ihn an und schob die Unterlippe vor. Sie hatte ihn noch nie wütend gesehen. Noch nie hatte sie erlebt, dass er so viel auf einmal redete. Sie wich beinahe zurück, als er von seinem Eimer aufstand und sich neben sie auf die Kisten setzte.

«Schau mal, selbst wenn du es jetzt noch nicht weißt, Kate, ich weiß es. All die Trottel, mit denen du herumgezogen bist, sind mir völlig egal, und mir ist auch egal, dass wir an verschiedenen Orten wohnen. Oder dass wir nicht einmal die gleichen Dinge mögen. Weil das nur nebensächlich ist, okay? Nur nebensächlich.»

Er griff nach ihrer Hand. «Und ich weiß, dass ich nicht vollkommen bin. Ich bin zu sehr daran gewöhnt, allein zu leben, ich fange an, an albernen Dingen herumzunörgeln, und … und ich habe einen verdammten Arm verloren. Ich weiß, dass ich nicht mehr der Mann bin, der ich einmal war.»

Sie schüttelte den Kopf, sie wollte nicht, dass er das überhaupt erwähnte, wollte nicht, dass er es für wesentlich hielt.

Auch er schüttelte erneut den Kopf, und seine Stimme wurde allmählich ruhiger. «Aber ich sag dir eins, Kate. Wenn du jetzt gehst, machst du einen Fehler. Einen riesengroßen Fehler. Das heißt nämlich, dass du diejenige bist, die verkrüppelt ist, und nicht ich.»

Er legte eine Pause ein, dann hob er plötzlich ihre Hand an seinen Mund. Lange presste er seine Lippen auf ihre Handfläche und schloss dabei die Augen. Kate, die sich nun nicht mehr um die Tränen kümmerte, die ihr über die Wangen rollten, streckte die andere Hand aus und streichelte sein Gesicht.

«Aber woher wissen wir das, Thom?», fragte sie. «Woher soll ich es wissen?»

«Weil ich es weiß», antwortete er und öffnete die Augen wieder. «Und ausnahmsweise musst du da einmal mir vertrauen.»

Wie erschöpfte Reisende, die gerade einen großen Sturm überstanden haben, verließen sie gemeinsam das Sommerhaus, ohne auch nur daran zu denken, dass sie jemand sehen könnte. Thom sagte, er müsse noch nach den Pferden schauen, und Kate erklärte ihm, dass sie mitkomme und hoffe, Sabine zu finden. Sie wollte, dass sich Sabine keine Sorgen mehr machte und erfuhr, dass Kate die bevorstehende Hochzeit von Geoff nicht mehr nahe ging, auch wenn sie noch nicht bereit war, ihr zu erzählen warum.

Liam hockte vor der Sattelkammer auf einem Heuballen, polierte mit einem weichen Tuch ein Zaumzeug und pfiff eine Melodie aus dem Radio mit. Er warf Thom und Kate einen viel sagenden Blick zu, hielt aber den Mund.

«Sind die Pferde aus der unteren Koppel alle in ihren Boxen?», fragte Thom, während er die Riegel an einer Stalltür überprüfte.

«Na, klar.»

«Und ist Sabine wieder da?»

«Bringt den Schimmel gerade in den Stall. Wir haben ihn in den äußeren verlegt, weil das Dach über dem mittleren wieder leckt.»

Thom fluchte in sich hinein, als er nach oben blickte und sah, dass Ziegel fehlten. «Muss ich mit einer Plane abdecken. Von diesen Ziegeln haben wir ja keine mehr, oder?»

«Die haben wir schon vor Monaten aufgebraucht», erklärte Liam. «War's schön?», fragte er, während er Kate von Kopf bis Fuß musterte, sodass sie spürte, wir ihr die Röte in die Wangen schoss und die Haut kribbelte.

«Wir haben bloß ein bisschen Papierkram erledigt», antwortete Thom. «Hast du nicht gesagt, alle Pferde sind im Stall?»

Erstaunt schaute Liam ihn an, dann folgte er Thoms Blick, der am Schuppen vorbei zu den unteren Koppeln geschweift war.

«Sind sie ja.»

«Und was ist das?»

Liam stand auf und blinzelte in das pfirsichfarbene Licht der Abendsonne.

«Sieht aus wie der Duke», sagte er stirnrunzelnd. «Aber der lahmt doch seit Monaten. Und dieses Pferd lahmt nicht.»

Thom schwieg und verzog keine Miene.

Da hob Liam eine Hand an die Stirn, um besser sehen zu können. «Und wer sitzt auf ihm drauf? Da sitzt doch jemand drauf.»

«Was ist denn los?», fragte Sabine, die ihren Sattel schleppend näher gekommen war. Sie schielte flüchtig zu ihrer Mutter hinüber und überlegte, was die denn im Hof tat.

«Das kann ich nicht erkennen», sagte Kate. «So weit kann ich nicht sehen.»

«Das ist ja Mrs. Ballan…»

Liam verstummte, als Thom ihm eine Hand auf den Arm legte.

«Lass mal», sagte Thom ruhig. «Halten wir uns da raus.»

«Was?», rief Sabine. «Ist das meine Großmutter, die da reitet? Auf welchem Pferd denn?»

«Verdammt nochmal! Sie ist seit Jahren nicht mehr geritten.» Liam schüttelte verwundert den Kopf.

«Kommt», sagte Thom und drängte sie ins Haus. «Gehen wir rein.»

Über die Schulter blickte er noch einmal zu der alten Frau auf ihrem steifen alten Pferd zurück, deren Umrisse sich majestätisch gegen die untergehende Sonne abzeichneten, und er malte sich aus, wie der Duke seinen einst so stolzen Kopf in die Höhe reckte und beim Klang ihrer Stimme mit den Ohren zuckte, während sie langsam auf den Wald zuritten.

— *Kapitel 12* —

Nachdem der Duke eingeschläfert worden war, blieb Joy zwei Tage lang in ihrem Zimmer. So weit sie zurückdenken konnte, sagte Mrs. H., war es noch nie vorgekommen, dass irgendetwas, geschweige denn Kummer, sie umgeworfen hätte. Sie war im Morgengrauen aufgestanden und hatte die ersten zwei Stunden des Tages bei ihrem alten Pferd verbracht, hatte es gestriegelt und mit ihm geredet, sodass der Tierarzt, als er endlich eintraf, keinen kläglichen, todgeweihten Klepper vorfand, sondern ein scheinbar frohgemutes Ross, dessen stumpfes, altes Fell dank der schieren Kraftanstrengung wie das eines gesundes Tieres glänzte. Ohne eine Miene zu verziehen, hatte Joy neben ihm gestanden und ihm eine Hand aufs Gesicht gelegt, während sein Kinn bequem auf ihrer Schulter ruhte, als der Tierarzt die tödliche Spritze zückte. Der Duke war völlig entspannt gewesen, und als er umfiel, hätte er Joy beinahe unter sich begraben. Nur Thom, der abwartend hinter ihr gestanden hatte, war es gelungen, sie noch rechtzeitig wegzuzerren. Danach waren sie alle minutenlang neben ihm stehen geblieben und hatten schweigend auf den reglosen Körper hinuntergeblickt, der auf der dicken Strohschicht lag. Und dann war Joy, nach einem höflichen «Danke» für den Tierarzt, mit steif an den Körper gepressten Armen und hocherhobenem Kinn, resolut aus dem Stall hinaus und zum Haus geschritten. Sie hatte nicht ein einziges Mal zurückgeschaut.

«Das sieht ihr ähnlich», bemerkte Mrs. H. in Gedanken versunken. «Wollte ihr altes Pferd stolz ins Jenseits schicken. Noch so viel Zeit für ihn aufzuwenden.» Mehr als für ihren Mann, dachte Sabine und wusste, dass das jeder dachte.

Am zweiten Tag, an dem Joy sich in ihrem Zimmer eingeschlossen hatte, sich weigerte zu essen und Besucher etwas förmlich aufforderte, «sie bitte allein zu lassen», verschlechterte sich Edwards Atmung, sodass Lynda es auf sich nahm, selbst den Arzt anzurufen, aus Angst, er könnte vielleicht nicht mehr da sein, bis seine Frau geruhte, wieder aufzutauchen.

Sabine saß bleich und wachsam bei ihrem Großvater und hielt seine Hand, während der Arzt den Puls fühlte, sein Stethoskop auf die knochige Brust drückte und sich im Flüsterton mit Lynda beriet.

«Das geht schon in Ordnung», erklärte sie gereizt. «Sie können es mir sagen. Ich bin seine Enkelin.»

«Wo ist Mrs. Ballantyne?», fragte er, ohne Sabine zu beachten.

«Sie kommt heute nicht aus ihrem Zimmer heraus. Also werden Sie wohl mit mir reden müssen.»

Der Arzt und Lynda tauschten Blicke.

«Ihr Pferd ist gestorben», sagte Lynda und hob eine Augenbraue. Sie wirkte ein wenig enttäuscht, weil der Arzt nickte, als verstehe er das.

«Ist Christopher im Haus?»

«Er ist weg.»

«Ist deine Mutter noch da?», fragte er.

«Ja, aber sie hat nichts mit meinem Großvater zu tun.» Sabine sprach langsam und deutlich, als rede sie mit Idioten.

«Das ist eine Familie von der Sorte», sagte Lynda. Sie war in diesen Tagen dazu übergegangen, recht freimütig ihre Meinung zu äußern.

«Hören Sie, warum reden Sie nicht einfach mit mir? Ich sage meiner Großmutter Bescheid, wenn sie herauskommt.»

Der Arzt nickte bedächtig, als wäge er seine Antwort ab. Doch dann schaute er Sabine an und presste für einen Moment die Lippen aufeinander, bis sie nur noch eine schmale Linie bildeten.

«Ich glaube, so lange können wir nicht warten.»

Das war der Zeitpunkt, an dem Kate beschloss, mit der neu gewonnenen Zuversicht, wirklich geliebt zu werden, die Dinge in die Hand zu nehmen. Sie marschierte über den Flur, klopfte beherzt an die Tür ihrer Mutter, setzte sich über Joys krächzenden Protest hinweg, betrat den spärlich möblierten, kleinen Raum und erklärte ihr, dass der Arzt sie dringend sprechen müsse.

«Ich kann jetzt nicht kommen», wehrte Joy ab, ohne sie anzusehen. Sie lag mit dem Rücken zur Tür auf ihrem schmalen Bett und hatte die langen, dünnen Beine in den ausgebeulten Kordhosen in nahezu fötaler Haltung angezogen. «Sag ihm, ich rufe ihn später an.»

Kate, die ihre Mutter noch nie verwundbar erlebt hatte (sie war sich nicht einmal sicher, ob sie sie jemals bei Tageslicht hatte liegen sehen), versuchte ihre Stimme zu beherrschen. Entschlossen zu klingen.

«Ich fürchte, er will dich jetzt sprechen. Daddy geht es wirklich nicht gut.»

Joy lag reglos auf ihrem Bett. Eine Weile blieb Kate stehen und wartete auf eine Antwort.

«Es tut mir Leid, das mit dem Duke, Mummy. Aber du musst jetzt aufstehen. Du wirst unten gebraucht.»

Draußen hörte sie Sabine leise über den Flur in ihr Zimmer tappen und dabei kummervoll schniefen. Als sie begriffen hatte, wie ernst der Gesundheitszustand ihres Großvaters war, da war sie, für sie recht ungewöhnlich, in lautes Schluchzen ausgebrochen; ein hilfloser Weinkrampf, bei dem sie wie ein Kind die geballten Fäuste an die Augen presste und Rotz und Wasser heulte. Dieser überraschende Gefühlsausbruch hatte Kate dazu bewogen einzuschreiten. Irgendwann musste ihre Mutter sich dazu herablassen, mit ihr zu reden. Nichts dagegen, dass sie alles Sabine überließ, aber in Zeiten wie diesen musste auch sie sich daran erinnern, dass ihre Enkelin erst sechzehn war.

«Mummy ...»

«Bitte geh», sagte Joy und hob dabei den Kopf ein wenig, sodass Kate ihre rot geränderten Augen sehen konnte und merkte, wie platt gedrückt ihr stumpfes graues Haar war. «Ich will nur allein gelassen werden.»

Unüberhörbar fiel Sabines Zimmertür ins Schloss. Kate senkte die Stimme.

«Weißt du was? Es wäre wirklich nett, wenn du einmal auf mich hören würdest. Ausnahmsweise.»

Joy wandte den Kopf wieder ab und blickte aus dem Fenster.

«Schau mal, was du auch von mir denken magst, Mummy, ich bin immer noch Daddys Tochter. Und ich bin hier. Christopher nicht. Und es ist nicht fair, dass du Sabine zumutest, mit alldem allein fertig zu werden. Irgendwer muss entscheiden, ob Daddy ins Krankenhaus kommt, und wenn nicht, was wir dann machen.»

Sie legte eine Pause ein und rieb an einem Fleck auf ihrem Hosenbein.

«Na schön. Wenn du in fünf Minuten nicht unten bist, werde ich zusammen mit dem Arzt entscheiden, was wir am besten mit Daddy machen.» Dann stieß sie einen tiefen Seufzer aus, drehte sich um, verließ den kleinen Raum und zog entschlossen die Tür hinter sich zu.

Gerade als der Arzt seinen Tee austrank, erschien Joy im Wohnzimmer. Sie hatte ihr Haar nach hinten gekämmt, und ihr faltiges Gesicht war so verquollen, dass die Augen darin fast verschwanden.

«Tut mir Leid, dass ich Sie habe warten lassen», erklärte sie förmlich.

Kate, die sich in einen Sessel neben dem Kamin zurückgezogen hatte, wusste nicht, ob sie lachen oder weinen sollte.

«Anscheinend würde sie alles andere lieber tun als mit mir reden», erzählte Kate später, während sie bei Thom in der Sattelkammer saß und an irgendeinem Lederriemen herumfingerte, ohne sich dessen überhaupt bewusst zu sein.

In einem alten Lehnstuhl versunken, streckte sie die Beine den drei Heizstrahlern entgegen, die zwar glühten, aber nur wenig gegen die Kälte auszurichten vermochten. Draußen war es klirrend kalt, und auch drinnen kondensierte beim Sprechen die Atemluft zu kleinen Wölkchen. «Ich meine, in so einer Zeit müsste eine Familie doch enger zusammenrücken. Sogar eine Familie wie unsere. Und trotzdem marschiert Mummy nur herum, gibt sich immer geschäftiger, hält sich von Daddy fern und weigert sich, mit mir darüber zu reden, was wir mit ihm machen sollen. Christopher sitzt bei irgendeiner Konferenz in Genua fest, und Sabine ist noch zu jung, um solche Entscheidungen zu treffen, also hat sie doch sonst keinen, mit dem sie darüber reden könnte, oder?»

Thom rubbelte mit einem nassen Schwamm den Schmutz von einem Zaumzeug, wobei er die Schnallen geschickt nur mit der rechten Hand aufmachte.

«Bin ich denn wirklich so nutzlos? Ist es so unvorstellbar, dass ich imstande sein könnte, ihr zu helfen?»

Er schüttelte den Kopf.

«Das hat nichts mit dir zu tun. Es liegt an ihr.»

«Wie meinst du das?»

«Für sie ist es leichter, um ihr Pferd zu trauern als um ihren Mann. Sie ist verkrampft, deine Mutter, zu sehr daran gewöhnt, nichts rauszulassen. Ich nehme an, sie weiß überhaupt nicht, wie sie mit dem, was jetzt geschieht, umgehen soll.»

Kate dachte eine Weile nach.

«Da bin ich anderer Meinung. Es ist ihr nämlich immer recht leicht gefallen, ihre Wut rauszulassen. Ich glaube, es hängt mit mir zusammen. Sie will mir einfach nicht das Gefühl geben, dass irgendwas, was ich tue, für sie nützlich sein könnte.» Kate stand auf und wandte sich zur Tür. «Sie ist nie auf etwas stolz gewesen, was ich getan habe. In ihren Augen habe ich immer alles falsch gemacht. Und sie will einfach nicht, dass sich daran etwas ändert.»

«Du bist furchtbar streng mit ihr.»

«Sie ist furchtbar streng mit mir gewesen. Schau mal, Thom,

wer hat denn gesagt, ich könnte nicht mehr zu Hause wohnen, als ich mit Sabine schwanger war? Häh? Was glaubst du, wie weh mir das getan hat? Ich war achtzehn, um Himmels willen.» Kate lief jetzt in dem kleinen Raum auf und ab und strich mit der Hand über die Sattelhalter, die sich an einer Wand entlangzogen.

«Ich dachte, du wolltest nicht hier bleiben.»

«Wollte ich auch nicht. Aber zum Teil deshalb nicht, weil sie so verdammt gemein zu mir waren.»

Thom unterbrach seine Tätigkeit, hielt das Zaumzeug ins Licht, um zu sehen, ob noch Schmutzflecken darauf waren, dann ließ er es auf seine Knie sinken.

«Das ist lange her. Du solltest darüber hinwegkommen. Wir sind alle nicht mehr so, wie wir waren.»

Kate drehte sich zu ihm um und zog einen Schmollmund, von dem ihre verstorbene Großmutter Alice, wenn sie ihn hätte sehen können, zweifellos behauptet hätte, er gleiche haargenau dem ihrer Mutter.

«Das kann ich nicht, Thom. Nicht, solange sie mich für alles verurteilt, was ich tue. Nicht, bevor sie anfangen kann, mich als das zu akzeptieren, was ich bin.»

Sie hatte die Arme verschränkt und ihr Haar hing ihr ins Gesicht, als sie sich vor ihm aufpflanzte und ihn wütend anfunkelte. Er legte das Zaumzeug beiseite, stand auf und schlang seine Arme um sie, sodass sie unweigerlich dahinschmolz und sich entspannte.

«Lass es gut sein.»

«Ich kann nicht.»

«Wenigstens jetzt. Wir unternehmen irgendwas, um dich auf andere Gedanken zu bringen.» Seine Stimme klang sanft, zärtlich. Kate zeichnete mit einem Finger die Linien seiner Lippen nach. Die untere war von der Kälte leicht aufgesprungen.

«Was hast du denn im Sinn?», raunte sie. «Du weißt doch, dass das Haus voller Leute ist.»

Er grinste verschmitzt.

«Ich glaube, es wird Zeit, dass du mit mir reiten gehst.»

Sie starrte ihn an, dann riss sie sich von ihm los und wich zurück.

«Ohhh, nein», sagte sie. «Du magst ja Sabine dazu gebracht haben, aber mich kriegst du nicht dazu. Ich habe in den letzten zwanzig Jahren Gott dafür gedankt, dass ich nicht mehr auf ein verdammtes Pferd steigen musste. Keine Chance.»

Thom ging langsam auf sie zu. Er lächelte noch immer.

«Wir könnten meilenweit reiten. Es ist ein schöner Tag.»

«Nein. Auf keinen Fall.»

«Wir könnten nur im Schritt reiten, langsam, zum Wald runter.» Er machte eine Pause. «Wo uns niemand sehen kann.»

Den Mund so fest geschlossen wie jemand, der einen unwillkommenen Kuss abwehrt, schüttelte Kate den Kopf.

«Ich reite nicht, Thom», erklärte sie nach einer Weile. «Pferde machen mir Angst. Mir fehlt gar nichts, wenn ich mein ganzes Leben lang nie mehr auf einem sitze.»

Seine gesunde Hand schob sich in ihren Nacken und zog sie behutsam zu ihm. Er duftete nach Seife und nach dem süßlichen, ein wenig muffigen Geruch von Heu.

«Du musst ja nicht allein auf einem reiten. Du kannst bei mir aufsitzen. Ich halte dich die ganze Zeit im Arm.»

Von seiner Nähe berauscht, wurde es Kate schwindlig. Sie umschlang ihn, wollte in ihm versinken, wollte spüren, wie er in ihr versank. Mit geschlossenen Augen neigte sie den Kopf auf eine Seite und spürte Thoms warmen Atem auf ihrem nackten Hals.

«Ich will mit dir allein sein», flüsterte er mit so bebender Stimme, dass sich ihr vor Wonne die Nackenhaare kräuselten.

Als sie hörte, wie eine Stalltür zugeschlagen wurde, zuckte sie zusammen und wich zurück.

Dann kamen Schritte näher und Liam erschien an der Tür. Sein schmales, wettergegerbtes Gesicht zeichnete sich dunkel gegen das helle Licht draußen ab. Mit einer Decke unter dem Arm stand er da, während sein Blick von Thom, der wieder saß und Zaumzeug putzte, zu Kate huschte, die lässig an einem der Sättel an der Wand lehnte.

«Ein herrlicher Tag heute», sagte er. Das war zwar an Thom gerichtet, aber er ließ dabei Kate nicht aus den Augen. «Ich hab mir gedacht, ich nehm dem jungen Fuchs mal die Decke ab. Er ist ja gar nicht so dünnhäutig, wie wir geglaubt haben.»

Thom nickte. «Gut gemacht. Ich hab mir auch schon überlegt, dass wir ihn wahrscheinlich rausbringen sollten, weil das Wetter ja jetzt besser geworden ist», sagte er. Während er den Kopf hob, streifte sein Blick Kate nur ganz flüchtig, dann sah er Liam fragend an.

«Du bist doch heute den ganzen Tag da, Liam, nicht wahr?»

Die Hände tief in den Taschen ihrer Jeans und das Kinn im Rollkragen ihres Pullovers vergraben, sodass nur noch die gerötete Nase und ihre verweinten Augen zu sehen waren, ging Sabine durch den Hof. Ihr Großvater lag im Sterben, das hatte zumindest der Arzt im Wesentlichen gesagt, auch wenn er es mit allerlei Begriffen wie «problematisch» und «Prognose» zu beschönigen versuchte. Ihr Großvater würde bald sterben, ihre Großmutter hatte sich unheimlich verändert, weil ihr Pferd tot war, Annie hatte seit Ewigkeiten nicht auf ihre Anrufe geantwortet, und alles ging in die Brüche. Die einzige richtige Familie, die sie je gehabt hatte, fiel gerade auseinander.

Mit Bertie zu ihren Füßen setzte Sabine sich auf die Holzbank am Rande der Koppel und wischte sich an ihrem Ärmel die Nase. So töricht das auch klingen mochte, hegte sie zunehmend den Verdacht, dass all das etwas mit ihr zu tun hatte. Die zwei Familien, die sie zu Hause gehabt hatte – mit Jim und dann mit Geoff – waren zerbrochen. Und nun ging auch ihre irische Familie entzwei, löste sich auf und versank um sie herum, diese Familie, die bei ihrer Ankunft noch vollzählig und ganz normal gewesen war – nun ja, vielleicht nicht ganz normal, räumte sie ein. Nichts war mehr so wie zu der Zeit, als sie ankam. Nichts. Und woran konnte das sonst liegen, wenn nicht an ihr?

Sabine stieß einen langen, bebenden Seufzer aus, dass Bertie beunruhigt zu ihr aufschaute, bevor er seine Schnauze wieder zwischen die Pfoten bettete. Bobby hatte ihr gesagt, das sei lächerlich, als sie ihm am Telefon ihre Theorie erläuterte. «Alte Leute sterben nun mal. Und alte Pferde auch», hatte er erklärt. «Das ist der Lauf der Dinge. Du bist bloß bisher damit noch nicht in Berührung gekommen.» Er war reizend gewesen. Hatte keine Witze darüber gerissen, als begreife er, dass sie mit jemandem habe reden müssen. Sie hätte ja gern mit Thom geredet, dachte sie verbittert, aber selbst er machte sich in diesen Tagen rar. Er hatte ihr seit Ewigkeiten nicht mehr angeboten, mit ihr auszureiten, und wenn sie sich im Hof mal allein trafen, gab er sich ihr gegenüber bloß freundlich und witzig, als unterhalte er sich mit John John oder auch nur mit irgendeiner Fremden.

Sabine stand auf, weil sie plötzlich merkte, wie kalt es war, und rubbelte an ihren Ellenbogen, ehe sie zu den Ställen hinüberschlenderte und über jede Tür spähte, um zu sehen, welches Pferd drinnen war und welches nicht. Sie hatte sogar mit dem Gedanken gespielt, mit ihrer Mutter darüber zu sprechen. Seit sie ihr Geoffs Brief gezeigt hatte, waren sie ein paar Tage lang ganz gut miteinander ausgekommen, aber so mitfühlend Kate auch sein mochte, würde sich doch jedes Gespräch über Kilcarrion als zu schwierig erweisen, nicht nur davon überschattet, dass Kate und Joy sich nicht verstanden, sondern auch von der Tatsache, dass Kate Irland so schnell wie möglich verlassen, Sabine aber dableiben wollte und beide es wussten.

Denn das war die Crux: Selbst wenn ihr Großvater starb, wollte sie nicht weg. Sie hatte sich eingelebt; an Rhythmus und Strukturen gewöhnt und auch daran, wie man hier wusste, was wann vor sich ging. Zumindest meistens. Und sie mochte die Pferde. Das große Haus. Die Menschen. Sie konnte sich nicht mehr vorstellen, stundenlang ziellos in ihrem Viertel in Hackney rumzuhängen, wo nur zählte, wer was anhatte und wer auf wen stand oder nicht. Falls sie auf die Idee käme, denen etwas vom Reiten oder von der Jagd zu erzählen, würden sie sich über sie lustig machen und sie für überkandidelt erklären. Sie würden ihr das Gefühl geben, eine Außenseiterin zu sein, noch mehr als früher. Irgendwie empfand sie ihr Zuhause nicht mehr als Zuhause. Und wenn ihre Mutter das hörte, dachte Sabine schuldbewusst, würde es ihr wieder das Herz brechen.

Sie stieß die Stalltür auf, huschte auf leisen Sohlen hinein und schlang die Arme um den Hals ihres Schimmels, der mit seinem Heunetz beschäftigt war und keine Notiz von ihr nahm. Nach ein paar Minuten schlich sie wieder hinaus, schloss behutsam die Tür und marschierte zur Sattelkammer. Ein Ritt vertreibt die schwarzen Wolken, behauptete ihre Großmutter immer.

Liam war allein drinnen und bearbeitete eine Pferdedecke mit einer Bürste, in der mehr Haare hingen als an dem Stoff, den sie säubern sollte.

«Ich glaub, ich gehe mit dem Schimmel raus», sagte Sabine, während sie nach seinem Zaumzeug griff.

«'n schöner Tag dafür», erwiderte Liam grinsend. «Aber für manche Sachen ist ja jeder Tag schön.»

«Ha, ha!», gab Sabine zurück und verbiss sich das Lachen. Ihrer Meinung nach sollte Liam nicht noch zu seinen Sprüchen ermuntert werden.

«Gehst du allein raus?»

«Ja. Und?»

«Nichts.»

«Los, nur zu!»

Liam zuckte mit den Schultern. «Hab bloß gedacht, dass du vielleicht lieber Gesellschaft hättest. Dass du gern mit Thom ausreitest.»

Sabine hatte Mühe, den Sattel vom Halter zu heben und nicht rot zu werden.

«Ich weiß gar nicht, wo er ist. Und sonst ist ja heute auch niemand da. Niemand, der reitet.»

«Na, da wirst du vielleicht überrascht sein.»

Sabine schaute ihn verwundert an.

«Ich glaub, Thom ist zum Wald rübergeritten. Auf dem Großen.» Liam warf die Bürste in eine Kiste und schüttelte die Decke aus. «Kann mich gar nicht mehr erinnern, ob wer bei ihm war oder nicht.»

Dann holte er die nächste Decke von seinem Stapel, während ein seltsames Lächeln um seine Lippen spielte. «Viel Spaß», sagte er.

Sabine runzelte die Stirn, ging in den Hof hinaus und ließ die Zügel hinter sich über den Boden schleifen. Manchmal konnte Liam wirklich komisch sein.

Der *Deep Boar Forest*, der Tiefe Eberwald, wie das Gehölz genannt wurde, war weder besonders tief, noch trieben sich nach irgendjemandes Kenntnis Eber in ihm herum. Nur etwa eine Viertelmeile breit, zog er sich an einem Bach entlang, der hinter zwei Landgütern vorbeifloss und in dem während der Angelzeit Forellen gefischt wurden. Im Sommer bot dieser Wald Teenagern Gelegenheit, sich von den Großen unbeobachtet in ihm zu verkriechen. Immerhin folgte er beinahe eineinhalb Meilen lang dem gewundenen Bachlauf, sodass all jene, die sich einreden wollten, sie befänden sich fernab jedweder Zivilisation, dies von fast vollkommener Stille umgeben im Schutz der Bäume und Büsche um sie herum tun konnten.

Etwa auf halber Höhe des Pfades neben dem Bach hielt Thom das große braune Jagdpferd behutsam an, schwang sich aus dem Sattel und sprang leichtfüßig auf den weichen Boden hinunter. Dann legte er die Zügel über seinen linken Arm und streckte den rechten aus, um Kate herunterzuhelfen. Nicht gerade anmutig rutschte sie über die Schulter des Pferdes hinab, steuerte sogleich langsam den mit Moos bewachsenen Stamm eines gefällten Baums an und ließ sich vorsichtig auf ihm nieder.

«Ich kann mich morgen bestimmt nicht mehr rühren», jammerte sie, während sie sich wand und ihren Rücken rieb.

«Richtig erwischen wird es dich erst übermorgen.»

«Das brauchst du gar nicht mit solchem Vergnügen zu sagen.»

Thom streichelte die Nase des Pferdes und ging mit ihm zu einem Baum. Dort nahm er ihm den Führstrick ab, hakte ihn in einen Gebissring ein und band ihn mit lockerem Knoten an einem Ast fest. Dann kehrte er gemächlich zu Kate zurück, setzte sich neben sie auf den Stamm, strich ihr das Haar zurück und küsste sie auf die Nasenspitze.

«War es wirklich so schlimm?»

Sie lächelte kläglich und blickte an sich hinunter, als könnte sie durch die Kleidung sehen, dass sie blaue Flecken bekam.

«Das hätte ich für keinen anderen getan.»

«Das will ich hoffen. Wenn wir noch näher beieinander gesessen hätten, dann wären wir mit den Sittengesetzen in Konflikt geraten.»

«Oh, mir kam es aber nicht so vor, als ob dich das allzu sehr gestört hätte.»

Sie schmiegten sich aneinander und küssten sich lange. Kate sog die unergründlichen Düfte des Waldes ein, den feuchten Modergeruch verrottenden Laubes und den würzigen Hauch, der neues Wachstum verhieß, die sich mit den dezenteren des Mannes neben ihr mischten. Sie fühlte sich, wie sie feststellte, ohne jeden Zweifel glücklich.

«Ich liebe dich, weißt du», sagte Thom, als sie sich voneinander lösten.

«Ja, ich weiß. Ich liebe dich auch.»

Es hatte keinerlei Anstrengung erfordert. Keine Gewissensprüfung. Kein Trauma.

Durch das grüne Dach über ihnen schickte die Sonne dünne Strahlen und zeichnete flimmernde Lichtkringel auf den Boden. Eine leichte Brise strich wie eine unsichtbare Hand raschelnd durchs Unterholz. Sie küssten sich wieder. Seine Finger vergruben sich in ihrem Haar, und sanft drückte er Kate nach hinten auf den Baumstamm, bis sie Thoms Gewicht auf ihrem Körper spürte. Es machte sie schwach vor Verlangen. Sie schlang die Arme um ihn und versuchte ihn näher und näher zu ziehen.

Die Zeit blieb stehen, versank in dem Gefühl, das sein Körper auf ihrem, ihr sich vermischender Atem, seine Lippen auf ihrer Haut auslösten.

«O Thom», flüsterte sie ihm ins Ohr. «Ich will dich.»

Sie spürte seine raue Wange an ihrer. Dann stützte er sich auf seine gesunde Hand und sah ihr tief in die Augen. «Ich dich auch», sagte er, beugte sich hinunter und bedeckte ihr Gesicht mit Küssen.

Kate empfand den Abstand zwischen ihnen zu groß, weshalb sie Thom wieder an sich zu ziehen versuchte. Doch er widerstand ihr und wahrte dank seiner Kraft die Distanz zwischen ihren Körpern.

«Nein», sagte er.

«Was?» Sie blinzelte, als ein Sonnenstrahl durch die Baumkronen brach und sie für einen Moment Thoms Gesicht nicht sehen konnte. O Gott, dachte sie plötzlich, es ist wegen der Brille. Ich hätte meine Brille nicht aufsetzen sollen.

«Nicht hier. Einfach so», erklärte er, während er sich vollends hochstemmte und sein Atem noch unregelmäßig ging. «Ich möchte nicht, dass es anrüchig wird.»

«Wie könnte das anrüchig sein?», fragte Kate, richtete sich widerstrebend ebenfalls auf und bemühte sich, die Ungeduld in ihrer Stimme zu unterdrücken.

«Also, nicht anrüchig. Ist das falsche Wort.» Er kratzte sich am Hinterkopf, dann griff er nach ihrer Hand und drehte sie um.

«Ich möchte nur, dass es perfekt ist … Ich weiß nicht … Ich habe so lange darauf gewartet … Du bedeutest mir zu viel.»

Kate starrte auf ihre Handfläche und merkte, wie die Hitze langsam aus ihrem Körper wich. Einer anderen Art von Zärtlichkeit Platz machte. Einer anderen Kraft.

«Es wird nicht perfekt sein, Thom.»

Er blickte sie an, zwei vollkommen blaue Iris mit einem schwarzen Rand.

«Du kannst nicht erwarten, dass es perfekt wird. Wenn du es zu sehr hochspielst, enttäuschen wir einander. Glaub mir.» Ich weiß es, fügte sie im Stillen hinzu.

Er schaute wieder auf ihre Hand hinunter.

«Nur weil es so lange gedauert hat, bis es dazu kommt, heißt das doch nicht, dass wir es für bedeutsamer halten sollten, als es ist. Es wird zuerst wahrscheinlich ein bisschen komisch sein. Wir müssen uns erst aneinander gewöhnen.»

Unwillkürlich warf er einen Blick auf seinen Arm. Kate schüttelte den Kopf.

«Wir haben uns beide verändert, Thom. Wir müssen ganz von vorn anfangen. Ich glaube, es wird perfekt, aber nur nach und nach. Und ich meine, es ist wichtiger, dass wir eben irgendwo anfangen.» Sie lächelte und sah sich um. «Selbst wenn es nicht hier ist. Oder in den nächsten Tagen. Denn ehrlich gesagt, ich glaube nicht, dass ich bald imstande bin, meine Beine wieder zu bewegen.»

Allmählich fiel die Spannung von ihnen ab. Thom schaute Kate von neuem an und stieß einen kurzen Seufzer aus, der sich fast wie ein Lachen anhörte. Dann hob er, ohne den Blick von ihr abzuwenden, ihre Hand an seinen Mund und erfasste mit den Zähnen behutsam die Innenfläche ihres Handgelenks. Die Berührung durchrieselte Kate wie glühendes Metall, und trotz der Brille sah sie alles nur noch verschwommen. Sie schluckte mühsam.

«Du hast Recht», sagte er und ließ sie dabei nicht aus den Augen. «Wir sollten es nicht für das A und O halten.»

Darauf legte er ihre Hand wieder sanft auf ihren Schoß. Lächelnd.

«Aber du hast auch Unrecht, weißt du. Es wird perfekt.»

Sabine machte sich auf den Heimweg, streckte mit neu gewonnener Leichtigkeit das linke Bein vor und lockerte die Schnallen des Sattelgurts, damit auch ihr Schimmel sich ein wenig erholen konnte. Sie hatte ihn scharf geritten an diesem Nachmittag, sich ganz auf die rhythmischen Bewegungen seines sehnigen Körpers konzentriert, auf das herrliche, überwältigende Gefühl, das sie empfand, sobald er vom Boden abhob und lang gestreckt über ein Hindernis sprang. Dabei lag ihr nur daran, die Probleme auszublenden, die ihr bevorstanden.

Sie würde nicht nach London zurückkehren. Das musste sie ihrer Mutter einfach sagen. Sie würde sie besuchen und sie einmal in der Woche anrufen, aber sie würde hier bleiben. Wo ihre Großmutter sie brauchte. Wo sie sich am glücklichsten fühlte. Letzteres würde sie ihr vielleicht verschweigen, überlegte sie, während sie die Zügel schleifen ließ, sodass das Pferd dankbar den Kopf senkte. Das klang ein bisschen grausam. Sogar für Mum.

Die untergehende Sonne leuchtete rot, überzog die leeren Felder mit nordischem Glühen und tupfte rosa Schatten auf die oberen Weiden, auf denen Raureif glitzerte. Erschöpft und lustlos trottete Bertie in sicherem Abstand von den Beinen des Pferdes hinter Sabine her, und sie hörte das leise Scharren seiner Pfoten auf dem Asphalt. Sollte ihre Mutter wirklich verzweifelt sein, konnte sie ja jedes zweite Wochenende zu ihr fahren. Sabine wusste, dass Kate nicht gern allein war. Aber sie würde begreifen müssen, dass es zum Teil ihre eigene Schuld war, schließlich hatte sie selbst Sabine hierher geschickt. Und Sabine konnte nichts dafür, dass sie mit Großmutter und Großvater um so viel besser auskam als Kate.

«Vielleicht erlauben sie mir sogar, dich zu behalten», sagte sie zu ihrem Pferd, das dabei die Ohren spitzte. «Auf ein Pferd mehr oder weniger kommt es doch wohl nicht an, oder?»

Aber es war nicht blanker Eigennutz. Sie konnte ihrer Großmutter, die immer so viele andere Dinge zu tun hatte, bei der Betreuung des Großvaters helfen, und sie konnten Geld sparen, wenn sie Lynda wieder fortschickten. Außerdem würde Mrs. H. vielleicht mehr Zeit bei Annie verbringen wollen, falls sie eine Therapie brauchte, und dann müsste jemand da sein, der das Mittagessen zubereitete. Solange Mrs. H. willens war, noch ihr Brot zu backen, dachte Sabine, könnte sie wahrscheinlich diese Aufgabe bewältigen.

Und dazwischen könnte sie jeden Tag ausreiten. Und mithelfen, alle ein wenig bei Laune zu halten. Und ein wachsames Auge auf Christopher und Julia werfen. Und sich vielleicht weiterhin mit Bobby treffen. Sie wollte ihn eindeutig zum Freund haben, auch wenn sie sich über anderes noch nicht im Klaren war.

Als sie gerade um die Ecke hinter der *Church of Blessed Peter* bog, blieb der Schimmel stehen, hob mit einem Ruck den Kopf und spitzte die Ohren. Dann blähte er die Nüstern, als wittere er etwas, und stieß ein langes, leises Begrüßungsgewieher aus. Auch Bertie, der das Pferd überholte, schaute auf. Aus ihrer Träumerei gerissen, sah Sabine sich um, ob vielleicht wieder einmal irgendwo ein Esel in einer Hecke stand. Sie schaute in dieselbe Richtung wie die Tiere und erspähte in der Ferne das größte Pferd von Kilcarrion, das gemächlich an der Hecke der Vierzig-Morgen-Weide entlangschritt. Es kam ihr entgegen, sodass sie zuerst nur Thom auf ihm erkennen konnte und schon überlegte, ob sie ihm zurufen sollte. Da schwenkte das Pferd ein wenig nach links, und Sabine merkte, dass zwei Leute draufsaßen. Der eine war Thom. Und die andere Person, hinter ihm, war ihre Mutter. Sabine konnte ihr rotes Haar ausmachen, das sich gegen das dumpfe Braun eines umgepflügten Feldes abhob. Sie hatte ihre Arme um Thoms Taille geschlungen, und ihr Kopf lehnte an seiner Schulter. Sabine blinzelte angestrengt, traute zunächst ihren Augen nicht, und dann, als kein Zweifel mehr bestand, erstarrte sie bei der Erkenntnis, was das bedeutete.

Ihre Mutter hatte panische Angst vor Pferden. Es konnte nur einen denkbaren Grund geben, weshalb sie auf diesem saß.

Da fiel Sabine ein, was Liam gesagt hatte.

Sie wartete, bis die beiden vorüber waren, ohne sich um das unruhige Stampfen des Schimmels zu kümmern, und ihr Blick wurde allmählich so kalt wie ihre Glieder. Erst als sie sicher war, dass sie nicht mehr gesehen werden konnte, ließ sie ihr Pferd nach Hause gehen.

Kate lag mit Schaum bis zum Kinn in der Badewanne, und am anderen Ende, unter den verkalkten Hähnen, ragten ihre Zehen wie kleine rosa Würstchen aus dem heißen Wasser heraus. Ihr Körper begann bereits zu schmerzen – sie hatte es ja im Voraus gewusst –, aber sie fühlte sich dennoch so leicht und gelöst, weshalb sie sich nicht weiter darum kümmerte. Thom liebte sie. Er liebte sie wirklich. Alles andere war nebensächlich.

Sie schloss die Augen und erinnerte sich daran, was sie empfunden hatte, als sie seinen Atem auf ihrer Haut, seine Umarmungen spürte, und sie erinnerte sich auch an die leicht erotische Ausstrahlung seines Körpers, während sie eng aneinander gepresst dahinritten und schwiegen, während nur der gedämpfte Hufschlag des Pferdes zu hören war. Sie dachte auch daran, wie er, nachdem sie auf dem alten Baumstamm miteinander geredet hatten, ihrem Drängen nachgab, seinen Pullover auszog und sein Hemd aufknöpfte, um ihr den Mechanismus seiner Armprothese zu zeigen. Sie könnte schwören, dass es ihm zuerst wohl ein wenig peinlich gewesen war, doch dann, vielleicht um das zu verbergen, hatte er über jedes Detail geredet und beinahe angriffslustig mit blitzenden Augen ihre Reaktionen beobachtet. Ihr hatte daran gelegen, ihm zu versichern, dass sich für sie dadurch nichts änderte. Sie wollte es nur wissen. Das war ein Teil von ihm, den sie sich nicht vorstellen konnte, und nun, da sie anscheinend eine bestimmte Grenze überschritten hatten, wollte sie eben alles wissen.

Seine Hand, so hatte er ihr erklärt, war aus Silikon. Sie besaß eine leichte, nicht sehr wirksame Greiffunktion. (Er hätte ein Arrangement aus Haken haben können, mit dem ihm ein festeres Zupacken möglich gewesen wäre, «aber damit hätte ich mich wie Captain Hook gefühlt und das Ding nie vergessen können».) Sie mündete in ein kunststoffbezogenes Handgelenk, das in fast zylindrische Schäfte voller Kabel überging. «Könntest du nicht eine dieser elektronischen Prothesen kriegen?», hatte Kate gefragt, während sie mit einem Finger über einen der Plastikschäfte strich. «Eine von denen, die von deinen Nerven gesteuert wird oder so was? Sehen die nicht natürlicher aus?»

«Nicht, solange ich bei dieser Arbeit bleiben will», sagte er.

«Diesem alten Ding macht weder die feuchte Luft noch der Staub vom Heu etwas aus. Und es können sich nicht zu viele Teile verklemmen. Im Übrigen kann ich mir meistens mit der rechten Hand ganz gut behelfen.»

Viele Menschen, die einen Arm verloren haben, erzählte er weiter, würden von vornherein auf eine Prothese verzichten. Zu viel Aufwand und am Anfang zu unbequem. Er hatte darauf bestanden, weil es ihm lästig war, angestarrt zu werden. Und die Leute starrten einen unwillkürlich an.

Da hatte Kate die Silikonhand an ihre Lippen gehoben und sie geküsst, worauf Thom Kate enger an sich gezogen und sie geküsst hatte. Danach dachte sie eigentlich nicht mehr daran. Nur die Tatsache, dass sie keine Ahnung gehabt hatte, was sich unter dem Pullover verbarg, hatte ihre Neugierde geweckt. Jetzt malte sie sich bloß aus, wie es sein würde, mit Thom zu leben, beim Aufwachen diese irisierenden blauen Augen zu sehen und sich unbekümmert an seine breite, von harter Arbeit gestählte Brust zu schmiegen. Woher wusstest du, dass es der Richtige war, hatte sie einst ihre Mutter gefragt, damals, als sie noch über so etwas wie Liebe miteinander reden konnten. Du weißt es einfach, hatte Joy recht nüchtern erwidert. Eine Antwort, die Kate seinerzeit zutiefst unbefriedigend erschienen war. Aber vielleicht hatte ihre Mutter ja Recht gehabt, dachte sie jetzt staunend. Vielleicht, nur vielleicht, war es das. Dieses Gefühl, das sie noch nie zuvor erlebt hatte; anders als die ängstliche, einem Schluckauf vergleichbare Liebe zu Justin; anders als die dankbare, zurückhaltende Liebe zu Geoff. Sie empfand Leidenschaft, ja, aber in ihr lag etwas Solides, Unerschütterliches, als gäbe es nichts, was sie daran ändern könnte, selbst wenn sie es versuchte. Etwas Unausweichliches. Sie lächelte in sich hinein, dann zog sie die Knie an und tauchte mit dem Kopf unter, sodass das warme Wasser über ihrem Gesicht zusammenschlug.

Da Kate in ihrem Haus so oft alleine war, hatte sie sich allmählich abgewöhnt, die Badezimmertür zu verschließen; das war überflüssig, wenn keine Gefahr bestand, dass jemand hereinkam. Deshalb war sie einigermaßen erschrocken, als sie die Augen wieder aufmachte und Sabine dastehen sah.

«Sabine?», rief sie überrascht, während sie sich den Schaum vom Gesicht wischte. «Ist alles in Ordnung? Was willst du?»

«Du konntest es wohl nicht lassen?», fauchte Sabine mit vor Wut verzerrten Zügen und stemmte dabei die Hände in die Hüften. «Hast du es nicht ausgehalten, auch nur fünf Minuten ohne einen Kerl auszukommen?»

Kate setzte sich auf und kämpfte gegen das dringende Bedürfnis an, ihre Nacktheit vor den harten Blicken ihrer Tochter zu verbergen.

«Was …?

«Du bist widerlich! Weißt du das? Du widerst mich an! Du bist wie eine verdammte Hure!»

«Jetzt beherrsch dich aber …» Kate griff so hastig nach dem Handtuch am anderen Ende der Wanne, dass das Wasser in einer Welle über den Rand schwappte und auf den Fußboden platschte. «Moment mal …»

«Du hast mir sogar Leid getan, weißt du.» Sabine schüttelte den Kopf. Ihr von der Reitkappe zusammengedrücktes Haar stand jetzt in alle möglichen Richtungen ab. «Du hast mir Leid getan wegen Geoff! Mir war echt elend zumute, weil ich überhaupt was gesagt habe. Und die ganze Zeit hast du … hast du bloß …» Sie rang nach Worten. «Hast du bloß mit Thom rumgebumst. Hast dich ihm an den Hals geworfen. Gott, du *kotzt* mich an!»

«Ich habe nicht mit Thom geschlafen.» Kate stand auf und stieg aus der Wanne. «Ich habe mit keinem geschlafen.»

«Ich hab dich *gesehen*! Ich hab dich mit ihm reiten sehen! Mit meinen eigenen Augen!»

Entsetzt über den blanken Hass, der aus dem Gesicht ihrer Tochter sprach, schüttelte Kate nur den Kopf.

«Sabine, es ist nicht so, wie du denkst …»

«Was, willst du etwa behaupten, du hättest dich nicht mit ihm eingelassen?»

Sie hielt inne und atmete schwer.

«Nein, das behaupte ich nicht.»

«Dann lüg mich nicht an. Versuch nicht, es zu vertuschen. Gott, Mum, wie ich hierher gekommen bin, hab ich dich wirklich bedauert, weißt du das? Ich hab dich dafür bedauert, dass du hier aufgewachsen bist. Da hab ich nämlich geglaubt, sie wären unmöglich.»

Sie weinte jetzt, holte in kurzen, abgehackten Zügen Luft und kniff die Augen zusammen, um die Tränen zurückzudrängen.

«Und jetzt, jetzt wünsche ich mir ... Ich wünsche mir, ich wäre hier aufgewachsen, bei ihnen und nicht bei dir. Bei Leuten, die einander lieben, richtig lieben, selbst wenn sie es nicht immer zeigen. Leute, die zusammenbleiben. Leute, die nicht wegrennen und mit dem erstbesten verdammten Kerl, der ihnen über den Weg läuft, ins Bett springen. Warum kannst du nicht so wie sie sein, hm? Warum bist du so eine ... so eine *Nutte*?» Das letzte Wort zerschnitt wie eine scharfe Klinge die dampfige Luft zwischen ihnen.

«Ich habe nicht mit ihm geschlafen», sagte Kate leise, hielt ihr Handtuch fest, und jetzt liefen auch ihr Tränen über die Wangen. Aber da war Sabine bereits draußen.

Ohne klare Vorstellung davon, was sie nun machen sollte, war sie aus dem Haus geflohen. In ihrem Kopf überschlugen sich einander widersprechende Gedanken gleich den von Spiegelscherben reflektierten Bildern, die doch keinen Sinn ergaben. Instinktiv war Sabine schließlich im Hof vor den Ställen gelandet, weil sie irgendwie begriff, dass die unkomplizierte Gesellschaft von Pferden und Hunden sicherer war als die der verschiedenen Menschen im Haus. Wie konnte sie nur, dachte sie, während sie die Arme um den Hals des ungerührten Schimmels schlang und die nassen Wangen an seinem Fell rieb. Wie konnte ihre Mutter sich ausgerechnet an Thom ranschmeißen? Den einzigen Menschen, von dem sie seit ihrer Ankunft das Gefühl hatte, dass er sie wirklich verstand? Besaß sie denn überhaupt keine Selbstbeherrschung? Warum musste sie alles verderben?

Sabine ließ das Pferd los, sank in einer Ecke der Box auf den Boden und versuchte, sich zu erinnern, was ihre Mutter genau gesagt hatte. Sie hatte beteuert, dass sie nicht mit ihm geschlafen hatte. Aber offensichtlich würde sie es bald tun. Wenn Sabine die Augen schloss, sah sie immer noch dieses Bild, wie Kate sich an Thoms Rücken presste, während er das Pferd langsam heimwärts lenkte. Sogar auf die Entfernung war Sabine imstande gewesen, Kates Gesichtsausdruck zu erkennen: selbstgefällig und mit sich zufrieden. Voller Freude über ihre Vertrautheit mit Thom. Die gleiche Miene hatte sie zur Schau getragen, wenn sie Justin anblickte und dachte, Sabine würde nicht hinsehen. In dem dunkler werdenden Stall rieb sie sich die Augen, um das Bild von den beiden zu verscheuchen. Warum musste sie mit so einer Mutter geschlagen sein? Früher hatte sie sich ihr einmal nahe gefühlt, hatte verstanden, dass Geoff ein schwieriger Mensch war, ihre Mutter aber versuchte, eine Art Familie aufrechtzuerhalten, selbst wenn sie keiner konventionellen entsprach. Jetzt wusste sie nicht mehr, wer sie war; seit Justin wirkte sie wie ausgewechselt. Jemand, der anscheinend keine Grenzen mehr kannte. Das machte Sabine nicht nur wütend, sondern auch unsicher, als ginge sie mit etwas wackligen Beinen über Treibsand.

Sie stand auf, tauchte die Hände in den Wassereimer des Schimmels und hielt sie, nass und fast blau vor Kälte, an ihr Gesicht, um die fieberhaften Gedanken zu kühlen. Das Wasser war eisig, besänftigend. Während sie die Handflächen noch an die Wangen drückte, hörte sie, wie Thom gutmütig vor sich hin schimpfend in die Box nebenan ein Pferd führte, das gleich darauf mit dumpfem Poltern an die Wand stieß. Minutenlang blieb Sabine reglos stehen. Als denke sie nach.

Nur, sie dachte nicht nach.

Plötzlich strich sie sich das Haar zurück, rieb sich noch einmal die Augen und knöpfte den Kragen ihrer Bluse auf. Im letzten Moment zog sie noch den Pullover aus, zerrte ihn über den Kopf und hängte ihn sorgfältig über die Tür. Dann verließ sie die Box des Schimmels, huschte leise in die nächste und schloss die Tür hinter sich.

Thom, dessen Pullover mit Stroh gespickt war, kehrte ihr den Rücken zu. Als er sich flüchtig umwandte, beleuchtete das gelbe Licht der Glühbirne vorübergehend sein Gesicht.

«Hallo», begrüßte er sie, während er das Heunetz hochhob, es am Ring befestigte und mit einem Knoten sicherte. «Kommst du mir helfen?»

Sabine lehnte sich an die Stallwand und fixierte ihn.

«Ich hab dem Kerl vorhin einen Stein so groß wie ein Ei aus dem Huf gezogen», erzählte er, immer noch mit dem Heunetz beschäftigt. «Das musst du gesehen haben, sonst glaubst du's nicht. Kein Wunder, dass der gestern so gelahmt hat.»

Sabine glitt an der Wand entlang, rückte Stück um Stück näher an ihn heran.

«Bin ja selber schuld, wenn ich das nicht gemerkt habe», brummte er und gab dem Heunetz einen letzten Schubs. «Nicht zu fassen, dass man nach zwanzig Jahren noch so einen Fehler machen kann, was? Und, wo bist du gewesen?» Schließlich drehte er sich zu ihr um und wich einen Schritt zurück, weil sie dichter hinter ihm stand, als er erwartet hatte.

«Ich war mit dem Schimmel draußen», sagte sie, hob dabei ein Knie leicht an und stützte den Fuß an der Wand ab. «Nur so durch die Gegend geritten.»

«Der steht jetzt richtig auf dich», sagte er lächelnd. «Du kommst gut mit ihm aus.»

Sabine schaute mit leicht gesenkten Lidern zu ihm auf.

«Und du?»

«Ach, für mich ist der zu niedrig. Aber sonst ganz mein Typ. Ein tapferer kleiner Kerl ohne Tücken. Keine Flausen im Kopf.»

«Ich habe nicht vom Pferd geredet.»

Thom stutzte und neigte den Kopf zur Seite.

«Kommen wir miteinander aus? Du und ich?»

Ihre Stimme klang dunkel, einschmeichelnd. Im Stall wurde es auf einmal sehr still, und das Malmen der Pferde schien diese Stille nur zu verstärken.

«Wir kommen prima miteinander aus.» Stirnrunzelnd sah er sie an, während er versuchte, sich einen Reim darauf zu machen, worauf sie hinauswollte.

Sie hielt seinem Blick stand.

«Also magst du mich?»

«Natürlich mag ich dich. Ich hab dich vom ersten Tag an gemocht.»

Sabine machte einen Schritt auf ihn zu. Ihr Herz klopfte so laut, dass sie überzeugt war, Thom müsste es hören können.

«Ich hab dich auch gleich gemocht», flüsterte sie. «Ich mag dich immer noch.»

Sie fuhr sich mit der Zungenspitze über die Lippen, um sie anzufeuchten.

Thom, der seine Stirn nach wie vor ein wenig kraus zog, wandte sich von ihr ab und griff nach dem Besen, der am Futtertrog in der Ecke lehnte. Dann hielt er inne, kratzte sich am Hinterkopf, als überlege er etwas, drehte sich um und bückte sich nach dem fast leeren Wassereimer.

Er rutschte ihm aus der Hand und fiel so scheppernd zu Boden, dass das Pferd einen Satz machte.

Mit inzwischen bis zur Taille aufgeknöpfter Bluse stand Sabine keine zwei Meter von ihm entfernt.

Darunter hatte sie nichts an.

«Sabine ...» Er ging auf sie zu, als wollte er ihre Blöße bedecken, besann sich dann jedoch anders. Da kam sie ihm zuvor, trat dicht an ihn heran und legte eine Hand behutsam auf seine Brust, während sich ihr schlanker Körper mit sanftem Druck an ihn lehnte.

Darauf hob sie seine rechte Hand an und schob sie mit einem kurzen Blick nach unten langsam, aber entschlossen über ihren nackten Busen.

«Ssssh», säuselte sie, schaute mit großen Augen zu ihm auf, und ihr Blick verlor sich in seinem.

Thom machte nun ebenfalls große Augen, als er sie anstarrte und ihm vor Schreck der Atem stockte.

«Sabine ...», sagte er noch einmal kopfschüttelnd. Doch sie streckte einen Arm hoch, zog Thoms Kopf zu sich herunter und hob ihre Lippen zu seinen empor.

Für einen Moment herrschte entsetzliche Stille. Dann riss Thom sich von ihr los, wich zurück und begann zu stottern.

«Sabine. Nein. Nein, es tut mir Leid ... Es tut mir Leid, aber ...» Er wandte sich zur Tür. Dann drehte er sich noch einmal um und griff mit seiner Silikonhand nach dem Eimer, während er sich mit der gesunden über die Augen und das Gesicht strich, wie um eine Vision zu verscheuchen. In der Sattelkammer flackerte ein Licht auf, das sich in den Pflastersteinen des Hofs spiegelte, in dem Bertie gerade zu bellen begann.

«Sabine, ich kann nicht ... Du bist bezaubernd, wirklich, aber ...»

Sie hatte zu zittern angefangen. Im Halbdunkel stand sie vor ihm, raffte hastig mit ungeschickten Bewegungen ihre Bluse um sich, und ihre Unterlippe bebte. Sie wirkte sehr zerbrechlich und sehr jung. Thom, dessen Gesicht plötzlich Besorgnis ausdrückte, ging zu ihr zurück.

«O Gott, Sabine, komm her ...»

Doch da schob sie sich an ihm vorbei und rannte mit unterdrücktem Schluchzen in die Dunkelheit hinaus.

Kate fand Joy im ehemaligen Arbeitszimmer und nahm zunächst nur ein wirres Gekräusel aus grauem Haar über einer steif aufgerichteten grünen Steppjacke wahr. Sie saß an dem Schreibtisch, an dem früher Kates Vater gesessen hatte, und sah einen Karton voller Papiere durch, von denen sie manche auf einen ordentlichen Stapel legte, der sich vor ihr auftürmte, die meisten aber in dem metallenen Papierkorb neben ihren Füßen landeten. Nicht etwa, dass sie jedes Blatt nachdenklich betrachtete, nein, sie warf nur einen flüchtigen Blick darauf, dann entschied sie sich eindeutig für vorn oder unten. Links von ihr stand der Karton mit den Fotos, in denen Kate vor ein paar Tagen Sabine hatte stöbern sehen. Anscheinend sollte der als nächster systematisch und erbarmungslos durchforstet werden.

Nachdem Kate die Treppe beinahe hinaufgerannt war, holte sie jetzt tief Luft und klopfte noch an die Tür, obwohl sie bereits im Raum stand.

Joy drehte sich auf dem Stuhl um. Ein wenig überrascht, dass sie ihre Tochter da stehen sah, spähte sie an ihr vorbei, als erwarte sie noch jemand anders.

«Also, es wird dich freuen, zu erfahren, dass du erreicht hast, was du wolltest.»

Kate marschierte weiter in den Raum hinein und strich mit einem Finger an dem Regal entlang. Ihre Stimme klang leise und beherrscht.

«Ehrlich, Mummy, ich wusste ja, wie wenig du von mir hältst, aber die Tatsache, dass du gerade mal – wie lange eigentlich? – zweieinhalb Monate dazu gebraucht hast, also die ist schon verblüffend. Sogar für jemand von deinem Format.»

Joy schüttelte den Kopf und drehte sich ganz zu Kate um.

«Es tut mir Leid. Ich verstehe nicht recht …»

«Ich rede von Sabine. Ein paar Wochen haben ausgereicht, und sie verachtet mich bereits genauso wie du.»

Mutter und Tochter schauten einander in dem staubigen alten Arbeitszimmer so lange an, wie sie es seit Kates Ankunft noch nie getan hatten.

Joy erhob sich von ihrem Stuhl. Ihre Bewegungen waren langsamer, als Kate sie in Erinnerung hatte, sie schienen sie auch mehr Kraft zu kosten.

«Katherine, was auch immer zwischen dir und Sabine vorgefallen ist, es hat absolut nichts mit mir zu tun.»

Sie hielt sich mit einer Hand an der Rückenlehne des Stuhls fest.

«Ich habe keine Ahnung, wovon du sprichst. Wenn du mich

jetzt bitte entschuldigen würdest, ich muss mich unten um ein paar Dinge kümmern.»

«Oh, was für eine Überraschung!»

Joys Kopf schnellte hoch.

«Na ja, unten gibt es wohl dauernd etwas zu tun, nicht wahr? Immer irgendetwas, was du lieber tust, als mit mir zu reden, mit deiner eigenen Tochter.»

«Du wirst hysterisch.» Joy vermied es, Kate anzusehen, die sich ihr jetzt in den Weg stellte.

«Nein, Mummy. Ich bin nicht hysterisch. Ich bin vollkommen ruhig. Nur, ich meine, es ist allmählich an der Zeit, dass wir uns mal miteinander unterhalten. Ich habe es *satt*», und dabei wurde ihre Stimme unwillkürlich doch etwas lauter, «dass du mich in aller Höflichkeit einfach ignorierst, als wäre ich irgendein übler Geruch. Ich will mit dir reden, und zwar jetzt.»

Joy ließ ihren Blick zur Tür und dann über den Fußboden schweifen, von dem die meisten Kartons verschwunden waren. Auf dem alten Teppich zeichneten sich dunkle Rechtecke ab, staubgerahmte Schablonen der Stellen, auf denen sie gestanden hatten.

«Na schön, aber versuchen wir, es kurz zu machen. Ich möchte deinen Vater nicht zu lange allein lassen.»

Kate spürte, wie ihr die Galle hochstieg.

«Was hast du Sabine über mich erzählt?»

«Wie bitte?»

«Was hast du ihr gesagt? Sie war in Ordnung, als sie aus London abreiste. Ganz in Ordnung. Und jetzt verabscheut sie alles, was ich tue. Alles, was ich bin. Und weißt du was, Mummy? Manches von dem, was sie sagt, das könnte direkt aus deinem Mund kommen.»

Mühsam hielt Joy sich aufrecht und stand völlig steif da, als mache sie sich auf etwas gefasst.

«Ich habe wirklich keine Ahnung, wovon du redest. Ich habe mit Sabine nicht über dich gesprochen.»

Kate lachte, ein dumpfes, humorloses Lachen.

«Oh, kann schon sein, dass du nichts Bestimmtes gesagt hast. Aber ich kenne dich, Mummy. Ich weiß, wie du bist. Wie die Dinge, die du nicht aussprichst, genauso vergiftend sein können wie alles, was du aussprichst. Und glaub mir, irgendwas ist geschehen. Denn meine eigene Tochter hält dich jetzt, verdammt nochmal, als leuchtendes Vorbild für wahre Liebe hoch. Und alles, was ich tue, betrachtet sie als verdammt unzulänglich.»

«Das hat nichts mit mir zu tun.» In Joys Miene regte sich nichts. «Und dafür habe ich wirklich keine Zeit. Wirklich nicht.»

Doch Kate ließ sich nicht bremsen.

«Weißt du was? Es tut mir Leid, dass ich nicht so sein kann wie du und Daddy, okay? Es tut mir Leid, dass ich nie das ganze Trara einer weißen Hochzeit veranstaltet habe. Es tut mir Leid, dass ich nicht noch immer mit meiner ersten Liebe zusammen bin. Aber ich sag dir eins: Die Zeiten haben sich geändert, und ob du's glaubst oder nicht, wie mir geht's vielen Leuten in meinem Alter.»

Inzwischen umklammerte Joy die Stuhllehne noch fester.

«Ich kann nicht mithalten mit dir, okay? Ich kann nicht mithalten mit dir und Daddy und eurer verdammten Lovestory, die alle anderen überdauert, okay? Aber deshalb bin ich kein schlechter Mensch. Und du kannst mich nicht für jeden Furz verurteilen.»

«Ich habe dich nie verurteilt.»

«Ach, komm, Mutter! Du hast an allem, was ich getan habe, was auszusetzen gehabt. Du hast mich wegen Sabine verurteilt, wegen Jim. Du hast keinen Zweifel daran gelassen, dass dir Geoff nicht passt, obwohl der, verdammt nochmal, sogar Arzt war.»

«Ich habe dich nicht verurteilt. Ich wollte nur, dass du glücklich wirst.»

«Ach, Unsinn! Blanker Unsinn! Du konntest mir ja nicht einmal, als ich noch ein Kind war, die Freunde zugestehen, die ich haben wollte. Da, schau her!» Sie griff in den Karton und zog ihr

Foto mit Tung-Li heraus. «Erinnerst du dich noch an den? Ich wette, du weißt nicht mehr, wer das war.»

Nach einem flüchtigen Blick auf das Bild sah Joy wieder weg. «Ich weiß noch genau, wer das ist, danke.»

«Ja, das ist Tung-Li. Mein bester Freund. Mein bester Freund, mit dem ich nicht spielen durfte, weil du gefunden hast, ein Mädchen meines Standes sollte nicht mit dem Sohn ihrer Amah spielen.»

Joy sah plötzlich erschöpft aus. Sie drehte sich um und setzte sich wieder hin.

«So war das nicht, Katherine. Das hast du ganz falsch verstanden.»

«Ach, hab ich das? Ich meine mich zu erinnern, dass du dich damals recht klar ausgedrückt hast. Du hast es mir nämlich selbst gesagt. Es ist unerträglich, das waren die Worte, die du damals benutzt hast. Erinnerst du dich noch daran? Ich erinnere mich nämlich noch verdammt gut daran, Mutter, weil es mir so wehgetan hat. Unerträglich.»

«So war das nicht», sagte Joy leise.

«Er war dir nicht gut genug. Wie nichts, was ich je getan hab, dir gut genug gewesen wäre. Wie ich mein Leben führe, in wen ich mich verliebe, wie ich meine Tochter erziehe. Nein, nicht einmal wen ich mir als Freund aussuche. Mit sechs Jahren, verdammt nochmal! Unerträglich!»

«Du hast das falsch verstanden.»

«Wieso? Wie konnte ich das falsch verstehen? Ich war sechs Jahre alt.»

«Ich habe dir gesagt, dass es einfach nicht so war.»

«Dann sag mir, wie's war.»

«In Ordnung. Gut, ich sage es dir.» Joy holte tief Luft. Dann schloss sie die Augen. «Der Grund, weshalb ich dich nicht mit Tung-Li spielen lassen konnte ...»

Sie machte eine Pause und holte noch einmal Luft. Draußen scharrte einer der Hunde an der Tür und winselte, weil er hineinwollte.

«Der Grund, weshalb ich dich nicht mit Tung-Li spielen lassen konnte ... Ich habe es nicht ertragen. Es hat mir zu sehr wehgetan.»

Sie öffnete die Augen wieder, in denen jetzt Tränen schimmerten, und schaute Kate direkt an.

«Weil er dein Bruder war.»

Kapitel 13

Joy Ballantyne litt derart unter morgendlicher Übelkeit, dass ihre Mutter später ihren Freunden erzählte, Edward habe zwei Köchinnen hintereinander gefeuert, weil er überzeugt gewesen sei, sie würden versuchen, seine Frau zu vergiften. Die Entlassung der ersten hatte Alice gewissermaßen persönlich genommen, denn sie war selbst lange hinterher gewesen, sich der Dienste dieser Amah für ihre Tochter zu vergewissern – eine Aufgabe, die es erfordert hatte, die Bemühungen keines Geringeren als eines Mitglieds der Jardine-Familie zu übertrumpfen –, doch sogar sie hatte zugeben müssen, dass Joys häufiges Erbrechen und ihr wochenlanges Unvermögen, das Sofa zu verlassen, nicht dem entsprachen, was man normalerweise mit einer gesunden Schwangerschaft in Verbindung brachte.

Denn ab der siebten Woche, in der sie Edward von seiner bevorstehenden Vaterschaft in Kenntnis gesetzt hatte, wurde sie immer kränker, verlor ihre gesunde Gesichtsfarbe und bekam stattdessen einen gelblich grauen Teint, und ihr für gewöhnlich elastisches Haar wurde trotz der endlosen Versuche ihrer Mutter, es in Form zu bringen, stumpf und spröde. Es fiel ihr schwer, sich zu bewegen, weil ihr dabei schlecht wurde, auch das Sprechen strengte sie an, und es war ihr nahezu unmöglich, am gesellschaftlichen Leben teilzunehmen, da ihre heftigen Brechanfälle oft ohne Vorwarnung kamen. In diesem überfüllten Wohnblock zu leben machte die Dinge auch nicht gerade besser, stellte Alice fest: «All die Köchinnen, die den ganzen Tag Knoblauch und Gott weiß was braten. Die Schweinsdärme, die sie zum Trocknen raushängen. Und das fettige Steckrübenmus, das wie etwas Verfaulendes riecht.» – «Ja, danke, Mutter», sagte Joy würgend und beugte sich über ihr Spülbecken, um sich zu erleichtern.

Alice war bemerkenswert aufgeblüht, seit sie erfahren hatte, dass sie Großmutter würde – ein Geheimnis, das Joy bei ihrer körperlichen Verfassung nicht lange hatte wahren können –, und war mit Feuereifer und fast unanständiger Zufriedenheit in die Rolle der Matriarchin in Sunny Garden Towers No. 14 geschlüpft. Als Ersatz für die letzte Erste Amah fand sie ein Mädchen aus Guangdong, Wai-Yip, die zwar jünger als die meisten Koch-Amahs, aber für ihre englische Küche bekannt war, und eine junge Frau würde wohl, wie Alice herausstrich, noch mehr Energie für die Kinder besitzen. «Denn das kann ich dir schon sagen, Joy, sie bringen nicht nur deinen Körper aus der Fasson, sie strapazieren dich auch über alle Maßen. Also brauchst du jemanden, der sie dir abnimmt.» Sie hatte auch die Wasch-Amah, Mary, aus Causeway Bay engagiert und ließ sich kaum eine Gelegenheit entgehen, Edward auf die gestärkte Pracht seiner Hemden hinzuweisen.

Inzwischen weinte Joy stille, aber bittere Tränen, grollte diesem seltsamen Parasiten in ihrem Bauch und war von der nicht nachlassenden Übelkeit ebenso deprimiert wie von der eigenen Unfähigkeit frustriert. Am meisten verwünschte sie diesen ungebetenen Eindringling jedoch dafür, dass er einen Keil zwischen sie und Edward trieb, dass sie ihn wegen ihres Aussehens bei seinen gesellschaftlichen Verpflichtungen nicht mehr begleiten konnte und wusste, wie sehr ihn das verdross, selbst wenn er es nicht sagte. Auch dafür, dass er sie in gewisser Weise bereits entzweit hatte, weil er sie von einer Partnerin in eine werdende Mutter verwandelt hatte, die von allen möglichen Frauen und Ärzten umsorgt und beschützt wurde, wobei sie auf Reiten, Tennis und jedwede körperliche Betätigung verzichten musste, die sie und Edward gemeinsam genossen hatten. Er betrachtete sie bereits mit anderen Augen, das wusste sie. Es zeigte sich in der Behutsamkeit, mit der er nach der Arbeit auf sie zuging, um ihr ein vornehm verhaltenes Küsschen auf die Wange zu geben, anstatt sie stürmisch an sich zu ziehen, wie er das früher getan hatte. Es kam auch darin zum Ausdruck, wie er sie beäugte, wenn sie von Raum zu Raum schlurfte und versuchte, den Eindruck zu erwecken, als sei sie alledem gewachsen, während ihre Mutter die Augenbrauen hochzog und bemerkte, dass sie noch nie jemanden gesehen hätte, der so bleich gewesen wäre. Doch das Schlimmste trat nach zehn Wochen ein, als Edward, über den Mangel an körperlicher Nähe zwischen ihnen offenbar ungehalten (immerhin gab sie sich ihm sonst vier- bis fünfmal pro Woche hin), sich eines Abends im Bett zu ihr herüberbeugte, sie sanft zu streicheln begann und sein Gesicht bedrohlich näher kam, um sie zu küssen.

Joy, die bereits halb eingeschlafen war, wachte mit einem Anflug von Panik wieder auf. Sie hatte Edward nämlich das Schlimmste noch nicht gestanden: dass ihr schon vom Geruch seiner Haut übel wurde. Solange er ihr nur einen Kuss auf die Wange gab, war sie imstande, das hinter einem gezwungenen Lächeln zu verbergen. Aber jetzt verursachten ihr die rhythmischen Bewegungen seiner Hand ein flaues Gefühl im Magen, und als sie seinen Mund auf ihrem spürte, wurde ihr vor Ekel schwindlig. O Gott, bitte tu mir das nicht an, betete sie insgeheim, als Edward sich auf sie legte. Sie kniff die Augen fest zusammen, um den aufkommenden Brechreiz zu unterdrücken. Und dann, als sie merkte, dass sie es nicht mehr zurückhalten konnte, schob sie ihn brüsk weg, rannte ins Badezimmer und übergab sich lange und geräuschvoll.

Das war der Anfang gewesen. Er hatte ihre tränenreichen Erklärungen nicht hören wollen, war wortlos ins Gästezimmer übergesiedelt und hatte sich so gekränkt gefühlt, dass sie es förmlich mit Händen greifen konnte. Auch am nächsten Morgen hatte er nicht darüber sprechen wollen, nicht einmal wenn die Dienstboten draußen waren. Aber zwei Abende später, als sie noch wach gewesen war und sich gewundert hatte, weshalb er so spät von der Werft heimkehrte, da murmelte er nur zwei Worte: «Wan Chai.» Und Joy bekam Angst.

Danach hatte sie ihren Mann nie mehr gefragt, wohin er an drei oder vier Abenden in der Woche entschwand. Obwohl sie vor Erschöpfung hohlwangig wurde, lag sie dennoch wach in ihrem Doppelbett und wartete auf das Geräusch der sich öffnenden Eingangstür und darauf, dass Edward, meistens angetrunken, ins Gästezimmer stolperte, in dem er sich jetzt so gut wie dauerhaft einquartiert hatte, abgesehen von den Nächten, in denen er richtig betrunken war und vergaß, dass er das Bett nicht mehr mit ihr teilte, und sie, von seiner Alkoholfahne angewidert, aus dem Schlafzimmer floh. Morgens redeten sie nicht miteinander, weil Joy, der es so schlecht wie noch nie ging, nicht wusste, was sie sagen sollte, und Edward es, unter den Auswirkungen der vergangenen Nacht leidend, anscheinend immer eilig hatte, zu seiner Arbeit zu kommen. Es gab niemand, mit dem Joy darüber hätte reden können. Sie gönnte Alice nicht die Genugtuung – und es wäre eine Genugtuung gewesen – mitzukriegen, dass auch in ihrer Ehe mittlerweile nur noch die beiderseitige Trübsal herrschte, die bei anderen Paaren so offensichtlich war. Da sich Stella gerade in England aufhielt, hatte Joy niemanden, den sie wirklich als Freund betrachtete. Edward war ihr Freund gewesen; sie war nie auf den Gedanken verfallen, sonst noch jemanden zu brauchen.

Also wurde sie dünner und dünner, und das in einer Zeit, in der sie vom Marinearzt zu hören bekam, sie sollte jetzt aber wirklich langsam an Gewicht zunehmen, und sie wurde immer trauriger, sodass Edward lieber ausging, als zu Hause zu bleiben und ihre vorwurfsvolle Miene sehen zu müssen.

Dann, etwa in der siebzehnten Woche, wachte sie eines Morgens auf und merkte, dass es ihr beinahe wieder gut ging, dass sie ohne Stöhnen an Essen denken konnte und sich auf einen Spaziergang freute, wobei sie sich nicht einmal mehr davor fürchtete, unerwartet mit widerwärtigen Gerüchen konfrontiert zu werden. Nach einem Blick in den Spiegel stellte sie fest, dass sowohl ein wenig Farbe auf ihre Wangen als auch ein leichter Glanz in ihre Augen zurückgekehrt waren. «Na, bitte! Du fängst ja endlich an aufzublühen», sagte ihre Mutter mit nur einer Spur von Enttäuschung in der Stimme. «Jetzt kannst du dich auch ein bisschen herausputzen, damit du für alle wieder etwas fröhlicher aussiehst.»

Doch es gab bloß einen einzigen Menschen, für den Joy fröhlicher aussehen wollte. Als Edward an diesem Abend nach Hause kam, war sie nicht nur noch wach, sondern sie hatte auch sein Lieblingskleid angezogen und sich mit dem Parfum betupft, das er ihr zu Weihnachten geschenkt hatte. Ein wenig ängstlich – aber mit noch größerer Angst vor dem, was aus ihnen werden könnte, wenn sie es nicht tat – lief sie ihm bereits an der offenen Tür entgegen, legte die Arme um seine Taille und küsste ihn.

«Bitte, geh heute Abend nicht weg», flüsterte sie. «Bleib bei mir.» Er schaute auf ihr Gesicht hinunter, und sein Blick wirkte plötzlich furchtbar traurig und zugleich furchtbar erleichtert, dann drückte er sie so fest an sich, dass sie einen Moment lang schon dachte, er presse ihr die Luft ab. So standen sie eine Weile da, wortlos und eng umschlungen, bis die Anspannung der vergangenen Wochen endlich schwand.

«Also, ihr beide seht heute Morgen quietschvergnügt aus», fand Alice, als sie am nächsten Tag kam und Joy und Edward dabei antraf, wie sie ihr Frühstück verschlangen. Dann verschloss sich ihre Miene auf einmal, weil ihr klar wurde, warum.

Etwa fünfeinhalb Monate später wurde Christopher Graham Ballantyne im Marinehospital nach kurzen, aber zielstrebigen Wehen geboren, über die Edward im Nachhinein witzelte, das habe weniger an der Entschlossenheit des Babys gelegen, das Licht der Welt zu erblicken, sondern mehr an der Entschlossenheit seiner Mutter, so bald wie möglich wieder reiten zu gehen. Er war ein großes, friedliches Baby, abgöttisch geliebt von seinen Eltern, die dennoch sehr froh darüber waren, dass sie Joys Körper wieder für sich hatten, und die sich durch die Ankunft ihres Sohnes nicht zu drastisch in ihrem gesellschaftlichen Leben und ihren Reitgewohnheiten einschränken ließen. Daran hatte nicht einmal Alice etwas auszusetzen, nicht nur deshalb, weil es ohnehin als ein wenig befremdlich galt, wenn Eltern zu viel Zeit mit ihren Kindern verbrachten, sondern auch, weil sie sich dadurch umso mehr ihrem Enkel widmen konnte. Sie machte viel Aufhebens um ihn, kleidete ihn in pastellfarbene, schön gearbeitete Gewänder mit seidenbezogenen Knöpfen und stolzierte mit seinem riesigen, importierten Kinderwagen umher, wobei sie ganz versessen darauf war, bei den anderen Kinderwagenschiebern mit ihm zu prahlen. Joy betrachtete Alice' grenzenlose Begeisterung für ihren Sohn mit einer Mischung aus mütterlicher Zufriedenheit und leichter Belustigung. Anscheinend war ihre Mutter imstande, für dieses Kind mehr rückhaltlose Liebe aufzubringen, als sie das jemals für sie vermocht hatte. Zumindest konnte sie sich nicht an derlei endloses Geknuddel, zwitschernde Babysprache und so viel Zuwendung erinnern, wie das bei Christopher jetzt selbstverständlich war. «Zerbrich dir darüber nicht den Kopf», sagte Edward, der sich nur freute, dass die größte Aufmerksamkeit seiner Frau nun erneut ihm galt. «Sie sind damit doch beide glücklich, oder?»

Und für die nächsten zwei Jahre waren sie es alle. Edward in seiner Rolle bei der technischen Aufsicht über die Werft, Alice in ihrer Rolle als freiwilliges Kindermädchen und Joy als zwar hingebungsvolle Mutter, aber dennoch wieder an der Seite ihres Mannes und fest entschlossen, nie wieder eine solche Distanz zwischen ihnen aufkommen zu lassen. Edward liebte sie nun höchstens noch mehr, behandelte sie noch fürsorglicher und war vielleicht auch dankbar, dass aus ihr nicht so eine ängstliche, von ihrem Kind besessene Glucke geworden war, wie er das befürchtet hatte. Im Gegensatz zu anderen Offizieren, die rastlos wurden, wenn sie zu lange an einem Ort stationiert waren, machte es ihm nichts aus, nicht wieder in See zu stechen. Er war gern bei seiner Familie. Bei seiner Frau. Er sprach nie über seine Wan-Chai-Phase, wie Joy diese Zeit insgeheim nannte, und sie drängte ihn nie, ihr zu erklären, was er dort getan hatte. Inzwischen wusste sie genug über jenen Teil der Stadt, um den schlimmsten

Verdacht zu hegen. Schlafende Hunde soll man nicht wecken, sagte sie sich. Sie waren alle glücklich; glücklicher, als sie das angesichts der Ereignisse vor Christophers Geburt erwartet hatte.

Deshalb verkrampfte sich ihr Herz vor Furcht, als sie eines Morgens mit dem vertrauten Gefühl von Übelkeit aufwachte.

«Sie haben richtig vermutet, Mrs. Ballantyne», bestätigte der Marinearzt, während er sich in einem kleinen ovalen Waschbecken die Hände wusch. «Etwa Anfang der siebten Woche, schätze ich. Ihr Zweites, nicht wahr? Gratuliere!»

Er sah ziemlich entsetzt aus, als Joy in lautes, unbeherrschtes Schluchzen ausbrach. Sie konnte es nicht fassen, dass das Schlimmste passiert war.

«Es tut mir Leid», sagte der Arzt und legte ihr eine Hand auf die Schulter. «Ich habe angenommen, das sei geplant. Wir haben doch nach der Geburt Ihres Sohns über ... Nun ja, über Methoden gesprochen.»

«Die mochte er überhaupt nicht», gestand Joy und wischte sich die Tränen ab. «Er hat gesagt, das verdirbt ihm den ganzen Spaß an der Sache.»

Sie begann erneut zu weinen. «Wir haben geglaubt, wir hätten aufgepasst.»

Nachdem ein paar Minuten auf diese Weise verstrichen waren, nahm die Bereitschaft des Arztes, sie zu trösten, ein wenig ab. Er setzte sich wieder an seinen Schreibtisch und teilte der Anmeldung über die Sprechanlage unüberhörbar mit, dass er «sehr bald» für den nächsten Patienten zur Verfügung stehe.

«Entschuldigung», sagte Joy, während sie in ihrer Tasche nach einem nicht vorhandenen Taschentuch kramte. «Ich habe mich gleich wieder gefangen. Bestimmt.»

«Ein Baby ist eigentlich ein Segen, Mrs. Ballantyne», erklärte der Arzt und sah sie durch seine Halbbrille scharf an. «Viele Frauen wären für gesunden Familienzuwachs sehr dankbar. Und Übelkeit ist, wie Sie wissen, ein verlässliches Anzeichen für ein gesundes Baby.»

Vom sanften Tadel in seinen Worten zum Schweigen gebracht,

stand Joy auf und ging. Ja, das weiß ich, dachte sie im Stillen. Aber wir wollten kein zweites Kind. Wir sind uns ja nicht einmal sicher, ob wir überhaupt das erste wollten.

«Kann doch sein, dass es dir diesmal nicht so schlecht geht», sagte Alice, die über die Aussicht auf ein weiteres Enkelkind hocherfreut war. Anscheinend setzte sie die Fruchtbarkeit ihrer Tochter mit einer Steigerung ihres eigenen Prestiges gleich. Zumindest war ihr dadurch eine Aufgabe zugefallen, und derlei hatte sie nicht mehr gehabt, seit Joy erwachsen war. «Vielen Frauen wird es ja gar nicht übel.»

Aber Joy, die bereits den unterschwelligen Gestank in der Siedlung wahrnahm und wie gebannt auf die überquellenden Müllwagen, die übel riechenden Waren der Straßenhändler und die Abgaswolken stierte, wusste, was ihr bevorstand. Und sie fühlte sich so hilflos und vor Schreck gelähmt wie ein kleines, im Lichtkegel eines Scheinwerfers gefangenes Tier, während sie sich auf das Schlimmste gefasst machte.

Doch diesmal sollte es noch schlimmer kommen. Sehr schnell zur Bettruhe verurteilt, konnte sie nichts anderes essen als gekochten Reis, der ihr alle zwei Stunden löffelweise verabreicht wurde, um die Brechanfälle einzudämmen. Sie übergab sich, wenn sie hungrig war; sie übergab sich, wenn sie aß; sie übergab sich, sobald sie sich bewegte, und oft auch, wenn sie nur reglos unter dem Ventilator lag und sich wünschte, was sie oft tat, dass ein großer Lastwagen käme und sie überrollte, um ihrem Elend ein Ende zu bereiten. Sie konnte dem herumtappenden Christopher höchstens ein paar besänftigende Worte zumurmeln, wenn er sich an sie klammerte. Wie hätte sie ihm auch erklären sollen, dass ihr schon vom Geruch seines Haars schlecht wurde? Und bald fühlte sie sich so krank, dass es sie auch nicht mehr kümmerte, was Edward dachte. Sie wollte nur noch sterben. Selbst das konnte nicht schlimmer sein.

Sogar Alice machte sich dieses Mal Sorgen; sie ließ häufig den Arzt kommen, der Medikamente verordnete, die einzunehmen Joy sich weigerte, und ihr wurde angst und bange, weil ihre

Tochter so rasch an Gewicht verlor. «Wenn sie weiter so dehydriert, müssen wir sie noch an einen Tropf hängen», sagte Alice zum Arzt. Der gab mit seinem Verhalten jedoch nur zu verstehen, dass das alles zwar zweifellos unerfreulich sei, aber Joy es einfach durchstehen müsse. Schließlich sei sie eine Frau, und da gehöre das eben dazu. «Legen Sie Make-up auf», riet er ihr, als er ging und sich mit einem zusammengefalteten Taschentuch den Schweiß von der Stirn tupfte. «Werden Sie ein bisschen fröhlicher.»

Während Edward anfangs noch Mitgefühl zeigte (er saß da, strich ihr übers Haar und redete ihr wenig überzeugend ein, sie würde ja demnächst wieder «auf den Beinen sein»), wurde er rasch seiner Rolle als inoffizielle Krankenschwester überdrüssig, und wiewohl er sich offenbar bemühte, geduldig und verständnisvoll zu sein, gelang es ihm nicht, seinen augenfälligen Verdacht zu verhehlen, dass sie dieses Mal ziemlich übertrieb.

«Normalerweise ist sie recht hart im Nehmen», hörte Joy ihn zu einem seiner Kollegen sagen, als die beiden auf dem Balkon saßen und vorbeifliegende Moskitos totschlugen. «Ich begreife nicht, warum sie deshalb dauernd weint.» In der ganzen Zeit versuchte er gar nicht, mit ihr zu schlafen, sondern zog ohne viel Aufhebens mit seinen Sachen ins Gästezimmer um, weshalb sie dann noch mehr weinte.

Es half auch nichts, wenn andere junge Ehefrauen und Mütter zu Besuch kamen, um Joy von ihren eigenen Erfahrungen zu berichten. Manche, das konnte ja nicht ausbleiben, erzählten ihr, sie hätten es spielend geschafft, und fügten freudig hinzu, ihnen sei «kein bisschen übel» gewesen, als ob ihr das hätte Trost spenden sollen. Andere, die schlimmste Sorte, beteuerten dagegen, sie wüssten, wie sie sich fühle, während Joy sonnenklar war, dass sie es nicht wussten, und sie empfahlen ihr verschiedene Rezepte, von denen sie ihr versicherten, sie würden sie ganz bestimmt im Nu wieder auf die Beine und aus dem Bett bringen: schwacher Tee, zerstoßener Ingwer, zerdrückte Banane. Joy probierte alles pflichtschuldig aus und erbrach es prompt in hohem Bogen.

Nach und nach verschwammen die Tage ineinander und gingen in die Regenzeit über; stille, feuchte, endlose Tage, und Joy fiel es immer schwerer, ihrem Sohn einzureden, dass es Mummy gut gehe, und ihrem Ehemann, dass sie schon bald wieder auf dem Damm sein würde (in der Hoffnung, dass es ihn davon abhielt, nach Wan Chai zu entschwinden, hatte sie es ständig heruntergebetet wie ein Mantra). Körperlich geschwächt und in eine tiefe Depression verfallen, hörte sie auf, die Tage als kleine Schritte auf dem Rückweg in die Normalität zu zählen, sondern lag nur im abgedunkelten Zimmer, lauschte matt ihrem eigenen Atem und versuchte, wenigstens das Wasser nicht wieder auszuspucken, das Wai-Yip ihr brachte und jede Stunde auffüllte.

Als sich in der siebzehnten Woche noch keine erkennbare Verbesserung in ihrem Zustand abzeichnete, da befand der Arzt, dass es für alle Beteiligten am besten wäre, sie ins Krankenhaus einzuweisen. Sie sei jetzt wahrscheinlich dehydriert, sagte er, und das würde ein gewisses Risiko für das Baby darstellen. Sie waren alle furchtbar besorgt um das Baby. Aber Joy wäre es inzwischen herzlich egal gewesen, ob das Baby am Leben blieb oder starb, denn schließlich war es ihr auch schon egal, ob sie selbst am Leben blieb oder starb, weshalb sie die Anordnung ihrer Mutter hinnahm, dass sie ohne Wenn und Aber ins Krankenhaus eingeliefert werden sollte.

«Ich passe auf Christopher auf», versprach Alice mit in tiefe Kummerfalten gelegter Stirn. «Du musst dich jetzt darauf konzentrieren, gesund zu werden.» Joy, an der die meisten Dinge im widerlichen Mief der Bedeutungslosigkeit vorüberzogen, nahm die ängstliche Miene ihrer Mutter wahr und versuchte, ihr dafür die Hand zu drücken.

«Du brauchst dir um nichts Sorgen zu machen», sagte Alice. «Wai-Yip und ich, wir kümmern uns um alles.»

Als Joy behutsam in den Krankenwagen geschoben wurde, schloss sie einfach die Augen und war dankbar, dass sie an nichts mehr denken musste.

Sie lag bereits seit fast einem Monat im Krankenhaus, bis ihre Übelkeit so weit abgeklungen war, dass sie wenigstens die fadesten Sachen essen und ohne fremde Hilfe den ganzen Flur der Frauenstation entlanglaufen konnte. Nahezu zwei Wochen hatte sie unablässig Infusionen bekommen, von denen sie zugeben musste, dass sie sich dabei sofort wohler gefühlt hatte, aber der Griff zu fester Nahrung war immer noch gefährlich, denn er löste zuweilen unangekündigtes, explosionsartiges Erbrechen aus. An manchen Tagen konnte schon etwas so Harmloses wie trockenes Brot dazu führen; an anderen Tagen, den besseren, vermochte sie sich sogar ein Stück gekochten Fisch unbehelligt hineinzuzwingen. Nur helle Nahrungsmittel, das hatte der Arzt empfohlen, und je fader, desto besser. Also brachte ihr Alice, die jeden Tag zu Besuch kam (obwohl sie zur Bestürzung beider Frauen Christopher nicht mitnehmen durfte, der als «zu anstrengend für die Mutter» erachtet wurde), frisch gebackene Scones, Bananen und sogar Meringen, eben alles Helle, was ihr und Wai-Yip nur einfiel.

«Sie ist unheimlich gut, muss ich sagen», erzählte Alice ihrer Tochter, als sie in einem eleganten blauen Kostüm und einer Bluse mit großer Schleife an ihrem Bett saß und an einem Scone knabberte. «Redet nicht viel, aber arbeitet wirklich schwer, sogar wenn sie, unter uns gesagt, erschöpft aussieht. Ich glaube, diese Mädchen vom Festland haben noch eine ganz andere Einstellung als die aus Hongkong, weißt du. Die sind viel weniger von sich eingenommen. Ich habe dieser Bei-Lin schon erklärt, dass ich sie durch ein Mädchen aus Guangdong ersetzen werde, verlass dich drauf.»

So nahe hatten sie und ihre Mutter einander noch nie gestanden, überlegte Joy später. Unter der Last der Verantwortung für ihr Kind und ihr Enkelkind nahm Alice ihre Pflichten ernst und machte Joy dafür kein schlechtes Gewissen. Dass Joy an einer Art von «Frauenleiden» erkrankt war, gab Alice eine gewisse Selbstbestätigung, denn einerseits wurde sie dadurch gebraucht und andererseits zeigte es, dass aus ihrer schwierigen, unkonventionellen Tochter letzten Endes doch noch etwas Rechtes geworden war. Sie litt schließlich, um ihrem Mann ein zweites Kind zu schenken, nicht wahr?

Inzwischen hatte Joy ihren Kampf verloren. Während des Aufenthalts im Hospital von ihrer Krankheit und der unermüdlichen, aber ein wenig tyrannischen Fürsorge der Ärzte und des Pflegepersonals außer Gefecht gesetzt, war sie nach und nach passiv geworden; sie fügte sich den verschiedenen Behandlungen und den ihr auferlegten Vorschriften, unterwarf sich der Krankenhausroutine und war für die Hilfe ihrer Mutter dankbar. Bereitwillig überließ sie es anderen, sich um alles zu kümmern. Hier konnte sie auf makellos weißen Laken unter einem rotierenden Ventilator liegen, die Schwestern leise über den Linoleumboden schlurfen und deren gestärkte Röcke rascheln hören und dabei dem Stimmengemurmel am anderen Ende der Station lauschen, weit entfernt vom Lärm, vom Schweiß und von den Gerüchen des realen Lebens. Der dumpfe Schmerz, den sie aus Sehnsucht nach ihrem Kind spürte, wurde durch die Erleichterung ausgeglichen, dass sie nicht mehr mit seinen ständigen Fragen, seinen körperlichen Anforderungen fertig werden musste.

Das Gleiche galt für ihren Ehemann.

Doch als ein weiterer Monat verstrichen war und Joy sich ein bisschen mehr wie früher fühlte, empfand sie das wachsende Bedürfnis, nach Hause zurückzukehren, wieder bei ihrer Familie zu sein. An den Tagen, an denen es ihr gestattet war, draußen in dem üppigen Garten zu sitzen, brachte ihre Mutter zweimal Christopher mit, und es brach ihr das Herz, als Alice am Ende der Besuchszeit das jämmerlich weinende Kind von ihr wegzerren musste. Und was noch wichtiger war, es beunruhigte sie allmählich, wie selten Edward kam.

Er hatte sich ihr gegenüber eigenartig benommen. Bei seinen zwei letzten Besuchen hatte er nicht einmal Anstalten gemacht, sie auch nur auf die Wange zu küssen, sondern war stattdessen unruhig an ihrem Bett auf und ab geschritten oder hatte aus dem

Fenster geschaut, als erwarte er, dass irgendein Unheil hereinbräche, sodass Joy ihn schließlich hatte bitten müssen, sich doch einfach hinzusetzen. Er mag Krankenhäuser nicht, hatte er gemurmelt. All das verursachte ihm Unbehagen. Sicher meinte er nur die Frauenstation, dachte sie, weil sie sich in einem rein weiblichen Umfeld normalerweise auch nicht wohl fühlte. Aber er hatte sie angeschnauzt, als sie ihn fragte, ob wirklich alles in Ordnung sei, und ihr gereizt erklärt, sie solle doch endlich aufhören, so einen Wirbel zu machen, weshalb sie, als er gegangen war, dicke Tränen in ihr Kissen geweint hatte.

«Geht … geht Edward oft aus, weißt du das?», hatte Joy später ihre Mutter gefragt. Alice übernachtete jetzt häufig in der Wohnung, weil sie befürchtete, dass Wai-Yip möglicherweise nicht imstande war, den kleinen Christopher richtig zu trösten, falls er weinte.

«Ausgehen? Eigentlich nicht. Oh, er war vorige Woche beim Empfang des Fregattenkapitäns. Und am Dienstag beim Rennen im Happy Valley. War es das, was du wissen wolltest?»

«Ja, das war's», sagte Joy und lehnte sich mit nur schlecht verhohlener Erleichterung in ihrem Bett zurück. «Die Fete beim Fregattenkapitän. Ich wollte nur sicher sein, dass er die nicht vergessen hat.»

Edward gehe überhaupt nicht oft aus, erzählte Alice. Sie habe ihm sogar schon geraten, er sollte es doch öfter tun, «ein bisschen Freiheit genießen» (was ein recht starkes Stück war, wie Joy fand, noch dazu aus dem Mund einer Frau, die einmal mit einem Schneebesen auf den Kopf ihres Mannes eingeschlagen hatte, weil er erst am frühen Morgen nach Hause gekommen war). Für gewöhnlich, so berichtete sie weiter, nehme Edward sein Abendessen ein, das Wai-Yip ihm zubereitete, schaue noch auf einen Sprung bei seinem Sohn vorbei, um ihm gute Nacht zu sagen, und dann verschanze er sich in seinem Arbeitszimmer, nur gelegentlich mache er sich auf den Weg ins Happy Valley oder unternehme am späten Abend vielleicht noch einen Spaziergang rund um den Peak.

«Ich will unbedingt nach Hause», sagte Joy.

«Du musst jetzt zuerst an das Baby denken», erwiderte Alice, während sie ihren gepuderten Teint auffrischte. «Kein Grund, etwas zu überstürzen, solange wir alle es noch ohne dich schaffen.»

Mit dem Versprechen, sich zu schonen, jede Anstrengung zu meiden und wenigstens bis zum Ende der Regenzeit mindestens einen Liter Wasser pro Tag zu trinken, durfte Joy in der dreiundzwanzigsten Woche nach Hause. In Hemdsärmeln und einer legeren Hose holte Edward sie mit ihrem Morris ab und begrüßte sie mit einer wieder liebevolleren Umarmung, sodass Joy sich augenblicklich entspannte und überzeugt war, nun würde alles besser werden. Nach anfänglicher kurzer Zurückhaltung klammerte Christopher sich an die inzwischen bestrumpften Beine seiner Mutter und brachte seinen Unmut über den ganzen Aufruhr damit zum Ausdruck, dass er in der ersten Woche nach Joys Heimkehr drei- bis viermal pro Nacht aufwachte. Alice war unterdessen allem Anschein nach hin und her gerissen zwischen Erleichterung und Enttäuschung, weil ihre Tochter nicht mehr kränkelte und deshalb ihrer Unterstützung nicht mehr bedurfte.

«Ich komme in den ersten ein bis zwei Wochen auf jeden Fall noch regelmäßig her», sagte sie, kaum dass Joy die Tür des Apartments aufgemacht hatte und sich in ihrer eigenen Wohnung zunächst fremd fühlte. «Du wirst noch Hilfe brauchen. Und Christopher braucht seinen gewohnten Tagesablauf. Wir sind inzwischen ein gut eingespieltes Team, er und ich.»

Joy ließ ihre Blicke über die makellosen Parkettböden und die Teakholzmöbel schweifen, während sie sich bemühte, sie wieder als ihre eigenen zu empfinden. Sie kam sich eher wie an einem Ort vor, den sie vor langer Zeit einmal gekannt hatte, als irgendwo, wo sie hingehörte. Wai-Yip, die ein Tablett mit kalten Getränken hereinbrachte, musterte Joy, nickte kurz zur Begrüßung, dann ging sie hinaus. Sogar sie hat sich an meine Abwesenheit gewöhnt, dachte Joy. Wahrscheinlich versucht sie jetzt, sich zu erinnern, wer ich bin. Sachte trat sie an den Kamin, auf dessen

Sims das blaue Pferd auf weißem Papier jetzt in einem hellen Rahmen mit Goldrand stand. Sie betrachtete es eine Weile, dann schaute sie zu Edward hinüber, der sie beobachtete, als müsste er sich auch erst wieder daran gewöhnen, sie in ihrer Wohnung zu sehen.

«Schön, wieder da zu sein», sagte Joy.

«Wir haben dich vermisst», antwortete Edward und ließ sie nicht aus den Augen. «Ich habe dich vermisst.»

Ohne sich um die hochgezogenen Brauen ihrer Mutter zu kümmern, lief Joy zu ihrem Mann und vergrub ihr Gesicht an seiner Brust. Sie spürte, wie viel Kraft von ihm ausging, und freute sich, wieder den Geruch in der Nase zu haben, den sie liebte. Da legte er seine Arme um sie und senkte den Kopf, bis seine Wange auf ihrem Haar lag.

Alice wandte sich angelegentlich ab, bis Christopher hereingelaufen kam, sich eifrig zwischen seine Eltern zwängte, die pummeligen Arme hochreckte und «tra-gen, tra-gen» rief.

Wie bei der ersten Schwangerschaft fanden Joy und Edward wieder zueinander, sobald sie sich vollständig von ihren Brechanfällen erholt hatte. Er war, sogar für seine Verhältnisse, überaus zärtlich, brachte ihr oft Blumen mit und schachtelweise Schweizer Schokolade, die er bei Offizieren einlaufender Schiffe erhandelt hatte, und benahm sich so verliebt, dass Alice ihren Ärger offen zeigte und Edward anherrschte: «Lass sie doch mal los! Das ist nicht gut für Christopher, wenn er all das mit ansehen muss.» Er hatte auch seine alte Gewohnheit, ihr durch alle Räume zu folgen, wieder aufgenommen, sodass Joy sich gelegentlich im Badezimmer einschloss, um wenigstens hin und wieder den beiden männlichen Familienmitgliedern zu entrinnen. Im Laufe der Zeit büßte er zwar ein wenig von seinem Humor ein und bekam etwas Lauerndes, doch das schrieb Joy Problemen in der Werft zu. Sie wusste, dass er bei seiner Arbeit unter großem Druck stand, denn das hatten ihr ein paar seiner Kollegen von der Marine erzählt, als sie eines Abends zum Essen eingeladen waren. Ein richtiger Langweiler, der alte Edward, hatten sie gesagt. Nimmt alles viel zu ernst. Macht überhaupt keinen Spaß mehr mit ihm in letzter Zeit.

Katherine Alexandra Ballantyne wurde im selben Krankenhaus, in dem Joy den Großteil der Sommermonate verbracht hatte, eine Woche zu früh geboren, unter Wehen, die der Arzt als beinahe unanständig kurz bezeichnete. «Hat nicht getrödelt in der Startmaschine, die Kleine», sagte er scherzend zu Edward, der, nachdem er endlich hineingelassen wurde, seine Tochter voller Entzücken betrachtete. Der Arzt ging auch gern zu Pferderennen, und die beiden Männer trafen sich zuweilen bei den Abendveranstaltungen im Happy Valley.

Joy sank in die Kissen, und in ihre Glückseligkeit mischte sich eine tiefe, tiefe Erleichterung, weil der Albtraum der Schwangerschaft nun vorüber war.

«Wie fühlst du dich, mein Liebling?», fragte Edward, während er sich über sie beugte und sie auf die Stirn küsste.

«Ein bisschen müde. Aber ich freue mich schon auf zu Hause», antwortete sie mit mattem Lächeln. «Und sag dem alten Foghill, er soll ja mein Pferd für mich parat halten.»

Aber dieses Mal kam Joy nach der Niederkunft nicht so viel zum Reiten, wenigstens nicht in den ersten Monaten. Katherine war, wie Alice häufig bemerkte, ein «schwieriges Baby», sie ließ sich nur mit Mühe besänftigen, litt oft an Koliken, wachte zuverlässig jede Nacht mehrmals auf und schaffte es im Nu, die vereinten Kräfte der drei Frauen zu erschöpfen, indem sie sämtliche «altbewährten» Theorien und Rezepte von Alice und Wai-Yip mit der Wirksamkeit einer Käsereibe kleinkriegte.

Seltsamerweise brachte Edward die größte Geduld für sie auf, übernahm sie, wenn er von der Arbeit nach Hause kam, oft für eine Stunde und verzichtete auf seinen üblichen Gin Tonic, um mit ihr zu einem ruhigen Spaziergang um den Peak aufzubrechen (zumindest wäre es ein ruhiger Spaziergang gewesen, wenn Kate zu schreien aufgehört hätte). Er war noch zärtlich zu ihr, wenn Joy schon zu erschöpft war, um noch etwas anderes als

Verzweiflung zu empfinden, und sie blinzelte ihn gewissermaßen intuitiv mit verschleiertem Blick voller Anerkennung an.

«Na bitte, typisch Daddys Liebling», stellte Alice fest und war ehrlich froh, dass sie sich dem kleinen Christopher widmen konnte. «Du warst genauso», sagte sie zu Joy, und es gelang ihr, das so klingen zu lassen, als wäre es beinahe ungesund.

«Ist mir ganz egal, wessen Liebling sie ist, solange sie nicht schreit», antwortete Joy. Sie hatte seit fast zwei Monaten nicht mehr richtig durchschlafen können. Eigentlich sollte Wai-Yip nachts das Baby versorgen, aber es weckte Joy trotzdem auf, indem es eine Art mütterlichen Urinstinkt auslöste und offenbar auch Wai-Yip schon völlig entkräftet hatte, denn Joy stand oft auf und fand das Mädchen, das nichts sah und hörte, in tiefem Schlummer auf seinem Klappbett vor.

Joy meinte, sie sei noch nie so müde gewesen; ihre Augen waren ständig trüb und ein wenig rot gerändert, als habe sie sich in der Wahl des Make-ups vergriffen, und ihr Blick verschwamm oft. Manchmal war sie so geschwächt, dass sie Wahnvorstellungen erlag und glaubte, sie hätte sich bereits um Katherine gekümmert, auch wenn sie es nicht getan hatte, sodass Christopher kam und sie aufweckte und in recht ernstem Ton verkündete: «Baby schreit *schon wieder.*» Joy versuchte, es Edward gegenüber herunterzuspielen, weil ihr sehr viel daran lag, ihre enge Beziehung aus den Vor-Katherine-Tagen zurückzugewinnen, und seit die Ärzte ihr gestattet hatten, dem körperlichen Aspekt der Ehe wieder Geltung zu verschaffen, hütete sie sich trotz ihrer Erschöpfung davor, ihn auch nur ein einziges Mal abzuweisen. «Ich werde wieder mehr ich selbst, sobald sie anfängt durchzuschlafen», versicherte sie ihm entschuldigend, wenn ihr bewusst wurde, dass sie nicht erregender als eine alte Decke sein konnte.

«Du bist gut. Ich will dir nur nahe sein», sagte er über ihr, und ihr stiegen vor Dankbarkeit beinahe die Tränen in die Augen.

Inzwischen hatte er die vom Arzt empfohlenen «Methoden» akzeptiert.

Joy wurde von ihrer Familie derart in Anspruch genommen, dass sie kaum mitbekam, wie entkräftet ihre junge Amah mittlerweile war. Zweimal hatte Joy sie tagsüber schlafend angetroffen, ein Zustand, den ihre Mutter für skandalös hielt, wogegen Joy, die nun selbst wie in anhaltender Betäubung lebte, mehr Mitgefühl für sie aufbrachte und sich weigerte, sie deshalb zur Rede zu stellen. «Sie hat genug für uns getan, während ich im Krankenhaus war», erklärte sie Alice, als Wai-Yip in die Küche schlurfte, um ihnen ihren Lunch zu bringen. «Sie ist im Allgemeinen sehr tüchtig.»

Sie schaukelte Katherine auf ihrem Knie, um das nächste Geplärre hinauszuzögern. Mit drei Monaten, so verhieß der Arzt, müssten die Koliken nachlassen, doch wie angestrengt Joy auch nach Anzeichen dafür Ausschau halten mochte, das Baby schrie immer noch beängstigend oft.

Alice, die eine Zeitschrift durchblätterte, sah hoch, als Wai-Yip die beiden Teller auf den Tisch stellte und mit einer knappen Verbeugung wieder hinaushuschte.

«Das Mädchen gefällt mir nicht mehr», sagte sie und verzog missbilligend den Mund. «Ich glaube, sie hintergeht dich. Nichts kann ich weniger ausstehen als unehrliche Dienstboten.»

Katherine, die nicht mehr an sich halten konnte, stieß ein durchdringendes Geheul aus, und Joy fing an, heftig mit dem Knie zu wippen, dass sie bloß Christopher nicht aufweckte, der eben erst seinen Mittagsschlaf begonnen hatte.

«Wie meinst du das?», fragte sie Alice.

«Hast du sie dir in der letzten Zeit mal angesehen? Wie die zugenommen hat! Als sie hierher kam, war sie so dünn wie ein Fahnenmast. Die isst dich noch arm.»

Joy schüttelte den Kopf und war nicht willens, sich über ein paar Schalen Nudeln aufzuregen. Für gutes Personal lohnte es sich schließlich, seine kleinen Schwächen zu übersehen. Es gab nur wenige, die nicht versuchten, sich an irgendetwas schadlos zu halten. Erst kürzlich hatte Joy von Leonora Pargiter aus dem zweiten Stock erfahren, dass deren Amah während ihrer Abwesenheit ihre brandneue Küchenmaschine verliehen hatte. Die musste damit ein Vermögen gemacht haben.

«Das lasse ich ihr durchgehen. In China hat sie wahrscheinlich gehungert», sagte Joy, während sie sich Katherine über die Schulter legte und ihr so vehement den Po tätschelte, dass dem Baby schier die Augen überquollen. «Womöglich kann sie sich hier zum ersten Mal in ihrem Leben ordentlich satt essen.»

Weniger milde war sie einen Monat später gestimmt, als sie mit ihrer Mutter auf dem Balkon saß, die kurze Zeit genoss, in der beide Kinder schliefen, und Wai-Yip ankam, um ihr unter Tränen zu erklären, sie müsse nach China zurück.

«Was? Für wie lange?», fragte Joy voller Entsetzen bei dem Gedanken, sie zu verlieren. Katherine hatte gerade angefangen, an ihr zu hängen. An den vergangenen zwei Abenden hatte Joy mit Edward ausgehen und sie Wai-Yips Armen überlassen können.

«Ich weiß nicht, Miss.» Das Mädchen blickte zu Boden. Zwei große Tränen platschten aufs Parkett.

«Ich hab's ja geahnt! Habe ich dir nicht gesagt, dass sie dich ausnutzt?», fragte Alice und nippte an ihrem Sherry.

«Wai-Yip? Geht es dir nicht gut?» Joy betrachtete die klägliche Gestalt, die mit eingezogenem Kopf vor ihr stand, und fühlte sich plötzlich schuldig, weil sie Wai-Yips Erschöpfung nicht ernst genommen hatte. «Bist du krank?»

«Nein, Miss.»

«Natürlich ist sie nicht krank. Du hast ihr so viel bezahlt, dass sie sich leisten kann, einen Urlaub zu machen. Wahrscheinlich geht sie auf eine dieser neuen Kreuzfahrten.»

«Wai-Yip, was um alles in der Welt ist denn los?»

«Miss, ich kann es nicht sagen. Ich muss weg, nach Hause», antwortete sie und wich immer noch Joys Blick aus.

Alice, die sich von der schönen Aussicht abgewandt hatte, sah die junge Amah durchdringend an und musterte sie von oben bis unten. Dabei rutschte sie auf ihrem Stuhl hin und her, als versuche sie, das Mädchen von verschiedenen Seiten zu beäugen.

«Sie hat sich ins Unglück gestürzt», verkündete sie. «Schau sie dir doch an! Sie hat sich ins Unglück gestürzt!», rief sie triumphierend. «Kein Wunder, dass sie so zugenommen hat. Sie ist in anderen Umständen. Oh, wie schändlich, Kind! Da musst du wirklich gehen, das ist klar.»

Wai-Yip begann zu schluchzen. Sie zog noch immer den Kopf ein, und auch Joy musste jetzt zugeben, dass sich ihre Figur bemerkenswert gerundet hatte, wiewohl sie das unter einem weiten Baumwollkleid verbarg.

«Stimmt das, Wai-Yip?» Joys Stimme klang sanft und forschend.

«Es tut mir Leid, Miss», antwortete Wai-Yip mit bebenden Schultern und vergrub das Gesicht in ihren abgearbeiteten Händen.

«Da brauchst du dich nicht bei mir zu entschuldigen», erwiderte Joy. «Du musst damit fertig werden. Ich nehme doch richtig an, dass du nicht verheiratet bist?»

Wai-Yip sah sie einen Moment wie verständnislos an, dann schüttelte sie den Kopf.

«Natürlich ist sie nicht verheiratet. Sicher ist sie mit irgendeinem amerikanischen Soldaten ins Bett gestiegen. Darauf sind sie doch im Moment alle aus, auf einen Pass für die USA.»

«Was wirst du denn jetzt tun?»

«Bitte, Miss. Ich will zurückkommen. Ich werde sehr hart arbeiten.»

«Und was macht sie mit dem Baby?», schnaubte Alice, die inzwischen ihre Arme verschränkt hatte, verächtlich.

«Ich weiß es nicht, Miss ... Vielleicht, meine Mutter ...» Sie begann von neuem zu weinen.

Joy dachte über die Möglichkeit nach, ein weiteres Baby im Haus zu haben. Edward würde das nicht gefallen, so viel stand fest. Sie wusste, wie sehr ihm daran lag, dass wieder ein wenig Normalität in ihr Leben einkehrte. Und darunter verstand er, dass sie beide so ungestört wie möglich zusammen sein konnten. Aber ihr tat Wai-Yip eigentlich Leid, die selbst noch ein halbes

Kind zu sein schien (ein wenig beschämt fiel ihr ein, dass sie sich nie danach erkundigt hatte, wie alt sie überhaupt war). Und sie arbeitete wirklich sehr hart.

«Wenn du ihr erlaubst, ein Baby herzubringen, geht das endlos so weiter», bemerkte Alice kopfschüttelnd.

«Ich muss mit meinem Mann darüber reden, Wai-Yip. Das verstehst du doch.»

Das Mädchen nickte, verneigte sich und schlich davon. Dann hörten die beiden Frauen sie durch den Flur schniefen.

«Das wirst du noch bereuen», warnte Alice.

Eine chinesische Legende besagt, es habe einst zehn Sonnen am Himmel gegeben, die mit ihrer geballten Hitze die Erde verdorren ließen. Als es dem Bogenschützen Hou Yi gelungen war, neun der Sonnen abzuschießen, gab ihm der König der Erde einen Zaubertrank, der ihn unsterblich machen sollte. Doch Chang Er, die schöne Frau des Bogenschützen, die nichts von der magischen Kraft dieser Flüssigkeit wusste, trank sie aus und stieg in den nächtlichen Himmel empor, bis zum Mond.

Der Bogenschütze vermisste sein Weib, die Mondfrau, und bat den König der Erde, ihm dabei zu helfen, zu ihr zu gelangen. Der König erlaubte ihm, zur Sonne zu fliegen, aber den Mond konnte er nur erreichen, wenn er voll und rund war.

Wie eine Schwangerschaft, dachte Joy geistesabwesend. Ein dicker, fetter Mond zu werden macht uns am Ende alle fertig.

Es war der Abend des Mondfestes, an dem die chinesischen Familien in der Kolonie grüppchenweise mit Lampions langsam durch die Straßen zogen und sich zu Ehren dieses Himmelskörpers gegenseitig beschenkten und mondförmig gebackene süße Kekse und Kuchen austauschten. Joy hatte vom Balkon aus zugesehen und war, wie jedes Jahr, fasziniert vom Anblick Tausender winziger Lichter, die sich zum pechschwarzen Hafen hinunterbewegten, in dem ein Feuerwerk stattfand. Strahlend und flimmernd standen Leuchtraketen und Sterne am wolkenlosen Firmament, als winkten Erde und Himmel einander zu. Obwohl

Alice früher keinerlei Interesse an den verschiedenen chinesischen Festen gezeigt hatte (es war offenbar ein weiteres Indiz für die «Perversität» der Chinesen, dass sie Neujahr nicht zur selben Zeit feiern konnten wie alle anderen Leute), hatte selbst sie sich dazu hinreißen lassen, Christopher einen kleinen Lampion zu schenken, und er rannte mit seinem Papiermond von Zimmer zu Zimmer und verlangte, dass das Licht ausgeschaltet wurde, damit man ihn in der Dunkelheit leuchten sah.

Edward kam ungewöhnlich vergnügt nach Hause, er küsste Joy nicht nur, sondern hob sie hoch und schwang sie durch den Flur, bis Christopher lachend darum bettelte, auch hochgehoben zu werden, und Alice mit geschürzten Lippen verkündete, es sei für sie höchste Zeit, sich auf den Heimweg zu machen. Er hatte eine kunstvoll verzierte rote Dose mit mondförmigen Keksen mitgebracht, die er von einem der chinesischen Ingenieure bekommen hatte, und war begierig darauf, Joy von Plänen in der Werft zu erzählen, die ihm, falls sie verwirklicht wurden, wahrscheinlich eine Beförderung eintrugen.

«Bleibst du dann hier stationiert?», fragte Joy, als sie sich an den Tisch setzten, und versuchte, in ihrer Stimme keine Angst anklingen zu lassen.

«Natürlich. Das heißt ja nicht, dass ich woandershin muss. Aber es könnte für uns durchaus eine bessere Unterkunft bedeuten – vielleicht ein hübsches Haus statt einer Wohnung. Wie würde dir das gefallen, Liebling? Ein Haus? Womöglich mit einem kleinen Garten? Es wäre auch schön für die Kinder.»

«Ja, das wäre es sicher», sagte Joy, wenngleich sie inzwischen recht gern in diesem Wohnblock lebte.

«Wir müssen nicht umziehen, weißt du. Ich habe nur gedacht, du würdest dich vielleicht über ein bisschen mehr Platz freuen. Jetzt, wo wir zwei Kleine haben.»

Das kam ihr vernünftig vor. Ihre Mutter behauptete ohnehin immer, es wäre viel leichter, wenn man Katherine in ihrem Kinderwagen ans Ende eines Gartens schieben und dort für eine Weile vergessen könnte.

Joy lächelte. «Ich glaube, das hört sich sehr gut an, deine Beförderung. Mein kluger Alter.»

Edward griff über den Tisch hinweg nach ihrer Hand und drückte sie liebevoll.

«Du wirst sehen, Liebling, es geht aufwärts.»

Sie sah ihn an, betrachtete sein glattes rötliches Haar, das nach vorn rutschte, während er auf typisch männliche Weise sein Essen verschlang, und empfand überwältigende Zärtlichkeit für ihn, die nichts mit der zu tun hatte, die sie für ihre Kinder empfand. Er war so aufmerksam, so fürsorglich. Sie wusste, dass sie Glück gehabt hatte, vor allem wenn sie bedachte, womit manche Frauen sich abfinden mussten. Und jetzt, seit er mit dem Vorschlag des Arztes einverstanden war, brauchten sie nie mehr zu befürchten, noch ein Kind zu bekommen. Sie konnten einfach so weiterleben, wie sie es zurzeit taten, einander näher und näher – und glücklicher ...

Joy wurde sich bewusst, dass sie in einen Tagtraum verfallen war, setzte sich etwas gerader hin und wandte sich ihrem Teller zu. Es gab geschmortes Hühnchen, das nicht ganz an Wai-Yips übliche Kochkunst heranreichte, dachte Joy, während sie in Gedanken versunken kaute. Aber das war vielleicht nicht verwunderlich.

«Du kommst nie drauf, was wir heute rausgefunden haben», sagte sie und hob die Gabel an den Mund. «Wai-Yip kriegt ein Baby. Ich muss gestehen, das hat mich völlig überrascht. Ich wusste nicht einmal, dass sie einen Freund hat.»

Edwards Kopf schoss hoch. Aus seinen blauen Augen sprach für einen Moment blankes Entsetzen, ehe sie anfingen, ihre wie einen Mikrokosmos zu erforschen. In einer nahe gelegenen Wohnung ließ gerade jemand etwas Metallenes auf den Holzfußboden fallen, dass es wie Zimbeln durch den Korridor hallte. Er schien es gar nicht zu hören.

Als er den Blick abwandte, ließ Joy ihre Gabel auf halbem Weg verharren. Sie beugte sich vor und starrte ihn an, studierte diesen neuen Ausdruck in seinem Gesicht. Seine normalerweise roten Wangen waren ein wenig bleich geworden.

«Hast du es gewusst?»

Edward sah sie wieder an, blinzelte ein paar Sekunden lang, und dann schaute er, was bei ihm ungewöhnlich war, von neuem weg. Er erweckte den Eindruck, als überlege er, ob er etwas sagen sollte, spießte aber stattdessen ein weiteres Stückchen Huhn auf und führte es vorsichtig zum Mund.

Für kurze Zeit herrschte Schweigen.

Joy starrte ihn immer noch an.

«Edward», sagte sie, und in ihrer Stimme schwang Furcht mit. «Edward. Bitte ...»

Er schien sich etwas zu erholen, schluckte ohne erkennbare Anstrengung hinunter, was er im Mund hatte, dann hob er die Serviette an die Lippen und tupfte sie langsam und systematisch ab.

«Deine Mutter hat ganz Recht gehabt. Sie ist unzuverlässig geworden. Dann muss sie eben gehen.»

Er hielt inne. «Ich kündige ihr nach dem Wochenende», erklärte er schließlich und vermied es immer noch, Joy anzusehen, sondern stierte unverwandt auf seinen Teller hinunter.

Ihm gegenüber begann Joy, vor Schreck wie gelähmt, zu zittern. Zuerst war es nur ein leichtes Beben, das jedoch immer heftiger wurde. Es schüttelte sie auch noch, als Edward aufstand, nach wie vor ihrem Blick auswich und mit plötzlich erstickter Stimme verkündete, dass er jetzt in sein Arbeitszimmer gehe.

Von ihrem Mann unangefochten, übersiedelte Joy an diesem Abend ins Gästezimmer. Sie zog sich das bestickte weiße Laken über den Kopf, rollte sich zusammen und blieb reglos unter dem großen Ventilator liegen, während der bläuliche Schein des Vollmonds durch die Fensterläden sickerte. Dann begann sie zu heulen, laut zu schluchzen, und der furchtbare Schmerz erschütterte ihren Körper in Wellen, wie ein Erdbeben. Im Zimmer nebenan fand auch Edward keinen Schlaf, und gegen drei Uhr früh kam er leise herein, flüsterte inbrünstige Entschuldigungen und versuchte, sie in den Arm zu nehmen. Aber da wurde sie so wütend, dass sie mit geballten Fäusten auf ihn einschlug, auf seinen Kopf, seine Schultern, wo sie ihn nur treffen konnte, bis er, nun selbst in Tränen ausgebrochen, wieder hinausschlich.

Danach lag Joy bis zum Morgengrauen sehr still in ihrem Bett.

Sie dachte zurück.

Dachte nach.

Ihre Mutter ahnte es natürlich. Sie ahnte es vom ersten Moment an, in dem Wai-Yip mit dem Baby wieder in der Wohnung auftauchte. Das war auch nicht schwierig, denn Tung-Li hatte nicht nur das übliche zerknautschte Gesicht eines Neugeborenen, sondern auch den Ansatz zu einer in China völlig unüblichen Hakennase und eindeutig rotstichiges Haar. Es war Alice hoch anzurechnen, dass sie es ihrer Tochter gegenüber nie erwähnte, aber vielleicht schloss sie aus Joys barscher Ankündigung, sie würde ihre Erste Amah in das neue Haus mitnehmen, dass sämtliche Sprüche wie «Alle Männer sind gleich!» oder «Diese chinesischen Mädchen angeln sich doch jeden!» schlecht aufgenommen würden. Auf der Hut vor Joys gefährlich unnahbarem Verhalten behielt sie auch trotz ihrer eigenen großen Bedenken für sich, dass die Nachbarn gewiss darüber klatschen würden. Was würden die Leute dazu sagen? Doch darum schien Joy sich nicht zu kümmern.

Am Ende von drei langen Nächten nach dem Abendessen beim Mondfest hatte Joy Edward ihre Pläne mitgeteilt. Sorgfältig frisiert, erschien sie damals in einer blauen, kurzärmligen Bluse und weißen Hosen beim Frühstück und goss den Tee ein, ohne ihm ein einziges Mal in die Augen zu sehen.

«Ich habe Wai-Yip gesagt, sie braucht nicht nach China zurückzukehren», begann sie mit leiser, beherrschter Stimme. Es war das erste Mal, dass sie seit jener Nacht wieder mit ihm sprach.

Einen Toast, in den er gerade hineinbeißen wollte, in der Hand, blickte Edward hoch.

«Was?»

«Ich habe mit ein paar Leuten geredet. Wenn sie nach China zurückgeht, wird sie verstoßen. Sie und das Baby. Sie findet auf keinen Fall Arbeit, und das Baby wird geächtet, weil … weil man ihm seine Abstammung wahrscheinlich ansieht. Bei den dortigen Verhältnissen, mit den Kommunisten und alldem, würden sie womöglich verhungern.»

Edward hatte sich nicht gerührt.

«Ich bin zu dem Schluss gekommen, dass wir für sie verantwortlich sind. Es ist unsere Verantwortung. Ich möchte das Leben dieses Kindes nicht auf dem Gewissen haben. Du wirst eben dafür sorgen müssen, dass das neue Haus groß genug ist … Damit wir es nicht sehen müssen. Das wirst du ja wohl schaffen.»

Es folgte eine lange Pause. Schließlich stand Edward vom Tisch auf, ging um ihn herum bis zu Joys Stuhl. Dort kniete er nieder, ergriff ihre Hand und drückte sein Gesicht hinein.

«Ich dachte schon … Ich habe geglaubt, du verlässt mich», sagte er mit plötzlich brüchiger Stimme.

Joy antwortete nicht, ihr Kinn zitterte ein wenig, während sie unverwandt aus dem Fenster schaute. Sie spürte Edwards Tränen auf ihrer Haut.

«O Gott, Joy! Ich liebe dich so. Es tut mir sehr, sehr Leid. Ich habe mich so furchtbar einsam gefühlt. Ich …»

Mit einem Ruck wandte Joy den Kopf um. Sie entzog Edward ihre Hand.

«Ich möchte nicht mehr darüber sprechen», erklärte sie. «Nie mehr.»

— *Kapitel 14* —

Zitternd vor Kälte saß Sabine auf einer umgedrehten Kiste im Sommerhaus, eine mottenzerfressene Decke über den Schultern, und hielt sich die Bluse vor der Brust zusammen. Sie war jetzt schon fast eine halbe Stunde hier; hatte über ihr Weinen hinweg Thoms fortdauerndes Rufen nach ihr unten bei den Ställen gehört, hatte beobachtet, wie aus der Dämmerung Nacht wurde und alles in ihr Schwarz tauchte. Und sie hatte dagesessen und in ihrem muffigen Zufluchtsort leise vor sich hin geschluchzt, so gelähmt war sie vor Entsetzen und Kummer, und ihre Finger bebten so sehr, dass es ihr nicht einmal gelang, ihre inzwischen ganz zerknitterte Bluse zuzuknöpfen.

Sie hatte nicht gewusst, wohin sie gehen sollte; hatte zunächst einfach dem überwältigenden Wunsch nachgegeben, von Thom fortzulaufen, dem bitteren Geschmack ihrer Demütigung zu entfliehen. Deshalb war sie zuerst über die unteren Koppeln gerannt, dann ganz in ihrem Elend gefangen die Nebenstraße zum Dorf hinaufgegangen und hatte sich schließlich für das Sommerhaus als Zufluchtsort entschieden. Und jetzt saß sie hier fest; wenn sie ins Haus zurückkehrte, würde sie ihrer Mutter alles erklären müssen. Blieb sie, wo sie war, würde sie wahrscheinlich erfrieren, weil sie ihren Pullover über der Stalltür ihres Schimmels hatte hängen lassen. Eines war sicher: Sie würde von Kilcarrion fortmüssen; nach dem, was sie getan hatte, konnte sie unmöglich hier bleiben.

Sabine wischte sich mit dem Handrücken die Nase ab und brach bei dem Gedanken an das, was sie getan hatte, gleich wieder in Tränen aus; wie sie seine Hand auf ihren Busen gelegt und wie entsetzt Thom dabei dreingeschaut hatte. Was musste er nur von ihr gedacht haben? Dass sie genauso schlecht war wie ihre Mutter; nichts als eine Hure. Was hatte sie bloß dazu getrieben? Jetzt hatte sie alles kaputtgemacht. Doch eine andere Überlegung drängte sich plötzlich in den Vordergrund: War sie wirklich so hässlich? Hätte es ihn denn eine solche Überwindung gekostet, sie zu küssen?

Aus Angst, jemanden auf ihr Versteck aufmerksam zu machen, hatte Sabine das elektrische Licht nicht eingeschaltet, aber sie konnte die Leuchtzeiger ihrer Uhr erkennen, und die sagten ihr, dass es inzwischen kurz vor halb sechs war. Sie hörte, wie unten bei den Ställen Türen zugeschlagen wurden und Eimer klapperten – die Pferde bekamen jetzt ihre Abendfütterung. Irgendwo würde ihre Großmutter entweder gerade mit dem Bürsten der Hunde beschäftigt sein oder mit Mrs. H. besprechen, womit der Gefrierschrank aufgefüllt werden sollte. Im Haus würde Lynda die Minuten der letzten halben Stunde zählen, bis sie sich in ihr kleines glänzend rotes Auto schwingen und heimfahren konnte. Wahrscheinlich sah sie sich gerade in diesem Augenblick eine ihrer Seifenopern an. Ihr ganzer Tagesablauf richtete sich ja nach ihnen, selbst Großvater bekam seine verschiedenen Medikamente nach deren Sendezeiten.

Als Sabine an ihren Großvater dachte, musste sie sich noch heftiger die Augen wischen. Wahrscheinlich fragte er sich längst, wo sie wohl steckte; sie war heute noch kaum bei ihm gewesen. Vermutlich dachte er, sie sei wie ihre Mutter geworden; gedankenlos, gleichgültig. Egoistisch. Aber sie konnte nicht ins Haus zurückgehen. Sie konnte nirgends hingehen. Jedenfalls nirgendwohin, wo sie sich noch auf jemanden verlassen konnte. Sie saß da und kickte gegen einen Stapel Blumentöpfe, und es war ihr ganz egal, dass sie umfielen und zerbrachen, sie konnte sie durch ihre vom Weinen verquollenen Augen sowieso kaum sehen.

Dann hob sie den Kopf wie ein Jagdhund, der die Witterung aufnimmt. Annie. Sie konnte zu Annie gehen. Die würde sie verstehen. Und wenn Annie einen ihrer «abwesenden» Tage hatte, konnte sie einfach fragen, ob sie mal ihr Telefon benutzen dürfe, und dann konnte sie Bobby bitten, vorbeizufahren und sie abzuholen. Sie musste ihm ja schließlich nicht die ganze Geschichte erzählen.

Sabine schüttelte die Decke ab, und nachdem sie sich vergewissert hatte, dass auch niemand in der Nähe war, der sie erwischen könnte, schlich sie durch den vernachlässigten Garten auf das hintere Tor zu. Dabei versuchte sie, trotz des Schluckaufs und des Schniefens, die natürlich zwangsläufig auf ihre Heulerei folgten, möglichst schnell voranzukommen.

Aus irgendeinem Grund waren die drei Laternen, die die Hauptstraße durch Ballymalnaugh säumten, an diesem Abend aus, und Sabine war für den sternklaren Himmel dankbar, als sie halb rannte, sich die Seite hielt und nur den Widerhall ihrer eigenen Schritte auf dem Asphalt hörte. Das einzige künstliche Licht fiel aus den Häusern, an denen sie vorbeilief, auf die Straße. Und dort, wo die Vorhänge noch nicht zugezogen waren, gaben die Fenster kleine Ausschnitte des jeweiligen Familienlebens preis: das junge Pärchen, das sich vor dem Fernseher auf dem Sofa lümmelte und dessen kleines Kind auf dem Fußboden spielte; die allein stehende alte Dame, die gerade die Zeitung las; den Tisch, auf dem noch das Teegeschirr stand, während ein unbeachteter Fernseher – einem Nordlicht gleich – sich bewegende Schatten in die Zimmerecke warf. Im Vorbeirennen sah Sabine sie alle und fühlte sich einsamer denn je. Ich werde nie eine richtige Familie haben, ging es ihr durch den Kopf und sie brach bei diesem Gedanken gleich wieder in Tränen aus. Ich werde immer draußen sein und hineinschauen.

Als sie sich Annies Haus näherte, verlangsamte sie ihre Schritte, versuchte zu verschnaufen und wischte sich noch einmal die Augen, um nicht gar zu alarmierend auszusehen. Sie wollte schließlich nicht, dass Annie dachte, irgendjemand sei gestorben. Sie hatte für heute schon genügend Schaden angerichtet.

Im Erdgeschoss waren die Lampen an, aber die Vorhänge zugezogen, genau wie die letzten paar Male, als Sabine vorbeigeritten war. Kurz vor dem Eingang hielt sie einen Moment inne, knöpfte sich endlich die Bluse zu und überlegte, ob sie tatsächlich hineingehen sollte. Mrs. H. hatte ihr nämlich erzählt, dass Annie dringend psychologische Betreuung brauchte.

Doch während Sabine noch unschlüssig auf den Stufen stand, wurde die Tür von innen aufgerissen und ein heller orangefarbener Lichtstrahl fiel in den Vorgarten. Ein großer, hagerer Mann mit dunklem Haar und glänzenden Radlerhosen kam heraus und wollte schon an ihr vorbei die Stufen hinuntersausen, blieb dann aber stehen, als er Sabine erblickte, und packte sie an den Schultern.

«Gott sei Dank!», keuchte er. «Gott sei Dank! Wir brauchen einen Krankenwagen!»

Sabine erstarrte.

«Einen Krankenwagen! Hast du ein Handy dabei?»

Sie sah ihn mit offenem Mund verständnislos an.

Verärgert schüttelte er den Kopf. «Hör mal, ich bin bloß ein Gast. Anthony Fleming. Ich bin noch einmal hergekommen, gegen besseres Wissen, möchte ich sagen, und da finde ich Mrs. Connolly hier … Und … Na ja … Sie braucht einen Krankenwagen. Schnell. Hast du ein Telefon? Das hier scheint abgestellt zu sein.»

Sabine blieb das Herz fast stehen, und sie spähte an ihm vorbei in das hell erleuchtete Haus. Sie wusste, Annie war in letzter Zeit sehr deprimiert gewesen, aber sie hatte nie an die Möglichkeit gedacht, dass … Sabine schauderte. Sie musste plötzlich an ein Mädchen in ihrer Schule denken, das sich vor zwei Jahren in der Toilette die Pulsadern aufschnitt, weil man sie ständig tyrannisiert hatte. Das Blut war bis zur Decke gespritzt, hatte ihr eine der Fünftklässlerinnen damals erzählt.

«Ist sie … ist sie?» Ihre Stimme stockte.

«Na ja, ich bin kein Fachmann, aber es sieht so aus, als ob es nicht mehr lange ginge», sagte der Mann. «Wir dürfen keine Zeit verlieren. Wo gibt es denn hier ein Telefon?»

Ungeachtet seines Protests schob sich Sabine durch die Tür und bemerkte das Chaos im Wohnzimmer kaum und auch nicht den Geruch von Staub und alten Lebensmitteln, der ihr entgegenschlug. Sie musste Annie sehen. Entschlossen ging sie weiter und versuchte, die unheimlichen Laute zu ignorieren, die aus der Küche kamen. Niemand hatte ihr etwas von Geräuschen gesagt; wenn sich in Filmen Leute umbrachten, ging das immer ganz still vonstatten.

Aber da war kein Blut; jedenfalls nicht an der Decke; nur eine Art verfärbtes Wasser schwamm überall auf dem blassblauen Linoleum des Küchenbodens. Und Annie hockte mittendrin und klammerte sich mit beiden Händen an eine Tür des Küchenschranks, als versuche sie, sich daran hochzuziehen.

«Annie?», rief Sabine.

«O mein Goooooooottttt …» Annie, die allem Anschein nach nichts wahrnahm, gab ein langes, tiefes Stöhnen von sich. Sie sah aus, als konzentriere sie sich auf irgendetwas, was Sabine nicht sehen konnte. Vor Anstrengung war sie im Gesicht schon blaurot angelaufen. Aber es sah nicht so aus, als würde sie sterben.

«Sie stirbt bestimmt nicht», verkündete Sabine dem Mann, der nach ihr ebenfalls hereingekommen war.

«Natürlich nicht!», sagte er ungeduldig und wedelte mit den Händen, als wolle er Wasser davon abschütteln. «Sie kriegt ein Baby, verdammt. Aber ich bearbeite Darlehen und bin kein Arzt. Hab dir ja gesagt, dass wir einen *Krankenwagen* rufen müssen.»

Sabine starrte Annie an und taumelte ein wenig, als sie versuchte, zu begreifen, was der Mann da gerade gesagt hatte. Dann rief sie nur: «Bleiben Sie bei ihr! Ich hole Hilfe!», und rannte hinaus. Das Blut pochte ihr in den Ohren, als sie nach Kilcarrion zurückspurtete.

Kate stützte sich auf den Schreibtisch und starrte auf das vergilbte Foto, das sie noch immer in der Hand hielt, auf ihr eigenes breites, offenes, ahnungsloses Lächeln. Auf Tung-Lis Mondgesicht, das ihr entgegenblickte, und seine offensichtliche Verlegenheit vor der Kamera besaß auf einmal größere Symbolkraft; seine außergewöhnlichen Gesichtszüge – und sie waren außergewöhnlich, Kate erkannte es jetzt, da sie genauer hinsah – waren mit einem Mal erklärt.

«Warum hast du es mir nicht gesagt?», fragte sie schließlich. Ihre Stimme klang brüchig, zittrig.

Joy, die mit gesenktem Kopf neben ihr auf einem Stuhl saß, blickte müde auf.

«Da gab es nichts zu sagen. Was hätte ich dir denn erzählen sollen?»

«Ich weiß nicht. Irgendetwas. Irgendetwas, was es vielleicht erklärt hätte ... Ach, ich weiß nicht.»

Sie schüttelte den Kopf. «O mein Gott, Mummy ... All die vielen Jahre ...»

Draußen war es dunkel, und die beiden Wandleuchten warfen düstere Helldunkelschatten und beleuchteten die inzwischen beinahe leeren langen Regale und die wenigen übrig gebliebenen Schachteln, deren Inhalt noch sortiert werden musste. Eine alte, gerahmte Landkarte von Südostasien war hinuntergefallen und lehnte jetzt mit gesprungenem Glas an der Wand.

«Was ist aus ihm geworden?», fragte Kate, die noch immer auf das Foto starrte. «Aus beiden?»

«Sie sind nicht nach China zurückgegangen. Als wir nach Irland gezogen sind, habe ich für Wai-Yip eine gute Anstellung bei der Familie eines Offiziers vom Regiment der Black Watch in den New Territories gefunden. Ich glaube, dort war sie viel glücklicher, wirklich. Weil sie näher bei ihrer Familie wohnte. Und alles war ...» Joy holte tief Luft. «Weniger kompliziert.»

Kate sah sich das Foto noch einmal an, legte es dann vorsichtig wieder in den Karton und ließ ihre Fingerspitzen sanft darauf ruhen. Sie zögerte, als denke sie daran, es umzudrehen, ließ es dann aber mit der Vorderseite nach oben liegen.

«Ich kann das einfach nicht glauben ...», sagte sie wie zu sich selbst. «Ich kann nicht glauben, dass Daddy ... Ich dachte, ihr wärt vollkommen», fuhr sie fort. «Ich habe wirklich geglaubt, ihr wärt das vollkommene Liebespaar.»

«Niemand ist vollkommen, Kate.»

Die beiden Frauen schwiegen eine Weile und horchten auf die fernen Geräusche in den Stallungen. Allem Anschein nach spornten sie Joy ausnahmsweise nicht zu irgendwelchen Aktivitäten an.

«Warum bist du bei ihm geblieben?», fragte Kate schließlich. «Das war doch schon in den sechziger Jahren. Die Leute hätten es verstanden. Wir hätten es auch verstanden.»

Joy zog die Stirn kraus und fuhr sich mit der Hand durchs Haar.

«Ich habe es mir überlegt. Aber damals war das noch immer mit einem Stigma behaftet. Und ich bin zu dem Schluss gekommen, dass ich trotz allem das Richtige getan habe. Ich habe mir gedacht, so würdet ihr Kinder in einer richtigen Familie aufwachsen. Ohne damit fertig werden zu müssen, dass die Leute flüsterten, mit dem Finger auf euch zeigten und tuschelten ... Und wir hatten uns schließlich ein gemeinsames Leben aufgebaut. Ich denke, wir haben die gleichen Dinge gemocht ...»

Sie wandte sich Kate zu, und ihr Gesichtsausdruck wurde sanfter. «Wir haben euch beide so geliebt, weißt du. Für uns war es am allerwichtigsten, dass ihr glücklich wart. Und obwohl dein Vater mich ganz schrecklich verletzt hatte ...», hier zuckte sie ein wenig zusammen, und Kate wurde mit leichtem Schrecken klar, wie nahe ihrer Mutter dieser Verrat noch immer ging, «... habe ich beschlossen, dass meine eigenen Gefühle letzten Endes nicht von so großer Bedeutung sind.»

Es folgte ein ziemlich langes Schweigen, während dessen Kate in dem kalten, ungeliebten Zimmer saß und versuchte, die Überzeugungen, die sie so viele Jahre lang gehegt hatte, mit diesem neuen Wissen in Einklang zu bringen. Kurze Zeit verspürte sie sogar eine irrationale Wut, als sei die Tatsache, dass sie von diesem Geheimnis keine Ahnung gehabt hatte, für all die Probleme zwischen ihnen verantwortlich.

«Weiß es Christopher?»

«Natürlich nicht. Und ich will auch nicht, dass er es erfährt. Ich wollte, dass keiner von euch Bescheid weiß.» Dabei klang Joy wieder so schroff wie gewöhnlich. «Du darfst ihm nichts davon erzählen. Sabine auch nicht. Heutzutage wird ohnehin viel zu viel dummes Zeug darüber geredet, dass jeder jedem alles sagen soll.»

Obwohl ihre Stimme sehr bestimmt war, schwang jetzt doch etwas anderes mit. Etwas, was fast nach Tränen klang.

Kate stand auf, sah ihre Mutter ein paar Augenblicke an und erkannte ganz allmählich die Liebe, die ihr bislang entgangen war. Dann ging sie auf Joy zu und umschlang sie zum ersten Mal seit ihrer Kindheit, nahm ihre Mutter sanft in die Arme, ließ ihr aber Zeit, ihre übliche Abwehr zu überwinden. Sie roch nach Pferd und Hund und etwas Süßem, ein bisschen wie Lavendel. Nach ein paar Sekunden tätschelte Joy geistesabwesend Kates Schulter, als tröstete sie ein Tier.

«All die vielen Jahre ...», sagte Kate in Joys Steppjacke hinein, und die Stimme versagte ihr. «All die vielen Jahre, und ... Ich konnte dir nie gerecht werden.»

«Tut mir Leid, Darling. Ich wollte nicht, dass du es so siehst.»

«Nein. Das habe ich nicht gemeint. All die vielen Jahre, und ich wusste nicht, dass du gelitten hast. Ich wusste nicht, was du zu erdulden hattest.»

Joy wich zurück, rieb sich die Augen und richtete sich auf.

«Na, nun übertreib mal nicht», sagte sie entschieden. «Dein Vater ist ein guter Mann. Ich musste nicht so arg viel erdulden, wie du es nennst. Er hat mich geliebt, auf seine Weise.» Als sie Kate ansah, war ihr Blick defensiv, leicht herausfordernd. «Er ... er konnte eben ...»

«Er konnte eben nicht anders?»

Joy wandte sich von ihr ab, dem Fenster zu.

Kate schaute in die Richtung des angrenzenden Zimmers, wo ihr Vater in seinem von Medikamenten geförderten Halbschlaf vor sich hin dämmerte, und empfand eine kalte Wut auf den Mann, der den einzigen Menschen betrogen hatte, den er ihrer Meinung nach je wirklich lieben konnte. «Und du hast ihn nie dafür büßen lassen», sagte sie bitter.

Joy folgte dem Blick ihrer Tochter und ergriff dann ihre Hand. Die ihre war rau, von den vielen Jahren entschlossenen Handelns gegerbt.

«Du wirst kein Sterbenswörtchen zu ihm sagen. Du darfst ihn damit nicht behelligen. Dein Vater hat gebüßt, Kate», sagte sie, und in ihrer Stimme schwang traurige Gewissheit mit. «Wir haben beide gebüßt.»

Es war niemand unten in der Küche oder im Wohnzimmer, deshalb rannte Sabine, inzwischen schon aufgekratzt vom vielen Adrenalin in ihrem Blut, durch das Haus, riss Türen auf und schrie nach Mrs. H., sodass die Hunde zu bellen anfingen und sich aufrappelten, um sich ihr an die Fersen zu heften. «Wo, zum Teufel, stecken die denn alle?», schrie sie die Hunde an, riss die Türen der Vorrats- und der Stiefelkammer auf und knallte sie wieder zu. Das Haus machte einen stillen, wachsamen Eindruck. Auch im kleinen Nebenzimmer und im Frühstückszimmer war keine Menschenseele, und die Stille verstärkte die Geräusche noch, die Sabine verursachte, sodass sie von den Möbeln widerhallten.

Sabine, der die Lunge inzwischen vom vielen Rennen wehtat, stürmte die Treppe – zwei Stufen auf einmal – hinauf, und ihre Stiefel verfingen sich in dem abgetretenen Treppenläufer, weshalb sie auf ihrem Weg nach oben rutschte und schlitterte und sich zweimal am Geländer festklammern musste, um nicht hinzufallen. Und die ganze Zeit hatte sie das beängstigende Bild vor Augen, wie Annie sich vor Schmerzen gekrümmt hatte; Annies

Gesichtsausdruck war so leer gewesen wie immer, aber dieses Mal irgendwie konzentriert. Irgendwie archaisch.

O Gott, wo war Mrs. H. bloß? Annie brauchte ihre Mutter. Das war wohl absolut klar. Auf jeden Fall brauchte sie jemand anderen als diesen Anthony Soundso. Auf dem Treppenabsatz verlangsamte Sabine ihre Schritte und sah sich nach dem Staubsauger oder sonst etwas um, was darauf hinweisen könnte, dass Mrs. H. vor kurzem noch hier war. Dann blieb sie plötzlich stehen.

Lynda.

Warum war ihr Lynda nicht schon früher eingefallen?

Sie würde wissen, was zu tun ist. Sie konnte sich um alles kümmern. Sabine riss die Tür zum Zimmer ihres Großvaters auf, den Mund schon offen und bereit, die dringende Botschaft zu überbringen. Aber sie stieß nur auf die leere, flimmerfreie Scheibe des ausgeschalteten Fernsehers und eine ordentliche Reihe von Plastikschälchen und Tablettendosen; der stumme Hinweis, dass die Krankenschwester bereits nach Hause gefahren war. Ungestört von dem ganzen Wirbel erhob sich das skelettartige Profil ihres Großvaters in seinem tiefen, künstlich hervorgerufenen Schlaf aus den vielen Schichten des Bettzeugs.

Sabine machte sich nicht einmal die Mühe, die Tür wieder zu schließen. Mit einem Schluchzer und einem verzweifelt ausgestoßenen Fluch rannte sie jetzt den Korridor entlang, riss sämtliche Türen auf und rief nach Mrs. H., ihrer Mutter, ihrer Großmutter, nach irgendwem und hatte mit jedem Schritt gegen ihre zunehmende Panik anzukämpfen. Was würde wohl geschehen, wenn der Mann einfach fortging? Er hatte ausgesehen, als wolle er dringend weg. Und was, wenn hier wirklich keiner zu Hause war? Sie konnte einen Krankenwagen rufen, aber sie wusste nicht, wie sie helfen könnte. Irgendetwas in ihr wollte keinesfalls ganz allein zurück zu diesen Lauten, zu dieser blutigen Flüssigkeit.

Sie waren im Arbeitszimmer. Sabine, die eigentlich nicht erwartete, dort jemanden anzutreffen, machte die Tür auf und hielt beim Anblick der beiden sich umarmenden Frauen keuchend inne.

Eine Sekunde stand sie da und versuchte, diese Szene zu begreifen, die, das wusste sie, einfach nicht real sein konnte. Da sie sich sehr wohl noch an die Ereignisse des frühen Abends erinnerte, wich sie dem Blick ihrer Mutter aus. Dann besann sie sich.

«Wo ist denn Mrs. H.?»

Ihre Großmutter hatte sich inzwischen von Kate gelöst und fuhr sich durch das widerspenstige Haar.

«Sie ist in die Stadt gegangen. Ich glaube, um jemanden wegen Annie zu konsultieren.» Sie sah beinahe verlegen aus, weil man sie in einer so intimen Umarmung erwischt hatte.

«Ich muss mit ihr reden.»

«Nun, sie kommt heute Abend nicht mehr her. Sie ist früh gegangen. Ich glaube, Mack hat sie abgeholt.» Die beiden Frauen starrten Sabine an, die vor Aufregung inzwischen von einem Bein auf das andere hüpfte.

«Was ist denn um Himmels willen los?»

«Wir müssen sie holen. Es geht um Annie ... Sie ... Ich glaube, sie bekommt ein Baby.»

Nur einen Sekundenbruchteil herrschte Stille.

«Was?»

«Ein Baby? Bist du sicher?»

Vor der Tür fing einer der Hunde, von der Aufregung angesteckt, zu bellen an.

«Annie kann doch keine Kinder mehr bekommen», sagte Joy ohne große Überzeugung.

«Sabine? Bist du sicher?»

«Nun kommt endlich. Ich denke mir das doch nicht aus», drängte Sabine und zupfte ihre Großmutter am Ärmel. «Sie ist im Haus. Mit einem Gast. Aber da ist so Zeug auf dem Boden und so weiter, und er sagt, dass er nur Darlehen bearbeitet, aber es ist bald so weit, und wir brauchen einen Krankenwagen, und Annies Telefon funktioniert nicht.»

Joy und Kate tauschten Blicke aus.

«Er ist ganz allein», fuhr Sabine fort und war jetzt angesichts ihrer dummen, ausdruckslosen Gesichter den Tränen nahe. «Annie braucht Hilfe. Ihr müsst unbedingt mitkommen.»

Joy legte die Hand vors Gesicht und dachte kurz nach, dann ging sie zur Tür und schob die beiden jüngeren Frauen vor sich her. «Kate, du läufst mit Sabine hinüber. Ich rufe einen Krankenwagen und packe hier noch ein paar Sachen zusammen. Oh, mein Gott, und ich werde versuchen, Mack zu erreichen. Ich bin sicher, wir haben hier irgendwo eine Nummer von seinem Mobiltelefon. Ich hole Thom, der soll sie heraussuchen.»

«Geh du voran», sagte Kate, als sie ihrer Tochter folgte, die so schnell die Treppe hinunterlief, dass sie beinahe über die Hunde gestolpert wäre. «Ach, diese arme Frau», sagte Kate, streckte die Hand aus und tätschelte Sabine die Schulter. «Gott sei Dank hast du sie gefunden.»

Anthony Fleming tanzte auf der Treppe vor Annies Haus herum, machte komische Verrenkungen und schwenkte fröhlich die Arme – wie ein Morris Dancer, der völlig aus dem Takt zu irgendeiner Melodie in seinem Kopf herumhüpft. So sah es zumindest von ferne aus. Als Sabine und Kate nach ihrem Sprint schwitzend und keuchend näher kamen, zeigte sich, dass er nur ängstlich von einem Bein aufs andere trat, verzweifelt und um Hilfe flehend mit den Armen fuchtelte, und er packte Kate sogleich am Kragen, als sie die Stufen hinauflief.

«Sind Sie Ärztin?», fragte er mit bleichem und verängstigtem Gesicht.

«Der Arzt ist auf dem Weg», sagte Kate und musste husten. «Wo ist sie?»

«O mein Gott ... O mein Gott ...» Anthony Fleming fing an, die Hände zu ringen.

«Wo ist sie?»

Kate kümmerte sich nicht weiter um ihn und Sabine, sondern bahnte sich ihren Weg durch das Wohnzimmer in die Küche, bis sie Annie entdeckte. Dann kauerte sie sich sofort neben Annie nieder, die auf dem Boden hockte und sich jetzt an den Beinen eines Küchenstuhls festhielt, vor und zurück schaukelte und so tiefe, wehklagende Laute ausstieß, dass sich bei Sabine die Nackenhaare aufstellten.

«Jetzt wird alles gut, alles wird gut, Annie», redete Kate auf sie ein, hielt sie fest und strich ihr übers Haar. «Das machst du wirklich toll. Es wird alles gut.»

Sabine schielte in die Küche hinein, auf Annies langen Rock, der zusammengeknüllt und durchnässt neben der Spüle in der Ecke lag, auf das fleckige Stück rosa Stoff, das womöglich ihre Unterhose war. Überall war helles, wässriges Blut. Dabei musste sie daran denken, wie ihr Großvater damals mit dem Gesicht in den Gemüseeintopf gefallen war. Sie bemerkte, dass sie wieder zu zittern angefangen hatte.

«Ich kenne mich mit Babys überhaupt nicht aus», wiederholte Anthony Fleming immer wieder und rang dabei die Hände. «Ich beschäftige mich doch nur mit Bankdarlehen. Ich bin bloß zurückgekommen, weil sie einen sicheren Platz für mein Fahrrad hat.»

Sabine konnte ihm nicht antworten. Sie starrte Annie einfach weiter an, die sich jetzt, in irgendeiner ganz anderen Welt verloren, an Kate klammerte, die Augen zwar geöffnet hatte, aber dennoch nichts wahrnahm, und von Zeit zu Zeit verzerrte sich ihr Gesicht, wenn sie einen weiteren tierischen Schrei ausstieß. Kate, die in diesem Moment an ihr vorbeischaute und den entsetzten Blick ihrer Tochter sah, versuchte zu lächeln.

«Es ist schon gut, Darling. Ehrlich. Sieht schlimmer aus, als es ist. Geh doch raus und warte auf den Krankenwagen.»

«Das mache ich», meldete sich Anthony Fleming zu Wort und war schon auf dem Weg zur Tür. «Ich warte auf den Krankenwagen. Ich warte draußen.»

Kate warf seinem davoneilenden Rücken einen verärgerten Blick nach. Immer wieder schaute sie auf die Uhr, um die Abstände zwischen Annies schmerzerfüllten Lauten zu stoppen.

«Okay. Okay … Hm, Sabine … Geh und hol mir bitte ein paar Handtücher. Und eine Schere. Und koch mir einen Kessel Wasser ab und sterilisiere die Schere darin. Ja?»

«Du schneidest sie aber doch nicht etwa auf, oder?» Sabine, die noch immer wie versteinert in der Küchentür stand, spürte, dass sich ihr die Brust vor Angst zusammenzog. Sie glaubte, den Anblick von noch mehr Blut nicht verkraften zu können.

«Nein, Darling. Die ist für die Nabelschnur. Nur für den Fall, dass das Baby kommt, bevor der Krankenwagen da ist. Geh schon, uns bleibt nicht mehr allzu viel Zeit.»

Sie wandte sich wieder Annie zu, strich ihr über die Haare, murmelte ermutigend auf sie ein und kümmerte sich gar nicht darum, dass inzwischen auch ihre Kleidung zum Teil mit der blutigen Flüssigkeit durchtränkt war, weil sie auf dem Boden gekniet hatte, um Annie zu stützen.

«Ich muss pressen», sagte Annie, und die Haare klebten ihr in verschwitzten Strähnen ums Gesicht. Es waren die ersten Worte, die Sabine von ihr hörte. «O mein Gott, ich muss pressen.»

«Sabine, geh jetzt endlich!»

Sabine wandte sich um und wollte in den anderen Zimmern nach einer Schere suchen, aber sie wusste nicht, wo sie eine finden konnte – Annies Haus sah nicht mehr so aus, als würde alles an der Stelle sein, an der man es vermutete –, und stieß beinahe mit Joy zusammen, die einen Stapel Handtücher trug.

«Der Krankenwagen müsste jede Minute hier sein», sagte Joy. «Thom versucht, Mrs. H. zu erreichen. Wo sind sie?»

«Hast du eine Schere dabei?»

«Ja, ja …» Joy folgte dem langen muhenden Stöhnen, das dieses Mal zu einem unirdischen Schrei anschwoll. «Wir haben alles. Sie sind in der Küche, oder?»

Als der Laut wieder kam, war es einfach zu schrecklich. Sabine schauderte wie beim Jaulen der Jagdhunde, wenn sie in der Nacht heulten. Es klang, als würde Annie sterben.

Sie zog eine Grimasse.

Joy drehte sich um und sah sie an, dann wurde ihr Gesichtsausdruck plötzlich sanfter, als sie merkte, wie viel Angst ihre Enkelin hatte, und deshalb streckte sie die Hand aus, um sie zu beruhigen.

«Ist schon gut, Sabine. Wirklich. Eine Geburt ist nun einmal eine etwas brutale Angelegenheit.»

«Stirbt sie? Ich will nicht, dass Annie stirbt.»

Joy lächelte und drückte Sabines Hand, bevor sie in die Küche eintrat. «Nein, natürlich stirbt sie nicht. Schon eine Minute nachdem das Baby geboren ist, wird sie sich an gar nichts mehr erinnern.»

Als Joy sich an ihr vorbeigeschoben hatte, beobachtete Sabine von der Tür aus, wie sie sich neben ihrer Mutter niederkauerte, ihr die Handtücher reichte und ihr half, Annie richtig auf dem Boden zu betten, und dabei Annies Beine streichelte und ihr aufmunternde Worte zumurmelte. Kate sagte etwas von «Austrittsphase», und sie und Joy sahen einander kurz an, und auf ihren Gesichtern spiegelten sich nicht nur gegenseitiges Einvernehmen und Sorge, sondern auch ein Anflug von bevorstehender Freude, als wüssten sie etwas, was sie sich noch nicht eingestehen konnten. Sabine, die das beobachtete, merkte plötzlich, dass sie wieder den Tränen nahe war, aber nicht etwa, weil sie sich ausgeschlossen fühlte, sondern weil es sie tröstete.

«Okay, Annie», sagte Kate, die jetzt bei Annies Füßen kauerte. «Du machst dich fertig zum Pressen. Sag es, wenn du merkst, dass die nächste Wehe kommt.»

Annie schwieg, starrte mit weit aufgerissenen Augen auf ihre Füße, und dann stieß sie, das Kinn auf die Brust gedrückt, ein ziemlich langes Brüllen aus, zuerst durch die fest zusammengebissenen Zähne, dann durch ihren offenen Mund, der so weit aufgerissen war, dass Sabine, die um den Türrahmen linste, sich dabei ertappte, wie sie es nachahmte.

Joy zuckte zusammen, als sie versuchte, Annies Oberkörper zu stützen, und ihr Gesicht war von der Anstrengung ganz rot angelaufen. Kate drückte Annies Knie hoch und wischte ihr mit einem feuchten Tuch über das Gesicht. Jetzt weinte sie halb.

«Du hast es fast geschafft, Annie. Ich kann das Köpfchen schon sehen. Du hast es fast geschafft!»

Annie schlug kurz die Augen auf und sah Kate an. Ihr Blick wirkte müde, verwirrt.

«Tief atmen, Annie. Lass dein Kinn einfach unten, bald ist es vorbei.»

«Wo ist Patrick?», fragte Annie erschöpft.

Kate warf ihrer Mutter einen Blick zu.

«Patrick ist auf dem Weg hierher», sagte Joy mit fester Stimme, ihr Gesicht dicht neben dem von Annie, weil sie ihr von hinten unter die Arme griff, um sie zu stützen. «Patrick ist auf dem Weg hierher, auch deine Eltern werden bald da sein, und der Krankenwagen kommt gleich. Hab also keine Angst. Konzentriere dich nur auf dein süßes Baby.»

«Ich möchte, dass Patrick da ist», sagte Annie und fing zu weinen an. Und dann wurden ihre Tränen erstickt, als ihr Körper von einer neuen Wehe erfasst wurde und ihr Schluchzen wieder in einen gewaltigen Schrei überging. Und sie klammerte sich so fest an Joys Arme, dass Sabine sehen konnte, wie ihre Großmutter das Gesicht vor Schmerz verzog, und Kate kauerte noch immer vor ihr und drückte gegen Annies Knöchel, sodass ihre Knie in die Höhe standen, und sie redete ermutigend auf Annie ein.

«Es kommt, Annie. Mach weiter, weiter pressen. Es kommt wirklich. Ich kann das Köpfchen sehen.» Kates Stimme war jetzt vor Aufregung ganz schrill, und sie blickte auf und sah Annie mit einem breiten Lächeln an.

Erschöpft sank Annie in Joys Arme zurück.

«Ich schaffe es nicht», jammerte sie.

«Du schaffst es, es ist gleich vorbei», ermunterten die beiden Frauen sie einstimmig.

«Hechle, Annie», sagte Kate. «Hechle einfach eine Minute lang.» Sie sah zu ihrer Mutter und fügte leise hinzu: «Das ist doch richtig, Mum?»

Joy zuckte unmerklich mit den Achseln und nickte. Wieder lächelten sie einander beinahe an.

«Okay, jetzt noch einmal pressen», sagte Kate. Sabine konnte nicht genau erkennen, was Kate machte. Insgeheim war sie froh darüber. Und dann stieß Annie einen gellenden Schrei aus, einen langen, zitternden, am Ende erstickten Laut, und Kate begann zu schreien und auch Joy schrie, die noch immer das Gesicht verzog, weil Annie sich so fest an ihre Arme krallte, und Sabine ertappte sich dabei, dass sie weinte, ohne es richtig zu merken, weil sie genau in dem Moment, als sie dachte, sie könnte es nicht länger aushalten, plötzlich ein kurzes, glitschendes Rutschen hörte und ihre Mutter dieses Etwas hochhielt, dieses Etwas, das seine zwei roten Ärmchen in die Luft reckte wie ein Fußballfan. Joy küsste Annie und lachte, und Kate wickelte es behutsam in ein Handtuch und legte es Annie auf die Brust. Und alle drei Frauen schlangen die Arme umeinander, und in dem ganzen Durcheinander beobachtete Sabine weiter Annies Gesichtsausdruck, von dem sie eindeutig Freude und Schmerz und Erleichterung ablas. Vergessen waren das Blut und die Qual, vergessen die Schreie, vergessen auch Anthony Fleming, der jetzt in der Tür stand, in die Hand hüstelte und bat, man möge ihm vergeben, aber der Krankenwagen sei nun da.

Und dann schaute Kate auf, als fiele ihr Sabine plötzlich wieder ein, und streckte die Hand nach ihr aus, und Sabine ging hinüber und kniete sich neben die anderen auf den Boden und betrachtete dieses Ding, das blutverschmiert und in ein Strandlaken gewickelt war und nach Schweiß und Eisen roch. Und als sie hinunterschaute, nahm sie weder die Blutlachen noch die durchnässten Handtücher oder die Flecken auf ihrer eigenen Hose wahr. Sie sah nur zwei kleine verschleierte dunkle Augen, die sie unbeirrt so klug anblickten, als wüssten sie über alle Geheimnisse dieser Welt Bescheid. Ein winziger Mund formte stumme Worte und erzählte ihr alles, was sie noch nicht über das Leben wusste. Mit einem Schlag wurde ihr klar, dass sie noch nie etwas so Schönes gesehen hatte.

«Ein kleines Mädchen», sagte Kate mit tränenfeuchten Augen, legte ihrer Tochter einen Arm um die Schultern und drückte sie an sich.

«Sie ist so wunderbar», murmelte Sabine und berührte sie ganz vorsichtig.

«Mein Baby», sagte Annie und starrte es ungläubig an. «Mein Baby.» Und dann fing sie plötzlich ohne Vorwarnung zu weinen an, tiefe, herzzerreißende Schluchzer, die ihren ganzen Körper beben ließen. Ihr Kopf sank nach vorn, und der so lange verdrängte Schmerz brach aus ihr heraus, schüttelte sie wieder und wieder, sodass Kate ihr das Baby kurz wegnehmen musste. Und Joy beugte sich vor, hielt Annies Kopf und murmelte ihr weinend zu: «Ich weiß, ich weiß.» Und als dann Annies Tränen schließlich versiegten, sagte sie ihr so leise, dass Sabine es über dem aufgeregten Stimmengewirr der gerade hereinkommenden Leute kaum hören konnte: «Jetzt ist alles gut, Annie. Alles ist gut. Es ist vorbei.»

Dann zog Kate ihre Tochter mit zitternden Händen vom Boden hoch, und eng umschlungen gingen sie schweigend und blinzelnd in die Nacht hinaus, wo die Sanitäter in ihren auffälligen Neonuniformen, von quäkenden Funkgeräten angewiesen, unter dem kreisenden Blaulicht gerade dabei waren, die Trage auszuladen.

Kapitel 15

Es gebe nur noch wenige Überraschungen im Leben, sagte Mrs. H., aber die Geburt ihres Enkelkindes gehöre sicherlich dazu. Auch wenn sie dies noch so oft und noch so vielen Leuten gegenüber wiederholte, füllten sich ihre Augen dennoch jedes Mal wieder mit Tränen der Dankbarkeit, und niemand, der sie kannte, nahm ihr diese Wiederholungen übel. Die Geburt von Roisin Connolly war eine gute Nachricht, und eine so gute Nachricht ließ sich einfach nicht zerreden.

In der Nacht der Geburt war Patrick zu Annie zurückgekehrt, erschüttert zwar, aber außer sich vor Freude über die Ankunft dieses Kindes, und zutiefst erleichtert, nun endlich eine Erklärung für das in den letzten Monaten immer unverständlichere Verhalten seiner Frau zu haben. Annie, die mit dem Tod ihrer Tochter nie fertig geworden war, hatte nach Meinung der Ärzte über der unbegreiflichen Tatsache, wieder ein Kind zu erwarten, zeitweilig das innere Gleichgewicht verloren und das äußere nur dadurch aufrechtzuerhalten vermocht, dass sie die Schwangerschaft völlig verdrängte und sich von all denen zurückzog, die ihr nahe standen. Dies war offenbar keine allzu ungewöhnliche Reaktion. Doch Mrs. H. schämte sich dafür, dass sie nichts von der Schwangerschaft ihrer eigenen Tochter geahnt hatte, und gab sich die Schuld an den traumatischen Umständen dieser Geburt, bis Mack und Thom und alle anderen ihr sagten, sie solle nicht so dumm sein – und Annie selbst ihr später erklärte, dass eine Frau, die so etwas sogar vor dem eigenen Mann verbergen konnte, ihrer Mutter ja wohl noch weniger Chancen gab, es zu merken. Das schien Mrs. H. zu trösten, auch wenn man sie in der Folgezeit häufig die Taillen verschiedener Frauen im Ort mustern sah – jetzt wollte sie wohl die Erste sein, die Schwangerschaften frühzeitig erkannte, selbst wenn ihre diesbezüglichen Nachfragen so manches Mal für leichte Verärgerung sorgten.

Annie hatte mehrere Wochen im Krankenhaus verbracht; einmal um in Roisins Nähe zu sein, die einen guten Monat zu früh auf die Welt gekommen war und einige Zeit im Brutkasten bleiben musste, aber auch um die Gelegenheit zu haben, sich unter den wachsamen Augen der Gesundheitsbehörde von neuem an ihre Rolle als Mutter zu gewöhnen. Nach einer Phase, in der die Trauer um Niamh hochkam (die beiden Babys sahen einander, wie alle fanden, erschreckend ähnlich), hatte sie sich unerwartet schnell erholt, ohne die Wochenbettdepression durchzumachen, die, wie die Ärzte sie gewarnt hatten, gerade in solchen Fällen auftreten konnte. Und sie bekam ihre Therapie, obwohl Mrs. H. meinte, wenn sie Annie so mit ihrem kleinen Baby und im Arm ihres Mannes sehe, sei das doch die beste Therapie überhaupt. Annie konnte jetzt sogar über Niamh reden, darüber, wie ähnlich Roisin sich beim Stillen oder beim Wickeln verhielt, aber dass sie ganz andere Fingernägel und eine ganz andere Haarfarbe hatte, und oft rührte sie sogar zu Besuch kommende Verwandte zu Tränen, indem sie sagte, sie werde zwar nie vergessen, dass sie eigentlich zwei Töchter hätte, aber auch nicht zulassen, «dass Roisin in Niamhs Schatten aufwächst».

Sabine besuchte sie des Öfteren, nahm das winzige Mädchen vorsichtig in den Arm, staunte darüber, wie schnell es von einem zerknautschten, blutverschmierten Etwas zu einem derart wachen, wohlriechenden Geschöpf mit gesunder Farbe herangewachsen war. Aber, so erklärte sie Annie, sie selber wolle kein Kind – jedenfalls so lange nicht, bis Männer sie kriegen konnten. Annie, die erstaunlicherweise, aber getreu nach Joys Vorhersage anscheinend die Schmerzen, das Blut und all das vergessen hatte, lachte darüber. Mittlerweile lachte sie wieder oft; ihre Augen funkelten voller Übermut, wenn sie Sabine mit Bobby McAndrew aufzog, und voller Entzücken, wenn ihre kleine Tochter etwas offensichtlich Bemerkenswertes tat, wenn sie zum Beispiel mit einer zum Seestern gespreizten Hand in der Luft herumfuchtelte oder wenn sie nieste. Insgeheim hielt Sabine Roisin immer noch für eine Art formlosen Klumpen, aber wirklich nur insgeheim, denn Annie hatte sie gebeten, die Patenschaft zu übernehmen, und selbst sie wusste, dass eine Patentante so etwas nicht laut sagen konnte.

Patrick, der fast ständig im Krankenhaus war, «die reinste Landplage», wie die Schwestern lächelnd bemerkten, saß einfach da und betrachtete seine Tochter. Sein großes, dunkles Gesicht strahlte den warmen Glanz der Zufriedenheit aus, und er streichelte seine Frau nicht mehr mit fahrigen Händen, um sie zu trösten, sondern hielt die ihren in inniger Vertrautheit. Er hatte seit Wochen nichts mehr gearbeitet, berichtete Mrs. H., aber man konnte schließlich nicht alles haben.

Er hatte Tränen der Dankbarkeit in den Augen gehabt, als er schließlich im Haus angekommen war und Sabine, Joy und Kate umarmte und ungläubig den Kopf schüttelte, was Sabine ein bisschen peinlich fand, aber Kate, die selbst vor Rührung weinte, drückte ihn fest an sich und versicherte ihm ein ums andere Mal, sie sei ja «so glücklich», als hätte sie das Kind zur Welt gebracht. Ein Kind, sagte Joy, die ebenfalls recht gerührt war, zu Sabine, sei das größte Geschenk, das man jemals im Leben kriegen könne. Irgendwann werde bestimmt auch sie das verstehen. Und Sabine dachte bei sich, dass sie es vielleicht jetzt schon verstand. Sie hatte noch nie so etwas wie Annies Gesichtsausdruck gesehen, als sie zum ersten Mal ihre Tochter anschaute, diese explosive Mischung aus Glück und Schmerz und Erleichterung. Jeder Gedanke daran machte sie wieder rührselig, aber das durfte niemand sonst mitbekommen. Neuerdings gab es sowieso reichlich Anlass zur Rührung.

Thom erzählte Kate nie von Sabines missglücktem Versuch, ihn zu verführen. Oder vielleicht tat er es doch, und ihre Mutter beschloss, ihr nichts davon zu sagen. Sabine war jedenfalls sehr froh darüber und ein bisschen betreten, weil sie nicht recht wusste, wem sie diese Diskretion eigentlich zu verdanken hatte.

Sie hatte ihn noch in der Nacht von Roisins Geburt wieder gesehen; da kam er angerannt, kurz nachdem Sabine und Kate vor dem Haus erschienen waren, wo sie neben dem Krankenwagen standen, ohne so recht zu wissen, was sie tun sollten. Direkt vor ihnen blieb er abrupt stehen, legte beiden eine Hand auf die Schulter, während seine Augen zwischen ihnen hin- und herhuschten. «Ist alles in Ordnung?», fragte er mit ernster Miene. «Alles in Ordnung mit Annie? Und mit euch?» Beim letzten Satz sah er Sabine eindringlich an, und sie nickte, in Gedanken immer noch zu sehr bei der dramatischen Geburt, um sich weiter gedemütigt zu fühlen. Das alles schien plötzlich so lange her zu sein; ein fast traumartiges Szenario, als wäre es jemand anderem zugestoßen. Die innere Anspannung empfand sie erst, als sie darauf wartete, dass er ihre Mutter küsste oder sie umarmte, aber er tat nichts dergleichen. Die beiden blickten einander nur an, und schließlich sagte Kate leise zu ihm, er solle hineingehen und nach Annie schauen, was er auch tat. Danach blieb sie noch einen Moment stehen, einfach so, aber dann lotste sie Sabine nach Hause. «Ich weiß nicht, wie es dir geht, mein Schatz, aber ich könnte jetzt einen Drink vertragen.»

Am nächsten Tag sah Sabine ihn schon wieder: Thom wartete auf sie, und als sie in den Hof kam, fragte er, ob sie mit ihm ausreiten wolle. Nur sie beide. Sie warf einen Blick durch die Stalltür und stellte fest, dass der Schimmel bereits gestriegelt und gesattelt war, als sollte ihr ohnehin keine andere Wahl bleiben. Da wurde ihr noch mulmiger, obwohl aus Thoms Tonfall eindeutig herauszuhören war, dass er keinerlei Annäherungsversuche machen würde; der Gedanke, er könnte etwas über den letzten Abend sagen, war ohnehin viel schrecklicher.

Aber er benahm sich, als wäre nichts vorgefallen. Während er mit ihr querfeldein ritt, redete er von Pferden, von Annie und dem neuen Baby und der großen Überraschung, dabei spornte er sie an, über ein paar Gräben zu springen, die sie sich allein nicht zugetraut hätte, und er lachte, als sie sich schlichtweg weigerte, noch einmal den Sprung über die Wexford Bank zu wagen. Ja, sagte sie und gab sich Mühe, nicht mitzulachen, sie habe es zwar schon einmal geschafft, aber alles sei eben anders, wenn man die Dinge nüchtern betrachtete. Darauf nickte er und meinte, da habe sie nicht Unrecht. Und es klang, als hätte sie etwas viel Klügeres gesagt als beabsichtigt.

Eigentlich war auf diesem langen Ritt gar nichts Besonderes vorgefallen. Aber als sie zurückkam, spürte sie, dass die Anspannung weg war; irgendwie hatte sie Thom wiedergewonnen, so schien es ihr – als einen Menschen, mit dem sie doch zumindest reden konnte. Und noch etwas war ihr klar geworden, während sie ihn ziemlich genau beobachtete, wenn sie sicher sein konnte, dass er es nicht merkte: Jetzt, nachdem ihre Mutter ihr erzählt hatte, dass Thom beinahe ihr Vater geworden wäre, hatte er diesen besonderen Reiz verloren. Nach so etwas, dachte sie, sieht man den anderen doch mit ganz anderen Augen.

Wie erwartet, war es mit ihrer Mutter weniger einfach. Am Tag nach Roisins Geburt war Kate immer noch ganz aufgewühlt und rührselig, behauptete, sie könne unmöglich frühstücken, und verlor sich in Tagträumen, bei denen ihr Tränen in die Augen stiegen. Außerdem umarmte sie trotz aller Befangenheit Joy am Frühstückstisch, was Sabine schon ein bisschen übertrieben fand, obwohl Mrs. H. hinterher meinte, es sei doch «einfach herrlich», dass sie alle wieder Freunde sein könnten, und das nach so langer Zeit. (Allerdings fand Mrs. H. wochenlang alles «einfach herrlich» – und dieser Kommentar rutschte ihr sogar heraus, als Lynda erzählte, man habe ihr in New Ross einen Strafzettel für Falschparken verpasst.) Sabine, der es im Nachhinein immer peinlicher vorkam, welche Ängste sie bei der Geburt ausgestanden hatte und wie lange sich alle in den Armen gelegen hatten, nahm sich fest vor, von nun an auf alles sehr cool zu reagieren. Schließlich sei es doch bloß ein Baby, erklärte sie, wenn die anderen sich zu lange darüber auszulassen drohten. Unangenehm empfand sie nur das ein wenig selbstgefällige Lächeln und die verständnisinnigen Blicke, die ihre Mutter und ihre Großmutter wechselten, wenn sie so etwas sagte, als stünden die beiden seit Urzeiten in bestem Einvernehmen und wüssten genau, warum Sabine es sagte.

Eins machte Kate allerdings richtig gut. Sie schaute ein paar Tage danach vorbei, gerade als Sabine sich umzog, setzte sich auf ihr Bett und fragte ziemlich unverblümt, ob sie lieber in Irland bleiben oder nach England zurückkehren wolle. Sabine, deren Kopf noch in ihrem dicken blauen Pullover steckte, murmelte durch die Wolle hindurch (insgeheim froh darüber, dass sie dabei das Gesicht ihrer Mutter nicht sehen musste), sie fühle sich sehr wohl in Irland und glaube, sie könne ihre nächsten Prüfungen genauso gut auch hier ablegen, und zu ihrer doch ziemlich großen Überraschung fing Kate daraufhin nicht zu weinen an, sondern erwiderte in recht munterem Ton, wenn Sabine das so möchte, dann solle es auch so sein. Danach ging sie. Keine Gewissensprüfung, kein langes Geschwafel, sie wolle sie als Freundin, sie wolle doch nur, dass sie beide glücklich seien, kein Blablabla. Ganz sachlich. Sabine konnte es kaum fassen, dass Kate schon weg war, bevor sie ihren Pullover endlich heruntergezogen hatte.

Und ein paar Tage später, während sie allein im Wohnzimmer saßen, fragte sie Sabine, was sie davon hielte, wenn sie das Haus in Hackney verkauften und hierher zögen, um ständig in Grannys Nähe zu sein. Du meinst, du willst in Thoms Nähe sein, dachte Sabine, war aber zu sehr überrascht, als dass ihre Meinung darüber allzu schlecht hätte ausfallen können.

«Ich dachte, wir könnten eins von den Cottages oben an der Straße kaufen», sagte Kate und machte dabei ein so fröhliches Gesicht, wie Sabine es seit Jahren nicht mehr an ihr gesehen hatte. «Jedenfalls irgendwo in der Nähe. Drei Zimmer. Wenn das Haus in London verkauft ist, bleibt uns noch mehr als genug übrig. Und es gibt keinen Grund, warum ich nicht auch von hier aus arbeiten könnte. Na, hast du Lust, mit mir zusammen was Hübsches zu suchen?»

Sabine, plötzlich misstrauisch, wollte schon fragen, ob Thom mit ihnen dort einziehen würde, aber Kate kam ihr zuvor.

«Thom bleibt erst einmal, wo er ist. Ich glaube, im Moment gibt es ohnehin genug Aufregung in der Familie. Aber er wird uns oft besuchen, wenn dir das recht ist.»

«Was soll das heißen? Dass er nicht mit einziehen will?», fragte Sabine, unfähig, den leisen Spott aus ihrer Stimme zu verbannen. Es war, als würde die Geschichte sich wiederholen.

«Ich hab ihn gar nicht gefragt, mein Schatz», sagte Kate, «weil ich dachte, es wäre an der Zeit, dass wir beide es uns mal ein bisschen schön machen.» Sie hielt kurz inne. «Und wir wissen ja auch beide, wo wir ihn finden, oder?»

Auch Joy nahm das mit ihrer Mutter und Thom überraschend gut auf. Sabine hatte ihr die Neuigkeit schonend beigebracht und trotzdem eine harsche Missbilligung erwartet. Aber Joy, für die das erstaunlicherweise gar nicht so neu zu sein schien, sah nicht einmal von der Arbeit auf, mit der sie gerade beschäftigt war, und sagte nur, Thom sei ein guter Mann, der schon wisse, was er tue.

Über ihre Mutter hatte sie nichts dergleichen geäußert, fiel Sabine hinterher auf. Aber, wie Mrs. H. immer sagte, man konnte nicht alles haben.

Bobby machte dagegen einen blöden Witz, als sie ihm verriet, sie werde hier bleiben; irgendetwas in der Richtung, sie «könne ihn wohl einfach nicht in Ruhe lassen». Aber nachdem sie es geschafft hatte, ihn für fünf Minuten zum Schweigen zu bringen, sagte er doch tatsächlich, es werde ihr viel Spaß machen, «den Rest der Bande» kennen zu lernen. Und dann erzählte er ihr von einem Jägerball in zwei Wochen, zu dem sie gehen könnten, und von einer Party in Adamstown am kommenden Wochenende, mit Livemusik, bei der sie sich, wie er meinte, köstlich amüsieren würden. Es sah ganz so aus, als wäre er eigentlich recht zufrieden. Deshalb wollte sie ihm nicht beichten, dass sie drauf und dran war, sich ein kleines bisschen in seinen älteren Bruder zu verknallen.

Edward Ballantyne starb auf den Tag genau drei Wochen nach Roisin Connollys Geburt, er entschlief friedlich und – wie praktisch – zwischen den Mittagsnachrichten und Lyndas erster Nachmittags-Seifenoper. Das sei nicht so schlimm, wie Lynda hinterher Mrs. H. versicherte. Sie habe ihren Videorecorder zu Hause so programmiert, dass jede Folge aufgezeichnet wurde, gerade wegen solcher Eventualitäten. Anschließend war Mrs. H. etwas frostig zu Lynda.

Sabine war zu dem Zeitpunkt mit Bobby auf dem Parcours der Manor Farm reiten gewesen und bei ihrer Rückkehr untröstlich. Trotz der Tatsache, die selbst sie sich eingestehen musste, dass ihr Großvater vorher kaum noch aus seinem Dämmerzustand aufwachte, machte sie sich schreckliche Vorwürfe, weil er beim Sterben «ganz allein» gewesen war. Aber Joy ließ sie in sein Zimmer gehen und an seinem Bett sitzen und nahm sie in den Arm, bis sie zu weinen aufhörte. Schließlich musste auch Sabine zugeben, dass er, wie ihre Großmutter sagte, jetzt viel friedlicher aussah. Zumindest das, was von ihrem Großvater noch übrig war; es schien, als sei das wenige, was er sich von seinem Wesen erhalten hatte, nun ganz und gar verschwunden und habe nur dieses friedvolle, eingesunkene alte Gesicht und die schon fast kalten Hände zurückgelassen, die wie Überbleibsel eines anderen Lebens auf der leuchtend roten Bettdecke lagen. Als Sabine eine Hand berührte, musste sie kurz an Thoms Hand denken; doch die hatte, obwohl sie selbst tot war, etwas von seiner Lebensfreude angenommen. Die Hände ihres Großvaters sahen dagegen wie verstaubte, schaurige Museumsstücke aus, in denen nur noch ein fernes Echo vergangener Zeiten nachhallte.

«Du hättest sie nicht zu ihm lassen sollen», sagte Kate, die auf dem Flur gewartet hatte, bleich und mit grimmiger Miene. «Sie wird Albträume bekommen.»

«Unsinn», erwiderte ihre Großmutter; sie wirkte erstaunlich gefasst und weinte nicht. «Er war ihr Großvater. Sie hat doch das Recht, von ihm Abschied zu nehmen. Dir täte das übrigens auch gut.» Doch ihre Mutter schüttelte den Kopf und verschwand, eine Hand vorm Gesicht, für ein paar Stunden in ihrem Zimmer.

Am Abend trafen Christopher und Julia ein, Julia schon ganz in Schwarz und so tränenreich, dass sie immer wieder von Joy getröstet werden musste. «Ich kann es nicht ertragen», schluchzte sie an der Schulter der älteren Frau. «Ich kann mit dem Tod nicht umgehen.» Als ob das überhaupt jemand könnte, sagte Mrs. H. missbilligend. Julia gab sich auch große Mühe, Joy bei jeder Gelegenheit zu versichern, «sie wisse, wie sie sich fühle». Schließlich war es kaum ein Jahr her, dass sie Mam'selle verloren hatte.

Christopher sah hingegen selbst fast so bleich wie ein Leichnam aus und sprach, als habe er den Mund voller Watte. Als Kate endlich wieder herunterkam, strich er ihr unbeholfen über den Rücken und sagte, er hoffe, es werde jetzt keine «Schwierigkeiten» geben. Sabine wusste, dass er an die Möbel mit den Aufklebern dachte, doch Kate sagte einfach, sie wolle «alles Mummy überlassen». Schließlich war es jetzt ja ihr Haus. Und Christopher nickte und ließ sie einigermaßen in Ruhe, was beiden gut zu tun schien.

Inzwischen traf Joy die Vorbereitungen für die Beerdigung und lehnte alle Angebote ab, ihr zu helfen, aber nicht so steif und brüsk, wie es ihre Art gewesen war, während ihr Mann im Sterben lag. Immer noch von energischer Tüchtigkeit, war sie etwas sanfter geworden, als hätten sich ihre Ecken und Kanten abgerieben, und auch ein bisschen nachdenklich. «Das dicke Ende kommt noch», schniefte Julia, als sie nach dem Abendessen im Wohnzimmer saßen, Joy hinausging und sie ihr nachblickte. «Die tiefe Trauer, die setzt nur mit Verzögerung ein. Mich hat sie erst richtig gepackt, nachdem wir Mam'selle bereits begraben hatten.»

Aber sollte diese tiefe Trauer bei Joy tatsächlich ausgebrochen sein, dann zeigte sie das jedenfalls nicht. Vor allem Lynda nahm anscheinend diesen Mangel an Hysterie im Hause der Ballantynes beinahe übel. «Ich habe ein paar Beruhigungsmittel dabei, nur für alle Fälle», versicherte sie jedem, der ihr über den Weg lief, während sie ihre Siebensachen zusammenpackte. «Sie müssen nur einen Ton sagen.» Letzten Endes nahm Julia eins. Eigentlich hätte sie es gar nicht gebraucht, wie sie Kate hinterher anvertraute. Sie dachte bloß, es würde einen besseren Eindruck machen. Schließlich wollte sie nicht, dass Lynda überall in Wexford herumerzählte, die Ballantynes seien lieblos.

Obwohl Julia das anders sah, merkte Sabine bestürzt, wie traurig ihre Mutter nach Großvaters Tod geworden war. Nicht ihre übliche, lästige, theatralische Traurigkeit, bei der sie in allen Tonlagen weinte, sich die Haare raufte und ihr die Wimperntusche verlief. (Das hätte Sabine nur wütend gemacht; sie hatte immerhin das Gefühl, selbst ein größeres Anrecht auf Trauer um den Großvater zu haben als ihre Mutter.) Kate war nur sehr, sehr still und so blass, dass Sabine, als sie sah, wie Thom sie in der Nähe des Sommerhauses teilnahmsvoll umarmte, in ihrer ersten Reaktion keinerlei Zorn empfand, ja nicht einmal Unmut, sondern Erleichterung darüber, dass wenigstens irgendwer etwas zu tun vermochte, was ihr vielleicht half. Aus unerklärlichen Gründen fiel ihr nämlich jedweder Körperkontakt mit ihrer Mutter noch immer schwer und sie entzog sich ihren Armen stets so schnell, wie es eben möglich war, ohne sie offenkundig zu kränken.

Doch die Traurigkeit ihrer Mutter steckte sie an; Sabine hatte zwei Tage lang schrecklich geweint und fühlte sich danach insgeheim etwas besser. Ihre Mutter sah jedoch immer noch seltsam aus und auch ein bisschen frustriert, als ringe sie mit etwas, was sich nicht in Worte fassen ließ.

«Wie kommt es, dass dich Großvaters Tod so mitnimmt?», fragte sie deshalb einmal, während sie im Arbeitszimmer saßen, schweigend den Inhalt der letzten zwei Kartons sichteten und neben ihnen der Tee in den Tassen langsam kalt wurde. Der Raum, in dem außer dem Schreibtisch nur noch ein paar leere Bücherregale wie Skelette an den Wänden mit der ungleichmäßig ausgebleichten Tapete standen, sollte renoviert werden. Als einer der wenigen im Haus, die nicht feucht waren, müsste er, wie Christopher meinte, effektiv genutzt und vielleicht als Bed-and-Breakfast-Zimmer vermietet werden. Schließlich würde es jetzt, wo Annie und Patrick ihre Pforten für eine Weile schlossen, eine Marktlücke geben. («Keine Bange», beschwichtigte Mrs. H. Sabines Entsetzen darüber, «die wird sie schnell verscheuchen.») Und so nahmen sich Sabine und ihre Mutter gemeinsam der letzten Kartons im Arbeitszimmer an; nachdem Sabine sich ihre Lieblingsfotos herausgesucht hatte, ging sie nun den Rest der Korrespondenz durch, in der heimlichen Hoffnung, einen wirklich pikanten Liebesbrief zu finden. Die inzwischen chronologisch geordneten Fotos sollten, so hatte ihre Mutter beschlossen, in ein Lederalbum geklebt werden, als Geschenk für Granny. Jedenfalls die meisten davon.

«Ich will ja nicht unhöflich sein, aber du hast doch nie viel von ihm geredet, solange er noch lebte.»

Während Sabine ihre Mutter beobachtete, wurde ihr klar, dass ihre Worte laut ausgesprochen nicht ganz so freundlich klangen wie in ihrem Kopf.

Kate drückte den Deckel auf den robusten braunen Karton, ließ sich mit der Antwort Zeit und wischte sich unterdessen den Staub von der Nase.

«Es hat manches gegeben ...», begann sie, hielt aber gleich wieder einen Moment inne, ehe sie fortfuhr. «Ich ... ich nehme an, ich wünschte mir bloß, Daddy und ich hätten einander etwas besser verstanden. Wir haben so viel Zeit vergeudet ... Und jetzt ist es zu spät. Das bedrückt mich und ärgert mich auch ein bisschen.»

Sabine lehnte sich an den Schreibtisch, spielte mit einem alten Kugelschreiber herum und wusste nicht recht, was sie darauf erwidern sollte.

Kate wandte sich ihr zu.

«Ich wünschte mir nur, wir hätten eine Chance gehabt, bessere Freunde zu werden. Wir haben aufgehört, uns nahe zu sein, als ich nicht viel älter war als du jetzt.»

«Aber warum?»

«Ach, das Übliche. Er hat nicht viel davon gehalten, wie ich lebe. Und nachdem ich dich bekommen habe, noch weniger. Was nicht heißen soll, dass er dich nicht geliebt hätte», fügte sie schnell hinzu.

Sabine zuckte mit den Schultern. «Ich weiß.» Insgeheim hegte sie den Glauben, dass ihr Großvater sie am Ende mehr geliebt hatte als alle anderen.

Eine Weile saßen sie schweigend da. Sabine durchforstete die vergilbten Papiere, las aber nur diejenigen, die von Hand geschrieben waren. Es gab eine Menge Postkarten an Kate und Christopher, in der ihr mittlerweile vertrauten eckigen, klaren Handschrift ihres Großvaters; er nannte ihnen die Namen der verschiedenen Schiffe, auf denen er gefahren war, und schilderte ihnen das Wetter der Gegenden, in denen er sich aufgehalten hatte. Nach Kates Geburt musste er wohl öfter unterwegs gewesen sein, aber Sabine konnte keine nur an die Großmutter adressierte Karte finden.

Kate saß unterdessen da und stierte aus dem Fenster, offenbar immer noch in Gedanken verloren.

«Ich habe gerade daran gedacht, wie liebevoll er mit mir umgegangen ist, als ich noch ein Kind war», sagte sie so plötzlich in die Stille hinein, dass Sabine jäh den Kopf hob.

«Er hat mich immer irgendwohin mitgenommen; in die Werft, um mir seine Arbeit zu zeigen, mit der Tram auf den Peak oder zu den kleinen Inseln hinaus, die rings um Hongkong liegen, damit Christopher und ich auf Entdeckungsreise gehen konnten. Weißt du, er war ein ziemlich guter Vater.»

Sabine sah sie an und hörte den verhalten defensiven Unterton heraus, der in den Worten ihrer Mutter mitschwang.

«Er war schon in Ordnung. Für einen so alten Knochen.» Sie

versuchte, das Stocken ihrer Stimme zu verbergen. Es fiel ihr noch immer schwer, über ihn zu sprechen.

«Ich denke, ich hätte es gern gehabt, dass er stolz auf mich gewesen wäre», sagte Kate traurig. «Es ist schon ziemlich schwer, wenn man das Gefühl hat, in den Augen der eigenen Familie alles falsch zu machen.»

Sie blickte zu ihrer Tochter hinüber, und ein Lächeln spielte um ihren Mund. «Ja, ob du's glaubst oder nicht, sogar in meinem Alter.»

Sabine sah ihre Mutter eine Weile an. Dann streckte sie eine Hand aus.

«Ich bin nicht der Meinung, dass du alles falsch machst», sagte sie leise und hastig, als verrate sie ein Geheimnis. «Ich weiß, ich bin manchmal nicht besonders nett zu dir, aber ich finde wirklich, dass du als Mutter in Ordnung bist. In der Regel. Das heißt, ich weiß, dass du mich liebst und so. Was ja wichtig ist.»

Sie war rot geworden.

«Und ich möchte wetten, dass Großvater stolz auf dich war. Im Ernst. Nur hat er das nicht so zeigen können. Die beiden haben sich wahrscheinlich immer schwer getan mit Gefühlen, Großmutter und Großvater. Anders als du und ich. Ehrlich.» Sie unterbrach sich und drückte den Arm ihrer Mutter. *«Ich weiß es.»*

Unten konnten sie die schrille Stimme von Julia hören, die Mrs. H. half, das Wohnzimmer für den Empfang der Trauergäste nach der Beerdigung umzuräumen. Möbel wurden geräuschvoll verschoben, dann entstand eine Pause, als Julia offenbar wieder in Tränen ausbrach.

Kate blickte auf die Hand ihrer Tochter, dann in deren Gesicht und lächelte matt.

«Wahrscheinlich hast du Recht», sagte sie.

Edward Ballantyne wurde an einem so verregneten Tag beerdigt, dass die Straßen rund um den Friedhof überflutet waren, was einen Teil der Trauergäste zwang, durch knöcheltiefes Wasser zu waten, um zum Grab zu gelangen, das zur allgemeinen Erleichterung auf etwas erhabenem Grund lag. Zwei Tage lang hatte es ununterbrochen geregnet, der Himmel sah wie nasse Asche aus, das Gras war verschlammt, und durch die beschlagenen Cellophanhüllen konnte man die Blumensträuße kaum erkennen. Einige der älteren Leute aus dem Dorf, die sich in die kleine Kirche zurückgezogen hatten, murrten über die Respektlosigkeit des Wetters und murmelten etwas von Omen und Symbolen, aber Joy lächelte nur sonderbar vor sich hin, nahm ihre nassen Schuhe nicht zur Kenntnis und erklärte denen, die sie darauf ansprachen, sie finde es «ganz passend». In nüchternem Ton empfahl sie Sabine sogar, sie solle doch schnell nach Hause laufen und ihre Gummistiefel anziehen, wenn sie das wolle, sodass ihre Enkelin, die mit Tränen in den Augen zum ersten Mal an einer Beerdigung teilnahm, ein entsetztes Gesicht machte und ihre Mutter fragte, ob Joy «etwas fehle».

«Denk dran, was du mir gesagt hast – über Gefühle», wisperte Kate, und Sabine gab sich nach ein paar schwermütigen Gedanken damit einigermaßen zufrieden.

Es waren viele Leute gekommen. Eigentlich überraschend, sagte Mrs. H. unter ihrem Schirm, wenn man bedachte, wie unwirsch er manchmal zu den meisten im Dorf gewesen war. Doch Thom, Arm in Arm mit Kate, schüttelte den Kopf und flüsterte, die Leute hätten ihn schon verstanden. Außerdem gehe es darum, jemandem die letzte Ehre zu erweisen, sagte er zu Kate, die insgeheim selbst erstaunt war über die große Trauergemeinde. Es gab nur wenige, die ihn nicht dafür bewunderten, was er und seine Familie für die Jagd getan hatten, und die anderen waren wegen Joy da. «Es hat etwas mit der Herkunft zu tun. Die erkennen einen, der aus einem guten Stall kommt, sobald sie ihn sehen», hatte er leise gesagt und dabei Kates Arm gedrückt.

«Die erkennen einen guten Leichenschmaus, sobald sie einen sehen», brummelte Mrs. H., die auf Joys Anweisung hin zwei ganze Schinken, einen halben geräucherten Lachs und so viel Alkohol eingekauft hatte, dass man nach Christophers Worten damit ein kleines Schiff versenken könnte. Sie merkte, wie sich hinter ihr die Stimmung der trauernden Dorfbewohner bereits aufheiterte, wie ihr Geschwatze hörbar anschwoll und sie nach getaner Pflicht mit Freuden einem gemütlichen Beisammensein im großen Haus entgegensahen.

Kate drängte sich dichter unter Thoms Schirm, fühlte sich in ihrem neuen schwarzen Mantel noch unbehaglich und war dankbar dafür, dass der Regen, der ihr ins Gesicht spritzte, jede Andeutung von Tränen wegwaschen würde. Sie hätte es unmöglich gefunden, auf ihren Vater weiterhin wütend zu sein; dafür hatte ihre Mutter gesorgt. Er war auch nur ein Mensch, hatte sie entschieden erklärt, während ihre alten Hände die ihrer Tochter umklammerten, als die in der Nacht seines Todes über ihn gewettert hatte. Genauso ein Mensch wie Kate auch. Und dann hatte sie es auf den Punkt gebracht, dass es Kate gar nicht zustehe, wütend auf ihn zu sein.

Da waren ihr nur Trauer und Schmerz geblieben. Und das hartnäckige Schuldgefühl, dass es ihr mit etwas mehr Mühe hätte gelingen können, die Kluft zwischen ihnen zu überbrücken. «Das hat Sabine an deiner Stelle getan», hatte Thom gesagt. «Sei froh darüber.» Aber es war zu früh, über irgendetwas besonders froh zu sein.

Die Stimme des Pfarrers, ein dumpfes Gemurmel unter dem stetigen Prasseln des Regens, redete von Asche und Staub, und irgendwo hinter ihnen hatte Julia, auf Christopher gestützt, lautstark zu schluchzen begonnen, bis sie unter zahlreichen Entschuldigungen weggeführt wurde. Ihre Beteuerungen, es einfach nicht ertragen zu können, waren noch auf ihrem halben Rückweg nach Kilcarrion zu hören.

Die anderen Trauergäste schienen dies zum Anlass zu nehmen, sich ebenfalls vom Grab zurückzuziehen, und gingen allein oder paarweise unter ihren dunklen oder unpassend bunten Regenschirmen davon. Aber Annie und Patrick blieben noch da, die kleine Roisin so fest an die Brust ihrer Mutter gedrückt, dass sie kaum zu sehen war, während Patrick wie ein beschützender Bär neben ihnen aufragte. Sie kamen näher, nachdem der Pfarrer mit einem abschließenden Nicken Joys Arm gedrückt hatte und dann so schnell, wie er nur konnte, in seinem vom Wind aufgeblähten Talar in den Schutz der Kirche zurückgeeilt war.

«Lassen Sie mich bitte wissen, was ich jetzt für Sie tun kann», sagte Annie zu Joy. «Und das meine ich ernst, Mrs. Ballantyne. Sie haben schon genug für mich getan.»

«Das ist sehr lieb von dir, Annie», antwortete Joy, während der Regen in wahren Sturzbächen über die Wölbung ihres Schirms hinunterlief. «Das mache ich bestimmt.»

«Wird sie ja doch nicht tun, weißt du», raunte Annie wohlwollend Patrick zu, während sie langsam davonschritten. «Störrisch wie ein Maulesel, diese Frau.»

Und schließlich waren nur noch Thom, Kate und Sabine bei ihr, als Joy, eine hoch gewachsene, strenge Gestalt in einem schwarzen Kostüm, das aussah, als sei es in den späten fünfziger Jahren zum letzten Mal zu Ehren gekommen, stumm am Grab stand.

Thom, der sich Patrick und Annie anschließen wollte, weil er befand, ihm stehe es nicht zu, länger hier zu bleiben, versuchte erst noch, Kate an die Seite ihrer Mutter zu schieben. Doch als ihr Blick auf Joys kerzengeraden schwarzen Rücken fiel, begann sie plötzlich zu schluchzen, weshalb Sabine ihm bedeutete, er solle sie mitnehmen. Falls Großmutter wirklich nur mühsam um ihre Fassung rang, dann war es das Letzte, was sie gebrauchen konnte, dass Kate ihr noch etwas vorheulte.

Joy, die nicht einmal mitbekam, wie der Schlamm ihr langsam die Schuhe hochkroch, stand neben dem dunklen Erdhügel, auf dem sich ein Berg von Blumen türmte, und starrte ins Leere. Sie hatte halb damit gerechnet, in Tränen auszubrechen, und schon befürchtet, sich vor all diesen gaffenden Leuten eine Blöße zu geben. Sie wusste wohl, dass sie alle wahrscheinlich enttäuscht hatte, weil ihre Augen trocken geblieben waren. Aber eigentlich fühlte sie sich jetzt fast wohler, als sei eine riesige Wolke weggeweht worden.

Tut mir Leid, mein Lieber, erklärte sie ihm stumm, sobald sie sich das eingestanden hatte. Das geht nicht gegen dich. Jetzt, da Edward tot war, fiel es ihr beinahe leichter, mit ihm zu sprechen, als hätte die Tatsache, nicht mehr mit ansehen zu müssen, wie er litt und seine schwindenden Kräfte nur noch vage an ihr früheres gemeinsames Leben erinnerten, sie dafür frei gemacht, ihn wieder unbeschwert zu lieben. Sie wusste, dass sie nicht mehr so verkrampft war, während Julia und Mrs. H. und alle anderen so vorsichtig mit ihr umgingen, weil sie das für die Ruhe vor dem Sturm hielten und prophezeiten, die tiefe Trauer würde sie irgendwann, vielleicht noch heute bei der Totenfeier im Haus, derart überwältigen, dass sie sich zurückziehen musste. Und stumm verriet sie ihm, dass sie vielleicht genau das tun werde, nur um die anderen glücklich zu machen. Sie wollte ihm einen würdigen Abschied bereiten, ja, aber nicht zu viel Zeit darauf verwenden, die Gastgeberin zu spielen, um die ihr beinahe fremden Leute froh zu machen. Sie konnte Partys eben noch immer nicht ausstehen.

Edward würde das schon begreifen.

Joy blinzelte, als sie plötzlich merkte, dass sie ihren Schirm nach vorn hatte kippen lassen und der Regen ihr jetzt in den Kragen lief. Sie schaute zum Himmel hinauf und fragte sich geistesabwesend, ob der Fleck in hellerem Grau sich ausbreiten würde. Dann drehte sie sich um und sah Sabine neben sich stehen. Mit verschwollenen Augen und besorgter Miene blickte das Mädchen zu ihr auf und schob einen jungen Arm entschlossen unter den ihrer Großmutter, wie um sie beide zu trösten.

«Wie geht es dir?», fragte sie.

«Es geht schon, Sabine.» Joy starrte hinunter auf den Sarg. Er schien wirklich überhaupt nichts mit Edward zu tun zu haben.

«Bist du furchtbar traurig?»

Joy lächelte. Dachte einen Moment nach.

«Nein, mein Schatz, nicht furchtbar. Jedenfalls nicht um seinetwillen.»

Sie holte tief Luft. «Ich meine, dein Großvater war bereit zum Sterben. Er war immer so aktiv, und ich glaube, es gefiel ihm überhaupt nicht, herumzusitzen und nichts zu tun. Ich hätte ihm nicht gewünscht, noch länger leben zu müssen.»

«Aber wird er dir denn nicht fehlen?»

Es dauerte eine Weile, bis Joy antwortete.

«Natürlich wird er mir fehlen. Aber wir hatten eine schöne Zeit miteinander, dein Großvater und ich. Und das kann mir keiner nehmen.»

Damit schien Sabine zufrieden zu sein.

«Und jetzt musst du dir ja auch keine Sorgen mehr um ihn machen», sagte sie.

«Nein. Das müssen wir jetzt alle nicht mehr.»

Der Himmel klarte eindeutig ein wenig auf. Der Regen fiel jetzt nur noch in dünnen Fäden, als wäre er von seinem unerschütterlichen Recht, alles zu überfluten, nicht mehr ganz so sehr überzeugt und dächte bereits darüber nach, wohin er weiterziehen sollte. Die beiden Frauen drehten sich um und traten den Rückweg an.

«Ich hab da was für dich», sagte Sabine plötzlich und griff in ihre Manteltasche. «Das hab ich unter den Sachen im letzten Karton im Arbeitszimmer gefunden. Ich hab mir gedacht, das solltest du heute kriegen. Mit diesem ganzen religiösen Zeug kenne ich mich zwar überhaupt nicht aus, aber Mrs. H. meint, so etwas zu lesen könnte schon ein Trost sein in … na ja, in solchen Zeiten.»

Sie reichte ihrer Großmutter ein Stück Papier, auf dem die Handschrift im Laufe der Zeit verblasst war. Sie musste dichter unter Joys Schirm kommen, damit es nicht nass wurde, und trotzdem fielen ein paar Tropfen drauf und verwischten mindestens zwei der Wörter, sodass die uralte Tinte in winzigen blauen Ranken verlief.

«… mögest du mit der Hilfe Seiner himmlischen Gnade
die deiner Obhut anvertrauten Völker führen und schützen,

in Wohlstand, Frieden und Gottesfürchtigkeit,
und nach einer langen und glorreichen Regentschaft
voller Weisheit, Gerechtigkeit und Frömmigkeit
über ein irdisches Königreich
dereinst teilhaben am Reich Gottes,
im Namen von Jesus Christus, unserm Herrn. Amen.»

«Das ist doch deine Handschrift, also hab ich gedacht, dass es dir vielleicht etwas bedeutet. Richtig? Ich meine, das ist doch etwas Religiöses, oder? Ich weiß ja, dass du es eigentlich nicht so mit Gott hast, aber ich hab geglaubt, es könnte vielleicht ganz gut für Großvater passen.»

Joy stand da, betrachtete das kleine Stück Papier, während es allmählich von Wassertröpfchen weich und dunkel wurde, und spürte plötzlich irgendwo tief unten in ihrem Hals einen dicken Kloß.

«Es ist doch deine Handschrift», sagte Sabine ein bisschen defensiv.

«Ja, es ist meine Handschrift. Und es hat auch etwas mit Religion zu tun», antwortete Joy schließlich mit brüchiger Stimme. «Jaja, du hast Recht. Es ist ... es ist wirklich sehr passend. Hab vielen Dank.»

Sabine sah hoch und lächelte zufrieden, während die Trauer aus ihrem jungen Gesicht schwand wie die Wolken über ihnen.

«Schön. Wie gesagt, bei so etwas bin ich immer ein bisschen blöd», gestand sie, und dann stapften, auf dem holprigen Boden mit etwas unsicheren Schritten, die alte Frau und ihre Enkelin Arm in Arm zum Haus zurück.